9783552022102
D1934067

SALZBURG

●

EINE STADT ERZÄHLT

KARL HEINZ RITSCHEL

SALZBURG

ANMUT UND MACHT

Lizenzausgabe mit Genehmigung des Paul Zsolnay Verlages, Wien,
für die Buchgemeinschaft Donauland Kremayr & Scheriau, Wien,
für Bertelsmann Reinhard Mohn GmbH, Gütersloh,
die Buch- und Schallplattenfreunde GmbH, Zug/Schweiz,
und die Europäische Bildungsgemeinschaft Verlags-GmbH, Stuttgart
Diese Lizenz gilt auch für die Deutsche Buch-Gemeinschaft
C. A. Koch's Verlag Nachf., Berlin · Darmstadt · Wien
© Paul Zsolnay Verlag Gesellschaft m. b. H., Wien/Hamburg 1970
Schutzumschlag: Rudolf Kasparek
Gesamtherstellung: Wiener Verlag
Bestellnummer: 025569

Für Claudia

Inhalt

Bilderverzeichnis

Quellennachweis:

Pressefoto: Johann Barth: 5 *(links unten).*

Bildarchiv der Österr. Nationalbibliothek: 1 *(oben),* 6 *(oben und unten),* 8 *(oben und unten),* 11 *(oben und unten),* 18 *(oben und unten),* 29 *(oben).*

Jaffé: 15 und 16.

MD-Pressestelle Magistrat Salzburg: 26 *(oben).*

Carl Pospesch: 3 *(rechts),* 4 *(oben und unten),* 5 *(rechts oben und rechts unten),* 7 *(rechts und links),* 9, 10 *(rechts und links),* 12 *(rechts und links),* 13 *(rechts und links),* 14 *(rechts und links),* 17, 19 *(links),* 20, 23 *(rechts und links),* 24, 25 *(rechts),* 26 *(unten),* 28, 30, 32.

Salzburger Museum Carolino Augusteum: 25 *(links),* 29 *(unten),* 31.

Pressefoto Vuray: 1 *(unten),* 3 *(links),* 5 *(links oben),* 19 *(rechts),* 22 *(oben und unten),* 27 *(oben und unten).*

Hier wohnt das Glück

MOTTO EINER STADT

So viel der Musik ist in dir,
das Wort versinkt,
es sei denn, es verwandle sich,
wie das des einen Dichters,
der allein dich bleibend besang,
gesprochen zauberisch selbst in Musik.
GEORG RENDL, DANK AN DIE HEIMAT

Die Schaufel stieß auf Widerstand. Der Arbeiter hatte sie mit so großer Wucht in das Erdreich getrieben, daß er beinahe das Gleichgewicht verlor. Fluchend rief er einem anderen Arbeiter zu, die Spitzhacke zu bringen. Der Mann holte mächtig aus, tief grub sich das Werkzeug in die Erde – und kleine bunte Steinchen flogen umher. Wie Tropfen sahen sie aus, glitzernde Würfel, die auch in der Erde ihre Leuchtkraft bewahrt hatten.
Man schrieb den 30. April 1841. Salzburg hatte sich seines größten Sohnes erinnert: Wolfgang Amadeus Mozart sollte auf dem Michaelsplatz, der fortan den Namen des großen Komponisten tragen würde, ein Denkmal erhalten. Bei den Aushubarbeiten für das Fundament stieß man auf die Reste römischer Bauten, Häuser, mit Mosaikböden ausgelegt. In der *Kaiserl. Königl. privilegierten Salzburger Zeitung* vom Samstag, dem 1. May, lasen die Salzburger: „Mozarts Denkmal führte auf eine äußerst interessante, für die Stadt Salzburg und die Geschichte sehr wichtige Entdeckung. Während man seit Tagen zur Legung des Fundaments für dieses Denkmal auf dem Michaels-Platz hier beschäftigt ist, gerieth man heute früh (30. April) in

einer Tiefe von 6 Schuhen, ganz unerwartet auf einen noch gut konservierten, in einer wunderschönen Arabeskenzeichnung ausgeführten römischen Mosaikboden, der sich gegenwärtig dem Auge des zahlreich zuströmenden Publikums in einem Flächenraum von einer Quadrat-Klafter darbietet und auf eine viel weitere Ausdehnung hin zeigt."

Schon wenige Tage später berichtet dieselbe zeitgenössische Quelle: „Salzburg, 10. May 1841. Nachdem man mit großem Eifer die in Nro. 86 unserer Blätter angezeigte Nachgrabung auf dem Michaels-Platze fortgesetzt hatte, war man vorgestern so glücklich, die ganze Fläche, welche der entdeckte Mosaikboden einnimmt, ans Tageslicht zu fördern. Es zeigte sich dem erstaunten Auge ein theilweise noch sichtbares Viereck, dessen Länge 24 und dessen Breite 20 Schuhe mißt. Unmittelbar an die Mauer schließt sich eine 2 und 4 Schuh breite Bordure von graufarbigem Mosaik an, welche jedoch keine Zeichnung enthält. Innerhalb derselben bildet sich das eigentliche Tableau in Form eines regulären Quadrats . . . Künstlich verschlungene Rundungen und Gewinde verbinden in denselben mehrere kleinere acht-, sechs- und viereckige Würfel und Rosetten auf eine bunte und doch äußerst gefällige Weise so, daß das Ganze wie ein schön gewebter Teppich dem Auge sich darstellt . . . An der gegen die Domkirche gekehrten westlichen Seite fand sich außerhalb der, hier nur zwey Schuh breiten grauen Bordure, nach Art einer Treppenstufe etwas tiefer liegend, ein abgesondertes Mosaikfeld, welches beyläufig einen Schuh breit ist und nach der ganzen Länge das Tableau fortgelaufen zu sein scheint. Leider ist nur mehr eine Hälfte desselben erhalten; sie zeigt auf weißem Grunde mit dunkelfarbigen Buchstaben sehr deutlich folgende Inschrift:

HIC HABITAT
NIHIL INTRET MALI"

Es fiel nicht schwer, die Ergänzung des römischen Sinnspruches zu finden. Sie bot sich geradezu zwangsläufig an:
HIC HABITAT FELICITAS, NIHIL INTRET MALI.
Zu deutsch: Hier wohnt das Glück, nichts Böses trete ein.
Nüchterne Menschen mögen es einen Zufall nennen, daß die Stadt ausgerechnet diesen Platz für das Mozart-Denkmal auserkor. Für mich aber liegt ein tiefer Sinn darin. Denn so scheußlich das Monument selbst ist, das Mozart weder ähnelt noch seinem Genius entspricht, sondern weit eher das erzene Porträt eines langweiligen Bürokraten sein könnte, so ans Herz gewachsen ist mir doch dieser Platz inmitten der Stadt.
Hier wohnt das Glück: Ja, Salzburg ist von einem Glück beseelt, das alle Schreckenszeiten zu überdauern imstande ist; Stadt und Landschaft strahlen dieses Glück aus und erfüllen jeden, der nach Salzburg kommt, mit dem Wunsch, zu bleiben, dieses Glücks teilhaftig zu werden.

Als das Glücksmotiv in der römischen Schicht des Michaelsplatzes zum Vorschein kam, lag Salzburg gerade in der Periode eines Dämmerschlafes. Es war eine Zeit voller Behäbigkeit und eleganter Beschaulichkeit: Zur bedeutungslosen Stadt im Verband der großen österreichischen Monarchie herabgesunken, standen viele der Paläste und Tintenburgen, aber auch der großen Adelshäuser leer oder waren nur von wenigen Menschen bewohnt.
Den Arbeitern, die im Frühjahr 1841 die Erde aushoben, um für Mozarts Denkmal Platz zu schaffen, schaute die Witwe des Tonschöpfers von ihrem Wohnhaus – Michaelsplatz 8, später also Mozartplatz 8, und nicht, wie mehrmals in Mozartpublikationen angegeben, Nummer 12 – zu, denn Constanze Mozart war nach Salzburg zurückgekehrt. Nach dem Tode ihres Mannes hatte sie mit dem dänischen Legationssekretär Georg Nikolaus von Nissen mehrere Jahre zusammengelebt,

bis er sie schließlich 1809 auf der Flucht vor Napoleons Truppen in Preßburg geheiratet hatte. Inzwischen war er dänischer Geschäftsträger geworden; von 1810 an wirkte er als Zensor in Kopenhagen, und nach seiner Pensionierung war das Ehepaar Nissen nach Salzburg gekommen. Die Aufstellung des Denkmals selbst im Jahre 1842 erlebte Frau Constanze jedoch nicht mehr: am 26. März verstarb sie im Alter von achtzig Jahren. Sophie Haibel, Witwe eines Chorregenten und Schwester Constanzes, mag an dem Festtage aus dem Fenster geschaut haben, denn sie wohnte gleichfalls hier. Und ihre Gedanken sind sicher zurückgeeilt in die jämmerliche Wohnung Mozarts in Wien, wo sie den Todkranken gepflegt hatte. Die Enthüllung des Denkmals, zugleich das erste Musikfest Salzburgs, war für die schlafende Stadt ein überwältigendes Ereignis. Die steinernen Zeugen glanzvoller und machtvoller Vergangenheit mögen wohl aufgewacht sein und vor freudigem Schreck geblinzelt haben ob der vielen herausgeputzten Menschen, die sich da vom 4. bis 6. September 1842 tummelten. Beide Söhne Mozarts waren da, und der jüngere, der Musiklehrer Wolfgang Amadeus, dirigierte zu Ehren seines großen Vaters eine selbstkomponierte Festkantate. Festmesse im Dom, Festkonzert im Carabinierisaal der Residenz, Mozarts Requiem, ein Festball, Fackelzug, Volksfest auf der Salzach und Folklore in Leopoldskron, Scheibenschießen und Pferderennen brachten ganz Salzburg auf die Beine. Eineinhalb Jahrzehnte später veranstaltete Mozarts älterer Sohn Carl im September 1856 ein Musikfest, das schon Künstler von nah

Oben: „Die Hoch-Fürstl. Haubt und Residenz Stadt Salzburg von Mitternacht anzusehen", Stich aus dem Großen Atlas von Matthäus Seittner, 1735.

Unten: Michael Wolgemut: Salzburg von Mülln aus gesehen. Dieser Holzschnitt, entstanden um 1460, ist die älteste Darstellung Salzburgs und erschien 1493 in der Schedelschen Weltchronik.

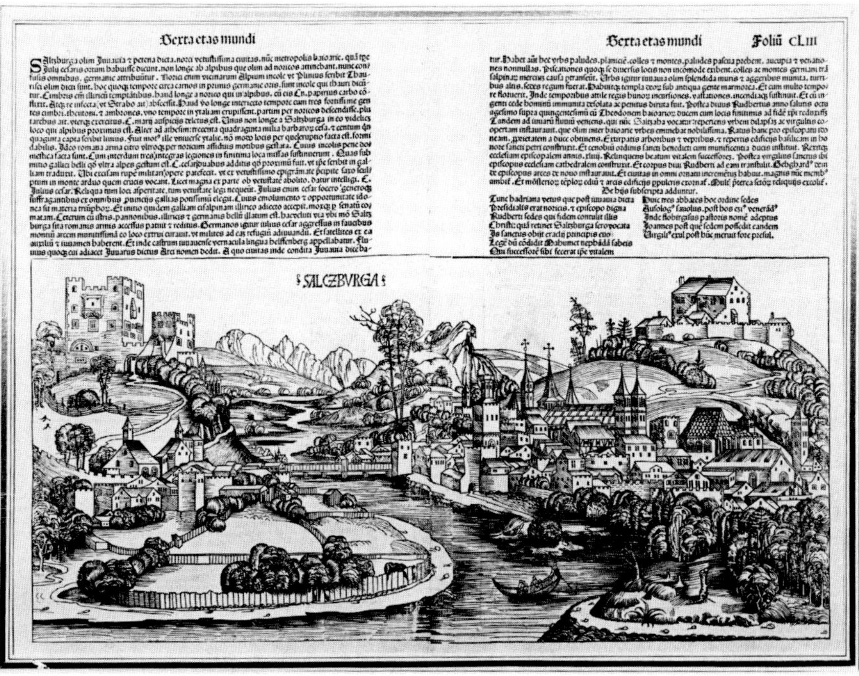

Sexta etas mundi

Saltzburga olim Juuauia ꝛ petena dicta. noꝛici vetustissima ciuitas. nūc metropolis baioarie. quā tpe Julij cesaris oꝛtum habuisse dicunt. non longe ab alpibus que olim ad noꝛicos attinebant. nunc con-fusis omnibus. germanie attribuūtur. Noꝛica enim vicinarum Alpium incole vt Plinius scribit Thau-risci olim dicti sunt. hoc quoqꝫ tempoꝛe circa carnos in primis germanie oꝛis. sunt incole qui thauri dici-tur. Cimbris cū illirici temptātibus. haud longe a noꝛico qui in alpibus. cū eis Cn. papirius carbo cō-flixit. Atqꝫ re infecta (vt Strabo ait) abscessit. Haud ꝟo longe interiecto tempoꝛe cum tres foꝛtissime gen-tes cimbri. theutoni. ꝛ ambrones. vno tempoꝛe in ytaliam erupissent. partim per noꝛicos descendisse. plu-tarchus ait. vterqꝫ exercitus. C. marij auspicijs delectus est. Unus non longe a Saltzburga in eo videlicet loco qui alpibus proximus est. Alter ad athesim: trecenta quadraginta milia barbaroꝝ cesa. ꝛ centum qn-quaginta capta scribit liuius. Fuit mot⁹ ille vniuerse ytalie. nō modo locis per que eruptio facta est. formi-dabilis. Adeo romana arma citro vltroqꝫ per noricum assiduis motibus gestata. Cuius incolis pene do-mestica facta sunt. Cum interdum tres integras legiones in finitima loca missas sustinuerunt. Quas sub initio gallici belli qđ vltra alpes gestum est. C. cesar duabus additis qđ proximū fuit. vt ipse scribit in gal-liam traduxit. Ubi excisam rupē militari opere patefecit. vt ex vetustissimo epigrāmate ꝑcipite saxo sculptum in monte arduo quem crucis vocant. Licet magna ex parte ob vetustate aboliti. datur intelligi. C. Julius cesar. Reliqua tum loci asperitate, tum vetustate legi nequeūt. Julius enim cesar socero generoqꝫ suffragantibus ex omnibus ꝓuincijs gallias potissimū elegit. Cuius emolumento ꝛ oppoꝛtunitate ido-nea sit materia triūphoꝝ. Et initio quidem galliam cisalpinam illirico adiecto accepit. moxqꝫ p senatū co-matam. Ceterum cū istris. pannonibus. illiricis ꝛ germanis bellū illatum est. hac ꝟo duci via vbi mō Saltz-burga sita romanis armis accessus patuit ꝛ reditus. Germanos igitur iulius cesar aggressus in faucibus montiū arcem munitissimā eo loco extrui curauit. vt milites ad eā refugiū adiuuandi. Et satellites et ea auxiliū ꝛ iuuamen haberent. Et inde castrum iuuauense vernacula lingua helffenberg appellabatur. Flu-uius quoqꝫ cui adiacet Juuarus dictus Arci nomen dedit. A quo ciuitas inde condita Juuauia dicebatur.

Sexta etas mundi Foliū CLIII

Habet aūt hec vrbs paludes. planiciē. colles ꝛ montes. paludes pascua pꝛebent. aucupia ꝛ venatio-nes nonnullas. Piscationes quoqꝫ se diuersis locis non incōmode exibent. colles ac montes germani trā-salpinaqꝫ mercium causa ptranseūt. Urbs igitur iuuauia olim splendida muris ꝛ aggeribus munita. turri-bus altis. sedes regum fuerat. Habuitqꝫ templa deoꝝ sub antiqua gente marmoꝛea. Et cum multo tempo-re floruerit. Inde tempoꝛibus attile regis hunoꝝ incursiones. vastationes. incendiaqꝫ sustinuit. Et cū in-genti cede hominū immanita desolata ac penitus diruta fuit. Postea diuus Rudbertus anno salutis octu-agesimo supra quingentesimū cū Theodonem baioarioꝝ ducem cum locis finitimis ad fidē xpi reduxisset. Tandem ad iuuarū fluuiū veniens. qui nūc Saltzaha vocatur: reperiens vrbem dilapsā ac virgultis co-opertam instaurauit. que olim inter baioarie vrbes eminebat nobilissima. Ratus hanc pro episcopatu ido-neam. ꝓprietatem a duce obtinens. Extirpatis arboribus ꝛ vepribus. ꝛ repertis edificijs basilicam in ho-noꝛe sancti petri construxit. Et cenobiū oꝛdinis sancti benedicti cum munificentia ducis instituit. Rexitqꝫ ecclesiam episcopalem annis. xliiij. Relinquens beatum vitalem successoꝛē. Postea virgilius sanctus ibi episcopus ecclesiam cathedralem construxit. Et coꝛpus diui Rudberti ad eam transtulit. Gebhard⁹ dein-de episcopus arces de nouo instaurauit. Et ciuitas in omni oꝛnatu incremētū habuit. magnis nūc memb⁹ ambit. Et mōsterioꝝ tēploꝝ ediū ꝛ arcis edificijs ꝑpulcris exoꝛnat. Multi ꝑterea sctōꝝ reliquijs excolit.

De hijs subscripta adduntur.

Tunc hadriana vetus que post iuuauia dicta
Presidialis erat noricis. ꝛ episcopo digna
Rudberti sedes qui fidem contulit illis
Christi: quā retinet Saltzburga sero vocata
Is sanctus obijt eraclij principis euo
Legē dū cōdidit Mahumet nephādā sabeis
Qui successoꝛē sibi fecerat ipse vitalem

Huic tres abbates hoc oꝛdine sedes
Ausolog⁹ sauolus. post hos eu⁹ venerād⁹
Inde flobrigisus pastoris nomē adeptus
Joannes post quē sedem possedit eandem
Uirgili⁹ exul post hūc meruit fore presul.

SALCZBURGA

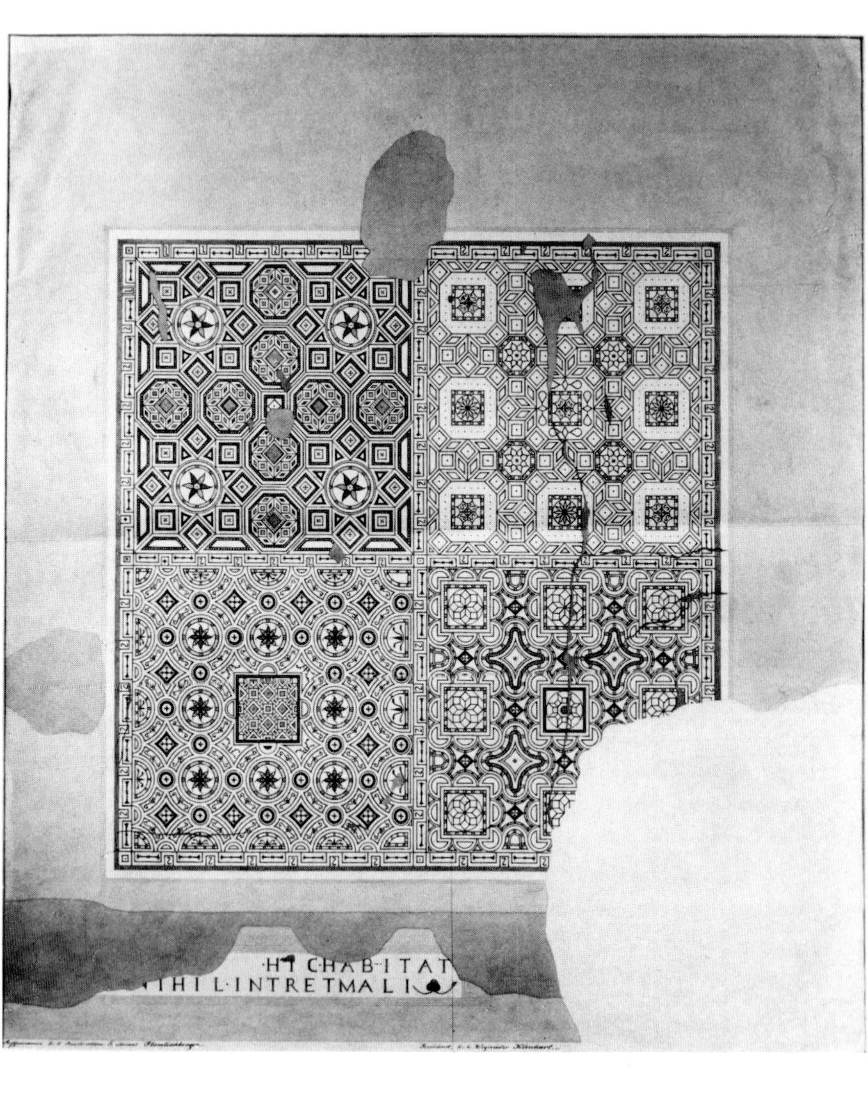
·HI C·HAB·I·TAT
NIHIL·INTRETMALI

und fern anzog und mit einem Gesangsfest der Liedertafeln auf dem Mönchsberg endete. Sechshundert Sänger jubelten bei ihrem Fackelzug dem weißhaarigen zweiundsiebzigjährigen Carl Mozart zu, der auf dem breit ausladenden, von Säulen getragenen Balkon des Hauses stand, wo heute der Sitz der Salzburger Sparkasse am Alten Markt ist, um in diesem Mann den Vater zu seinem hundertsten Geburtstagsfeste zu grüßen. Die mit dem Ende der Eigenstaatlichkeit des Landes eingetretene Ruhe Salzburgs wurde von keinem größeren Ereignis mehr durchbrochen. Franz Schubert konnte also 1825 seinem Bruder Ferdinand schreiben: „Die Thore der Stadt verkünden mit ihren Inschriften die verschwundene Macht des Pfaffenthums. Lauter Häuser von vier bis fünf Stockwerken erfüllen die ziemlich breiten Gassen, und an dem wunderlich verzierten Haus des Theophrastus Paracelsus vorbei geht es über die Brücke der Salzach, die trüb und dunkel, mächtig vorüberbraust. Die Stadt selbst machte einen etwas düsteren Eindruck auf mich, indem ein trübes Wetter die alten Gebäude noch mehr verfinsterte, und überdies die Festung, die auf dem höchsten Gipfel des Mönchsberges liegt, in die alten Gassen der Stadt ihren Geistergruß herabwinkte. Da leider gleich nach unserer Ankunft Regen einsetzte, welches hier sehr oft der Fall ist, so konnten wir außer den vielen Palästen und herrlichen Kirchen, deren wir im Vorbeifahren ansichtig wurden, wenig zu sehen bekommen . . . Nachdem wir den anderen Morgen den Mönchsberg bestiegen, von welchem man einen großen Theil der Stadt übersieht, mußte ich erstaunen über die Menge herrlicher Gebäude, Paläste und Kirchen, doch gibt es wenig Einwohner hier, viele Gebäude stehen leer, manche sind nur

Nur die Zeichnung des 1841 entdeckten römischen Mosaiks mit der – ergänzten – Inschrift: „HIC HABIAT FELICITAS NIHIL INTRET MALI“ blieb erhalten. Das Mosaik selbst ist verschollen.

von einer, höchstens zwei bis drei Familien bewohnt. Auf den Plätzen, deren es viele und schöne gibt, wächst zwischen den Pflastersteinen Gras, so wenig werden sie betreten."
Ja, der Rasenteppich breitete sich ungehindert auf den Plätzen aus, denn nur gelegentlich glitt ein Gefährt darüber. Anders im Inneren der Altstadt und auf den kleinen Plätzen, dem Waagplatz und dem Alten Markt, denn dort herrschte das Gedränge einer Kleinstadt mit einem großen bäuerlichen Hinterland. Und stand man auf der hölzernen Staatsbrücke, so floß breit und träge die Salzach uneingedämmt beidseits direkt neben den Häuserreihen; nur bei der Griesgasse gab es einen Flecken Erde. Dort standen die Fleischbänke, waren brüllende Rinder an die Gatter gebunden, um zu warten, bis sie zur Schlachtbank geführt wurden. Rege aber war noch immer die Salzachschiffahrt. Zahlreiche Plätten und Zillen mit Salz, Holz und Steinen legten an, wenn die Schiffsleute Station machten, und gelegentlich gab es auch noch Personenverkehr; nach Linz kostete die Fahrt für eine Person unter Dach 1 fl., nach Wien 1 fl. 40 kr. Die Lektüre der Zeitungen und das Billardspiel waren die Hauptbeschäftigungen, denen Beamte und Bürger in ihrer Freizeit nachgingen. Im Steigerschen Café – dem Tomaselli – gab es von der *Prager Zeitung* bis zur *Gazetta di Venezia* die wichtigsten Blätter der großen Monarchie. Natürlich darf das Theater nicht vergessen werden, denn vor allem für Opern gab es ein überaus interessiertes Publikum. Und der gute Franzl Schubert, der von der Stadt so gar nicht recht begeistert war, mußte zugeben, daß er als Komponist offenen Herzens aufgenommen und sofort herumgereicht wurde. „. . . worauf wir für den folgenden Abend geladen und gebeten wurden, unsere Sachen vor einem ausgewählten Kreise zu produzieren, die denn auch unter besonderer Begünstigung des schon in meinem früheren Brief erwähnten Ave Marias allen sehr zu Gemüth gingen." Diese ausgewählten Kreise gab es noch immer, denn wenn Salzburg auch politisch unbedeutend

geworden war, so blieb es eine Handelsstadt, deren Kaufherren mit der Welt Merkurs, mit London und Amsterdam ebenso wie mit Augsburg, Nürnberg, Triest und Venedig, in Verbindung standen. Es wurde fleißig gearbeitet; bei einbrechender Dunkelheit jedoch wurde es in Salzburg still, denn da wurden die Läden geschlossen. Etwa um sechs ging man ins Gasthaus, und wer um acht noch nicht zu Hause war, geriet in den Ruf der Liederlichkeit.

Man arbeitete hart und zäh – und auch daran, Salzburg wieder neue Bedeutung zu verschaffen, denn sonst wäre nicht gerade in einer ausgesprochenen Zeit des Niederganges das Denkmal Mozarts entstanden. Man trotzte Wien immer mehr Rechte ab – gestützt auf die nicht wegzuleugnende Tatsache, daß man Salzburg seine Bedeutung nicht nehmen konnte, weil es an einer Verkehrsader der Weltgeschichte liegt. Das ist trotz aller modernster Verkehrsmittel bis in unsere Tage so geblieben und reicht natürlich erst recht in Urzeiten zurück.

Wandern in der Urzeit

DIE ANFÄNGE SALZBURGS

> Kelten wohnten hier, bevor die Römer kamen. Den Römern folgten Bajuwaren. Aber wo Kelten einmal waren, leben sie fort. Ihr Wesen ist, selber keins zu haben, aber jedes scheinen zu können.
>
> HERMANN BAHR, SALZBURG

Schon die ersten Stämme, die aus den Gebieten nördlich des Alpenhauptkammes der Sonne, der Wärme entgegenzogen, fanden im Salzburger Becken einen idealen Stützpunkt auf dem Weg zu den Pässen, die den Blick nach Süden freigaben. Hier war ein tiefer Einschnitt in das Alpengefüge, im Westen, Süden und Osten von Bergen begrenzt, im Norden von niedrigen eiszeitlichen Kegeln, gebildet aus Schuttablagerungen, umrandet, während aus dem Becken selbst einzelne Hügel herausragten. Alle diese Berge entstanden vor Hunderten von Jahrmillionen, als riesige Meere über unser Land hinwegwogten, gewaltige Erschütterungen Falten aufwarfen, die den Meeresschlick zu Gesteinsplatten preßten. Blicken wir heute um uns, so gewahren wir allenthalben Zeugen dieser gigantischen Naturgewalten: Das Massiv des Untersberges ist zum Teil ein Korallenriff, an den Alpen hat sich Kalk abgelagert, der unzählige Tiere des großen Meeres – Muscheln, Haie, Quallen, Fischsaurier und viele andere – einschließt. Heute sind diese Versteinerungen, in Land und Stadt Salzburg an vielen Stellen zu finden, beliebte Sammelobjekte.

Als das Meer zurückgewichen war, begannen gewaltige Gletscher das Antlitz unseres Landes zu formen, in Zeiträumen, die kaum vorstellbar sind. Es ist ein Schauspiel, das sich in unendlicher Zeitlupe wiederholt: Gletscherzungen stoßen tief in die Täler hinunter, schürfen die Erdrinde auf, hobeln Furchen, rasieren Berge, ziehen sich wieder zurück; das Schmelzwasser wirft neue Schutt- und Geröllmassen ins Tal.

Wandern in der Urzeit: Ein Spaziergang durch die Stadt Salzburg läßt uns immer wieder auf Portale, Stiegen alter Häuser oder Fußbodenquader in Kirchen stoßen, die aus Marmor gemeißelt wurden, einem rotbraunen oder auch grünlich gefärbten Gestein, mit Einschlüssen von Schnecken, Ammoniten und anderem Getier aus der Zeit des Jura – Zeugen einer Landschaft, die aus einem hundertfünfunddreißig bis hundertachtzig Millionen Jahre alten Meer entstand. Ebenso faszinierend ist ein Abstecher nach dem Vorort Glasenbach, mit dem Auto in wenigen Fahrminuten zu erreichen. Folgt man dem Schild „Zur Glasenbach-Klamm", so findet man nach etwa einem halben Kilometer ein Gasthaus. Von hier führt der Weg in eine wilde Schlucht und zu einem Naturlehrpfad, auf dem man bequem die Juraschichten, gefaltet zu regelrechten Wellenbögen, studieren kann. Eine von Jahr zu Jahr wachsende Sammlung von Funden bietet auch das „Haus der Natur", das naturhistorische Museum der Stadt. Mit Recht darf Salzburg stolz darauf sein, daß hier wie in kaum einer anderen Stadt die Natur ihre Geheimnisse in so überwältigender Fülle zur Schau stellt.

Kapituliert unser Vorstellungsvermögen bei der Konfrontation mit urzeitlichen Perioden, so erreichen wir mit dem Auftreten des Höhlenbären vor etwa hunderttausend Jahren den ersten Fixpunkt. Knochenreste wurden im Lehm vieler Höhlen, so auch im Bärenhorst auf dem Untersberg gefunden. Wann allerdings der erste Mensch in diese Gegend kam, darüber hat die Wissenschaft noch nicht das letzte Wort gesprochen. Mit Hilfe der Radiokarbonmethode, d. h. durch Messung des Kohlenstoffes in Knochen und Zähnen, wurde festgestellt, daß in einer Höhle am Schlenken (Osterhorn-Gruppe) etwa vierundvierzigtausend Jahre v. Chr. ein Mensch sein Leben beendet hat. Zweifellos war es ein Bärenjäger, der, aus nördlichen Breiten kommend, weit in die Alpenzone vorgedrungen und auf seinen Streifzügen auch in das Gebiet des heutigen Salzburg gekommen war.

Einwandfrei gesichert ist eine starke vorgeschichtliche Besiedlung etwa ab 5000 bis 4000 v. Chr. In der Jungsteinzeit breiteten sich dichte Wälder bis zur Baumgrenze aus, darüber lagen Alpenmatten. Ausgedehnte Hoch- und Wiesenmoore bedeckten das Vorland und das Salzburger Becken selbst. Die Haupttäler, die ins Gebirge führten, waren versumpft, die Hänge der Tauerntäler trugen Mischwald. Daß die Buchenwälder des Vorlandes und die Mischwälder aus Buchen und Eichen Siedlungen begünstigten, zeigen zahlreiche Funde, die auch bestätigen, daß der steinzeitliche Mensch den Alpenkamm zumindest erreicht, wenn nicht sogar überschritten hat. Feuersteinbeile, wie sie nur in Skandinavien gefertigt wurden, kamen auf dem Kamm des Ankogels zum Vorschein, aber auch in Badgastein, an jener Stelle, wo in grauer Vorzeit die erste Heilquelle entdeckt wurde. Die Steinzeitmenschen, Jäger und Sammler, mit einem unverbildeten Instinkt und geschult in der Beobachtung der Natur, hatten diese Quelle gefunden. Dem umherziehenden Jäger mußte es auffallen, wenn da, wie im Gasteiner Tale, über den heißen Quellen ein Nebelstreif stand. Die Entdeckung des Salzes geht ebenso auf ihn zurück. Er wird, den Spuren des Wildes folgend, auf die natürlichen Salzlecken der Tiere gestoßen sein.

Das Gebiet der heutigen Salzburger Altstadt war einst eine finstere und undurchdringliche Au. Auf den sie umgebenden Bergen siedelten Menschen. Der Rainberg inmitten der Stadt, nächst dem Mönchsberg, scheint ein Zentrum gewesen zu sein; aber auch auf dem Kapuzinerberg, auf dem Hellbrunner Berg und dem Bürgelstein gibt es Spuren von Menschen, die eigenartigerweise auf dem Mönchsberg nur vereinzelt anzutreffen sind. Eine systematische Suche steht noch aus. Schon in dieser ersten Besiedlungsphase erwies sich Salzburg als Schmelztiegel mit einer starken Anziehungs- und einer ebenso starken Ausstrahlungskraft. Nach den Funden zu schließen, waren verschiedene jungsteinzeitliche Kulturgruppen des außeralpinen Bereiches vertreten, so z. B. die Donaukultur der Bandkeramik, die Theiß-Gruppe, die Bückerkultur, die Mondsee-Gruppe, die Schnurkeramik, die Glockenbecherkultur, u. a. Wiederum war es einerseits die günstige Verkehrslage, die das Wachstum der Siedlungen förderte, also die Verbindung nach dem Süden, aber auch der Ost-West-Verkehr innerhalb der Alpen entlang der Salzach; anderseits trug wohl auch die Kunde von den Bodenschätzen, zuerst Salz, dann Kupfer, Gold und Eisen, zum Ruf dieser Landschaft bei, der durch Jäger und Kundschafter wie auch durch die ersten Formen des Handels weitergetragen wurde. Mit dem Beginn der Bronzezeit (1800 bis 900 v. Chr.) wurde der Kupferbergbau wichtig. In der Alteisen- oder Hallstatt-Zeit (900 bis 400 v. Chr.) tritt erstmals in der Vorgeschichte ein Volk auf, das mit Namen bezeichnet wird: die Illyrer. Nach einer Blütezeit verlor die Kupfergewinnung in dem Maß an Bedeutung, als die Eisenerzeugung in den Vordergrund trat und vor allem der Salzbergbau auf dem Dürrnberg bei Hallein, der Knappenstadt, fünfzehn Kilometer von Salzburg entfernt, dem Land Reichtum brachte. In der Jungeisen- oder Latènezeit (400 bis 15 v. Chr.) kam es zu einer Blüte keltischer Kultur. Alle diese Perioden lassen sich an Hand von Funden auf dem Rainberg nachweisen, dessen Steinbruch Anlaß zu den ersten systematischen Grabungsarbeiten gab.

Der Mensch dieser vorgeschichtlichen Zeit blickte von der Hügelkuppe aus weit über das Land. Unter ihm lag gegen den Fluß zu die Au, in der er jagen konnte; er selbst siedelte an der Schnittstelle der Verkehrswege, doch geschützt auf der

Anhöhe. Zwischen ihm und dem Untersberg breitete sich ein riesiger Moorsee aus, der auf drei Seiten den Rainberg umspülte, von den Rändern her aber immer mehr zuwuchs, und über den schließlich verschlungene und nur dem Kundigen sichtbare Pfade führten. Das Moor flößte dem Menschen Furcht ein, zugleich zog es ihn aber unwiderstehlich an. Seine Angst kämpfte mit dem immer stärker werdenden Willen, der Gefahr zu trotzen. Daß Götter- und Dämonenfurcht im Denken der Menschen einen zentralen Platz einnehmen, bezeugen jene Gegenstände, die immer wieder beim Torfstechen geborgen werden: Opfergaben an einen Moloch, der dem Menschen Gesundheit und Nahrung brachte, ihn aber ebenso unbarmherzig wie plötzlich verschlingen konnte. Und: wie viele Siedler mochten glauben, hier sei der Eingang zur Unterwelt?

Der erste prähistorische Fund vom Abhang des Rainberges stammt aus dem Jahr 1857. Nur achtzig Meter über die Talsohle herausragend, ist der Rainberg als letzter Ausläufer des Mönchsberges, mit dem er durch einen tiefen Sattel verbunden ist, auffallend gegliedert. Es sind künstlich angelegte Terrassen, die nur über den schmalen Sattel vom Mönchsberg her zugänglich waren. Moorsee und Sumpf, Steilwände und Hänge schufen ideale Voraussetzungen für die Besiedlung dieses Platzes. Zu Hunderten hat man hier Steinäxte und Keulen, Pfeilspitzen, Klingen, Anhänger, Reib- und Mahlsteine, Nadeln und Pfriemen, kupferne und bronzene Äxte, bearbeitete Geweihstücke und Knochen, Tonscherben, Figuren, Gefäße mit Tupfenkerben, Strich- und Grätenmuster und Punktornamenten geborgen. Dazu prismenförmige Tonklötze, Stücke aus dem Bewurf der Hütten, die aus Rundhölzern erbaut waren. Viele der Gegenstände sind sorgfältig verziert. Bis heute nicht deuten konnte man vier feinziselierte Sprungbeine von Rindern, würfelartige Knochen, die nicht durchbohrt sind. Da jeder dieser Knochen andere Ornamente trägt,

liegt die Vermutung nahe, daß es sich um ein Würfelspiel handelt. Ist diese Annahme richtig, so besitzen wir das älteste Spiel dieser Art, zumindest in Europa.
Die dichte Besiedlung des Salzburger Gebietes schon in der jüngeren Steinzeit geht auch aus Funden aus den Salzburger Ortsteilen Parsch, Gnigl, Itzling, Maxglan, Morzg, vom Kapuzinerberg und dem Berg von Maria Plain hervor, wenn sie auch nicht an die Vielfalt der Rainberger Funde heranreichen. Langsam wuchs die Siedlungszone immer tiefer in das Tal, wie die Siedlungsreste in Mülln beim Landeskrankenhaus und in Liefering in der Nähe des Salzachufers beweisen. Interessant ist, daß auf dem Rainberg nur ein einziger menschlicher Knochenrest, ein Atlaswirbel, gefunden wurde, während Tierknochen – Elch, Rind, Schwein, Bär, Pferd und Hund – zahlreicher vertreten sind. Meist sind es kleinere Knochen, d. h. die Jäger dürften die Tiere an Ort und Stelle ausgeweidet haben, was verständlich erscheint, bedenkt man, wie beschwerlich der Weg zur Anhöhe war. Vielfach aber wurden Tierschädel gefunden, die wohl als Schmuck für die Wohnstätten dienten.

Es ist noch nicht lange her – rund fünfzig Jahre –, daß die Zeit vor der Eroberung Salzburgs durch die Römer als „geschichtslos“ galt. Seit 1909 jedoch hat sich vor allem Landesarchäologe Martin Hell – *nomen est omen* – darum bemüht, die Vorgeschichte zu erhellen. Die Ergebnisse des letzten Jahrzehnts haben bewiesen, daß der Boden noch viele Schätze und Geheimnisse birgt, die es zu heben gilt. Niemand hätte gedacht, was speziell auf dem Gebiet der Keltenforschung zutage gefördert werden würde: Im Salzburgischen wohnten keltische Fürstengeschlechter, Familien, die einen hohen Lebensstandard erreicht hatten; die Damen gingen in Gewändern *à la* Maximode einher, die Kleider übersät mit Schmuckfibeln.

Diese Funde stammen vom Halleiner Dürrnberg und zählen zu den bedeutendsten der europäischen Keltenforschung. Man kann annehmen, daß wenige Kilometer von ihnen entfernt, in Salzburg, die Menschen sehr ähnlich lebten.

Die Kelten, der indogermanischen Sprachfamilie zugehörig, hatten sich in der zweiten Hälfte des letzten vorchristlichen Jahrtausends in West-, Mittel- und Südosteuropa ausgebreitet. Um 400 v. Chr. setzten die großen Keltenzüge ein, in deren Verlauf eine Gruppe schließlich Oberitalien unterwarf, 387 v. Chr. unter Brennus die Römer schlug, Rom eroberte und bis Süditalien vordrang. Mit der Unterwerfung der Gallier durch Julius Cäsar zwischen 58 und 50 v. Chr. büßten die Kelten ihre politische Bedeutung immer mehr ein, bis diese endlich mit den Feldzügen des Drusus und Tiberius 16 und 15 v. Chr. auch in unseren Breitegraden ganz verlorenging. Salzburg gehörte zum keltischen Königreich Norikum. Die ersten Kelten sind vermutlich im 5. Jahrhundert v. Chr. nach Salzburg gekommen; um 400 v. Chr. kamen sie jedenfalls in großen Scharen. Zuerst nur eine dünne Oberschicht, vermischten sich die Kelten mit der illyrischen Bevölkerung; die Stämme, die im Salzburger Becken lebten, werden keltische Alaunen genannt. Kontakte zwischen Kelten und der griechischen Welt wie auch die Kolonisation der Kelten im westlichen Mittelmeerraum vom 7. vorchristlichen Jahrhundert an brachten bald Kunst- und Gebrauchsgegenstände mit Weinimporten aus dem Süden. Und als sich die Etrusker in der Poebene festgesetzt hatten, lernte man auch die Kunstwerke dieses hochkultivierten Volkes kennen. So hat die keltische Schnabelkanne ihr Vorbild in jener aus Etrurien, mit dem schräg aufwärtsgestellten Ausguß und dem verzierten Henkel. Die Kelten entwickelten sehr rasch eine eigenständige Kunst. Abgesehen von zahlreichen Metallarbeiten entdeckte man erst vor wenigen Jahren in Salzburg selbst ein keltisches Kunstwerk, das seinesgleichen sucht: Auf der Festung Hohensalzburg war, wohl seit 1500, über der Roßpforte ein „Römerkopf“ eingemauert, in dem man bei Restaurierungsarbeiten eindeutig ein keltisches Werk aus dem ersten nachchristlichen Jahrhundert erkannte. Da die Plastik – breite Stirn, starke Backenknochen, eingefallene Wangen, breite und gerade Nase, ovale Augen und stark nachgezogenen Brauen, ohrenlos, brutal zusammengekniffener Mund mit starkem Kinn, dickem Hals und einer Kopfbedeckung, die einer gestrickten Mütze gleicht – aus Untersberger Marmor gemeißelt ist, können wir annehmen, daß dieser Kopf von einem hier ansässigen Künstler stammt.

Diese letzte keltische Phase ist untrennbar mit der römischen verknüpft. Kein Wunder, denn begehrlich schielten die Römer in das benachbarte Königreich zu den „Tauriskern“, sprich Kelten, die im 2. vorchristlichen Jahrhundert reiche Goldlager „gerade über Aquileja“ entdeckt hatten. Grenzzwischenfälle waren die Folge, gleichzeitig aber auch eine Vermischung der Kulturen. Als sich 14 v. Chr. die Pannonier erhoben, um das römische Joch abzuschütteln, erhielten sie von den Norikern Unterstützung. Und als Tiberius, der Stiefsohn des Octavianus Augustus, 15 v. Chr. das Königreich Norikum unterwarf, wurde Salzburg ein Teil der römischen Provinz, das keltische Oppidum auf dem Rainberg wurde aufgelassen und verfiel. In dem Tal zwischen Mönchsberg und Festungsberg am linken und dem Kapuzinerberg am rechten Ufer der Salzach gründeten die Römer die Stadt Juvavum. Es ist also legitim, das Geburtsjahr der Stadt Salzburg mit 15 v. Chr. zu fixieren, es sei denn, man betrachte die Siedlung auf dem Rainberg als Vorläuferin der Stadt. Manche Forscher jedenfalls identifizieren sowohl den Namen Salzach (Igonta) als auch Juvavum (Salzburg) als keltischen Ursprungs. Eine eindeutige Erklärung gibt es bisher nicht. In der Tabula Peutingeriana, auch als Weltkarte des Castorius bezeichnet, erscheint Salzburg als keltische Tempelstadt Ivavo, während das sogenannte Antoninische Reisebuch es als Iovavi verzeichnet. Übersetzungen von *juvare* (helfen) also Helfenburg, und von *juva* und *via* (Weg), sind Deutungsversuche, die nicht überzeugen. Der offizielle römische Name lautete schließlich Civitas Claudia Juvavum.

Römische Verwaltungsstadt

JUVAVUM

> Für das Heil des Imperators und Cäsars Lucius Septimus Severus, des Frommen, Standhaften, des Erhabenen, des Siegers über Arabien, Adiabene, Parthien, des Größten, und des Imperators und Cäsars Marcus Aurelius Antonius, des Erhabenen, gewidmet vom juvavischen . . .
>
> THEODOR MOMMSEN, CORP. INSCRIPT, III, NR. 5536

Auf einem Marmorblock bei dem Haus Kaigasse Nr. 14 fand man die obige Inschrift. Die Nachwelt wird wohl niemals erfahren, wer der Stifter dieses zu Ehren der Kaiser Severus und Caracalla errichteten Monumentes gewesen ist, vielleicht war es die Stadtgemeinde, denn Juvavum hatte unter römischer Herrschaft einen raschen Aufschwung genommen. Zuerst kam das Militär, das Juvavum für den Nachschub von Truppen benützte. Dann folgten die Kolonisatoren: Aus dem Militärstützpunkt, der wohl nur ein paar Bauten umfaßte, wurde ein Dorf und schließlich eine beidseits der Salzach rasch wachsende Stadt. Kaiser Claudius (41 bis 54 n. Chr.) erhob Juvavum zum Municipium. Die einheimischen Kelten lebten friedlich neben den neuen Herren weiter, wie uns keltische Namen auf römischen Grabsteinen zeigen. Die Menschen wurden reich, denn die Stadt entwickelte sich bald zu einem Umschlagplatz für viele Waren, lag doch Juvavum an einer wichtigen Straße. Unweit von Aquileja, in Altinum, begann die Via Claudia Augusta, führte durch das Piavetal und über Feltre nach Trient. Während eine Staatsstraße von hier über Meran nach

Vorarlberg in den Allgäu verlief, gelangte man in die Provinz Norikum auf der Via Claudia über die Brennerhöhe oder auf einer Abzweigung, die durch das Pustertal und über den Radstädter Tauern nach Salzburg führte. Unter römischer Herrschaft wurde diese Straße unentwegt erneuert und alle fünfzig Jahre gründlich ausgebessert. Meilensteine lassen nach fast zweitausend Jahren den Verlauf dieses genialen Verkehrsnetzes erkennen. In Juvavum zweigte eine Straße nach Ovilava (Wels) und Lentia (Linz) an die Donau ab, wie auch die Straße, die entlang des Chiemsees nach Augusta Vindelicum (Augsburg) führte. Außerdem entstand eine Reihe kleinerer, aber wichtiger Verkehrswege: Über Laufen und Burghausen nach Passau; über Oberndorf nach Braunau; über Maxglan und den heutigen Vorort Wals nach Reichenhall. Eine Straße führte zu den Steinbrüchen des Untersberges, eine andere zu den Adneter Marmorbrüchen, nach Hallein und auf den Paß Lueg.

Das Zentrum Juvavums entsprach der heutigen Altstadt Salzburgs, was Grabungen naturgemäß erschwert. Die Lage der Stadt war durch den Flußlauf vorgezeichnet, doch war das Bett der Salzach zu jener Zeit viel breiter. Tief schnitt das linke, der Altstadt zugewendete Ufer, etwa auf der Höhe der Karolinenbrücke und des Künstlerhauses, in das Land ein; es reichte bis zur heutigen Judengasse und führte von der Staatsbrücke zu den Felsen des Klausentores am Fuß des Mönchsberges. Zur Rechten erstreckte sich der Fluß, aus dem mehrere Inseln herausragten, bis an den Bürgelstein und zu den Häusern der Steingasse. Den Stadtkern bildeten die heute ältesten Gassen, Mozart-, Residenz-, Kapitel- und Kajetaner Platz. Funde in der Kaigasse legen die Vermutung nahe, daß sich hier ein Tempelbezirk befand; und auf dem Platz der Landesregierung, dem Chiemseehof, erstreckte sich einst eine riesige Anlage, in der man ein Kaltbad, ein Warmbad, ja sogar ein Konversationszimmer gefunden hat. Pfeiler, Münzen, Terrakotten, Figuren

und Gefäße, alle erbringen den Beweis für ein blühendes Gemeinwesen, das von Wasser und Feuer mehrmals zerstört wurde. Auch die Markomannenkriege im ausgehenden zweiten Jahrhundert haben die Stadt arg mitgenommen.
Das rechte Salzachufer ist ebenfalls reich an Fundstellen. In der Linzer-Gasse fanden sich Münzen; nahe dem Priesterhaus lag in einem gemauerten Versteck, das 1872 zum Vorschein kam, ein Schatz von mehr als zweitausend Silberdenaren. Wie in jeder römischen Stadt lagen auch in Juvavum die Friedhöfe an den Ausfallstraßen: einer in der Gegend der Brunnhausgasse, einer in Mülln (im Hof des Landeskrankenhauses stieß man auch auf ein unterirdisches Brunnenhaus). Im Gebiet der Dreifaltigkeitskirche und der Paris-Lodron-Straße lag eine Begräbnisstätte, die anläßlich der Grundaushebung für die sogenannten Faber-Häuser reiche Funde brachte. Beim Linzer Tor hob man mächtige Steinurnen in Nischen, die in den Fels des Kapuzinerberges gehauen waren. Die Urnen enthielten gläserne Gefäße mit Aschenresten. Der Bürgelstein jedoch erwies sich als die ergiebigste Fundstelle: Rosenegger hieß das Ehepaar, das in der ersten Hälfte des vorigen Jahrhunderts auf dem Bürgelstein ein Grundstück erworben und eine Gärtnerei eröffnet hatte. Doch statt Bäume zu ziehen und Blumen zu ernten, buddelten die beiden bald Ringe, Halsgeschmeide, Waffen, Tonlampen und Urnen, Fibeln, Tränenfläschchen, Statuetten aus Bronze, Alabaster und Ton aus der Erde. Mit untrüglichem archäologischem Instinkt begannen die Roseneggers einen schwungvollen Handel mit allem, was das Herz eines Altertumsforschers höher schlagen läßt, und brachten es zu großem Reichtum. Und auch zu Ruhm: Das Museum, im Besitz bescheidener Reste Roseneggerscher Funde, birgt die Porträts des Ehepaares, die sich in biederem Stolz malen ließen.
Der Kunstgärtner Josef Rosenegger gestaltete auch den Hügel des Bürgelsteins, schuf einen Landeplatz für die Salzachboote, die damals heranfahren konnten, und baute im Stil der roman-

tischen Zeit Treppen, Aussichtsterrassen, Obeliske und Statuen. All dies ist verfallen; verwahrlost zeigt der Bürgelstein nur mehr einen Bestand schöner alter Eiben.

Was Juvavum bisher auch an Kostbarkeiten preisgegeben hat, nach dem Amphitheater, wichtigem Bestandteil jeder Römerstadt, sucht man noch immer vergebens. Es mutet wie ein schlechter Scherz der Geschichte an, daß ausgerechnet in Reinhardts Festspielstadt dieses Zeugnis einer jahrtausendealten Tradition fehlt.

Die Gebäude des römischen Municipiums sind unschwer an ihrem Baumaterial zu erkennen: Ziegel, das typische Konglomeratgestein (die Nagelfluh), Kalk- und Sandsteine, Marmor vom Untersberg und aus Adnet. Die Stadt dürfte etwa 15.000 Einwohner gezählt haben, die zum überwiegenden Teil romanisierte Kelten waren. Viele prachtvolle Mosaiken, mit Darstellungen von Ringern, Faustkämpfern, Köpfen, Fischen, formvollendeten Ornamenten und mythologischen Gestalten wie die der entführten Europa vermitteln uns einen lebendigen Eindruck von dem hochentwickelten Kunstsinn der Juvavier. Das wohl schönste Mosaik, das im österreichischen Raum ausgegraben wurde, befindet sich im Besitz des Kunsthistorischen Museums in Wien: 1815 gaben die Loiger-Felder bei Wals eine Villa frei, aus der ein unversehrter Mosaikboden mit Szenen aus der Theseus- und Ariadne-Sage geborgen werden konnte. Beim Bau der Autobahn wiederum fand Martin Hell an der Kreuzung der Westautobahn mit der Klesheimer Allee ein römisches Gehöft von 1,8 Hektar Ausdehnung, das zwölf Bauobjekte samt Hofmauer umfaßte. Die Lage an einer römischen Fernverkehrsstraße und die Anlage des Wohnhauses mit seinen Wirtschaftsräumen lassen darauf schließen, daß hier

Rechts: Christbaummarkt auf dem Residenzplatz.
Links: Der Friedhof von St. Peter.

ABGUSS
EINER ROMANISCHEN STEINFIGUR,
DIE ALS SOGENANNTER
NONNBERGER HUND
AN DIESER STELLE,
DER FRÜHEREN GRENZE ZWISCHEN
DEM NONNBERGER STIFTSGEBIET UND
DEM GEBIET DER STADT SALZBURG,
EINGEMAUERT WAR

eine Taberna stand. Villen in Maxglan, Liefering, Gnigl, Parsch und Aigen zeigen den Wohlstand jener Bürger, die es sich leisten konnten, ihr Leben friedlich auf dem Lande zu verbringen.
Wie aber lebten die Bürger in der Stadt? Als römische Verwaltungsstadt mit einem Amtsbezirk, der bis an den Inn, an den Tauernkamm und in das Salzkammergut reichte, verzeichnete Juvavum drei Klassen von Einwohnern: die Vornehmen und die Gutsbesitzer, die in der Stadt wohnten, die Kaufleute und Handwerker. Aus der ersten Klasse wurden jährlich zehn Männer als Decurionen gewählt, die die Stadt verwalteten. Dazu kamen die beiden Vorsteher mit richterlicher Gewalt und die zwei Aedilen, denen die Aufsicht über die öffentlichen Bauten und Straßen oblag.
Stellen wir uns vor, wie ein einheimischer Bürger, nennen wir ihn Ambiodrab, Adgelei oder T. Julius Taulus – alles Namen, die auf römischen Grabsteinen in Salzburg verzeichnet sind – sein Haus am Mozartplatz verläßt, um in der Nähe des Chiemseehofes bei einem gelehrten Freunde Rat zu holen. Seine Kleidung unterscheidet sich kaum von der italienischen Mode jener Zeit, doch ist sie dem Alpenklima angepaßt. Grobes Leinenzeug trägt er, darüber einen Kapuzenmantel, und als Kopfbedeckung eine Binde. Die beiden Freunde begeben sich in das Bad. Ihr Gespräch kreist um die hohe Erbschaftssteuer, die bei Verlassenschaften über 100.000 Sesterzen ein Zwanzigstel beträgt, um die Grund- und Kopfsteuer, berechnet nach der Vermögenserklärung, die alle fünf Jahre abzulegen ist, und den Schätzungen des Vermögens, die alle fünfzehn Jahre erfolgen. Andere Gesprächsthemen sind die hohen Zölle, die

Oben: Der „Nonnberger Hund", einst Portallöwe, dann romanischer Grenzstein.
Unten: Blick von der Bastei des Kapuzinerberges auf die Festung.

an Wegen und Brücken für Handels- und Marktwaren, für Salz, Eisen, Gold entrichtet werden müssen, die aber auch das Weideland, die Herden und noch vieles andere betreffen. Es sind auch wieder Beamte und durchziehende Truppen gekommen, klagt der Besucher; Pferde, Zugtiere, Nahrungsmittel und Futter müssen ja von der Stadt zur Verfügung gestellt werden – mit einem Wort, man lebt zwar recht gut, aber Sorgen und Belastungen gibt es in Hülle und Fülle.

Gleichsam als Entschädigung für diese Härten bot der römische Staat dem Bürger einen Himmel an, in dem es Gottheiten für jeden Geschmack und für jede Gelegenheit zur Auswahl gab. Da tummelten sich Baal, Apoll und die keltische Salzgottheit Alaune, ohne einander zu stören; da fand man Jupiter, Merkur, Herkules und die Nymphen, ja selbst Mithras und ägyptische Gottheiten. Alle diese Götter dienten dem römischen Staat. Anders stand es mit der christlichen Religion, die sich im 4. Jahrhundert entlang der Handelswege ausbreitete. So stammen die Katakomben in der Felswand oberhalb des Friedhofes von St. Peter wahrscheinlich aus der Zeit grausamer Christenverfolgungen, wenn auch die Wissenschaft kein endgültiges Urteil darüber gefällt hat, ob sie der spätrömischen Periode zuzurechnen sind; doch in das anbrechende Mittelalter paßt diese Form der Katakomben ganz und gar nicht mehr. Wir besitzen von Eugippius, Abt des Klosters Lucullanum bei Neapel, ein sehr wichtiges Zeugnis über das frühe Christentum in Salzburg. Es ist die von Eugippius verfaßte Biographie seines Lehrmeisters, des heiligen Severin, „Vita Sancti Severini". Severin dürfte um 470 nach Juvavum gekommen sein. Eugippius berichtet von einer Basilika und von der Feier einer Vesper „iuxta oppidum" also nahe bei der Stadt. Das Rätselraten, wo diese Basilika gestanden haben könnte, hat viele Gemüter bewegt. Die Existenz einer Basilika, die auf einen Bischofssitz hindeutet, außerhalb der Stadtgrenze erscheint hingegen naheliegend, hatten die Christen doch, mit dem Ende der Verfolgungen den Katakomben entronnen, den Wunsch, weitläufig zu bauen und Gott gebührend zu ehren. Eine Basilika aus spätrömischer Zeit wurde 1946 entdeckt. Bei Bombenangriffen waren das Central-Kino am rechten Salzachufer in der Linzer-Gasse (die übrigens ebenso wie die Bergstraße auf eine römische Straße zurückgeht) und einige benachbarte Häuser zerstört worden. Aufräumungsarbeiten förderten antike Mauerreste zutage, die Landesarchäologe Hell als ein dreischiffiges, fast siebzehn Meter breites und neunundzwanzig Meter langes Gotteshaus identifizierte. Bedauerlicherweise konnten die Grabungen nicht bis zum Chorabschluß vorangetrieben werden, da andere Gebäude den Weg versperrten. Jedenfalls entsprach diese Salzburger Basilika in Anlage und Ausführung der Bedeutung einer reichen Municipalstadt, und sie ist auf österreichischem Boden nur jener etwas kleineren Basilika von Duell bei Freistritz an der Drau in Kärnten, die in den Grundmauern konserviert werden konnte, vergleichbar. Es berührt seltsam, daß aller Wahrscheinlichkeit nach hier, wo heute schreiende Plakate die neuesten Abenteuer- und Unterhaltungsfilme ankündigen, vor eineinhalb Jahrtausenden der heilige Severin gebetet hat.

Der Legende zufolge besaß Severin „das zweite Gesicht“ und soll mit dessen Hilfe einst den glaubenseifrigen Priester Maximus – offensichtlich ohne Erfolg – vor einer großen Gefahr gewarnt haben. In der „Vita Severini“ berichtet Eugippius: „In dieser Nacht machten die Heruler unerwartet einen Überfall, verwüsteten die Stadt, führten die meisten in die Gefangenschaft ab und hängten den erwähnten Presbyter an den Galgen. Als dies bekannt wurde, war der Knecht Gottes tief betrübt, daß man sich um seine rechtzeitigen Warnungen nicht gekümmert hatte.“ Die Handschriften der „Vita Severini“ haben ihrerseits Anlaß zu diversen Meinungsverschiedenheiten gegeben. Die Schreibweise des Namens Juvavum im Zusammenhang mit der Geschichte des Priesters

Maximus ist nämlich so verstümmelt, daß seit langem darüber gestritten wird, ob das in den meisten Handschriften aufscheinende Ioviacum mit Juvavum gleichzusetzen ist, oder ob damit Joviacum, nämlich Schlögen an der Donau, gemeint sei.
Der Untergang des weströmischen Reiches besiegelte auch das Schicksal Juvavums. Wann das Municipium zerstört wurde, ist nicht feststellbar. 470 weilte Severin noch in der Stadt, doch ist anzunehmen, daß es in dem folgenden Jahrzehnt zu schweren Überfällen kam. Brandspuren weisen auf eine gewaltsame Zerstörung hin. Dennoch war das Leben in der Stadt zweifellos nicht ganz erloschen. Als 488 Odoaker den Abzug der Römer aus Norikum befahl, folgten die Angehörigen der Oberschicht sicherlich diesem Befehl, während die niedrigen Schichten, Nachkommen romanisierter Kelten und freigelassene Sklaven, wahrscheinlich geblieben sind. Es liegt auf der Hand, daß viele Bewohner Juvavums, von Spähern durch Rauch- und Feuerzeichen gewarnt, in die Wälder des Mönchsberges oder Kapuzinerberges flohen und später ein kümmerliches Leben in den Überresten des bedeutungslos gewordenen Ortes fristeten. Als in der ersten Hälfte des 6. Jahrhunderts, etwa um 530, Bajuwaren oder andere wandernde Germanenstämme in die Gegend von Salzburg kamen, fanden sie eine bescheidene Siedlung; die zerstörte Stadt war nicht mehr aufgebaut worden. Hütten schmiegten sich an die Ruinen der Paläste, und die Siedlung selbst war in diesen unsicheren Zeiten wieder bergan gewachsen. Der Nonnberg trug nun die Salzachburg, aus der schließlich Salzburg wurde.

Unverstand vergangener Generationen, aber auch die Unmöglichkeit, in der Altstadt selbst Baulücken offen zu lassen, um die Reste der Römerstadt zu konservieren, haben die Vergangenheit in das Museum verbannt. Dort aber ist eine solche Fülle von Funden ausgebreitet, daß man erahnen kann, welchen Reichtum diese Stadt schon damals besessen hat. Außerdem kann der Besucher der Stadt gleich neben dem Dom unter die Erde steigen, in die Schauräume unter dem Domplatz, wo ihm plastisch wie nie zuvor die Verknüpfung antiker Kultur mit dem Frühmittelalter vor Augen tritt. Kirchenmauern durchschneiden prachtvolle Mosaike. Das Dunkel, das so lange über den Jahrhunderten Salzburger Geschichte in der Römerzeit lag, hat sich gelichtet. Denn der erste große Dom Salzburgs entstand inmitten der Ruinen von Juvavum, ja ruht zum Teil auf ihnen; zugleich steht er unmittelbar neben dem Forum der Stadt, dessen Entdeckung wir Grabungsarbeiten in den Jahren 1966 und 1967 verdanken. Die Geschichte dieses Salzburger Doms zeigt, wie hier zwei Epochen, zwei Welten einander die Hand reichten, wie aus Schutt und Asche, aus den Trümmern einer blühenden Kultur das neue Salzburg emporwuchs.

Verzauberung und Stille

DER FRIEDHOF VON ST. PETER

Als du, im Geiste tief bewegt, zum erstenmal
Dies Land betratst und quer vom Hügelsaum
In urwaldgrüner Einsamkeit das weite Tal
Durchschrittest, hielt die Kreatur in Busch und Baum
Den Atem an. Der blaue Mittagswind entschlief.
Im Silberglanz des Lichts am Felsenchor
Flog schwingenweit ein Adler. Lüftetief
Verflimmerten Gebirg und Tann und Moor.

WILHELM GEORG RESCH, ST. RUPERTUS

Wenn wir die in ihrem Baukörper immer noch kraftvoll lebendige Geschichte Salzburgs in ihren Anfängen erleben wollen, müssen wir unsere Wanderung im St.-Peter-Bezirk beginnen.

BERNHARD PAUMGARTNER, SALZBURG

Die schillernde Patina Salzburgs offenbart sich bei einem Gang durch die Stadt – stets wechselnd im Lauf der Jahreszeiten, aber von unveränderlicher Faszination. Unser Ausgangspunkt ist ein Torbogen an der Westecke des Kapitelplatzes, der einen Pfeil mit der Aufschrift „Zum Peterskeller" trägt. An einem rauschenden Bach vorbei führt der Weg. Aus der Backstube der Stiftsmühle von St. Peter kommen Menschen, Feinschmekker, die das köstliche St. Peterer-Brot holen, hell oder dunkel gebräunt, die Rinde rissig, welches der stets freundliche Frater Bäckermeister, der für jeden Käufer ein Lächeln hat und zu einem kleinen Schwatz aufgelegt ist, in das Papier verpackt.

Einige Schritte noch – zum Peterskeller? Nein, der Weg dorthin führt über den Friedhof.
Dieser Friedhof von St. Peter ist ein stiller, von eigenartiger Fröhlichkeit erfüllter Ort. Ein Garten liegt da vor uns, am Fuß schroffer Felsen, und die Gräber sind seine Beete, die Grabkreuze in ihrer zierlichen Schmiedearbeit die Blumen. An diesem Ort offenbart sich wie nirgends sonst die ganze Anmut Salzburgs – und der Blick auf die Macht seiner Fürsten. Denn die Felsenwand oberhalb wird gekrönt vom wuchtigen Gemäuer der Festung.
Georg Trakl, der Frühvollendete, hat die Verzauberung der Stätte in schlichten Versen eingefangen:

Ringsum ist Felseneinsamkeit
Des Todes bleiche Blumen schauern
Auf Gräbern, die im Dunkel trauern –
Doch diese Trauer hat kein Leid.

Der Himmel lächelt still herab
In diesem traumverschlossenen Garten
Wo stille Pilger seiner warten,
Es wacht das Kreuz auf jedem Grab.

Der Friedhof von St. Peter dient auch heute noch als Begräbnisstätte. Wenn man ihn am Allerseelentag besucht, flackern unzählige Lichter auf den Gräbern, laden ein zu einem besinnlichen Rundgang. Immer wieder wird man mit Salzburgs Geschichte konfrontiert. Auf den Gräbern großer Männer liegen bescheidene Lorbeerkränze mit den rot-weißen Farben der Stadt, und diese Geste steten Erinnerns berührt tiefer als eine pompöse Ehrung. Den Gottesacker begrenzen Arkadenreihen mit Grüften. Wir finden Namen wie Santino Solari, den Baumeister des Domes, Haffner, jener Handelsfamilie, für die Mozart seine Haffner-Serenade geschrieben hat, oder

Hagenauer, in deren Haus die Familie Mozart in der Getreidegasse wohnte, Namen wie Kammersänger Richard Mayr, Bildhauer Josef Thorak oder des Malers Pietro Antonio Lorenzoni. Historiker, Gelehrte, Theologen ruhen neben Handwerkern und Kaufleuten. Und dazwischen die prunkvolle Gruft einer Dame, hinter derem ehrbaren Titel einer bürgerlichen Geschäftsfrau sich die liederliche Profession einer Bordellbesitzerin verbirgt.

Inmitten des Totenackers stehen wie aufgefädelt sieben schwarze Kreuze aus alten Zeiten. Die Kreuze waren vor Jahren namenlos und man erzählte sich, sie würden die Gräber von sieben Frauen bezeichnen, die ein Mann der Reihe nach geehelicht und dann zu Tode gekitzelt hätte. In Wahrheit aber sind die Kreuze der ehrbaren Familie des Steinmetzen Stumpfegger gewidmet. Um der falschen Legende zu entgegnen, wurden die Kreuze inzwischen neu beschriftet.

Legende und Geschichte auf einem Friedhof, der vermutlich der älteste älteste nördlich der Alpen ist – seine Anfänge reichen in das römische Juvavum zurück. Inmitten des Gottesackers steht die zur Gänze aus Nagelfluh, dem typischen Salzburger Konglomeratgestein, erbaute Margareten-Kapelle (1485 bis 1491). Außen- und Innenwände dieses schlichten spätgotischen Karners weisen prunkvolle Grabplatten auf, die edle Namen Salzburger Geschichte tragen: Kuen, Alt, Kuenburg, Keutschach. Grabplatten schmücken auch die Außenseite der Peterskirche, steinerne Zeugen.

Geschichte und Legende: Aus der Felswand des Mönchsberges springt Mauerwerk hervor. Es hat den Anschein, als wäre ein Kirchlein an den Felsen geklebt worden. Ein schlichtes Holztürmchen mit schindelgedeckter Kuppel fällt auf, in der eine Gebetsglocke hängt. Gleitet der Blick schräg links nach oben, bemerkt man eine fensterdurchbrochene Mauer im Fels: die Katakomben, die vor Jahrhunderten – eine genaue Bestimmung ist nicht möglich – durch Felssturz freigelegt worden sind. Der Legende nach ließen wie erwähnt die Heruler den Priester Maximus hängen sowie fünfzig seiner Mitbürger ermorden und über die Felsen in die Tiefe stürzen. Die altchristliche Entstehungszeit der Katakomben ist nicht zu bezweifeln. Hier befand sich die Urzelle salzburgischen Christentums.

Eine Führung in die Katakomben gehört zu den kostbaren Erlebnissen in dieser Stadt – aber zu jenen, die man schwer erkämpfen muß. Der Aufstieg ist überaus mühsam, die Stufen sind unregelmäßig und steil. Paradoxerweise steigt man hier in die Katakomben auf, nicht wie in den römischen hinab unter die Erde; doch sollen vor dem Felssturz auch diese Grotten von oben her, vom Mönchsberg, zugänglich gewesen sein. Der Aufstieg erfolgt durch die Kommunegruft, in der sich das Grab Michael Haydns befindet. Mozarts Schwester Nannerl hat gleichfalls hier ihre letzte Ruhestätte gefunden; ein Tafelbild zeigt ihr Porträt. An der Rückwand der Gruft eine derbe Darstellung des Totentanzes.

Wenn man die steilen Stufen erklommen hat, betritt man als ersten Raum der Katakomben die Gertraudenkapelle, 1178 geweiht. An der Südseite sehen wir in Bogennischen sechs Steinsitze für Kleriker und Mitglieder der religiösen Genossenschaft. Der Terrakottaaltar und die Leuchter wurden 1862 nach römischen Vorbildern kopiert; die Säule in der Mitte trug einst auf dem Friedhof eine Totenleuchte. Die Maximuskapelle weiter aufwärts birgt ein Märtyrergrab, das früher als Opferaltar diente. Die Weihe des Raumes, in dem wahrscheinlich schon im 3. Jahrhundert Menschen beteten, läßt bei jeder Führung selbst die lautesten Münder unentwegt schwatzender Touristen verstummen.

Nach einem Rundgang durch die Katakomben schließt ein Besuch der Kreuzkapelle neben der Kommunegruft an. Hier stand die älteste Stiftskirche. Die Kreuzkapelle, die ihre romanische Gestalt noch teilweise bewahrt hat, wurde 1170 errichtet. Die innere Ausstattung und das Portal mit dem Wappen des Dompropstes Anton Graf Lodron, dessen Grabdenkmal die Kapelle beherrscht, stammen aus der Zeit um 1620. Eine schmale Stiege, eher ein Schlupf, führt von der Kreuzkapelle – dem Eingang direkt gegenüber – in die Ägydius-Kapelle, die 1172 eingeweiht und schon zu dieser Zeit als *spelunca*, als Gebetshöhle des hl. Rupert gepriesen wurde. Hier konnten Fresken aus der Zeit um 1420 freigelegt werden, die Maria mit dem Kinde, Märtyrer und im äußeren Feld die Heiligen Benedikt und Ägidius zeigen.

Die Gelehrten streiten noch immer, wann Hrodbert, Hroudperth, Ruodpert oder, wie wir ihn nennen, Rupertus – im Althochdeutschen bedeutet dieser Name der Ruhmglänzende – nach Salzburg gekommen ist. Rupertus, der einer adeligen rheinfränkischen Familie entstammte, kam aus Worms, wo er Bischof war. Die ersten Berichte sprechen davon, daß er 513 nach Salzburg kam und 544 starb, die Tradition verlegte das Datum seiner Ankunft auf 582, ein Jesuit schließlich errechnete das Jahr 696 als wahrscheinlichstes Datum. Vorsichtige Wissenschaftler sprechen stets vom ausgehenden 7. Jahrhundert. Damals kam Rupertus nach einer Missionsreise durch Baiern zuerst nach Seekirchen am Wallersee – wo heute noch ein Stift mit einer Petruskirche besteht – und später nach Salzburg, denn dieser Ort schien als Bischofssitz besser geeignet. Herzog Theodo von Baiern schenkte Rupertus die von Gestrüpp überwucherten römischen Ruinen mit dem umliegenden Land und den Bergen. Die Vita des hl. Rupertus, die rund hundertfünfzig Jahre später entstanden sein dürfte, erzählt, er habe von einer Reise in seine Heimat zwölf Gefährten und die Virgo Christo Erintruda, die hl. Erentrudis, seine Nichte, mitgebracht. Erentrudis wurde von ihm zur Äbtissin geweiht und errichtete auf dem Abhang des Festungsberges, auf dem heutigen Nonnberg, das erste Frauenkloster im Alpengebiet. Rupertus war wie die nachfolgenden Bischöfe gleichzeitig Abt von St. Peter und Bischof von Salzburg. Sehr summarisch schließt die Vita des hl. Rupertus den Bericht über seine Tätigkeit: „Er baute und weihte Kirchen und ordinierte Kleriker aller Grade. Da er den Tag seines Hinscheidens kannte, kehrte er in seine Bischofsstadt zurück, weihte sich einen Nachfolger und verschied am Tage der Auferstehung unseres Herrn Jesus Christus." Sein Wirken in Salzburg dürfte zwischen 700 und 720 zu datieren sein. Der hl. Bonifatius, der die deutschen kirchlichen Verwaltungsbezirke schuf, hat im Jahr 739 Salzburg offiziell zur Diözese erhoben. 745 wurde der Iroschotte Virgil, auch Feirgil, der Geometer genannt, auf Empfehlung des Frankenkönigs Pippin Bischof von Salzburg. Virgil stammte aus Irland, war Mönch und Abt, hat die Abtei St. Peter und die Diözese regiert, ohne zum Bischof geweiht zu sein. Das war eine Eigenheit der Iroschotten, deren Äbte einen Priester ihres Klosters zum Bischof weihen ließen, der dann auch die notwendigen Weihebefugnisse ausübte – während sie selbst herrschten. Erst 767 erhielt Virgil die Bischofsweihe, bis dahin übte der Wanderbischof Dobda Graecus die Befugnisse aus. Die iroschottische Kirche war die alte keltische Kirche Irlands, Schottlands und Nordenglands; die Schottenklöster in unserem Raum sind Relikte jener Mönche. Daß gerade Iroschotten nach Salzburg kamen, läßt auf das Vorhandensein eines keltischen Idioms schließen. Zumindest aber konnten die Iroschotten die einheimischen romanisierten Kelten leichter verstehen als andere Stämme. Der Zug der Iroschotten in das Frankenreich hatte schon um das Jahr 600 eingesetzt. Kolumban, der den Rhein aufwärts fuhr und bis nach Österreich kam, verdanken wir ein Schifferlied, das die Bildung und hohe Kultur der Iroschotten verrät:

Seht, der Stamm, im Walde gefällt, als Kiel in den Fluten
Zieht er im Strome dahin des Rheins, des doppelt gehörnten!
Heia, Männer! Erwecket ein Echo mit unserem Heia!

Hohe Wogen erregt der Sturm, bringt rauschenden Regen,
Doch die Männer rudern mit Kraft und trotzen dem Wetter.
Heia, Männer! Erweckt ein Echo mit unserem Heia!

Unentwegt sie zwingen den Sturm, sie zwingen den Regen,
Alles besiegt der Wille, die unverdrossene Mühe.
Heia, Männer! Erweckt ein Echo mit unserem Heia!
Harrt denn aus und bewahrt euch für Tage künftigen Glückes!
Größer schon war eure Not; auch dieser gibt Gott wohl ein Ende.
Heia, Männer! Erweckt ein Echo mit unserem Heia!

So der Feind, der verhaßte: er läßt dem Herzen nicht Ruhe,
Stellt ihm voll Bosheit nach und wühlt es auf in der Tiefe.
Lenkt auf Christus den Sinn, ihr Männer, und singet Ihm Heia!
Seid nur standhaft im Geist, verachtet die Listen des Feindes.
Mit der Tugenden Wehr besteht den Kampf hier als Sieger.
Lenkt auf Christus den Sinn, ihr Männer, und singet Ihm Heia!

Alles besiegt ein starker Glaube, ein heiliger Eifer,
Fliehend zerbricht der Feind seine giftigen Pfeile.
Lenkt auf Christus den Sinn, und singet Ihm Heia!
Er, der Tugenden König, die Allmacht, der ewige Ursprung,
Zeigt dem Streiter den himmlischen Lohn, verleiht ihm den Sieger.

Virgil, der letzte der Iroschotten, geriet in schwere Auseinandersetzungen mit Bonifatius, dem damaligen Primas von Deutschland. Zum ersten Zwist kam es, als Virgil die Tauformel eines Priesters, der sprachliche Fehler begangen hatte, für gültig erklärte, während Bonifatius eine Wiedertaufe verlangte. Papst Zacharias entschied zugunsten Virgils. Viel ernster war der Streit, als Virgil, der sich mit Naturwissenschaften befaßte

– damals eine eher suspekte Beschäftigung –, die Ansicht vertrat, die Welt besitze Antipoden. Da man sich die Erde als Scheibe vorstellte, behauptete also Virgil, daß es auf der Rückseite dieser Scheibe noch eine zweite Welt gäbe, was dem Gedanken einer Weltkugel schon sehr nahe kam. Bonifatius sah theologische Schwierigkeiten voraus und erklärte Virgils Anschauung kurzweg zur Irrlehre. Der Papst schrieb Bonifatius: „Falls es sich als gewiß herausstellt, daß er sich zu der Ansicht bekennt, unter der Erde sei eine andere Welt, andere Menschen, eine Sonne und ein Mond, dann berufe eine Synode, schließe ihn aus der Kirche aus und verbiete ihm die Ausübung des Priesteramtes . . .“ Virgil behielt zwar sein Bistum, doch blieb Bonifatius für die Zukunft gesehen Sieger, denn der Nachfolger auf dem Bischofsstuhl wurde kein Iroschotte, sondern Arno, ein Benediktiner. Damit war das scharf konkurrierende angelsächsisch-fränkische Kirchentum auch in Baiern zum Durchbruch gelangt.

Virgil hatte aber die Voraussetzungen geschaffen, daß Salzburg im Jahr 798 zum Erzbistum erhoben und zur Metropole der bairischen Kirche wurde. Dadurch, daß er Karantanien, Kärnten, missioniert hatte, war der Machtbereich gewachsen, die Diözesangrenzen erstreckten sich weit in die slawischen Länder. Die Weihe des Domes im Jahre 774 – begonnen wurde der Bau 767 –, bei der die Gebeine des hl. Rupertus von der Klosterkirche St. Peter in den neuen Dom umgebettet wurden, war ein großes Ereignis für die Stadt. Die Ausgrabungen der Jahre 1956/57 und 1966/67 haben die Größe des Domes gezeigt. Das dreischiffige Gotteshaus hatte die für damalige Zeiten enormen Ausmaße von 66 mal 33 Metern. Damit war der Salzburger Dom der größte östlich des Rheins. Virgil legte im Jahre seines Todes, 784, das Verbrüderungsbuch an, ein wertvolles Dokument, in dem Namen und Daten überliefert worden sind und das noch heute in einem Safe der Abtei aufbewahrt wird.

Salzburg zur großen Metropole der karolingischen Ostmission gemacht zu haben, ist das bleibende Verdienst von Virgils Nachfolger, Bischof Arno (785 bis 821). Arno, ein Benediktiner, entstammte bairischem Hochadel, dem Geschlecht der Faganer, das um Bittelbach im Isengau begütert war. Der gleichen Wurzel entsprossen auch die Grafen von Preysing, ein Adelsgeschlecht, das bis in unsere Gegenwart wirkte, Konrad von Preysing war von 1935 bis 1950 deutscher Bischof und in der nationalsozialistischen Ära durch seine mutigen Worte bekannt. Arno war ein überaus diplomatischer Mann: Gelehrsamkeit mischte sich mit Schläue, Frömmigkeit paarte sich mit Rechenkunst. Er war also genau das, was eine aufstrebende Kirchenprovinz brauchen konnte – denn noch immer war Salzburg nicht eigenes Staatsgebiet. Arno hat den Grundstein, der schon von Rupertus gelegt wurde, zementiert. Als Vorteil erwies sich die Freundschaft mit Alkuin, einem gelehrten Berater Karls des Großen. Der Baiernherzog Tassilo, der Landesherr Salzburgs war, wollte nicht Lehensmann der Frankenkönige sein. Vermittler eines Friedens war neben Papst Hadrian I. auch Bischof Arno von Salzburg. Wie meist erwies sich ein solcher Frieden als trügerisch. Herzog Tassilo und seine Familie, vor die Wahl gestellt, hingerichtet zu werden oder in ein Kloster zu gehen, zogen Talar und Schleier begreiflicherweise vor. Da das bisherige Herzogtum nun in fränkische Gaue geteilt wurde, hatte Arno vorsichtshalber zwei ausführliche Güterverzeichnisse – die noch vorhanden sind – anlegen lassen, in denen sämtliche Schenkungen, und sei es nur das kleinste Wäldchen oder ein Flecken Erde, verzeichnet waren. Dank seiner Beziehungen zum Hofe Karls des Großen bestätigte der Herrscher die im „Indiculus Arnonis“ verzeichneten Güter. Karl der Große verfolgte dabei genaue Pläne, denn er, der Schöpfer der Ostmark, wollte auch in den kirchlichen Verhältnissen im Osten des Reiches Ordnung haben. Das erklärt die Erhebung Salzburgs zum Erzbistum.

Papst Leo III. verlieh am 20. April 798 Arno das Pallium und unterstellte ihm die Diözesen von Säben – das spätere Bistum Brixen –, Freising, Regensburg, Passau und Neuburg. Das war von Rom aus nicht ganz freiwillig erfolgt, zumindest weiß man, daß der Ernennung ein Befehl Karls des Großen, Arno zum Erzbischof zu erheben, vorausgegangen war.

Arno machte Salzburg zu einem Mittelpunkt karolingischer Kultur. Die erste Bibliothek entstand, die Schreibschule in St. Peter kopierte fleißig Bücher, so daß Arno über die für die damalige Zeit stattliche Sammlung von hundertfünfzig Werken verfügte. Die höfische Kultur muß auch in Salzburg die Sitten etwas gelockert haben, denn der neue Metropolit berief 799 die Bischöfe und Äbte zu einer Synode. In den daraus hervorgegangenen Beschlüssen heißt es: Kleriker dürfen weder Laienkleider noch Waffen tragen, Nonnen ist das Tragen männlicher Kleidungsstücke verboten, dagegen dürfen sie die Kirchenglocken läuten und Kerzen anzünden. Äbtissinnen dürfen nur mit bischöflicher Erlaubnis und in Begleitung von Nonnen, die nach der Heimkehr Schweigen bewahren, das Kloster verlassen. Auch das kirchliche Leben der Zeit wurde reglementiert: so soll im Hause Gottes niemand lärmen, auf und ab gehen, vor dem Ende des Gottesdienstes fortgehen. Giftmischer und Zauberer sollen ihre Unschuld im Fall der Anklage durch das Gottesurteil des glühenden Eisens beweisen. Die Synodalbeschlüsse wurden bald darauf wiederholt. Tadelnd hieß es darin überdies noch: Bischöfe, Äbte und Priester dürfen das aus Kirchengut Erworbene nur an ihre Verwandten verteilen, soweit es die kirchlichen Gesetze erlauben; die Erzpriester, die den übrigen Klerus überwachen und visitieren müssen, sollen selbst ein tadelfreies Leben führen.

Arno war mehrmals in Rom. Der wichtigste Anlaß war wohl die Kaiserkrönung Karls am Weihnachtstag des Jahres 800: die Errichtung des neuen römischen Imperiums, des abendländisch-christlichen Reiches. Der Salzburger Oberhirte, der oftmals als Gesandter seines Herrschers fungierte, war ganz gewiß an der Vorbereitung dieses weltbewegenden Ereignisses beteiligt. 803 besuchte Karl der Große auch seinen getreuen Erzbischof in Salzburg, wobei er besonders die Rechte Salzburgs zur Missionierung Pannoniens bestätigte.

Diese Ostmission führte auch zum Zusammenstoß mit den beiden großen byzantinischen Missionaren Method und Konstantin, der unter dem später angenommenen Namen Cyrill der Nachwelt bekanntgeworden ist. 863 begannen diese beiden Missionare aus Byzanz ihre Arbeit, als Salzburg schon auf fünfundsiebzig Jahre Missionsarbeit unter den Slawen zurückblicken konnte. Cyrill und Method sollen auf Einladung des großmährischen Herrschers Rastislav gekommen sein, um die Slawen in ihrer eigenen Muttersprache zu unterrichten, wohl aber auch, um sie dem Machtbereich der deutschen Könige zu entziehen. Die beiden Mönche gaben dem slawischen Volk ein eigenes Alphabet, die cyrillischen Schriftzeichen. Rom wies die Ansprüche Salzburgs zurück und weihte Method sogar zum Bischof, doch Erzbischof Adalwin (859 bis 873) zitierte Method vor eine Metropolitansynode, bei welcher die Salzburger und Passauer ihre Erbitterung über den Einbruch in das von ihnen missionierte und kultivierte Gebiet lauthals kundtaten. Der Passauer Bischof wollte Method sogar mit der Reitpeitsche schlagen, und die Metropolitansynode setzte Bischof Method ab und hielt ihn über zwei Jahre gefangen, bis ein päpstlicher Legat die Freilassung und das Recht des Byzantiners auf seine Missionsarbeit erreichen konnte. Da diese Synode 870 abgehalten wurde, sind 1970 genau 1100 Jahre seit jenem Vorfall vergangen, und die Salzburger Kirche, die schon vor einigen Jahren eine große Ausstellung über Salzburg und die Slawen veranstaltete, verkündete, diesen Jahrestag mit der offiziellen Abbitte für das vergangene Unrecht zu verknüpfen.

Der Sturm der Magyaren, die vom Osten her sengend und

mordend eindrangen, verwüstete zum guten Teil das Missionsgebiet, und Erzbischof Dietmar I. fiel 907 an der Spitze eines Heerbannes. Erzbischof Herold (939 bis 958) wurde vermutlich durch verwandtschaftliche Beziehungen in ein Abenteuer getrieben: er schloß sich einer Empörung gegen den König an; die Verschwörer sollen, als 954 die Magyaren neuerlich in das Reich einbrachen, durch Geldzahlungen die Horden von Bayern nach Franken abgelenkt haben. König Otto I. der Große vernichtete die Ungarn aber in der Schlacht auf dem Lechfeld 955; sein Bruder, Herzog Heinrich, unterwarf die Aufrührer, ließ den Erzbischof blenden und verbannte ihn nach Südtirol. Sein Nachfolger, Erzbischof Friedrich, begleitete Otto zur Kaiserkrönung nach Rom. Der Lohn war die Verleihung der Abtei Chiemsee und eines Teiles der Steiermark. Die wachsende Macht Salzburgs ließ Bischof Pilgrim von Passau, der diese Entwicklung mit scheelen Augen beobachtete, zu einem erprobten Mittel greifen. Gefäschte Urkunden verbanden sein Bistum mit dem vermutlichen römischen Erzbistum Lauriacum (Lorch) und sollten seinen Anspruch auf Unabhängigkeit untermauern sowie die Metropolitenwürde für ihn sichern. Wozu hatte man in Salzburg eine gediegene Schreibstube? Eine Urkunde Kaiser Arnulfs mit der Jahreszahl 890, eine Aufzählung von Besitzungen in Ungarn enthaltend, war rasch gefertigt und dem Kaiser überreicht.

Erzbischof Hartwig (991 bis 1023) ließ vermutlich den Dom vergrößern und erreichte 996 das Markt- und Münzrecht für die Stadt Salzburg. Dieses Privileg war ein entscheidender Schritt zum selbständigen Fürstentum, aber auch zum Aufschwung des Ortes selbst. Im Ringen um die jeweilige kaiserliche Macht bewiesen die Nachfolger des Rupertus ungemeines Talent, Vasallentreue mit der Mehrung des eigenen Besitzstandes zu vereinen. Doch als der Gegensatz zwischen Kaiser- und Papsttum immer krasser hervortrat, ließ Erzbischof Baldwin (1041 bis 1060) in der Mitte des 11. Jahrhunderts ein Traditionsbuch anlegen, an dessen Beginn er die prophetischen Worte setzte: „Da jetzt Kirchenräuber fast auf der ganzen Erde getroffen werden, die, mit weltlicher Pfiffigkeit und List zum Betruge vollkommen ausgerüstet, nach Art der Wölfe Tag und Nacht auf Raub auszugehen trachten, ist überall kluge und gleichsam nach allen Seiten Augen besitzende Vorsicht nötig, damit die Kirchengüter sicher erhalten und nicht ein minderbeaufsichtigtes entzogen werde, das bei der überwiegenden Schlauheit der Räuber entweder, wie wir öfters sehen, ganz entfremdet wird oder kaum mit größter Mühe, wie aus dem Rachen des Wolfes der Kirche wieder zurückgewonnen werden kann."

Nun, Salzburg hatte viel zu verlieren. Der Besitzstand, nachgewiesen durch die Urkunden der Rechtsgeschäfte, die eben in Traditionsbüchern gesammelt wurden, würde mit all den Tauschgeschäften, Schenkungen, der Vergabe von Benefizien, dem Loskauf Unfreier und den Erträgnissen der Fronhöfe, auf denen die Naturalerträgnisse der einzelnen zinspflichtigen Höfe gesammelt wurden, eine eigene Wirtschaftsgeschichte füllen.

Im 11. Jahrhundert trat eine Reformbewegung gegen die Verweltlichung des Klerus, Mißachtung des Zölibats und Verkauf von Kirchenämtern auf, die nach dem burgundischen Kloster Cluny, welches gleichsam das Musterkloster war, benannt wird. 987 trennte Erzbischof Friedrich das Mönchskloster von St. Peter völlig vom Bischofssitz. Damit wurde die Abtei ein Hort benediktinischen Geistes – und ist es bis in unsere Tage geblieben.

Ein Hort benediktinischen Geistes

DAS STIFT ST. PETER

Das ist benediktinischer Humanismus: das reine Licht der Schöpfung im Spiegel menschlichen Erkennens und Tuns sich widerspiegeln, zugleich aber auch den überquellenden Reichtum von Herz und Gemüt in das tägliche Werk einströmen zu lassen. Denn nicht umsonst heißt das Gebet der Psalmen und der Gesang der Hymnen in der Liturgie Opus Dei „Werk Gottes" schlechthin.

THOMAS MICHELS OSB, CARISTIA

Abt und Bischof waren bis 987 ident. Doch als die Ämter geteilt wurden, bedeutete dies auch eine Ausweitung der Stadt. Obzwar der Bischofshof von St. Peter erst im Jahr 1110 in neue Bauten auf dem Platz der heutigen Residenz umzog, hat zweifellos schon vorher eine Erweiterung stattgefunden. Bis dahin war die Mönchssiedlung ja hart an den Berg gerückt. Neben dem Dom Virgils war jedoch schon die Wohnung der Kanoniker entstanden, die damals noch wie in einer klösterlichen Gemeinschaft leben mußten. Eigenleute der Kirche, also Handwerker, jedoch auch Freie, etwa Kaufleute, hatten sich im Schatten des Domes niedergelassen.
Von der ersten Abtei St. Peter ist nichts erhalten. Auch von dem 847 nach einem Brand errichteten Neubau ist nichts geblieben, denn schon am 5. Mai 1127 brannten Kirche und Kloster wiederum ab. Der Turm steht möglicherweise auf einem alten Fundament. Der hochromanische Neubau der Kirche, der 1130 begonnen und in dreizehn Jahren fertigge-

stellt wurde, ist in seinem Grundriß erhalten. Von den reichen Wandmalereien wurden 1957 Reste aufgedeckt.
Verweilen wir noch ein wenig im Bezirk von St. Peter. Inzwischen haben wir uns im Peterskeller, wo der köstliche Prälatenwein ausgeschenkt wird, in einer der gemütlichen Stuben, oder an heißen Tagen an einem der Tische direkt an der Felswand, einen kühlen Trunk vergönnt.
Der Stiftshof mit dem Petrus-Brunnen aus dem 17. Jahrhundert und dem besonders lieblichen Brunnenhaus mit Spiralgitter (etwa 1600) und glockenförmiger Barockhaube ist erst im ausgehenden 17. Jahrhundert aus mehreren einzelnen Gebäuden zu einer einheitlichen Front verschmolzen, der 1766 noch gleichmäßige Fassaden aufgesetzt wurden. Auch der Turm der Kirche war Wandlungen unterworfen: Der unterste Teil wahrscheinlich karolingisch, romanisch um 1250 aufgemauert, um 1756 noch einmal verlängert und mit seinem sattgrün leuchtenden barocken Helm gekrönt.
St. Peter ist ein fröhlicher Ort, dies zeigt das romanische Portal der Stiftskirche aus weißem und rotem Marmor mit einer stilisierten Rebenranke, das so recht zum Eintreten einlädt. Das Tympanon über dem Portal stellt die Huldigung der Apostel Petrus und Paulus an Christus dar, mit der tröstenden Inschrift: „Ich bin des Lebens Pforte, kommt, Ihr Hilfsbedürftigen alle, geht durch mich ein. Es führt kein anderer Weg zum Leben." In der Vorhalle stehen zwei römische Sarkophage, die erst 1966 aus dem Boden eines Seitenschiffes gehoben wurden.
Der anschließende Vorraum – die Turmhalle – führt rechts in die Heilig-Geist-Kapelle und gegenüber in die St. Wolfgangs-Kapelle, beide Depots für Grabplatten alter Salzburger Familien. Und dann rankt sich vor dem Besucher das Gitter empor, das den Kirchenraum abschließt, den Eintretenden nicht abweisend, sondern ihn gleich dem Netz eines Fischers in einem Spiel von Licht und Schatten umfangend. Der Hof-

schlosser Philipp Hinterseer hat diese Pracht 1768 gehämmert und mit dem Wappen des Abtes Beda Seeauer geschmückt. Dieser Abt ließ die ursprünglich dreischiffige romanische Basilika, deren letzte Freskenreste in den beiden Seitenschiffen spärlich erhalten sind, in einen Rokokobau umwandeln. Romanik mit Rokoko? Das Ergebnis ist beeindruckend. Benedikt Zöpf hat die Gewölbe mit einem Netz von Stuckornamenten überzogen. Als 1957 die Abteikirche renoviert wurde, kamen die originalen Farbtöne wieder zu Ehren: blaßgrüne Stukkaturen auf dem stumpfen Weiß des Grundes und den den noch heller hervorgehobenen Teilen der Architektur. Festlich – heiter: diesen Eindruck vermittelt die Kirche vor allem, wenn der Hochaltar an kirchlichen Festtagen mit prächtigem Silberschmuck und einem Blütenmeer ausgestattet wird. Prunkstücke der Kirche sind auch die großen bronzenen Sanktusleuchter an der vorderen Chorbalustrade, die Erzbischof Wolf Dietrich 1609 den Mönchen schenkte. Die Fresken der Decke und die meisten Bilder an der Wand des Hochschiffs stammen von Franz Xaver König. Abt Seeauer hat den Maler Martin Johann Schmidt (1718 bis 1801), genannt Kremser-Schmidt, nach Salzburg berufen. Er schuf alle Altarbilder der Kirche, bis auf zwei Ausnahmen – den Ruperti-Altar von Sylvester Paur und den Engel-Altar von Karl von Reslfeld. Das strahlende Bild des Hochaltars, Maria mit dem Kinde, die über den beiden Heiligen St. Petrus und St. Benediktus schwebt, lenkt vor allem die Blicke auf sich.

Bernhard Paumgartner, empfindsamer Salzburger Spaziergänger und Interpret Mozartschen Geistes, sagt: „Es ist ein völlig innerliches, tief menschliches Geschehen, das in diesem Bilde zum Ausdruck kommt. Die reine, von allem Beiwerk gelöste Kraft der geistigen Aussage, einer Aussage, jener so verwandt, die uns plötzlich mit kaum begreiflicher Intensität beim Anhören langsamer Sätze aus Mozarts Spätwerken ergreift. Man verarge es mir daher nicht, wenn ich unsern Meister unter allen zeitgenössischen Malern dem Genius Mozart am nächsten stelle. Man begreife, daß unter allen Altarblättern Salzburgs mir dieses Bild am nächsten ans Herz gewachsen ist.“

In dieser Kirche wurde auch am 25. Oktober 1783 die c-Moll-Messe Mozarts, musikalisches Porträt der Kirche, uraufgeführt, die nun während der Salzburger Festspiele hier jedes Jahr zu hören ist.

Im rechten Seitenschiff – nicht zu übersehen durch die Vertiefung im Boden – befindet sich das Grab des hl. Rupertus, wo der Heilige ruhte, bevor seine Gebeine in den Dom übergeführt wurden, dessen Patron er ist. Erst vor wenigen Jahren brachte eine Untersuchung zutage, daß Rupertus ehemals in einem Sarkophag beigesetzt worden war. Seit Abt Balderich 1143 die Kirche errichten ließ, brennt an diesem Grab ein Ewiges Licht, denn eine Prophezeiung sagt, daß Salzburg an dem Tag zerstört werde, an dem dieses Licht erlöschen würde. Die nüchterne Brutalität der Aufklärungszeit, unduldsam gegenüber solch harmlosem Glauben, verbot das Brennen des Lichtes. Heimlich wurde es in einer Nische der Chorkapelle – die noch die Rußflecken aufweist – weiterhin sorgsam gehütet. Und es brennt noch immer.

Die vielen Grabdenkmäler in der Kirche sind beachtlich. Das schönste, dem Obristen Hans Werner von Raitenau gewidmet, wurde von seinem Sohn, dem Erzbischof Wolf Dietrich, 1593 in Auftag gegeben. Ein Biedermeier-Gedenkstein erinnert an Michael Haydn, den ebenfalls komponierenden Bruder des berühmteren Josef Haydn. Vom rechten Querschiff aus führt eine Tür in die Mariazeller-Kapelle, die frühere Katharinen-Kapelle, 1215 von Herzog Leopold dem Glorreichen von Österreich gestiftet, deren Altar eine Kopie des Gnadenaltars von Mariazell ist.

Das Kloster selbst, auch der frühgotische Kapitelsaal, ist als Klausur nicht zugänglich. Die anschließende Marien-Kapelle, 1319 konsekriert, die älteste gotische Kapelle der Stadt,

schmückt eine Statue der Muttergottes, gleichfalls aus dem Jahre 1319. Gotische Fresken sind im Chor erhalten. Der Boden der Kapelle und des sich nun öffnenden Kreuzganges enthält viele Grabplatten, darunter auch die des Johannes von Staupitz, der von 1522 bis 1524 Abt von St. Peter war. Dieser Mönch ist als Freund und ehemaliger Vorgesetzter Martin Luthers in die Geschichte eingegangen. Die Bibliothek der Abtei mit rund 120.000 Bänden, 1.300 Handschriften und 923 Inkunabeln besitzt durch ihre Dokumente aus frühester karolingischer Zeit unmeßbaren Wert. Erst jüngst kamen bei der Erstellung eines Katalogs des Musikarchivs einige als verschollen geltende Kadenzen zu Klavierkonzerten von Wolfgang Amadeus Mozart, von ihm selbst, seinem Vater Leopold und seiner Schwester Nannerl geschrieben, zum Vorschein.
Die Schatzkammer, über der Sakristei gelegen, verdient wahrhaftig diesen Namen. Es ist kein Schauraum im wahrsten Sinn, sondern ein Depot der sakralen Kultgegenstände des Erzstiftes, denn Monstranzen, Ziborien, Kelche, Kännchen, Tassen, Weihwasserkessel, Weihrauchgefäße, Reliquiare und dergleichen funkeln eng aneinandergereiht in riesigen Holzschränken. Diese Schatzkammer weist Prunkstücke gediegenen Handwerks vom 11. Jahrhundert an auf. Der älteste Bischofsstab, noch in Form einer Krücke, soll der Tradition nach aus dem Besitz des hl. Rupertus stammen. Eine Inschrift auf dem Silberbeschlag, der die Elfenbeinkrücke ziert, dürfte erst aus dem 13. Jahrhundert herrühren – doch wann ist der Beschlag montiert worden? Neben diesem in seiner Schlichtheit ergreifenden Bischofsstab stehen die prunktvollsten Pastorale. Reliquienschreine und Hausaltärchen, Skulpturen und Silberreliefs scheinen dem Betrachter der Höhepunkt der Sammlung – doch nein, da ziehen Paramente das Auge in ihren Bann. Pflanzenranken, Goldstoff, Ornamente in Gold, Grün, Rosa und Hellblau, Silberbrokat, erlesenste Materialien und höchste

Vollendung der Stickereikunst zeigen den einstigen Reichtum des Klosters. Eine gotische Mitra in hoher spitzer Form mit rotem Samtfutter, von einem Gitterwerk aus Goldfäden übersponnen, mit kleinen Perlen benäht und sehr großen und kleineren Halbedelsteinen übersät, jeder einzelne Stein kunstvoll gefaßt, könnte Prunktstück jeder Ausstellung kirchlicher Kunst sein. Das älteste Meßgewand stammt aus dem 11. Jahrhundert und ist mit Leisten von Perlenstickerei besetzt. Eine spätgotische Kasel zeigt eine Stickerei von Weinreben und Ähren, eine andere hingegen macht schauern: in starker Reliefarbeit treten Figuren aus dem Halbdunkel des Kastens hervor, deren fleischfarbene Gesichter, bekränzt mit aufgenähtem Haar, beklemmend wirken. Andere Meßgewänder prunken mit Blumenfeldern und allegorischen Darstellungen, zeigen kunstvollen Spitzenbesatz. Hier ist ein Schatz, der dem Alter und der Ehrwürdigkeit des Klosters entspricht – der aber gehoben, für die Augen unserer Welt sichtbar gemacht werden sollte.

In St. Peter ist die Studienanstalt aller Theologen der österreichischen Benediktinerklöster untergebracht. Vom Stiftshof führt ein Torbogen im Westflügel in einen zweiten Hof, der auf einer Seite vom Fels begrenzt wird und an den 1926 Erzabt Petrus Klotz von Stadtbaumeister Franz Wagner die zwei Trakte des Kollegs anschließen ließ. Anton Faistauer schuf die Fresken der Fassade.

Vom Stiftshof treten wir durch einen Bogen auf die Straße. Sie führt, sich trichterförmig erweiternd, zur Franziskanergasse. Nach wenigen Schritten erreichen wir die Dombögen, wo sich der Platz weitet und die Fassade des Ruperti-Domes machtvoll emporsteigt. Wenige Schritte auch waren einst nur notwendig, um Kloster und Bistum zu trennen, doch sie hatten folgenschwere Bedeutung: sie bildeten die Voraussetzung zum Entstehen des eigenständigen geistlichen Reichsfürstentums.

Zum Dank den Purpur

ERZBISCHÖFE ZWISCHEN KAISER UND PAPST

Aus den braun erhellten Kirchen
Schaun des Todes reine Bilder,
Großer Fürsten schöne Schilder.
Kronen schimmern in den Kirchen.
GEORG TRAKL, DIE SCHÖNE STADT

„*Che cardinale?*" – was für ein Kardinal, so fragte mich vor wenigen Jahren während des Zweiten Vatikanischen Konzils ein römischer Wirt, in dessen Lokal ich mit dem 86. Nachfolger auf dem Throne des Rupertus, mit Andreas Rohracher, verabredet war. Der gute Mann wollte und konnte nicht glauben, daß der Kirchenfürst im Kardinalspurpur nicht Kardinal sei. Nun, im Lauf der Geschichte waren einzelne Salzburger Oberhirten in das Kardinalsgremium berufen worden, doch alle tragen seit dem 24. Rupertus-Nachfolger Theotmar II. – Dietmar – (1025 bis 1041) den Kardinalspurpur. Als Metropolit der Salzburger Kirchenprovinz hatte dieser Erzbischof 1026 das Pallium – das Amtszeichen eines regierenden Erzbischofs in Form eines wollenen Streifens, der wie ein Collier über den Meßgewändern getragen wird – erhalten und zugleich das Recht, sich das Legatenkreuz vorantragen zu lassen und an Festtagen auf einem mit einer scharlachfarbenen Decke versehenen Pferde zu reiten. Dies war das äußere Zeichen der Würde eines *legatus natus,* eines ständigen Legaten des Apostolischen Stuhles, der in dringenden Fällen eben im Namen Roms entscheiden konnte. Aus dieser Legatengewalt, die, mehrmals von Päpsten bestätigt und 1179 über ganz Deutschland erstreckt wurde, heute jedoch nur mehr in Form der äußeren Zeichen erhalten ist, leitete sich der später verwirklichte Anspruch des Titels eines *primas germaniae* ab. Als der Papst den Kardinälen das Recht der Papstwahl übertrug, bestimmte er gleichzeitig, sie sollten den Purpur der Legaten – wie ihn Salzburgs Erzbischof schon trug – anlegen. Der Purpur war der Dank an Salzburg für die unbeirrbare Treue am römischen Papsttum, eine Treue, die in der nun folgenden Auseinandersetzung zwischen Kaiser und Papst auf eine harte und schmerzvolle Probe gestellt wurde. Der Investiturstreit brach aus, als Papst Gregor VII. 1065 den weltlichen Herrschern verbot, Bischöfe oder Äbte selbständig einzusetzen. In Deutschland kam es unter Heinrich IV. und Heinrich V. zu schweren Kämpfen, die erst das Wormser Konkordat 1122 beendete. Gebhard von Salzburg (1060 bis 1088), früher Kanzler König Heinrich IV., verdankte die Wahl zum Erzbischof nur seinen Verbindungen. Der Papst erweiterte seine Legatenwürde, die bis dahin nur für den Bereich der Erzdiözese galt, auf alle Diözesen des Reiches. Gebhard, der ehemalige Vertraute des Königs, vertrat nun eindeutig die Interessen Roms. Als Heinrich nach seinem berühmten Canossagang auf der Heimreise Salzburg überfiel und einen Gegenbischof, den Grafen Berthold von Moosburg, ernannte, mußte Gebhard fliehen. Neun Jahre blieb er Salzburg fern und kam auf der Flucht vor dem Zorn des Königs bis nach Sachsen und sogar nach Dänemark. Nach dem Sieg der päpstlichen Partei wurde er, der Erbauer der Hohensalzburg sowie der Burgen Werfen und Friesach, „in Siegesgepränge nach Salzburg geführet, wo er sodann in seine Residenz einen feierlichen Einzug hielt und von dem größten Teil der Klerisei und des Volkes mit Frohlocken und Jauchzen empfangen wurde". Im Domkapitel war es, wie auch die Chronik andeutet, zu Zwistigkeiten gekommen, die bis zum Tod des Erzbischofs andauern sollten. Man kann es ihm nicht verargen, daß er sich in dem von ihm gegründeten Stift Admont begraben ließ. Nicht viel besser erging es den nachfolgenden Erzbischöfen. So wurde Thiemo (1090 bis 1101) nach einer verlorenen Schlacht von dem Gegenbischof Berthold, der immer noch versuchte, das Bistum wiederzugewinnen, besiegt, auf seiner Flucht nach Kärnten gefangengenommen und fünf Jahre lang eingekerkert. Von Mönchen befreit, griff Thiemo zum Pilgerstab und schloß sich dem Kreuzzug nach dem Heiligen Lande an, wo er verstarb. Die Legende erzählt, er sei in muselmanischer Gefangenschaft beauftragt worden, eine Statue Mohammeds auszubessern, die er jedoch mit dem Hammer zerstört habe, weswegen er zu Tode gemartert worden sei. Auch sein Nachfolger Konrad I. (1106 bis 1147) erlebte ein wechselvolles Schicksal. Er mußte ebenfalls fliehen, blieb fast ein halbes Jahr bei Admont in einer Höhle verborgen, steckte sechzehn Wochen in einer unterirdischen Zelle des Klosters „und einen ganzen Tag brachte er zu in einem Strudel des Flusses bis an das Kinn versenkt". Konrad floh nach Sachsen, denn er traute in seiner eigenen Diözese niemandem mehr, nicht einmal den engsten Mitarbeitern. Schon früher einmal hatte er Salzburg verlassen, weil er sich von Feinden umgeben sah: „Er reisete daher nach Italien zur großen Priesterfreundin Mathildis Gräfinn von Tuscien, bey welcher er eine sehr günstige Aufnahme fand, und sich vier Jahre aufhielt." Immer aber hatte sich Konrad um sein Bistum gekümmert. Er brachte das Domkapitel dazu, nach der Augustinerregel zu leben, ordnete die Finanzen und renovierte den Dom, der durch eine Feuersbrunst stark gelitten hatte, mit einer mächtigen Westfront, gekrönt von zwei hohen Türmen.

Erzbischof Eberhard I. (1147 bis 1164) gelang es, zwischen Rom und Kaiser halbwegs in Frieden zu leben. Als Kaiser Konrad III. im Jahr 1149 von seinem unglücklichen Kreuzzug zurückkehrte, hielt er in Salzburg sogar einen Hoftag. Judas Thaddäus Zauner berichtet in seiner Chronik, daß der Kaiser in der Stadt das Pfingstfest feierte, „wobei er über die anständige und niedliche Kleidung der regulierten Domherren und über ihr erbauliches Betragen sowie über die hiesige Kirchenpracht eine außerordentliche Bewunderung bezeugte, mit der Äußerung, daß er noch nirgends eine so wohl geputzte und so andächtige Klerisei gesehen habe."

Es geht doch nichts über eine wohltemperierte Hofberichterstattung!

Dem Nachfolger, Erzbischof Konrad II. (1164 bis 1168), erging es nicht ganz so gut. Kaiser Friedrich I. Barbarossa hatte einen Reichstag einberufen, auf dem die Fürsten und Prälaten den vom Kaiser erkorenen Gegenpapst den Treueid leisten sollten. Salzburgs Hirte erschien nicht. Erzbischof Konrad blieb standhaft, auch als er sich auf Reichstagen in Nürnberg und schließlich in Laufen bei Salzburg verantworten mußte. Friedrich Barbarossa verhängte die Reichsacht. Am 5. April 1167 gelang es den Grafen von Plain, die Stadt zu brandschatzen; Salzburg wurde in die Rappuse gegeben, das bedeutet freigegeben zur Plünderung und Grausamkeit jeglicher Art. Die Salzburger wehrten sich nach besten Kräften. Es war gar nicht so leicht, in die Stadt einzudringen, doch gelang es den Kaiserlichen, in Salzburger Wämser gekleidete Soldaten mit Salzachschiffen in die Stadt zu schmuggeln. Diese Männer öffneten von innen die Stadttore. Der Dom und der Großteil der Stadt ging in Flammen auf. Konrad selbst konnte fliehen. Er lebte dann in Friesach und starb 1168 in Admont. Für Salzburgs Baugeschichte wichtig wurde der erste Kardinal auf dem Rupertusstuhl, Erzbischof Konrad III. von Wittelsbach (1177 bis 1188), *legatus natus* für ganz Deutschland, der den Dom neu und größer als vorher aufbauen ließ. Von diesem Bau existieren nur alte Ansichten und Berichte in Chroniken – aber die Domgrabungen in jüngster Zeit ergänzen das Bild: Die Grundrißfläche betrug 5.000 Quadratmeter, die Länge des Schiffes 110 Meter und jene des Querschiffes 58 Meter. In seiner gewaltigen Größe war dieser Dom mit dem reichen

Schmuck aus Untersberger Marmor ein Prunkstück des Abendlandes.
Die Macht der Erzbischöfe zeigt sich an einer kleinen Geschichte: Erzbischof Adalbert III. hatte 1194 neuerlich die päpstliche Legatenwürde bestätigt und zugleich die Gewalt eingeräumt erhalten, im Namen des Papstes Kirchenstrafen zu verhängen und davon auch wieder loszusprechen. Dieses Recht wandte der Erzbischof noch im selben Jahr an. Herzog Leopold von Österreich hatte König Richard von England, Richard Löwenherz, auf dessen Rückreise aus dem Heiligen Land gefangengenommen und ein erkleckliches Lösegeld kassiert. Er war dafür vom Papst mit dem Kirchenbann belegt worden. Weihnachten 1194 stürzte Leopold bei einem Turnier in Graz vom Pferd, bekam den Brand und hieb sich, als sein Hofmedicus sich weigerte, eine Amputation vorzunehmen, selber das Bein ab. Dann ließ Leopold eilends Erzbischof Adalbert holen – der sich zu dieser Zeit vermutlich in Leibnitz aufhielt –, denn er wollte den Bann loswerden, bevor er seine letzte Reise antrat. Adalbert gab die Lossprechung unter der Bedingung, daß der Herzog sowie sein Sohn und Nachfolger Friedrich beeiden mußten, das Lösegeld – zumindest den Teil, der noch vorhanden war – zurückzugeben und die Aufträge des Bannbriefes zu erfüllen. Der Papst war zufrieden, und Richard Löwenherz sandte ein Dankschreiben nach Salzburg.

Salzburg – das heißt Geschichte. Nicht Geschichte einer Stadt oder eines kleinen Fürstentumes, sondern Geschichte des abendländischen Reiches. An dem Schnittpunkt zwischen Nord und Süd mußte sich Salzburg dank kluger Regierung durch seine bischöflichen Herren behaupten. Und nur dieser Klugheit, die es verstand, das Besitztum zu mehren, gelang es, dem Fürstentum zwischen mächtigen, emporstrebenden

Königreichen Selbständigkeit zu bewahren. Erst der Stiefeltritt Napoleons brachte – eine Parallele zu Venedig – den Verlust der Eigenständigkeit.

Unbezwingbare Wehr

DIE FESTUNG HOHENSALZBURG

> Die Gegenden von Salzburg, Neapel und Konstantinopel halte ich für die schönsten der Erde.
>
> ALEXANDER VON HUMBOLDT, BRIEFE

Die Salzburger Festung: Demonstration der Macht.
Was wäre Salzburg ohne seine Festung – eine liebliche Stadt in einer Hügellandschaft, der die Bekrönung fehlt. Die Festung Hohensalzburg aber – nur Zugereiste sagen Burg, was Einheimische barsch korrigieren, weil es Burgen überall, aber eben nur eine Festung gibt – unterbricht das Farbenspiel der Hügelketten, eine himmelwärts ragende Kulisse. Für die Einwohner des Landes war der Trutzbau einst eine Warnung, sich mit dem Herrn nicht anzulegen. Der Ruf von der Unbezwingbarkeit der Festung hat viele Feinde ferngehalten. Nicht nur diplomatisches Geschick, sondern auch die Augenscheinlichkeit dieser Wehr hat zum Beispiel im Dreißigjährigen Krieg die Schweden veranlaßt, nicht über das Fürstentum herzufallen. Mit Waffengewalt ist die Festung nie bezwungen worden. Sie hat erst in unserem Jahrhundert kapituliert: dem Ansturm von jährlich bald eineinhalb Millionen Besuchern ist sie wehrlos ausgeliefert.
Ein Gang oder eine Fahrt auf die Festung gehören zu jedem Salzburg-Programm, nicht nur des Bauwerkes, sondern auch des Blicks auf die Stadt wegen. Schon 1892 wurde eine Drahtseilbahn errichtet, die nach einem einfachen physikalischen System funktionierte. Der talwärts fahrende Wagen zog, beschwert mit Wasser, sein Gegenstück auf zahnradgesicherten

Schienen bergwärts. Erst 1960 ist der Betrieb der Drahtseilbahn elektrifiziert worden.
Vom Kapitelplatz führt zwischen der St.-Peter-Mühle und dem Dompfarrhof die schmale Festungsgasse zur Talstation empor. Früher einmal stand hier das Sterbehaus Michael Haydns. Erhalten sind noch einige alte Häuser, wie Nr. 7, das Binderhaus, das aus dem Mittelalter stammt. Die abzweigende Bierjodlgasse führt ihren Namen von einer „Bierzapferei".
Bei einer Fahrt mit der Drahtseilbahn – gleichgültig, ob Berg- oder Talfahrt – nimmt man am vorteilhaftesten im untersten Abteil Platz. Die kurze, aber steile Fahrt läßt Salzburg in stets neuen Blickwinkeln sehen. Die vielen Menschen, die über den Kapitelplatz gehen, werden zu kleinen Farbtupfern, die Dächer der Stadt treten hervor, eine eigenartige Farbpalette, überhöht von den Kuppeln der Kirchen. Nun wird der Slogan vom Deutschen Rom verständlich, der sich nicht so sehr auf die unleugbar vorhandene Italianitá der Stadt als vielmehr auf deren kirchenpolitische Bedeutung bezieht, die von der Vielfalt der Kirchen optisch unterstrichen wird. Wenn wir auf der ersten Aussichtsterrasse stehen, liegt die Stadt zu unseren Füßen wie ein kostbar gewirkter Orientteppich, edel in den Farben, edel in der Knüpfung, wertvoll gerade ob seiner Unregelmäßigkeit der Zeichnung.
Gegenüber liegt der Kapuzinerberg, mit dem Kloster auf

Links oben: Innerster Hof der Festung mit dem zierlichen Erker der Kapelle des Hohen Stockes.

Links unten: Romanisches Kellergewölbe, beim Umbau der Salzburger Landes-Hypothekenanstalt auf dem Residenzplatz 1968 wiederentdeckt.

Rechts oben: Rotmarmorne Zisterne auf dem Großen Platz der Festung Hohensalzburg (1539). Im Hintergrund das Reliefbildnis des Leonhard von Keutschach.

Rechts unten: Brunnen beim Äußeren Stein mit den beiden steigenden Wappentieren des Fürsterzbischofs Guidobald Thun, dem Löwen und dem Einhorn (um 1660).

Prospect des Schloß von Saltzburg von aufgang der Soñen anzusehen
Vüe du Chateau de Salsbourg du Coté de l'Orient
I. A. Corvinus sculp.

SALISBURGUM Saltzburg

seinem westlichsten Ausläufer. Unmittelbar unter dem Kapuzinerberg verbindet die Hauptbrücke, die Staatsbrücke, die von der Salzach getrennten Stadtteile. An dieser Stelle führte schon in der Römerzeit ein Steg über den Fluß.

Die Altstadt läßt die einzelnen Stadtteile – Fürstenstadt, Mönchsstadt, Universitätsstadt, Bürgerstadt – plastisch hervortreten. Direkt unter uns liegt die Fürstenstadt mit dem Dom als Zentrum, umgeben von Kapitelplatz, Domplatz, Residenz- und Mozartplatz. Die Mönchsstadt, aus der die Türme der Peters- und Franziskanerkirche herausragen, wird vom Kapitel- und Domplatz begrenzt. Linker Hand schließt sich der Festspielbezirk an, davor ein weitläufiger Gebäudekomplex, die Universitätsstadt. Die Bürgerstadt umzieht wie ein Gürtel all diese Stadtbezirke, vom leichten Knick der Salzach an, wo sie eng mit dem Mönchsberg zusammenwächst, bis zu Füßen des Stiftes Nonnberg, das hier auf der Aussichtsterrasse außerhalb des Blickfeldes liegt. Diese Bürgerstadt hat sich sehr schnell am Rande des Kapuzinerberges ausgedehnt. Zentrum war das „Platzl“ an der Staatsbrücke, von dem ringförmig die Erweiterung erfolgte.

Wir kehren noch einmal zur Talstation der Festungsbahn zurück. Von hier aus führt auch ein Fußweg auf die Festung, der jedoch nur dem anzuraten ist, der eine kräftige Lunge, ein gutes Herz und heile Füße hat. Doch die Mühe lohnt – man darf nur nicht gleich in den Stiegelkeller fallen, dessen Garten schon zur Befestigung gehört. Ein paar Schritte weiter können wir einen Blick auf die Silhouette der Altstadt werfen, deren

Oben: „Prospect des Schloß von Salzburg von aufgang der Sonnen anZusehen“. Zeichnung von Franz Anton Danreiter, Stich von Johann August Corvinus, um 1735.

Unten: „Salisburgum Saltzburg“. Stich von Johann Georg Pinz nach einer Zeichnung von Friedrich Bernhard Werner und Thomas Scheffler, um 1735.

Türme und Kuppeln ein bezauberndes Beispiel der verschiedensten Stilepochen bieten.

Der breite Fahrweg führt nun weiter zum Stift Nonnberg, wir aber folgen dem Weg, der in spitzem Winkel – überdies gekennzeichnet – zur Festung abzweigt. Bei der Mittelstation der Drahtseilbahn teilt sich auch dieser Weg wieder und führt geradeaus zum Mönchsberg, linker Hand jedoch zur Festung. An einem sonnigen Tag ist es angenehm, im Schatten der Bäume hinanzusteigen, zwischen denen immer wieder Gemäuer hervortritt. In früheren Zeiten war hier alles kahlgeschlagen, um dem Feind keine Möglichkeit zu geben, sich versteckt an diese Mauern anzuschleichen.

Die vor uns liegende Festung bietet einen grandiosen Anblick. Alle von der Landschaft gebotenen Chancen nutzend, steigen gewaltige Mauern auf, die in einer langen Bauzeit vom Mittelalter bis in das 18. Jahrhundert zu einem unbezwingbaren Verteidigungswerk wuchsen. Schon der erste Sperrbogen, das Schartentor mit der Bastion „Die Katze“ läßt die ungeheure Ausdehnung der Festung erahnen. Dieser erste Sperrbogen wurde im Dreißigjährigen Krieg bei der Neubefestigung der Stadt vom Dombaumeister Santino Solari im Auftrag Erzbischof Paris Lodrons errichtet. Das Wappen des Erzbischofs ist über dem Tor zu sehen. Der zweite Sperrbogen weist auf der Innenseite des Tores die Jahreszahl 1513 und das Wappen des Erzbischofs Leonhard von Keutschach auf. Diesem Rüben-Wappen begegnen wir auf der Festung immer wieder, denn Leonhard von Keutschach ließ den Hauptteil der Festung erstellen. Der dritte Sperrbogen, mit dem sogenannten Bürgermeisterturm, einem klotzigen runden Batterieturm, steht unmittelbar an der Kuenburg-Bastei, die dreißig Meter hoch emporragt. Der Batterieturm hat seinen im Volksmund gebräuchlichen Namen nicht zufällig bekommen, denn Erzbischof Matthäus Lang hat ihn 1523 nach dem Aufstand der Salzburger Bürgerschaft vorbeugend zur Verstärkung errichten lassen. In vielen Darstellungen der Festung hat dieser Turm den hübschen Namen Schlangenrondell, nach drei alten Geschützen, Feldschlangen, die dort standen. Daß an diesem Verteidigungswerk noch weitergebaut wurde, zeigt ein Wappen Wolf Dietrichs an der Innenseite (1588). Der Burggraben, der heute von einer Steinbrücke überwölbt ist, war vordem ein gewaltiges Hindernis, denn bis 1835 befand sich an dieser Stelle eine hölzerne Zugbrücke. Der Weg zum vierten Tor, der Roßpforte, führt den Schlangengang entlang, einem ehemals mit Holz überdachten Quergang. Wie mußte einem Feind zumute sein, der gegen diese wehrhafte Festung anrannte! Die Tore waren keineswegs so einladend wie heute geöffnet, und überdies schützten noch Bastionen – obere und untere Nonnbergbastei, die Matthäus Lang nach der Belagerung im Bauernkrieg 1525 erstellen ließ – als Vorwerke die Zugänge.

Unser Weg führt unter dem Reißzug hindurch, der vom Jahr seiner Erbauung, 1504, bis heute dem gleichen Zweck dient, nämlich dem Materialtransport vom Nonnberg auf die Festung. Er war durch fünf Tore geschützt. Diese sogenannte „Reise“, mit der man Lebensmittel, Baumaterial, Kugeln, Pulver und Waffen emporzog, wurde höchst wirtschaftlich von den Sträflingen der Festung in Betrieb gehalten. Auch noch in der k. u. k. Zeit werkten hier Militärsträflinge.

Die langgezogene Wölbung, die sich unter dem großen Zeughaus hinstreckt und in den äußeren Burghof mündet, wird Roßpforte genannt. Ein anderer Weg führt rechter Hand über eine steile Treppe durch die Höllenpforte – früher befand sich hier eine Zugbrücke – direkt in den großen Burghof. Betreten wir durch die Roßpforte den äußeren Burghof, dann zeigt schon der erste Blick, wieviel im Lauf von Jahrhunderten auf dieser Festung hinzugebaut wurde – und doch ist dieses aus groben Klötzen gefügte Mosaik zu einer majestätischen Einheit verschmolzen.

Die Umfassungsmauer ist vom Hof aus nur an wenigen Stellen sichtbar, denn davor stehen die riesigen Zeughäuser: links der Schüttkasten, 1484 von Johann III. zugefügt, dessen Wappen noch zu sehen ist, und anschließend das Arbeitshaus, ebenfalls aus dem 15. Jahrhundert, mit einem etwas niedrigeren Vorbau, der Rüstkammer, die 1666 Guidobald von Thun begonnen und Max Gandolf von Kuenburg 1699 fertiggestellt hat, wie die beiden Wappen belegen. Neben dem Arbeitshaus führt ein Tor durch den Geyerturm auf die von Paris Lodron angelegten Hasengraben-Bastionen, an deren Ecken steinerne Schildwachhäuser stehen. Dies ist auch der Weg zur Drahtseilbahn, vorbei an einer Gastwirtschaft. Die ehemalige Geschützkasematte ist heute Gasthaussaal, Zeughaus und Pulverturm sind die Wirtsstuben. Von den Bastionen aus bietet sich ein ganz neuer Blick über die Moorlandschaft bis zum Untersberg. Direkt unter uns – welch Seltenheit in dieser dichtgedrängten Stadt! – freie Wiesenflächen, von Wegen durchkreuzt. Einsam hockt an einer Gabelung des Weges ein kleines Haus. Der Legende nach wohnte hier einst der Salzburger Henker. Nach altem Recht mußte der Scharfrichter außerhalb der Gemeinschaft leben. Hinter dem Henkerhäuschen sehen wir einen quadratischen Gebäudekomplex mit einem Kirchturm, das Altersheim, und rechts dahinter, etwas weiter entfernt, Schloß Leopoldskron.

Doch zurück durch das Geyertor: Im Schloßhof ragt mit starken Mauern und Rundtürmen das innere Schloß auf, das vor etwas mehr als hundert Jahren noch von einem tiefen, in das Felsgestein gesprengten Graben gesichert war. Eine Pyramide aus Steinkugeln zeugt von den großkalibrigen Mörsern aus der Zeit um etwa 1500. Inmitten des Hofes steht das Kaplanstöckl, 1672 gebaut. Eine Rampe führt daran vorbei zum Großen Platz. Hier spürt man nichts mehr von der Bedrücktheit, die von den riesigen Zeughäusern ausgeht. Dieser Platz verströmt Ruhe und Geborgenheit. Breit ausladend sagt eine knorrige Linde inmitten des Platzes, daß auf der Rundbank, die den Stamm umschließt, gut zu verweilen sei. Eine achteckige Zisterne aus rotem Marmor steht da, Meisterwerk eines Venezianers, mit dem Wappen des Erzbischofs Matthäus Lang und der Inschrift – auf einem Feld lateinisch, auf einem anderen deutsch –: „Mattheus Lang von Wellenburg, Cardinal, Erzbischove zu Saltzburg hat dise Zyssteren in gannczen Felssen zu notturfft unnd nucz deß slosses in ... [unleserlich] monaten machen lassen im Jahr 1539." Über dem Brunnenrand erhebt sich das zierliche Rautengitter des Brunnenhauses, gekrönt von einem blechernen Glockendach mit einem Knauf – und dieser „Brunnenhut" scheint die ins Riesenhafte gesteigerte Nachbildung der Kopfbedeckung eines würdigen Prälaten.

„... vil herrliche Gepeu ..."

DIE GESCHICHTE DER FESTUNG

> Der Fürst übte sein Recht auch über die Stadt. Salzburg war nie freie Reichsstadt, sondern eine von einem übermächtigen Herrn abhängige landesfürstliche Stadt. Nicht klarer könnte dies im Baugefüge der Stadt noch heute zum Ausdruck kommen.
>
> FRANZ FUHRMANN,
> DAS HISTORISCHE STADTBILD SALZBURGS

542 Meter über dem Meere und 119 Meter über der Stadt umfaßt die Festung eine Fläche von 30.000 Quadratmeter. Die Baugeschichte der Hohensalzburg nimmt Mitte des 11. Jahrhunderts ihren Anfang, als Erzbischof Gebhard die erste Burg errichten ließ, die schon wenige Jahre später in den Kämpfen des Investiturstreites eine Rolle spielen sollte. 1106 mußte der nachfolgende Erzbischof Konrad die von aufrührerischen Untertanen besetzte Festung zurückerobern. Er gestaltete sie aus und – wie seine Lebensgeschichte, Vita Cunradi, sagt – befestigte sie so, daß sie unbezwingbar erschien, wenn sie hinreichend mit Verteidigern und Lebensmitteln versehen war. Herrschte in der Stadt Unruhe, zog sich der Erzbischof auf seine Festung zurück. Die nächsten Umbauten ließ Eberhard III. durchführen, der Anfang des 15. Jahrhunderts wirkte. Johann II. errichtete Mitte des 15. Jahrhunderts die Bastionen des Hauptschlosses, Burchard von Weißbriach (1461 bis 1466) stellte vier runde Türme auf, von denen drei – Glockenturm, oberer Trompetenturm und Arrestantenturm – noch heute stehen. Bernhard (1466 bis 1482) und Johann III.

(1482 bis 1489) lebten und residierten zeitweise auf der Hohensalzburg. Am wichtigsten für den Bau der Festung aber wurde Leonhard von Keutschach (1495 bis 1519), auf den wir noch genauer eingehen werden. Er hat die Hohensalzburg von Grund auf neu befestigt und überdies bewohnbar gemacht. Eine Chronik sagt von ihm, er habe „vil herrliche nutzliche und lustige Gepeu verricht, ainen tieffen Graben in gelligen Felsen aushauen lassen, zwo Capeln gebaut, welche er selbst geweicht. Über welchen Pau bis in die 26.300 Gulden aufgeloffen". Neben dem in der Chronik erwähnten Graben verstärkte er die Festung durch die viereckigen Türme im Westen der Ringmauer, durch neue Torbauten an der Auffahrt, baute die Georgskapelle im äußeren Schloßhof und stattete die Fürstenzimmer prunkvoll aus, was durchaus verständlich erscheint, da gerade er gezwungen war, längeren Wohnsitz hier zu nehmen. Sein Nachfolger, Kardinal Matthäus Lang, verstärkte die Festungswerke und baute Geschützbastionen. Die Erzbischöfe Michael und Georg von Kuenburg errichteten Zeughäuser und Magazine, die wegen des modernen Waffen- und Geschützwesens notwendig wurden. Von Wolf Dietrich, dem bauwütigsten Herrn Salzburgs, hingegen rührt nur eine Flickarbeit am Bürgermeisterrondell her. Er scheint eine Abneigung gegen die Festung in sich getragen zu haben. Eine Vorahnung? Wolf Dietrich von Raitenau wurde von seiner Resignation 1612 bis zu seinem Tode 1617 auf der Hohensalzburg gefangengehalten. Erzbischof Paris Lodron befestigte die Verteidigungsanlagen noch stärker, Guidobald Thun baute 1666 eine Rüstkammer, Max Gandolf Kuenburg vollendete sie; von ihm stammt auch das Kaplanstöckl und die sogenannte Feuerbastei, gegen die Stadt zu gelegen. Damit war die Baugeschichte abgeschlossen, denn es folgten nur noch Reparaturen und 1749 die Herstellung einer kleinen Schanze; die Kirche jedoch wurde bis zum Ende des 18. Jahrhunderts immer weiter ausgestaltet. Die Festung spielte fortan keine wesentliche Rolle mehr. In den Franzosenkriegen verlor sie ihre Geschütze, die Zeughäuser wurden geleert. 1801 kaufte beispielsweise der Abt von St. Peter Harnische im Gewicht von 238 Pfund zu je 6 Kronen und ließ sie für landwirtschaftliche Zwecke zu Platten umarbeiten. Die Festung diente als Militärarrest, Kaserne und Magazin. Vor dem Ersten Weltkrieg leisteten hier bevorzugte „Ersatzer", meist Lehrer und Theologen, in gemütlicher Landsturmart ihre achtzehntägigen Waffenübungen, und Profosen kommandierten Militärsträflinge, die „wegen Insubordination" auf die Festung kamen. Ein alter Salzburger erinnert sich noch an die aufregende Geschichte, die eines Tages in der Stadt die Runde machte: Ein Profos nämlich, der dem Namen Stockmeister – was Profos ja bedeutet – allzuviel Ehre machte, wurde von einem Häftling am Kragen gepackt und über die Festungsmauer hinausgehalten. Der Mutige brachte den Profos erst dann in Sicherheit, als dieser laut und vernehmlich den Satz nachgesprochen hatte: „Ich bin ein Schuft." In jenen Tagen gab es auf der Festung sogar noch eine intakte Kanone, die bei Hochwassergefahr einen, bei Bränden in der Vorstadt zwei und bei Bränden in der Altstadt drei Schüsse abfeuerte.

Neben dem Rainermuseum, gewidmet dem Salzburger Hausregiment, und dem Burgmuseum, Teil des städtischen Museums, mit mittelalterlichen Kunstwerken und Waffen, beherbergt die Festung alljährlich die Sommerakademie für bildende Kunst, hervorgegangen aus der von Oskar Kokoschka geleiteten Schule des Sehens. Nur ein kleiner Teil der Innenräume der Festung, allerdings der schönste Teil, ist zu besichtigen. Alle übrigen sind Magazine und Privatwohnungen sowie Ateliers, einige davon von namhaften Künstlern bewohnt.

Was aber blieb von der historischen Größe? Wenn auch der Platz innerhalb der Festung zum Meditieren einlädt, ist es müßig, darüber nachzudenken. Dankbar nehmen wir die

Erinnerung wie einen Becher köstlichen Weines. Daraus zu schlürfen, ist kostbar ...

Die Hohensalzburg hat eine bewegte Vergangenheit. Sie bestand schon in ihren Grundzügen, als Salzburgs Herrscher dem Land mit seiner günstigen geographischen Lage und seiner dadurch bedingten geistlichen Vormachtstellung auch noch die eigenständige politische Ordnung brachten. Die Wandlung zum Reichsfürstentum war in vielen Etappen vor sich gegangen. Die Erzbischöfe erwarben immer mehr Land und Vermögen, gewannen dadurch politischen Einfluß – Salz- und Erzreichtum trugen wesentlich dazu bei – und ließen sich geleistete Dienste durch Schenkungen und Verleihungen von Immunitäten wacker bezahlen. Als schließlich im 13. Jahrhundert auch noch die letzten verbliebenen Rechte der alten Herzogtümer, soweit sie sich über die unmittelbaren Herrschaften erstreckten, wegfielen, war der Weg zur Territorialherrschaft frei. Die Übernahme der weltlichen Gewalt förderte natürlich den Bau der Festung.
Leonhard von Keutschach, der so wesentlichen Einfluß auf die Geschicke Salzburgs nehmen sollte, verließ knapp nach seiner Wahl 1495 die Hauptstadt, in der die Pest ausgebrochen war. Er kehrte im Frühjahr 1496 zurück und wurde endlich zum Bischof geweiht. Leonhard war vor allem ein vorzüglicher Verwalter und löste die nach allen Seiten verpfändeten Orte, Burgen und Besitzungen des Erzbistums systematisch aus. Durch konsequente Förderung des Bergbaues erhielt er die nötigen Mittel, um nicht nur auf der Hohensalzburg, sondern in fast allen Burgen des Landes neue Befestigungen zu errichten. Ihm lag mehr sein Land als die Reichspolitik am Herzen, er verstand es aber, seine Pflicht als Reichsfürst dadurch zu erfüllen, daß er dem stets in Geldnöten befindlichen Kaiser Maximilian I. fleißig Steuern zahlte und darüber hinaus noch

Darlehen gab. Die Salzburger Batzen – im Volksmund Rübler genannt, weil die Münzen, die Leonhard schlagen ließ, sein Rüben-Wappen trugen – galten im ganzen Reich als harte Währung. Mit den Bürgern seiner Stadt aber kam der Fürst nicht so gut zurecht. Sie trachteten die Stadtrechte, die sie geschickt immer mehr ausgedehnt hatten, noch zu erweitern. Ihr Ziel war die reichsunmittelbare Stadt. Der Keutschacher ließ den Bürgermeister und die Stadträte am 22. Januar 1511 zu seiner Hoftafel laden. Festlich gekleidet und geehrt erschienen sie in der sogenannten Goldenen Stube, fanden, wie die Chronik sagt, die Tische gedeckt, jedoch lag auf jedem Teller nur ein Brot, es fehlten die Bestecke. Plötzlich wurden die Tore versperrt, und „Erzbischof Leonhard trat mit ergrimmtem Angesichte und glühenden Augen, unter Begleitung bewaffneter Trabanten in den Saal". Der Landesherr ließ seiner Wut freien Lauf, und seine grollende Stimme war weithin zu vernehmen. Ein Stadtrat mit Namen Schmeckenwitz, der sich verspätet hatte, riß aus, als er das Brüllen hörte. Der Bischof soll darüber gelacht und bemerkt haben, der Ratsherr habe eben den Braten geschmeckt. Während der Nacht ließ Leonhard die vornehmsten der Stadträte, zwei und zwei rücklings aneinandergebunden, auf Schlitten werfen und leicht gekleidet, wie sie waren, über Werfen nach Radstadt bringen. Der Scharfrichter begleitete sie, denn in Mauterndorf sollten sie enthauptet werden. Der Bischof ließ sich jedoch umstimmen und gab schließlich den Verhafteten die Freiheit – einige sollen dann nach dieser Nacht an Erkältung gestorben sein. Leonhard nahm zur Strafe den Bürgern möglichst viele Privilegien wieder ab.

Leonhard von Keutschach war ein zwiespältiger Charakter. So wie sein Reichsherr Maximilian „der letzte Ritter" genannt wird, ist Keutschach das Prädikat „der letzte Mönch" verliehen worden. Er widersetzte sich mit allen Mitteln der Aufhebung der Mönchsregel für das Domkapitel, die zwar ohnehin nur noch nachlässig gehandhabt wurde, gegen die aber das Kapitel selbst opponierte. Wenn er auch die Bestimmung nicht einhalten konnte, ließ er sich doch in schlichter Mönchskutte begraben. Die andere Facette seines Wesens zeigt den Rechenkünstler, der sein Land mit Zuckerbrot und Peitsche regierte, aber selbst gern und gut lebte. So soll er zu seinem Vergnügen auf der Hohensalzburg hundert weiße Pfauen gehalten haben. Aus den Berichten eines Venezianers wissen wir, daß die Gesandten der Signoria, Giorgio Contarini und Paolo Pisani, auf der Rückreise vom Kaiserhof im Salzburger Gasthof „Zur Krone" abstiegen und daß der Erzbischof seine Trompeter und Sänger schickte, um den Gesandten aufzuspielen. Außerdem ließ er sie zur Tafel laden. Zwei Anrichten, eine mit Geräten aus vergoldeten, die andere mit solchen aus blankem Silber, gefielen selbst den prunkgewohnten Söhnen der Königin der Adria. Doch sie nahmen Anstoß an der Tatsache, daß die Antrittsrede der Gesandten vom Weihbischof beantwortet wurde, „denn der Erzbischof selbst ist ungebildet". Die Speisenfolge kritisierten sie als merkwürdige Mischung gröberer und feiner Genüsse. Sie ist uns erhalten geblieben: „Zuerst wurden vorgesetzt junge Tauben und Fleisch in der Brühe, und zwar in einer silbernen Schüssel, aus welcher – nach deutscher Sitte – alle speisten. Dann kamen in einer anderen silbernen Schüssel Krebse; zu jeder Schüssel wurden immer neue Schnitten Brot gereicht. Drittens eine schwarze gewürzte Sauce mit Hirschfleisch. Vierter Gang gesottene Fische, ausgezeichnet! Fünftens eine gelbe Sauce ohne Fleisch. Sechstens Kraut mit Schweinefleisch. Siebentens Fische in gelber vorzüglicher Gelatine. Achtens eine Art Mehlspeise aus Mandeln und Milch, delikat, wie es nichts besseres geben kann. Neuntens Rehbraten. Zehntens eine schwarze Sauce. Elftens – und dies war der letzte Gang – Backwerk in Form von Törtchen. Dann wurde wieder Wasser für die Hände herumgereicht und man erhob sich von der Tafel."

Der Chronist vermerkte noch, daß beim Mahle ein hervorragender Lautenspieler musizierte und Wein in goldenen und silbernen Bechern gereicht wurde. Mahlzeit, kann man nur angesichts dieses Speisezettels sagen!

Noch zu seinen Lebzeiten wurde Leonhard von Keutschach ein Koadjutor aufgezwungen. Matthäus Lang von Wellenburg, bürgerlicher Abstammung, aus Augsburg gebürtig, hatte sich nach den Studien der Theologie und Philosophie im diplomatischen Dienst des Kaisers so bewährt, daß er sehr rasch Pfründe um Pfründe sammeln konnte und geadelt wurde. Er erhielt vorerst das Bistum zu Gurk und wurde Kardinal der Römischen Kirche. Judas Thaddäus Zauner schreibt in seiner Chronik: Kaiser Maximilian pflegte im Scherz zu sagen, er hätte zwei Kapläne, wovon er den einen nicht aussäckeln und den anderen nicht ersättigen könnte. Der eine sei Leonhard von Keutschach und der andere Matthäus Lang. Er folgert daraus: „Eben dieser blühende Finanz-Zustand reizte nun den Matthäus Lang, sich um das Erzstift zu bewerben." Dem Diplomaten fiel es nicht schwer, das Domkapitel auf seine Seite zu bringen – er trat dafür ein, die Mönchsregel in Rom aufheben zu lassen –, und erreichte die Bestellung zum Koadjutor. Eine eigenartige Situation: Da kam nun 1515 der neue Koadjutor des Bischofs in Salzburg an. Der Erzbischof und der eben anwesende Herzog Ludwig von Bayern zogen ihm entgegen. Der Erzbischof wollte bei der feierlichen Prozession in die Stadt dem Koadjutor den Vorrang lassen, weil dieser als Kardinal über ihm stand, der Kardinal jedoch betonte, er müsse hinter dem Erzbischof, den er wie einen Vater verehre, gehen. Schließlich schritt man in einer Reihe: in der Mitte der Kardinal, zur Rechten der Erzbischof, zur Linken der Herzog.

Leonhard söhnte sich sehr rasch mit seinem Koadjutor aus, denn dieser weilte zu Lebzeiten des Erzbischofs kaum in Salzburg und war ständig in diplomatischer Mission unterwegs. Seit er als Gesandter Maximilians die Vorarbeiten zur

Liga von Cambrai – ein gegen Venedig gerichtetes Bündnis zwischen dem deutschen Kaiser, den Königen von Frankreich und Spanien und dem Papst – geleistet hatte, stand er weit über die Grenzen des Reiches hinaus in hohem Ansehen. Daß die venezianische Staatskunst einen Fürsten nach dem anderen aus dem Bunde herausbrach, war ja nicht sein Verschulden.

Als Matthäus Erzbischof wurde, zog er unter dem Donner der Festungsgeschütze und dem Geläute aller Glocken in Begleitung vieler fürstlicher Personen mit fünfhundert Pferden in Salzburg ein. Die Bürgerschaft war in den Landesfarben Weiß und Rot gekleidet und hatte hundert Knaben in derselben Tracht dem neuen Herrn entgegengesandt.

Matthäus hatte keine leichte Regierungszeit – aber welcher Fürst hatte sie schon nach Luthers Thesenanschlag und der Kirchenspaltung!

Eines Tages kam Johannes von Staupitz, Generalvikar der Augustinermönche, der seinen Freund Luther anfangs ermuntert, sich dann aber zurückgezogen und seine Würde niedergelegt hatte, nach Salzburg. Er sah in Matthäus Lang einen ihm wohlgesinnten Gönner. Staupitz wurde zum Hofprediger berufen, und als die Abtwürde von St. Peter vakant wurde, mit diesem Amt betraut, um ihn „auf eine so ehrenvolle Art zu versorgen, daß ihm alle Lust, weiterzureisen, vergehen sollte . . . denn man besorgte noch immer, dieser wichtige Mann möchte nach Sachsen entweichen und, zum großen Nachteile der katholischen Kirche, sich öffentlich für Luthers Sache erklären“.

Als es im salzburgischen Land zu Unruhen kam, begab sich Erzbischof Matthäus eilends nach Innsbruck, warb sechs Fähnlein Kriegsvolkes – etwa tausend Mann – an und zog im funkelnden Harnisch an der Spitze seiner Krieger in Salzburg ein. Damit hatte er vorerst Ruhe geschaffen.

Ein Priester, der im Namen Luthers zu predigen begann, wurde auf Geheiß des Erzbischofs festgenommen. Man band ihn auf ein Pferd, um ihn zu lebenslänglicher Haft auf Schloß Mittersill zu bringen. In Schellenberg kehrte die Bedeckungsmannschaft ein, während der Priester vor der Wirtsstube auf seinem Pferd warten mußte. Zwei Burschen befreiten den Geistlichen. Sie wurden festgenommen, auf die Hohensalzburg gebracht, und sollen eines Morgens zwischen sechs und sieben Uhr auf eine der Wiesen unterhalb der Festung geführt und in aller Heimlichkeit enthauptet worden sein.

Die Unruhe im Volk wuchs, und schließlich zogen die Bauern vor die Hohensalzburg. Diese längste Belagerung der Festung dauerte vom 5. Juni bis 1. September 1525. Die Bauern zogen ab, als der Landsknechtführer Frundsberg mit achttausend Mann dem Fürsten zu Hilfe kam und vor der Stadt lagerte. Unter diesem Druck kam es zu einem Friedensschluß – überdies hatten die Bauern die lange Belagerung satt, sie wollten endlich heim auf ihre Felder.

Aus dieser Zeit stammt die Legende von den „Stierwaschern“. Die Nahrung auf der Festung war knapp geworden, um aber die Belagerer irrezuführen, hatte man auf den oberen Bastionen täglich einen Stier spazierengeführt. Es war stets derselbe, doch einmal braun, einmal schwarz und einmal weiß bemalt. Eine hübsche Legende, aber ohne historischen Hintergrund. Genauso verhält es sich mit der Geschichte von der Kugel eines „Doppelhackens“. Die Kugel, von der Festung abgeschossen, streifte zuerst einen Schiffer, daß sein Kittel zu brennen begann, riß dann, von einem Haus abprallend, einem Bauer den Kopf vom Rumpf, schlug im Stiegenhaus eines Faßbinders dessen Frau beide Schenkel ab, verletzte einen Jungen am Fuß und – verschwand schließlich. Es war aber auch höchste Zeit!

An einer der Marmorsäulen im Goldenen Saal der Festung kann man heute noch die Schäden sehen, die eine Kugel in diesem Krieg angerichtet hat. Ein Bauer hat sie vom Mönchsberg abgefeuert, sie durchschlug ein Fenster der Festung und prallte gegen die Säule im Goldenen Saal.

Verweilen wir noch ein wenig auf dem Burghof. Erzbischof Leonhard von Keutschach hat sich hier selbst ein Denkmal gesetzt. In einer Bogennische an der Außenseite der spätgotischen Georgs-Kapelle steht der Bischof in vollem Ornat in seiner ganzen wuchtigen Größe da, hebt segnend die rechte Hand, während hinter ihm zwei Engel eine Draperie ausbreiten. Dieses prachtvolle Marmorrelief ist es wert, genauer betrachtet zu werden. Es weist den Bischof als stämmig gebauten Mann aus, dem etliche Grobheit zuzutrauen ist. Energie, ein wenig Hochmut, doch auch Weitblick verrät das Gesicht des Keutschachers, der einem unweit des Wörthersees ansässigen Kärntner Landadelsgeschlecht entstammt. Die reiche Umrahmung des Reliefs besteht seitlich aus Wappenlöwen, die Schilde mit den Emblemen Salzburgs und Keutschachs halten, überhöht von Figurennischen mit den Heiligen Rupert und Virgil, und darüber, auf Konsolen aus Engelsgesichtern, die Propheten Jesaias und Ezechiel. Über dem Bischof schweben Verkündigungsengel, und am oberen Rande besagt die Inschrift „Anno domini 1515 Jar". Das Schriftband des Postamentes gibt kund: „Hie gibt Erzbischove Leonhart zu Salczburg geboren von Keutschach den segen über des stiffts Salczburg landt. 1515." Rechts und links stehen in der Mauernische die Figuren zweier Diakone, dem berühmten Bildhauer Hans Valkenauer zugeschrieben. Der eine hält den Kardinalshut und das Legatenkreuz, der andere auf einem Kissen ein Meßbuch mit der Kreuzigung Christi. Der Legende nach gründet sich dieses Monument auf eine Vision Leonhards, der ja fast ständig auf der von ihm bevorzugten Festung wohnte: Der Erzbischof war im Gemach auf und ab gegangen und sah plötzlich seine eigene Gestalt am Fenster stehen, wie sie segnend die Hand über die Stadt ausstreckte.

Leonhard muß sein Wappen mit viel Freude angebracht haben, denn wir begegnen unentwegt dem Schild mit der Rübe.

Über dem marmornen Porträt des Keutschachers ist eine

Marmorplatte eingemauert, ein Relief der Kreuzigung Christi mit Maria und Johannes, zu Füßen des Kreuzes jedoch kniet – Leonhard. Eine Inschrift besagt, daß er die Kapelle erbaut und auch selbst geweiht habe. Nicht genug damit, lehnen am Stamm des Kreuzes die Wappen von Salzburg und Keutschach.

An die Festungskirche, auf die wir noch zurückkommen, schließt das Reißzeuggebäude, durch welches ein Durchgang auf die Kuenburgbastei – jene, die beim Aufgang dreißig Meter hoch emporsteigt – führt, von der sich eine zauberhafte Aussicht auf Altstadt und Gaisberg bietet. Von der Basteimauer geht der Blick zurück, also der Festung zugewandt, auf den Trompeterturm. Von der Mauer neben dem sogenannten Trompetergang springt ein Holzverschlag vor, ein Erker, der das Hornwerk mit dem „Salzburger Stier" birgt. Daran schließt die mehrmals abgestufte Front des Hohen Schlosses an. Täglich erklingt das Hornwerk, eine Walzenorgel von großen Dimensionen, „durch welche Erzbischof Leonhard seinen lieben Salzburgern die Retraite und Tagreveille blasen ließ – vielleicht als symbolische Andeutung, daß Publicus nach seiner Pfeife zu tanzen habe. Das Werk hat 200 zinnerne Pfeifen und flötete ebensoviele Jahre täglich zweimal das alte Lied. Erst Erzbischof Sigismund schuf durch Mozarts Vater einige Abwechslung in seinem Repertoire". Das Hornwerk spielt von Palmsonntag bis 31. Oktober täglich um 7 Uhr früh, um 11 Uhr vormittags und nachmittags um 6 Uhr nach dem Glockenspiel. Nur morgens wechseln Monat für Monat die Stücke – acht verschiedene Walzen sind dafür vorgesehen –, vormittags ist stets ein Hymnus von Paul Hofhaymer und gegen Abend der ursprüngliche Choral von 1502 zu hören. Gleich

Rechts: Der Winter hat den Residenzbrunnen überrascht.
Links: Der Residenzbrunnen, dessen Meister unbekannt ist.

Der Thumb oder Hauvt-Kirche zu Saltzburg
wie selbe gerad gegen uber in dem Inner über denen Bogen ins gesicht fällt.
Le Dome ou L'Eglise cathedrale de Salsbourg
comme elle se presente vis a vis dans l apartement au dessus des arcs ou portiques

Der Hauvt-Platz.
1. Die Hochfürstl. Thumb-Kirch. 2. Die Hochfürstl. Residenz 3. Die Galleria
und Gang in die Thumb-Kirch. 4. Neübau 5. Neugebau darinnen die Hochfürstl.
schöne neue Bibliothec, Consistorium, Hoff-Rath und Landtschafft. 6. Die Haupt-
Wacht. 7. Prospect gegen dem Schlos-Berg. 8. Prospect gegen dem Münch-berg.
9. Der Marmelsteinene Haupt-Brunn.

einer rauchigen Stimme klingt die Musik von der Festung her, anschließend an das feintönende, zarte Glockenspiel. Den Namen „Salzburger Stier" führt die Orgel von dem einem Stierschrei ähnlichen Brüllen, mit dem jedes Stück des Hornwerkes schließt.

Doch nun zur Kapelle der Festung, die einem streitbaren Heiligen, St. Georg, geweiht ist. Über der Haupttür sehen wir ein Relief des heiligen Christophorus mit dem Datum der Erbauung, 1502. So schlicht und unscheinbar das Kirchlein von außen wirkt, so wuchtig ist es im Inneren. An den Wänden befinden sich Reliefs der zwölf Apostel. Es sind wehrhafte Gesellen, in Antlitz und Haltung, die da grimmig auf den Betenden herunterschauen. Ein Krieger konnte sich vielleicht hier Mut holen – der gewöhnliche Sterbliche mag von dieser Gesellschaft von Rauhbeinen etwas bedrückt sein. Die Skulpturen sind wahre Meisterwerke, von zwei verschiedenen Künstlern aus rotem Marmor gehauen, hervorragend gestaltet der Faltenwurf der Gewänder und die Details der Gesichter. Jedes der Reliefs trägt ein Spruchband mit einem Zitat aus dem Apostolischen Glaubensbekenntnis sowie den Wappen Salzburgs und – Keutschachs. Neben dieser Streitmacht bleibt der 1776 errichtete Hochaltar unbeachtet. An der Südseite, der rechten Wand neben dem Altar, existiert noch ein Sakramentshäuschen, eine kleine Nische mit einem Rautengitter. Ein eisernes Spiralgitter trennt die Vorhalle ab. Das reiche Netzgewölbe der Decke ist eine Meisterarbeit der Spätgotik. Kreisförmig konstruiert, überschneiden sich die Rippen vielfach, sitzen zu Bündeln zusammengefaßt auf den

Oben: „Der Thumb oder Haupt-Kirche Zu Saltzburg". Zeichnung von Franz Anton Danreiter, Stich von Karl Remshard, um 1735.
Unten: Der Residenzplatz gegen den Dom. Stich von Johanna Sibylle Küsell, um 1690, aus der „Historia Salisburgensis" der Brüder Mezger, die 1692 erschienen ist.

Konsolen und verleihen dem ganzen Raum unerhörte Leichtigkeit.
Ein tiefer Graben trennt das innere Schloß vom Großen Platz. Auch hier wird die frühere Zugbrücke durch Bauwerk ersetzt. Jenseits des Grabens zieht sich um den Hohen Stock – eben das innere Schloß, welches die fürstlichen Wohnräume enthält – noch eine Ringmauer. Es ist also eine Burg in der Burg vorhanden, verzeihen Sie, eine Festung in der Festung. Im Graben, direkt an die Ringmauer geduckt, steht das Schulhaus, wo auch die „gemeine Soldatenkuchl" untergebracht war. Das Tor selbst, das unter einem Erker hindurchführt, trägt Wappen und Inschriften des Bauherrn. Dahinter öffnet sich der kleine innerste Schloßhof. An der aufragenden Wand der Hohen-Stock-Kaserne zeigen sich noch Quadern der romanischen, also der ältesten Festungsanlage. Daran schließt sich der spätgotische Feuerturm. Neben ihm führt eine kleine Rundbogentür in die „Pfisterei" – die Bäckerei mit anschließender Küche, Selchkamin und einem Backofen, der in den der Ringmauer zugewandten Kuchlturm, auch Arrestantenturm genannt, eingebaut wurde. So klein der Hof auch ist, soviel Augenschmaus bietet er. Über einem Relief des heiligen Rupertus springt ein feingegliederter spätgotischer Erker hervor: der Chor der kleinen Leonhardskapelle, mit seinem Maßwerk an der Außenwand der kunstvollste Bauteil der Festung. Die klobigen Vorsprünge, die noch in den Hof auskragen, bilden gleichsam die Statisterie für diese Primadonna unter den Erkern. Das Tor darunter führt in den Feuergang, eine langgezogene Durchfahrt unter der Hohen-Stock-Kaserne, deren Gewölbe Eisenringe zum Aufhängen der Feuereimer tragen. Außerdem wurden diese Ringe mit Hilfe von Flaschenzügen zur Fortbewegung schwerer Lasten verwendet. Drei Geschützscharten gegen die Stadt zu bieten, jede für sich, einen kostbaren Ausschnitt Salzburgs. Von hier wurden auch mit Hilfe der Lärmkanone die Feueralarme gegeben. Daß

die Alarmwache außerdem noch über einen riesigen Sprechtrichter verfügte, mit dem die Rufe verstärkt werden konnten, damit man die Worte in der Stadt verstand, daß sie Fahnen- und des Nachts Laternensignale gab, entsprach der Feuerordnung von 1648, die erst abgelöst wurde, als nach dem Ersten Weltkrieg eine Telefonleitung in die Festung gelegt wurde. Ein kleiner Hof, anschließend an den Feuergang, birgt eine Kostbarkeit: ein Bogen, der eine tiefe Nische bildet, enthält eine Zisterne. Wappen und Inschrift weisen wiederum auf Leonhard als Erbauer hin (1502), mit dem etwas prahlerischen Zusatz, dieser Ziehbrunnen habe 323 Pfund Pfennig gekostet. Gegenüber dieser Zisterne ragt der höchste Turm der Festung, der Glockenturm, empor, einer jener Türme, die schon 1465 von Erzbischof Burchard II. errichtet wurden. Eine Mauer begrenzt diesen kleinen Hof, an deren Außenseite ein riesiges Steinwappen Paris Lodrons angebracht ist, allerdings aus späterer Zeit. Rechts bringt uns eine kleine Tür zu einer Art Balkon, von dem eine steile Treppe hinunter zur „oberen Hasengrabenbastei" mit der Bergstation der Festungsbahn führt. Wer sich jedoch die Fürstenräume ansehen will, muß noch einige Schritte weitergehen zum sogenannten Reckturm, der sich über dem langen Stallgebäude, welches später als Salzmagazin diente, erhebt. Die Führung ist nur in beamteter Begleitung gestattet. Sie beginnt im Inneren des Reckturmes, der im 17. Jahrhundert zum Gefängnis umgebaut wurde. Grausam die Foltervorrichtungen und Reckwerkzeuge, von denen der Turm seinen Namen hat, doch ist es wenig wahrscheinlich, daß sie noch von der Festung stammen. 1793 berichtet eine Beschreibung Salzburgs über die Hohensalzburg als Strafanstalt: „Die größeren, und größten Theils Halsverbrechen, denen die Todesstrafe nachgesehen wird, werden in der Schanzbuße auf der hohen Festung abgebüßt. Die Arrestanten werden Tags über, und unter strenger militärischer Bewachung entweder in einer gemeinschaftlichen Gefängnißstube mit

Arbeiten beschäftigt, oder von der Wache, die mit scharf geladenen Gewehren versehen ist, an Händen und Füßen je 2 oder auch 4 aneinander geschlossen zum Steinbrechen abgeführt. Zur Nachtzeit werden sie in eigentliche, abgesonderte Kerker gesperrt. In der Festung befinden sich auch Staatsgefangene in Thurmkammern, welche zur Arbeit verurtheilt sind; und lebenslängliche Gefangene, welche aber niemals zur öffentlichen Arbeit durch die Stadt geführet werden . . . Die peinliche Frage wird äußerst selten angewandt, und überhaupt fängt die Philosophie allmählich und unvermerkt in alle Zweige der Gesetzgebung ihren wohlthätigen Einfluß zu äußern an."

1762 wurde in Salzburg die letzte Hexe verbrannt. Mozart war damals sechs Jahre alt. 1793, also zwei Jahre nach Mozarts Tod, ist noch ein Fall von peinlicher Befragung, wie die Tortur harmlos umschrieben wurde, bekannt. Im Salzburgischen wurden achtundzwanzig Todesurteile wegen protestantischer Wiedertaufen vollstreckt. Und so ist es ganz angenehm, die Gruselstätte wieder zu verlassen.

Die Plattform des Turmes gibt ein Rundpanorama frei; besonders an Föhntagen, wenn die Luft ganz leicht flimmert und die Berge zum Greifen nahe scheinen, ist dieser Blick der augenscheinlichste Beweis für die begnadete Lage der Stadt Salzburg. Am Horizont erhebt sich der massive, langgezogene Buckel des Untersberges, in dem der Sage nach Karl der Große überdauert. Zwischen Festung und Untersberg liegen das Leopoldskroner Moorgebiet mit dem Ort Grödig, und auf einem Hügel, von hier heroben wie eine Spielzeugburg, Schloß Glanegg. Rechts vom Untersberg schließen die Reichenhaller Berge an, von denen besonders der spitze Stauffen auffällt. Leicht geschwungene Hügelketten setzen das Bild fort und öffnen sich zur Bayerischen Hochebene. Der Haunsberg und der Plainberg werden jenseits der Salzach sichtbar. Schon gleitet der Blick zurück auf Salzburg selbst, mit der Nadel des

Nocksteins und dem Gaisberg. Davor der Kapuzinerberg mit seinem Kloster und dem Franziscischlössel. Rechts vom Gaisberg lüftet mitunter der Dachstein seine Wolkenmütze. Dann schließt das schroffige Tennengebirge an, mit dem tiefen Einschnitt des Paß Lueg. In dieser Richtung liegt mitten in der Ebene der Schloßberg von Hellbrunn. Nach dem Paß Lueg sehen wir den Hohen Göll, davor Hallein mit dem Dürrnberg, noch näher Anif, dahinter Berchtesgaden mit dem Roßfeld. Damit schließt sich das Panorama, denn vom Berchtesgadener Kessel aus steigt der Untersberg wieder an. Wie ein glitzerndes Band schmiegt sich die Salzach in die Landschaft.

Weiter geht die Führung durch Wehrgänge, zunächst zum Salzburger Stier, dann über eine Bedienstetentreppe, eine enge Wendeltreppe, in die Fürstenzimmer des Hohen Stockes. Bemerkenswert sind hier die Türen mit ihren kunstvollen Laibungen und die Gewölbe in den Stiegenhäusern.

Wir betreten Schlafzimmer und Goldene Stube, deren Wände und Decken durch vergoldetes gotisches Schnitzwerk überreich verziert sind. An den Türen befinden sich kunstvolle schmiedeeiserne Beschläge, von deren Bändern zarte eiserne Ranken über die Holzfläche laufen. An den Wänden auf rotem und blauem Grund Menschen- und Tiergestalten, Rankenwerk, wohin das Auge fällt. Die Decke ist mit Wappenreliefs versehen. In der Ecke steht der prächtigste Kachelofen, den Österreich aus der Zeit der Spätgotik besitzt, Werkstück eines heimischen Meisters. Auf einer niedrigen Platte hocken fünf Löwen, die mit ihren Köpfen das mit Ranken besetzte Untergeschoß des Ofens stützen und gleichzeitig dessen Eisengestell verdecken. Ein Gesims trägt zwischen zwei wasserspeierartigen Tieren die Jahreszahl 1501. Die Kacheln, bunt glasiert, sind jede für sich ein eigenständiges Werk: Bilder Christi, der Apostel und Propheten, Kacheln mit Wappen – selbstverständlich auch des Keutschachers –, Krabben und Kreuzblumen, Nischen mit Figürchen von Heiligen, Rauten, Kapitelle, stark vertiefte Kacheln mit plastisch hervortretenden Reliefs des Rupertus und der Anbetung der Könige, der Krönung Mariens, Erzbischof Leonhards, der heiligen Barbara, doch genug – denn jede Beschreibung bleibt Stückwerk. Dieser vom quadratischen Unterbau her in ein Achteck übergehende turmförmige Kachelofen mit der Vielfalt seiner Farben und Reliefszenen hat nur einen Nachteil: ehe der Betrachter Zeit findet, auch nur einige Details aufzunehmen, wird er weitergetrieben.

Der Goldene Festsaal, dessen bunte Holzdecke vier marmorne Säulen stützen, deren wunderschön spätgotisch gedrechselte Schäfte das Wappen des Bauherrn tragen – angeblich soll es im gesamten Festungsbereich siebenundfünfzigmal zu finden sein – führt seinen Namen auf die Goldknöpfe zurück, die gleich einem Sternenhimmel an der Holztäfelung strahlen. An der Seite des Unterzuges befindet sich ein Fries, auf welchem die Wappen des Reiches, der Kurfürsten, der Bistümer des Metropolitanbezirkes, der Stifte und der Salzburger Adeligen in Diensten des Erzbischofs gemalt sind. Von den Fenstern noch einmal ein Blick auf die Stadt – und von hier ist auch an einer der Säulen der von einer Kugel des Bauernkrieges herrührende Schaden zu sehen. Die Vorhalle mit dem reichen Netzgewölbe führt in die Räume des Rainer-Museums, jenen Zimmern, in denen Wolf Dietrich gefangen saß. Ein Stockwerk tiefer, genau unterhalb der Fürstenzimmer, ist in gleichfalls prachtvoll ausgestatteten, von Leonhard gebauten Wohnräumen das Burgmuseum untergebracht.

Der Löwe mit dem Brezelschweif

SALZBURGER WAPPEN

„Jeder, der Rom besitzt, wird von dem Marmorwahnsinn, von dem eitlen Bedürfnis verzehrt, zu bauen und künftigen Völkern sein Ruhmesdenkmal zu hinterlassen", sagte einmal ein berühmter Franzose. Salzburg ist ein kleines Rom, das deutsche Rom. Und wie der Fremde dort bald die Kugeln der Medicäer, den Drachen der Borghese und die Bienen der Barberini kennt, so bleiben dem Besucher Salzburgs die Kugeln Wolf Dietrichs, der Lodronsche Löwe und der Türbeschlag der Kuenburger nicht fremd. Der vor den Toren gebrochene Marmor gab ja Gelegenheit zur reichen Verwendung von Plastiken.

Franz Martin, Insignia principum Salzburgensium

Salzburg ist ein Fest für den Wappenfreund. Ein geistliches Fürstentum bietet der Heraldik ein reicheres Feld als ein weltliches, denn jede Wahl bringt ein anderes Geschlecht zum Zug – wenn diese Formulierung gestattet ist. In Salzburg stellten nur die Familie von Kuenburg und jene der Grafen von Thun mehr als einen der Landesherrn, die Kuenburgs nämlich drei, die Thuns zwei. Jeder neue Fürst war bemüht, sein Wappen möglichst sichtbar für die Nachwelt anzubringen, um seiner Familie damit auch fernerhin Ansehen zu verschaffen. Nicht alle Wappen sind von gleicher Wichtigkeit, manche Landesherrn sind überhaupt nicht vertreten, wie etwa Herzog Ernst von Bayern.

Dieser Nachfolger des Erzbischofs Matthäus Lang ist eine recht

interessante Figur. Der Wittelsbacher war von 1540 bis 1554 Erzbischof von Salzburg, ohne die Weihen zu besitzen. Ernst von Bayern war 1516 Administrator des Bistums Passau geworden – ein Erfolg der Politik des bayerischen Herzogshauses, welches die nachgeborenen Söhne möglichst gut versorgen wollte. Das Salzburger Domkapitel, vom Bayernherzog gedrängt, stimmte dann der Wahl zum Erzbischof zu, denn es sah lieber Ernst als neuen Landesherrn, denn einen Schweden, den Erzbischof von Lund, dem der Kaiser das Salzburger Bistum zuschanzen wollte. Der Papst bestätigte die Wahl, verlieh Ernst sogar das Pallium – und setzte ihm eine Frist von zehn Jahren, binnen der er sich die Weihen erteilen lassen müßte. Ernst von Bayern konnte keinerlei kirchliche Funktionen ausüben und nannte sich „Erwählter und Bestätigter zum Erzbischof von Salzburg". Viel mehr als die Kirche interessierte ihn die Wissenschaft, vor allem die Alchemie und Mineralogie. Die Vermutung liegt nahe, daß Paracelsus 1540, ein Jahr vor seinem Tode, zum zweitenmal nach Salzburg gekommen war, weil er sich von diesem aufgeschlossenen Landesfürsten entsprechende Hilfe erwartete. Der Erzbischof, der in seinem Wappen die blau-weißen Farben Bayerns trug, lehnte auch nach einer Verlängerung des Termins die Weihen ab. Er resignierte lieber und verließ Salzburg.
Heraldisch interessant für Salzburg ist vor allem Leonhard von Keutschach. Sein Wappen ist unverkennbar, denn es enthält eine beblätterte Rübe; wo es in Farbe dargestellt ist, enthält das schwarze Schild eine grünblättrige weiße oder silberne Rübe. Dieses Wappen war der Anlaß zu einer Anekdote, die erzählt, daß der Erzbischof als Schüler durch seine Faulheit geglänzt habe, die sich erst besserte, als ihm ein Onkel eine frisch aus dem Feld gezogene Rübe an den Kopf warf. Da das Geschlecht der Keutschacher aber dieses Zeichen schon lange führte, dürfte diese Geschichte keineswegs auf Wahrheit beruhen. Sie wirft aber ein bezeichnendes Licht auf den Landesherrn.

Vielfach tritt das Rübenwappen zusammen mit dem des Landes Salzburg auf, das im linken Feld einen aufrechten Löwen und rechts den rot-weiß-roten Bindenschild zeigt. Meist werden die Wappen mit Mitra, Bischofs- oder Kardinalshut sowie Bischofsstab und Legatenkreuz ergänzt.

Matthäus Lang von Wellenburg führte ein gespaltenes Familienwappen, links – das heißt in der heraldischen Sprache vorn – eine stilisierte halbe Rose direkt am Spalt, und rechts, also hinten, eine halbe Lilie. Meist ist sein Wappen geviertteilt und zeigt zweimal das Landeswappen und zweimal das Familienwappen. In der Stadt selbst ist das Wappen nur am Brunnen auf der Festung und im Museum zu sehen.

Michael von Kuenburg, Georg von Kuenburg und Max Gandolf Graf Kuenburg – wobei vom letzten Erzbischof dieser Familie die meisten Wappen zu sehen sind, und zwar im Dom, im Franziskanerkloster, in der Residenz, auf der Kuenburgbastei der Festung, am Petersbrunnen von St. Peter, um nur einige Beispiele zu nennen – sind zu erkennen an zwei farbverwechselten Kugeln und Türbeschlägen.

Wolf Dietrich von Raitenau, von dem es verschiedene und komplizierte Wappen gibt, ist jedoch immer an einer schwarzen Kugel im silbernen Feld zu bestimmen. Meist ist die Kugel inmitten des Wappens angebracht. Dieses Zeichen ist reihum in der Stadt anzutreffen. Als Wolf Dietrich gewählt wurde, soll ein Bub zum Wappenkalender gelaufen sein, auf dem alle Wappen des Domkapitels abgebildet waren, und zu weinen begonnen haben, als er sah, daß der Erwählte eine schwarze Kugel führte, denn das bedeutete Krieg.

Unverwechselbar ist auch Marcus Sitticus Graf Hohenems, der in seinem Schilde einen Steinbock, goldfarben auf blauem Grund, führte. Sein Wappen ist am Dom, an der Residenz, den Stadttoren und vor allem in Hellbrunn zu finden.

Ein Löwe mit einem geknoteten Schweif – im Volksmund Brezelschweif genannt, weil er aussieht wie eine Bierbrezel, die in jeder Gaststube verkauft wird – kennzeichnet die Bauten des Erzbischofs Paris Graf Lodron. Guidobald Graf Thun wiederum führt in seinem Schild halbe Adler und Schrägbalken, ein Wappen, das auch Johann Ernst Graf Thun verwendete.

Franz Anton Fürst Harrach wird nachgewiesen durch eine mit drei Straußenfedern besteckte Kugel, Leopold Anton Freiherr von Firmian durch Hirschstangen, deren Enden mit je einem Stern besteckt sind. Dieses Wappen ist zum Beispiel auf den beiden Pferdeschwemmen sichtbar. Zwei aufrechtstehende, einander aber abgewendete Winzermesser kennzeichnen Andreas Jakob Graf Dietrichstein – am Mechanischen Theater in Hellbrunn ist das Wappen zu finden –, und das aufwendigste Wappen weist stets auf Siegmund Christoph Graf Schrattenbach hin, der das vielfach unterteilte Wappen, in welchen am leichtesten zwei offene Hände zu merken sind, von einem Fürstenmantel umgeben hat, wie an der Marienstatue auf dem Domplatz oder am Neutor festzustellen ist.

All diese Wappen jedoch machen die Stadt zu einem steinernen Geschichtsbuch, und wer der Heraldik kundig ist, wird mit großem Vergnügen darin blättern.

Der Erhöhung Gottes dienen

SALZBURGER PLÄTZE

Salzburg wirkt rein italienisch. Wenn man nun aber im einzelnen aufzuzeigen versucht, wodurch eigentlich diese Wirkung entsteht, woraus sie bestehe, findet man zunächst: diese Stadt ist, was deutsche Städte fast nie sind, italienische fast immer, sozusagen durchkomponiert. Das Barock ist eine neue Antwort auf die Frage des Christen, was er denn in den Pausen zwischen den Verzückungen anfangen soll, mit sich und mit diesem irdischen Leben, in das er aus dem Himmel abstürzt.

HERMANN BAHR, SALZBURG

Was der Petersplatz für den Römer, die Piazza und Piazzetta für den Venezianer, das sind für den Salzburger Mozartplatz, Residenzplatz, Domplatz und Kapitelplatz. Diese augenscheinliche Italianitá ist auch kein Zufall, denn der Herrscher, der die alte Bischofsburg rund um den Dom zur Fürstenstadt verwandelte, war Wolf Dietrich von Raitenau. Er hatte in Rom am Collegium Germanicum studiert und als junger Erzbischof erlebt, wie Papst Sixtus V. der Ewigen Stadt ein neues Antlitz gab. Wolf Dietrich berief den venezianischen Architekten Vincenzo Scamozzi nach Salzburg, den Schüler Palladios, des Erbauers der Redentore-Kirche und der Kirche San Giorgio Maggiore.

Mit einem harten Eingriff in das Stadtgefüge – der hemmungslosen Zerstörung des baulichen Erbes – wurde die Gotik überwunden, um der Sinnenfreude des Barocks Platz zu schaffen. Hinweg mit der Enge, die bislang nicht gestört hatte, weil die Augen himmelwärts gerichtet waren –, Platz für das Schauspiel des Landesfürsten, der im bunten Kleide des Edelmannes zur Kirche ritt und erst am Portal sein Schwert mit dem Krummstab vertauschte.

Der Dichter Hermann Bahr hat diese Doppelgesichtigkeit des Barocks in gültige Worte gefaßt: Es spannt, um alles Leben zu verseelen, erst alle Leiblichkeit an, es läßt den ganzen Menschen los, es regt alle Verwegenheiten, alle Verruchtheiten aus allen Untiefen und Abgründen unserer Sinnlichkeit auf, aber nur, um sie dann Gott zum Opfer darzubringen.

So dienen auch die Plätze Salzburgs, so sehr sie den Menschen erfreuen, letztlich doch der Erhöhung Gottes, denn sie stellen den Dom ins Zentrum. Jahrzehntelang als Parkflächen benutzt, sind die Plätze längst wieder frei von Autos und Motorenlärm geworden, weil im Inneren des Mönchsberges, maulwurfsgleich, in das Gestein über mehrere Stockwerke riesige „Parkschläuche“ getrieben wurden.

Reihum im Jahreskreis spielt der größte der Plätze, der Residenzplatz, seine Rolle. Dicht gedrängt und vermummt stehen die Leute und harren bei noch so klirrender Kälte aus, wenn die Adventbläser das neue Kirchenjahr begrüßen. Es ist finster auf dem Platz, nur hie und da hat jemand eine Laterne mitgebracht. Dann läuten die Glocken aller Kirchen, eine Bläsergruppe vom Glockenspielturm setzt ein, wie ein Echo tönt es von den Spielgruppen der Residenz und schließlich der Balustrade des Domes zurück. Bald darauf beherrscht der Christbaummarkt den Platz, Tausende Bäume, ein ganzer Wald, der Stück für Stück weggetragen wird. Wenn Schnee fällt, ist die Verzauberung perfekt. Die ganze Stadt riecht nach Weihrauch, der an den verschiedensten Ecken feilgeboten wird. Kaum aber ist der Winter um, und die Sonnenstrahlen gewinnen wieder an Kraft, stehen am Palmsonntag die Stände aufgebaut, an denen die Gläubigen, die zur Palmprozession eilen, Ölzweige und Palmbuschen kaufen. Nach dem Umgang auf dem Domplatz ziehen – ein Domherr voran – die Kinder quer über den Residenzplatz zur Michaelskirche. Für die Kleinen wird das Hohe Amt durch eine kurze Messe ersetzt. So ein Palmbuschen ist ein wirkliches Kunstwerk! Je kleiner die Kinder, desto höher sind die Palmbuschen: Palmkätzchen mit dem grünen Gezweig des Buchsbaums, verziert durch farbige Hobelscharten, auf lange Weidenstöcke gebunden. Es ist ein farbenfroher Zug, der erst wieder von der Pracht des Fronleichnamszuges überstrahlt wird. Inzwischen haben die Fiaker ihre Standplätze bezogen, den Pferden hängt der Futtersack um, wenn sie nicht gerade mit unentwegt knipsenden Gästen durch die Stadt zotteln. Später säumen Menschenmassen den Platz, um am Vorabend der Festspieleröffnung die Auffahrt der Gäste zum Galaempfang und den traditionellen Fackeltanz mitzuerleben. Wenig später tönt vom Domplatz nebenan der Ruf Jedermanns – das ist die große Saison der Stadt. Langsam wird es wieder stiller in den Gassen. Für kurze Zeit gehört die Stadt den Salzburgern allein. Der Jahresring hat sich geschlossen.

Über allem aber dräut die Festung. Manchmal strahlend, dann wieder nebelverhangen, eines Nachts als drohender Schatten, dann wieder im Mondlicht gespenstisch schimmernd, zu den Zeiten festlicher Stadtbeleuchtung im fahlen Licht der Scheinwerfer graugrün schillernd.

Die Fürstenstadt ist Wolf Dietrich von Raitenau (1587 bis 1612) zu danken. „Nachdem Erzbischof Georg ohne alle vorgängige Krankheit, außer daß er einen sehr großen fetten Leib hatte, und dabei nicht besonders viel zu essen pflegte, am 15. Januar 1587 plötzlich verstorben, und nach fünf Tagen begraben worden war, traten die Domherren zusammen“, erzählt die Chronik. Schon im ersten Wahlgang erkor das Kapitel am 2. März 1587 den zweitjüngsten von dreiundzwanzig Domherren – nur dreizehn waren stimmberechtigt –, Wolf Dietrich, zum Erzbischof. Von den Stimmberechtigten war der neue Erzbischof mit der knappen Mehrheit von acht Stimmen gewählt worden. Der neue Kirchenfürst und Landesherr mußte in Rom um eine Dispens einkommen, weil er mit achtundzwanzig Jahren noch zu jung für die Bischofsweihe war. Doch das war in diesem Fall bloße Formalität. Schließlich entstammte Wolf Dietrich einer Familie mit guten Beziehungen. Sein Vater, Obrist in kaiserlichen Diensten, aus einer ursprünglich graubündnerischen Familie, die im vorarlbergischen Schloß Lochen – zwischen Bregenz und Lindau – ansässig war, hatte Helena Gräfin von Hohenems, eine Schwester des Kardinals Marcus Sitticus von Altemps – also Hohenems – geheiratet. Ihre Mutter wiederum, Clara von Medici, war eine Schwester Papst Pius IV., so war Wolf Dietrich auch verwandt mit dem großen Kardinal Karl Borromäus, einem Neffen Pius IV., dessen Heiligsprechung noch gegen Ende der Regierungszeit Wolf Dietrichs erfolgte. Obwohl ältester Sohn des Obristen – sechs Brüder und drei Schwestern folgten –, wurde Wolf Dietrich schon als Kind für die Kirchenlaufbahn bestimmt, die er auch einschlug, auf die von ihm ersehnte Soldatenlaufbahn verzichtend. Angesichts der Verwandtschaft rechnete die Familie mit dem besten Fortkommen: Schon dem zwölfjährigen Seminaristen verlieh der Hochwürdige Onkel ein Kanonikat in Konstanz, bald darauf kassierte der junge Mann auch die Einkünfte der Domprobstei Basel und wurde Koadjutor der Stifte Murbach und Lüders. 1575, also im Alter von sechzehn Jahren, wurde Wolf Dietrich Domherr zu Salzburg. Von 1576 bis 1581 studierte er in Rom, ging dann auf Reisen und war im übrigen bis zu seiner Wahl sehr selten in Salzburg. War er aber in der Stadt, so fiel dieser elegante Edelmann mit dem ersten Anflug eines Bartes – Schnurrbart und Spitzbart kamen erst später hinzu – in seinen vornehmen Kleidern auf. Stets trug er den spanischen Federhut und einen zierlichen Degen – die einzige Konzession an seinen geistlichen Stand war ein dunkler Umhang.

Am 19. Oktober 1587 hielt Wolf Dietrich, wie alle Erzbischöfe vor ihm, vom Schloß Freisaal aus seinen feierlichen Einzug in die Stadt, über Kai, Judengasse, am Rathaus vorbei zum Dom. Es regnete in Strömen. Tags vorher war er in diesem Dom vom Passauer Bischof in einem Zug zum Subdiakon, Priester und Bischof geweiht worden. Ganz im Sinne Roms erzogen, reiste Wolf Dietrich schon im nächsten Frühjahr in die Heilige Stadt, in jener Zeit eine Sensation, denn es war schon lange nicht mehr üblich, daß ein deutscher Reichs- und Kirchenfürst dem Papst huldigte. Bei seiner Rückkehr Anfang Juli 1589 noch feierlich empfangen, ließ der neue Herr wenige Tage später die Stadträte zu sich befehlen, um ihnen mitzuteilen, daß künftighin im Stadtrat nur mehr Katholiken tätig sein dürften. Wer nicht parieren wollte, wurde durch das Religionsmandat vom 3. September desselben Jahres zur Emigration gezwungen. Dieser hochfahrende Fürst, der sich als scharfer Gegenreformator entpuppte und unbarmherzig aus dem Lande, vor allem aber aus der Stadt jagte, was sich nicht zum katholischen Glauben bekannte, war der Bevölkerung wesensfremd, ja verhaßt. Bisher war es üblich, beim Regierungsantritt eines neuen Herrn eine einmalige Weinsteuer zu entrichten. Wolf Dietrich erließ sie, führte aber statt dessen eine ständige Alkoholsteuer ein, die seine Beliebtheit ganz gewiß nicht steigerte. Allmählich jedoch kam es in der Bevölkerung zu einem Umschwung, denn der neue Herr griff bei Mißständen hart durch, scheute sich nicht, Landpfleger und Richter, die das Volk ungerecht behandelten, an den Pranger zu stellen, und verteilte an die Armen mehr Almosen und wöchentliche Gnadengelder als jeder seiner Vorgänger. Wer aber zahlen konnte, dem wurde die Steuerschraube angesetzt. Mauten, Zölle, Landsknechtssteuer, Vermögenssteuer – der Möglichkeiten für ein Ungeld, wie die Steuern hießen, gab es viele. Als der Landesherr die Einkünfte aller Grunduntertanen überprüfen ließ, um danach die Abgaben neu festzusetzen, kam es zu einem Aufstand. Im Pinzgau versuchten zwei Bauern, Hans Keil und Stefan Guthund, einen Ausschuß zu bilden, der eine Minderung der Steuern erreichen oder aber das Land in die Hände des Bayernherzogs geben sollte. Der fürstliche Pfleger zu Zell, Caspar Vogl, der es verabsäumte, seinem Herrn darüber zu berichten, wurde gemeinsam mit den beiden Rädelsführern geköpft.

Almosen und drakonische Strafen, widersprüchlich wie die Natur Wolf Dietrichs! Der eifernde Bußprediger, der selbst Kanzelreden hielt, was für einen Bischof und Fürsten damals ganz und gar nicht selbstverständlich war, wandelte sich zunehmends zu einem Dulder der neuen Religion. Noch 1595 verbot er die Hochzeit der Bürgerstochter Felicitas Alt, einer Cousine der für ihn so schicksalhaften Salome Alt, mit dem Lutheraner Christoph Weiß, der Salzburg verlassen und sich in Wels angesiedelt hatte. Die Ehe kam dennoch zustande, aber Wolf Dietrich verhinderte die Ausfuhr der Mitgift. Nach seinem Sturz sollte Salome Alt mit ihren Kindern bei dem Kaufmann Weiß Unterschlupf finden, bis sie 1622 das Hofmannsche Freihaus, die Nummer 24 am Stadtplatz in Wels, erwerben konnte.

Der Umschwung im Verhalten des Erzbischofs gegenüber den Lutheranern ist sicher vor allem darin zu suchen, daß gerade die Knappen der Bergwerke des Landes die eifrigsten Anhänger des neuen Glaubens wurden. Das aber waren Facharbeiter, nicht so leicht zu ersetzen, und ihre Austreibung hätte ihn der immerfließenden Finanzquelle beraubt. Salz und Erze waren weiterhin der stärkste Rückhalt der Hofkasse. Zuerst wies Wolf Dietrich Missionare an, die Leute zu bekehren, später ließ er die Knappen in Ruhe, hielt aber durch seinen Absolutismus jede Regung der Protestanten nieder.

Geistlicher und weltlicher Fürst gerieten wiederholt in einen bizarren Gegensatz. Diesen Kampf gewann stets der weltliche Fürst, denn nur so konnte Wolf Dietrich die hochfliegenden

Pläne zur Ausgestaltung seiner Residenzstadt verwirklichen. Welchen Anteil an all diesen Fragen sein Verhältnis zu der Bürgerstochter Salome Alt hatte, wird ungeklärt bleiben. Das Bild dieses Mannes, der für die Entwicklung Salzburgs entscheidend war, ist durch seine Beziehung zu Salome Alt wesentlich verdeckt worden.

Wann und wie der Erzbischof die schöne Bürgerstochter – eine Miniatur läßt erahnen, daß sie wirklich schön war – kennengelernt hat, ist nicht mehr festzustellen. Salome Alt stammte aus einer der vornehmsten Patrizierfamilien der Stadt, die seit dem 15. Jahrhundert hier ansässig war. Der Vater hatte Sitz und Stimme im Stadtrat; die Familie, im Besitz mehrerer Häuser, bewohnte vermutlich das Haus in der Sigmund-Haffner-Gasse Nr. 6. Zwei Menschenherzen entbrannten füreinander und sprengten alle Fesseln, um vereint sein zu können. Die Berichte in manchen Geschichtsbüchern, daß der Landesherr die Geliebte durch einen Vertrauten von einem Ball im Rathaus entführen ließ, beruhen nicht auf Tatsachen. Noch Anfang des 19. Jahrhunderts ist zu lesen: „... verliebte er sich in die schöne Salzburgerinn, Salome Altinn, deren Reitze sein Herz so sehr bezauberten, daß ... er ... sie mit Gunstbeweisen überhäufte, wogegen er auch ihr ganzes Herz gewann, und von ihr Alles erhielt, was seine brünstige Liebe verlangte.“ In der Residenz waren Salome Alt die Räume vorbehalten, die an die Franziskanerkirche in der Sigmund-Haffner-Gasse grenzen. Die Verbindungstür zu den Räumen des Erzbischofs war durch einen Schrank verdeckt. Salome Alt hat Wolf Dietrich 15 Kinder geboren, von denen zehn am Leben blieben. Der Landesfürst bekannte sich zu seiner Familie und sorgte für sie; das zeigte auch sein Ringen um ihre Sicherstellung bei der Abdankung. 1606 verlieh er Salome und ihren Kindern die Landsassen- und Adelsfreiheit, drei Jahre später erhob auch der Kaiser die Frau und ihre Kinder in den Reichsadelsstand, mit dem Prädikat von Altenau. Das war der Landsitz, den Wolf

Dietrich für seine Familie jenseits der Salzach errichten ließ und den sein Nachfolger Marcus Sitticus dann in Mirabell umbenannte. Der Salzburger Historiker Franz Martin hat das Schreiben ans Licht gebracht, worin Salome an den Kaiser die Bitte um Adelsverleihung richtete, „indem sie bei einer fürnemen geistlichen Person, welche dem hl. römischen Reich und der kais. Majestät höchstlöbl. Haus Österreich nicht wenig bedient, etliche Kinder Manns- und Weibsstammes erzeugt".

Schon zu Wolf Dietrichs Lebzeiten hatten sich die Salzburger den Kopf zerbrochen, ob er eine Geheimehe geschlossen hatte. Ein Geschichtsschreiber, der Benediktiner Corbinian Gärtner, behauptete zu Beginn des 19. Jahrhunderts, er hätte in einem alten Hofratsprotokoll verzeichnet gefunden, Wolf Dietrich habe Salome schon als Domherr, als er noch nicht im Besitz der Weihen war, geehelicht. Gärtner blieb jedoch den Beweis für diese Behauptung schuldig.

War Salome Alt in den ersten Jahren ihrer Verbindung mit Wolf Dietrich in der Stadt nicht zu sehen, so ist sie jedenfalls später wiederholt mit den Kindern spazierengegangen und hat Besuche gemacht. In den letzten Jahren der Regierungszcit Wolf Dietrichs verieß sie Schloß Altenau kaum mehr, sie trat nur bei der Hoftafel an der Seite des Bischofs in Erscheinung.

Eine Scheintrauung, die Wolf Dietrich vornehmen ließ, um Salome Alts Gewissensnot zu erleichtern, liegt durchaus im Bereich des Möglichen. Jene Menschen, die neben Wolf Dietrich die Wahrheit wissen mußten, Salome selbst und sein Diener Janschitz, der Taufpate der Kinder war und als Trauzeuge fungiert haben soll, haben zeitlebens geschwiegen. Wolf Dietrich hat diesem Diener ein Haus in der Nähe der Residenz geschenkt und ihm an seinem eigenen Mausoleum einen Gedenkstein gewidmet.

Eben weil Geheimnis diese Verbindung umrankt, ist sie bis heute interessant geblieben. Beide Menschen aber muß tiefes Empfinden beseelt haben. Salome Alt, einem sehr reichen

Handelshaus entsprossen, hat ihre Familie, ihre Gefährtinnen, ja die ganze persönliche Freiheit und ihren Ruf aufgegeben, und nur eines dafür eingetauscht – den Mann Wolf Dietrich, nicht den Fürsten. Sie hat niemals in die Geschicke des Landes eingegriffen, sondern blieb ausschließlich Frau, nur um Mann und Kinder besorgt. Wolf Dietrich wiederum hätten sich, wollte er nur ein Abenteuer genießen, unbeschwertere Möglichkeiten geboten. Rom, vom Herzog von Bayern dazu veranlaßt, hat bei Wolf Dietrich interveniert, aber nie mit wirklicher Eindringlichkeit. Die römische Kurie der Renaissancezeit dachte viel freizügiger als ein neidischer deutscher Fürstenhof. Die bayerische Anzeige hatte wohl auch einen kommerziellen Hintergrund: das Halleiner Salz. Der Salzzoll verdunkelte schon vom Beginn der Regierungszeit an das Verhältnis zwischen Salzburg und Bayern.

Modellstadt für den Erzbischof

WOLF DIETRICH UND MARCUS SITTICUS

> Man kann Salzburg durchaus mit Recht eine gewachsene Stadt nennen, wenn man den Begriff „gewachsen“ nicht im biologischen, sondern im übertragenen Sinne meint und der freien, schöpferischen Leistung des Menschen noch genügend Raum läßt.
>
> FRANZ FUHRMANN,
> DAS HISTORISCHE STADTBILD SALZBURGS

Wolf Dietrich hatte in Italien Hunderte Stiche und Architekturzeichnungen gesammelt, die er nach Salzburg brachte. Die kleine, enge Residenzstadt, in ihrem innersten Wesen zutiefst Provinzstädtchen, mußte ihn anöden. Er, der italienische Architektur gewohnt war, der nicht mehr vom fürstlichen, sondern vom hochfürstlichen Hof sprach, hatte ehrgeizige Pläne. Die Beifügung „hoch“ zum fürstlich war mehr als ein Aufputz. Unter anderem mußten die bisherigen Tafelsitten der feinen Hoftafel weichen. Schon am Ende seines ersten Regierungsjahres befahl der Erzbischof, eine Seitenapsis der Domkirche wegzureißen und eine Sakristei zu errichten. Nordöstlich der Kirche kaufte er Häuser an, die er demolieren ließ, um für seinen „Neubau“ Platz zu schaffen, eine zweite Residenz als Absteige für fürstliche Besuche, die ihm auch während des Umbaues der eigentlichen Residenz als Wohnung dienen sollte. Der Bau fiel zu niedrig aus. Empört ließ Wolf Dietrich die Stiegen wieder zusammenschlagen, so daß das halbfertige Gebäude eine Zeitlang brachlag. Der Bau wurde erst 1592 wieder fortgesetzt. Die Ringmauer, die den Bischofshof begrenzte, sowie die Friedhofsmauer wurden abgerissen und um fast zehn Meter versetzt. An der Dommauer standen Buden der Messerschmiede, der Taschner und Säckler, an jener des Friedhofes die der Krämer oder Savoyarden sowie eines Petschierstechers, eines Spenglers, der Buchführer, die auch selbst die Bücher einbanden, und anderer Gewerbsleute. Über den Friedhof hinweg wurde ein zweigeschossiger Verbindungsgang zwischen Residenz und Neubau gelegt, der vier Jahre später wieder abgerissen wurde. Gleichzeitig fiel die St. Johannes-Hof-Kapelle, die dort stand, wo heute das Postamt untergebracht ist, unter der Spitzhacke. 1597 begann die Demolierung des Residenztraktes gegen den Alten Markt zu, wobei die Baulinie um fünfzehn Meter zurückgezogen und der Platz des Alten Marktes vergrößert wurde. Der Sebastians-Friedhof in der Linzer-Gasse wurde angelegt, denn Wolf Dietrich wollte den Friedhof rund um den Dom auflassen. Da brach am 11. Dezember 1598 gegen Mitternacht im Dom ein Feuer aus, vernichtete den Dachstuhl sowie alle fünf Türme mit den Glocken; Altäre, Orgel und Kunstwerke im Inneren der Kirche blieben großteils unbeschädigt. Wolf Dietrich soll, als ihm die Nachricht überbracht wurde, lakonisch geäußert haben: „Brennet es, so lasse man es brennen." Bald ging ein Raunen durch die Stadt, der Bischof selbst habe die Brandlegung befohlen, da als Brandursache ein flackernder Wachsstock im erzbischöflichen Betstüblein, dem Oratorium, in welchem meist Salome Alt betete, entdeckt worden war. Wolf Dietrich wollte den Dom neu eindecken. Erst als dieser Versuch fehlschlug, gab er den Befehl zum totalen Abbruch. Acht Jahre dauerte das Abtragen der Ruinen. Der romanische Bau verschwand, nur wenige Teile blieben, mehr durch Zufall, erhalten. Die Gräber seiner Vorgänger, die Grabsteine des Friedhofes wurden demoliert; 55 Bürgerhäuser, meist zwischen Judengasse und Kaigasse, die den Bauplänen im Wege standen, wurden abgerissen. Die Grundidee, nämlich die Anlage des Domes mit den Plätzen und dem Alten Markt, stammt von Vincenzo Scamozzi, den Wolf Dietrich im Winter des Jahres 1603 nach Salzburg holte. Der aus der venezianischen Schule hervorgegangene Baumeister konnte hier planen, was er später in seiner „idea dell' Architettura" für eine Modellstadt, wie sie ihm vorschwebte, forderte: fünf Plätze. 1606 sandte Scamozzi dem Erzbischof seine ausgefertigten Pläne. Der Dom wäre nach der ursprünglichen Konzeption um vierzig Meter länger geworden. Wolf Dietrich begann den Bau erst im Jahre 1611. Er hatte plötzlich die Pläne geändert und legte die Grundmauern so an, daß die Vorderfront des Domes dem Residenzplatz zugewendet war – wobei dieser Dom in seiner Breite den ganzen Platz eingenommen hätte. Doch dann kam der Bau zum Stillstand, denn ein Jahr später wurde der Erzbischof abgesetzt.

Auch heute noch kann man sich die gewaltige Baustelle vorstellen. Im Neubau, von einer Trümmerstätte umgeben, wohnte Wolf Dietrich. Der Dom war weggerissen, wie auch die alte Bischofsburg an der Stelle der heutigen Residenz. Die Häuser rund um den Dom und den Kapitelplatz waren in Trümmer gelegt. Dasselbe Bild bot sich auf dem Mozartplatz, dem damaligen Michaelsplatz, an dem Wolf Dietrich dem Glockenspielhaus gegenüber ein Palais für seinen Bruder Hannibal errichtet hatte, das er, weil es nicht mehr in seine Pläne paßte, wieder wegreißen ließ. „. . . ein ganz verwuestetes, weitschüchtiges, schändliches, offenes Orth, das gleichsamb der ganzen Stadt eine merkliche große Ungestalt geben thuet", vermerkte Johann Stainhauser in seiner Chronik über Leben, Regierung und Wandel des Erzbischofs.

Das Ausmaß dieser Baustelle zeigt den gewaltigen Umbruch, den Wolf Dietrich erzwungen hat. Er mußte ja vielen Menschen dieser kleinen Stadt, von der nun ein so großes Stück zerschlagen war, als Ungeheuer erscheinen, zumindest als Vermessener, der das Schicksal herausforderte. Aber er hat das Antlitz

Salzburgs geprägt. Zudem errichtete er noch vor der Stadtmauer Schloß Altenau, erweiterte in Mülln die Stadt mit dem Mülleggertor, begann die Trockenlegung des Schallmooses, verlegte das Spital des Domkapitels vom Kaiviertel in das Nonntal, ließ das Griesviertel bebauen, wo er den Platz für die Fleischbänke bestimmte, und erwarb von St. Peter die Fläche des sogenannten Frauengartens, der sich dort erstreckte, wo heute Festspielhaus und alte Universität stehen. Wolf Dietrich plante gleichzeitig die neue Durchzugsstraße Kapitelgasse – Franziskanergasse – Hofstallgasse, denn bisher gab es parallel zur Salzach nur eine einzige Straße durch die ganze Altstadt, nämlich die Judengasse und Getreidegasse. Vielleicht haben für viele seiner Überlegungen auch Gründe der Hygiene gesprochen, denn wiederholt war die Pest aufgeflackert, gegen die Wolf Dietrich mit drastischen Mitteln vorging. Er sperrte verseuchte Häuser, ließ die Kranken in Isolierstationen bringen und die der Krankheit Verdächtigen außerhalb der Stadt internieren. Auch die Überreste der auf dem Domfriedhof bestatteten Toten ließ er – nach der Chronik des Stainhauser – pietätlos in die Salzach werfen. Von Reliquien hielt er nichts, denn er ließ die Gebeine der Stadtpatrone und aller Heiligen, die hohe Verehrung genossen, aus dem Dom in eine Kammer seiner Residenz bringen und dort aufschlichten. Eine Petition, er könne doch den vom heiligen Virgil erbauten Dom nicht einfach abreißen, soll er mit den barschen Worten abgetan haben: „Ach was, Virgil – Maurer haben ihn gebaut."

Der Erzfeind Wolf Dietrichs aber war Bayern. Vom ersten Jahr der Regentschaft an gab es Streit um den Salzpreis; verschiedene Verträge, die von beiden Seiten gebrochen wurden, führten schließlich zur Salzblockade Süddeutschlands. Besonderer Zankapfel war Berchtesgaden, eine Probstei reichsunmittelbaren Rechtes und dem päpstlichen Stuhl unterworfen, die sowohl der Salzburger Erzbischof wie der Bayernherzog in die Hände bekommen wollte. Vorausblickend hatte Wolf Dietrich vom Domkapitel, dessen Rechte er beschnitten hatte und mit dem er umsprang wie mit einer Schar von Lakaien, ein „Ewiges Statut" beschließen lassen, wonach niemals ein Prinz des bayrischen oder ein Erzherzog des österreichischen Hauses Erzbischof werden dürfe. Die Entscheidung war klug, denn nur so konnte das kleine Fürstentum zwischen den beiden mächtigen Staaten auf weitere Selbständigkeit hoffen. Kaiser und Papst annullierten auf Veranlassung des Herzogs Max von Bayern das Statut, doch handelte das Kapitel auch künftighin nach dieser klugen Richtlinie.

1611 flammten die Salzstreitigkeiten wieder auf, und Wolf Dietrich besetzte Berchtesgaden. Das war dem Herzog von Bayern zuviel. Er rückte mit einem Heer aus und fiel in das Salzburger Land ein. Wolf Dietrich, der zwischen Kampfeslust und Verzweiflung schwankte, das Domkapitel ob seines Verhandlungswillens beschimpfte und gleich darauf weinend um Intervention bat, floh in einer plötzlichen Panikstimmung am 23. Oktober aus der Stadt. Seine Familie war mit sieben Wagen, vollgeladen mit Kleidung, Schmuck und Wertgegenständen, vorausgeschickt worden. Am 26. Oktober rückte der Bayernherzog in Salzburg ein und ließ, nunmehr mit Zustimmung des Kapitels, Wolf Dietrich verfolgen und auf Kärntner Gebiet gefangennehmen. Im Morgengrauen des 23. November wurde der gestürzte Landesfürst unter schwerer Bewachung auf die Hohensalzburg gebracht. Im Februar 1612 kam aus Rom der Nuntius Antonio Diaz, ein Spanier, der Wolf Dietrich unter päpstliche Verwahrung nahm. Er heuerte dafür eigens 21 Soldaten an, denen er, ähnlich der Schweizer Garde, eine gelbrote Uniform gab.

Nun begann das Ringen um die Abdankung. Wolf Dietrich wollte sich eine entsprechende Pension sichern, handelte aber auch zäh um das Vermögen, das er Salome und den Kindern im Lauf der Jahre rechtskräftig übereignet hatte. Am 7. März 1612 war der Gefangene mürbe. Streng geheim wurde Wolf

Dietrich in die Sakristei des Stiftes Nonnberg gebracht. Hier wurde ihm die Resignationsurkunde verlesen, worauf er schließlich zum Zeichen der Annahme seine Hand an die Brust legte. Sogar das Kapitel erfuhr erst später von der Resignation. Freigelassen aber wurde der Erzbischof nicht. Als der Kaiser starb, kam während des Interregnums von seiten des Reiches keine Hilfe, zudem hatte Wolf Dietrichs Vetter und Nachfolger Marcus Sitticus, der am 18. März 1612 vom Kapitel gewählt worden war, Angst vor möglichen Intrigen. Trotz aller Versuche der Brüder Wolf Dietrichs, bei Kaiser und Papst zu intervenieren, gelang die Freilassung nicht, ja die Gefangenschaft wurde immer strenger: Marcus Sitticus ließ sogar die Fenster der Wohnräume Wolf Dietrichs verschlagen. Der Gefangene war ohne Kontakt zur Umwelt – nur zwei Franziskaner und ein Apothekergeselle teilten seine Haft –, so groß war die Angst vor dem gestürzten Fürsten, der dennoch alle möglichen Stellen mit Bittschriften bombardierte. Durch Vermittlung einer geistlichen Frau vom Nonnberg waren Briefe an die Außenwelt gelangt: der Mesner der Festungskirche und ein Koch hatten vom Obergeschoß ein Loch in die Decke gestemmt. Der Koch buk außerdem Pasteten, in denen er Schriftstücke verbarg. Ein Befreiungsversuch durch Soldaten, die auf hohe Belohnung hofften, schlug fehl. Die Gefangenschaft währte fünf Jahre: am 16. Januar 1617 gegen Mittag verschied Wolf Dietrich im achtundfünfzigsten Lebensjahr nach einem epileptischen Anfall. Schon zu Lebzeiten hatte der Bischof festgelegt, daß er in alltäglicher Kleidung, ohne Gepränge, nur von sechs Franziskanerpadres begleitet, von seinen Dienern des Nachts in dem Mausoleum, das er sich auf dem neuen Sebastiansfriedhof bereitet hatte, begraben werden sollte. Doch Marcus Sitticus ließ ihn, vermutlich einer guten Nachrede wegen, mit allem Pomp beisetzen – vielleicht auch nur aus Freude darüber, daß die Bedrohung seines Fürstenstuhles nun ein Ende hatte.

Das Hornwerk der Festung hatte während der ganzen langen Gefangenschaft bis zum Tode Wolf Dietrichs geschwiegen.

Die nur sieben Jahre währende Regierungszeit des Marcus Sitticus, Grafen von Hohenems, war durch den Gefangenen in der Festung überschattet. Wolf Dietrich selbst hatte seinem Vetter das Salzburger Kanonikat abgetreten. Und was für die Wahl Wolf Dietrichs galt, hatte für Marcus Sitticus gleichermaßen Berechtigung, zumal auch Rom nicht daran interessiert war, das Salzburger Erzbistum einem Prinzen aus regierendem Hause zu überlassen. Nuntius Diaz hatte von Kardinal Borghese, dem Staatssekretär und Neffen Papst Paul V., den Wink bekommen, für Marcus Sitticus zu agieren. Die Darstellung, daß dieser Landesfürst ein Thronräuber war, entspricht nicht den Tatsachen. Wolf Dietrich hatte kein sehr herzliches Verhältnis zu seinem Vetter, ihn aber wiederholt als persönlichen Gesandten verwendet. Im übrigen war Marcus Sitticus kaum in Salzburg, vor allem nicht zur Zeit der Gefangennahme seines Vorgängers. Als er aber von dieser erfuhr, eilte er auf raschestem Weg nach Salzburg, denn ihm war klar, daß Wolf Dietrich nicht mehr auf den Thron zurückkehren würde. Marcus Sitticus war also zur Stelle, als das Kapitel zur Wahl schritt. Er hat die Politik ganz im Sinne Wolf Dietrichs weitergeführt, sich geschickt aus Reichsfragen herausgehalten und, wie Wolf Dietrich vor ihm, den Einzug des Jesuitenordens in das Land verhindert. Als Gegenreformator hat er viele Familien im salzburgischen Gebirge zur Auswanderung gezwungen, als Landesherr aber war Marcus Sitticus konzeptiv, er versuchte eigenständig zu wirken. Er ließ die Grundmauern des Domes schleifen und den heutigen Dom nach den Plänen von Santino Solari ab 1614 erbauen. Dabei drehte er den Dom wieder in die ursprüngliche Achse, wie sie Scamozzi geplant hatte; er vollendete den Neubau der Residenz, von dem unter

Wolf Dietrich nur der Trakt zum Dom hin, der Wallistrakt, entstanden war, errichtete das Klausen- und das Gstättentor – das Linzertor ist leider verschwunden –, und errichtete mit Hellbrunn das einzige wahrhaft italienische Lustschloß nördlich der Alpen. Gerade an diesem Bau ist die Italianitá dieses Fürsten zu erkennen, der sich vor allem seinen südländischen Verwandten verbunden fühlte und voll fröhlicher Sinnenlust lebte. Unweit von Hellbrunn erbaute er die Embsburg für seinen Hauptmann Johann Sigmund von Mabon, dessen Gemahlin „durch ihre Liebenswürdigkeit selbst den frommen Neffen des heiligen Carl von Borromäo bezaubert und dessen Zuneigung in hohem Grade besessen" haben soll. Alle diese Geschichten, heute vielleicht mit einem Kopfschütteln gelesen, müssen aus der Zeit erklärt werden, in der geistliche Ämter nicht dem Berufenen, sondern dem dafür Hochwohlgeborenen verliehen wurden. Adelige wandten sich vielfach dem geistlichen Stand zu, um eine Pfründe zu erhalten, nur wenn es unbedingt notwendig war, nahm man die Weihen, fühlte sich aber den weltlichen Freuden des Lebens durchaus verbunden.

Beim niederen Klerus lagen die Dinge ähnlich, nur auf einer anderen Ebene. Ein Salzburger Synodalbericht gibt Kunde, daß viele Kleriker zu Hause so nackt umhergingen, daß ihre Leiber nur bis zur Hüfte von einem Hemd bedeckt waren, und sie in dieser Kleidung sogar Besucher empfingen. Nicht wenige liefen herum, als ob sie „eher Diener eines Bacchus oder Mars, als Diener Christi sein wollten"! Kleriker sollen diesem Bericht zufolge kein Wirtsgeschäft mehr betreiben, weil das Haus „viel eher einem Schweinestall und einer schmutzigen Höhle des Teufels, als einer Priesterwohnung gleicht".

Marcus Sitticus ließ eine Visitation des ganzen Bistums vornehmen. Es gab wenige Pfarren, in denen nicht eine Konkubine des Pfarrherrn mit ihren Kindern hauste. Verschiedentlich folgten diese Kinder ihrem Vater im geistlichen Amt. Nun sollte Schluß damit gemacht werden, und die Landpfleger wurden angewiesen, an den Fürstensitz auch über den Klerus zu berichten. Der Landrichter von Gastein meldete beispielsweise 1613: „Hr. Pfahrer Stephan Spekher hat seine Köchin, den damit erzeigten Sohn und Töchterl noch bey sich; gleichfalls ist sein Geselpriester Hr. Hans N. sambt seiner Dienerin und mit 3 Kindern von Mittersill anher khumen.“ Diese Situation mag sicherlich dazu beigetragen haben, daß Marcus Sitticus – einem Versuch Wolf Dietrichs folgend – die Benediktiner berief, ein Gymnasium zu eröffnen, als Vorläuferin der Hohen Schule, die unter Paris Lodron geschaffen wurde.

Die Regierungszeit des Marcus Sitticus war zwar nur kurz, aber außergewöhnlich bedeutsam für Salzburgs Geistes- und Baugeschichte.

Vom Rinderholz zum Fürstenhof

DIE RESIDENZ

In hocherhob'ner Muschel kreist
Das Licht versprühter Diamanten
Und auf der Schale der Atlanten
Tanzt weiß und kühl des Brunnens Geist.
ERNA BLAAS, RESIDENZBRUNNEN BEI NACHT

Ein Gang durch die Fürstenstadt ist mehr als ein Bummel, wie man ihn in der Bürgerstadt so genüßlich halten kann. Für das Geviert der Fürstenstadt wäre ein flüchtiger Blick zu wenig: Residenz und Dom, die Zentren, erfordern unsere volle Aufmerksamkeit.

Augangspunkt ist der Residenzbrunnen, der alte Hofbrunnen inmitten des Residenzplatzes – so nicht gerade Winterszeit ist, denn da tragen die steinernen Brunnen Salzburgs einen Mantel aus Holz. Das sind die Grenzen der Italianitá dieser Stadt, gesetzt vom rauhen Klima nördlich der Alpen. Doch den Großteil des Jahres sprühen und funkeln die Wasserkaskaden, fällt das Wasser plätschernd von der obersten Muschel in eine Schale, rinnt schleierartig über deren Rand und über den Felsenaufbau in das breit ausladende Bassin. Vier Ungeheuer, halb Roß, halb Fisch, speien aus ihren Nüstern in hohem Bogen Fontänen in das Becken. Wenn ein Wind aufkommt, stäubt das Wasser weit über den Platz. Erst im Jahr 1969 mußte der Brunnen eine Zähmung über sich ergehen lassen, denn das neue Pumpwerk war zu kräftig und sprühte zu hoch – zu hoch für einen Barockbrunnen, wie die Kunsthistoriker feststellten. Nach dem Studium alter Stiche wurde die Höhe der Fontänen so eingestellt, wie sie ursprünglich plätscherten.

Das Werk war 1656 von Erzbischof Guidobald Thun, einem Brunnenliebhaber, diesem Platz gewidmet worden. Wahrlich das Werk eines Meisters – eines unbekannten Meisters jedoch. Zahlreiche Vermutungen, Vergleiche und Untersuchungen wurden angestellt, doch der Name des Mannes, der diese Pracht aus Stein geschlagen hat, konnte nicht herausgefunden werden. Delphine tragen die oberste Schale, in welcher ein Triton hockt, der mit beiden Händen eine Muschel an den Mund führt, aus der Wasser emporsteigt. Im Niederfallen überzieht dieses Wasser den Tritonen mit einer perlenden Haut, rinnt von der Muschelschale in eine zweite flache, von drei nackten Athleten getragene Wasserschale und von da auf den Fels, der sich nach vier Seiten öffnet. Vor diesen Höhlungen schnauben vier Meerrösser zornig in die vier Himmelsrichtungen. Wenn auch die Augen dieser Fabelwesen zornig blicken, so haben die Rösser doch gleichsam zum Gruße die Vorderbeine erhoben, halten sie abgewinkelt, um voller Eleganz die Hohe Schule vorzuführen. Es scheint, als ob sie als letzte hier Wache hielten, den Fürsten zu grüßen. Vor der Regierungszeit Wolf Dietrichs hatte die Salzburger Residenz ihre Hauptfront dem Alten Markt zugekehrt. Sie führte den Namen Rinderholz, nach einem vor dieser Front angebrachten Balken, an dem an Markttagen das feilgebotene Vieh festgebunden wurde. Von dieser behäbigen Kleinstadtidylle ist nichts mehr geblieben. Sieben Erzbischöfe bauten an der Residenz, wie sie uns überliefert ist: Wolf Dietrich, Marcus Sitticus, Paris Lodron, Guidobald Thun – der das oberste Stockwerk aufsetzte –, Max Gandolf, Johann Ernst Thun und Anton Fürst Harrach. Aber auch der letzte regierende Erzbischof, Hieronymus Colloredo, ließ noch Stukkaturarbeiten vornehmen. Dieser Zentralbau des weltlichen Salzburgs bekennt die ganze Eigenheit Salzburger Bauens: die Verbindung senkrechter und waagrechter Linien, von Flächen und Würfeln. Der führende Salzburger Kunsthistoriker Franz Fuhrmann hat dies in seinem großartigen Standardwerk über „Salzburg in alten Ansichten" bildhaft nachgewiesen. Diese Prinzipien gelten auch für das heutige Salzburg – von groben Bausünden unserer Tage abgesehen, wie wir ihnen an manchen Geschäftsportalen in der Getreidegasse begegnen, wo riesige Glasflächen die Front zerreißen.

Die Eigenheit des Bauens beginnt mit der straffen Gliederung der Stadt in ihre Funktionsteile und führt über die Plätze und Gassen bis zu den Häuserblöcken und dem einzelnen Bürgerhaus: Die Fläche dominiert, nicht das Detail. Die Wände sind sparsam, aber formschön gegliedert. Die Portale sind die kostbaren Accessoires. Das ist wahre Eleganz, mehr sein als scheinen, durch das Kostbare der Maßarbeit zu wirken, die keines lauten Flitterschmuckes bedarf.

Die Anlage der Residenz ist um drei große Höfe, Haupthof, Toscanahof und Dietrichsruh, dem ehemaligen Garten Wolf Dietrichs, gruppiert. Der Wallistrakt im Süden, in dem ein Teil der Universität untergebracht ist, reicht bis zum Stift St. Peter. In seinem Arkadenhof sind Römermosaiken aufgestellt, die man vor Jahren bei Umbauten entdeckt hat. Der Haupthof wird vom Residenzplatz her durch das prunkvolle Portal mit dem Wappenaufsatz des Fürsten Harrach (1710) erreicht. Dem Eingang gegenüber ist das Untergeschoß in Arkaden geöffnet; in der mittleren schwingt in der Tuffsteingrotte ein Muskelprotz von Herkules seine Keule, um einen wasserspeienden Drachen zu erschlagen. Links davon führt die breite tonnengewölbte Treppe in die Prunkräume, die ehemaligen Repräsentations-, Arbeits- und Wohnräume der regierenden Fürsterzbischöfe. Diese Treppe wurde gebaut, um in Galaroben und Talaren beschritten zu werden. Der große Saal der

Carabinierileibgarde – fünf Offiziere und dreißig Mann – zeigt drei mythologische Deckenbilder aus der Zeit um 1690, gemalt von dem aus Venedig zurückgekehrten Salzburger Johann Michael Rottmayr: Neptun befiehlt den Winden, Kalydonische Eberjagd und Schmiede des Vulkan. In diesem Saal – dem eine Freitreppe mit dem Bildnis einer vollbusigen Sirene zusätzlichen Reiz verleiht –, hielten die Carabinieri in roten, goldbetreßten Röcken, gelbledernen Beinkleidern und hohen Sporenstiefeln Wache, während auf den Gängen und vor den Türen Soldaten der Trabantengarde, weiß gekleidet, rote Schärpen, spanische Federhüte, in der Hand Hellebarden, wie die Zinnsoldaten standen. Die Ausstattung der nun anschließenden Räume – Rittersaal, Konferenzzimmer, Antecamera und Audienzsaal – ist der ordnenden Hand des Meisters Johann Lukas von Hildebrandt zu danken. Hier erschienen bei feierlichen Anlässen die obersten Hofchargen, die hochfürstlichen Offiziere und Räte, die Ritter des Ruperti-Ordens, die Kammer- und Hofherren in spanischer Tracht und die Edelknaben in kirschroten Samtwämsern. Die Deckengemälde im Rittersaal und Audienzsaal stammen wiederum von Rottmayr, in den beiden dazwischenliegenden Sälen von Martin Altomonte. Die Bilder geben jeweils Szenen aus der Lebensgeschichte Alexanders des Großen wieder. Der Wiener Stuckmeister Albert Carmesina hat die Plafonds verziert, der Stuck an den Wänden des Rittersaals stammt von Peter Pflauder. Im Audienzsaal stehen weißgolden glasierte Louis-Seize-Öfen, zierliche Möbel aus derselben Stilepoche von H. Jacobs aus Paris, sowie Pietra-dura-Tische und eine kunstvoll eingelegte Standuhr. Die Brüsseler Gobelins mit Szenen der römischen Geschichte haben das Wappen Wolf Dietrichs eingewebt und gehören ebenfalls zur ursprünglichen Einrichtung. Alle ande-

Mozarts Geburtshaus (Rückseite, Universitätsplatz 14).

Künstliche
BLUMEN
KÖNIGSWIESE
EIS
OPTIK

In diesem Hause
arbeitete
der deutsche Sozialistenführer
August Bebel

ren Möbel, die heute die Prunkräume schmücken, hat man nachträglich aufgestellt, denn die Residenz wurde des öfteren geplündert: von den Soldaten Napoleons, von Bayern und Österreichern, später hat Großherzog Ferdinand III. von Toscana, der von 1803 bis 1805 als Kurfürst in dem nun verweltlichten Fürstentum herrschte, hier „aufgeräumt“, die kostbare Silberkammer geleert, Möbel, Goldschmiedearbeiten und sonstige Prunkstücke, auch bodenständigen Handwerks, mitgenommen. Das waren zwei teure Jahre für Salzburg. Dem Experten Kurt Rossacher ist es geglückt, im florentinischen Palazzo Pitti fünfundachtzig wertvolle Stücke eindeutig aus ehemaligem Salzburger Besitz nachzuweisen. Was noch in der Residenz geblieben war, wurde 1806 über Befehl der Wiener Bürokratie dem Allerhöchsten Kabinett der Hauptstadt einverleibt. Im Konferenzsaal fanden die kleinen Hofkonzerte statt, bei denen Mozart als Konzertmeister fungierte. An den Audienzsaal schließen die Wohnräume – das Arbeitszimmer, das Schatullen-Kabinett und das Schlafzimmer mit der Kapelle – an. Das Deckenbild im Schatullen-Kabinett zeigt die Huldigung vor Alexander von Altomonte und einen barocken Tabernakelschrank, der einst Hausaltar des Fürsten Harrach war; Rottmayr schuf im Schlafzimmer an der Decke die Traumvision Alexanders, aber auch das Altarbild der Heiligen Familie in der Kapellennische. Die ehemalige Schöne Galerie in dem gegen den Marktplatz gelegenen Flügel enthält spärliche Reste einer Gemäldesammlung, dafür aber einen wunderschönen Marmorkamin und eine herrliche Nischenumrahmung für die attische Bronzestatue, die 1502 am Kärntner Magdalensberg gefunden wurde. Der betende Jüngling ist

Rechts: Innenhof zwischen Getreidegasse und Universitätsplatz. In diesem Haus arbeitete August Bebel als Drechslergehilfe.
Links: Die Getreidegasse, Hauptstraße der Bürgerstadt.

jedoch nur ein Abguß, das Original wanderte 1806 nach Wien. Dafür zeigt der Gesellschaftssaal noch die barocke seidendamastene Bespannung und Deckengemälde von Rottmayr, darunter das Urteil des Paris. Der Marcus-Sitticus-Saal, auch Weißer Saal genannt, mit klassizistischen Stukkaturen von Peter Pflauder, in dem 1816 die endgültige Eingliederung Salzburgs an Österreich verkündet wurde, führt in den Kaisersaal, benannt nach den nicht überragenden Bildnissen der habsburgischen Herrscher von Rudolf dem Stifter bis Karl VI. Der sogenannte Franziskanergang, dessen Holzdecke von 1610 mit den Wappen Wolf Dietrichs und Marcus Sitticus' den alten Bauteil ausweist, führt durch den kleinen stuckverzierten Sintflutsaal zu einer Tür. Wird sie geöffnet, blickt der Besucher völlig überrascht in den Chor der Franziskanerkirche. Er steht im Betstüberl der Erzbischöfe, jenem Oratorium, in dem sie der Messe beiwohnten. Die Franziskanerkirche erfüllte während der langen Bauzeit des Domes dessen Funktionen.
Auf der Treppe öffnet ein geschmiedetes Gitter mit dem Wappen Max Gandolfs den Weg zum nächsten Stockwerk der Residenz. Hier ist die Residenz-Galerie mit den Sammlungen Czernin und Schönborn-Buchheim untergebracht, gewidmet der europäischen Malerei des 17. bis 20. Jahrhunderts, mit niederländischen, italienischen, französischen, spanischen und österreichischen Werken.

Während der Festspielzeit war der Residenzhof kleinen Opern und besonderen Perlen der Musizierkunst, den Serenaden, vorbehalten. An milden Abenden im Freien – bei denen wohlweislich das Geplätscher des Residenzbrunnens gedrosselt wurde – versetzten diese Serenaden in Hochstimmung: Ort und Musik verschmolzen zur kongenialen Einheit.
Der große Dichter François Mauriac erzählte bezaubernd von einem Besuch der Serenade: „Gestern abend, während Bern-

hard Paumgartners Orchester die Kleine Nachtmusik spielte und in den Skulpturen eines Torbogens aufgeschreckte Tauben leise gurrten und sich dann wieder beruhigten, ließ der kalte Wind die Flammen der Kerzen flackern; vor mir bedeckte ein junger Mensch mit seinem Mantel ein fröstelndes junges Mädchen, und solange die Serenade dauerte, hatten sie nur noch ein Herz.“ Die Festspiele haben diesen beglückenden Spielplatz leider aufgegeben.

Die Residenz hat viele Feste erlebt. Das geht schon aus den Besoldungslisten hervor. So wurden beispielsweise 1611 allein für die Hofmusik, die Hofküche und den Hofstall hundertsechs Dienstnehmer geführt. Der barocke Fürstenhof hatte seine eigenen Musikanten und Theaterleute, während in früherer Zeit Vaganten, fahrende Schüler, willkommene Abwechslung boten. Von einem dieser burlesken Vaganten, dem der Erzbischof einen Silberbecher – halb mit Wein und halb mit Wasser gefüllt – reichte, freilich einen Becher, den der Bursch behalten durfte, ist ein Reim überliefert, mit dem der Scholast abtrat:

Drei Gaben mit diesem Becher
Von Silber halt' ich in der Hand:
Frohsinn für den durstigen Zecher,
Ein Prunkstück – im Notfall – ein Pfand.

Auch der Hofplatz wurde den Lustbarkeiten dienbar gemacht. So wurde er 1617 mit Netzen abgesperrt und auf dem Platz eine Hatz auf zwei Hasen, zwei Füchse, drei Dachse, zwei Rehe und einen Hirschen abgehalten. Ein andermal ließ man einen Bären mit einem Stier kämpfen. Im Jahr 1664 fand hier ein erlesenes Fest zu Ehren Kaiser Leopolds I., der in Salzburg Station machte, statt. Höhepunkt solcher Feste waren jeweils

Feuerwerke auf der Salzachinsel am Gries. Während der Feiern zu Ehren Leopolds I. war auf der Insel ein Schloß aufgebaut, dessen Portal der Name des Kaisers zierte. Die Türme trugen Löwenmäuler, die unentwegt Raketen spien, ein Wald, der beidseits dieses „Schlosses" aufgestellt war, verdeckte Böller, die pausenlos Leuchtkugeln abfeuerten. Salzachabwärts schwammen große, mehrere Zentner schwere leuchtende Kugeln. Die ganze Stadt war mit Triumphbögen geschmückt. 1670 kam der bayrische Kurfürst Ferdinand Maria mit seiner Gemahlin zu Besuch. Domenico Gisberti, italienischer Hofpoet in München, verfaßte ein in Superlativen schwelgendes Tagebuch über dieses Ereignis. Die Salzburger Bevölkerung bekam darin hohes Lob gezollt. Gisberti rühmt ihre Reinlichkeit und vermerkt mit Staunen, daß sie sich jeden Samstag wäscht – er meinte wohl: badet. Besonders vermerkte er, die Bevölkerung sei höflich, gemütlich, fleißig und bescheiden, habe sich aber zu dem Fürstenbesuch prächtig gekleidet, auch die Bürgersfrauen hätten sich herausgeputzt mit Mantillen und Goldbrokat. Erzbischof Max Gandolf von Kuenburg erfülle sein Amt wie ein Kardinal, erscheine beim Altar wie ein Patriarch, und im übrigen kleide er sich wie ein Fürst! Hohes Lob zollte Gisberti einer Opernaufführung, der Umgestaltung des Mirabellgartens in einen Festplatz und wieder – dem Feuerwerk, bei dem die Nacht zum Tag verwandelt worden sei. Ein Besuch der Fürstenzimmer ist nicht so stimmungsvoll wie einst Serenaden in der Residenz. Die Schritte hallen, die Räume sind kalt und leer, und es ist schwer, das Leben von einst in diese Räume zu projizieren. Und doch gibt es einige Tage im Jahr, in denen dies gelingt, wenn nämlich Land und Stadt Salzburg ihre Empfänge geben, fröhlich gestimmte und festlich gekleidete Menschen diese Säle füllen. Kerzen verbreiten ihr warmes Licht, Blumengebinde bringen Leben, betreßte Diener eilen mit Silberplatten umher, im Hintergrund musiziert ein Kammerensemble.

Noch ein Teil der Residenz ist zu besuchen: der Toscanatrakt, heute Polizeidirektion, der nur in seinem zweiten Hof, der Dietrichsruhe, eine Sehenswürdigkeit bietet. In einer mit Muscheln ausgelegten Marmorportalnische steht die zweite überlebensgroße Herkulesskulptur der Residenz, diesmal mit dem Fell des Nemeischen Löwen (um 1605), eine der großartigsten Statuen Salzburgs, die hier ihren Platz gefunden hat. Sie wurde erst vor knapp zwanzig Jahren im Park des Schlosses Klesheim in einem Gebüsch wiederentdeckt. Sie war einst von Wolf Dietrich in der Dietrichsruhe, diesem kleinen Garten, den er für sich und Salome Alt angelegt hatte, aufgestellt worden.

Es ist heute nicht einmal mehr zu erahnen, welche Schönheit dieser Lustgarten einst bot. Heute ist die Dietrichsruhe zum Autoabstellplatz degradiert. Selbst die Nische des Herkules, in der überdies farbenfrohe Fresken, bezaubernde Veduten, zu sehen sind, ist verwahrlost, und kaum einer der Einheimischen hat auch nur ein einziges Mal dem ehrfurchtgebietenden Sohne des Zeus seine Reverenz erwiesen.

Zu erreichen ist diese vormalige Dietrichsruhe nur durch den Toscanahof, der Besucher muß also, kommt er aus dem Hauptportal der Residenz, nach links abbiegen und an der Residenzfront entlang durch die Kurfürstengasse bis zum großen Tor des Toscanatraktes gehen.

Doch ein kurzes Verweilen vor dem Hauptportal gibt wiederum einen Blick auf den Residenzplatz. Vor allem die wenigen Schritte vom Portal bis zur Ecke des Palastes lassen die gegenüberliegende Häuserzeile in das Gesichtsfeld treten: das Haus Residenzplatz 2 – in dem der Barockmaler Johann Michael Rottmayr wohnte, dessen Gemälde die Residenz schmücken – besticht durch das gotische Maßwerk der Fensterumrandungen. Das Nebenhaus zeigt ein wohlausgewogenes Portal.

Schmelztiegel der Stile

DIE FRANZISKANERKIRCHE

Traut-düsterer Winkel
Im spitzbogigen Gotteshaus.
Atembeklemmendes Knien
Zu Füßen des Vaters.
Stockende Worte . . .

Anonym, Franziskanerkirche

. . . lag der marmorne goldbeladene Hochaltar mit einer kindhaften Madonna von Pacher. Um sic und den Knaben schwebte ein Reigen ergötzlich gesunder, vergnügter Engel: ein geflügelter Kindergarten! Und an den Flanken des Altars erhoben sich zwei pompöse, herrlich bemalte Holzplastiken, der heilige Georg und der heilige Florian; beide mit blitzendem Panzer, hohen Schnürstiefeln, Turnierlanzen und Helmen, auf denen bunte Pleureusen wippen; zwei antike Helden aus der Barockoper.

Erich Kästner, Der kleine Grenzverkehr

An den Kontrasten beider Zitierungen wird die Komposition der Franziskanerkirche deutlich, die den westlichsten Teil des Residenzgevierts einnimmt. Schon zu Zeiten Virgils stand hier eine zum Kloster St. Peter gehörige Tauf- und Synodalkirche, geweiht Unserer Lieben Frau. 1139 übernahmen Chorherren der Bischofsburg das Gotteshaus, das gleichzeitig mit dem ersten Dom in Flammen aufging, als das Strafgericht Barbarossas über Salzburg fiel. In der ersten Hälfte des 13. Jahrhunderts wurde die neue Kirche errichtet, die im spätromanischen

Langhaus überdauert hat. 1408 begann auf Kosten der Stadt und ihrer Bürger Meister Hans von Burghausen den Bau des gotischen Chorraumes, der von seinem Schüler Stephan Krumenauer vollendet wurde. Den Turm aber stellte, so sagen es die Kammerrechnungen, 1486 ein Nürnberger Meister auf. Als 1583 Franziskaner in das Kloster der Petersfrauen einzogen, das 1122 neben der Mönchsabtei angesiedelt worden war und nun aufgelassen wurde, weil nur mehr zwei Nonnen darin wohnten, erhielten sie auch die Kirche. Vom 12. Jahrhundert an bis zum Jahr 1634 war die Franziskanerkirche zugleich Stadtpfarre.

Beim Eintreten durch das Westportal von der Sigmund-Haffner-Gasse aus, das rechts, unweit vom Boden, eine Schwurhand ziert, müssen sich die Augen vorerst an das Dunkel des romanischen Raumes gewöhnen. Alles ist auf Wucht und Schwere angelegt, die Mauern haben eine weit über die Konstruktionsgegebenheiten hinausgehende Stärke, die nur durch den Willen zu erklären ist, daß hier für ewige Zeiten ein Haus zum Ruhme Gottes entstehen sollte. Die drei Schiffe des Langhauses, auf klobige Pfeiler gestellt, tragen roh behauene Kapitelle. Das Kreuzgewölbe ist im Dunkel nur mehr zu erahnen. In den sich niederduckenden Seitenschiffen treten jedoch an den Kapitellen plastische Ornamente hervor: eigenartig aus dem rissigen Gestein des Nagelfluh hervorwachsend sind die Pflanzen, Tiere und Traumwesen Zeugen eines blühenden Mystizismus. Doch schon vom ersten Schritt in die Kirche an hängen die Blicke an dem lichtüberfluteten Chor, der den Hauptaltar überwölbt. Das Zusammenwachsen des romanischen Schiffes mit dem gotischen Chor, gesteigert zum äußersten Gegensatz, kennzeichnet den Glauben: vom Dunkel dieser Erde in das strahlende Licht der Ewigkeit.

Die Rundpfeiler wachsen schwerelos empor und tragen das zart gegliederte Chorgewölbe. In früheren Zeiten fiel das ganze schimmernde Licht auf das Schnitzwerk des gotischen Altares, der nach einer uralten Franziskanerregel frei an einer Säule in der Achse des Kirchenbaues stand. Dieser farbenprächtige Flügelaltar, dessen goldener Grundton in diesem Lichtstrom besonders erstrahlte und den Michael Pacher im ausgehenden 15. Jahrhundert geschnitzt hatte, war vor seiner Zerstörung größer als jener des heute weltberühmten Altares zu St. Wolfgang. Heute finden wir nur mehr die Madonna in Salzburg. Reste der früheren Pracht sind erhalten, davon drei Tafelteile in der Österreichischen Galerie in Wien. Wie war es zu dieser Zerstörung gekommen? 1709 hatten die Franziskaner Johann Bernhard Fischer von Erlach beauftragt, der Kirche barocken Glanz zu verleihen. Die Madonna Pachers, die als Gnadenstatue verehrt wurde, mußte der Meister von dem gotischen Flügelaltar übernehmen.

Fischer von Erlach hat in diesem Altarbau sein künstlerisches Credo abgelegt: alle seine Prinzipien von Portal-, Altar- und Monumentalarchitektur sind enthalten. Und der gotischen Madonna lächeln nun allseits rundliche Putten zu, wie sie auch Gottvater, der im höchsten Aufbau des Altares thront, umgeben. Daß das Jesuskindlein ausgetauscht wurde, bemerkt nur der kritische Betrachter.

Selbst die Brutalität eines Wolf Dietrich, der 1606 ein Stück des Chores niederreißen ließ, um die Fassade seines Palastes, das Gebetsstüblein der Residenz, in die Kirche zu verlegen, konnte das Gesamtbild der Kirche nicht zerstören. Auch der Kranz der Kapellen, der die dräuende Ruhe der Romanik mit barockem Stuck umgibt, fügt sich nahtlos ein. Gegensätze ziehen einander an – dieser so leicht gedankenlos hingeworfene Satz hat hier seinen optischen Ausdruck gefunden!

Was noch hervorzuheben ist: die säulenbegrenzte hochaufragende „Wohnung“ der Heiligen Familie mit ihrer pausbäckigen Engelsschar wird vom heiligen Florian und dem heiligen Georg zu beiden Seiten des Altares bewacht. Der Schlossermeister Thomas Reckseisen hat das Altargitter geschmiedet. Die

Kanzel zeigt an ihrem Aufgang einen mit einem Mann kämpfenden romanischen Löwen, der früher als Pfeilerstütze zur Vorhalle hin diente. In Kanzelnähe sind Reste von Fresken erhalten, 1447 datiert, kniende Heilige, Ölberg und Reste einer Kreuzschlagung. Weitere Fresken finden wir in der linken Laibung des Chorbogens: der Schmerzensmann zwischen Engeln sowie die Rahmung eines Sakramentshäuschens, alle Konrad Laib zugeschrieben. Diese Fresken sind ebenso wie das Sakramentshäuschen erst vor wenigen Jahren bei Restaurierungsarbeiten entdeckt worden. Ein zeitgeschichtlich überaus interessantes Dokument zeigt die vordere Säule rechts vom Hochaltar: ein Fresko, 1456 datiert, eine gezimmerte Hütte, in der zwei Werkleute arbeiten. Der eine, bekleidet mit rotem Rock und grünem Hut, behaut den Grundstein, der andere, angetan mit einem linnenen Kleid, des Kontrastes wegen lila gerandet, und einem roten Hut, arbeitet an einem Maßwerk. Der im roten Kittel ist Meister Hans von Burghausen, im Festgewand der Maurer aus rotem Loferer Tuch. Dieses rote Tuch kam aber als Hofkleid nur einem Angehörigen des Hofgesindes zu. Da Hans von Burghausen wohl für Salzburg, nicht aber im Dienste Salzburgs gearbeitet hat, ist diese Darstellung ein ehrendes Gedenken. Sein Geselle Stephan Krumenauer hingegen stand im Hofdienst. Ihn zeigt das Fresko jedoch – um den Schüler vom Meister abzuheben – im Alltagskleid, aber eben mit dem roten Hut des Hofgesindes. Im mittelalterlichen Zunftwesen herrschte eine genau abgestufte Hierarchie, und die zeigt eben auch dieses kleine erhaltene Fresko, dessen Maler Konrad Laib mit seinen Schülern in der Steinmetzenhütte der beiden Abgebildeten aus und ein gegangen ist.

Das Bildnis erinnert an den ersten Maurerstreik in Salzburg. 1459 nämlich ist Krumenauer vor dem Stadtgericht im Rathaus erschienen, um die Frage zu stellen, ob die Maurer von Salzburg zu Recht verhinderten, daß er am Bau des

Berchtesgadener Probsteihofes in Salzburg weiterarbeite. Die Antwort war, Krumenauer müsse warten, bis an diesem Gerichtstag der Richter den Stab aus der Hand legen würde. Sollte bis dahin keine offizielle Klage eingelangt sein, würde das Verbot – einstweilige Verfügung, würde man heute sagen – aufgehoben sein. Wenige Tage später verklagten die Steinmetze der Stadt Krumenauer, weil er ihnen die Mitarbeit am Berchtesgadener Hof verbiete. Die Auseinandersetzung, diktiert vom Brotneid, nahm heftige Formen an, bis Krumenauer dem Stadtgericht erklärte, er sei schon zweimal zu Unrecht von den Maurern verklagt worden, sei ihnen aber keine Rechenschaft schuldig, denn als Hofgesinde unterstehe er nicht dem Stadtgericht, sondern dem Hofmarschall. Der Streit endete vermutlich mit einer gütlichen Einigung.

Einmal Maurer – einmal Steinmetz: in Salzburg galten beide Bezeichnungen für eine Zunft. Hofmaurer war ein besonderes Amt, das sich in Ansehen und klingender Münze ausdrückte. Das alles aber erzählt der Rest eines kleinen verblichenen Freskos an einer Säule der Stadtpfarrkirche zu Unserer Lieben Frau.

Wie eng die Franziskanerkirche mit dem Stadtleben verbunden ist, zeigen auch die Kapellen, denn etliche sind von der Stadt gestiftet, Gelübde zur Errettung aus schwerer Pestilenz. Dem Thema Pest sind einige Altartafeln in den Seitenkapellen gewidmet. Hervorzuheben ist der 1561 datierte Altar der Kapelle auf der Scheitelhöhe des Chores, der aus dem alten Dom stammt und das Wappen des Erzbischofs Michael von Kuenburg trägt. Die Franziskuskapelle, von Erzbischof Johann Ernst Thun um 1690 errichtet, zeigt Gemälde von Rottmayr und überreichen Stuck von Ottavio Mosto.

Gerade diese Kirche ausführlicher zu beschreiben war notwendig, nicht nur, weil sie den Salzburgern lieb und ans Herz gewachsen ist, sondern weil hier abendländische Stilgeschichte vereinigt ist. Romanik, Gotik und Barock wurden in der

Franziskanerkirche – wohl mehr zufällig als gewollt – in einen Schmelztiegel geworfen. Und selten wird so deutlich, wie folgerichtig einander die Epochen abgelöst haben.

Würde und römische Eleganz

DER DOM

Die Domkirche ist ein himmlisches Gebäude nach dem Muster der Peterskirche in Rom, versteht sich in verkleinerthem Maßstab. Die Länge der Kirche hat die Form eines Kreuzes ... Vor dem Eingang stehen die Apostel in riesiger Größe in Stein gehauen ... Das Licht, welches durch die Kuppel hereinfällt, erleuchtet jeden Winkel. Diese außerordentliche Helle macht eine göttliche Wirkung und wäre allen Kirchen zu empfehlen.

FRANZ SCHUBERT, BRIEFE UND SCHRIFTEN

Der Domplatz in seiner erhabenen Monumentalität versetzt den Betrachter in eine weihevolle Stimmung. Meist versuche ich meine Wege so einzuteilen, daß ich, von der Franziskanergasse kommend, den Platz durch den westlichen Dombogen betrete, denn dann offenbart sich die ganze grandiose Geschlossenheit dieses Platzes. Sie wird noch künstlich gesteigert durch die 1660 unter Erzbischof Guidobald Graf Thun nach einem Entwurf von Giovanni Antonio Dario beidseits der Kirchentürme angesetzten Dombögen. Jeder Kulissenmaler muß an dieser Szenerie seine helle Freude haben – und der Platz ist ja auch erhabener Theatersaal des Hofmannsthalschen Spieles vom Sterben des reichen Mannes. Die Mariensäule inmitten des Platzes, ein Werk der Brüder Johann Baptist und Wolfgang Hagenauer, die erst im Jahr 1771 hinzugefügt wurde, ist an sich ein Fremdkörper, denn der ureigenste Sinn des Domplatzes, den Blick auf die Domfassade, allein nur auf die

Fassade zu richten, wird dadurch gestört. Und doch steht auch das Denkmal in einem perspektivischen Zusammenhang, ganz abgesehen von seiner Komposition. Der Kern ist aus Untersberger Marmor gefertigt, prismenförmig geschnitten, seine Flächen und Ecken sind mit Reliefs und Plastiken aus Blei versehen; Weltkugel und Wolken aus Marmor sowie bleierne Putten tragen die Statue der Immakulata. An den Ecken der Säule stehen der Engel, der Teufel, der Mensch und die Kirche. Erzbischof Siegmund Christoph Graf Schrattenbach hat sich hier mit seinem aufwendigen Wappen, vom Fürstenmantel umgeben, verewigt. Diesem Denkmal muß man wohl verzeihen, daß es den Blick auf die Domfassade trübt, zumal in der vom Dom abgewandten Blickrichtung der Platz gerade durch die Immakulatasäule an Reichtum gewinnt. Im Hochsommer, zu Jedermanns Zeiten, verschwindet die Mariensäule zwischen steil ansteigenden Zuschauertribünen. Diese Vergewaltigung des Platzes ist unvermeidbar, sie hat aber auch ihre guten Seiten: manches Detail der Säule kann nun leichter besichtigt werden, und der Stadtwanderer kann auf den Bänken genüßliche Rast halten, in aller Ruhe die gewaltige Domkulisse sowie die Seitenfassaden des Platzes, die durch Balkone klassisch gegliedert sind, studieren.

Der Dom strahlt Würde und römische Eleganz aus. Diese Eleganz wirkt aber hier in nördlichen Breiten viel nüchterner – und vielleicht gibt es auch eine Erklärung dafür. Italienische Architektur und südlicher Geist können eines nicht hervorzaubern: das Licht. In unserem Land fehlt ganz einfach die Sonnenglut, die Kraft flimmernder Luftschichten, die den Zauber italienischer Landschaft ausmacht. Im Gegensatz zum dunkelgrauen Bau des Langhauses und der Querschiffe aus Nagelfluh gibt der weißliche Marmor, von einem rötlichen Adernetz durchzogen, der Fassade die dennoch einladende Note. Hätte man auch hier das dunkle Gestein des übrigen Baues verwendet, dann wäre der Dom ein dem Menschen drohendes Gebäude geworden, gleich einem jener eifernden Fastenprediger, die den verängstigten Gläubigen die Grausamkeit des Letzten Gerichtes prophezeien. So aber gibt dieses zarte Farbkleid der Front ihr Gepräge, aufgelockert noch durch die starke Gliederung des Baues. Der Salzburger Rupertusdom ist als kleiner Petersdom des deutschen Rom bezeichnet worden, und es sind unleugbar Vergleichsmöglichkeiten vorhanden – an der Gliederung des Domes selbst und an der Geschlossenheit des Platzes, die den Kolonnaden Roms entspricht. Und die vier steinernen Standbilder vor den Portalen versinnbildlichen die Bindung der Salzburger Kirche an Rom: die beiden Statuen neben dem Mittelportal zeigen die Apostel Petrus und Paulus, erkenntlich an ihren Attributen, dem Himmelschlüssel des Petrus und dem Schwert des Paulus, der eben durch das Schwert gestorben ist. Diese Apostelstatuen wurden von dem Salzburger Künstler Michael Bernhard Mandl (1697) gestaltet, während die beiden äußeren Figuren Bartlmä Opstal um 1660 schuf. Dargestellt sind die Salzburger Heiligen Rupert und Virgil. Rupert ist gekennzeichnet durch das Salzfaß, Virgil, der Erbauer des ersten Domes, durch die Kirche. Auf der noch darüberliegenden Balustrade verkünden die vier Evangelisten ihr ewig gültiges Wort. Den obersten Aufsatz, den Moses und Elias flankieren und an dem die Wappen der Erbauer – Marcus Sitticus und Paris Lodron – prangen, krönt die Statue des Weltenheilands. Dieser stark geschwungene Giebel läßt den Heiland in den Himmel entrücken, flankiert nur von den Kirchtürmen, die kantig, aber vielfach gegliedert, in achteckige Aufsätze übergehen und Kuppeldächer tragen. 79 Meter sind diese Türme hoch, was ein gutes Vergleichsmaß ist, denn wenn man später im Inneren des Domes die gewaltige Wölbung der Kuppel bestaunt, soll man wissen, daß diese eine Höhe von 71 Meter aufweist. (Noch einige Zahlen: der Dom ist 99 Meter lang, das Querschiff mißt 68 Meter, und das Hauptschiff ist 31 Meter hoch.)

Der Dom von Salzburg spiegelt die Bedeutung des Bistums wider. Ein kleiner Platz im Gotteshaus ist dafür die beste Demonstration: In der neuen Krypta ist in der runden Eingangshalle ein Fußbodenmosaik eingelassen, das in schematischer Wiedergabe die Grundrisse des Doms zeigt. Schwarz ist der Virgil-Bau, grau der romanische Dom und weiß der Solari-Dom des 17. Jahrhunderts ausgeführt.

Erzbischof Paris Lodron ließ den Bau vollenden und weihte das Gotteshaus am 25. September 1628, mitten in den Wirren des Dreißigjährigen Krieges. Es war ein prunkvolles Fest, zu dem nicht nur die Bischöfe, Äbte und Pröbste der Kirchenprovinz, sondern auch Kurfürst Ferdinand von Köln, Kurfürst Maximilian von Bayern, Erzherzog Leopold von Österreich, Herzog Albrecht von Bayern und der Osnabrücker Fürstbischof Graf Wartenberg erschienen waren. In feierlicher Prozession wurden die Reliquien der Landespatrone in den neuen Dom gebracht – die ganze Stadt war ein einziger Festplatz, in feierlichen Schmuck gehüllt und durch eine ganze Reihe von prächtigen Triumphpforten verschönt. Das Fest währte eine volle Woche. Auf Kosten des Erzbischofs wurde das Volk gespeist und konnte von Ständen, die auf den Plätzen aufgebaut waren, Wein holen, soviel es begehrte. Feuerwerke, strahlende Beleuchtung – die Domweihe war das glanzvollste Fest Salzburgs. An allen Altären des neuen Domes wurde ohne Unterbrechung Messe gelesen, von nah und fern kamen die Geistlichen und erhielten dafür vom Erzbischof einen Domweihtaler. Paris Lodron hatte außerdem eine Amnestie erlassen, die Gefängnisse geöffnet und alle Landesverweisungen aufgehoben – ausgenommen von Totschlägern und Protestanten.

Paris Graf von Lodron war der dritte der großen Salzburger Barockfürsten. Er entstammte einem ursprünglich Südtiroler Geschlecht, war schon unter Wolf Dietrich Domherr zu

Salzburg und wurde bereits damals vielfach als Gesandter verwendet. Marcus Sitticus hatte ihn zum Hofkammerpräsidenten ernannt und das Domkapitel gezwungen, entgegen anderer Vorstellung, Paris Lodron zum Dompropst zu wählen. Lodron aber konnte das Domkapitel von seinen Fähigkeiten überzeugen, denn es wählte am 13. November 1619, nach dem Tode von Marcus Sitticus, Paris Lodron schon im ersten Wahlgang. Er verstand es, in seiner Regierungszeit, die mehr Kriegs- als Friedensjahre und wiederholte Pestwellen sah, dem Land nicht nur den Frieden zu erhalten, sondern auch Wohlstand und Aufschwung zu bringen.

Paris Lodron stellte entsprechend seiner Pflicht als Reichsfürst ein Reichskontingent, blieb ansonsten aber neutral. Das hieß für den weitblickenden Mann aber nicht, die Hände in den Schoß zu legen. Schon wenige Monate nach seinem Regierungsantritt begann er 1620 Stadt und Land neu zu befestigen. In der „Saltzburgischem Chronica“ vermeldete Franciscus Dückher von Haßlaw zu Winckl, „wie ein Stern-Kunst-Erfahrener aus dem Licht seines hohen Verstandes das allgemeine Deutsche Unheil vorsehend, wider alle Unglücks-Fäll sich gefaßt gemacht und zu dem Ende die Befestigung der Hauptstadt Saltzburg, welche bis dahero gleichsam ein offnes Dorff gewesen ... mit Rath guter Kriegs-Verständigen für die Hand genommen“. Paris Lodron verstärkte die Festung und die Anlagen auf dem Mönchsberg, verwandelte den Kapuzinerberg gleichfalls in ein Bollwerk, welches er mit der heute noch weithin sichtbaren Mauer mit zahlreichen steinernen Schilderhäuschen umgab, und glättete die Felswände außerhalb des Neutors und in der Augustinergasse, die damit unbesteigbar

Oben: Der Residenzplatz. Aquarell von Rudolf von Alt, 1844.
Unten: Blick auf Salzburg. Ausschnitt aus dem Aquarell von Louis Walli, 1811.

wurden. Außerdem umschloß er die Neustadt mit einem komplizierten System von Gräben und Bastionen, beginnend am Fuß des Kapuzinerberges vom Linzertor weg, entlang der heutigen Franz-Josef-Straße bis zum Rosenhügel des Kurparkes und dem Bastionsgarten – das einzige Stück, das von der Festungsanlage noch übriggeblieben ist –, zu dessen Füßen schon die unregulierte Salzach lag. Vom Nonnberg her zog er das Verteidigungswerk zum Kajetanertor durch die heutige Bastionsgasse den Rudolfskai entlang. Trotz aller Eile wurde nicht nur solid, sondern auch schön gebaut; keinesfalls wurde auf mancherlei Zierat, besonders auf das Lodronsche Wappen mit dem Brezelschweif, vergessen. Der Erzbischof organisierte aber auch die Landfahne, also die Soldatenfähnlein aus dem eigenen Land, und warb fremde Söldner an. Er besuchte während der Nacht allein die Wachen und sorgte für schärfste Zucht. Er schreckte auch nicht zurück, einen Fähnrich köpfen zu lassen, der die Beschwerde eines Müllers, Soldaten hätten seine Hühner gestohlen, damit beantwortete, daß er den Mann erschoß. Mußte Paris Lodron auch dem Reich ein Aufgebot stellen, so weigerte er sich doch, der Katholischen Liga beizutreten. Als Graf Khevenhüller im Auftrag der Liga nach Salzburg kam und Unterstützung verlangte, konnte er keinen Mann, ja, nach seinen eigenen Worten, nicht einmal ein Körnlein Pulver erhalten. Der Erzbischof blieb unbewegt und entschuldigte sich ein- wie allemal mit der Äußerung, „der König aus Schweden habe ihm kein Leid getan und er sei nicht in der Liga begriffen". Für die Gründung der Universität hingegen stellte er sehr wohl Mittel zur Verfügung. Er berief auch aus Holland Deichgräber, um das Schallmooser und

Rechts: Der segnende Erzbischof Leonhard von Keutschach, Reliefbild an der Außenwand der Festungskirche (1515).
Links: Der Rossebändiger der Pferdeschwemme, von Michael Bernhard Mandel (1695).

Itzlinger Moor völlig urbar zu machen. In ruhigen Zeiten verwendete er die Soldaten zur Trockenlegung der Sümpfe, zum Straßen- oder auch Wasserleitungsbau.
Salzburg galt als so sicherer Platz, daß der bayrische Herrscher seinen Schatz und das Archiv auf die Festung Hohenwerfen verlagerte. Die Kurfürstin brachte das Gnadenbild von Altötting, um es in Salzburg verwahren zu lassen, wo es zuerst in der Müllner Kirche stand und dann in feierlicher Prozession in den Dom gebracht wurde. Auch das Archiv der Stadt München wurde hierher verlagert; so kamen von den verschiedensten Seiten, aus Klöstern und Städten, Kostbarkeiten in die gesicherte Stadt. Als 1648 der Westfälische Frieden geschlossen wurde und zwei Jahre später auch noch die Vollstreckung des Friedens unterzeichnet war, feierte Salzburg – das Standbild Paris Lodrons aber, des *pater patriae*, wurde für würdig erachtet, in die Walhalla bei Regensburg aufgenommen zu werden.
Als Paris Lodron am 5. Dezember 1653 im Schloß Mirabell, wo er sich so wie in Hellbrunn sehr gern aufhielt, starb, war eine wahrhaft erfolgreiche Regierungszeit zu Ende gegangen. Der Dom, der in seinem Inneren zehntausend Menschen aufnehmen kann, spiegelt den Herrscher wider, der ihm sein endgültiges Gesicht gegeben hat: nicht himmelwärts stürmend wie Wolf Dietrich, nicht sinnenfreudig wie Marcus Sitticus, sondern freudig und großzügig planend, Schirmherr seines Gottesvolkes.

Der heutige Dom ist in seiner Form 1959 wieder geweiht worden. Am 16. Oktober 1944 war die Kuppel nach einem Bombenangriff eingestürzt. Das war die zehnte Zerstörung eines Salzburger Domes. Geleitet von unendlich viel Liebe und Verstand, ist das Gotteshaus in alter Pracht neu erstanden. Die Torgitter tragen heute die Jahresdaten der drei bedeutendsten Domweihen: 774, 1628 und 1959. Auch die Domtore sind neu, sie symbolisieren die christlichen Haupttugenden Glaube, Liebe und Hoffnung. Vorher befanden sich an dieser Stelle schlichte Eichentore, wahrscheinlich Provisorien aus alter Zeit, denn ein Provisorium hat eben die Angewohnheit, lange erhalten zu bleiben. Daß ein Salzburger, ein Italiener und ein Deutscher den Auftrag für je eines der Bronzetore erhielten, war kein Zufall, sondern sollte die geschichtliche Beziehung dokumentieren.

Um moderne Kunst zu verstehen, bedarf es oft einer Interpretation. Nun, die Tore des Doms sind modern, aber sie fügen sich vollkommen in den barocken Baukörper ein. Der Salzburger Bildhauer Toni Schneider-Manzell gestaltete das Tor des Glaubens. Er wählte als Thema die Bekehrung des Saulus: Nun kniet er, vom Licht des Himmels geblendet, und vernimmt die Stimme des Herrn, dargestellt durch zwei einander zugekehrte Engel, die der Form nach eine Glocke bilden, in der ein Kreuz als schriller Klöppel dient. Wahrlich eine Glocke, die nicht zu überhören ist! Der linke Torflügel zeigt in einer Art Himmelsleiter die zwei Jünglinge im Feuerofen, Abraham, der seinen Sohn opfern wollte, Petrus, schwach im Glauben auf dem See Genezareth, Thomas, der den Unglauben erst überwindet, als er die Wundmale berührt, Maria mit Elisabeth, Taube und züngelndes Feuer als Symbole des Heiligen Geistes, und die Verklärung Christi auf dem Berge Tabor. Auf dem rechten Flügel ganz unten, bescheiden, eine Mahnung für alle gescheiten Theologen: das kleine Kind belehrt den großen Augustinus, daß die Kraft des Geistes allein nicht genügt. Ein Kreuz dient als Türgriff, dem Besucher der Kirche weisend, daß nur der Glaube in die Gemeinschaft der Kirche führen kann. Das mittlere Tor der Liebe, von Giacomo Manzú großflächig gestaltet, setzt Weinlaub und Ähren, Symbole der Eucharistie, als Türgriffe in das ansonsten leere Mittelfeld. Die Reliefs weisen Werke der Nächstenliebe nach: den heiligen Severin, der eine Frau tröstet (rechts oben), den heiligen

Martin, Patron der Stadt Salzburg – Rupert und Virgil sind die Heiligen des Landes –, der nach der Legende seinen Mantel mit einem Bettler teilt (links oben). Im unteren linken Feld die tirolische Notburga und der Zillertaler Engelbert Kolland, der den Märtyrertod fand. Rechts daneben Bruder Franziskus von Assisi und Bruder Konrad von Altötting als Vertreter der Orden tätiger Nächstenliebe. Ganz unten, gleichsam schon auf dem Boden hockend, symbolhaft vier Vögel: Pelikan, Taube, Rabe und Bruthenne. Warum gerade diese vier? Der Pelikan, der seine Jungen mit seinem Blute nährte, die Taube, in der einstens die Hostien bewahrt wurden, der Rabe, der Elias in der Wüste rettete, und die Henne, von der Christus sagte: Jerusalem, Jerusalem, wie oft wollte ich deine Kinder sammeln, wie eine Henne ihre Küken unter ihre Flügel sammelt. Das rechte Tor der Hoffnung, von dem der Düsseldorfer Künstler Ewald Mataré – auf sein Alter anspielend – bekannte, dies sei wohl das letzte Tor, welches er in seinem Leben gestalte, stellt im oberen Teil den Jubel der Engel dar, die Gott umschwärmen. Gott selbst ist sichtbar an der Sonne, die in der riesenhaften Hand der göttlichen Barmherzigkeit ruht. Aus dieser Hand kam der Erlöser, gesandt durch Maria, in der Richtung der Hand auf der Mitte des rechten Flügels dargestellt, umgeben vom schmerzhaften Rosenkranz. Vom Boden her wächst auf beiden Torflügeln ein Berg von Blüten, sie umwuchern kleine Felder mit der Geburt des Heilandes und den Hirten, welche die Frohbotschaft empfangen. Der Türgriff stellt die Vertreibung Adams und Evas aus dem Paradies dar, ihr Weg und die Hand des Engels weisen auf Maria.

Die Tore führen in das riesenhafte tonnengewölbte Mittelschiff. Fast fröstelt der Besucher ein wenig. Die kühle, herrliche Pracht nimmt ihn nicht sofort gefangen. Das liegt an der beherrschenden Farbe, einem kalten Weiß. Erst beim zweiten Hinschauen werden die Ornamente sichtbar, die überreichen Stuckranken, die den ganzen Dom überziehen. Wenn in der

Sommerzeit am späten Vormittag täglich Orgelspiel erklingt, ist der Dom schon einladender. Dieser Orgel, der zweitgrößten Österreichs – 126 klingende Register, mit fast 10.000 Pfeifen –, kommt eine große Rolle im Gesamteindruck zu. Der Raum bedarf der Musik. Steigen dann noch Weihrauchwolken auf und wird gar eines der großen Kirchenfeste zelebriert, die Salzburg noch so barock zu feiern weiß, dann wird dieser Dom zutiefst lebendig. Die Deckenfresken im Mittelschiff und im Chor, von dem florentinischen Mönch Arsenio Mascagni und dem Sohn des Baumeisters Santino Solario, Ignazio Solari, um 1630 gemalt, zeigen Szenen aus dem Leben Jesu. Sie führen zum riesenhaften Bild des Auferstandenen auf dem Hochaltar, gleichfalls von Mascagni. In der Kuppel, die das Licht wie ein übergroßer Scheinwerfer sammelt, sehen wir Szenen aus dem Alten Testament, auf Christus bezogen, die Deckenbilder der Querschiffe zeigen Leben und Verklärung Mariens und des heiligen Franziskus. Die im Krieg zerstörten Fresken sind anhand von Farbdias erneuert worden. Kostbarer als die Gemälde sind jedoch die Marmorbauten des Hochaltars und der beiden Altäre in den Querschiffen; der Hochaltar zeigt wiederum Rupert und Virgil als die Gründer der Kirche, und auf einer marmornen Draperie das Psalmwort „Notas mihi fecisti vias vitae“, das heißt: Du hast mir die Wege des Lebens gewiesen. Einer Besichtigung wert sind vor allem die Grabmäler der Erzbischöfe, von Marcus Sitticus bis Siegmund von Schrattenbach; die Grabdenkmäler der Erbauer des Domes, Marcus Sitticus und Paris Lodron, befinden sich zu Seiten des Hochaltars.

Im Querschiff finden wir den Abgang zur Gruft. Im Vorraum zeigt das schon erwähnte Fußbodenmosaik Lage und Größe der verschiedenen Dombauten. Die daran anschließende Liupram-Kapelle enthält das Mauergrab des heiligen Virgil. Ein Wölbungsanlauf links davon gehörte noch zum Wolf-Dietrich-Bau. Der nun dahinterliegende Raum, die Kapelle der

Krypta – mit einem romanischen Kruzifix – führt weiter zur Krypta des romanischen Domes. Säulenbasen und Mauerreste der alten Domanlagen sind noch zu sehen. Außerhalb des Domes führt an der nördlichen Rundung des Querschiffes auf dem Residenzplatz ein – leider fast immer versperrter – Abgang in die ausgegrabene Chorkrypta des romanischen Domes, die 1219 geweiht wurde; Prunkstück dieser Krypta ist ein Akanthuskapitell.

Der Domschatz im Dommuseum birgt Reste einer ehemals reichen Schatzkammer, aber Reste von großem Wert, Monstranzen, Kelche, das Legatenkreuz des Salzburger Erzbischofs aus dem Jahre 1499, kostbare Paramente und Bischofsmützen, eine prachtvolle eucharistische Taube aus dem 12. Jahrhundert, eine Flasche, der Legende nach die Reiseflasche des Rupertus, und zauberhafte Gobelins. Seit 1973 dokumentiert das Dommuseum in den Domoratorien die hohe künstlerische Bedeutung der Salzburger Erzdiözese und ihrer Kathedrale. In den originalen Räumen und Schränken präsentiert sich auch die ehemalige erzbischöfliche „Kunst- und Wunderkammer".

Verläßt der Besucher die Kirche, sieht er hoch unter der Decke die Erker der Domoratorien vorspringen und über den Eingängen, breit ausladend, das Zauberwerk der Orgel. Als der Dom 1628 eingeweiht wurde, hat hier das erste große Salzburger Festspielkonzert stattgefunden! Der römische Komponist Orazio Benevoli hat als Auftragswerk eigens eine zweiundfünfzigstimmige Messe komponiert. Schon zweieinhalb Jahre vor dem Fest war ein anderer Italiener, Stefano Bernardi, als Kapellmeister berufen worden, um dieses musikalische Fest mit mehr als vierhundert Musikern einzustudieren, und der Kapellmeister hat selbst noch ein zwölfchöriges Tedeum dazugeschrieben. Interessant zu vermerken ist noch, daß der Nachfolger Bernardis der Schwabe Abraham Megerle war – ein Onkel des berühmten Kanzelredners Abraham a Santa Clara –, der zweitausend Musikwerke hinterlassen hat.

Als letztes ein Besuch, der nicht versäumt werden darf: die Taufstelle. Auf vier liegenden romanischen Löwen steht das gotische Taufbecken von 1321; die Löwen stammen noch aus dem alten Dom. Das bronzene Becken, gleich einer Glocke gegossen, zeigt Tierköpfe, Flechtwerk und Ornamente mit den Namen Heiliger. Hier ist, wie die Taufmatrikel der Dompfarre vermerkt, Wolfgang Amadeus Mozart aus der Taufe gehoben worden.

Das Viertel der Domherren

KAPITELPLATZ UND MOZARTPLATZ

Alle Plätze sonnig schweigen.
Tief in Blau und Gold versponnen
Traumhaft hasten sanfte Nonnen
Unter schwüler Buchen Schweigen.

Rösser tauchen aus dem Brunnen.
Blütenkrallen drohn aus Bäumen.
Knaben spielen wirr von Träumen
Abends leise dort am Brunnen.

GEORG TRAKL, DIE SCHÖNE STADT

Von der Erhabenheit des Domplatzes ist auf dem Kapitelplatz schon viel weniger zu verspüren. Hier stehen während der Saison – und Salzburg hat ja fast immer Saison – Standeln mit Gewürzsträußen, Brezeln, Mineralien, Töpferwaren und anderen kunsthandwerklichen Gegenständen, denn hier führt der Weg zur Festungsbahn und an der lauten Genüßlichkeit des Stieglbräukellers vorbei. Und wenn um den 24. September herum Ruperti-Kirtag ist, also das Fest des Landespatrons gefeiert wird, breitet sich auf dem Kapitelplatz das riesige Bierzelt aus. Der Zauber des alten Platzes aber geht auch dann nicht verloren, und wenn sich noch so viele Menschen auf ihm drängen, denn plötzlich zeigt sich unverlierbar eine Idylle: Tief herabhängende Weiden bilden den Hintergrund für die luxuriöse, weißmarmorne Pferdeschwemme, „vom ungewaschenen Volkswitz gemeinhin die Kapitelschwemme genannt“, wie ein Chronist empört vermerkte. Nun, niemand wird auf den Gedanken verfallen, daß hier ein Freibad für

Domherren bestanden hat. Der Name rührt von den Bauten rings um diesen Platz her, einstmals Paläste der Herren des Domkapitels, die auch heute noch hier ihr Domizil haben. Ursprünglich stand an dieser Pferdeschwemme der Pegasus, der sich nun im Mirabellgarten aufbäumt. Das Wasser kommt von dem schon im 12. Jahrhundert erbauten Almkanal, der durch den Berg gebrochen wurde und dessen Wasser auch bei der Mühle von St. Peter herunterplätschert. Erzbischof Leopold Anton von Firmian hat die Kapitelschwemme vom Bildhauer Joseph Pfaffinger 1732 meißeln lassen. Damit besaß Salzburg auch einen Neptun, eine riesenhafte Gestalt, in der einen Hand den Dreizack erhoben, mit der anderen in der Mähne eines Meerrosses spielend, ein Dompteur der Sagenwelt, dem zwei eilfertige Tritonen wasserspeiende Dienste leisten. Der Wandaufbau, freistehend und aus graurosa Marmor, flankiert von ionischen Pilastern, trägt einen Giebelaufsatz mit dem Wappen Firmians und eine Vase, gehalten von zwei Putten, die einen Blumenkranz um diese Vase schlingen. Besonders für Fotofreunde ein begehrtes Objekt, um darüber die Festung ins Bild zu bannen. Das große Wasserbecken davor soll nicht nur den Pferden gedient haben: die Fama erzählt, hier seien zum Wassertode „begnadigte" Hexen und Ketzer ersäuft worden.

Der größte Bau des Kapitelplatzes ist das erzbischöfliche Palais, dessen Portal das Wappen des Erzbischofs Maximilian Joseph von Tarnoczy (1851 bis 1876) trägt. Die an den Kapitelplatz anschließende Kapitelgasse beherbergte die Wohnsitze der Mitglieder des Domkapitels, denen nur mehr das Haus Kapitelgasse 1 zur Verfügung steht. Sie haben Tintenburgen Platz machen müssen, insbesondere der Finanzverwaltung des Landes Salzburg. Sehenswert ist das alte Kapitelhaus (Kapitelgasse 4). Oberhalb des Rundbogenportales hängt das Wappen Wolf Dietrichs, flankiert von 24 Wappen der damals amtierenden Domherren. In der von Konglomeratpfeilern gestützten Halle führt eine Marmortreppe in das Obergeschoß mit der Kapitelstube, an deren reicher Stuckdecke rund um das Bischofswappen wiederum die Wappen der Domherren angeordnet sind. Das Salzburger Domkapitel hatte einstens nicht nur Macht, sondern brachte dem Inhaber eines Kanonikates auch reiche Pfründe. Trotz aller Versuche, die Wahl eines Erzbischofs zu beeinflussen – was oft genug gelungen ist –, besaß und besitzt das Salzburger Domkapitel das Recht, den Oberhirten zu wählen. Die freie Wahl des Salzburger Erzbischofs hatte Kaiser Heinrich IV. nach jahrelangem Tauziehen im Wormser Konkordat gebilligt. In diesem Jahr ging auch mit der Errichtung des Domkapitels das bis dahin vom Stift St. Peter ausgeübte Wahlrecht auf die Domherren über. Diese Domherren bildeten im wesentlichen auch die Salzburger Adelsschicht, denn es gab, dies zeigt sich an den weltlichen Palästen, nur sehr wenige einflußreiche Adelsfamilien. Wo jedoch ein Fürstenhof war, da gab es bald auch einen „Hof". Der erste Stand in Salzburg war jener der Prälaten, dessen Spitze der Bischof von Chiemsee, der spätere Salzburger Weihbischof, einnahm. Die Ritterschaft bildete den zweiten Stand. Da ein eigener Herrenstand fehlte, traten die Inhaber der vier Erbämter, die benachbarten Herzöge, in jene Funktion ein und verlehnten diese Ämter an Salzburger Adelsgeschlechter. Das Marschallamt vergab Österreich an die Herren von Felben, von Kuchl, von Nußdorf und nach dem Aussterben dieses Geschlechtes an die Grafen Lodron. Bayern wiederum verlehnte das Kämmereramt an die Herren von Tann, Wiesbeck, Kuen-Belasy und Törring. Das steiermärkische Schenkenamt ging an die Herren von Goldegg, Thun und die Kuenburger. Kärnten besaß das Truchsessenamt und vergab es an Guetrat, Weißeneck, Alm, Thannhausen und nach längerer Nichtverlehnung an die Herren von Lamberg. Zahlreiche Namen Salzburgs tauchen also bei den Inhabern dieser Ämter auf. Der übrige Ritterstand setzte sich aus im Lande ansässigen adeligen Familien zusammen, wobei der Hof sehr großzügig war. Erst als im 16. Jahrhundert die Zahl zu sehr anwuchs, wurde eine Auswahl getroffen. Dieser Adel aber hatte lange Zeit auf die Bischofswahl Einfluß, vor allem während der Sedisvakanzen, weshalb Paris Lodron die völlig freie Wahl durch das Domkapitel rechtlich verankerte. Als Salzburg der österreichischen Monarchie einverleibt wurde, sicherte sich der Kaiser ein Vetorecht gegen einen ihm nicht genehmen Kandidaten, und dieses Vetorecht hat sich die demokratische Bundesregierung gleichfalls vorbehalten. 1918 wurde der letzte Erzbischof völlig frei gewählt, denn seit dem Konkordat von 1934 ist Rom berechtigt, dem Salzburger Metropolitankapitel drei Kandidaten vorzuschlagen, aus welchen es aber in freier und geheimer Wahl den Bischof erkürt. Das ist nach dem geltenden Kirchenrecht eine Sonderstellung.

Wie in der Kapitelgasse haben sich auch in der Kaigasse, gegen den Mozartplatz zu, und in deren Verlängerung auf dem Mozartplatz selbst Kanonikalhöfe angesiedelt. Diese ineinander übergehenden Häuser, die heute eine zusammenhängende Fassade bilden, das mittlere Portal reich gestaltet (Mozartplatz 8, 9 und 10), haben eine reiche Vergangenheit. Hier wohnten Domherren mit klangvollen Namen: Graf Spaur, Graf Starhemberg und Graf Wolfegg-Waldsee. Die beiden letzteren waren Gönner der Familie Mozart, und im Spaur'schen Haus ist 1842 Constanze Nissen, verwitwete Mozart, gestorben. Früher hießen diese Paläste Solari-Häuser. Paris Lodron ließ das noch von Wolf Dietrich herstammende Ruinenfeld beseitigen und schenkte Solari den Grund für diese Häuser; im Eckhaus zur Pfeifergasse richtete sich der Dombaumeister geschäftstüchtig eine Wirtsstube ein, in der er gelegentlich auch die Stammgäste persönlich begrüßte.
Vom Mozartplatz der Salzach zu, also gegen den Rudolfs-Kai, ragen noch stolze Reste der von Paris Lodron angelegten

Stadtbastei empor. Bis 1867 sicherte an dieser Stelle das St. Michaels-Tor die Stadt. Das Zeugwartstöckl, ein daran anschließendes Verteidigungswerk, salzachseitig noch eindeutig als solches zu erkennen, ziert eine gemalte Sonnenuhr. Daneben das schmale, nur zwei Fenster breite Hofbinderstöckl. Die Portale beider Bauten sind riesenhafte Auslagen eines Geschäftslokales geworden. Daneben hockt klobig das langgestreckte Imhofstöckl – Sitz der Informationsstelle des städtischen Fremdenverkehrsamtes –, geduckt durch den Willen des Erzbischofs Wolf Dietrich, der den von ihm selbst errichteten Palast für seinen Bruder Hannibal wegreißen ließ, um vom Neubau der Residenz eine Aussicht auf den Kapuzinerberg zu haben. Apropos Aussicht: der Blick vom Mozartplatz auf den Hang des Kapuzinerberges ist besonders reizvoll. Vom Stadtzentrum aus ist der Jahreswechsel der Natur so schön zu beobachten, und wo gibt es das schon! Im Herbst das nackte Gewirr der Stämme und Zweige, welches die Lodronsche Verteidigungsmauer freigibt, im Winter dann die weißbemützte Schläfrigkeit unberührter Natur, der erste zarte Grünschimmer des Frühlings, im Sommer die einheitlich satte Farbe, und dann – der Zauber des Herbstes. In dieser Jahreszeit ist der Blick am schönsten, denn da funkelt der Waldhang in sprühendem Rot und Gold, der Barockstadt eine barockfarbene Huldigung darbringend.

Gleichsam ein Zuckerl ist das Haus Mozartplatz 4, wobei die Assoziation zu Zuckerl auch durch die gelbe Fassade mit dem Altrosa der Fensterumrahmungen und dem rosamarmornen Portal hergestellt wird. Dieser prachtvolle Bau aus der Zeit des Rokoko wirkt nicht nur durch seine Fassade, sondern auch durch viele Einzelheiten. Es lohnt sich wahrhaft, einzutreten, denn im Hof finden wir die Front einer Hauskapelle, geziert von einem eleganten Türmchen und gekrönt von einem bezaubernden Zwiebeldach. Da ist alles so verspielt, das Maßwerk jedes Fensters so kunstvoll durchgeformt, daß der

Genießer seine helle Freude hat. Das Relief im Giebelfeld, eine Madonna mit dem Kinde und dem kleinen Johannes, verströmt zarte Anmut. Bräunlich getönt hebt sich die Kapellenfassade vom übrigen Bauwerk ab. Wer in diesem turbulenten Stadtviertel ein paar Minuten sammelnde Ruhe sucht, braucht wirklich nur durch dieses Haustor zu treten. Wer dann noch weiß, daß in diesem Haus Mozart aus und ein ging, weil hier die Familie des Johann Ernst von Andretter, seines Zeichens hochlöblicher Landschaftskanzler und Hofkriegsrat, wohnte, in dessen Auftrag Mozart eine Serenade schrieb, und daß seine Schwester Nannerl die Tochter des Hauses zur Klavierschülerin hatte, wird dieses Kleinod noch stimmungsvoller finden. An diesem Ort konnte musisches Empfinden wachsen!

Dort, wo früher der Michaelsbrunnen plätscherte, erhebt sich – leider im hochtrabenden Sinn dieses Wortes – das 1842 aufgestellte Denkmal Mozarts von Ludwig Schwanthaler. An den heiligen Michael, von dem der Platz und das Stadttor früher ihre Namen bezogen, erinnert noch die kleine Michaels-Kirche, verdeckt durch das Café Glockenspiel, das in dieser Form neueren Datums ist. Die Michaels-Kirche war aber schon früher durch ein Stallgebäude verstellt, das dem Gasthof „Zum Schiffe“ angeschlossen war. Von diesem Gasthof sagt eine Beschreibung des ausgehenden 18. Jahrhunderts, daß hier die „ersten und vornehmsten Reisenden“ aus und ein gehen und daß er mit der Stadttrinkstube in Verbindung stehe. Diese Trinkstube rühmte schon Merian ihrer schönen Zimmer wegen, darin auch ein römischer Kaiser logieren könnte.

Die Michaels-Kirche, seit ihrer Gründung dem Stifte St. Peter zugehörig, ist gleichfalls zur Zeit der Renovierung der Peterskirche als ein winziges St. Peter umgestaltet worden: Benedikt Zöpf schuf die Stuckarabesken, Franz Xaver König die Fresken und Altarbilder und Philipp Hinterseer das kraftvolle Abschlußgitter. Die Kirche geht in ihrem Kern vermutlich auf vorromanische Zeit zurück, im Mauerverband wurden bei einer

Restaurierung 1955 römische Steinreliefs entdeckt. Um 800 fand die Kirche erstmals Erwähnung. Sie war auch die erste Stadtpfarrkirche, und zwar bis 1139, als die Franziskanerkirche die Nachfolge antrat. Im Vorraum dieses Kirchleins ist wie in einem Guckkasten eine Krippe aufgestellt, die stets wechselnd vom Adventsbeginn an mit Maria Verkündigung bis zu Christi Auferstehung die Stationen seines Lebens, über Herbergsuche, Geburt, Heilige Drei Könige, die Hochzeit zu Kanaa, Letztes Abendmahl, die Nacht auf dem Ölberg, die Kreuzigung usw. zeigt. Das Heilsgeschehen ist bei dieser Krippe nach Salzburg versetzt, die Festung und der Dom sind nachgebildet, und davor wechseln die Figuren. Es gibt kaum ein Salzburger Kind, das während der fünf Monate dieser Krippenzeit beim Vorübergehen nicht bettelt: Mutti, laß uns zur Krippe schauen!

Der Hauptbau des Mozartplatzes aber ist der schon so oft erwähnte „Neubau“ Wolf Dietrichs, der den Mozartplatz zum Residenzplatz hin abgrenzt. Erzbischof Johann Ernst erhöhte 1701 den Turm, der in seinem Erdgeschoß die Hauptwache – heute befindet sich dort das Heimatwerk – und im obersten Geschoß das Glockenspiel aufnahm. Heute Sitz der Landeshauptmannstellvertreter und anderer Dienststellen der Salzburger Landesregierung, ist dieser Palast in einem Zeitraum von zehn Jahren von 1592 an entstanden. Der Palazzo nuovo, wie ihn Scamozzi nannte, sollte den Salzburgern demonstrieren, auf welche Ahnen Wolf Dietrich verweisen konnte. An den vier Hauskanten unterhalb des Daches prangen in rotem Marmor die Wappenschilder der Familien Medici, Hohenems, Raitenau und Siergenstein, also der Eltern und der beiden Großmütter des Erzbischofs. Sein eigenes Wappen hängt oberhalb der säulenbewehrten Einfahrt. In heute leider nicht allgemein zugänglichen Sälen und Räumen sehen wir hervorragende Stuckdecken und Fresken, eine geschnitzte Holzdecke, Reste eines verschwenderisch ausgestatteten Wohnsitzes. Vor der alten Hauptwache, also dem Heimatwerk, standen noch zu Beginn des 19. Jahrhunderts „zwei aufgepflanzte Kanonen". Den Salzburgern und zahllosen Fremden aber ist dieser Neubau bekannt durch das Glockenspiel.

Erzbischof Thun hatte schon einige Jahre vor Erbauung des Turms das Glockenspiel bei dem Antwerpener Glockengießer Melchior de Haze gekauft. Er hatte sich, wie viele Edelleute seiner Zeit, an der holländisch-ostindischen Compagnie beteiligt und einen Teil des Gewinnes für das Spiel gestiftet. Doch es dauerte Jahre, bis sich ein Mann fand, der die Aufstellung wagte. Es war dies der Hofuhrmachermeister Sauter. Bis die 35 Glocken und das Hammerwerk funktionierten und die staunenden Salzburger schließlich 1705 erstmals die Sphärenklänge hören konnten, hatte es pausenlose Überraschungen mit diesem technischen Wunderwerk gegeben. Täglich dreimal – um 7, 11 und 18 Uhr – erklingt das Glockenspiel, die Weisen monatlich wechselnd. Eine Tafel an der Ecke der Residenzmauer gegen den Alten Markt zu zeigt an, welches Musikstück gerade auf dem Programm steht. Lustig ist es zu sehen, wie die Glocken in dem Turmaufbau hängen; zudem besteht die Möglichkeit, den Glockenspielturm jeweils eine Viertelstunde vor Spielbeginn zu besteigen.

Sammeln sich heute die Menschen, um den eigenartig klingenden Tönen zu lauschen, die, so überirdisch verhallend, so vibrierend das Ohr erreichen, dann müssen sie leider den Lärm der Zivilisation mit in Kauf nehmen.

Das Café Glockenspiel, dennoch gemütlicher Ruheplatz, vor allem auf der Terrasse, bringt die Zeit in Erinnerung, da zu Beginn des 19. Jahrhunderts die Hübner'sche Stadtbeschreibung unter den „Vermischten Nachrichten, besonders für Fremde" vermerkte, daß der Platz damals zwar auch als Parkplatz, aber lautlosen Fortbewegungsmitteln diente: „Sesselträger sind von der Polizey gegen eine sehr mäßige Taxe von 10 und 12 Kreutzern aufgestellt, wenn sich jemand bey schlechtem Wetter in eine Gesellschaft, oder ins Schauspielhaus tragen lassen will: ihr Aufenthalt auf dem Michaelsplatze ist in jedem Gasthofe zu erfragen."

Rechts: Die „Pretiosenmonstranz" von Jakob de Lapier aus dem Salzburger Domschatz, 1697. Die filigrangoldene Monstranz ist fast einen dreiviertel Meter hoch, mit 1792 Diamanten, 24 Salzburger Smaragden, 405 Rubinen und anderen Edelsteinen geschmückt.

Links: Gotische Mitra aus dem Schatz von St. Peter. Auf einem Gitterwerk aus Goldfäden sind über und über kleine Perlen aufgenäht und kunstvoll gefaßte große Halbedelsteine zu Ornamenten gefügt.

Leben in der Enge

DIE BÜRGERSTADT

Mit der Nacht waren wir in Salzburg, es war schauerlich, die glattgesprengten Felsen himmelhoch über den Haeusern hervorragen zu sehen, die wie ein Erdhimmel ueber der Stadt schwebten im Sternenlicht – und die Laternen, die da alle mit den Leutlein durch die Straßen fackelten, und endlich die vier Hoerner, die schmetternd vom Kirchturm den Abendsegen bliesen, da toente alles Gestein und gab das Lied vielfaeltig zurück.

BETTINA VON ARNIM, AN GOETHE

Von der Fürstenstadt in die Bürgerstadt sind es nur wenige Schritte, und doch führen sie von der Weitläufigkeit in die Enge. Diese Bürgerstadt ist in ihrer Anlage völlig erhalten geblieben. Tore und Basteien sind verschwunden, die Zeit, jene unaufhaltsam an der Substanz nagende Macht, aber auch Unverstand der Obrigkeit und der Bürger bis in unsere Tage herauf haben der Altstadt nimmer heilende Wunden geschla-

Rechts: Vergoldeter silberner Kommunionskelch aus einer Salzburger Goldschmiedewerkstatt um 1200. Den Knauf bildet eine herrliche Bergkristallkugel; am Kelch in Reliefarbeit die Apostel, am Fuße Propheten (Schatzkammer von St. Peter).
Links: Doppelarmiges Reliquienkreuz, 12. Jahrhundert, dessen Holzkern von einer getriebenen romanischen Filigranarbeit überzogen ist. Bis zum Bergkristallsockel funkeln Smaragde, Rubine, Topase und Bernsteine als Schmucksteine. Der Überlieferung nach bis zum 15. Jahrhundert das Schwurkreuz der ungarischen Könige.

gen. Die Narben sind unverkennbar – manchmal könnte eine kosmetische Operation da und dort noch helfen –, aber der Organismus lebt.

In dem Gegensatz zwischen Fürsten- und Bürgerstadt tritt doch eine Gemeinsamkeit hervor: die solide flächige Gestaltung der Hausfronten, bewußte Schlichtheit, um den ganzen Prunk nach innen zu entfalten, wie es so viele Häuser und noch mehr Höfe zeigen. Gerade in dieser Altstadt offenbart sich eine deutliche Parallele zu Venedig: beide Städte an der Schnittstelle bedeutender Verkehrswege gelegen, beide Städte durch Handel groß geworden, weisen beide an Hand des Baustils nach, daß in ihnen ein Patriziertum lebte, eifersüchtig bedacht, nicht weniger zu sein, aber auch nicht mehr zu scheinen als der Nachbar. Wagte es keiner der venezianischen Herren, seinen Palazzo sozusagen aus der Reihe tanzen zu lassen, so gilt für die Salzburger Handelsherren und Bürger das gleiche. Die Häuser wurden in Reih und Glied einander zugereiht. Während aber in Venedig – mit Salzburg durch regen Handelsverkehr verbunden – aus der Patrizierschicht die herrschende Gruppe hervorwuchs, mußte das Salzburger Bürgertum im Schatten eines allmächtigen Fürsten leben und zäh immer wieder um seine Freiheit kämpfen.

Sehr rasch verschwand in Salzburg das Holz als Baumaterial der Häuser. Es gab Steinbrüche genug, um die Wände bis zu den obersten Stockwerken aus Stein emporzuziehen. Selbst Bürgerhäuser, die noch aus gotischer Zeit stammen, sind schon dreistöckig gebaut. Schließlich ragten die Häuser bis zu sechs Stockwerken auf, das hochgestellte flächige Rechteck geradlinig durch Hohlkehlen abgeschlossen, durch Blendfassaden die Grabendächer verdeckend, die gleich einem Zickzackband auf- und absteigen. An den großen blechernen Dachtraufen ist die Grabentiefe der Dächer zu erkennen. Früher waren es vorstehende Dachtraufen, von denen das Wasser frei auf die Fußgeher heruntersprudelte. 1746 verbot Erzbischof Jakob Ernst von

Liechtenstein diese Form von Dachrinnen, die nun durch die Sammelkästen ersetzt wurden, von denen Rohre nach unten führen. Die Grabendächer mit den vorgesetzten Blenden sind eine Spezialität, die Forschungen zufolge diesen Typus des Inn-Salzach-Hauses von Salzburg haben ausgehen lassen. Ursprünglich waren weit über neunzig Prozent der Häuser mit diesem Dach versehen, ein Prozentsatz, der nach dem Ersten Weltkrieg bis auf runde fünfzig Prozent und in unserer Zeit bis auf zehn Prozent abgefallen ist. Es lohnt sich, eigens den Mönchsberg, Festungs- oder Nonnberg zu besteigen, um diese Welt der Dächer genau zu betrachten. Es ist eine Welt für sich! Dieses unentwegte Auf und Ab mit schmaleren und breiteren Giebeln in Grün, Schwarz oder Rot, von der Vielfalt der Kamine überragt: dünne, eckige, dicke, kurze, klobige, zarte, runde, gemauerte, steinerne, blecherne oder kupferne – diese bizarre Dachwelt hat stets Maler angezogen; „Salzburger Dächer“ sind ein noch immer begehrtes Motiv.

Doch zurück in die Schluchten der Gassen. Die Keimzelle der Bürgerstadt ist der Waagplatz. Hier haben sich die ersten weltlichen Siedler niedergelassen, nur ein paar Schritte von der Fürstenstadt entfernt, so nahe, daß der Mozartplatz nahtlos in den Waagplatz übergeht. Er wechselt jedoch seinen Charakter derart plötzlich, daß dies auch dem flüchtigen Betrachter auffallen muß. Schon seit dem Beginn der Siedlung befand sich hier der Markt, auf dem wahrscheinlich vor allem fahrende Händler ihren Tauschgeschäften nachgingen. Bald aber erhob sich ein Gewirr von Buden und Hütten, daraus wurden Häuser, und so verbreitete sich von dieser Zelle aus die Handelsstadt über das noch unbesiedelte Gebiet, also entlang der Bischofsburg und der Abtei St. Peter. Das war nur ein schmaler Streifen, in seiner Ausdehnung von der Salzach und nach der anderen Richtung vom Nonnberg beschränkt, der an seinem Fuße von verschiedenen Gehöften umgeben war.

Zwangsläufig wuchs dann die Stadt über die Salzach hinüber, in eine von der Natur gegebene Wachstumszone.

Vom Waagplatz aus begann die Stadt, aber auch ihr Bürgertum zu wachsen. Das Haus Waagplatz 3 beherbergte die Stadtwaage und darüber die erste Ratsstube. Gegenüber, Waagplatz 1, entstand das Gerichtsgebäude, das später als Stadttrinkstube Mittelpunkt bürgerlicher Geselligkeit wurde. Dieses alte Gerichtshaus, in dem ursprünglich die „Zwölf Genannten“ mit dem Stadtrichter amtierten, behielt lange seine Bedeutung, denn noch im 18. Jahrhundert war es Brauch, den Delinquenten vom Balkon des Hauses öffentlich das Todesurteil zu verkünden und über sie den Stab zu brechen. Vor allem aber wurde auf dem ersten Schrannenplatz – Schranne heißt in Salzburg bis heute der Markt – unter freiem Himmel Gericht gehalten. „Der Edle und Ehrenveste, des Hochwürdigsten in Gott, Fürsten und Herrn Erzbischoven zu Salzburg, Stadt und Bannrichter, der Bürgermeister und ein ehrsam Geding“, das waren sechsunddreißig Mitglieder des Rates, zogen schon frühmorgens auf die Schranne, nahmen auf hufeisenförmig angeordneten Bänken Platz, um sich vor allem Volk in formenreicher Wechselrede als Malefizgericht zu konstitutieren. „Die armen gefangenen Personen in eisern pandten und hannifstrickhen wohlverwahrt“ wurden vorgeführt.

Es entwickelte sich eine dramatische Szene, wie sie aus dem Stadtbuche genau zu verfolgen ist: Diese Ordnung einer Gerichtssitzung über Leben und Tod schickt voraus, daß die Untersuchung des Falles, das freiwillige oder durch die peinliche Frage erzwungene Geständnis des Verbrechers und auch die Zeugenvernehmungen in nicht öffentlichen Sitzungen durchgeführt wurden. Der Richter steht nun auf, hebt den Stab zum Zeichen seiner Würde und spricht den Bannbefehl über den Gerichtsplatz aus. Nach einer Wechselrede mit dem Bürgermeister und den Beisitzern entschuldigt sich der Verteidiger: Nachdem ich auf den heutigen Tag den gegenwärtigen armen Personen zu einem Fürsprecher zugeschafft worden bin, so will ich hiemit für „menigkhlich öffentlich verzeugt, protestirt und vermelt haben: erstlichen daß mir dies an meinem Leib, Ehr und Gutt, auch geruch oder leimunds gänzlich ohn nachtl und schadn sey".

Nun wird bekanntgegeben, welches Verbrechen der Angeklagte begangen hat, worauf der Verteidiger eine schon vorher festgelegte Entschuldigungsformel vorbringt. Bleibt der Verbrecher geständig, läuft die Verhandlung weiter, leugnet er nun, so werden die „Genannten" aufgerufen, die bei der Untersuchung des Verbrechens und der peinlichen Befragung als Zeugen anwesend sein mußten. Dann steht das „Gedinge" auf, also die Geschworenenbank, um das Urteil zu beraten. Währenddessen ermahnt der Verteidiger den Verbrecher. Nach der Verlesung des Urteils ruft der Richter gemäß der Malefizordnung den „Freymann" – das ist der Scharfrichter – „zum ersten, andern und dritten mahl, ob er das verlesene Urteil gehört und verstanden habe. Freymanns andtwort: Ja ich hab es laider genug vernummen". Der Scharfrichter bemächtigt sich nun des Verurteilten: „Auf solches bevilcht Herr Statt- und Panrichter: Nun so geh hin und verfahre mit den armen Personen, was Recht und Urteil geben hat, erzaig demselben ain Genüge." Daraufhin bricht er den Stab.

Solange die Stadt nicht ihren eigenen Richtplatz in Schallmoos bei den drei Kreuzen hatte, sei das Urteil, so berichten Chronisten, sogleich auf diesem Platze vollstreckt worden.

Eine für manche Bürger fatale Form der Rechtsprechung war die Gepflogenheit, die Verhaftung von Handelsleuten ihrer Schulden wegen auf den Märkten vorzunehmen.

Eine grobe, aber köstliche Art der Rechtsprechung, wohl richtiger gesagt des Faustrechtes, hatte sich in Salzburg bis in die Zeit Wolf Dietrichs erhalten. Auf dem Gebiete des heutigen Domplatzes und der Franziskanergasse wurde jährlich einmal, und zwar am 17. September um 5 Uhr nachmittags, die Freyung eingeläutet. Die Domglocken bimmelten eine ganze Stunde lang, und in dieser Zeit durfte „wer nun etwas wider den andern hatte, seinen Gegner mit trockenen Streichen so lange durchgerben, als dieses Läuten währte".

Es ist eine reiche Vergangenheit, die vom Waagplatz ihren Ausgang genommen hat. Salzburg ist, ganz abgesehen von der römischen Stadt Juvavum, die älteste mittelalterliche Stadt Österreichs, schon in den „Annales Juvavenses maximi" 774 als *civitas*, also Stadt, bezeichnet. Eine andere Chronik gibt das Jahr 803 an, so daß jedenfalls die Bürgerstadt ein wahrhaft ehrwürdiges Alter besitzt.

Die Stadt war reich, und das Geld rollte – nicht zuletzt dank der Bautätigkeit der Erzbischöfe, die das Handwerk zum Erblühen brachte und damit auch dem heimischen Handel half. Der Luxus wurde so groß, daß Paris Lodron verordnete, Ratsherren und Handelsherren dürften nicht mehr als achtundvierzig Gäste zu Hochzeiten laden und nicht mehr als vierundzwanzig Gerichte reichen. Der Chronist Stainhauser beklagte sich, daß auch die kleinen Bürger und Handwerker hoffärtig seien, denn sie trügen gern köstliche Kleider, mit Gold, Silber und Seide geziert, so werde das Geld verschwendet, und sooft eine neue Manier in Kleidung oder sonst aufkomme, vermeine ein jeder, er müsse der erste sein. Man sehe dies am Bauernvolk und an den Salzburgern bei Weib und Mann, bei Junggesellen und Dirnen und Mägdlein, wie sie sich „in sammet und seyden bekhlaiden, welche Khleyder vorhin in der alten Welt Ritter und Frauen genuegsam gewesen waren". Es sei zwar, so der Chronist, ein großer Unterschied zwischen Städtern und Landvolk, aber alle seien dem Trunke fast ergeben. Es wurde getanzt und gescherzt, weshalb 1671 eine Verordnung verbot, „die Weibsbilder und

Tänzerinnen dergestalt umzutreiben und zu drehen, daß hiedurch die Kleider sich so hoch erheben, daß derselben bloßer Leib nicht ohne Ärgernis ersehen werden mag“.
Der Erzbischof verbot 1694 alle „gefährlichen“ Spiele, besonders das Sholderspiel, das damals große Mode war. Es war nichts anderes als ein Roulett, denn auf einer mit Ziffern bemalten Scheibe befand sich ein beweglicher Zeiger. Auf die Ziffer wurde der Einsatz gelegt, der Zeiger in Bewegung gesetzt – wie jedoch die genauen Spielregeln lauteten, ist den Chroniken nicht zu entnehmen. Da die Bettelei überhandgenommen hatte, kam man 1724 auf die glorreiche Idee, den einheimischen Bettlern ein Zeichen anzuhängen. Wer das nicht hatte, war demnach ein fremder Bettler und wurde sofort aus Salzburg verwiesen. Um der Trunksucht Herr zu werden, erging der Befehl, an dem neuen Rathaus eine schwarze Tafel anzubringen und darauf „jene lüderlichen, dem Spiel und Trunk ergebenen Bürger, welche ungeachtet Obrigkeitlicher Correction sich nicht bessern, mit Vor- und Zunamen aufgeschrieben werden soll, worauf dann diesen Niemand etwas borgen und den Borgern zur Bezahlung nicht an die Hand gegangen wird“ (1697). Um die Moral zu heben, erging 1736 eine Sittenordnung, die 1756 erneuert wurde. Sie schrieb für Kinder, die drei Jahre alt wurden, eine anständige Kleidung – „nicht obenhin einen offenen Fetzen“ – vor, Mannspersonen wurde verboten, ohne Hemd und Hosen, Weibspersonen ohne Hemd und Unterrock das Bett zu verlassen. Für das „Gässelgehen (bey nächtlicher Weile die Schlafgemache der Mägde besuchen)“ gab es harte Strafen, noch 1772 wurde ein solcher Fehltritt mit Schanzarbeit, Stockstreichen und Zuchthaus von zwei bis fünf Jahren oder Abschiebung zum Militär geahndet. Ehebruch wurde öffentlich gerügt, der Verbrecher mit einer schwarzen Kerze vor der Kirche ausgestellt und mit viermonatiger Schanzarbeit bestraft. Ließ er sich noch einmal erwischen, gab es Ausstellung am Pranger, öffentliche Geißelung, Lan-

desverweisung, die nur gegen einen Schwur erlassen wurde, auf dessen Bruch die Todesstrafe stand. Dennoch zeigen die Chroniken, daß Salzburg eine lebenslustige Stadt war wie jede andere auch, mit allen Stärken und Schwächen ihrer Bürger. Vor allem wurde gewaltig gegessen, getrunken und gespielt. Und der Tabakgenuß war so in Mode gekommen, daß Erzbischof Guidobald 1657 eine Verordnung erließ, wonach der Verkauf und Gebrauch des „Rauch-Tabacks bey Strafe" verboten wurde. Es hagelte Strafen über Strafen – doch das Verbot blieb wirkungslos, so daß der Landesherr vier Jahre später die Verordnung aufhob und in eine sehr einträgliche Tabaksteuer umwandelte.

Pechpfannen erhellten die nächtlich-finsteren Gassen, und die Nachtwächter – die auch sonst die Nachspähe zu halten verpflichtet waren – zogen ihre Runden. Die Hellebarde geschultert, riefen sie die Stunden aus: „Merkt auf, ihr Herren und laßt euch sagen, der Hammer hat elf Uhr geschlagen. Gebt acht aufs Feuer und aufs Licht, damit niemand kein Schaden geschicht. So loben wir Gott den Herrn und unsa liebe Frau, die unbefleckte Jungfrau. Elf Uhr!" Ein skeptischer Zeitgenosse vermerkte dazu: „Der Fremde wird die Stunde elf Uhr aus dem Munde der hiesigen Nachtwächter kaum verstehen. Ihre Aussprache oaelf Uhr hat einen Triphthong, der für ausländische Sprechorgane fast unnachahmlich ist."

Die Stadt kaufte 1407 den alten Kheuzlturm, und richtete dort das neue Rathaus ein. In den bisherigen Ratsräumen aber etablierte sich die Trinkstube. Wein- und Bierschenken nahmen derart zu, daß Wolf Dietrich eine ganze Reihe davon schließen ließ.

Die städtische Trinkstube am Waagplatz Nr. 3 sah in ihren Räumen im 1. Stock viele prominente Gäste, als Ranghöchsten 1807 Kaiser Franz I. von Österreich. 1811 Privathaus geworden, etablierte sich hier 1820 der Gasthof Erzherzog Karl, den der Preußenkönig Wilhelm I. und Kanzler Bismarck besuchten. Zur Jahrhundertwende war auch dieses Gasthaus verschwunden. Am Hause Waagplatz 2 erinnert eine Gedenktafel, daß darin am 3. Februar 1887 der Dichter Georg Trakl als viertes der sechs Kinder des Eisenhändlers Tobias Trakl geboren wurde. Von Trakls Geburtshaus führt die schmalste Gasse der Stadt, das nach einem Salzburger Bürgermeister benannte Döllerergäßchen, an dessen Ausgang die Schererläden, die Geschäftsbuden der Tuchscherer und Walker, angesiedelt waren, rund um das alte Gerichtshaus in die Judengasse.

Wechselvolles Schicksal

DIE JUDENGASSE

> Der Jude hat keinen Groll. Sein Religionsgesetz gebietet ihm die Versöhnung. Er sehnt sich nach der menschlichen Bruderhand, selbst wenn sie ihn geschlagen.
>
> ADOLF ALTMANN,
> GESCHICHTE DER SALZBURGER JUDEN

Die Lage der Judengasse, so nahe am Zentrum der ausgehenden Bürgerstadt, weist darauf hin, daß sehr früh die ersten Juden in der Stadt gesiedelt haben. An Stelle des Höllbräus, jetzt Gasthof und früher Brauerei, stand bis 1415 die Synagoge, um die sich das Getto zog. Möglicherweise reichen die Anfänge der Judensiedlung in das 9. Jahrhundert zurück, authentisch belegbar sind sie seit dem Jahre 1284. Die Judensiedlung hatte, wie überall im mittelalterlichen Deutschland, ein sehr wechselvolles Schicksal. Der Salzburger Landesarchivar Herbert Klein hat für den Nachweis der frühen Ansiedlung der Juden eine interessante Hypothese aufgestellt. In Salzburg wurden in der ersten Hälfte des 10. Jahrhunderts und wiederum gegen Ende desselben Jahrhunderts Silberdenare geprägt – vorher vom Herzog Arnulf von Baiern und dann vom Erzbischof, der das Münzrecht erhalten hatte –, die sich im Lande selbst nur in vereinzelten Exemplaren erhalten haben, hingegen in ziemlicher Anzahl im Raum zwischen Oder und Weichsel, aber auch in Südrußland, auf den Ostseeinseln, in den baltischen und skandinavischen Ländern. Das dürfte vor allem mit dem Sklavenhandel nach den arabischen Mittelmeer-

ländern, zum Teil wohl auch mit dem Pelzhandel zusammenhängen. Dieser Sklavenhandel, der gegen Ende des 11. Jahrhunderts aufhörte, wurde zum Teil von Juden betrieben.
Die erste Judenverfolgung in Salzburg ist 1349 nachzuweisen. Die Juden wurden beschuldigt, durch Vergiftung der Brunnen die Pest, den Schwarzen Tod, hervorgerufen zu haben. Mehr als 1200 Juden wurden im Lande Salzburg erschlagen und verbrannt, Papst Clemens VI. mußte zweimal intervenieren. Gerade für die Pest wurden die Juden verantwortlich gemacht: von der Verunreinigung der Brunnen durch Abwässer und von mangelnder Hygiene wußte das Volk ja nichts. 1365 kam es unter Erzbischof Pilgrim II. zu einer größeren Ansiedlung von Juden. Einer, mit Namen Hanko, war Gläubiger des arg verschuldeten Abtes von St. Peter, der wiederholt Abzahlungen leistete, nach dessen Tod aber der Konvent in einem Schuldenverzeichnis feststellen mußte, Hanko habe noch 2533 Pfund, sechs Schilling und 7 Pfennig zu erhalten. Auch der Erzbischof bediente sich des Mannes als Hofbankier – Hofjude hieß es im Volksmund – und nahm ihn mit, als er 1387 auszog, um sich mit Herzog Friedrich von Niederbayern zu treffen. Pilgrim und damit auch Hanko wurden gefangengenommen.
1404 wurden sämtliche in Salzburg und Hallein lebenden Juden unter der Beschuldigung, Hostienfrevel begangen zu haben, in den Kerker geworfen und nach schrecklichen Torturen in einer Massenhinrichtung verbrannt. Ausgenommen waren nur etwa fünfundzwanzig Kinder unter elf Jahren, ein paar schwangere Frauen und ein, so scheint es, sehr reicher Jude. Die Hinrichtung fand gegenüber der Müllner Kirche statt. Doch schon vierzehn Jahre später lebten wieder Juden in Salzburg, denn ein Provinzialkonzil bestimmte, jüdische Männer hätten einen gehörnten Hut zu tragen und ihre Frauen an den Kleidern ein klingelndes Glöckchen zu befestigen. Mit Erzbischof Johann II. kam 1429 ein Regent an die Macht, der

die Niederlassung der Juden förderte. Er nahm die aus verschiedenen Städten – so aus Speyer, Zürich, Mainz, Augsburg, Graz und München – Vertriebenen auf und gab ihnen Schutzbriefe und Freiheiten. Die Juden durften nun Haus- und Grundbesitz erwerben. 1437 wurde die Synagoge zum Bräuhaus, dafür entstand eine neue im Haus Kranzlmarkt 2 – Ecke Sigmund-Haffner-Gasse. In dieser Zeit erwähnte die Chronik auch einen Judenrichter, ein Zeichen, wie groß die Gemeinde war.

Schließlich wurden die Juden 1498 beschuldigt, aus dem Stift Nonnberg eine Monstranz gestohlen zu haben, worauf Leonhard von Keutschach die „Verbannung der Juden aus dem Erzstifte Salzburg für immer und ewige Zeiten" aussprach. Bis zum Ende des selbständigen Landes Salzburg blieb jede Ansiedlung verboten, ja sogar längerer Aufenthalt, und als 1749 ein Jude die Sondererlaubnis erhielt, länger als einen Tag zu bleiben, mußte er auf der Hauptwache schlafen. Juden durften nämlich bis dahin nur in Vorstädten wohnen oder übernachten. Erst 1872 erhielt ein Antiquitätenhändler als erster Jude das Bürgerrecht, und 1893 – die Judengemeinde zählte 141 Personen – wurde die Synagoge in der Lasserstraße 8 errichtet, die 1938 zerstört und schließlich nach dem Zweiten Weltkrieg vor wenigen Jahren in feierlicher Zeremonie wieder eingeweiht wurde.

In kurzem Abriß zeigt sich das Schicksal zahlloser Familien, in Unglück gestürzt durch Verblendung, Massenwahn, religiösen Fanatismus – gleichzeitig aber auch die Kraft, im Vertrauen auf die Mitmenschen immer wieder von neuem zu beginnen.

Die Judengasse mündet in den Alten Markt, der den sehr schnell zu klein gewordenen Waagplatz in seiner Funktion ablöste.

Mittelpunkt des Volkslebens

DER ALTE MARKT

Nicht der mit dem weichen Material des Gipsmörtels arbeitende Stukkateur war beauftragt, Fenster und Tore zu zieren, sondern der Steinmetz, der mit Fäustel und Meißel Marmor und Konglomerat meistern konnte; der metzte die kühn geschwungenen, in ihrer stillen Schönheit unauffälligen Portale und Fenstereinfassungen. Der Platz des Stukkateurs jedoch war das Zimmer, die Küche, die Stube, der Saal, das Stiegenhaus, war das Innere der Gebäude. Und der Platz für die üppige, immer aber noch beherrschte Entfaltung architektonisch gebändigten Schmuckes waren die Höfe, die ihresgleichen in aller Welt nicht haben . . .
Es gibt kaum einen überwältigenderen Blick als den durch das obere Ende des Alten Marktes zwischen Residenzgebäude und die gegenüberliegenden Häuser hindurch zum Residenzbrunnen und zum Glockenspielturm. Maler können mit diesem Blick nichts anfangen, denn er zeigt mehr als ein „Motiv", mehr als ein Bild; es ist auch nicht Farbe oder Licht, was den Beschauer gebannt hält, es ist vielmehr die gezähmte Kraft dieses Wunders der Architektur, die schier unfaßbare Tatsache, daß Menschen es waren, die solches gestaltet haben . . .

GEORG RENDL, HEIMAT SALZBURG

Der Alte Markt! Er wirkt so herrlich altväterisch, ein bißchen behäbig, sehr freundlich, gleichzeitig aber auch ein wenig hochmütig, so zugeknöpft schauen die Fassaden der Bürgerhäuser auf den Platz herab. Den alten Platz zu überqueren zählt, egal zu welcher Stunde, zu den großen Vergnügen in dieser Stadt. Nimmermüde wird das Auge sich jedesmal neu an diesem Eindruck erfreuen.

Trotz einer ganzen Reihe von Ergänzungen und Neubauten ist es gelungen, gerade dem Alten Markt sein Aussehen und damit auch sein Ansehen zu erhalten. Gleich neben dem Stadtbrunnen – man kann sich sehr gut vorstellen, wie die Mägde aus den umliegenden Häusern hierherkamen, um Wasser zu schöpfen – steht den ganzen Sommer über ein Blumenstand. Das Mädchen dahinter ist wohl die meistfotografierte Salzburgerin, denn es gibt ganz einfach keinen Besucher, der an diesem Motiv vorbeigehen kann. Da gibt es nicht nur die Blumen der Jahreszeit, hier hängen bunte Kugeln, aus Strohblumen gefertigt, zeigen die Gewürzsträußlein von der hierzulande noch liebevoll ausgeübten Kunst des Blumenbindergewerbes. Das Café Tomaselli lädt zum Besuch ein, an kühlen Tagen in die behäbig gemütlichen Räume, die genauso altväterisch sind wie der Platz, in der wärmeren Jahreszeit zu den paar Tischen auf dem Gehsteig oder über die eiserne Wendeltreppe hinauf auf ein vorgebautes Salettl, wo dann an warmen Abenden bis spät in die Nacht hinein der Kerzenschein der Windleuchten so einladend blinkt, vor allem aber in das zauberhafte Gartencafé jenseits der Straße, zu Füßen der Residenz. Schon im 18. Jahrhundert versammelte sich im damals Steigerschen Café die Gesellschaft der Stadt.

Fast jedes der Häuser dieses alten Marktplatzes ist einer eingehenden Besichtigung wert. Dem Betrachter fällt auf, daß gleich neben dem Tomaselli-Haus zum Nachbarhaus hin ein schmaler Spalt geblieben ist, den das wohl kleinste Haus der Stadt füllt, das einem Optiker Laden und winzige Werkstatt

bietet. Der wasserspeiende Drache an der Dachtraufe schaut hervor wie ein Wachhund aus seiner Hütte. Vor allem die Hausportale und die Fassadengliederungen sind es, die gemeinsam mit dem in Pastelltönen gehaltenen verschiedenfarbigen Anstrich die Liebenswürdigkeit des Alten Marktes bewirken.
Die ehemalige fürsterzbischöfliche Hofapotheke bezaubert durch ihre Rokokoeinrichtung. Ursprünglich war diese Apotheke im Nebenhaus etabliert, nachgewiesen ist sie seit 1591. Die Offizin aus der Zeit um 1760 zeigt verschieden geformte Holzregale mit geschnitzten und vergoldeten Aufsätzen aus Ranken- und Bandwerk. Der Rezepturtisch aus dunkelbraunem Holz ist mit Intarsien geschmückt, und die vielen verschiedenfarbigen Holzbüchsen und Gefäße künden noch von der Gelehrsamkeit, mit der der Magister seine Medikamente alle selbst herstellte. Eine eigene Apotheker-Ordnung hat im 17. Jahrhundert festgelegt, wie die Apothekerlehre absolviert, aber auch wie Ordnung in den Apotheken selbst gehalten werden sollte. Damit man jedesmal mit guter, frischer Ware aus den Apotheken versehen werden möge, sollten die Apotheker nur soviel Materialien erhandeln, als von einer Zeit zur anderen abzugehen pflegte, und ihre Kompositionen sollten sie in solcher Quantität machen, daß sie nicht verderben müßten. „Was aber die Khreiter, Blumen, Samen, und Wurzlen belangt, sollen dieselbe jedes Jahr frisch gesamblet, und die alten mit neuen ausgewechslet, benebens sauber und rain, wie alles anders, gehalten werden.“ Gleich neben der Eingangstür zeigt die farbenfrohe Apotheke noch die Kasse, von der einst wohl der Prinzipal seine Weisungen erteilte.
Im Haus Nr. 3 ist die Zentrale der Salzburger Sparkasse untergebracht. Das Gebäude zieren ein besonders schöner, elegant geschwungener Torbogen aus erlesenem Marmor und ein kostbar geschmiedetes Tor. Doch das Portal befand sich nicht immer hier am Alten Markt – es gehörte zum ersten Salzburger Leihhaus auf dem Hannibalplatz, dem jetzigen

Makartplatz. Dieses Leihhaus wurde – die größte Leistung seiner Regierungszeit – von Erzbischof Jakob Ernst von Liechtenstein 1747 gestiftet. Das Wappen des Erzbischofs krönt nun den Marmorbogen, der vom Eingang einer Pfandleihe aufgestiegen ist zum Portal eines ehrwürdigen Kreditinstitutes.

Das beste Stück zuletzt: der Florianibrunnen. 1488 findet sich schon die erste Nachricht von dem Brunnen, damals bereits dem Feuerpatron St. Florian geweiht. 1554 wurde er in den Rechnungsbüchern der Stadt genannt, denn da hatte der Baumeister Christoph Wiesinger daran gearbeitet. Und 1583 hat der Schlosser Wolf Guppenberger das jetzt noch vorhandene Gitter geschmiedet und Christoph Grueber die Wappenschildchen, die an den Spiralgittern angebracht sind, bemalt. Im 17. Jahrhundert wurde das Marmorbecken in seiner heutigen Form erneuert. Aus weißem Marmor entstand auf einer zweistufigen Basis ein achtseitiges Becken, die großen Rosetten an den Seitenfeldern sind liebevollste Steinmetzarbeit. Und gar erst das Gitter: in kunstvollen Spiralen gewunden, enden die Ranken in Dornen, aber auch in grotesken Formen wie Steinböcke, Vögel, Reiter, Köpfe und dergleichen. Über der Mitte jeder Seite, wo ein Auslaufbecken ausgespart ist, sind die Schildchen mit den Wappen Salzburgs, des Erzbischofs Johann Jakob Kuen-Belasy und der Stadt angebracht. Vom Postament inmitten des Brunnens führen aus Löwenmündern nach allen vier Seiten Rohre, die wiederum Tiermasken tragen, aus denen das Wasser in die Auslaufbecken fließt. Darüber steigt die Brunnensäule auf, reich geschmückt mit steinernen Wappen und Girlanden, so als ob sie nicht aus Stein, sondern

Wappen: *Oben links:* Leonhard von Keutschach, 1495–1519. *Oben rechts:* Matthäus Lang von Wellenburg, 1519–1540. *Unten links:* Michael von Kuenburg, 1554–1560. *Unten rechts:* Wolf Dietrich von Raitenau, 1587 bis 1612.

aus Holz gedrechselt wäre. Und darauf thront der heilige Florian, sein brennendes Haus löschend. Säule und Figur wurden erst 1734 von Joseph Anton Pfaffinger angefertigt. Der Gesamteindruck ist so einheitlich, daß niemand auf den Gedanken kommen würde, fünf Generationen hätten an dem Brunnen gearbeitet. Im Januar 1699 sind an die vier Ausgußrohre des Brunnens Weinleitungen angeschlossen worden, roter und weißer Tiroler und österreichischer Wein liefen zum Entzücken des Volkes heraus, Gold- und Silbermünzen wurden von der Residenz her unter die Menge geworfen. Anlaß war die Durchreise der Braut des nachmaligen Kaisers Josef I., Wilhelmine Amalia von Braunschweig, die von Italien kam und nach Wien reiste. Triumphpforten standen beim Marktplatz, in der Getreidegasse, der Gstättengasse, der ganze Prunk des Hofes wurde entfaltet und zu Ehren des hohen Gastes in der Residenz eine in italienischer Sprache „eigends abgefaßte und in Musik gesetzte Kantate von hundert theatralisch gekleideten Tonkünstlern produziert“. Die Vorführung wurde durch fünfzig Kanonenschüsse eingeleitet, nach jedem der drei Akte dieser Kantate wurde der Donnerhall wiederholt. Auf jeden Fall ein lautstarkes Spectaculum! Dem gewaltigen Ereignis war eine Tafel vorangegangen, die anschließend wieder fortgesetzt wurde. Dieser Abend schloß dann mit einer Kammermusik.

An Markttagen herrschte hier arges Gedränge, und bald wuchs der Markt über den Platz hinaus: der untere Teil der Sigmund-Haffner-Gasse wurde zum Eier- und Milchmarkt, der Kranzlmarkt Blumen- und Geflügelmarkt, der Gries, also das Salzachufer, Fischmarkt, auf dem Siegmundsplatz war Heumarkt, und

Wappen: *Oben links:* Marcus Sitticus Graf Hohenems, 1612–1619. *Oben rechts:* Paris Graf Lodron, 1619–1653. *Unten links:* Guidobald Graf Thun, 1654–1668. *Unten rechts:* Stadtwappen.

in der Gasse zwischen Altem Markt und Sigmund-Haffner-Gasse, der heutigen Kurfürstenstraße, der Salz- und Käsemarkt. Die Ausdehnung dieses Marktes darf nicht verwundern, denn hier verkauften auch die Handwerker, die keine Auslagen haben durften, ihre Waren. Sie konnten sie nur auf den Märkten feilbieten. Vor dem Haus Nr. 11 am Alten Markt stand der Meßstein, auf welchem die Marktfahne ausgesteckt wurde. Auf diesem Schrannentisch wurden alle Waren kontrolliert, damit die Käufer nicht beschwindelt wurden. Einmal im Jahr gab es großen Jahrmarkt. Da durften sogar auswärtige Händler ihre Waren anpreisen. Gleichzeitig war dieser Platz aber auch Mittelpunkt des Volkslebens. Der Pfingsttanz, der Schwerttanz der Dürrnberger Knappen, der Metzgersprung in den Brunnen, der Barfußtanz der Bäcker, der Auszug der Schützen und der Faschingszug der Maxglaner Hexen – das ehemalige Dorf Maxglan und dessen benachbarte Ortschaften besaßen das Privileg, einen Maskenzug durch die Stadt abzuhalten – versammelten die Bürger zu fröhlichem Treiben. Adolf Bühler berichtete von einer recht kleinstädtischen Idylle, wie sie heute noch auf den Märkten und Dörfern des Landes Brauch ist: „Nach der sonntäglichen Predigt aber war der Markt, wie überall, der Lieblingsaufenthalt der Männer. Während die Herren Honoratioren, durch Kleidung, Haartracht und Titel noch streng von der Bürgerschaft geschieden, in der Apotheke ihr Gläschen Aquavit zu trinken pflegten, standen hier die Bürger und Gesellen in ihrem Sonntagsstaate, plaudernd, Neuigkeiten austauschend, Geschäfte beredend, dann und wann vor einem hohen Prälaten niederkniend, der sich in seiner Sänfte vorübertragen ließ, und manch liebliches Gesicht schaute vom vergitterten Fenster herab dem Treiben zu."

Vom Alten Markt zweigt die Brodgasse ab; am Haus Alter Markt 8 und am Nebenhaus, Brodgasse 13, sind an einzelnen Fenstern der barockisierten Fassaden gotische Maßwerkfenster freigelegt worden. Diese Brodgasse ist noch so recht der Typ einer mittelalterlichen engen Stadtgasse, wie sie, auslagenlos, einstens die ganze Bürgerstadt durchzogen. Ihren Namen hat sie von den hier angesiedelten Brotbänken. Eine Bäckerei, wenn auch nicht mehr in der ursprünglichen Form, ist schon seit 1350 ununterbrochen in Betrieb, und das Haus hieß einst „Zur Hofkuchl“.

Der Name der Goldgasse wird von Collata, Goleten, abgeleitet, das hieß soviel wie Schutzgeld. Neuangekommene Handwerker mußten an dieser Stelle das Schutzgeld bei einer Einhebestelle entrichten. Ein Teil der Gasse führte auch den Namen Sporrer- oder Schlossergasse, nach den Gewerbebetrieben, die dort angesiedelt waren. Für die Goldverarbeitung selbst bestanden recht strenge Vorschriften. Um nämlich jeden Unterschleif von Goldschmieden, die nur 18karätiges Gold verwenden durften, zu vermeiden, mußten die Juweliere stets bei geöffnetem Laden arbeiten; beim Siegelstechen hatten sie sich nach der Berechtigung ihrer Auftraggeber zu erkundigen. Die Schlosser wiederum waren verpflichtet, bei der Nachahmung von Schlüsseln Vorsicht walten zu lassen, Gefangeneneisen und Daumenschrauben durften sie nur im Auftrag der Obrigkeit anfertigen, Brechzeug zu machen, war ihnen verboten.

Ein Spaziergang durch die Goldgasse ist besonders für Antiquitätenfreunde reizvoll, denn da lösen die Läden mit den Zeugen der Vergangenheit einander ab.

Der Kranzlmarkt, ein enger Schlupf, verbindet Judengasse und Getreidegasse miteinander. Das Haus Kranzlmarkt 3 ist wegen seiner freigelegten kleinen gotischen Fenster (um 1370) interessant. Wer würde heute vermuten, daß auch noch nach dem Zweiten Weltkrieg die Straßenbahn, vom Alten Markt über den engen Kranzlmarkt, vorbei am Rathaus über die Staatsbrücke führte! Und doch waren hier 1908 die Schienen der gelben Elektrischen gelegt worden.

Das Rathaus, der alte Kheuzlturm, 1407 angekauft und 1410 bezogen, war ein alter Geschlechterturm, wie sie Adelsfamilien auch in Salzburg gebaut hatten. Es war ein schmuckloses Gebäude mit einem hohen Turm. Trapezförmig, die Schmalseite dem Stadtinneren zugewendet, zieht sich über den Rathausplatz eine lange, leicht geknickte Front zum Rathausbogen, die auch der Salzach zu am Rudolfskai den gleichen Knick aufweist. Interessant ist an diesem schlichten Bau die verspielte Umrahmung der Fenster, das Rocailledekor, das beliebte Muschelornament aus der Zeit des Rokoko. Prächtig das Portal mit der Tür, den Beschlägen und dem Stadtwappen, darüber hält Göttin Justitia in reich ornamentierter Nische lebensgroß – 1617 vom Salzburger Hans Waldburger verfertigt – mit erhobenem Schwert in der Rechten und der Waage in der gesenkten Linken strenges Gericht. Der schlichte rechteckige Turm trägt noch ein schlankes, zierliches Rundtürmchen; inmitten des Salzburger Türmewaldes sieht es einigermaßen verhungert aus, doch unbeirrt streckt es die Wetterfahne aus, und der Turm selbst trägt an seiner Fassade dem Hauptportal zu unterhalb der Uhr, mit ihr gekoppelt, in einer Nische eine eigenartige Kugel. Halb blau, halb gold, zeigt diese Kugel die Mondphasen an.
Wenn auch der Amtssitz des Bürgermeisters in das Schloß Mirabell verlegt worden ist, so beherbergt das Rathaus – ebenerdig sind zum Teil sehr alte Geschäftslokale untergebracht – doch Dienststellen des Magistrates. Der Gemeinderat tagt nach wie vor im großen Sitzungssaal, in dessen Vorraum ein Gemälde des Malers Franz Kulstrunk, eine Ansicht Salzburgs aus der Zeit des Ersten Weltkrieges, eine interessante Vergleichsmöglichkeit bietet. In zehnjähriger Arbeit schuf der Maler, getreu dem erteilten Auftrag, das Kolossalgemälde als genaues Stadtporträt, auf dem jede Einzelheit, jeder Erker und jede Häuserverzierung zu erkennen sind. Vom Waagplatz zum Rathausplatz bis in das Schloß Mirabell: deutlicher kann der

Aufstieg des Bürgertums nicht dokumentiert werden. In stetem Kampf mit dem Fürsten, der die Privilegien seiner Stadt nicht zu groß werden lassen wollte – genauso wie der Fürst selbst wieder, solange das Fürstentum existierte, mit Bayern des Salzreichtums wegen in ewiger Fehde lag –, war das Stadtrecht 1368 zum erstenmal gefaßt worden. Als die Bürger aufmuckten und die Städte und die Ritterschaft des Landes beschlossen, dem erwählten Erzbischof nicht zu huldigen, ehe er die Privilegien anerkannte, war der zündende Funke wieder einmal geschlagen. Da das Pergament, von fünf Städten und 56 Rittern unterschrieben, rundum mit allen Siegeln versehen war, gab sich der Bund selbst den Namen Igelbund. Das war in einer Zeit, in der eine drastische Sprache bevorzugt wurde, gar nicht so schlecht ausgedrückt, denn das Pergament mit den daranhängenden Siegeln konnte wirklich an die Stacheln eines Igels erinnern. Gewährte noch Eberhard III. die Forderungen und gab Kaiser Friedrich III. 1481 der Stadt den Ratsbrief – das Recht auf einen eigenen Stadtrat und die Wahl des Bürgermeisters –, so griff schon Leonhard von Keutschach brutal durch, als er die Ratsherren statt zur Festtafel auf eine kalte Schlittenreise schickte. Dennoch konnte es nicht ausbleiben, daß man den Bürgern, denen unentwegt neue Steuern aufgebrummt wurden, auch Rechte geben mußte. Namen wie Sigmund Haffner, Ignaz Anton Weiser, Christian Pauernfeind stehen stellvertretend für viele Stadtväter, die es nicht nur persönlich zu Ruhm und Ansehen brachten, sondern auch die Entwicklung der Stadt förderten.

Um jedoch die schlechte Moral der Steuerzahler zu heben, wurde für derartige Bösewichte im Jahr 1746 vor dem Rathaus ein Pranger errichtet.

Die Stadtverfassung teilte die Bürgerstadt in Stadtviertel ein – später hießen die im Bereich des Glockenspiels Geborenen Glockenspielkindln und werden auch heute noch so genannt –, denen eigene Viertelmeister vorstanden, deren Unterabteilungen von Rottmeistern befehligt wurden. Die Beweggründe dafür sind einleuchtend, denn die Bürgerwehr wurde zur Stadtverteidigung aufgerufen, Mauern, Tore und Türme mußten von den zunächst Wohnenden besetzt werden, und die Aufgebotenen rückten eben in Rotten an ihre Plätze. Zugleich war diese Einteilung ein Schutz gegen einschleichendes Gesindel. Steuern wurden mit Hilfe der Viertelmeister umgelegt und Testamente in Gegenwart der Rottmeister verfaßt.

Faktoreien in reicher Zahl

DIE HANDELSSTADT

Es war also der geographischen Situation nach von den großen Handelsplätzen Italiens allein Venedig, das der Radstädter Tauernstraße und damit Salzburg zu merkantiler Bedeutung verhalf.

HERBERT KLEIN, GESAMMELTE AUFSÄTZE

Rund um den Rathausplatz im Bereich der ganzen Altstadt hatten die großen Handelsherren ihre Wohnhäuser und zugleich Warenlager. Schon um 1700 gab es in der Stadt sechs große Faktoreihandlungen, also Spediteure, in unserem Sinne auch Großhandlungen, daneben noch spezielle Handelsgewerbe wie einen Früchtehändler, vom Obsthändler dadurch unterschieden, daß er „welsches Obst", also solches aus dem Süden, verkaufte. Damals gab es auch zwei Apotheker und einen Buchführer, der zugleich Bilderkrämer war. Insbesondere jedoch war Salzburg Umschlagplatz einer Queralpenverbindung mit Italien. Blockadeversuche, wie sie Kaiser Sigismund im 15. Jahrhundert unternahm, der damit die Serenissima, Venedig, wegen ihres Übergreifens nach Dalmatien und auf die Terra ferma, also nach Ober-Italien, bekämpfte, brachten auch für Salzburg Schwierigkeiten. Wiederholt wurden Salzburgische Händler in deutschen Landen wegen dieses Deliktes bestraft, ohne daß es aber gelang, die Handelsverbindung zum Erliegen zu bringen. Sie gewann schließlich solche Wichtigkeit, daß es verständlich scheint, wenn die Händler mancherlei Gefahren auf sich nahmen. Hatte Nürnberg noch im 14. Jahrhundert für seine Verbindung den Brennerpaß benutzt, so wurde dieser Warenverkehr nun dank der Salzburger Verbindungen über Salzburg und die Tauern geleitet. Im 15. Jahrhundert gab es in der Stadt zwei Bürgergeschlechter, die ihre Namen – Venediger und Samer – von diesem Handel führten. Venediger ist eindeutig, die Samer waren Frachtleute, die mit Sampferden, das sind Saumpferde, die Lasten transportierten. Die Ausfuhr nach Süden bestand zum Teil in Metallwaren und Erzeugnissen des Hüttenwesens. Daran knüpft sich auch die Sage der „Venedigermandeln", die mit Bergspiegeln Erz- und Edelsteinlagerstätten in den Tauern aufspürten. Die Salzburger Kaufleute handelten über den Fondaco dei Tedeschi, den Kaufhof der Deutschen, in Venedig, in dessen Registern zahllose Transporte und viele Salzburger Handelsherren verzeichnet sind. In späterer Zeit konnte man sich nicht erklären, weshalb eine ganze Reihe Salzburger Häuser über den Haustoren Löwenköpfe mit durch den Mäulern gezogenen Ringen trugen. Lange hieß es selbst in der Geschichtsschreibung, das seien die Häuser jener Bürger, die für ewige Zeiten wegen ihrer aufwieglerischen Haltung gegenüber den Erzbischöfen gekennzeichnet worden seien. Die Stadt hatte die Beziehungen vergessen, die sie einstmals mit Vendig verbanden, und darauf, daß diese Löwenmäuler stolze Zeichen der Verbindung mit Venedig waren. Der letzte erhaltene Löwenkopf mit Ring ziert das Portal des Hotels Elefant in der Sigmund-Haffner-Gasse 4, die sich dem Hauptportal des Rathauses gegenüber öffnet und zur Franziskanerkirche führt. Eine der ältesten Herbergen der Stadt, war der „Elefant" vormals ein Handelshaus. Und ein Zufall hat erst vor etlichen Jahren einen Dokumentenschatz freigegeben: 1953 stießen Arbeiter bei Umbauten im dritten Stock auf einen Hohlraum, darinnen ein Haufen Briefe, Akten und dickleibige Rechnungsbücher lagen. Vierhundert Jahre hatte diese „Buchhaltung" dort überdauert. Eine Untersuchung der Papiere zeigte, daß Hans Goldseisen das Haus 1563 erworben hatte, daß er zuerst als Kaufmann tätig war und dann in erzbischöfliche Dienste trat, als Finanzkommissar und später Verwalter des Münzhandels. Ständig im Dienste des Bischofs unterwegs, führten den Kaufmann weite Reisen nach Deutschland, Ungarn, Österreich, aber auch immer wieder nach Italien, vor allem in das venezianische Staatsgebiet. Von Salzburg nach Gemona im Friaulischen brauchte er sechs bis sieben, bis Venedig neun bis zehn Tage.

Dieser geschichtsträchtige Gasthof „Zum Elefanten“, vor zweihundert Jahren angepriesen als „Schwarzer Elephant, wo fleißige und genaue Bedienung, eine vortreffliche Küche, schön meublirte und bequeme Wohnungen“ nebst besten ausländischen Weinen, deren Preise auf einer Tafel verzeichnet seien, und wo des Abends eine auserlesene Gesellschaft von Gästen aus der Stadt zu finden wäre, ist mit seinem behäbigen Portal auch heute einladend.

Die Sigmund-Haffner-Gasse hat ihren Namen von dem Großhändler und Bürgermeister Haffner, 1772 gestorben, der seines Ansehens wegen vom Erzbischof das Recht erhielt – was weder vor noch nach ihm mehr geschah – eigene Münzen prägen zu dürfen. Er wohnte auf Nummer 6. Zur Hochzeit der Tochter komponierte Mozart die so berühmte Haffner-Serenade. Am Polterabend, dem 21. Juli 1776, erklang die Komposition erstmals, jedoch nicht in diesem Haus, sondern vermutlich im Sommersitz der Familie Haffner in der Loretogasse, der nachmaligen Paris-Lodron-Straße.

Auch im Hause Nr. 14 hat Mozart oft musiziert, denn dort wohnte sein Freund Sigismund Barisani, in dessen Schwester sich der sechzehnjährige Musikus zeitweilig verliebt hatte. Vor allem aber war es das Stadthaus des Eisenhändlers Robinig, eines Freundes Leopold Mozarts, in dessen Wohnung es die sogenannten „Elf-Uhr-Musiken“ gab und der auch in seinem Landhaus, dem Robinighof in Gnigl, Musikfeste veranstaltete.

Nach dem Ritzer-Bogen, dem Durchgang zum Universitätsplatz, erstreckt sich, gegenüber der Fassade der Residenz, der

Langenhof, einer der wenigen Adelspaläste Salzburgs. Auf den ersten Blick ist die Einheitlichkeit dieses Baues nicht zu erkennen, weil in seinem unteren Teil Geschäfte etabliert sind, doch darüber ist die schön gegliederte Fassade zu sehen. Die Portale mit dem Wappen der Kuenburger – dieser Familie baute der aus demselben Geschlecht stammende Erzbischof Max Gandolf Graf Kuenburg um 1670 den Palast, der auch heute noch im Familienbesitz ist – sind erhaben, wohlgeformt, in den Stiegenhäusern sind noch Fackelsteine erhalten, und in der Haupteinfahrt, linker Hand, ziert ein Renaissancebrunnen aus rosa Marmor die Wand. Ihm gegenüber ist ein massiger romanischer Portallöwe aufgestellt, Rest des romanischen Domes, der noch einmal die Großartigkeit dieses alten Kirchenbaues erahnen läßt. Der Löwe wacht, man glaubt, jeden Moment müsse unter seinem marmornen Fell ein Muskel zu zucken beginnen. Unmittelbar neben dieser Hofeinfahrt sind die Räume der Galerie Welz einladend geöffnet, stets zu einer interessanten Ausstellung; der Gründer dieser Galerie, Friedrich Welz, zählte zu den unermüdlichen Rufern – aber auch tatkräftig Handelnden – zur Erhaltung des Altsalzburger Stadtbildes. Er konnte mit der Gründung der sommerlichen Akademie der bildenden Künste auf der Festung der Stadt auch neue musische Impulse geben.

Seine eigene Geschichte hat auch das Kapellhaus, Sigmund-Haffner-Gasse 20. Vor mehr als sechshundert Jahren wurde es als Stall verwendet, 1486 von Leonhard Kurtz, der „freyen khünst und Artzney Doctor“ erneuert, bis es Wolf Dietrich erwarb und den Domsingknaben als Heim zuwies. Erzbischof Max Gandolf Graf Kuenburg, dessen Wappen am Hause angebracht ist, ließ es umbauen und gab ihm den Namen Kapellhaus. Hier unterrichteten unter anderem Leopold Mozart und Michael Haydn. Anton Diabelli, dessen Weihnachtsmesse oft gespielt wird, der Komponist Sigismund von Neukomm, Domkapellmeister Josef Meßner, aber auch der

Münchner Komiker Weiß Ferdl waren Salzburger Kapellknaben. Nun ist der Bau Studentenheim geworden.

Das Rupertinische Collegium, Sigmund-Haffner-Gasse 22, wurde 1653 von Erzbischof Paris Lodron zuerst für Beamtensöhne geschaffen, später erweitert für Salzburger Adelskinder. Dieses „Rupertinische Nähr- oder Zuchthaus" gab ursprünglich zwölf „Zuchtknaben" Platz, bis dann zwanzig Zöglinge aufgenommen wurden, die Obdach, Verpflegung, Bekleidung und Schulausbildung völlig gratis erhielten und dafür die Verpflichtung hatten, täglich „die kleinen Tagzeiten der heiligen Jungfrau zu bethen". Das Land Salzburg hat das Rupertinum erworben, um dort die Galerie für Moderne Kunst, besonders für zeitgenössische Graphik, zu etablieren, deren Grundstock – vor allem mit dem graphischen Werk Oskar Kokoschkas – eine Stiftung des Kunsthändlers Friedrich Welz ist.

„. . . zu gewissen Zeiten . . .“

STÄDTISCHE PROBLEME – EINST

Auch sind in der Stadt auf und nieder
Viel schöne Häuser hin und wieder,
Welche erbaut sind von Quader,
Inwendig getäfelt mit Flader,
In die Höch aufbaut mit drei Gaden,
Mit viel Gewölben und eisren Laden,
Mit kalten Kellern und Brunnen,
Auch kommet in die Stadt gerunnen
Ein Bach, den heißet man die Alben,
Den kann man schwellen allenthalben
In Brüensten und in Feuersnot*.

HANS SACHS, EIN LOBSPRUCH DER STADT SALZBURG

Auch kommet in die Stadt gerunnen: Diese Verszeile brauchte Hans Sachs nicht etwa eines Reimes wegen, vielmehr hat der Nürnberger Schuster-Poet die städtische Reinigung von Salzburg besungen, denn solch praktische Anlagen waren dem Vielgereisten noch nicht begegnet. Er war die mittelalterlichen Gassen gewohnt, schmutzstarrend, stinkend, in die einfach Geschirre aller Art entleert wurden, Nährboden von Seuchen und hoher Sterblichkeitsziffern. Auch in Salzburg war es nicht anders. Die – bis zu Marcus Sitticus – einzige Durchzugsstraße über Judengasse, Kranzlmarkt und Getreidegasse war für mittelalterliche Verhältnisse nicht allzu eng. Sie war auch schon gepflastert, allerdings mit unregelmäßigen, oft spitzen

* Flader ist ein fein geädertes Holz, Gaden sind Stockwerke

Kieseln. Nur Markt-, Dom- und Residenzplatz besaßen bis in die Mitte des 19. Jahrhunderts auf einer Seite Gehsteige aus breiten Steinquadern. In der Mitte der Gassen verlief die breite Gosse, die Schmutzrinne. Zwei Kanäle des durch den Mönchsberg geführten Almkanals, der Albenbach der alten Chroniken, sorgten für die Reinigung. „Man öffnet zu gewissen Zeiten – einmal wöchentlich zu bestimmter Stunde – die Hahnenstücke der Brunnenröhren und läßt das Wasser durch die Getreidgasse herabströhmen, welches dann den von den Mägden angehäuften Koth mit sich fort, und hinaus in die Salzach führt". Bis 1862 blieb diese Form der städtischen Müllabfuhr Brauch. Man kann sich lebhaft vorstellen, wie sich die Gasse in einen Bach verwandelte, wie die Passanten noch eilig ihrer Wege gingen, um vor dem Wasserfluß in ihren Häusern zu sein. Welche Erlösung, wenn der ganze Schmutz hinweggeschwemmt war. Und welche Pein, wiederum acht Tage warten zu müssen . . .

Im 17. Jahrhundert erging die erste Säuberungsordnung, wonach niemand sich unterstehen sollte, bei Tag oder Nacht Unsauberes heimlich oder öffentlich aus seinem Hause, aus Kammer, Küche und Gemach auf die Plätze oder Gassen zu tragen oder zu schütten. Morgens und abends sollte alle „Unsauberkeit des Hauses" in die Salzach oder ein anderes ausrinnendes Wasser geworfen werden. Schließlich sollten die „heimlichen Gemächer, sooft es die Notdurft erfordert, zwischen Martini und Ruperti in der Fasten bei der Nacht ausgeräumt werden". Einmal in der Woche wenigstens mußte der Hausbesitzer vor seinem Hause nach Begriff der Länge und Breite seines Pflasters sauberkehren und den Unflat an die gewöhnlichen Orte tragen oder führen lassen. Der Hausherr war auch für die Pflasterung verantwortlich, bis im 18. Jahrhundert eine Pflastersteuer gleichzeitig mit der Illuminations- oder Laternsteuer eingeführt wurde und die Stadt diese Pflichten übernahm. Wolf Dietrich hatte auf eigene Kosten die Gassen am Kai, aber auch die Gstättengasse pflastern lassen. Aus dem Fluß wurden Kiesel geholt, um die Stadt zu verschönen. Jedoch, so sagte ein Zeitgenosse, sei das Pflaster an den meisten Orten sehr spitzig, schieferig und ungleich, welches den Fußgeher sehr ermüde. Als Erzbischof Firmian befahl, freitags müßten beim 11-Uhr-Läuten alle Menschen auf den Gassen niederknien – Zuwiderhandelnde zwang der Büttel mit seinem Stock in die Knie – vermeint man noch heute ein wehleidiges Seufzen aus den Gassen emporsteigen zu hören.

Zauber des Details

GETREIDEGASSE

Aber es bleibt die Empfindung des Schönen, wenn es einmal echt gefaßt war, wie ein Sonnenschein über das Leben gebreitet. Wer einmal das Schöne sah, kann nie den Eindruck vergessen.

EBERHARD PREUSSNER,
ÜBER DEN BEGRIFF DER SCHÖNHEIT

Die wahrhafte Bestätigung dieses Satzes, ausgesprochen von dem vor wenigen Jahren verstorbenen Präsidenten des Salzburger Mozarteums, stellt die Getreidegasse dar: sie war schön – und sie ist schön, trotz gewaltsamer Versuche, aus ihr eine moderne Geschäftsstraße zu machen. Modern im Sinne jener gleichmacherischen Einförmigkeit von Warenhäusern, nur einem Ziele dienend, dem p. t. Publikum in möglichster Breite das Sortiment vorzuführen. Dennoch: die Getreidegasse ist schön! Es gibt kein edleres Prädikat, das so treffend die Würde der stattlichen Bürgerhäuser kennzeichnet. Die hohen, schmalen Häuser enden in Hohlkehlen, oft mit Jahreszahlen, dem Auge Gottes oder Namen geschmückt, die Gliederung der Fassaden ist beachtenswert, wie auch so manches kleine Relief. Noch stoßen von einzelnen Häusern die auskragenden Balken vom Dachgeschoß vor, an denen Hebezüge die Lasten in die Lagerräume transportierten. Die Gasse bleibt selbst dann ansehnlich, wenn an einem Hochsommertag Menschenmassen durchströmen, die den Vergleich herausfordern, hier werde ein langer Wurstdarm vom Metzger prall gefüllt. Sie bleibt ansehnlich, denn über den Menschenstrom ragen zierlich und verspielt die eisernen Aushangschilder der Gasthöfe, Geschäfte und Werkstätten in die Gasse. Einzelne dieser formschönen Reklamezeichen sind besonders kunstvoll gestaltet, wie die des Sternbräus, eines Glasermeisters oder Schlossers; Zunftschilder (wie das wundervolle der Wagner am Hause Nr. 33) deuten noch auf die vormalige Verwendung der Bauten hin. Manche historisierenden Geschäftsschilder sind weniger glücklich, einige andere aber aus letzter Zeit wirklich fehl am Platz.

Typisch für die Häuser sind die vom ersten Stock an kleiner werdenden Fenster, die wunderschönen Hausportale – herrlich das Barockportal am Haus Nr. 9, Mozarts Geburtshaus, aber auch bei Nr. 29 – sowie Türen oder Marmorfliesen, Steinstiegen mit Kugelpostamenten (Nr. 47 und Nr. 9) oder einem Volutenabschluß (Nr. 4), die Gitterverzierungen an Türen, als Stiegengeländer und Abschluß von Vorräumen, marmorne Türstöcke und Fensterbänke. Es sind Details einer soliden und zugleich liebevollen Ausgestaltung der Häuser. Das Haus Nr. 5, das „Zezihaus", zeigt ein Rokokoportal mit einer eleganten Eisentür.

Dort, wo sich die Gasse zu einem Platz, benannt nach der reichen Kaufmannsfamilie Hagenauer, öffnet, steht das Haus Nr. 9, Mozarts Geburtshaus, in dessen Gewölbe die einstmals Hagenauer'sche Spezereiwarenhandlung stilvoll weitergeführt wird. Das geschwungene Portal des Hauses wird überhöht von einem steinernen Medaillon, dem Schleierweiberl. An Stelle der Delikateßhandlung war früher, wie eine Schlange am Türgriff des Hausportals zeigt, eine Apotheke etabliert. Die Räume der Familie Mozart sind Museum, dem ein separater Besuch gilt.

Die schöne Madonna von Mülln, gotische Holzarbeit um 1450 von einem unbekannten Meister. Detail; auf dem Altar ist die Madonna noch gekrönt.

Entwurf der Bürger = Spittals Kirchen. zu Salzburg.
Prospect de l' Eglise de l' Hôpital des Burgeois à Salsbourg
lev. et dess. par F. A. Danreiter.

Die Salzburger Universität konnte in diesem Haus ihr musikwissenschaftliches Institut errichten.

Der Hagenauerplatz wird durch den Löchlbogen abgeschlossen. Unter dem Torbogen ist der Eingang in eines der originellsten Restaurants der Stadt, benannt nach Till Eulenspiegel, welches sich über zwei Stockwerke mit kleinen Gasträumen erstreckt, der Weinstube, Studierstube, dem Frauenzimmer oder der guten Stube. Winzige Geschäfte kleben innerhalb des Torbogens; ein Uhrmacher hat gerade Platz für sich und einen einzelnen Kunden. Er verbringt seine Tage wie in einem Käfig. Das „Kaslöchl“ daneben, ein Käsespezialgeschäft, das seinen Duft weithin verbreitet, ist dagegen etwas größer, denn es bietet hinter dem Ladentisch zwei Personen, und im Geschäft sogar vier bis fünf Kunden Platz. Die Salzburgerinnen aber stehen geduldig Schlange vor dem Laden.

Die Häuser der Getreidegasse sind sehr schmal, doch darf dies nicht zu dem Schluß verleiten, sie seien winzig, denn sie erstrecken sich nach beiden Seiten der Gasse in die Tiefe und bilden Durchhäuser. Die Bauten der Griesgasse und auf der anderen Straßenseite, dem Universitätsplatz zu, waren ursprünglich nur über diese Durchhäuser von der Getreidegasse her zu erreichen. Gerade diese miteinander verbundenen Häuser haben zur städtebaulichen Charakteristik Salzburgs entscheidend beigetragen. Vor allem sind es die meist mit Arkaden geschmückten Höfe (bei vielen Häusern leider nicht mehr öffentlich begehbar, die Nummern 3, 7, 13, 14, 20, 22, 23, 24, 25, 34–36, 38 sind noch zugänglich, ebenso eine

Oben: „Entwurf der Bürger-Spittals Kürchen zu Saltzburg.“ Zeichnung von Franz Anton Danreiter, Stich aus der 1. Hälfte des 18. Jh.

Unten: Konrad II. von Babenberg (1164–1168), Erzbischof von Salzburg, im Hintergrund die Stadt um 1500. Aus dem Babenberger Stammbaum der Sammlung des Stiftes Klosterneuburg.

Reihe hofloser Passagen), die jeder für sich gleichsam erobert werden müssen.
Man muß die Getreidegasse immer wieder kreuzen, um diese Schönheit wirklich in sich aufzunehmen. Wie arm schienen mir doch die Leute, die ein Fremdenführer durch die Getreidegasse trieb, mit der einzigen Erklärung: „Links sehen Sie einen Hof, rechts sehen Sie einen Hof", und die Köpfe der schaulustigen Schar pendelten folgsam nach links und nach rechts.
So zog die Gruppe schnurgerade durch die Gasse, ohne auch nur einen einzigen Hof gesehen zu haben. Und niemandem war aufgefallen, daß gegenüber dem Mozarthaus, an der Ecke zum Hagenauerplatz, auf einem Steinbänkchen ein alter Mann saß, genießerisch an seiner Pfeife zog und grinsend das Kopf-links-Kopf-rechts nachahmte.
Früher hatte auf dieser Steinbank einer der „roten Dienstmänner" – so genannt nach den roten Kappen mit der Dienstmannsnummer – gewissermaßen seinen Standplatz. Und jeder war für sich ein selbständiger Gewerbetreibender. Leider sind diese Faktoten aus dem Stadtbild verschwunden. Denn wer schreibt noch ein Dankesbriefchen für einen vergnügten Abend? Blumen werden von den Geschäften selbst zugestellt, das Telefon ersetzt die Verabredung, der Staubsauger hat den Dienstmann als Teppichklopfer verdrängt . . .

Die Durchhäuser! Mit den vielen kleinen Läden, mit mancherlei Düften und der schummrigen Beleuchtung erinnern sie im ersten Moment an orientalische Basare. Doch schon der zweite Blick weist in der Gestaltung die zumindest abendländische Abart nach. Jeder Hof ist für sich ein Kunstwerk. Säulen, Wölbungen, Kapitelle, profilierte Gesimse, Voluten, Bänder, Reliefs, Tonnengewölbe, Marmorbrüstungen, eingravierte Hausmarken und Daten, Laubengänge, grauer Stein, von rotem Marmor unterbrochen, kantige Stützpfeiler, runde

Pfeiler, Spiralranken, steile und schmale Treppen, Blumenschmuck in den Bogengängen, rote Pelargonien, hängende Fuchsien, da eine hochgezogene Bohnenranke, dort eine gelbblühende Pflanze, so sind die Farbtupfen verteilt, erhellen winkeliges Gemäuer und geben alles in allem das Leben einer Stadt in der Stadt. Jedes dieser tiefen Handelshäuser war das Reich eines Patriziers, hier herrschte er über eine große Familie und zahlreiche dienstbare Geister vom Herrn Commis bis zur Küchenmagd.

Der wohl frequentierteste Durchgang ist das Schatz-Haus von der Getreidegasse 3 zum Universitätsplatz. Auslagenfronten haben den Durchgangsbogen, ja auch das Hausportal verdeckt, doch es ist lohnend, nach dem letzten Schaukasten linker Hand in den dunklen Flur zu treten. An dieser Hauswand ist, mit dem Datum des Jahres 1750, eine der ergreifendsten Reliefdarstellungen der Madonna mit dem Kinde eingemauert. Im Hof hat ein Wachszieher und Lebzelter sein Geschäft, alte Fotos zeigen sogar noch das frühere Schild „Meth-Ausschank", ein Laden so recht für stilvolle Mitbringsel. Eine Gedenktafel in dem anmutigen Arkadenhof verkündet: „In diesem Hause arbeitete der deutsche Sozialistenführer August Bebel als Drechslergehilfe 1859 bis 1860". Bebel schrieb über dieses Salzburger Jahr in seinen Erinnerungen, daß die Löhne auch hier, wie überall im Drechslergewerbe, schlecht waren, „da war Sparen schwer. Ich hatte mir im Spätherbst den ersten Winterrock auf Abzahlung gekauft, und als gewissenhafter Mensch sparte ich nicht nur, ich darbte, um die wöchentlichen Raten zahlen zu können". Die Gedenktafel, in der NS-Zeit entfernt, wurde 1946 neuerlich enthüllt.

Salzburger Kinder werden immer noch in das Schatzdurchhaus geführt, um ihnen im Gewölbe ein an einer Walfischrippe befestigtes getrocknetes Haifischlein zu zeigen, ein typisches Kuriosum des 17. Jahrhunderts, wo Apotheken, Drogerien und Faktoreien solche exotische Zeichen liebten. Kinder fasziniert auch stets die „Signalanlage“ der Häuser, wie sie noch in der Getreidegasse anzutreffen sind. Es sind dies Glockenzüge, deren Griffe, mit den Schildchen der Stockwerke versehen, gar so verlockend an den Haustüren hängen. Die Drähte sind frei an der Hausmauer emporgezogen, wie dies besonders die Klingelleitungen am Hause Getreidegasse 39 demonstrieren, einem Hause, welches der Jahreszahl an der Hohlkehle des Dachgesimses nach schon 1407 errichtet worden ist.

Das Bild der Getreidegasse wird durch den Abschluß der Szene bereichert: die Bürgerspitalkirche und den Mönchsberg.

Die Bezeichnung Getreidegasse hat eine eigenartige Wortwandlung durchgemacht: ursprünglich Trabe-, Trab- oder Trav-Gasse – das kommt von traben, soviel wie laufen, aber auch vom Traben der Pferde – wurde daraus Trâgasse, Traidgasse, und über Getreidgasse schließlich Getreidegasse, die jedoch nichts mit Getreide zu tun hat.

Gegen Ende der Getreidegasse zweigt das Badergäßchen ab – der gesamte Häuserblock zwischen dieser schmalen Gasse, der Münz- und Griesgasse ist durch Bombentreffer zerstört worden –, das an das Armeleutbad erinnert, eine milde Stiftung für Arme, die dreimal jährlich unentgeltlich das Schwitzbad besuchen durften und sich dort auch der Wohltat des Schröpfens, Aderlassens, Haar- und Bartschneidens unterziehen konnten. Wohlgemerkt, dreimal im Jahr. Die Bewohner des Bürgerspitals hatten nur wenige Schritte zu jenem Bade, denn dieses Pfründnerhaus, ein Altenasyl, welches 1898 durch das Versorgungshaus im Nonntal ersetzt wurde, steht direkt am Ende der Getreidegasse, gemeinsam mit der dem heiligen Blasius geweihten Bürgerspitalkirche. Ende des 12. Jahrhunderts lagen hier Äcker und Wiesen unmittelbar neben dem Stadttor, dem Gstättentor, welches zwischen dem Felsen des Mönchsberges und der Salzach, die bis hierher reichte, die Stadt abschloß. Nur eine St. Blasiuskapelle, die dem Stift

Admont gehörte, stand inmitten der Wiesen. In der ersten Hälfte des 14. Jahrhunderts erwarb Erzbischof Friedrich III. den Grund, um dort das erste Spital – direkt zwischen dem Stadttor und der Kirche gelegen – und die Kirche zu errichten. Das Spital wurde später städtisches Kühlhaus. Die Bürgerspitalkirche, ein dunkelgrauer Bau aus Nagelfluhquadern, erhält durch ein steiles Satteldach Profil. Ein an der Außenfront angebrachtes Sebastian-Relief stammt vom ehemaligen Linzer Tor. Die dreischiffige Hallenkirche erhält ihren Charakter durch eine Empore, die das ganze Langhaus überdeckt: dort war der Platz der Insassen des Altersheimes. Der quadratische Chor trägt ein ornamentiertes Kreuzrippengewölbe, das auf massiven Achteckpfeilern ruht. Die Kirche ist beispielhaft für das frühe gotische Bauen in Salzburg. Ursprünglich öffnete sich das Hauptportal der Getreidegasse zu, dort, wo sich an der Kirchenmauer eine Kreuzigungsgruppe befindet. Die Kirche, deren nüchterne Strenge die Düsterkeit mildert, ist in der Zeit der Aufklärung, im ausgehenden 18. Jahrhundert, ihres gesamten gotischen Schmuckes beraubt worden. Allein ein Sakramentshäuschen, ein Schrein, der vermutlich 1481 entstanden ist, blieb erhalten und kam aus dem Museum wieder zurück. Nördlich des Hochaltares angebracht, bezeugt er die Größe spätgotischer Schnitzkunst. Den Hochaltar entwarf der hochfürstliche Ingenieur-Hauptmann Louis Grenier als klassizistischen Marmoraufbau; der rechte Seitenaltar enthält die Anbetung der Heiligen Drei Könige von Paul Troger. Zu beachten sind auch die Eisengitter in der Kirche; nach dem Zweiten Weltkrieg erneuerte der weit über Österreichs Grenzen hinaus bekannte Künstler Albert Birkle die Glasfenster.

Um 1560 entstand ein neues Bürgerspital, anschließend an die Kirche, gegen den Siegmundsplatz zu. Der Besuch zeigt uns einen der schönsten Profanbauten der Stadt. Wenn wir durch die Toreinfahrt treten, schmiegt sich vor uns ein reichgegliederter Arkadentrakt an die hohe Mönchsbergwand. Fels und

Bauwerk zusammen geben ein prächtiges optisches Bild. Um Platz zu gewinnen, wurden die einzelnen Pfründnerzellen vom Arkadengang weg in den Stein gehauen.
Das Bürgerspital ist Teil des städtischen Museums und beherbergt das besonders reizvolle und liebenswürdige Spielzeugmuseum, das 1978 eröffnet worden ist. Hervorgegangen ist dieses Zweigmuseum aus einer Privatsammlung, österreichische und deutsche Spielzeugfirmen betätigten sich als Sponsoren. Zu den regelmäßigen Kasperlaufführungen strömen die Kinder als jüngste Museumsbesucher gerne in das Bürgerspital.

Steinerne Zeugen

GSTÄTTENTOR UND KLAUSENTOR

> Das Gekrache der niederstürzenden Felsen, das Gewinsel der Sterbenden, das Geheil der Verwundeten, Schrecken, Jammer und Geschrey erfüllten die ganze Stadt.
>
> J. T. ZAUNER / C. GÄRTNER,
> NEUE CHRONIK VON SALZBURG

Daß das Gstättentor von Marcus Sitticus erneuert wurde, ist am Steinbock ersichtlich. Gleich neben dem Tor liegt das älteste erhaltene Geschäftsportal Salzburgs: die Bäckerei Schnellinger hat ihr Aussehen unverändert beibehalten, seit im Jahre 1429 ein Bäckermeister hier den Laden eröffnete. Der Laden bestand aus einem steinernen Verkaufstisch vor einem Fenster, hinter dem sich direkt die Backstube befand. In dieser Backstube ist heute das Verkaufslokal eingerichtet. Die Häuserzeile der langen Gstättengasse wirkt bedrückend durch den steil aufragenden Mönchsberg, dessen Fels großteils überhängt. Die Häuser selbst sind direkt an den Felsen, ja zum Teil sogar in den Felsen gebaut, und die Sonne muß schon sehr hoch stehen, daß sich einige Strahlen in diese Gasse wagen.

Die Gstättengasse war einst, als die Salzach noch viel breiter war, Hauptverkehrsstraße nach Westen. Einmal nur, bei der Einmündung der Griesgasse, öffnet sie sich zu einem Plätzchen. Hier hat der Brunnenliebhaber Erzbischof Johann Ernst Thun 1692 einen lieblichen Marienbrunnen aufstellen lassen. Auf diesem Platz sind auch über dem Eingang zum Mönchsbergaufzug noch die Stützen des einstigen häßlichen elektrischen Aufzuges am Felsen zu sehen, einer Eisenkonstruktion, die 1890 als technisches Wunderwerk gepriesen wurde und allein am Eröffnungstag 839 Personen beförderte. Am folgenden Tag, einem Sonntag, wurden 2100 zahlende Gäste gezählt, so begeistert waren die Salzburger ob dieser Attraktion aus 70.000 kg Eisen. In einem Gerüst fuhren zwei Coupés mit acht Sitz- und vier Stehplätzen auf und ab. Schon damals befand sich oberhalb des Aufzuges ein Café, und 1892 wurde nach dem Geschmack der Makartzeit ein Aussichtsturm im Stile einer Ritterburg – oder was man sich darunter vorstellte – erbaut. 1948 wurde der neue Mönchsberglift eröffnet, für den man im Bergesinneren einen Stollen geschlagen hatte.

Der Neubau des Hauses bot eine zusätzliche, wenn auch unfreiwillige Attraktion, denn man konnte wohl aus diesem Haus mit dem Lift auf den Mönchsberg fahren – aber im Haus selbst die höheren Stockwerke nicht betreten, weil die Stiege fehlte. Um zur Eröffnungsfeier die Fahne hissen zu können, mußten von außen Leitern angelegt werden. Die Idee, das Gebäude vom Nachbarhaus begehbar zu machen, zerschlug sich an der ablehnenden Haltung des Wirtes zur „Goldenen Sonne", der begreiflicherweise nicht begeistert war, Stiegenhaus für ein anderes Haus zu spielen. Schließlich wurde nachträglich eine Treppe in den Felsen geschlagen. Schilda in Salzburg . . .

Die „Goldene Sonne", als Wirtsrecht 1716 nachgewiesen, stammt aus dem Jahre 1418. Es war das „sechste Haus an der Gstätten", wie die Hauschronik sagt, und der Eigentümer mußte Pfründe an das Bürgerspital leisten.

Doch folgen wir der Gstättengasse, in der es zudem eine ganze Reihe von Antiquitätenläden zu bewundern gibt. In der Gasse standen zwei kleine Kirchen, „Maria im Berg", jetzt Haus Nr. 43, und eine Markuskirche, von Marcus Sitticus erbaut.

Dort war auch das erste Priesterseminar angesiedelt. In der Nacht des 16. Juli 1669 lösten sich gigantische Felsmassen von der Mönchsbergwand und zertrümmerten beide Kirchen sowie dreizehn Bürgerhäuser. Schon früher hat es Unglücksfälle dieser Art gegeben: 1614 fiel ein Felsblock auf das Haus eines Schlossers, wobei drei Menschen ums Leben kamen, 1665 wurde dasselbe Haus nochmals zerschlagen, dabei fanden sechs Personen den Tod. Als Ursache des neuen Unglücks wurde später festgestellt, daß zu viele Keller, Gewölbe und Kammern in den Fels führten und der Berg dadurch so ausgehöhlt worden sei, daß die darüberhängenden Felsmassen nachgaben. Poröses Gestein, Eis, Wasser, Hitze und Kälte hatten das Ihre dazu beigetragen. Zwischen zwei und drei Uhr morgens donnerten die Gesteinsmassen herunter, die ganze Stadt bebte, und die Menschen liefen herbei, um zu retten, was zu retten war. „Und sieh! Plötzlich trennte sich ein anderes Felsenstück von mehr als zweitausend Zentnern vom Berge los und erschlug die Unglücklichen, die eben mit Hilfeleistungen und Zusprechen beschäftigt waren. Der Anblick dieses Elends war entsetzlich. Aus dem Schutte der Häuser, aus den Gewölben der Keller und dergleichen hörte man sehr viele Menschen winseln, heulen und um Hilfe schreien. Allein, es war ihnen nicht beizukommen; die Steine waren zu groß und noch größer die Furcht vor neuem Einsturze. Der Berg schien zu beben, und ein großer Teil des Felsens, dessen übrige Masse sich aus der Mitte losgerissen hatte, hing noch über die Straße herein, und drohte neues Unglück; die Hälfte der Stadt war mit Kalkstaub überschüttet, und der Jammer der Einwohner war grenzenlos. Beim ersten Sturz sind zweihundert Menschen getötet worden, und als das Geröll auch die Retter überraschte, starben weitere dreißig Menschen.“ Nur vier Leute sollen unverletzt geblieben sein. Seither gibt es den Beruf der Bergputzer. Nach der Schneeschmelze werden diese Männer an Seilen bis zu 140 Meter tief vom Mönchsberg, aber auch dem Kapuzinerberg und dem Festungsberg heruntergelassen. Sie klopfen die Felswände mit Hämmern ab und lösen lockeres

Gestein, um eine neue Katastrophe zu verhindern. Die ersten Bergputzer, als kühne Helden angesehen, hießen Hauser, Brandauer und Jager. Die Namen sind deshalb erhalten, weil es Sitte wurde, auch alle nachfolgenden Bergputzer so zu rufen.
Erzbischof Johann Ernst sitftete an Stelle der vernichteten Markuskirche das Ursulinenkloster, heute zum Teil vom „Haus der Natur" benutzt, seit die Ursulinen 1957 einen modernen Schul- und Klosterbau in Glasenbach bezogen haben. Die Kirche der Ursulinen baute Fischer von Erlach, italienisch in der Komposition – aber so ganz und gar unitalienisch wirkend wegen des fehlenden Lichtes.

Die Gstättengasse, die mit dem Klausentor abschließt, besitzt für ihren Namen zwei Deutungen: einmal von Gstätten im Sinne des verwahrlosten Platzes, der besseren Mistgrube vor dem ursprünglichen Stadttor, zum anderen wird er von Gestade, also Flußufer, abgeleitet.
Das Klausentor war 1603 abgebrannt. Wolf Dietrich ließ die Reste abtragen und machte das Gstättentor zum Haupttor der Westeinfahrt. Marcus Sitticus richtete das Klausentor – auf Kosten der Stadt – neu auf, versah es gleich dem Gstättentor, mit einer zweigeschossigen Wohnung und klebte neben den Felsen eine Wachstube und daneben das Häuschen des Einnehmers. Als Torsteher wurden ältere oder verarmte, jedoch angesehene Bürger verwendet, denen als Entgelt das Wohnrecht auf den Toren verliehen wurde. Zu den Haupttoren kamen immer mehr kleinere Durchlässe, so daß Salzburg im 19. Jahrhundert vor der Niederreißung der Bastionen elf Tore besaß. Jeder Reisende wurde von der Wache nach dem Woher und Wohin befragt; die Tore blieben im Sommer von fünf Uhr früh bis neun Uhr abends, im Winter nur von sechs Uhr bis acht Uhr abends geöffnet. Zu den Nachtstunden mußte die Wache herausgeläutet werden, was wohl nicht immer eine

gerade freundliche Begrüßung zur Folge hatte. Das Klausentor – eine Freitreppe führt zu den Wohngeschossen empor – zeigt das gemalte Wappen der Stadt Salzburg sowie an der Außenseite eine reiche Relieftafel mit dem Wappen des Erzbischofs Marcus Sitticus. Die an der Außenseite rechteckig verkleidete Einfahrt wird von gequaderten toskanischen Halbsäulen flankiert und von ausladenden Gesimsen abgeschlossen. Zwei Luken darüber geben Zeugnis von der Wehrhaftigkeit.
Wie viele Menschenschicksale sich wohl an diesen Toren abgespielt haben? Die Steine könnten von Lust und Leid erzählen. Georg Trakl schrieb in seinem Gesang an „Die schöne Stadt“ von der Lust:

> Mädchen stehen an den Toren,
> Schauen scheu ins farbige Leben.
> Ihre feuchten Lippen beben
> Und sie warten an den Toren.

Vom Leid hat niemand geschrieben, vom Leid jener Juden, die durch das Klausentor geführt wurden, wo das Autodafé, die Ketzerverbrennung, auf sie wartete, oder vom Leid jener Menschen, die unter der Anschuldigung der Hexerei hingerichtet wurden, ganz abgesehen vom letzten Gang jener Verbrecher, die eine Untat mit ihrem Leben büßen mußten. Vor allem aber nicht vom Leid der vielen Salzburger Familien, die aus der Stadt getrieben wurden, weil sie ihrem evangelischen Glauben nicht abschwören wollten. Wieviel Tränen mögen da geweint, welch wehe Blicke noch einmal, das letzte Mal, durch die Tore hindurch auf die Vaterstadt geworfen worden sein, der man nun entsagen mußte.

„In Verderben und Armut gejagt . . .“

DIE AUSTREIBUNG DER PROTESTANTEN

Hab ich den Markt und die Straßen doch nie so einsam gesehen!
Ist doch die Stadt wie gekehrt! wie ausgestorben! Nicht funfzig,
Deucht mir, blieben zurück von allen unsern Bewohnern.
Was die Neugier nicht tut! So rennt und läuft nun ein jeder,
Um den traurigen Zug der armen Vertriebenen zu sehen.

GOETHE, HERMANN UND DOROTHEA

Nach vielen und langen Bitten ließ man ihnen bey der Auswanderung ihre Weiber, aber ihre Kinder behielt man zurück.

J. T. ZAUNER / C. GÄRTNER,
NEUE CHRONIK VON SALZBURG

Eines der dunklen Kapitel der Salzburger Geschichte ist die Austreibung der Protestanten. Hatte es schon seit dem Aufkommen der neuen Religion gleich einer Wellenbewegung Verfolgung und Ruhezeiten gegeben, so drängte der Ungeist der Zeit, die mangelnde Toleranz, zu immer weiterer Verfolgung. Max Gandolf Graf von Kuenburg (1668 bis 1687) hatte als ersten Punkt der Wahlkapitulation die Reinhaltung des Glaubens beschwören müssen. Mit seiner Regierungszeit ist die Austreibung der Bewohner des zu Salzburg gehörigen tirolischen Defereggentales verbunden. 1684, noch dazu im

Dezember, erging der Auswanderungsbefehl, wobei den Protestanten in eigenen Pässen ihr anständiger Lebenswandel bescheinigt wurde. Kinder unter fünfzehn Jahren wurden den Eltern abgenommen, um sie im „richtigen Glauben" in der Heimat zu erziehen. Die Hälfte der Vermögen wurde zu diesem Zweck einbehalten. Von den Defereggern blieben jedoch nur 14 Kinder in den Dörfern zurück, alle anderen waren ausgerissen. Im Nordtirolischen wurden den Protestanten, die nach Augsburg zogen, jedoch 45 Kinder abgenommen. Ebenso erging es den Einwohnern von St. Jakob im Defereggental, wo 55 Personen wegziehen und ihre 23 Kinder zurücklassen mußten. Dasselbe geschah wenige Monate später den Knappen des Halleiner Dürrnberges. Väter, die zurückkamen, um insgeheim ihre Kinder zu holen, und dabei Häschern in die Hände fielen, erhielten die 1665 in Salzburg eingeführte Galeerenstrafe: sie wurden nach Venedig gebracht und dort an die Galeeren geschmiedet. Als wäre es der Abschreckung genug, blieben aber die Protestanten in Stadt und Land Salzburg ansonsten unbehelligt.

Fast ein halbes Jahrhundert verging, ehe unter Leopold Freiherrn von Firmian gemäß dem Augsburger Religionsfrieden des Jahres 1555, wonach den jeweiligen Landesherren das Recht zukam, zu bestimmen, welches Bekenntnis ihre Untertanen zu wählen hätten, die Ausrottung des Protestantismus begann. Der zweihundert Jahre währende Religionskampf näherte sich seinem Höhepunkt. Die bisher gleichsam eine Katakombenreligion praktizierenden Lutheraner wandten sich offiziell an den Regensburger Reichstag um Hilfe. In Schwarzach im Pongau versammelten sich die Abgesandten der Evangelischen zum „Salzbund". Das Eintauchen des Schwurfingers in ein Salzfäßchen galt nämlich als Einverständnis, „sobald einer eingetunket und das Saltz geleckt hatte, sobald ward er auch eingeschrieben". Mehr als zwanzigtausend Personen hatten sich schließlich eingeschrieben und offen zum

Protestantismus bekannt. In einer Bittschrift verlangten sie entweder das freie Recht der Religionsausübung oder aber freien Abzug mit gesamter Familie und allem Vermögen. Der Religionsfriede sah eine dreijährige Frist vor, in welcher im privaten Kreise auch die Hausandacht genehmigt war. Der Salzburger Hof legte ungestüme Worte, wie sie ungehobelten Mündern leicht entschlüpfen, als Rebellion und Hochverrat aus, und der Landesherr wandte sich unter diesem Titel an den Kaiser um Truppenhilfe. Als ein Aufgebot von tausend Mann in das Gebirge zog, fand es ein friedliches Land. Dennoch wurden die Rädelsführer des Salzbundes verhaftet und die protestantischen Bauern entwaffnet. Am 31. Oktober 1731, dem Reformationstag, erging dann das schreckliche Emigrationsmandat mit dem Befehl, alle Unangesessenen – das heißt Menschen ohne Grundbesitz – müßten binnen acht Tagen, alle anderen bis zum Frühjahr das Fürstentum verlassen. Es gab heillose diplomatische Verwicklungen, und erst als Preußen, ein menschenarmes Land, sich erbot, zehntausend und noch mehr Auswanderer aufzunehmen, trat Entspannung ein. Die Salzburger, vorerst zutiefst betroffen, wurden von einer Auswanderungseuphorie befallen, denn nun sollten sie in ein protestantisches Land ziehen, wo sie endlich ohne Verfolgungen leben konnten. Hinzu kamen lockende preußische Angebote, wohl aber auch die für Landbewohner wesentliche Tatsache, daß viele Familien mitzogen, um nicht allein zurückzubleiben. Als es dann aber soweit kam, war der Schmerz groß. In ganz Deutschland gab es Aufsehen und Aufregung, und für Goethe war die Geschichte der um ihres Glaubens willen vertriebenen protestantischen Salzburger ein „Sujet, wie man es in seinem Leben vielleicht nicht zweimal findet“. Die Vollziehung des Edikts geschah auch in barbarischer Weise: Soldaten kamen in die Dörfer und trieben die protestantischen Dienstleute zusammen. Ohne die geringste Habe, in den Kleidern, in denen sie gerade waren, mußten sie fort. Selbst die Katholiken stellten sich gegen dieses Vorgehen, wie zum Beispiel in Wagrain. Dort gab es Händel mit den Soldaten. Als dies nichts nützte, zogen an die tausend Wagrainer Bürger und Bauern singend zum Haus des Landpflegers und verlangten, gleichfalls ausgetrieben zu werden. Und wie in Wagrain war es auch in anderen Orten des Landes. Als das Jahr 1732 zu Ende ging, waren etwa 22.000 Menschen aus dem Lande Salzburg ausgezogen, die meisten nach Ostpreußen, andere ins Hannoveranische, nach Holland und in den nordamerikanischen Staat Georgia. Eine Gruppe von einigen hundert Salzburgern war es, die nach Übersee auswanderte und lange einen vergeblichen Kampf gegen die Negersklaverei führte.

Ganz abgesehen von der politischen Konstellation bedeutete der Abzug der Protestanten einen nicht wieder aufzuholenden wirtschaftlichen Schaden, der auch bis zum Ende der Eigenständigkeit Salzburgs spürbar blieb. Erzbischof Firmian, dies zeigen die Akten, war nicht so sehr die treibende Kraft – er ließ sich vielmehr treiben. Hinter ihm stand als Ratgeber und auch Exekutor der Hofkanzler Cristani di Rallo. Rom hatte bisher nicht eingegriffen, und Cristani verfaßte nun einen Erfolgsbericht in lateinischer Sprache, der mit dem Siegel Firmians an den Vatikan ging. Hintergrund für diese Aktion scheint die Absicht gewesen zu sein, für Salzburg den ständigen Kardinalstitel zu erringen, wie ihn 1737 der Patriarch von Lissabon bekam. In Salzburg traf 1738 ein päpstliches Schreiben ein, wonach der allgemein von Bischöfen benützte Titel „Illustrissimus" durch den höheren eines „Excelsus" ersetzt wurde. Obwohl dieser Titel auch für die Nachfolger Firmians galt, ist er nie geführt worden, vielleicht, weil sie sich nicht mit einer Belohnung schmücken wollten, die selbst im katholischen Lager und im salzburgischen Klerus umstritten war. Hofkanzler Cristani erhielt vom König von Preußen für die loyale finanzielle Abwicklung nach der Austreibung einen Orden verliehen. Die Güter waren verkauft worden, wenn auch die Preise infolge des reichen Angebots nicht übermäßig hoch waren, und der preußische Kommissär von Plotho hatte die Gelder in Salzburg behoben und an die Auswanderer weitergegeben. Mit der Erhebung in den Reichsfreiherrnstand durch den Kaiser endete die Karriere eines Hofkanzlers, der seinem Ehrgeiz zuliebe – vielleicht auch seiner Überzeugung, das ist heute schwer zu entscheiden – mehr als 20.000 Menschen auf einen Opfergang geschickt hatte.

Jahrhunderte heilen Wunden. Die Nachfahren der salzburgischen Auswanderer haben gerade in den vergangenen Jahren rege Kontakte nach Salzburg aufgenommen. Bei der Amtseinführung des ersten evangelischen Superintendenten Emil Sturm im Jahre 1966 erklärte Erzbischof Andreas Rohracher, es sei in der mehr als 1200jährigen Geschichte der Diözese Salzburg noch nie dagewesen, daß einer der Oberhirten offiziell an einer kirchlichen Feier der evangelischen Gemeinde teilgenommen habe. Er beschwor in seiner Ansprache den ökumenischen Geist des II. Vatikanischen Konzils, aus dem „heraus es mich drängt, die Verfügung eines meiner Vorgänger zu bedauern, wodurch die evangelischen Brüder und Schwestern genötigt wurden, das Land Salzburg zu verlassen". Als vielakklamierte Geste der Versöhnung bat Rohracher fast 240 Jahre später, „nicht nur in meinem Namen, sondern auch im Namen meiner ganzen Erzdiözese die evangelischen Brüder und Schwestern dafür um Vergebung".
Tätige Reue hatte schon eine Dame der Salzburger Gesellschaft im vorigen Jahrhundert geübt. Das „Wiener Tagblatt"

Rechts: Detail aus dem Mirabellgarten: Ottavio Mosto schuf 1690 die Plastiken, hier der Raub der Helena.
Links: Schloß Mirabell, Figur aus dem Zwerglgarten.

meldete im Februar 1881 aus Salzburg: „Am 30. Januar starb hier im Asyle der Barmherzigen Schwestern die Witwe des italienischen Generallieutenants Cavaliere Salon de Recagni, eine geborene Gräfin Leopoldine Firmian, und bestimmte in ihrem Testamente, daß das Gesamterträgnis ihres Vermögens, jährlich zirka 3200 Francs, zu Stipendien à 100 fl. für evangelische Waisenkinder, und zwar in erster Linie aus Salzburg und dem Salzburger Lande, verwendet werden solle, und zwar mit der ausdrücklichen Motivierung, sie glaube dadurch nur einen Teil der Schuld und Härte abzutragen, mit der ein Glied ihrer Familie im vorigen Jahrhundert in allzu fanatischer Weise so manche protestantische Familie in Verderben und Armut gejagt habe. Der Eindruck dieses Testaments einer streng katholischen Dame ist hier natürlich kein geringer.“

Prunkstiege im Schloß Mirabell. 1726 schuf Georg Raphael Donner diese reichverschlungene Marmorbalustrade, die von spielenden Putten bevölkert ist.

Ein Loch durch den Felsen

DAS NEUTOR

Die Inschrift über dem in den Stein gehauenen Bilde des Fürsten, der dieses große Werk unternahm, gefiel uns. Sie heißt: dein Lob verkünden die Steine.

JOSEPH VON HAMMER-PURGSTALL,
ZEICHNUNGEN EINER REISE

Eines der Tore, das gewaltigste von allen, hat keine dieser Schreckensszenen erlebt: das Neutor, der Durchbruch durch den Mönchsberg, der die Verbindung der Altstadt zu ihren südwestlichen Teilen herstellt. Schon Max Gandolf von Kuenburg hatte versucht, den Mönchsberg zu zersägen. Ja, Sie haben richtig gelesen: zersägen! Zwei Gründe waren dafür maßgebend: Das ausgetrocknete Moorgelände hinter dem Mönchsberg bot sich als natürliches Erweiterungsgebiet für die Stadt an, außerdem sollte der Berg aus Verteidigungsgründen durchschnitten werden. Es war geplant, den Rainberg und den Mönchsberg zu einer eigenen Befestigung auszubauen und durch diese Schlucht vom Festungsberg und der Hohensalzburg zu trennen. Die Kalkulation zeigte, daß schon der Gewinn der Steinquader allein den Aufwand bezahlt machen würde. Es gab billige Arbeitskräfte, Soldaten und umherziehende Bettler, die für ihre Mühen täglich einen Laib Brot und 3 Kreuzer bekommen sollten. Jene Bettler, die nicht arbeiten wollten, wurden ausgewiesen. Vom Stadtinnern her sind oberhalb des Neutores noch die Spuren der Durchtrennung des Berges zu erkennen. Weit ist man nicht gekommen. Rund hundert Jahre später jedoch nahm Erzbischof Siegmund Graf

Schrattenbach den Plan Kuenburgs wieder auf. Anlaß dazu soll eine Frage des Erzbischofs gewesen sein, was denn der Bau seines Landhauses in der Riedenburg mache, und daß er zur Antwort bekommen hätte, es ginge rascher, gäbe es ein Loch durch den Felsen. Den Auftrag zur Durchtrennung erhielt der Ingenieurmajor Elias von Geyer. Am 14. Mai 1764 begann man von beiden Seiten Stollen voranzutreiben, am 2. September 1765 reichten die Arbeitspartien einander durch ein Felsloch die Hand: man war exakt zusammengetroffen. Der Tunnel – ursprünglich 7 Meter hoch und 5,5 Meter breit – ist 135 Meter lang und steigt von der Stadt um 35 Schuh an, das sind ungefähr zehn Meter. Diese Steigung war nicht des verschieden hohen Terrains wegen notwendig, sondern eine Genieleistung des Technikers, der auf diese Weise die Lichtstrahlen so einfallen ließ, daß sie durch die Brechung am Boden das Gewölbe erhellten. 5.565 Gulden und 50 Kreuzer betrugen die reinen Baukosten, nach Abzug der Gelder, die für das Aushubmaterial eingenommen worden waren, das als Straßenbeschotterung Verwendung fand. 1766 eröffnete der Landesherr das Neutor, das zwar hinfort offziell Sankt-Siegmund-Tor heißen sollte, aber bis heute das Neutor geblieben ist. Die Brüder Johann Baptist und Wolfgang Hagenauer heimsten den Auftrag für die Portale ein und verdrängten den Ingenieur. Überdies legten sie auch die Sohle tiefer, wodurch der Tunnel 12 Meter hoch wurde, und erweiterten den unteren Teil nach beiden Seiten auf eine Breite von 9 Meter. Stadtauswärts wurde das Portal in eine riesenhafte, aus dem Fels gehauene Nische gestellt, gekrönt mit dem Wappenschild des Erzbischofs Siegmund als antiken Krieger, mit federgeschmücktem Helm, Kommandostab und Palmzweig. Stadtseitig ziert das Monumentalwerk das Reliefbildnis des Erzbischofs, überhöht von der riesenhaften Inschrift „Te saxa loquuntur" – „Von dir reden die Steine" –, eine Huldigung für den Bauherrn.

Die Hauptrechnung im Landesarchiv zeigt, daß der Ausbau des Stolleninneren und die Portale die beträchtliche Summe von 26.155 Gulden kosteten und daß das Wegräumen des Schuttes und die Erstellung des Vorwerkes auf der Riedenburger Seite noch einmal 18.346 Gulden verschlangen, insgesamt also etwa achtmal so viel als die Pionierleistung des Stollendurchschlagens. Völlig fertiggestellt war das Neutor erst 1774; Erzbischof Siegmund war schon vier Jahre vorher gestorben.

Das bemerkenswerteste Bauwerk vor dem Neutor am Siegmundsplatz, dem früheren Heuwaagplatz, die Hofstallschwemme, ist dem Erzbischof Johann Ernst Thun zu danken, dem großen Auftraggeber Johann Bernhard Fischers von Erlach. 1695 wurde das Bassin angelegt und die Mittelgruppe der Pferdeschwemme des fürstlichen Marstalls von Bildhauer Michael Bernhard Mandl angefertigt. Prachtvoll ist dieses sich aufbäumende Pferd, von einem Knecht mit Kraft und doch zugleich anmutig gebändigt. In der Komposition dieser Steingruppe sind Pferd und Mann durch die herabgleitende Decke äußerst geschickt verbunden. Man erzählt sich, daß Prinz Eugen dieses Werk unbedingt erwerben wollte und 7.000 Gulden dafür geboten hätte. Vor der Fassade des Prinz Eugenschen Gartenpalastes in Wien, dem Belvedere, steht ein ähnlicher Pferdebändiger, so daß die Vermutung naheliegt, der Prinz habe sich nach vergeblichem Bemühen, in den Besitz des Originals zu kommen, eine freie Nachbildung meißeln lassen.

Die ursprüngliche Hofstallschwemme stand um 90 Grad gedreht – direkt dem großen Portal des Hofmarstalls zugewandt, denn Fischer von Erlach hatte diese Schwemme mehr zur Dekoration des von ihm entworfenen Portales gedacht und wollte damit und mit einer hinter der Schwemme aufgezogenen Wand ein Magazin verdecken, das anschließend an das Bürgerspital am Mönchsbergfelsen emporgewachsen war. Erzbischof Firmian hat die Schwemme umgedreht und die Schauwand parallel zum Mönchsberg frei aufgestellt, gleichsam als Bühnenprospekt, in dessen Felder einzelne Pferdefiguren gemalt wurden. Der Hofmaler Franz Anton Ebner malte 1732 nach einem Katalog diese Pferdebildnisse, wilde Geschöpfe, aber ausnahmslos Rassen, die im Marstall vertreten waren. Eine formenreiche Marmorbalustrade umgibt die Pferdeschwemme. Die Rückwand, der noch ein Giebel aufgesetzt wurde, zeigt im Mittelfeld ein Fresko mit dem Sturz des Phaeton, jenem Sohn des Sonnengottes, der den Sonnenwagen lenken wollte, worauf die Pferde ausbrachen und der Sonnenwagen, der Erde zu nahe gekommen, alles in seiner Nähe verbrannte. Die Erde, um Hilfe flehend, wurde von Göttervater Zeus gerettet, der den Phaeton durch einen Blitzstrahl in den Fluß Eridanos schleuderte.

Die Schönheit des Siegmundsplatzes geht heute im Verkehrsgewühl unter. Der kleine Flecken ist Verkehrsknotenpunkt geworden, man sollte sich aber dadurch nicht abhalten lassen, in ruhiger Betrachtung dort zu verweilen. Sternförmig zweigen die Straßen ab, der skarpierte Fels steigt gewaltsam empor, und die noch von Wolf Dietrich geplante Via Triumphalis öffnet sich durch Hofstallgasse, Franziskanergasse und Domplatz in die Fürstenstadt. Das war die majestätische Parallelstraße zur bürgerlichen Durchzugsachse Getreidegasse – Judengasse. In den Sommermonaten wird dieser Eindruck durch die Flaggenparade unterstrichen. Die Fahnen vieler Nationen sind hier während der Festspielzeit aufgezogen. Vom Siegmundsplatz in Richtung Dom nämlich schließt sich nach dem Neutor rechter Hand der Festspielbezirk an, der ehemalige Hofstall mit Winter- und Sommerreitschule. Die linke Straßenseite nimmt die lange Fassade der alten benediktinischen Universität ein. Hier befinden wir uns auf dem Gelände des ehemaligen Frauengartens.

Das weite Feld gehörte zur Abtei St. Peter und war dem Kloster der St. Peter-Frauen zur Verfügung gestellt worden, die hier eine Obstplantage angelegt hatten. Schon Erzbischof

Burchard von Weißbriach (1461 bis 1466) hatte seine Blicke begehrlich auf diesen freien Flecken in der engen Stadt geworfen. Er ließ offiziell beim Abt um die Abtretung des Gartens anfragen, inoffiziell kam gleichzeitig sein Hofkaplan mit der Botschaft: Bist du nicht willig, so brauch ich Gewalt! Das Kloster war gezwungenermaßen mit einem Tausch von Gründen und der Gewährung sonstiger Benefizien einverstanden, der Erzbischof ließ Gassen und Hausparzellen abstecken und in seiner Stadt verkünden, wer Lust hätte, könne hier bauen. Es meldete sich jedoch kein einziger Bewerber. Dies wurde in der gottesfürchtigen Zeit als Mirakel angesehen, verhängt von Gott, „der sein Eigentum nicht läßt verwüsten". Der bischöfliche Herr gab – als hätte er sich die Finger verbrannt – nicht nur den Frauengarten reumütig zurück, sondern erließ dem Kloster alle Schulden und gelobte ihm Schutz und jegliche Unterstützung. Daraufhin blieb der Frauengarten unangetastet. Nach der Auflassung des Frauenklosters verwilderte die Obstplantage, wurde zum Krautacker, teilweise auch den jungen Leuten zum Ballspielen freigegeben, und von der Altstadt her marschierten die Mägde mit riesigen Körben voll Wäsche zum Almbach, der dort durch den Mönchsberg brach. Erst Wolf Dietrich wagte es, nach diesem freien Flecken Erde zu schielen. Er fackelte nicht lang und nahm als Landesfürst sofort einen Teil für sich in Anspruch. Er ließ mit hölzernen Barrieren einen Platz für Turniere und zum Abrichten der Pferde umgrenzen. Hatte er vorerst erklärt, nur diesen Teil zu beanspruchen, und zugesichert, jeden Schaden zu ersetzen, so brachte er 1598 den gesamten Frauengarten an sich und gab dem Kloster dafür Gründe außerhalb der Stadt. Er richtete einen Steinbruch für den Dombau ein, einen Steinbruch, der Weltberühmtheit erlangte: die später dort errichtete Felsenreitschule ist zu einer der großartigsten Szenerien der Salzburger Festspiele geworden. In den ersten Jahren des 17. Jahrhunderts begann Wolf Dietrich mit dem Bau des Marstalls, prunkvoll gestaltet mit Marmorbarren, Marmorbrunnen und Marmorkanälen, eine feudale Stallflucht, die Raum für 130 Pferde bot. Erzbischof Guidobald Thun erweiterte den Marstall im Jahr 1662 und begann mit dem Bau der neuen Winterreitschule. Johann Ernst Thun schließlich ließ 1690 von Johann Michael Rottmayr gemeinsam mit Christoph Lederwasch die Decke der Winterreitschule mit einem Fresko schmücken und die an die Felswand gelehnte Zuschauertribüne an der Innenseite mit einer Balustrade versehen. Die gegenüberliegende Schmalseite erhielt eine reichverzierte Tribüne mit den Wappen Salzburgs und des Erzbischofs. Mächtige Kamine sollten auch im Winter Wärme spenden. Das Deckenfresko dieser Winterreitschule, heute unter dem Namen Stadtsaal im Festspielbezirk bekannt, ist unter dem Eindruck der großen Türkenschlachten vor Wien und Belgrad gemalt worden. Johann Ernst Thun hat dafür den Preis von 1.200 Gulden bezahlt. Es ist ein gar gewaltiges Turnier, ein Ringen- oder Türkenstechen in Anwesenheit des Hofes, bei dem die Kämpfer sich mit Speer, Degen und Pistolen an Türkenfratzen messen. Der Maler erlaubte sich einen perspektivischen Spaß, denn der feurige Schimmel inmitten der Karussellgruppe wendet sich immer dem Betrachter zu, egal in welcher Ecke er auch stehen mag. Der Platz des ehemaligen Domsteinbruches, der längst schon stillgelegt war, diente inzwischen als sommerlicher Reitplatz, und hier ließ Johann Ernst Thun 1694 die Sommerreitschule – die großartige Felsenreitschule – als ungedeckte Manege errichten. An der Südseite und der Hälfte der Ostseite wurden dreigeschossige Galerien in den Felsen des Mönchsberges gebrochen. In der Mitte der Südseite schmückt ein gemauertes Relief mit dem Wappen des Erzbischofs die Bergwand. Die Arkaden – sechsundneunzig Logen – erinnern an ein römisches Theatrum. Und die Sommerreitschule wurde auch zum Zuschauerraum für Turniere, Spiele, Tierhetzen. Bekannt ist eine große Tierhatz, die 1707 zur Einweihungsfeier der Kollegienkirche abgehalten wurde; an diesem Tag führte übrigens auch Stranitzky seinen berühmten Hanswurst vor. Aber auch Komödien, Seiltänze und andere Belustigungen wurden hier präsentiert.

Heute befinden sich alle diese Komplexe innerhalb des Festspielbezirkes, dem wir ein eigenes Kapitel widmen. Außerhalb der Festspielzeit kann man sie in überaus interessanten Führungen besichtigen, wobei neben den historischen Bauten auch die technischen Wunderwerke des modernen Festspielbaues gleichsam hinter den Kulissen vorgeführt werden. Die Besuchsstunden, die nach den Jahreszeiten wechseln, sind jederzeit beim Portier des Festspielhauses zu erfragen.

Nachfahren des heiligen Rupertus

VON PARIS LODRON BIS SIEGMUND SCHRATTENBACH

> Salzburg ist in der Tat das Herz dieser bayrisch-österreichischen Landschaft. Alle diese kulturellen und geographischen Linien, die Wien mit München, Tirol mit Böhmen, Nürnberg mit Steiermark und Kärnten verbinden, laufen hier zusammen. Zugleich ist es landschaftlich und architektonisch der stärkste Ausdruck des süddeutschen Barock, denn die Landschaft spielt hier so der Architektur entgegen, die Architektur hat sich so leidenschaftlich theatralisch der Landschaft bemächtigt, daß die beiden Elemente zu trennen undenkbar wäre.
>
> HUGO VON HOFMANNSTHAL, AUSGEWÄHLTE WERKE

Die grandiose Pracht des Hofmarstalls, die heute noch durch die vornehme Fassade beeindruckt, die kühle Eleganz der Winterreitschule mit dem feurigen Freskenhimmel und die weihevolle Erhabenheit der Felsenreitschule – sie wirkt, ohne nun Blasphemie betreiben zu wollen, ähnlich dem römischen Kolosseum auf den Besucher – sind zutiefst beeindruckend. Dieser Eindruck wird von Salzburgs Via Triumphalis noch genährt. Und der Mensch von heute fragt sich, welchen Rang dieser kleine Fürstenhof wohl hatte, daß er solche Werke vollbringen konnte, wer diese Männer waren, die als Bischöfe und Fürsten einen schier unglaublichen Prunk entfalteten.

Die bedeutendsten Fürsten bis zur Zeit Paris Lodrons haben wir schon kennengelernt, doch müssen wir uns noch mit den wichtigsten Nachfahren des heiligen Rupertus seit Paris

Lodron bekannt machen, wenn uns auch etliche schon bei unserem Spaziergang durch die Stadt und ihre Geschichte begegnet sind.

Dem Grafen Lodron, der Salzburg so geschickt durch den Dreißigjährigen Krieg manövriert hatte, folgte Graf Guidobald Thun (1654 bis 1668), durch seine Brunnenliebe und Baufreudigkeit schon bekannt. Als das Domkapitel am 3. Februar 1654 um 7 Uhr früh zur Wahl zusammentrat, wurden nach altem Brauch die Stadttore gesperrt, und die Bürgerwehr riegelte das Gebiet von der Kapitelgasse bis zum Dom ab. Der Vater des neuen Erzbischofs war kaiserlicher Statthalter von Böhmen, Guidobald hatte in Rom studiert und sich in Salzburg zur Zeit seiner Wahl schon als Domdekan, Präsident des Konsitorialrates und Generalvikar einen Namen gemacht. Seine Regierungszeit ließ sich gut an. Nach dem Ende des großen Krieges konnte er die weitere Befestigung der Stadt beenden, die Armee verkleinern – und die Steuern senken. Die Türkenkriege bekümmerten ihn wenig, er stellte ein Reichskontingent von 600 Ulanen und zwei Kanonen. Während seiner Regierungszeit verheerten jedoch schwere Hochwasser und ein gewaltiger Wirbelsturm die Stadt, der dem Dom das Kupferdach gleich einer Haut abzog.

Der Fürst verstand es, Feste zu feiern. Er war es auch, der dem Domplatz das rechte Gesicht gab, indem er dem Stift St. Peter spiegelbildgleich einen schmalen Bau vor die Nase setzte. Das Kloster revoltierte zuerst, doch verstand der Erzbischof den Patres die Geschichte schmackhaft zu machen, indem er ihnen das Gebäude schenkte – allerdings unter einer Bedingung: die Mönche mußten den Domherren für ewige Zeiten das Recht des Vorganges bei öffentlichen Umzügen abtreten. Das liest sich heute so leicht, war aber jahrhundertelang Gegenstand unentwegten Streites gewesen: wer bei Prozessionen vor wem gehen dürfe. Da zudem der Bau gerade erst begonnen worden war, mußten die Mönche der Schenkungsurkunde gemäß das Gebäude auf eigene Kosten gleich der Residenz fertigstellen. Dafür aber gab es keine Fremden, die in den Klostergarten schauen konnten!

Bald war Guidobald Thun der Salzburger Rahmen zu klein, und als Kaiser Leopold I. ihm anbot, als Prinzipalkommissarius beim Reichstag in Regensburg den Kaiser zu vertreten, nahm er hocherfreut an. Das brachte Ehre, die Funktion eines Parlamentspräsidenten war verbunden mit der Stellung eines persönlichen Vertreters des Staatsoberhauptes. Es brachte aber auch Kosten, denn für diese Ehre mußte der Erzbischof – das heißt also Salzburg – selbst aufkommen. Der Landesherr wandte nun viel Zeit für den Reichstag auf. Er durfte an der kaiserlichen Tafel statt eines Stuhles einen samtgepolsterten Sessel benutzen, an der Tafel seine Mütze aufbehalten und im Regensburger Dom genau wie der Kaiser einen Baldachin verwenden. Guidobald führte als erster den Titel *primas germaniae*, der offiziell erst mit kaiserlichem Dekret vom 14. Dezember 1750 an Salzburg kam. Als er auch noch zusätzlich den Regensburger Bischofssitz und den Kardinalshut bekam, hätte man annehmen können, es wären der Ehren genug gewesen. Doch wer kennt die menschliche Seele? Guidobald wollte auch noch Bischof von Trient werden, jene Würde aber blieb ihm versagt.

Die Prachtliebe dieses Barockfürsten, die uns in so vielen Bauten überliefert ist, paarte sich mit der Freude an Ruhm, aber auch an barock-feudaler Lebensweise. Er war begeisterter Jäger, ein eß- und trinklustiger starker Mann, dem man nachsagte, er habe, als er mit dem bayrischen Kurfürsten auf der Jagd war, ein laufendes Wildschwein an den Borsten festgehalten. Als Kardinal wirkte er 1667 am Konklave in Rom mit. Königin Christine von Schweden berichtete darüber, man müsse besonders viel Wein für die deutschen

Kardinäle bereitstellen, „weil sie täglich mehr Wein benötigen, als das ganze Collegium. Der Erzbischof von Salzburg und Kardinal von Thun habe deshalb die Achtung seiner Landsleute, ja eine gewisse Berühmtheit, weil er ein Fäßchen Wein austrinken könne, ohne betrunken zu sein, und jeder Mann, der weniger trinke, gelte in Deutschland als ein Dummkopf." Guidobald hat sich trotz aller seiner „Nebengeschäfte" mit immensem Fleiß um sein Salzburger Fürstentum gesorgt.

Sein Nachfolger, Max Gandolf Graf von Kuenburg (1668 bis 1687), in seinem Wesen eher derber, verwaltete das Erzbistum penibel. Er war es, der zahllose Verordnungen und Gesetze geschaffen hat und für die Austreibung der Osttiroler Protestanten verantwortlich war. In der Regierungszeit Gandolfs ereignete sich auch der schon erwähnte Bergsturz in der Gstättengasse. Im September 1670 geriet ein Teil der Festung in Brand, weil Feuerwerkerlehrlinge unsachgemäß mit Pulver hantiert hatten.

Unter Max Gandolf kam es zu den großen Salzburger Hexenverfolgungen. Es war gespenstisch, was da vor sich ging. Salzburg war plötzlich von dem Gerücht erfüllt, die zahllosen Landstreicher, die seit dem Ende des Dreißigjährigen Krieges umherirrten, hätten Blutsbrüderschaft geschlossen und sich dem Teufel verschrieben, um so eine machtvolle Organisation zustande zu bringen. Jakob Koller, Sohn des Abdeckers von Mauterndorf – auch Zauber- oder Schinderjackl genannt –, sollte diesem Teufelsbund angehören. Die Schinderbärbel, seine Mutter, wurde gefoltert und gestand, Vieh und Kinder verwünscht zu haben. Sie sollte den Tod auf dem Scheiterhaufen finden, wurde aber dazu begnadigt, nach drei glühenden Zangenkniffen in die Brüste erdrosselt und dann erst verbrannt zu werden. Die Bauern hatten Angst vor dem Schinderjackl, der es verstand, die Gespensterfurcht auszunützen, und mit seinen Genossen lange Zeit durch das Land schmarotzte. Man sagte den Leuten nach, sie seien von diesem Kerl hypnotisiert und folgten ihm aufs Wort. Mehr als 150 Personen, darunter zahlreiche junge Leute und sogar Kinder wurden in Haft genommen und auf die Narben der Blutsbrüderschaft untersucht. Nach dem Glauben der Zeit wurde durch diesen Schnitt ein Geschwisterverhältnis geschaffen: in das Blut wurde ein Federkiel getaucht und damit der Name des Blutsbruders in ein Buch eingetragen. 1676 wurde ein Großteil der Verhafteten hingerichtet, zwei Jahre später nochmals fast hundert Personen, Männer, Frauen und Kinder, die „erschröcklichsten Zauberer und Hechsen". Die Todesstrafe bestand entweder im Verbrennen, wobei das Umhängen eines Pulversäckchens ein mildernder Gnadenerweis war, im Erwürgen an einer Säule oder neuerdings im Enthaupten mit dem Fallbeil, das man für 27 Gulden im Jahr 1678 aus Italien bezogen hatte. Der Hexenturm in der Paris-Lodron-Straße, der den Bomben des Zweiten Weltkrieges zum Opfer fiel, hatte seinen Namen aus dieser Zeit, als man zusätzlich Gefängnisse benötigte. Man erzählt sich, die Hexen wären in aufgehängten Kesseln gefangengehalten worden, damit sie nicht unsichtbar verschwinden könnten, wenn sie mit den Füßen den Boden berührten.

Wenn wir hier auf die Hexenverfolgung so ausführlich eingehen, dann deshalb, weil sie uns als grausame Barbarei erscheint. In jener Zeit aber war sie im wuchernden Glauben und Aberglauben verankert und wurde nicht nur in Salzburg betrieben. Sie soll das Bild des Fürsten nicht verzerren, der Salzburg zwar sehr bürokratisch, aber zugleich auch sachkundig verwaltete.

Der Halbbruder Guidobald Thuns, 27 Jahre jünger, folgte dem Kuenburger: Johann Ernst Graf von Thun (1687 bis 1709). Er war ein absoluter Herrscher, ein gewaltiger Jäger vor dem

Herrn, „der Klang des Hüfthorns mochte ihm lieber sein als Glockengeläute und Nonnengesang", der mit der Berufung Fischer von Erlachs der Stadt ihr endgültiges Profil gab: die Zweitürmigkeit und die Kuppeln der Kirchen. Er hat zudem das erste große Priesterhaus, die Universitätskirche, eine Mädchenschule und ein öffentliches Spital – das jetzige Landeskrankenhaus – geschaffen. Wie eifersüchtig der Fürst seine Rechte wahrte, berichtet die Chronik: 1702 kam der Bischof von Laibach nach Salzburg und meldete sich zu Besuch an. Ein Beauftragter des Erzbischofs verlangte nun von dem Gast zuerst folgende Erklärung:

1. ob er dem Fürsten den Titel Eure Hochfürstliche Gnaden geben,
2. ob er bei der Fahrt durch die Stadt mit einem Zweispänner zufrieden sein und
3. ob er sich bei Hof mit einem grünen Sessel begnügen würde.

Der Laibacher Bischof sagte nein – und wurde nicht empfangen. Der Gast erklärte, er verzichte auf so einen Besuch, und fuhr zum Trotz sechsspännig durch die Stadt.

Um das feudale Ansehen Salzburgs zu steigern, schuf Johann Ernst den Sanct-Ruperti-Ritterorden, dessen Mitglieder vier Ahnen aufweisen und ehelos bleiben mußten, jedoch austreten und heiraten konnten. Zwölf Ritter aus Salzburger Familien sollten dem Orden angehören, sechs als Großkreuzträger zwölf Jahre Kriegsdienst leisten und sechs Kleinkreuzträger in einem Heim Sprachen, Tanzen, Reiten und Fechten lernen. Der Ordenskomtur erhielt das Schloß Embsburg in der Hellbrunner Allee zugewiesen. Die feierliche Investitur am 15. November 1701 in der Dreifaltigkeitskirche gestaltete sich zu einem wahren Volksfest, bei dem für die Salzburger der Wein dem Buchstaben gemäß in Strömen floß. Es war ein origineller Orden, dessen letztes Mitglied vor hundert Jahren, im April 1870, verstarb. Die bayrische Regierung hat nach der Beset-

zung Salzburgs den Ruperti-Orden aufgelöst und sein Vermögen widmungsgemäß zwischen dem St. Johanns-Spital und dem Priesterhaus geteilt.
Drakonisch mit Strafen ging der Fürst gegen – Wilderer vor. Als ein Salzburger Bürgerssohn, der Doktor der Rechte Johann Bock, dem bayrischen Kurfürsten den Plan vorlegte, wie während des Spanischen Erbfolgekrieges – als Salzburg zwischen den einander bekämpfenden Häusern Wittelsbach und Habsburg stand – Salzburg durch Verrat in bayrische Hände fallen könnte, wenn man durch ein Feuer im Spital ein Ablenkungsmanöver arrangierte und den Feind durch den abgelassenen Almkanal ins Stadtinnere dringen ließ, wurde der Landesverräter verhaftet, aber nur des Landes verwiesen. Wer aber wilderte und zum Beispiel auch nur einen Fasan erlegte, wurde gleichfalls des Landes verwiesen. Wer einen Steinbock schoß, war vogelfrei. Wer mit einer Büchse an verbotenen Orten angetroffen wurde, wurde auf Lebenszeit in die kaiserliche Miliz nach Raab geschickt, um gegen die Türken zu kämpfen – oder nach Venedig an die Galeere. Erst 1705 schaffte Johann Ernst die Galeerenstrafe generell ab – aber noch 1772 gab es unter dem letzten regierenden Erzbischof Colloredo auf die Tötung eines Steinbocks zehn Jahre Festung und 50 Karbatschenstreiche an jedem Jahrestag, bei Rückfall lebenslängliche Festung und Abhauen der rechten Hand. Übrigens war Erzbischof Thun nicht nur gegen Bauern streng, er maßregelte auch Domherren, die im fürstlichen Revier jagten!
Mit dem Glockenspiel hat dieser Fürst ein tönendes Andenken hinterlassen. Völlig erblindet, starb Johann Ernst im Jahr 1709.

Mit dem Anbruch des 18. Jahrhunderts kündigte sich das Ende der Salzburger Fürstenzeit an: die Macht bröckelte. Jubilierend, und vor allem musizierend, denn es war das Jahrhundert

Mozarts, ging der Salzburger Staat – welch Gegenpol zu Venedig! – seiner Auflösung entgegen.
Nach dem Motto „Leben und leben lassen“ regierte Franz Anton Fürst von Harrach (1709 bis 1727) sein Land. Er begann den Bau des Schlosses Klesheim, versah die Residenz mit ihrer neuen Fassade, die bis heute erhalten ist und an ihrem Portal das Harrachsche Wappen mit den Straußenfedern zeigt, baute Schloß Mirabell um – er war also ein Fürst, der viel für Schönheit übrig hatte und als erster Landesherr die den Geistlichen bislang verwehrte Lockenperücke trug.
1720 wurde der letzte Hexenmeister hingerichtet: Simon Wind, vulgo Schenmair, behauptete von sich selbst, mit einer direkt von Beelzebub erhaltenen Salbe sich in einen Wolf verwandelt und Vieh gestohlen zu haben. Ansonsten aber hatte der Henker wenig Arbeit, denn Harrach meinte, „das Leben ist bald genommen, nicht aber wiederumb zu geben“. Die Gruft des Erzbischofs zieren die Worte: „Er war ein über alles Lob erhabener Fürst, an dem nichts zu wünschen übrig blieb als die Unsterblichkeit.“
Von den Erzbischöfen Leopold Anton Freiherr von Firmian (1727 bis 1744) und Jakob Ernest Graf von Liechtenstein (1745 bis 1747) ist schon erzählt worden.

Als Andreas Jakob Graf von Dietrichstein (1747 bis 1753) gewählt wurde, jubelte das Salzburger Volk, denn es hatte von sich aus an das Tor des Kapitelhauses den Wunsch geschrieben „Die Stadt und die Gemein’ will nur den Dietrichstein“. Es war eine gesellige Zeit, der Fürst lud häufig zur Tafel, dem Theater wurde großes Augenmerk geschenkt, und es gab sogar einen offiziellen Maskenball mit einer Spielbank. Größtes Verdienst des Fürsten war die Einrichtung neuer Postkurse, die Salzburg mit den Nachbarstaaten verbanden. Die aufregendste Affäre seiner Regierungszeit war 1746 ein Streik der Schustergesellen:

Ein Meister hatte kleinere Stiche verlangt, damit die Schuhe dauerhafter würden, was die Gesellen ablehnten, sofern sie nicht mehr Salär erhielten. Sie zechten fröhlich aus der Schusterkasse, bis diese leer war, dann kamen sie reumütig aus Hallein und Schellenberg, wo sie ihr Geld durchbrachten, nach Salzburg zurück. Der Landesherr genehmigte den Gesellen auch die Heimkehr, die Rädeslführer jedoch wurden eingesperrt.
An Dietrichstein erinnert das Mechanische Theater in Hellbrunn, geschmückt mit dem Wappen der beiden Winzermesser.

Um bei Wappen zu bleiben: Siegmund Graf von Schrattenbach (1753 bis 1771) führte in seinem Wappen zwei Hände. Es spricht für seine Urteilsfähigkeit, daß er das Ende Salzburgs voraussah, denn wiederholt äußerte der Fürst, daß nach ihm nur mehr ein Landesfürst kommen werde, denn „zwei Hände machen der Herrschaft ein Ende". Dieser Fürst förderte das Genie, das Salzburgs Namen unsterblich machen sollte. „Der kleine Mozartl" konnte sich am 28. Februar 1763, damals sechs Jahre alt, erstmals bei Hof mit seinem Spiel vorstellen, wurde mit zehn Jahren zum Konzertmeister ernannt und erhielt im Jahr 1769 sechshundert Gulden zur Reise nach Italien. Ein schöneres Denkmal konnte sich der Fürst, dem wir ja auch das Neutor verdanken, nicht setzen.

Von der Schreibschule zur Alma Mater

DIE UNIVERSITÄT

> ... wird der Klang benediktinischen Humanismus und benediktinischer Humanitas hörbar und sein Bild sichtbar in den Jahrhunderten des Barocks, die in Salzburg in Stein und Stuck, in Spiel und Ton Salzburg zum Festsaal Europas gemacht haben. Aber wenn ich von Stein und Stuck, von Spiel und Ton spreche, die erlauchten Namen eines Solari, eines Fischer von Erlach, eines Michael Haydn und eines Wolfgang Amadeus Mozart berufe, so ruft die Aula, in der wir tagen, die Salzburger Universität vor Geist und Seele ...
>
> THOMAS MICHELS, OSB, CARISTIA

Zwischen Festspielbezirk und Getreidegasse liegt die Universitätsstadt. Sie verbreitert sich im spitzen Winkel vom Siegmundsplatz bis zur Rückseite des Langenhofes, dem Kuenburgischen Familienpalast an der Sigmund-Haffner-Gasse, von ihm getrennt durch die Wiener-Philharmoniker-Gasse. Den Salzburgern hat sich gerade dieser Gassenname noch nicht eingeprägt, für sie wird diese Straße wohl noch jahrzehntelang Marktgasse heißen. Als 1969 die Tafel der Marktgasse entfernt wurde, weil dieser kleine Gassenzug zur Ehrung der Wiener Philharmoniker, die am Aufstieg der Festspiele so großen Anteil haben, umbenannt wurde, gab es geradezu einen Volksaufstand. Wochenlang kochte die Volksseele, und die Gemeindeverwaltung mußte harte Worte hinnehmen, weil sie einen so traditionsreichen Namen wie den der Marktgasse aufgegeben hatte. Nun, in der Marktgasse und auf dem Universitätsplatz, der sich zwischen den Rückfronten der Getreidegasse und dem alten Universitätsgebäude bis zum Siegmundsplatz erstreckt, wird bis heute täglich der Viktualienmarkt abgehalten. Man sollte ihn nur vormittags besuchen, während des Markttrubels – ausgenommen donnerstags, denn dann ist auf der anderen Stadtseite bei der Kirche St. Andrä die Schranne, der wöchentliche Markttag angesetzt. Der Viktualienmarkt – in Salzburg Grünmarkt genannt – versammelt nach wie vor jeden Vormittag viele Salzburger Hausfrauen, ein ländliches Idyll, das sich unverfälscht erhalten hat. Da ist die Reihe der Würstelbuden, deren Duft unwiderstehlich ist, und manche dieser Standlerinnen sind Originale, die ihre Ware anpreisen: ein Paar Frankfurter? eine Krakauer? eine Weiße? Wollen S' an süßen oder an scharfen? – gemeint ist der Senf. Es ist nicht zu leugnen: nirgendwo schmecken die Würstel besser als aus diesen Kesseln, deren jahrzehntelanger Gebrauch den Geschmack prägt.

Die Marktgasse hinauf finden wir Stände, aber auch Bauern kommen hierher, die Geflügel, Eier und Käse anbieten – der durchdringende Geruch des Bierkäses fordert die Überlegung heraus, ob das Umtaufen der Marktgasse in die der Wiener Philharmoniker wirklich ein glücklicher Einfall war!

Der Universitätsplatz ist gesäumt von Obst- und Gemüseständen, und in der Platzmitte bieten die Gärtner der Umgebung ihre Erzeugnisse an, von den Pflanzen für den kleinen Küchengarten über Stiefmütterchen, Primeln, alle Gartenpflanzen je nach der Jahreszeit bis zu Rosenstöcken, Zierbäumen und prachtvollsten Zimmerpflanzen. Vor dem Portal der Kollegienkirche sind die Blumenhändler angesiedelt – bunte Farbpaletten –, die frischesten Schnittblumen feilbietend. Und da hocken ein paar Bäuerinnen, die sich ein Körberlgeld verdienen: Beeren, Pilze, Latschenzweige, was eben gerade Flur und Feld, Wald und Wiese geben.

Aus der Häuserfront hebt sich die hintere Fassade des Mozartschen Geburtshauses ab, voll bürgerlicher Behäbigkeit. Unberührt von dem Treiben bleibt nur der Komplex des Universitätsbaues. Dunkelgrau, gedrungen und langgestreckt blickt dieser große Kasten teilnahmslos, in seiner Abgeschlossenheit ein wenig hochmütig wirkend, über diese Ansammlung leiblicher Genüsse hinweg, so als wüßte er, daß in seinen Mauern viel Höheres, Nahrung des Geistes, geboten wird. Die große und nach modernsten Gesichtspunkten ausgebaute Universitätsbibliothek nimmt den größten Teil der Universitätsstadt ein. Der Innenhof wurde ausgebaggert, um einem riesigen Büchersilo Platz zu schaffen. Dabei kamen reiche archäologische Funde zutage.

Salzburgs Universität hat eine eigene, sich von anderen Hohen Schulen unterscheidende Entstehungsgeschichte. Wuchsen die ältesten Universitäten im 12. Jahrhundert aus dem Zusammenschluß mehrerer Schulen zusammen, wie Bologna oder Paris, wurde eine zweite Gruppe im ausgehenden Mittelalter zumeist von weltlichen Fürsten gegründet, beginnend mit Prag (1348) und Wien (1365), so entstand eine dritte Gruppe nach dem Konzil von Trient als Basis der Gegenreformation. Während jedoch die meisten Universitäten – auf dem heutigen österreichischen Boden Wien, Graz und Innsbruck – von Jesuiten beherrscht waren, so entstand in der Salzburger Barockzeit eine benediktinische Schule, an der von Anfang an Thomistische Philosophie gelehrt wurde. Der Hörerzahl nach stand Salzburg sehr rasch in vorderster Reihe und konnte sich mit Wien und Leipzig durchaus messen. Die große geistesgeschichtliche Bedeutung bewies die Hohe Schule Salzburgs allein schon dadurch, daß aus ihr über vierhundert Bischöfe und Äbte hervorgingen.

Die ersten nachweisbaren Schulversuche in Salzburg reichen

bis in das 9. Jahrhundert zurück, als Arno in St. Peter eine Schreibschule installierte, die fleißig Bücher kopierte, woraus sich eine Lateinschule entwickelte. Im Ritzer-Bogen, dem Durchgang von der Residenz her zum Universitätsplatz, befand sich die hochfürstliche Normalschule – aber auch der Sitz der allgemeinen Literatur- und der deutschen Staatszeitung –, doch die höhere Bildung lag noch im 16. Jahrhundert in Privathänden. Dreißig Jahre lang hielt der bayrische Zuwanderer Johann Mulinus eine Poetenschule in den Lokalen der Stadttrinkstube in Gang, in welcher er Latein, Griechisch und die „freien Künste" lehrte.

Erst mit Wolf Dietrich kam die konkrete Planung einer Hohen Schule, denn dem Fürsten war klar, daß er zur Erhaltung der Selbständigkeit des Landes eine eigene juristisch geschulte Beamtenschaft brauchte. Die Franziskaner begründeten 1588 eine Art Gymnasium, doch vier Jahre später schlief dieser Schulversuch wieder ein. Wolf Dietrich ließ jedoch nicht locker. Er versuchte das Theologenkonvikt mit einer eigenen Schulordnung auszustatten, aber erst Marcus Sitticus konnte mit den Benediktinern einen Vertrag zur Führung eines Gymnasiums schließen. Warum jeweils ein Orden notwendig war? Voraussetzung für jede Hohe Schule war neben der finanziellen Sicherheit der Nachwuchs an geschulten Wissenschaftlern, und diese Voraussetzung konnte zu jener Zeit nur ein geistlicher Orden erfüllen. Marcus Sitticus gab die Anregung, einen Bund verschiedener benediktinischer Klöster, eine Konföderation, zu schaffen, um den Lehrernachwuchs für das Gymnasium, das zuerst entstehen sollte, zu garantieren. Das Stift Ottobeuren im Schwabenland gab den Ausschlag, denn es stellte den Großteil der Lehrkräfte zur Verfügung. Ganz geheim reiste die Gesellschaft auf Umwegen nach Salzburg, da man besonders einen Überfall jesuitischer Gegner befürchtete. Der Reisebericht eines der Professoren liest sich wie ein Kriminalroman: In München hätten Häscher die

Reisegesellschaft erspäht, in Ebersberg seien die Professoren nur durch ein Täuschungsmanöver entkommen, und erst in Wasserburg hätten sie Ruhe vor den Nachstellungen gehabt. Unter dem unbeschreiblichen Jubel der Bevölkerung zog die Schar in Salzburg ein, und am 6. November 1617 wurde die Schule mit einem Hochamt eröffnet; schon nach wenigen Tagen zählte sie 147 Studenten. 1618 besaß die Salzburger Schule sogar einen Professor der griechischen Sprache, damals eine überaus seltene Kenntnis. Nicht einmal die österreichischen Universitäten konnten sich zur selben Zeit eines solchen Griechischlehrers rühmen. Die Hörerzahl stieg auf über vierhundert Studenten, die für die Stadt zu einem bedeutungsvollen wirtschaftlichen Faktor wurden, denn Salzburg zählte um die Mitte des 17. Jahrhunderts rund 8000 Einwohner. Und wiederum war es Paris Lodron, der das Werk seiner beiden Vorgänger vollenden konnte: am 4. Oktober 1622 erhob Kaiser Ferdinand II. das Gymnasium zur Universität, und 1625 bestätigte auch Papst Urban mit einer eigenen Bulle Salzburgs Gelehrtenschule. Philosophie und Theologie standen zuerst im Vordergrund, bis die Rechtsschule der Universität weit über die Grenzen Salzburgs hinaus Ruhm brachte. Für die Güte der Rhetorikvorlesungen ist wohl der beste Beweis der Kanzelredner Abraham a Santa Clara, der hier studierte. Die Vorlesungen des größten österreichischen Barockdichters Simon Rettenpacher in Ethik und Geschichte waren eine solche Sensation, daß sie selbst von anderen Professoren und Herren des Hofes besucht wurden. Der Physikprofessor Dominikus Beck führte den Blitzableiter in Salzburg ein, und sein Nachfolger, der Benediktiner Ulrich Schiegg, startete 1784 in Ottobeuren mit dem in Salzburg konstruierten Ballon den ersten auf deutschem Boden. Eine denkwürdige Leistung war die von ihm geleitete Expedition auf den Großglockner, bei welcher er die Höhe des Gipfels auf 12.000 Pariser Fuß bestimmte, das war bis auf hundert Meter genau die mit modernen Methoden festgelegte Höhe von 3.798 Meter. Der schottische Benediktiner Bernard Stuart, der 1733 Mathematikprofessor wurde, bot dem Landesfürsten an, sämtliche Moore des Landes auf seine eigenen Kosten trockenzulegen, wenn man ihm das Monopol gewähre, daß er allein den Torf zu Heizzwecken – was damals völlig neu war – abbauen und verkaufen dürfe. Er erhielt zwar das Privileg, warum es dann nicht zur Ausführung des Planes kam, ist nicht bekannt.

Die Medizin war schließlich die letzte Fakultät, die angefügt wurde.

Die Studenten unterstanden der Gerichtsbarkeit des Rektors. Ein eigener akademischer Karzer nahm Händelsüchtige auf, aber auch Studenten, die sich eines Verbrechens schuldig gemacht hatten. Wurde ein Student bei einem Streit oder gar Verbrechen auf frischer Tat ertappt, konnte er zwar festgenommen, mußte aber sofort dem Rektor übergeben werden, da er akademische Immunität genoß. Steckte jedoch ein Student in Schulden, so durfte er in seiner Wohnung so lange festgehalten werden, bis er mit seinen Gläubigern abgerechnet hatte.

Das Degentragen der Studiosi ging auf das Jahr 1634 zurück, als ein akademisches Freikorps während neuer Bauernunruhen zum Schutz der Stadt aufgestellt wurde; Fahnenjunker wurde ein studierender Neffe des Erzbischofs, nämlich Hieronymus Graf von Lodron. 1711 gab es einen Studentenstreik, als ein Hörer einer Schmähschrift wegen, die er gegen den Rektor verfaßt hatte, dazu verurteilt wurde, kniend um Verzeihung zu bitten, eine Ehrenerklärung abzugeben und anschließend der Universität und des Landes verwiesen zu werden – vorher aber sollte er noch für jede der 25 Strophen seines Gedichtes einen Stockhieb bekommen. Es gab Aufruhr. Die Studenten nahmen alles hin, nur nicht die Stockhiebe. Ein Vorlesungsstreik folgte, und sogar das Militär mußte, ausgerüstet mit Kolben und Feuerschlünden, in der Stadt Wache schieben.

Die Universität spielte in der kleinen Stadt natürlich eine

große Rolle. Zur Gelehrsamkeit, dem wirtschaftlichen Faktor und dem unentwegten Zuzug junger Menschen kam aber auch noch das künstlerische Schwergewicht durch die benediktinischen Theateraufführungen. Schon 1618 hat ein Professor die erste Komödie geschrieben und aufgeführt, und es gab keine größeren Feste der Kirche, der Stadt und der Universität, die nicht durch das Universitätstheater verschönt wurden. Professoren wie Studenten sind als Schauspieldichter hervorgetreten, viele bedeutsame Musiker wirkten für die Universität, so Michael Haydn und der Komponist Adlgasser, aber auch Leopold Mozart, der von 1737 bis 1739 an der Hohen Schule inskribiert war, für seinen Fleiß öffentlich belobigt, aber dann wegen unerlaubten Fernbleibens von den Vorlesungen relegiert wurde. Die Musik hatte die Philsophie und Jurisprudenz verdrängt.

Der kleine Wolfgang Amadeus wirkte schon mit fünfeinhalb Jahren in einer Schuloper mit. Eine seiner bekanntesten Kompositionen für die Universität war die Oper „Apollo und Hyazinth", die gemäß dem Universitätsprotokoll am 13. Mai 1767 über die Bretter der Hochschulbühne ging.

Als am 24. Dezember des Jahres 1810 als trauriges Weihnachtsgeschenk in der Großen Aula die Auflösung der Universität verkündet wurde, war vorerst der Schlußpunkt hinter die Geschichte der Hohen Schule Salzburgs gesetzt, die das siegreiche Bayern zugunsten der damals gegründeten Münchner Universität schloß. Doch die Universität selbst war seit Jahrzehnten im Niedergang. Der „Sykophantenstreit", gegen Mitte des 18. Jahrhunderts ausgebrochen, hatte den Niedergang deutlich gezeigt: Eine scharfe lateinisch-griechische Satire, geistreich und ätzend geschrieben, hatte den Lehrbetrieb, die Pseudowissenschaftlichkeit vieler Publikationen, das schlechte Latein der Professoren, die dafür um so dünkelhafter in ihrem Auftreten waren, aufs Korn genommen. Die Entgegnungen waren matt, und die Schließung der Universität kam wohl dem zwangsläufigen Ende wegen mangelnder Hörerzahlen zuvor. Übrig blieben vorerst ein Lyzeum und eine „Baderschule“, eine niedere medizinisch-chirurgische Lehranstalt, die 1875 ihre Pforten schloß. Als Brücke zur neuen Universität blieben die theologische Fakultät und die Bibliothek, die zuerst von den Bayern und dann von den Österreichern um ihre reichsten Schätze beraubt wurde.

Der Wunsch nach einer Universität starb nie. 1928 wurde der theologischen Fakultät ein päpstliches philosophisches Institut angegliedert, das heute noch existiert, so daß ein Hörer dieses Instituts – welche Kuriosität! – in Salzburg noch immer ein vatikanisches Studium absolvieren kann. Das Institut besitzt nämlich das Privileg „im Namen und kraft der Autorität der Päpstlichen Philosophischen Fakultät Sant'Anselmo die akademischen Grade zu verleihen“.

1964 begann die neue Alma Mater Paridiana als österreichische Staatsuniversität ihren Vorlesungsbetrieb. Staatsuniversität ist zu betonen, denn lange Zeit wogte ein Kulturkampf, ob Salzburg Sitz einer katholischen Universität werden sollte. Sogar Ludendorff trat in den dreißiger Jahren als Redner bei Versammlungen des „Abwehrausschusses gegen die Errichtung einer katholischen Universität“ auf, und Rudolf Greinz schrieb:

Die deutsche Stadt am Salzachstrand,
Sie sollen sie nicht haben,
Um dort der freien Wissenschaft
Ein dunkles Grab zu graben!
Nichts haßt so sehr der Finsterling,
Als wie den Sieg der Geister,
Auf, deutsches Volk, in stolzer Kraft
Und zeig' ihm seinen Meister!

Die katholische Seite konterte mit einem Fahnenlied:

Der Gott, der Wahrheit uns gelehrt,
Verdammt den Mann der Lüge;
Drum gab er Wissenschaft als Schwert
Der Kirche in die Wiege.
Drum gab er uns den Wahrheitssinn,
Den Drang nach wahrem Wissen;
Wir wollen schöpfen fürderhin
Wo rein die Quellen fließen.

Nach dem Zweiten Weltkrieg gelang es, alle Richtungen zu vereinen. Das Proponentenkomitee, das an die Bundesregierung den Antrag zur Wiedererrichtung der Universität stellte, bestand aus Erzbischof Andreas Rohracher, Landeshauptmann Hans Lechner, Bürgermeister Alfred Bäck und dem Präsidenten der Musikakademie Mozarteum, Eberhard Preußner. Heute ist diese Alma Mater bereits wieder ein beachtlicher Faktor des Salzburger Geistes- und Wirtschaftslebens, mit den verschiedensten Instituten in der Altstadt und Neubauten im Nonntaler Bereich. Die neue Universität selbst entsteht als Kombination zwischen umgewidmeten Bauten in der Altstadt und einem Neubau der Naturwissenschaftlichen Fakultät am Rande der Grünzone von Schloß Freisaal. Doch die alte ehrwürdige Benediktineruniversität wird auch künftighin widmungsgebunden sein. Das Studiengebäude, wie die Salzburger sagen, entstand zwischen 1618 und 1652, und die erste Universitätskirche, eine kleine Kapelle, das „Sacellum", von der Ecke Siegmundsplatz–Hofstallgasse her zugänglich, ist ein bezauberndes kleines Kirchlein mit einem klassizistischen Altar von Wolfgang Hagenauer (1768) und Bildwerken und Bleireliefs seines Bruders Johann Baptist Hagenauer. Die Deckenfresken stellen die Geheimnisse des Rosenkranzes dar.

Sehenswert in dem weitläufigen Gebäude mit seinem schwerfälligen Arkadenhof sind die Kleine Aula mit einer wunderschönen hölzernen Kassettendecke und den Bücherwänden mit alten Bänden, die Stuba Academica, verziert mit Stukkaturen von Benedikt Zöpf und den Bildnissen der Erzbischöfe von Marcus Sitticus bis Hieronymus Colloredo. Die Große Aula, die Stätte prunkvoller Theateraufführungen, heute noch als Festsaal vielfach verwendet, verlor 1776 ihre Bühne, als Erzbischof Colloredo die Theateraufführungen der Benediktiner verbot. Wolfgang Hagenauer hat den Saal in seiner heutigen Form gestaltet. Nur das große Bild des früheren Altars – der Saal wurde vor dem Bau der Kollegienkirche für Gottesdienste benutzt, weil das Sacellum zu klein war – von Adrian Bloemart, eine Gruppe von Geistlichen und Universitätspatronen diskutiert das Geheimnis der Unbefleckten Empfängnis, und ein Teil der Wandbilder, nämlich die fünfzehn Geheimnisse des Rosenkranzes (1636 bis 1637), sowie die übrigen Gemälde von Zacharias Müller aus ebendieser Zeit schmücken den Saal, der die Retusche der Aufklärungszeit nicht verleugnen kann.

Erzbischof Johann Ernst Thun, zu einem Gottesdienst in die Große Aula geladen, war der Meinung, es sei unschicklich, in einem Saal einmal Theater zu spielen und dann wieder Gottesdienste abzuhalten. Also beschloß er, eine eigene Universitätskirche zu bauen, anschließend an das Studiengebäude, wo von der Felsenreitschule her die Sommerreitschule herüberragte. 1696 wurde mit dem Aushub begonnen, und Fischer von Erlach erbaute dort die Kollegienkirche, ein für Salzburg völlig neuartiges Werk, zugleich auf Nah- und auf Fernwirkung bedacht. Von der Ferne wirkt die Wölbung der Kuppel, flankiert von den Türmen, während der Betrachter diese Kuppel von der Nähe überhaupt nicht mehr sieht, denn sie wird verdrängt von dem aufwärtsstrebenden Fassadenwerk. Es ist ein gänzlich unsalzburgisches Werk geworden, denn diese überaus starke Profilierung der Fassaden, die da plastisch hervortreten und von Standbildern gekrönt sind, geben ein neues, jedoch unleugbar schönes Bild. Auch Salzburgs Tauben

haben entdeckt, daß diese vielgegliederte Fassade einen beachtlichen Nistplatz darstellt; sie haben den Bau über und über bekleckert, sicherlich auch noch durch den Markt und dessen Überbleibsel angezogen.
Der von der Außenseite gewonnene Eindruck wiederholt sich im Innenraum, denn auch hier gliedert sich diese Kirche, um dem Bild der Unbefleckten Empfängnis – die sich immer wiederholt, weil ihr die Universität geweiht war –, zu dienen. In die einspringenden Mauerecken sind vier den Patronen der Universität gewidmete Kapellen gefügt. Die Gemälde der Kirche stammen von Johann Michael Rottmayr, der Hochaltar und die Skulpturen der Seitenkapellen von Joseph Anton Pfaffinger, die Figuren aus Sandstein in den Nischen des Mittelraumes entstanden erst 1910 und sind ein Werk Johann Pigers. Ein Sonnentag ist notwendig, um das Spiel des Lichtes zu erleben, wenn es durch die Kuppeln in die Kirche fällt.
Als Erzbischof Thun die Kirche stiftete, weil Theaterspiel und Meßopfer in der Aula ihm nicht konvenierten, ahnte er nicht, daß keine zweihundert Jahre später gerade diese Kirche wiederum zum Theaterraum werden sollte: 1922 ist hier das „Salzburger Große Welttheater" von Hugo von Hofmannsthal aufgeführt worden, und 1970, zum 50. Jubeljahr der Festspiele, ist die Kirche zum Schauplatz der geistlichen Oper „Rappresentatione di Anima e di Corpo" von Emilio de' Cavalieri bestimmt worden. Am 9. September 1855 feierte in der Kollegienkirche, in der Erzbischof Thun sein Gehirn bestatten ließ, der aus den Tiroler Freiheitskriegen bekannte Kapuzinerpater Haspinger sein goldenes Priesterjubiläum. Nach dem Zweiten Weltkrieg erst ist die Kolumbariengruft der Professoren unterhalb der Kirche wiederentdeckt worden.
Die Rückseite der Kollegienkirche gibt dem kleinen Furtwängler-Park, dem Rest des einstigen botanischen Gartens der Universität, Platz. Diese kleine Anlage mit dem Schillerdenkmal unter hohen Ulmen zeigt machtvolle alte Exemplare

botanischer Sehenswürdigkeiten: Tulpenbaum, Ginkgobaum, Weymouthskiefer – hierzulande Gamsbartbüschelbaum genannt –, Eiben, die mährische Vogelbeere und Stechplamen. Vor diesem Gärtchen steht der „Wassermann“, einer jener wilden Männer, die mit einem entwurzelten Baum in der Hand als Schildträger von Fürstenwappen verwendet wurden. Zwei solche wilde Männer sind Schildknappen des Marcus Sitticus am Klausentor – jedoch aus Stein. Dieser aus Erz gegossene Wilde mit dem Salzburger Stadtwappen stand einstmals am Gries und wurde dann mit der Verlegung des Fischmarktes hierher gebracht. Noch heute sieht man der Form des Brunnens an, daß er früher den Fischen als kühlwäßriger Aufenthaltsort diente.

Kleinbürger und geistliche Herren

DAS KAIVIERTEL

So habe ich mir den aus Klang und Geist der Musik gewordenen Papageno wirklich immer vorgestellt, schlank und knabenhaft, anmutig, ein wenig alpin, ein wenig, doch höchst sublimiert an sein Vorbild, den trefflichen Salzburger Kasperl, erinnernd, doch ganz märchenhaft, von seinen ihm beigegebenen Tierlein, dem luftigen Volk der Vögel, lebhaft umgeben, in den Kreis der alten Häuser ringsum wunderbar eingepaßt, jung noch und doch schon, was das Schönste an dieser Figur ist, zeitlos wie die ihm zugehörige Musik geworden.

BERNHARD PAUMGARTNER, SALZBURG

Diese gültige Aussage des Mozart-Interpreten und Festspielpräsidenten bezieht sich auf ein Kunstwerk aus jüngster Vergangenheit, den 1960 von der Salzburger Bildhauerin Hilde Heger geschaffenen bronzenen Papagenobrunnen. Wahrhaft eine lustige, zierliche Figur, die den sprudelnden Brunnen krönt und den Schmerz vergessen macht, daß auch hier Bomben unwiederbringlich ein Stück Altstadt vernichtet haben: das Kaiviertel, zerstört von derselben Angriffswelle, die den Dom traf. Auch dieses Viertel ist einen eigenen Rundgang wert, denn es führt zu einem völlig andersgearteten Stadtteil. Waren Mönchsstadt, Fürstenstadt, Bürgerstadt und Universitätsstadt klar in sich gegliederte Teile, so ist das Kaiviertel als das erste Erweiterungsgebiet der wachsenden Stadt eine Mischung aus Palästen geistlicher Herren, die für ihre großen Bauvorhaben

Platz brauchten, und einem dicht nebeneinander siedelnden Kleinbürgertum, in erster Linie Gewerbetreibende, die nahe dem Zentrum auf billigem Grund bauen und möglichst unter sich sein wollten.

Vom Mozartplatz ausgehend schlängelt sich die Pfeifergasse quer durch dieses Viertel. Der Name der Gasse rührt her von einer Frau Ameyslin, einer verehelichten Stadtpfeiferin, die im 15. Jahrhundert reiche Stiftungen für geistliche Herren widmete. Vorher hieß die Pfeifergasse nach den Webern, die hier angesiedelt waren, Webergasse. Im Haus Nr. 18 wohnte und starb Paul Hofhaymer (1459 bis 1537), „der Tonkunst größter Meister seiner Zeit", wie eine Marmortafel den berühmten Orgelvirtuosen und Tonsetzer preist. Für seine Berühmtheit zeugt, daß Maler wie Lucas Cranach und Albrecht Dürer ihn porträtierten. Gegenüber, im sogenannten Rappelbad, einem der sieben alten Bäder Salzburgs, wohnte Paracelsus im Jahr 1525. Bei der Kumpfmühle führte früher ein Tor zur Salzach, durch das auch der Zugang zu den Salzachschiffen erfolgte. Schon beim Betreten der Gasse kamen wir am Wohnhaus des Malers Sebastian Stief (1811 bis 1889) vorbei, Pfeifergasse Nr. 4, mit einem Marmorportal und einem Reliefkruzifix. Sebastian Stief hat seine Stadt in vielen Bildern festgehalten und 555 Porträtminiaturen angefertigt. Das Nebenhaus, Nr. 6, zeigt einen gotischen Torbogen. Die Pfeifergasse erzählt von der alten Zeit, und jedes einzelne Haus, die wenigen Neubauten ausgenommen, ist mehr als einen Blick wert. Die Gasse ist mehrmals geknickt, mit unansehnlichem Pflaster, läuft bergauf und bergab – ein richtiger mittelalterlicher Spaziergang.

Ziert der Papagenobrunnen einen von Neubauten umgebenen Platz, so hat der zweite Platz inmitten der Pfeifergasse seine uralte Form bewahrt.

Die abzweigende Basteigasse führt an Resten der Befestigung aus dem Dreißigjährigen Krieg vorbei, die erhalten blieben und sogar einen kleinen Garten tragen. Die Krotachgasse erinnert an die Kroten, die Kröten, die dort in Wassertümpeln hausten, und führte einst zu den Domherrenhöfen, die dem Bischof von Gurk, dem Probst von Berchtesgaden und dem Bischof von Chiemsee gehörten.

Dieser Chiemseehof, seit 1862 Sitz der Salzburger Landesregierung, mit dem Saal des Landtages, der als Getreidekasten erbaut worden war, spielte in der Salzburger Geschichte eine nicht unwesentliche Rolle. Die Bischöfe von Chiemsee, ursprünglich Suffragane Salzburgs, residierten lieber hier als auf ihrem Bischofssitz inmitten des „bayrischen Meeres", wie der Chiemsee genannt wurde. Die Sonne des erzbischöflichen Hofes war ihnen lieber. Daraus entwickelte sich das Institut des Salzburger Weihbischofs, der jeweils zugleich Bischof von Chiemsee war.

Schon 1305 hatte sich ein Bischof Albert den ersten Hof im Kai gebaut; der jetzige Chiemseehof stammt aus dem Jahre 1697. Als 1806 das Bistum Chiemsee säkularisiert wurde, verödete der Palast, bis er zum Sitz der Landesregierung wurde.

An den Chiemseehof schließt die Kajetanerkirche mit dem Kloster der Theatiner, auch Kajetaner genannt, ein im 16. Jahrhundert in Rom gestifteter Orden regulierter Chorherren, die 1685 nach Salzburg berufen wurden. In den Napoleonischen Kriegen wurde das Kloster aufgelöst und als Truppenspital verwendet, bis es 1923 die Barmherzigen Brüder als Krankenhaus übernahmen.

Die Theatiner waren von Erzbischof Max Gandolf nach Salzburg berufen worden, um ein Priesterseminar einzurichten. 1685 wurde der Bau von Kirche und Kloster unter dem Architekten Johann Kaspar Zugalli begonnen. Nach dem Tod

Blick vom Kapuzinerberg auf die Basteien, die erst unter Kaiser Franz Joseph geschleift wurden. Stich aus der berühmten Dückher-Chronik aus dem Jahre 1686.

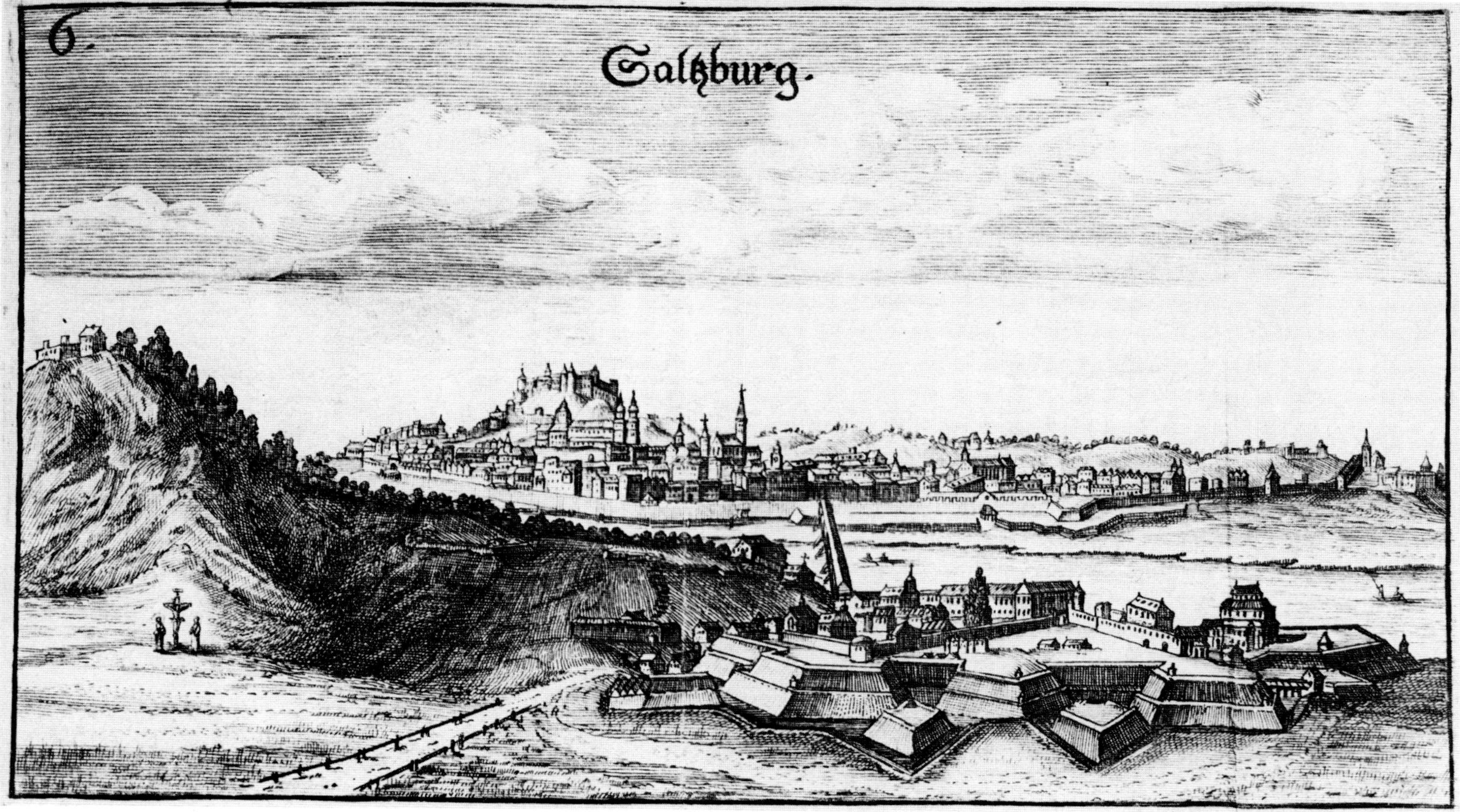
6.
Saltzburg.

des Landesfürsten hatte es der Orden sehr schwer, da der Nachfolger Max Gandolfs, Johann Ernst Thun, die italienischen Mönche nicht mochte und sogar den Bau einstellen ließ, was zu einem langwierigen Prozeß führte. Erst nach einer Intervention des Papstes konnte 1696 weitergebaut und die Kirche am 31. Oktober 1700 geweiht werden. 1712 wurde in einem Kapellenraum der Kirche eine Nachbildung der Scala Santa in Rom gebaut, jener Treppe, die, angeblich vom Palast des Pontius Pilatus stammend, aus Jerusalem in die Ewige Stadt gebracht worden war, und die verehrt wird, weil Jesus über sie geschritten sei. Auch in Salzburg bittet eine Tafel darum, diese Stiege nur kniend zu benutzen. Eine kleine Stiege daneben führt zu einem Kapellenraum empor, der einen frühchristlichen Grabstein aus römischen Katakomben enthält. Die Fassade der Kirche könnte eher die eines Palastes sein, würde nicht die riesige dunkelgrüne Kuppel weithin den kirchlichen Zentralraum kundtun. Das Kuppelfresko stammt von dem Südtiroler Paul Troger (1728), der auch alle Gemälde der Kirche geschaffen hat, mit Ausnahme des linken Seitenaltarbildes, einem Werk von Johann Michael Rottmayr (1708). Es ist eine zutiefst italienische Kirche, das zeigt sich auch in der Aufstellung des Altares. Die reichen Stuckarbeiten stammen von den Italienern Francesco und Carlo Antonio Brenno und Antonio Carabelli. Die Engel und die Madonna mit dem Kind beim Hochaltar aus weißem Marmor stammen von Matthias Wilhelm Weißenkirchner (um 1725). In der Kirche fand auch eine allerliebste Barockorgel aus dem Ende des 17. Jahrhunderts Aufstellung. Das Hauptbild des rechten

Das unter Paris Lodron von Solari 1644 erbaute Kajetanertor, das 1873 bei der Demolierung der Befestigungswerke abgebrochen wurde. Darunter, vom selben Standort aus, eine Aufnahme von heute: Verkehrsgewimmel und links das häßliche Justizgebäude zeigen deutlich den Verlust des alten Stadttores.

Seitenaltars zeigt den heiligen Kajetan, den Patron, während hinter dem Hauptaltar im kleinen Conventchor das Altarbild die Marter des heiligen Maximilian darstellt.

Der Kajetanerplatz vor der Kirche zeigt eine Häuserzeile, angebaut an den Nonnberg, die mit Vergnügen anzuschauen ist. Dafür ergrimmt der Betrachter, wenn er das scheußlichste ärarische Bauwerk der Stadt sieht, das Justizgebäude, das ohne Rücksicht auf das Stadtbild als grauer Steinkasten unmotiviert dieser Kulturlandschaft aufgepfropft wurde. 1873 ist hier das Kajetanertor abgebrochen und das sogenannte Stockhaus, das Gefängnis, in welchem der Profos amtierte, abgerissen worden, um dieses Monstrum als Geschenk an unser Jahrhundert zu erstellen. Jeder Besucher wird die Berechtigung solcher Entrüstung nach einem Blick auf diese Szenerie bestätigen. Damit sozusagen mit einer Faust aufs Auge nicht genug ist, hat unsere Zeit gleich daneben, der Salzach zu, eine Polizeikaserne hingestellt, dem Justizgebäude ebenbürtig.

Hinter dem Gerichtsgebäude führt die Schanzlgasse in das Nonntal. Sie erinnert wieder an die alte Paris Lodronsche Bastei und zeigt dem Nonntal zu auch noch einen Rest des Walles. Wenn in Salzburg von jemandem gesagt wird, er sei zur Erholung auf der Schanzlalm, so heißt das, er befindet sich in Verwahrung im gerichtlichen Gefangenenhaus, oder wie es justizdeutsch im Amtsstil heißt: Gefangenhaus.

Im Haus Schanzlgasse Nr. 14 wohnte und arbeitete vor seiner ersten Weltreise der große Forscher Alexander von Humboldt vom 20. Oktober 1797 bis zum 24. April 1798.

Bei einem Spaziergang durch die gerade genannten Gassen ist es notwendig, immer wieder den Kopf zu heben und Ausschau zu halten. Denn da taucht die Festung, dort der Nonnberg auf, immer in einem anderen Blickwinkel und immer in einer köstlichen Umrahmung, genauso wie plötzlich die grüne Kuppel der Kajetanerkirche vom Blau des Himmels absticht.

Der Weg zurück in das Stadtzentrum führt durch die Kaigasse. Der Name steht weder mit dem Kajetanerkloster im Zusammenhang noch mit Kai im Sinne des Ufers und wird daher nicht französisch ausgesprochen, sondern buchstabengetreu, denn dieses Kai kommt von dem salzburgischen Gehai – G'hai her, das bedeutet soviel wie Gehege, ein Flechtwerk, eine Verschanzung als Schutz vor Hochwasser.
Von der Kaigasse aus führt eine Stiege zum Kloster Nonnberg, doch wir folgen der Gasse weiter zur Stadt. Auch hier ist vieles von den alten Häusern verschwunden. Im Haus Nr. 8, dem früheren Gasthaus „Zum weißen Roß", starb 1541 der Arzt und Naturforscher Paracelsus. Drei Tage vor seinem Tode hatte er hier sein Testament gemacht. Im Hause des Mozartkinos, dem altrenommierten Hotel Kasererbräu (Kaigasse Nr. 33), sind im Keller römische Mauerreste konserviert worden. Am Haus Nr. 31 fällt ein wunderschön geschwungenes spitzbogiges Tor auf, geziert von einem Muttergottesbild. Gerade dort macht die Kaigasse einen scharfen Knick, und genau gegenüber in der Ecke ist der Eingang in das alte Rentmeisterstöckl, heute Sitz der Bezirkshauptmannschaft von Salzburg-Umgebung. Das schmale Haus zeigt an der Gassenfront nur ein Fenster und daneben ein Hofportal. Der kleine Hof aber ist in Rundbogen aufgelöst, die auf starken Konsolen ruhen. Beide Stockwerke darüber zeigen Arkaden mit Säulen, Beispiel für ein gotisches Profanwerk, wie es um 1500 in einen freien Winkel noch hineingedrängt wurde. Die daneben liegenden großen Fassadenfronten – heute Finanzamt – gehören schon wieder den Bauten früherer Klerisei an; der Palast, Haus Nr. 12, war die Domdechantei, deren Restaurierung nach den Bombenangriffen gelungen ist. 1957 hat in dem ruhigen Arkadenhof der Salzburger Bildhauer Toni Schneider-Manzell einen Georg-Trakl-Gedächtnis-Brunnen aufgestellt, der kaum einen besseren Platz finden konnte. Der etwas schwermütige Hof und der strenge, ernste Brunnen sind

zu einem Weiheplatz geworden, und es scheint eigentlich unverständlich, warum die Verleihungen des vom Lande Salzburg gestifteten Traklpreises in einem Amtsraum stattfindet, statt in diesem dafür gegebenen Rahmen. Nicht mehr erhalten sind in der Kaigasse die Salvator- und die Armenseelenkirche. Die Erinnerung daran führt zu einem mittelalterlichen Brauch: den Bruderschaften. Die Salvatorkirche gehörte der roten und die Armenseelenkirche der schwarzen Bruderschaft, vergleichbar den italienischen Scuole, den Schulen, die besonders in Venedig durch die Ausstattung ihrer Bruderschaftshäuser Berühmtheit erlangt haben. In Salzburg erinnern nur mehr die Chroniken an ihre weite Verbreitung. Es waren Körperschaften, die zu wechselseitiger Dienstleistung, zu wohltätigen Handlungen und gemeinsamen religiösen Übungen verpflichteten. Marcus Sitticus hat diesen Bruderschaften die farbigen Kutten vorgeschrieben. Neben der roten und schwarzen gab es die Bruderschaft der „seligen Mutter Monika mit dem schwarzledernen Gürtel" – die als Gürtelbruderschaft in der Müllner Pfarrkirche nach den alten Prinzipien weiterlebt, jedoch als äußeres Zeichen nur mehr den schwarzen Gürtel besitzt – mit weißen, die Annen-Brüder mit violetten und die Josefs-Brüder mit orangefarbenen Bußgewändern. Sie hielten wöchentlich ihre Umzüge. Schauerlich muß es gar bei einer Karfreitagsprozession gewesen sein, wenn die Passion in allegorischen Darstellungen vorgeführt wurde und sich noch 1712 geißelnde „Disziplinanden" die Rücken zerfleischten. Da die Prozession erst am Abend von der Armenseelenkirche aus durch die Kaigasse zog, wobei Pechpfannenträger und Engel mit Windlichtern die Szene beleuchteten, müssen die Akteure dieser Allegorien sowie die Bruderschaften in ihren farbigen Kutten, mit Heiligenbildern, Fahnen und Standarten, ein wahrlich gespenstisches Bild geboten haben. Ob da die Sühnerufe hinaufklangen bis in die von der Kaigasse abzweigende leichtlebige Herrengasse?

Im ausgehenden 19. Jahrhundert hat ein Autor das Gewerbe, das in der Herrengasse beheimatet war, zu umschreiben versucht: das „Kleingewerbe“ hat hier seinen Sitz aufgeschlagen. Die einzelnen Häuser teilen sich meist in fünf bis sechs Besitzer, und die wechselvolle Atmosphäre deutet auf eine große Verschiedenartigkeit der wirtschaftlichen Produktion, unwillkürlich an die Rede des vielerfahrenen Atta Troll gemahnend: Mancher tugendhafte Bürger duftet schlecht auf Erden. Schon um 1360 ist in der Herrengasse Nr. 30 ein Frauenhaus nachgewiesen, und noch 1582 zahlte die Stadt an das Domstift das Burgrecht für dieses Frauenhaus. Auch das Stadtrecht aus dem Jahr 1368 sprach von den „gemainen Frauen“ im Zusammenhang mit den Strafen über geschlechtliche Verbrechen und gegen schädliche Leute, Herumzieher, Unruhestifter und den Maßregeln bei Unfug nach „der Zeit der Bierglocke“. Heute findet man in der Herrengasse nach wie vor drei der vier in Salzburg zugelassenen Bordelle. Da die Gesetzgebung dieses steuerfreien Erwerbszweiges Landes- und nicht Bundessache ist, wurde die Frage der Prostitution auch landesweise geregelt. In Salzburg ist es gerade durch die Einrichtung der Bordelle gelungen, die viel unangenehmere Straßen- und Geheimprostitution weitgehend zu unterbinden. Die schmale Herrengasse am Nordabhang des Festungsberges führt in einem leichten Bogen von der Kaigasse bis zum Kapitelplatz. Bergseitig zeigt sich uns eine geschlossene Reihe alter Häuser, düster, eher unfreundlich, ein Beispiel dafür, daß in diesen alten Vierteln nicht nur Schönheit zu Hause ist, daß es nicht leicht ist, in solchen Häusern zu leben und zu wohnen – was ja auch die gesamte Altstadtsanierung erschwert. Viele dieser Wohnungen sind unbequem, zum Teil unhygienisch, feucht – vor allem wenn sie an den Felsen gelehnt sind –, in viele Stuben dringt auch tagsüber kein Licht. Der Besucher, der durch diese Gassen schlendert, darf nicht vergessen, daß alles vielleicht anders aussieht, wenn er in einer solchen

Schlucht hausen muß. Das sind die Schattenseiten der mittelalterlichen Stadt.
Besonders plastisch wird das vor Augen geführt, wenn man von der Herrengasse über die Bierjodlgasse, durch die man wieder zur Talstation der Festungsbahn kommt, den Weg zum Nonnberg einschlägt. Auf halber Höhe des Festungsberges führt der Nonnbergweg aus den Niederungen des Alltags empor zum Licht. Den ganzen Weg jedoch sieht man unter sich die Rückfronten der Häuser der Kaigasse. Es ist genau zu erkennen, wo Geld ist – und wo keines, wo diese Häuser armselig sind und wo es gelungen ist, Terrassen auszubauen oder steile Gärtchen am Berghang anzulegen.

Ein Ort der Stille

DAS KLOSTER NONNBERG

Die frommen Frauen vom Nonnberg verlassen nie das Stift. Wozu denn auch? Es enthält Salzburg ganz.

HERMANN BAHR, SALZBURG

... bestiegen wir den zwar nicht hohen, aber die allerschönste Aussicht gewährenden Nonnberg. Man übersieht nämlich das hintere Salzburger Thal. Dir die Lieblichkeit dieses Thales zu beschreiben ist beinahe unmöglich. Denke Dir einen Garten, der mehrere Meilen im Umfang hat, in diesem unzählige Schlösser und Güter, die aus den Bäumen heraus- und durchschauen, denke Dir einen Fluß, der sich auf die mannigfachste Weise durchschlängelt, denke Dir Wiesen und Äcker, wie ebensoviel Teppiche von den schönsten Farben, dann die herrlichen Massen, die sich wie Bänder um sie herumschlingen und endlich stundenlange Alleen von ungeheuren Bäumen, dies alles von einer unabsehbaren Reihe von den höchsten Bergen umschlossen, als wären sie Wächter dieses himmlischen Thales, denke Dir dies, so hast Du einen schwachen Begriff von seiner unaussprechlichen Schönheit.

FRANZ SCHUBERT, BRIEFE UND SCHRIFTEN

Der „Hohe Weg“ wird der Nonnbergweg auch genannt, der von der Festungsgasse abzweigt und sich, an den Berg geschmiegt, zum Kloster hinzieht. Jeder Schritt dieses Weges bietet einen bezaubernden Blick auf die Stadt, aber auch auf Details.

Rechts steigt der Wald zur Festung an – als deren erste Türme emporwuchsen, stand das Kloster Nonnberg schon mehr als dreihundert Jahre. Das Grün der Buchen kontrastiert mit dem Farbgewimmel der Altstadt zur Linken. Die glatte Brüstung der Stützmauer wird plötzlich durch den „Nonnberger Hund“ unterbrochen, den Torso eines romanischen Löwen aus Marmor, besser gesagt nur mehr seines Abgusses.

Dieser Löwe ist ein Grenzzeichen, denn an dieser Stelle begann das Eigengebiet des Klosters Nonnberg, ein Land im Lande, mit eigener Gerichtsbarkeit. Ein Wegerhaltungsprotokoll der Salzburger Landschaft aus dem Jahre 1686 bezeichnet ihn als „in selbiger Mauer findtigen stainernen Leben oder Hundt“. Einst bewachte der romanische Löwe das Portal der Stiftskirche.

Eine winzige Pforte in der Mauer kennzeichnet auch die Mündung eines unterirdischen Ganges, der – inzwischen verfallen – unter dem Nonnberg zum Reißzug der Festung führte und wohl vor allem als geheimer Auslaß für Späher oder Boten diente.

Bald wird auch der Wald zur Rechten zurückgedrängt, um einer hohen Gartenmauer Platz zu machen, in welche das Wappen der Äbtissin Magdalena I. von Schneeweiß eingelassen ist.

Und dann entbietet uns das Stift der Benediktinerinnen seinen Willkommensgruß, bezaubernd vor allem im Frühjahr, wenn die Obstbäume blühen, Flieder und Kletterrosen über die Mauer drängen. Schon führt der Weg durch einen breiten Torbogen in den Klosterbezirk. In einer Nische oberhalb des Tores begrüßt die Skulptur der heiligen Erentraudis – Erentrudis –, aus dem Ende des 15. Jahrhunderts den Gast.

Was Stille wirklich ist, verspürt der Wanderer an diesem Flecken Erde, wenige Minuten vom Trubel einer Fremdenstadt entfernt, dabei mitten in der Stadt, nämlich darüber gelegen. Nonnberg liegt eigentlich „zwischen“ dem Trubel, denn die Festung hoch über dem Kloster, unmittelbar darüber ansteigend, so als biete sie dem Stifte wie eine Henne dem Küken Schutz, ist von Abertausenden Menschen besucht – der Nonnberg jedoch bleibt ruhig. Schlichte Sitzplätze laden auf dem kleinen Vorplatz zum Verweilen ein. Nur ein leichtes Brummen, dem Surren einer Biene vergleichbar, dringt vom Tal herauf, und der Blick weitet sich über die alpenländische Landschaft.

Es ist ruhig hier heroben. Auch die Kirche zählt nur wenige Besucher. Am späten Vormittag – bevor die Nonnen um halb zwölf zur Mittagstafel eilen – tönt leiser Gesang durch den weiten Kirchenraum, Gesang, der vom Nonnenchor kommt, wo sich die Frauen vom Nonnberg zum benediktinischen Chorgesang vereinigt haben. Es sind Sphärenklänge, unwirklich durch die hohen Stimmlagen und die gleichförmige Eindringlichkeit, die jedoch durch das Auf- und Abschwellen einen ganz seltsamen Reiz erhalten. Wer den Frauenchor in der Fülle seiner Stimmen hören möchte – eines der großen musikalischen Erlebnisse dieser Stadt –, muß an Sonntagen um 3 Uhr nachmittag und an Wochentagen eine Viertelstunde nach 3 Uhr zur Vesper oder am frühen Morgen um 6 Uhr 30, Sonntag um 7 Uhr, zur Choralmesse kommen, oder aber zur Christmette, zum Fest der Erentrudis und anderen besonderen Feiertagen des Klosters.

Diese Stille hier heroben im Benediktinerstift der heiligen Erentrudis zu Unserer Lieben Frau auf dem Nonnberg verspürte ich besonders, als mich die Pförtnerin zum Sprechzimmer begleitete. Hier sollte ich auf die Archivarin, die ich um verschiedene Auskünfte gebeten hatte, warten. Ich sah mich in das Mittelalter zurückversetzt, denn dieses Sprechzimmer teilt ein blitzendes, reich ornamentiertes Gitter, eine schmiedeeiserne Arbeit, jedoch nicht, wie ansonsten üblich, gestrichen, sondern geschmirgelt und poliert. Nicht das kleinste Fleckchen Rost und kein Körnchen Staub waren in dem Flechtwerk zu sehen: Zeugnis der Arbeit unermüdlicher Hände. Dann trat die Archivarin ein und begrüßte mich – hinter Gittern. Sie mußte meine unausgesprochenen Gedanken gelesen haben, denn sie lächelte, legte liebevoll eine Hand an das Gitter und erzählte mir, wie die Nonnen oft beneidet würden, wenn Schwestern anderer Klöster zu Besuch kommen, weil es hier im Sprechzimmer noch das trennende Gitter gebe, weil hier alles noch beim alten sei. „Wir lieben es so", sagte die Nonne und setzte mir ernsthaft auseinander, welche Schlechtigkeit und Gefährlichkeit doch in der Welt sei und wie gerade dieses Gitter das Gefühl des Schutzes vermittle. Ich, der ich aus dieser Welt kam, fühlte mich fast schuldbewußt, obwohl ich mir nicht vorstellen konnte, daß Menschen mit bösen Absichten hier vor dieses Gitter treten könnten. Aber ich wußte: hier herrscht ein ganz anderer Geist, hier leben Frauen, dem Leben und dem Denken der Zeit so abgewandt, daß die Maßstäbe verschoben sind.

Noch immer ist der Nonnberg eine in sich geschlossene kleine Welt. Eine Frau vom Nonnberg verläßt das Kloster nicht. Sie steigt in die Stadt nur eines außerordentlichen Ereignisses wegen, wenn eine dringende ärztliche Untersuchung, eine Kur oder ein anderer triftiger Grund es notwendig machen. Frau – das ist die Anrede, die diesen Nonnen zukommt, denn sie heißen nicht Schwester, sondern Domina, eben Frau. Das älteste Frauenkloster nördlich der Alpen, ist es nun das älteste unserer Welt, das ununterbrochen vom Tage der Gründung bis heute besteht. Es wurde, wie schon berichtet, vor dem Jahr 700 gegründet, als Rupertus seine Nichte Erentrudis – manche alte Quellen sprechen auch davon, sie sei seine Schwester gewesen – nach Salzburg brachte. Schon das erste hölzerne Kirchlein und auch die folgenden Bauten, über die nichts Näheres bekannt ist, hatten ihren Platz auf der langgestreckten, gegen Osten vorgeschobenen Felsenterrasse am Südhang des Festungsberges. Der Klosterkomplex lehnt sich mit dem Stiftsgarten an den von der Hohensalzburg bekrönten Teil des Mönchsberges an, während an den drei anderen Seiten der Berg ziemlich steil gegen die Stadt und das Nonntal abfällt. Die Straße trennt vom Klosterkomplex das Beichtvaterstöckel, das jedoch über dem Durchfahrtstor durch die Johanneskapelle mit dem Kloster verbunden ist, das Kaplan- und Hofrichterhaus, kleinere Wirtschaftsgebäude und den Wirtschaftshof ab. Der Klosterkomplex selbst ist eine gedrängte, kaum überschaubare Gebäudegruppe, deren einzelne Teile auch durch die vielfachen Um- und Zubauten chronologisch schwer zu trennen sind. Ein kleiner Friedhof, ein winziger Totenacker, schmiegt sich an die Kirche. Einstens war er als kirchliche Freyung mit einem Asylrecht versehen: ein Übeltäter, dem es gelang, sich hierher zu flüchten, durfte nicht ausgeliefert werden, welches Verbrechen er auch begangen hatte. Das Kloster hatte für ihn zu sorgen. Das wurde des öfteren von desertierten Soldaten aus der nahen Festung ausgenutzt, die sich dann bis zu ihrer Begnadigung verköstigen ließen. Wir erinnern uns, daß sich auf der Festung ein Militärgefängnis befand und daß die Militärsträflinge den Reißzug bedienten, der hier heroben am Nonnberg seine Talstation hat. Der bekannte Salzburger Kunstmaler Professor Josef Schulz, seiner Urwüchsigkeit wegen weithin gerühmt, erzählte mir, wie er hier heroben als Bub in diesem heiligen Bezirk den Sträflingen während ihrer Arbeit am Reißzug die schauerlichsten Schimpfworte ablauschte, mit denen er dann zu Hause Entsetzen erntete. Um von den k. k. Sträflingen nicht verjagt zu werden, sammelte er für sie in der ganzen Stadt „Tschiks", Zigarettenstummel. Die

Geschichte flog auf, weil er diese kostbaren Reste tütenweise zu Hause stapelte und nicht auf den Geruch achtete, der seiner Sammlung ein jähes Ende setzte.

Der Nonnberg ist strenge Klausur. Nur die Kirche und die Johanneskapelle mit dem kunstvoll geschnitzten Altar, deren Zugang man sich von der Pförtnerin aufschließen lassen muß, sind zu besichtigen; der von Wolf Dietrich beim Abbruch des Domes dem Nonnberg geschenkte Altar, 1498 wahrscheinlich von einem Schüler des Veit Stoß geschnitzt und gemalt, zeigt das Marienleben mit der Geburt Christi als Mittelteil. Die noch außerhalb der Klausur, aber im Klosterinneren gelegenen Räume, in denen sich auch das Stiftsmuseum befindet, sind nur mit einer Sondererlaubnis zugänglich, doch ist dieses „nur" im Zusammenhang mit dem, was besichtigt werden kann, auf die Weitläufigkeit des gesamten Komplexes beschränkt, denn schon der Besuch der frei zugänglichen Stätten ist ein einmaliges Erlebnis. Einmalig allein dadurch, daß die Nonnbergkirche, als Einzelkunstwerk betrachtet, das bedeutendste Kunstdenkmal Salzburgs birgt: die Fresken aus der Zeit um 1150 an der Nischenwand unterhalb des Nonnenchores, die zu den bedeutendsten romanischen Wandmalereien Europas zählen!
Diese Vorhalle unterhalb des Nonnenchores ist durch Gitter versperrt, man muß um die Kirche herumgehen und an der Pforte Bescheid geben, daß man die Fresken besichtigen will. Die hochromanischen Wandbilder sind nach strengen byzantinischen Vorbildern, beeinflußt von Venedig, Aquileja und besonders Ravenna, in einer durchaus eigenständigen Form zu erschütternden Heiligendarstellungen umgewandelt worden. Der romanische Geist des Glaubens, die Strenge des Gerichtes, das Drohen der Buße, die Härte der Strafen offenbart sich in diesen Heiligendarstellungen. Ob wir nun Augustinus, Bene-

dikt, Gregor, Wolfgang oder Stephanus sehen, stets sind es zutiefst mahnende und strenge Gesichter, die Bürde, nicht die Freude des Glaubens verkündend.

Ist von den ersten Kirchenbauten am Nonnberg nichts überliefert, so sagt die Hauschronik, daß im Jahre 1009 Kaiser Heinrich III. und seine Gemahlin Kunigunde eine romanische Basilika errichten ließen. 1043 wurde die Krypta eingeweiht, zwischen 1140 und 1150 sind die noch zum Teil erhaltenen Fresken entstanden. Um 1200 etwa ist das romanische Bogenfeld im gotischen Portal zu datieren. Doch diese Kirche brannte ab und wurde 1423 notdürftig instand gesetzt. 1463 begann man mit dem Neubau der Kirche, und zwar mit der Krypta, wo die romanische Grundform gotisch aufgelöst wurde. Ein einmaliger Fall in der Kunstgeschichte. 1471 wurde diese Krypta geweiht und der Chor gebaut, 1499 folgte die Weihe des Langhauses, und 1507 war mit der Einwölbung des Mittelschiffes der Kirchenbau abgeschlossen. Die erste Äbtissin, deren Grabstein erhalten ist, war Frau Wilbirgis, gestorben 1235. Ihre Nachfolgerin Gertraud II. von Stein erhielt 1242 das Recht, wie Bischöfe und Äbte die Pontifikalien zu tragen, nämlich den Faltstuhl, das Faldistorium, zu benützen, den Hirtenstab und das Brustkreuz zu tragen und statt der bischöflichen Mitra bei feierlichen Anlässen eine Krone aufzusetzen. Dieses Recht besteht auch heute noch für die 90. Nachfolgerin der heiligen Erentrudis, die Äbtissin Frau Laurentia Fritz.

Das Schicksal der „Nunburch“ war wechselvoll, auf Niedergang folgte neue Blüte, auf Verfolgung ein Gnadenerweis – aber stets blieb das Kloster besetzt, selbst als die Pest es fast völlig entvölkerte. Im 13. oder 14. Jahrhundert entstand ein lange geübter Brauch, daß im ersten Regierungsjahr eines jeweiligen Erzbischofs der Landesfürst auf einem Pferd mit kostbarer Schabracke am Palmsonntag nach Nonnberg ritt, um die Messe zu lesen. Wenn der Fürst abstieg, kam der Nonnberger Hofrichter in seiner roten Tracht und ließ das Pferd in den Klosterstall führen. Der Erzbischof mußte es mit einigen Goldstücken auslösen und für die Schabracke extra 10 bis 20 Ellen roten Damast, der ja sehr kostbar war, bezahlen. Als Gegenleistung mußte die Äbtissin jährlich am Weihnachtsabend dem Erzbischof 7 Dukaten in einem Seidenbeutel und ein Paar Baumwollhandschuhe überreichen lassen.

Eine interessante historische Quelle sind die Baubücher des Stiftes, dessen erstes im Jahre 1460 begonnen wurde, und Tag für Tag genau verzeichnete, was gekauft, aber auch was an Arbeitslöhnen bezahlt wurde.

1499 begann die erste namentlich bekannte Chronistin mit der Niederschrift ihres Tagebuches: „Ich Praxedis Halleckerin pin in das kloster kommen, da man zelt hat, das 1499 jar." Schon damals war die Weihnachtsmette ein besonderes Ereignis, dem die Chronistin breiten Raum gab: Vom Turme schlägt die 10. Stunde, Stille ringsum. Im Frauenchor des Münsters wird es hell und heller. Orgeltöne heben an und schwellen zu mächtigen Jubelmelodien. Flinke Hände öffnen die Flügeltüren. Voran Christoph, der zierliche Page, im pelzverbrämten Sammeträcklein, er trägt den elfenbeingeschnitzten Faltstuhl, ihm folgen vier Edelfräulein der Frau Äbtissin, im Oblatenkleid mit weißen Schleierchen und losen Locken. Zwei tragen der Äbtissin Krone und Stab, zwei andere hohe Silberleuchter mit dicken Kerzen. Nun folgt mit blitzendem Brustkreuz „meine Frawe, Daria Panichnerin".

Während der Mette lag auf dem Altar ein wächsernes Jesulein. Die Äbtissin stieg von ihrem Thron zum Altar, legte Stab und Krone nieder, nahm das Kind auf und trug es in den Kapitelsaal. Jubelnd und singend folgte die Nonnenschar, unter Flöten- und Schalmeienklang. Der Kapitelsaal strahlte im Lichterglanz, die Fresken an der Decke und den Wänden schimmerten in dieser Helligkeit. Vor der einzigen Säule des Saales – der heute noch besteht, dessen Fresken aber schlecht restauriert sind – knieten lebensgroße Figuren von Maria und Josef. Die Äbtissin legte nun das Jesukind in eine Krippe aus Gold.

1590 lebten in dem weiten Klostergebäude nur mehr vier Frauen, doch nach Einführung der tridentinischen Reform konnte schon die Äbtissin Maria Magdalena I. von Schneeweiß (1620 bis 1625) nach Einrichtung der strengen Klausur auf eine stattliche Schar von Nonnberger Frauen blicken – bis zum Jahre 1848 war die Aufnahme als Frau nur Damen von adeliger Familie möglich, daneben gab es noch dienende Schwestern. Diese Äbtissin entfaltete überdies eine rege Bautätigkeit. Einige Zeilen aus ihrem Tagebuch sollen als kulturhistorisches Zeugnis auch die Ausdrucksform jener Zeit wiedergeben: „Was ich Maria Magdalena Schneeweißin äbbtissin hab pey dem gottshaus die 3 Jahr pawt wie folgt: Erstlichen das 20. jar hab ich paut das pärlädoryum [Parlatorium, das ist das Sprechzimmer] und aus der kheichen gemacht ein gwölbl und hab das durstibl [Pforte] puzen lassen und das Khämerl darpey, auch hab ich dem Messner ain lasament [Stockwerk] alls stub khämerl und Khuchl pauen lassen. – Mer hab ich den neuen Eingang, dir und winden sambt dem Muesheisl puzen lassen; mer hab ich auf dem drait khasten [Getreidekasten] neue 8 fenster machen lassen; mer hab ich auf der pfister im oberhoff 3 neue lasament machen lassen sambt der alten zimmer; hinden drauß, hab ich pauen lassen ain schens lusthaus mit einem schenen lustgarden; mehr hab ich in dem convent der priorin stibl und khamer buzen lassen; mehr hab ich in die closterkhuchl ain neus fenster machen lassen.“ 1625 hatte diese Äbtissin mit dem Maler Mattheusen Ostendorfer den Vertrag geschlossen, den Nonnenchor mit Fresken auszustatten, die erst 1951 bei der Renovierung des Klosters unberührt unter der Kalkschicht zum Vorschein kamen, aber leider nicht zu besichtigen sind, da sie innerhalb der Klausur liegen. Während dieser Renovierungsarbeiten konnten die

schon 1857 aufgedeckten romanischen Fresken weiter ans Licht geholt und vor allem durch modernste Methoden ohne jeden Pinselstrich konserviert werden.
In der zweiten Hälfte des 17. Jahrhunderts nennt die Chronik eine Äbtissin, die dem Kloster schon als neunjähriges Kind zur Erziehung übergeben worden war. Diese Äbtissin Johanna Franziska Freiin von Rehling unternahm als erste eine Badereise. Wird dieser Klausurbruch schon in der Klosterchronik als Präzedenzfall von nachteiligen Folgen dargestellt, so fügte die Zauner'sche Chronik von Salzburg der Nachricht über diese Badereise und einer Übernachtung in der Stadt die Fußnote hinzu: „Bey manchen Catholiken macht es noch Aufsehen, wenn Nonnen in Bäder reisen. Vornähmlich würden solche es übel nehmen, wenn Nonnen in einem Hofe übernachteten, der ihrem Closter nahe ist. Dieß zur Entschuldigung dieser an sich gewiß geringfügigen Anecdote." Die Barockfreuden machten auch vor der Klostertür nicht halt. Die Klausurbestimmungen wurden zeitweise sehr locker gehandhabt, und im Parlatorium tafelten Nonnberger Frauen mit weltlichen Personen, unterhielten sie mit Tafelmusik und statteten auch der Meierei und Besitzungen außerhalb des Klosters Besuche ab, „die immer öfter vorkamen und länger ausgedehnt wurden". Die Apotheke hatte regen Zuspruch von der Bevölkerung, und noch Anfang des 19. Jahrhunderts war es Brauch, daß sich Hilfsbedürftige bemerkbar machten, indem sie an einer Schnur des Apothekenfensters zogen. Sie äußerten dann durch ein kleines Fensterchen ihre Wünsche und nahmen die Medikamente durch dieses Guckloch in Empfang.

Rechts: Der in der Klausur gelegene Kapitelsaal des Stiftes Nonnberg aus dem 13. Jahrhundert, mit Wandmalereien von 1571, die jedoch 1887 bei einer Renovierung stark übermalt wurden.
Links: Detail des Flügelaltares der Johannes-Kapelle des Stiftes Nonnberg, einer Arbeit aus der Schule des Veit Stoß (1498).

In besonderem Ansehen stand um die Wende des 18. Jahrhunderts die Oberapothekerin Frau Anna Constantia von Reischnigg, die gleichzeitig Doktorin, Apothekerin sowie Chirurgin und eines hochwirksamen Goldpulvers wegen umworben war. In ihrem Nekrolog aber steht zu lesen: „Doch ist auch in ihrem Apothekergärtl wider den Tod kein Kräutl gewachsen . . . Et mortua est, sie ist gestorben."
Zu neuer Hochblüte hatte die Äbtissin Cölestina Zeiler von Zeilheim das Kloster gebracht, so daß der Erzbischof vom Nonnberg als schönster Perle in der Salzburger Mitra sprach. Anerkennend sagt die Hauschronik, diese Äbtissin habe die Welt verlassen, ohne sie je gekannt zu haben. Mit sechs Jahren schon wurde das Kind in das Südtiroler Kloster Säben gegeben, wo nacheinander zuerst zwei Tanten und dann eine Schwester ihre Äbtissinnen waren. Als Siebzehnjährige kam Cölestina schließlich auf den Nonnberg.
Der letzte Erzbischof, Colloredo, wollte Nonnberg in ein weltliches Damenstift zur Versorgung der Töchter seiner Hofbeamten verwandeln, doch der Verlust der Landeshoheit vereitelte den Plan. 1834 wurde dem Kloster ein eigenes Erziehungsinstitut mit Schule angegliedert (heute besteht nur mehr das Internat). In dieser Zeit wurde auch die Regel wieder verschärft: Kleider und Lebensweise vereinfacht, das Stillschweigen verlängert, der Schlaf abgekürzt, das erste Morgengebet für 3 Uhr früh angesetzt und völlige Enthaltsamkeit von Fleischspeisen beschlossen; diese letzte Bestimmung fiel 1852 wieder.
Das Kloster hat eine ganze Reihe von Tochtergründungen zu verzeichnen und besitzt noch immer einen erheblichen Grundbestand, denn „Frau Äbtissin hielt einen entsprechen-

Die hochromanischen Fresken unter dem Nonnenchor des Stiftes Nonnberg sind die bedeutendsten dieser Stilepoche in Österreich und zählen zu den großen abendländischen Kulturgütern.

den Grundbesitz für das sicherste Fundament des Klostervermögens und war daher darauf bedacht, denselben zu vermehren, wo sich Gelegenheit dazu bot".

> ... namens Willa als Witwe eingetreten und hatte sich in einer engen, vom Bischof zuerst geweihten Zelle nahe dem Portal der Kirche einmauern lassen; von dieser Zelle konnte sie nur durch ein vergittertes Fenster die heilige Handlung am Altar verfolgen und die Sakramente empfangen. So haben wir, soweit uns bekannt ist, in Willa die erste Reclusa auf österreichischem Boden ...
>
> ERNST TOMEK, KIRCHENGESCHICHTE ÖSTERREICHS

Dieses entsetzliche Beispiel falsch verstandener Gottesfürchtigkeit muß sich noch vor dem Jahr 1000 zugetragen haben. Betreten wir von der Südseite her die Kirche auf dem Nonnberg, so ist im Fußboden links neben dem Portal eine rotmarmorne Gruftplatte über einer einfachen Basis sichtbar. Die Inschrift an der Wand „Sepulcrum devotae Willae" besagt, daß hier diese Selbstgefangene begraben liegt. Doch bevor Sie sich dem Kircheninneren zuwenden, müssen Sie noch einmal vor das Portal treten, denn die Verquickung von romanischen und gotischen Elementen brachte ein einzigartiges Ergebnis. Adneter und Untersberger Marmor sind alternierend verwendet worden, gestaffelt führen die Spitzbogen nach innen, Raum bietend für Säulen mit den hölzernen Statuen Kaiser Heinrich II., Maria mit dem Kinde, Rupertus und Erentrudis (von links nach rechts; es sind Kopien, die Originale stehen im Stiftsmuseum). Als kurz vor 1500 dieses gotische Marmorportal entstand, blieben Teile des romanischen Portales erhalten, so der Türsturz mit Weinranken und das Bogenfeld mit der thronenden Muttergottes, Engeln, Heiligen und der Stifterin des Klosters. Sehenswert sind auch die Beschläge der

Tür, 1502 von Meister Wolfgang Hödlmoser geschmiedet. Sagt der Spruch auf der Spiralranke des Portales „Die Pforte des Lebens steht euch offen. Christus ist der wahre Weg. Kommet!“, so verkündet das Spruchband, das sich halbkreisförmig um das romanische Tympanon zieht: „Abglanz – Ebenbild des Vaters – fruchtbarer Mutterschoß – Pforte – Licht – Ursprung – Glaube an die Geburt des Erlösers“. Die Kirche selbst vermittelt ein ganz eigenes Raumerlebnis, denn durch den Einbau des Nonnenchores, der durch die strengen Klausurbestimmungen völlig abgeschieden sein mußte, bekam das Langhaus eine quadratische Form. Da man die gotische Kirche gemäß der romanischen Basilika aufbaute, ergab sich wieder eine reizvolle Komposition; dem hohen Mittelschiff sind niedrige Seitenschiffe zugesellt, doch weitlaufende Arkaden verbinden den Raum zur Breite hin. Die Emporenwand des Nonnenchores mit dem engmaschigen Gitter vermittelt den orientalischen Reiz eines Serails. Baumeister und Künstler hatten wohl freie Hand, denn überall wuchert Maßwerk, wachsen Girlanden, reich gegliederte Kapitelle, Pfeiler, Spitzbogen. Dazu kommt, daß das Querschiff neun Stufen über der Laienkirche liegt und beidseits des Chorraumes breite Abgänge den Blick in die Krypta freigeben, die mit ihrem reichen Netzrippengewölbe und den 18 Säulen einen bizarren Anblick bietet. In dieser Krypta, in der mittleren Apsis, liegt das Felsengrab der heiligen Erentrudis, über dem 1882 ein Marmoraltar errichtet wurde.

Der Blick wandert in der Kirche umher: es ist schwer, den Linien der Architektur zu folgen, denn die Asymmetrie ist zum System erhoben, Rippen überschneiden einander und verlaufen ins Leere. Die Kirche hat ihre gotische Ausstattung behalten; der Hochaltar ist erst 1853 aus der Kirche des Salzburgischen Scheffau erworben worden und paßt als spätgotischer Flügelaltar des frühen 16. Jahrhunderts in dieses Gotteshaus. Kostbar ist auch das Mittelfenster hinter dem Hochaltar, ein Kunstwerk der spätmittelalterlichen Glasmalerei um 1480. Links vom Hochaltar ziert eine Statue der heiligen Erentrudis aus dem 15. Jahrhundert den Chor. Die schlichte Kanzel mit dem Wappen der Äbtissin Haunsperg (1475) gliedert sich vorzüglich in das Gotteshaus ein, die Seitenkapellen hingegen sind barockisiert. In der rechten Seitenapsis steht ein römischer Steinsarkophag hinter dem Altar; dieser Flügelaltar ist der heiligen Katharina gewidmet und ein Werk des Salzburger Meisters Wenzel aus dem Jahr 1522.

Vor allem aber ziehen die Grabplatten der Äbtissinnen immer wieder die Blicke auf sich. In der mittleren Vorhalle unter dem Nonnenchor ist eine große rote Marmorplatte mit dem abgetretenen Relief eines liegenden Mädchens im Gewand einer Oblatin des Benediktinerordens zu sehen. Die Inschrift besagt: Maria Salome von Altenau, 1605. Es war dies ein Töchterchen der Salome Alt und des Erzbischofs Wolf Dietrich. Die Außenwände der Kirche und die Steine des Friedhofes bergen ebenfalls eine Reihe kleiner Kostbarkeiten.

Betritt man die Räume, die am Rand der Klausur liegen und nicht allgemein zugänglich sind, so führt der Weg durch die Stille klösterlicher Weite. Oleanderstöcke und andere Pflanzen hellen die Einförmigkeit auf. Bald durchmißt der Gast ein kleines Geviert, in dem ein riesiges romanisches Kruzifix hängt. Wir befinden uns in dem Untergeschoß des Kirchturmes, der noch auf den Resten eines römischen Wachturmes steht. Als die frommen Schwestern hier das erste Kloster errichteten, hatten sie schon diese Überreste römischer Vergangenheit in ihren Bau mit einbezogen. Auf dem Boden des Turmgevierts sehen wir ein grobes römisches Mosaik, kreisrund, eingefaßt von einer Bordüre, darstellend einen Eierkranz: ein Fruchtbarkeitssymbol, das die Stürme zweier Jahrtausende überdauert hat. Und die Füße von Generationen frommer Frauen trippelten darüber hinweg. Der Besucher sieht Schwestern lautlos hin und her huschen, als wollten sie dem Fremden, der da am Rande der Klausur die Ruhe stört, nicht begegnen. Von einem Treppenabsatz aus ist ein Gekreuzigter zu sehen, ein Werk der Frühgotik, das einst im Dom hing und 1601 von Wolf Dietrich dem Kloster übergeben wurde. Starke Erschütterung geht von diesem Kreuz aus; der gekrümmte Leib des Heilandes, an dem Adern und Rippen kräftig hervortreten, dessen Arme emporgereckt sind und dem das Haar in langen Locken herabhängt, ist eine alpenländische Arbeit.

Durch die alte Küche führt eine kleine Treppe hinauf in die Räume des Stiftsmuseums. Der Besucher erhält Hausschuhe, denn der Boden dieser Räume ist spiegelblank. Spiegelblank sind auch alle Schaustücke, die zahlreichen Skulpturen, Reliquiare, Zeugnisse der Volkskunst und überreich ornamentierten prunkvollen Hallenschränke. Und gar erst, wenn die Türen dieser Schränke aufgehen: da funkelt und blitzt eine reiche Sammlung von Zinngeschirr; es gibt wohl kaum irgendwo eine Sammlung, die besser gepflegt sein dürfte. Die Schaustücke stehen dichtgedrängt und bilden dennoch nur einen Bruchteil des Schatzes. Das darf nicht verwundern, denn jede Adelige, die in den Orden eintrat, war verpflichtet, ihr Heiratsgut mitzubringen. Fromme Spenden haben den Besitz vermehrt, und wenn im Verlauf der Geschichte auch zahlreiche wertvolle Stücke abhanden kamen, ist dennoch etliches geblieben. Kostbarster Schatz dieses Museums sind das Faldistorium, der Faltstuhl, und der Hirtenstab aus dem Jahr 1242. Dieser Klappsessel aus Eschenholz, zum Teil mit Temperamalereien versehen und mit Elfenbeinschnitzereien eingelegt, die aus dem 9. bis 10. Jahrhundert, vielleicht aber auch noch aus älterer Zeit stammen und möglicherweise von einem Reliquienschrein herrühren, ist mit einem Ledersitz versehen. Die Stäbe laufen in Adlerkrallen aus, die auf einem verzierten Bronzering ruhen, wobei unter den Krallen abwechselnd ein Drache und zwei geduckte Löwen sichtbar sind. Die oberen Enden der Stäbe bilden Tierköpfe, in deren aufgerissenen Rachen zwischen den spitzen Fangzähnen Halbfiguren zu sehen sind. Die Elfenbeinintarsien zeigen reichen figuralen Schmuck, jede Intarsie für sich ein Kleinod. Der Hirtenstab, um 1300 in Oberitalien hergestellt, umschließt mit seiner Krumme das Lamm Gottes. Die Krücke selbst, reich mit Krabben besetzt, entspringt dem offenen Maul eines Tierkopfes und endet wieder, schlangengleich, in einem Tierkopf, aus dessen geöffnetem zahnbewehrtem Maul die Zunge hervorschnellt. Der gesamte Hirtenstab, 1,75 Meter lang, besteht aus Elfenbein.

Nonnberg verfügt auch über die größte bekannte Sammlung von Lebzelt- und Buttermodeln, deren ältestes Exemplar weit in die Zeit vor tausend zurückreicht – eine genaue Datierung war bisher nicht möglich. Auch die Deutung dieses Models ist nicht klar. Er weist dem Etruskischen ähnliche Schriftzeichen auf, die zwei Drachen umkränzen.

Für wenig Geld kann der Besucher an der Pforte des Klosters Modelabgüsse mitnehmen, die von fleißigen Nonnberger Frauen in mühevoller Handarbeit aus Ton gebrannt und dann bemalt werden: eines der originellsten Mitbringsel eines Salzburgbesuches, das wegen seiner vielfältigen Formen und Farben auch von den Einheimischen begehrt ist.

Der Abgang vom Kloster, der Nonnberggasse auch weiterhin folgend, führt südseitig wiederum durch einen Torbogen aus dem Klosterbezirk hinaus und entweder durch die schmale Erhardgasse oder im Verlauf der Nonnberggasse durch die Brunnhausgasse in das Nonntal. Der Name der Brunnhausgasse ist auf das Brunnenhaus zurückzuführen, einer Pumpanlage, die das vom Untersberg und von Hellbrunn kommende Wasser über den Nonnberg pumpte, um den Residenzbrunnen mit Wasser zu versorgen.

Auch das Nonntal-Viertel zeigt eine Reihe schöner Bürgerhäuser. Manche Fassaden und Portale sind sehenswert; im Flur des Hauses Nonntaler Hauptstraße 18 ist eine seltene Salzburger Arbeit, ein Madonnenrelief aus keramischen Kacheln, zu bewundern. Im Haus Nr. 20 hat 1862 Peter Cornelius seine Oper „Der Cid" komponiert. Auf dem Platz der Erhardkirche errichtete schon im 13. Jahrhundert eine Äbtissin eine Kapelle. 1310 wurde daneben ein Siechenhaus für Pest- und Aussatzkranke gebaut, eine Stiftung; das gotische Spitzbogenportal ist zu beachten. Wolf Dietrich richtete die Gebäude links und rechts neben der Kirche als Spital für die Bediensteten des Domkapitels ein. Das sich weithin erstreckende Nonntal jedoch wurde als Überschwemmungsgebiet der Salzach belassen, und noch vor rund hundertfünfzig Jahren wurde die Gegend der Sumpfkrankheit wegen gemieden. Auf dem Erhardplatz bestand bis 1903 der Nonntaler Friedhof, doch schon seit der 1879 erfolgten Eröffnung des weiter stadtauswärts gelegenen Kommunalfriedhofes gab es hier keine Beerdigungen mehr. Die Erhardkirche, vom Baumeister Zugalli errichtet, der auch die Kajetanerkirche baute, fällt durch den hochgelegenen Eingang mit Freitreppe auf, so geplant wegen der häufig auftretenden Überschwemmungen. Die Erhardkirche, ein Kleinod des letzten Meisters der italienischen Bauepoche Salzburgs – nach ihm kam Fischer von Erlach –, ist ein kleiner Zentralbau mit einer zerklüfteten zweitürmigen Fassade. Auch im Inneren reicher Figuren- und Ornamentenschmuck bis hinauf in die Kuppel, wo in kreisrunden Medaillons das Leben des Kirchenpatrons gezeigt wird. Der Italiener Francesco Brenno überzog die Kirche mit seinen Stukkaturen – die Terrakottafarbe herrscht vor –, und der Barockmaler Rottmayr schuf 1692 das Bild des Hochaltars: der heilige Erhard tauft die heilige Ottilie. Die Kirche entstand in den Jahren 1685 bis 1689, der Altar trägt das Wappen des Erzbischofs Johann Ernst Thun. Die Bildhauerarbeiten sind von Andreas Götzinger, Martino Altomonte werden die Bilder der

Seitenaltäre, nämlich Borromäus und Franz Xaver, der eine den Pestilenzkranken, der andere Indianern predigend, zugeschrieben, allerdings nicht mit Sicherheit, da der Maler während dieser Zeit nachweislich in Polen arbeitete. Liebreiz und Schwung des Barocks haben hier noch einmal eine sinnenbetörende Gebetsstätte geschaffen, die heute abseits des Trubels liegt, aber zu Unrecht vernachlässigt wird.

Das Nonntal ist Sitz einer Schulstadt: In einem weiten Komplex sind von der Volksschule bis zum Bundesgymnasium für Mädchen verschiedene Schultypen angesiedelt, aber auch das 1884 errichtete Künstlerhaus. Es sollte sowohl Kunstausstellungen dienen als auch Arbeits- und Wohnstätten für Salzburger Künstler enthalten. Der renovierte Bau dient noch immer beiden Zwecken. Bemerkenswert ist, daß der Salzburger Kunstverein, 1844 gegründet, die älteste derartige Institution in Österreich ist. Für den Bau des Hauses hat sich auch Kaiser Franz Joseph mit 3.000 Gulden in die Spenderliste eingetragen. An der Wiege dieser Vereinigung standen die Salzburger Maler Georg Petzolt, Johann Fischbach und Sebastian Stief. Alle drei haben ihre Heimatstadt vielfach in Bildern festgehalten. Daß der Verein noch immer aktiv ist, stellt dem Kunstsinn der Salzburger das beste Zeugnis aus.

Bindeglied der Stadt

DIE STAATSBRÜCKE

> Eine über 370 geometrische Fuß lange, offene Brücke unterhält die Gemeinschaft zwischen den beyden Abtheilungen der Stadt; außer Kähnen, und einer im Nothfalle zu errichtenden Schiffbrücke besteht in einer Entfernung von 3 Stunden auf- und 4 Stunden abwärts, nämlich außer den Salzburgischen Städten Hallein, und Laufen, keine andere Gemeinschaft, zwischen den beyderseitigen Gestaden, als über diese Brücke.
>
> L. HÜBNER, TOPOGRAPHIE VON SALZBURG

Zwar weht hier oft der Wind, doch selbst viele Salzburger, die durch die Stadt hasten, verweilen ein wenig auf der Staatsbrücke: zu schön ist diese Hauptbrücke, die früher einmal nicht nur als einzige die beiden Teile Salzburgs verband, sondern landauf und landab die alleinige feste Verbindung war. Salzachaufwärts ist das Tal dem forschenden Auge tief geöffnet. Die Berge treten hervor, die kunstvolle Regulierung der Salzach ist zu erkennen; einige hundert Meter weiter überspannt der Mozartsteg für Fußgeher die Salzach, dahinter wird die letzte Stadtbrücke, die Nonntalerbrücke, sichtbar; später gibt es im Stadtbereich nur den Josefian-Steg. Zur Rechten liegt die Silhouette der Altstadt, ein zauberhaftes Bild, und es verwundert wohl nicht, daß der große Maler Rudolf von Alt vom letzten Stockwerk des Gasthofes „Zum Stein" Salzburg so oft als Stadt ohne Dach gemalt hat: die Grabendächer verstekken sich hinter den Blendfassaden. Heute gilt dies nur mehr für einen Teil der Häuser. Jedem Besucher ist eine Liftfahrt auf die „Steinterrasse“ anzuraten. Links erkennen wir die Hinterfassade der Häuser der Steingasse mit ihren übereinandergestellten Arkadengängen und Grabendächern. Die Gärten lagen vor der Salzachregulierung direkt am Fluß. Darüber erstreckt sich das schmucklose Kloster der Kapuzinerpadres. Flußabwärts überwölbt der ewig schwingende Makartsteg die Salzach, vor wenigen Jahren in dieser Form erneuert. Damals mußten die Zeitungen die Bevölkerung beruhigen, daß diese Schwingungen baubedingt, aber nicht gefährlich seien, denn zu viele Leute hatten Angst vor einem Einsturz. Im Hintergrund wird der Müllner Steg, wie der Makartsteg für Fußgeher bestimmt, sichtbar, dann entschwindet nach einem Knick die Salzach dem Blick. Sie wird noch von der Eisenbahn-, Lehener-, Autobahnbrücke und dem Pioniersteg überquert. Als optischer Fixpunkt fällt die Müllner Kirche ins Auge, abends wunderschön beleuchtet. Am rechten Ufer erstreckt sich der lange Bau des exquisiten Hotels „Österreichischer Hof“, dahinter steht die evangelische Kirche, links sehen wir den Gries. Wolf Dietrich hat am Gries die Fleischbänke angesiedelt, wie eine Tafel mit seinem Wappen am Bürohaus des städtischen Gaswerkes noch immer verkündet. Um die Fleischversorgung in der Stadt sicherzustellen, hatten die Bischöfe gestattet, fremde oder auswärtige Metzger dürften ihr Fleisch in die Stadt bringen, aber nur zu den vorgesehenen Plätzen, den Bänken. In der sogenannten roten Hütte – wegen ihrer Farbe so genannt – mußten sie das Fleisch auf der roten Bank um 2 Pfennige billiger verkaufen als die Stadtmetzger. Die Tiere wurden hergetrieben und an Ort und Stelle geschlachtet. Es war keine Freibank im Sinne anderer Städte, wo unbeschautes Fleisch verwertet wurde, sondern nach einer „Fleischsatzordnung“ mindere Qualität, nämlich Stiere, Kühe mit mehr als sechs Kälbern und dergleichen mehr. Die Einrichtung der roten Hütte diente dazu, ärmeren Schichten zu einem billigeren Fleisch zu verhelfen. Bis ins 19. Jahrhundert wurde an dieser Stelle tagtäglich öffentlich geschlachtet, ein Zweig des Almkanals schwemmte den ganzen Unrat in die Salzach. Bedenkt man, daß 1799 beispielsweise 798 Großtiere, 1521 Kälber, 140 Schweine und 355 Kleintiere geschlachtet wurden und daß diese Zahl immer weiter anstieg, wird der Unmut vieler Menschen über diese zwar notwendige, aber undelikate Stätte mitten in der Stadt verständlich.

Neben den Fleischbänken und der roten Hütte standen am Gries auch die Schandsäule und der städtische Narrenkotter. Letzter Rest eines Marktes am Gries ist eine Fischhalle; der Duft der Fischbraterei zieht oftmals weit am Gries dahin. Im Winter hat die große Möwenschar ihre helle Freude daran. Vögel ernähren sich von den Abfällen der Fischhandlung. Diese Lachmöwen machen im Winter den Aufenthalt auf der Brücke besonders reizvoll. Elegant gleiten sie dahin, sitzen zutraulich auf den Uferbrüstungen, wo sie gefüttert werden.

Von der alten Stadtmauer am Gries ist noch ein Stückchen zu sehen, wenn man von der Getreidegasse her das Non-Stop-Kino betritt. Gleich neben der Staatsbrücke, oberhalb des Rathausbogens, lagen die Stadtgefängnisse. Das Haus Griesgasse Nr. 3 war das alte Stadtgericht; das heutige Sternbräu war ein Spitalshaus, das Haus Griesgasse Nr. 37 das Stadtbrunnenhaus, und am Ende der Griesgasse stand die alte Münze, dort, wo sich heute der moderne Komplex der Münzgasse erhebt.

Die Staatsbrücke selbst hat eine reiche Geschichte. Schon zur Römerzeit gab es hier einen Steg. 1090 existierte nachweislich eine Holzbrücke, die wie die folgenden Brücken Hochwassern zum Opfer fiel. Im ersten Viertel des 14. Jahrhunderts wurde eine überdachte Brücke erbaut, und zwar ein Stückchen flußaufwärts, von der Klampferergasse aus. Der nächste Brückenbau trug außer der fürstlichen Brückenzollstätte verschiedene Verkaufsbuden und, der bequemen Abfallsentleerung wegen, 12 Metzgerläden und zwei Sudelküchen. 1512 brannte diese Brücke ab. 1568 rissen die Fluten sechs Buden weg, drei Jahrzehnte später stürzte die Brücke bei einem Hochwasser ein.

Ein Korporal der hochfürstlichen Leibgarde schwamm mit dem Brückendach bis auf die Itzlinger Felder, „ohne weiter als bis auf die Knie naß zu werden". Das geschah 1782 zwei anderen Soldaten gleichfalls, einer schwamm mit einem Schildwachhäuschen wie in einem Boot weg, der andere konnte sich an Balken klammern; beide landeten unversehrt in einer Au. Die nächste Brücke ließ Wolf Dietrich schon an der heutigen Stelle, jedoch ohne Verkaufsläden, bauen. Um die Schiffahrt weniger zu behindern, hatte der Baumeister nur vier Joche statt der bisherigen sieben im Fluß aufgerichtet. Die Brücke war schön, doch sie bog sich durch, und „der Erzbischof ergrimmte so sehr über den Baumeister derselben, daß er ihm mit dem Galgen drohte, allein in Rücksicht seines hohen Alters verzieh er ihm, ließ die Brücke nach nicht vollen sieben Jahren wieder abbrechen . . .". Die nächste Brücke setzte Wolf Dietrich etwas weiter flußabwärts zwischen Löchlbogen und Lederertor, begann jedoch gleichzeitig mit dem Bau einer Steinbrücke, die Paris Lodron 1620 aber wiederum als Holzbrücke fertigstellte. Dieser Bau an der Stelle der heutigen Staatsbrücke hatte neben der Fahrbahn Gehsteige und bis 1786 ein Dach. Er hielt bis 1877, als eine eiserne Fachwerkbrücke an seine Stelle trat. 1940 war diese Konstruktion so desolat, daß die Stadtverwaltung es kaum mehr wagte, den Straßenbahnbetrieb aufrechtzuerhalten, und mitten im Krieg mit dem Bau der derzeitigen Brücke begann. Bei den Arbeiten wurde der älteste Salzburger Stier gefunden: ein römisches Weiheopfer, vermutlich beim Bau des römischen Steges dargebracht. So schloß sich wieder einmal der Kreislauf einer bald zweitausendjährigen Geschichte.

Der Standort auf der Brücke mit dem freien Blick nach allen

Seiten ist geradezu prädestiniert, dem genauen Gast, dem lieben statistischen Mitmenschen, erschöpfende Auskunft zu geben: Salzburg liegt 425 Meter über dem Meeresspiegel und zählt auf einer Fläche von 65,3 Quadratkilometer runde 140.000 Einwohner. Der berüchtigte Salzburger Schnürlregen – er hat seinen Namen daher, daß an Regentagen sehr wenig Wind herrscht und die Tropfen einfach schnurgerade herunterfallen – ist keine verleumderische Erfindung, wenn auch Salzburg im Jahresmittel der Niederschlagsmenge mit 1.272 Liter pro Quadratmeter bei weitem nicht im österreichischen Spitzenfeld liegt. Es stimmt, daß es sehr viel Föhn, den südlichen Fallwind, gibt – die einen werden euphorisch und die anderen grantig – und nur 60 windstille Tage verzeichnet werden. Das Klima vollbringt wahre Bocksprünge, extreme Wetteränderungen, bedingt durch Nord-West-Störungen, sind nicht selten – das Jahresmittel beträgt 8,4 Grad Celsius und die durchschnittliche Luftfeuchtigkeit 78 Prozent. Es war der preußische Oberbergrat Alexander von Humboldt, der 1797 die Lage Salzburgs mit 47° 48′ und 10″ nördlicher Breite bestimmte. Wenn man also von Salzburg als im Herzen Europas gelegen spricht, so stimmt das mit der mathematischen Berechnung überein. Das beweisen auch die Entfernungen, denn von Salzburg sind es runde tausend Kilometer nach Rom, Paris, Brüssel, Amsterdam, Hamburg und Warschau.

Salvador de Madariaga hat diese mathematischen Tatsachen 1964 in seiner Festspielrede zum Lob Salzburgs dichterisch umgesetzt: „Auf diese Weise macht die Natur Salzburg zu einer Art Straßenkreuzung, wo Europäer aus allen Ländern einander begegneten. Und die Begegnung so vieler verschiedener Geister trug zur Schärfung des Verstandes seiner Bewohner bei und brachte ihnen jenes Salz, das so gut zum Namen der Stadt und ihrem Flusse paßt . . . Wie europäisch doch all dies ist! Hier ist Salzburg, in dem Winkel zwischen Rhein und Donau, nahe dem Ausgangspunkt dieser beiden Koordinaten Europas; mußte es da nicht notwendigerweise zur Verkörperung der kennzeichnendsten europäischen Formen des Geistes werden? Hier, genau im Mittelpunkt Europas, bringt jede einzelne der vielen Farben der Palette Europas Eure schöne Landschaft zur Geltung; jede einzelne der Saiten Europas wird über den Resonanzboden des Cellos, das Euer Tal ist, gespannt; die klangvolle der Slawen, die rhythmische der Ungarn, die nachdenkliche der Deutschen, die scharfsinnige der Franzosen und die leuchtende der Italiener, die feurige der Spanier, die subtile der Griechen . . ., die kriegerische der Türken . . . Zur Symphonie, aus ihrer aller Zusammenspiel entstanden, fügt Salzburg eine Prise seines geistigen Salzes hinzu."

Ein Schmeichler, dieser spanische Grande – aber er hat recht.

Am anderen Ufer

DIE NEUSTADT

Leise, leise fällt der Regen
nieder vor dem Tor, dem alten,
wo ich steh. An mir vorüber
eilen flüchtige Gestalten.
Zwischen weißen Marmorfliesen
wuchert Unkraut; hinter Büschen
stehn zerbrochen alte Vasen
in den halbverfallnen Nischen.

MINA DOPPLER VON LOSPICHL, ALTER HOF

Ausgangspunkt aller Spaziergänge in der Neustadt, wie das rechtsseitige Salzburg trotz seiner alten Geschichte noch immer heißt, ist unweigerlich das Platzl, von dem aus Schwarzstraße, Dreifaltigkeitsgasse, Linzer Gasse, Steingasse und Giselakai ausgehen und in das vor allem die Staatsbrücke mündet. Erzbischof Wolf Dietrich gab dem Platz seine Gestalt, denn er ließ einige Häuser niederreißen, um diesen „Brückenkopf" auszubauen. Der Linzer Gasse zu hatte das Platzl nur einen 2,60 Meter breiten Ausgang, so daß gerade ein Wagen durchfahren konnte – obwohl das die Hauptverkehrsstraße in Richtung Oberösterreich war. Erst 1906 kaufte die Sparkasse das sogenannte Zellereck, ein vorspringendes Haus, riß es weg und schenkte den dadurch gewonnenen Grund der Stadt. Dadurch war es möglich, die Gelbe Elektrische über das Platzl und die Dreifaltigkeitsgasse zu leiten. Bis 1862 stand am Platzl die 1418 erbaute Sankt Andrä-Kirche. Im Haus Platzl Nr. 3 hat Paracelsus gewohnt; sein Bild ziert heute noch das Haus, zum Gedenken daran, daß er hier in den Jahren 1540 bis 1541 lebte.

Die Steingasse, zwischen Kapuzinerberg und Salzach gedrängt, eng, vielfach gebrochen und geknickt, hügelig verlaufend, ist wahrhaftig ein steingewordenes Stück Mittelalter. Dieses schmale, heute ruhige Gäßchen war einst die Hauptverkehrsstraße in das Gebirge und gegen Süden zu. Vielfach sind noch immer die steinernen Radabweiser zu sehen, die angebracht wurden, um die Hauswände vor Beschädigungen durch Fuhrwerke zu schützen. Dennoch haben im Verlauf der Jahrhunderte die verschiedensten Gefährte an zahlreichen Häusern, vor allem am Beginn der Steingasse, Narben hinterlassen.

Beim Stiegenaufgang zum Kapuzinerkloster steht das Geburtshaus des Priesters Josef Mohr, Steingasse Nr. 9. Mutter und Großmutter des Geistlichen brachten sich mühselig mit Stickereien durch, denn der Vater dürfte im Kriege gegen die Franzosen gefallen sein. Josef Mohr – wer kennt schon den Namen? Seine Schöpfung aber, die Dichtung des ergreifendsten Weihnachtsliedes „Stille Nacht, Heilige Nacht", ist zum weltweiten Kulturgut geworden.

Das Steintor, auch Johannestor genannt, Steingasse Nr. 20, wurde unter Paris Lodron an Stelle einer älteren Befestigung 1634 von Santino Solari errichtet. Tonnengewölbt, mit einspringenden Kappen, woran sich, durch Gurtbogen getrennt, ein weiterer tonnengewölbter Teil schließt, zeigt die Außenfront des Tores über einer Inschriftentafel den Wappenschild Paris Lodrons zwischen zwei breiten Luken. Das Tor ist unmittelbar an den steilen Felsabhang des Kapuzinerberges gebaut. Schon vor dem Tor stellen die einzelnen Häuser in dem dunklen Winkelwerk ein Zeugnis für das Mittelalter dar, doch auch nach dem Tor ist die Gasse interessant; die hochgezogenen Hausfronten mit den ältesten Dachgiebeln zeigen die Charakteristik Salzburger Bauens. Das Haus Nr. 18, das

Färberhaus, hat ein höchst sehenswertes Portal (1568) mit einem reich skulptierten Wappenschild, einem springenden Pferd und der Halbfigur eines Wirtes als Helmzier, und der Umschrift: „Mein Leben und End stet in Gottes Hent". Gleichfalls aus dem Jahr 1568 stammt das kostbare rotmarmorne Portal des Hauses Nr. 46, mit vertieften Feldern, die von runden Medaillons mit Wappenschildern unterbrochen werden. Der Eigentümer war Hans Stainhauser, der bedeutendste Chronist der Salzburger Barockzeit, dessen Wappen das Portal krönt und dessen Spruchband besagt „Betrachts auf eewig".

Immer wieder bleibt man stehen, überrascht davon, wie halsbrecherisch diese Häuser an die Felswand gedrückt sind, wie der gewachsene Fels vielfach als Hausfront verwendet wurde. In diesem Kleinbürgerviertel siedelten vor allem Handwerker, die viel Wasser brauchten – hier hatten sie die Salzach in unmittelbarer Nachbarschaft –, wie Färber, Gerber und Hafner und später die Leinenweber, die ihre Bleichwiesen in Parsch hatten. Und im Bauen wird deutlich, wie diese Bewohner nach Luft und Sonne lechzten; das gilt auch für die heutigen Bewohner der bergseitigen Häuserzeile. In waghalsigen Konstruktionen sind über den Dächern Terrassen und Gärten an die steile Bergwand geklebt worden. Im Winter hängen an Hauswänden, die direkt am Fels aufsitzen, meterlange Eiszapfen; manche der Häuser sind desolat, andere wieder im Inneren mit großem Aufwand modernisiert worden. 1477 hatten die Bürger beim Hause Steingasse Nr. 71 das heute nicht mehr bestehende Äußere Steintor errichtet; 1525 wurde es den Bauernrebellen geöffnet.

Am Beginn der Steingasse stand ehemals ein Brunnen, der aus Verkehrsgründen 1890 an das Ende der Steingasse, an den Platz zum Äußeren Stein versetzt wurde; seinen ursprünglichen Namen – Engelwirtsbrunnen, nach dem ersten Standort vor dem Gasthaus „Zum goldenen Engel" gegenüber dem

Aufgang zum Kapuzinerberg – hat er behalten. Dieser Wandbrunnen zeigt eine elegant geschwungene Form des Beckens, eine reich bewegte Volutenrahmung, in deren seichter Mittelnische sich die beiden Wappentiere des Erzbischofs Guidobald Thun, der Löwe und das Einhorn, innig umarmen. Zwar blickt der Löwe weg, wie es der Arroganz des Königs der Tiere entspricht, wenn er sich schon zu einer solchen Szene hergeben muß, doch seinem freundlichen Aussehen ist zu entnehmen, daß ihn die Eleganz dieser marmornen Szene aus der Zeit um 1660 sichtlich erfreut.

In den Untergeschossen der Häuser, meist in den Felsen eingebettet, befanden sich die Werkstätten der hier angesiedelten Handwerker. Ganz am Anfang der Gasse hieß dieser Teil „Unter den Schmieden", und beim Johannestor „Unter den Irchern", das heißt Weißgerbern. Dem kunstvollen Schmiedehandwerk begegnen wir in Salzburg auf Schritt und Tritt, denn nicht nur die zahlreichen Kirchengitter und Brunneneinfassungen, auch die noch immer vorhandenen zahllosen Fenstergitter künden von der Blüte dieses Handwerkszweiges – gar nicht zu reden von den Grabkreuzen. Bei den Fenstergittern sind vor allem die sogenannten Fensterkörbe, bauchige Gitter, die Blumenkörbe tragen, besonders schön gestaltet. Aber auch die Zinngießer mit ihren Krügen, Tellern, Schüsseln und den prachtvollen vier- und sechskantigen Flaschen mit Schraubverschlüssen haben überaus kunstvolle Arbeit geleistet. Eine Hof- und Residenzstadt wie Salzburg mit einer stolzen Kaufherrnschaft gab den Mitgliedern so edler Zünfte die Gewähr, entweder am Ort den entsprechenden Absatz zu finden oder von den Handelsströmen zu profitieren. Beides traf eben für Salzburg zu. Traditionsreich sind auch die Hafnerwaren und feinen Fayencen, von deren europäischem Rang der Ofen auf der Festung Kunde gibt. Eine Marmorierung dieser Fayencen, vor allem in grünen Schattierungen, war in Salzburg bei Schüsseln, aber auch bei Ofenkacheln beliebt.

Überall wurde das formschöne schwarzgraue Graphittongeschirr verwendet, ebenso Ofenkacheln aus demselben Material. Der früheste Fayencemeister war Thomas Obermillner (1615 bis 1680), dessen Gefäße gekreuzte blaue Ornamentbänder überzogen, die heitere Tierbilder, Tischgesellschaften und Jagdszenen umrahmten. Mit dem Braunstein vorgezeichnet, wurden diese Bilder mit den sogenannten Scharffeuerfarben Gelb, Grün, Blau und Braun bemalt. Spätere Meister verzierten ihre Werke mit Blumen, Figuren oder Häusern, und in den Bürgerstuben wurden weiße Kachelöfen mit feinem verästeltem Krakelee modern.

Vom Engelwirtsbrunnen zieht sich die Arenbergstraße den Kapuzinerberg – früher Imberg genannt – entlang, die ihren Namen nach der wohltätigen Fürstin Sophie Arenberg erhielt, die im Schloß gleichen Namens, auch Schloß Pürgelstein geheißen, wohnte. Hier lebte übrigens auch der Dichter Hermann Bahr. Der hohe, würfelförmige Kasten des Schlosses Elsenheim ist eine Gründung des Jahres 1453 und war lange Zeit im Besitz einer Bierbrauerfamilie.

Der Weg zurück durch die Imbergstraße führt am Volksgarten vorbei, einer Parkanlage, die vordem Franz-Josef-Park und zuvor Brodhäuslau benannt war. Diese Bezeichnung stammte von den Brot-Häuschen, Bäckerbuden, die bei den früher dort abgehaltenen Volksfesten aufgestellt wurden. Die Imbergstraße zeigt die steinernen Prunkvillen der sogenannten Gründerzeit, als reiche Bürger nach der Salzachregulierung ihren Reichtum zeigen wollten, und gibt Einblick in die Gartenfront der Steingartenhäuser, darunter die vierte Salzburger Maison de plaisir.

Vom Platzl führt die zweite große Geschäftsstraße Salzburgs, eine ärmere Schwester der Getreidegasse, stadtauswärts. Diese alte Poststraße war durch insgesamt vier Tore versperrbar. Das letzte und schönste, das innere Linzer Tor, wurde 1894 geschleift. 1818 ist ein Teil der Linzer Gasse durch einen

Großbrand, dem zwölf Menschen, vier Kirchen und vierundsiebzig Wohngebäude zum Opfer fielen, vernichtet worden. In den ersten Jahren nach dem Zweiten Weltkrieg, als Fragen der Stadterhaltung gegenüber den Sorgen des Wiederaufbaus zerstörter Häuser in den Hintergrund traten, sind der Linzer Gasse eine Reihe von entsetzlichen Bausünden zugefügt worden, die heute nur mit Kopfschütteln zur Kenntnis genommen werden können. Versuchte Schönheitsoperationen haben die Sache nur verschlechtert. Sehenswert jedoch ist die Sebastianskirche mit dem Friedhof, neben dem Ende des 15. Jahrhunderts gestifteten Bruderhof, einem Siechen- und Armenspital, heute Feuerwehrzentrale. Leonhard von Keutschach hat die St. Sebastianskirche (1505 bis 1512) erbaut, die 1749 durch den heute noch bestehenden Kirchenbau ersetzt wurde. Der Brand des Jahres 1818 hat wesentliche Teile ihrer Einrichtung und das Gewölbefresko von Paul Troger zerstört. Ein bezaubernder Zwiebelhelm schließt den Turm der Kirche ab, in seiner spielerischen Form dem Marmorportal vergleichbar, das Joseph Anton Pfaffinger im Jahr 1754 nach einem Entwurf von Franz Anton Danreiter gefertigt hat. Im Inneren überrascht ein Eisengitter von Philipp Hinterseer; die Marmoraltäre wurden nach dem Brand umgearbeitet und erhielten statt der verkohlten Barockbilder neue Gemälde von Sebastian Stief, Johann Michael Sattler und Franz Nikolaus Streicher; die Marienstatue des Hochaltares von Hans Waldburger stammt aus dem Jahr 1611.

In der Vorhalle der Kirche sehen wir das Grabmal des Theophrastus Paracelsus von Hohenheim, der vordem auf dem Sebastiansfriedhof begraben lag. Das obeliskförmige Grabmal trägt in der obersten Schriftenplatte die Inschrift: „Des Philippus Theophrastus Paracelsus, der durch die Alchemie einen so großen Ruhm in der Welt erworben hat, Bildnis und Gebeine. Bis sie wieder mit ihrer Haut umgeben sein werden." Dann folgt das kreisrunde Reliefbildnis mit der Unterschrift:

„Sie wurden bei der Instandsetzung der Kirche im Jahr 1752 aus dem Grabesmoder gehoben und hier beigesetzt.“ Und die Basisplatte des Grabmales verkündet: „Hier liegt begraben Philippus Theophrastus, der berühmte Doktor der Medizin, welcher auch die schrecklichsten Wunden, Lepra, Podagra und Wassersucht und andere unheilbar scheinende Krankheiten durch seine wunderbare Kunst heilte. Und es brachte ihm auch Erhre ein, daß er sein Hab und Gut unter die Armen verteilen ließ. Im Jahre 1541, am 24. September, vertauschte er das Leben mit dem Tode.“

Mit der Internationalen Paracelsus-Gesellschaft und der Verleihung des Paracelsus-Ringes hält die Stadt das Andenken dieses großen Mannes aufrecht – den sie allerdings zu Lebzeiten wesentlich schlechter behandelt hat. Ein Schicksal, das sich überall in der Welt unzählige Male wiederholt hat und wiederholen wird. Der 1493 im schweizerischen „Einsiedeln geborene Sohn eines Landarztes und einer Gotteshausfrau des fürstlichen Stiftes Unserer Lieben Frau zu Einsiedeln“, wuchs in Kärnten auf und ließ sich nach seinem Studium 1525 als Arzt in Salzburg nieder. Doch gerade in diesem Jahr brachen die Bauernunruhen aus, Paracelsus beteiligte sich an dem Tumult, er mischte sich unters Volk, wurde – bei der Obrigkeit verdächtigt – gefangengenommen, aber wieder entlassen. Er verließ daraufhin die Stadt. Nachweisbar ist er 1540 zurückgekehrt, vermutlich weilte er auch zwischendurch hier, doch fehlen dafür die Beweise. Seine wissenschaftlichen Arbeiten über die Gasteiner Thermalquellen und über die Begehung der Tauern ließen die Vermutung eines Aufenthaltes im Salzburgischen fast zur Gewißheit werden. Er war ein ruheloser Geist, seiner Zeit weit voraus, experimentierte, erkannte den Irrsinn als Krankheit, schuf in seiner alchimistischen Stube neue Heilmittel und schrieb – ja er schrieb eine solche Fülle von Werken nieder, daß diese Kraft in einem kurzen Erdenleben restlos zu bewundern ist. „Ich befehle also dem pappier, was mein maul nit vollenden mag", sagte er und bekannte weise, „ehe die Welt untergaht, müssen noch viel künst, so man ansunsten deme teufel zuschribt, offenbar werden." Seine Gebeine wurden vor rund siebzig Jahren vom Magistrat in eine Kupferkassette umgebettet und verblieben in dem Grabmal, bis in der Kriegszeit ein Museumsbeamter diese Kassette herausnahm. Er wollte die Gebeine vor einer möglichen Zerstörung durch Bomben bewahren und trug bei jedem Alarm die Kassette in einem Rucksack mit sich in den Luftschutzstollen, bis sie schließlich in einem bombensicheren Gewölbe der Festung verwahrt wurde. Bei den Plünderungen des Jahres 1945 verschwand der kupferne Schrein, konnte aber bald wieder entdeckt und neu bestattet werden.

In seinem Testament hatte Paracelsus bestimmt, sein Vermögen solle den Armen zugute kommen. Es war jedoch kaum Vermögen da, denn der große Feuergeist, der Arzt und Forscher, hatte allen Menschen geholfen, der Wissenschaft gedient, ohne jemals darauf bedacht gewesen zu sein, Geld zu scheffeln. Sein Nachlaß bestand „in wenigen Fahrnissen und Kleidern, 16 Dukaten an ungemünztem Golde, 1 Mark 3 Loth, und am Silbergeräthe, 11 Mark 10 Loth schwer". An Legaten vermachte er seinen Verwandten in Einsiedeln 10 Gulden, „Meister Hannsen, dem Rappel-Bader 6 Gulden . . . Endlich dem Andre Wendel, Bürger und Balbier in Salzburg, seine Bücher, Schriften, Salben und Arzneyen".

Der Sebastiansfriedhof kann von der Vorhalle der Kirche, aber auch direkt durch ein Gittertor von der Linzer Gasse her betreten werden. Dieser Friedhof ist dem von St. Peter ebenbürtig, wenn auch völlig anders gestaltet. 1595 bis 1600 von Erzbischof Wolf Dietrich erneuert, ist dieser Friedhof wohl der einzige Campo Santo außerhalb Italiens. Das Geviert von 89 mal 78 Meter ist von einem Arkadengang mit Grüften umgeben. In seiner Mitte erhebt sich die Gabrielskapelle, ein Mausoleum, das sich Wolf Dietrich noch zu seinen Lebzeiten errichten ließ. Der Campo Santo ist von Andrea Bertoleto aus Como angelegt, das Mausoleum von Elia Castello errichtet worden. Dieses zauberhafte Werk der Spätrenaissance wurde am Michaelstag des Jahres 1603 in Gegenwart des Erzbischofs geweiht. Der schlichte Rundtempel, abgeschlossen von einem in edler Patina glänzenden Kupferhaubendach, wird nur von schlanken toskanischen Säulen gegliedert. An der Vorderseite ist eine schmale Fassade vorgeblendet, an der Rückseite ein fast quadratischer Altarraum angebaut. Hier wiederholt sich in klassischer Weise die Salzburger Art des Bauens mit betont zurückhaltenden Fassaden und der Prunkentfaltung nach innen. Und bei dieser Grabkapelle steht das Wort Prunk zu Recht: ein sinnbetörendes Gleißen und Glänzen geht von dem ganzen Raum aus, der mit kleinen glasierten Wandfliesen verkleidet ist. Die Farbe Weiß herrscht in dem schachbrettartigen Wandmuster vor, während die Kuppel in Blau und Rot strahlt. Das sparsam ausladende Gebälk und die Nischen mit den riesigen Figuren der vier Evangelisten heben sich in weißem und goldenem Stuck ab. Fenster- und Nischenumrandungen sind wie die Evangelisten und die Stukkos des Altarraumes farbenprächtige und zum Teil vergoldete Kunstwerke. In der Apsis sehen wir abwechselnd Kirchenväter und Kardinalstugenden: in der linken Reihe Ambrosius mit dem Buche, die Starkmut mit einer Säule, Augustinus, gleichfalls mit dem Buche; in der mittleren Reihe die Gerechtigkeit mit der Waage, das Wappen Wolf Dietrichs und die Mäßigkeit mit dem Wasser im Weine; in der rechten Reihe Gregor mit der Taube und dem Buche, die Klugheit mit dem Spiegel und Hieronymus mit dem Löwen. Stuck- und Fliesenornamente korrespondieren in ihrem Rankenwerk. Nach Zeichnungen von Elia Castello hat der Salzburger Hafner Hans Khop, seines Zeichens Hofhafner und in der Steingasse beheimatet, die keramischen Plättchen geschaffen und verlegt. In unseren Breitengraden finden wir nichts Ähnliches. Die Ornamente sind nur orientalischen Kunstwerken in Konstantinopel oder in der spanischen Alhambra vergleichbar. Die Fliesenwände des Altarraumes mit seitlichem Rankenwerk auf Weiß, die Wände selbst in Weiß, Gelb und Blau gemustert, umschließen einen Altar, der allerdings erst 1749 aufgestellt wurde; das Gemälde mit der Fußwaschung schuf Jakob Zanusi. Das Wappen Wolf Dietrichs ist in dieser Kapelle zehnmal zu finden. Beidseits des Altarraumes verkünden zwei bronzene Tafeln – von dem Nürnberger Meister Christoph Herold 1605 und 1607 gegossen – die letztwilligen Verfügungen dieses Barockfürsten, die seine menschliche Größe verraten. Dieser prunkliebende Mann, der den Zauber Salzburgs begründete und in seinem trunkenen Schönheitswahn fast die Maßstäbe verlor, der diese leuchtende Grabstätte für sich und seinen Nachruhm schuf, wußte um das rechte Maß, wußte, wie klein doch der einzelne Mensch ist: „Dem allmächtigen Gott. Wolf Dietrich, erlauchter hochwürdigster Fürsterzbischof von Salzburg, hat dieses unter dem göttlichen Schutz des Erzengels Gabriel stehende heilige Haus inmitten eines Friedhofes mit Säulengängen zur Mehrung der Frömmigkeit aus eigenem gegründet und für seine Ausschmückung in jeder Weise gesorgt. Zur Kunde für die fromme Nachwelt setzt er folgendes fest: Zwei Priester sollen abwechselnd täglich das heilige Meßopfer feiern, für die lebenden und verstorbenen Gläubigen beten und besonders des Gründers und seiner Blutsverwandten fromm gedenken. Als Entgelt sollen beide monatlich je 10, der Mesner 5 Gulden [Floreno, das sind Florentiner, wie die Gulden genannt wurden, woher ja auch die Bezeichnung fl. stammt] erhalten. Der Präfekt des Altersheimes soll die Einkünfte verwalten und jährlich eigens hiefür bestimmten Personen über alle Einnahmen und Ausgaben Rechnung legen. Die Rechte der vorher Genannten mögen die nachfolgenden Fürsterzbischöfe durch Beiträge wahren. Denn wer immer es wagen sollte, diesen Willen zu verletzen, hat in Gott dem Allmächtigen einen rächenden Richter zu erwarten. Wolf Dietrich von Raitenau, Fürsterzbischof von Salzburg, Gründer dieser Kapelle und dieses Friedhofes, setzt, wenn es Gottes Wille ist, fest, daß er nach seinem Tode in dieser Kapelle mitten unter seinem Volke, das er die Zeit seines Lebens sehr gefördert und geliebt hat, bestattet werde, und bittet noch zu seinen Lebzeiten, mit dieser Inschrift seine Nachfolger, die nach seinem Tode über dieses Land herrschen werden, eindringlich, durch Gott, unseren Herrn, folgendes zu beachten: Man solle seinen Leichnam nicht ausweiden und ihn nicht länger als 24 Stunden öffentlich aufbahren, sondern ihn dann sofort bestatten, hiebei allerdings diese Bedingungen einhalten: Man ziehe ihm die Kleider an, die er täglich trug, die Diener seines Hauses, die ihn in seinen düsteren Tagen betreuten, sollen ihn der Erde übergeben; sie sollen dem Leichenzug mit nur einem Kreuze und vier Kerzen voranschreiten. Begleiten sollen ihn nur sechs Mönche vom Orden des heiligen Franziskus von der Observanz und sonst niemand. Und dies geschehe nicht bei Tag, sondern in der Nacht, und es solle keine Glocke geläutet werden, nur jene der St. Sebastians-Kirche, die sich in der Nähe der Kapelle des Verstorbenen befindet, solle ihn zu Grabe geleiten. Niemand trage bei diesem Begräbnis Trauerkleidung, sondern man bete und flehe vielmehr zu Gott dem Allmächtigen für die Seele des Verstorbenen und Vergebung seiner Sünden. Dies möge hiermit Wort für Wort befolgt und von seinen Nachfolgern genau beachtet werden, da sie ja auch für sich selber Gottes Gnade nach ihrem Tode erbitten und erhoffen."

Als Wolf Dietrich diese Sätze schrieb, stand er auf dem Höhepunkt seiner Macht. 1617 begrub ihn sein Nachfolger Marcus Sitticus mit dem ganzen Pomp einer fürstlichen Residenz.

Die Gruft wurde des schlechten Bauzustandes wegen 1967 geöffnet. Außer dem stark zerfallenen Zementsarkophag Wolf Dietrichs enthielt sie die Särge von vier Weihbischöfen aus der

Zeit vom Ende des 18. bis zum Ende des 19. Jahrhunderts; diese vier Särge wurden in die Gruft des Domkapitels gebracht und die Gebeine Wolf Dietrichs in einem Marmorsarkophag in seinem Mausoleum zu neuer Ruhe gebettet.

Die Arkadengräber des Sebastiansfriedhofes, der seit 1888 nicht mehr belegt wird, zeigen eine Reihe hervorragender Gemälde, Skulpturen, Schmiedeeisenarbeiten, darunter auch das schlichte Grabmal des Erbauers der Kapelle, Elia Castello, kunstvolle Epitaphe und Weihwasserbecken; ein Rundgang gleicht mehr dem Besuch eines Museums als dem eines Friedhofes.

In den letzten Jahren instand gesetzt, strahlt der Campo Santo eine heitere Ruhe aus. Das Erdgrab Nr. 216, am Wege vor der Kapelle, ist das Grab der Familie Mozart, in dem Leopold Mozart, Constanze und ihr zweiter Mann, aber auch die Tante Constanzes, Genovefa von Weber, die Mutter Carl Maria von Webers, bestattet sind.

Außerhalb des Linzer Tores, schon in Schallmoos – in der heutigen Schallmooser Hauptstraße –, stehen drei Kreuze. Dieses Sühnemal erinnert daran, daß sich hier im Mittelalter das Hochgericht mit dem Scheiterhaufen, „die Köpfstätte, mehrere Galgen, eine Menge Räder und der Soldatengalgen" befanden. Diese Richtstätte lag schon weit vor den Mauern der Stadt.

Das älteste Tor der Neustadt, das Ostertor, stand zwischen Kapuzinerberg und dem Hotel Gablerbräu. Die Stadtmauer zog sich entlang dem Königsgäßchen, das seinen Namen keinem Potentaten verdankt, sondern einem „Nachtkönig", der dort wohnte und als „Säuberer der Schwindgruben" während der Nachtzeit einer unangenehm duftenden Profession nachging. Das Königsgäßchen zeigt am deutlichsten die Düsternis eines mittelalterlichen Armeleut-Viertels in Salzburg.

Im ausgehenden 15. Jahrhundert rückte die Stadtmauer vom

Sauterbogen zum Ausgang der Dreifaltigkeitsgasse und Bergstraße hinaus, bis Paris Lodron in der Zeit von 1620 bis 1640 die Stadtmauer zur Franz-Josef-Straße verlegte und mit seinen Basteien befestigte. Es ist interessant, in dem mittelalterlichen Straßengewirr umherzuwandern: da ist die Bergstraße, von der einst das Bergstraßtor aus der Stadt führte. Im Hause Nr. 8 wohnte in einer Kammer der Hilfskapellmeister des Salzburger Stadttheaters, Hugo Wolf, der als Liederkomponist Weltberühmtheit erlangen sollte. Die Häuser Nr. 14 bis Nr. 24 gehörten gemeinsam mit den Häusern an der äußeren Dreifaltigkeitsgasse und dem alten Borromäum auf der anderen Straßenseite – einstmals bei der Ausmündung zum Mirabellplatz durch den Mitterbacherbogen verbunden – zum Paris Lodronschen Familienpalast. An der Ausdehnung dieser ehemaligen Lodronschen Besitztümer ist zu sehen, welche Macht die Nepotenfamilie eines regierenden Erzbischofs erringen konnte. Im Hause Bergstraße Nr. 14 war die Poststation etabliert, von wo aus man Reisen in das Land und in die benachbarten Königreiche und Fürstentümer antrat. In der Bergstraße Nr. 16 hatte Erzbischof Lodron das Collegium Marianum untergebracht, ein Erziehungsheim für mindestens acht Knaben, von denen drei jeweils aus der ihm gehörigen italienischen Pfarre Villa Lagarina stammen sollten. Disziplinär unterstand das Heim dem Rektor der Universität, die Direktion selbst hatte der jeweilige Inhaber des Primogeniturpalastes. In seiner Gründungsurkunde erklärte der Erzbischof, daß dies seine private Stiftung sei, um Beamte für die Lodronschen Besitzungen heranzuziehen. Die Absolventen des Collegs waren verpflichtet, für jedes Jahr, welches sie darinnen zubrachten, zwei Dienstjahre bei der Herrschaft abzuleisten. Eine den Charakter des 17. Jahrhunderts wiedergebende Gasse ist auch die Lederergasse, nach ebendemselben Gewerbe benannt, ein zweimal im rechten Winkel gebrochenes Gäßchen, das von der Dreifaltigkeitsgasse zur Schwarzstraße hinunterführt und dort in einer tonnengewölbten rundbogigen Durchfahrt, dem ehemaligen Lederertor, das früher direkt an der Salzach lag, endet. Hier war die Salzach sehr breit und umspülte kleine Inseln: eine davon trägt das Café Bazar. Dieses Café ist wie das Tomaselli eine stille Insel inmitten das Trubels; es gehört einem Zweig der Kaffeesiederfamilie Tomaselli.

1671 wird für Marseille das erste europäische Caféhaus nachgewiesen, 1684 für Wien, und am 31. März des Jahres 1700 bekam der mit einer Salzburgerin verheiratete Franzose Jean Fontaine die erste Kaffeesiederkonzession in Salzburg. In der Goldgasse Nr. 5 eröffnete er seinen Laden, den nach dem Tode des Gründers dessen Tochter Maria Antoinette weiterführte, 1733 aber verkaufte. Kurze Zeit später erwarb Anton Steiger den Laden und kaufte 1764 das Haus am Alten Markt, wo sich heute noch das Café Tomaselli befindet. 1852 hatte der Zuckerbäcker Carl Tomaselli das Café erworben. Sowohl im Tomaselli wie auch im Bazar verkehrte neben Beamten und Bürgern „die Kultur". Hermann Bahr, Stefan Zweig und Hofmannsthal waren Stammgäste, zahllose Festspielkünstler verkehrten hier. Heute sind die großen Stars seltener geworden, denn sie entfliehen der Stadt und siedeln sich im Grünen an. Eine bezaubernde Geschichte erzählt der Schriftsteller Siegfried Trebitsch: Der Wiener Staatsoperndirektor Franz Schalk schlug während der Festspielzeit im Café Bazar schwere Schachkämpfe. Eines Nachmittags, als er mit Trebitsch spielte, war er so vertieft, daß er gar nicht merkte, wie die Stunden verrannen. Plötzlich fuhr er hoch: „Um Gottes willen, in fünf Minuten beginnt die Vorstellung, ich sollte längst umgekleidet vor meiner Partitur sitzen." Schalk sollte den „Fidelio" dirigieren. Er stürzte davon – und schlich erst nach Erlöschen der Lichter im Straßenanzug zum Dirigentenpult. Trebitsch, der auch in die Vorstellung eilte, bemerkte, „mir war, als bemühte er sich vergeblich, hinter seinem hochgeschwungenen Elfenbeinstab zu verschwinden. Endlich wurde es hell, und die enthusiastischen Applausspender suchten den Meister mit dankbaren Blicken. Er war aber bereits unsichtbar geworden . . . Und siehe: lange vor Schluß des Zwischenaktes kam hochaufgerichtet, gelassenen Schrittes und mit tadellosem Frack, der Herr Kapellmeister aus der Kulisse an sein Pult geschritten und ordnete die vor ihm aufgerichteten Notenhefte".

Man ruht wirklich aus in diesen Salzburger Kaffeehäusern, wo man noch stundenlang sitzen kann und der Ober geduldig das Glas Wasser wechselt. Daß einer der legendären Ober des Café Bazar noch unter der Ägide des Bundeskanzlers Julius Raab ein Ehrenzeichen für Verdienste um die Republik Österreich verliehen bekam, wunderte niemanden, denn – diese Ober sind eben mehr als Bedienungspersonal.

Wenige Schritte nur sind es vom Bazar zum Makartplatz, der jedoch wenig von seiner alten Gestalt zeigt. An der Stelle des Hotels Bristol und der beidseits anschließenden Geschäftsfronten erstreckte sich früher der Lodronsche Familienpalast. Von Mozarts Wohnhaus auf der gegenüberliegenden Seite ist nur ein Teil erhalten, das Haus wurde von Bomben weitgehend zerstört. Dennoch ist der Blick über den Platz zur weiten Fassade der Dreifaltigkeitskirche um vieles schöner, als er sich dem Besucher noch zur Jahrhundertwende bot, denn Jakob Ernst Graf von Liechtenstein, Erzbischof von 1745 bis 1747, hatte ausgerechnet vor die Kirche das Leihhaus hingestellt. Der Landesfürst wollte sein Volk vor Ausbeutung durch Wucherer schützen. Dieses Versatzamt verdeckte die Kirche derart, daß 1757 die beiden Türme erhöht wurden, um überhaupt etwas von ihr sehen zu lassen. Das Leihhaus selbst war eine große Neuerung. Gemäß dem Stiftsbrief vom 5. Januar 1747 durften bei Belehnungen fünfundsiebzig Prozent des Schätzwertes gegeben werden, bei Edelsteinen und Juwelen die Hälfte und nicht mehr als 300 Gulden. Dienstboten, Studenten und Kinder durften nichts versetzen, um die

Verschwendungssucht nicht zu fördern. Versteigerungen wurden nicht nur durch Anschlag, sondern auch durch Läuten der Festungsglocke verkündet. 1907 erst wurde das Bauwerk weggerissen, um die Kirche, den ersten Bau Fischer von Erlachs in Salzburg, wieder richtig zur Geltung zu bringen. An seiner Stelle wurde ein kleiner Park angelegt. Die Dreifaltigkeitskirche wurde unter Erzbischof Johann Ernst Thun in den Jahren 1694 bis 1702 errichtet. Sie ist flankiert von dem links angebauten Priesterhaus und rechts vom Virgilianischen Collegium, der sogenannten Pagerie für verarmte Adelige, die hier studieren konnten. Wappengeschmückte Portale führen in die Seitenflügel; im Hof des Priesterhauses steht ein wunderschöner Barockbrunnen mit einer Statue des heiligen Petrus. Das Pendant dazu, der Brunnen mit dem heiligen Paulus im Virgilianum, ist dem verheerenden Brande des Jahres 1818, der das ganze Viertel vernichtete und vom Konvikt seinen Ausgang nahm, zum Opfer gefallen. Der Priesterhausbrunnen, 1741 datiert, ist eine freie Kopie der Petrusstatue vor dem Dom, erkennbar an der Stellung, dem malerischen Wurf der reichen Draperien, der Gebärde beider Hände und der geradezu ekstatischen Haltung des emporblickenden Antlitzes. Ursprünglich bot die Kirche mit den beiden Seitenflügeln eine wesentlich einheitlichere Front, da die Kuppel dominierte und die Turmstümpfe nur die Wirkung der Fassade und der Kuppel unterstrichen. Das sockelartig aufgezogene Erdgeschoß dient als Fundament für ein reichgegliedertes Obergeschoß; die konkav eingezogene Fassade betont die Kirche, zu der ein mehrstufiger Vorplatz hinaufführt. Das strenge Portal mit dem edlen Mittelfenster darüber wird abgeschlossen durch eine aus dem Kranzgesims hervorspringende Balustrade mit den Statuen des Glaubens, der Hoffnung, der Liebe und der Weisheit. Michael Bernhard Mandl hat 1699 diese Figurengruppe geschaffen, in deren Mitte das Doppelwappen Thuns und des Landes Salzburg angebracht ist. Auch der Innenraum bezau-

bert. Die konkave Fassadengestaltung wirkt in den Wandnischen und den Balustraden der Emporen weiter, der Kuppelraum ist ein Oval mit einer Darstellung der Krönung Mariens von Johann Michael Rottmayr, um 1700. Das Muster des Marmorbogens und die Wandgliederung sind von großartiger Schönheit. 1956, im Fischer-von-Erlach-Gedächtnisjahr, wurde der Altar nach einer im Landesarchiv gefundenen Skizze des großen Baumeisters in seiner ursprünglichen Form – mit Ausnahme des Tabernakels, der damals von Otto Prossinger angefertigt wurde – erneuert. Die Seitenaltäre, mit von Engeln gehaltenen Ovalrahmen und einem von Putten bekränzten Kruzifixus sowie einer Marienikone vom Reisealtar Johann Ernst Thuns stammen aus dem Jahr 1726. Die Kanzel, die Altarschranken und die Kirchenbänke entlang der Wände entstanden nach Anordnungen Fischer von Erlachs. Die nördliche Kapelle enthält als Kapitelkirche des Sankt-Rupertus-Ordens Grabsteine von Ordensrittern.
Am Makartplatz, 1879 zur ehrenden Erinnerung an den 1840 in der Residenz geborenen Kunstmaler Hans Makart benannt, ehemals Hannibalgarten, steht noch das 1892 errichtete k. k. Nationaltheater, das heutige Landestheater, in seinem Inneren ein hübscher, geradezu intimer Theaterbau. An dieser Stelle hatte Paris Lodron im Jahr 1631 ein Ballhaus errichtet, das dem damals modernen Ballspiel diente. Die Geschichte dieses Ballhauses ist mit dem letzten regierenden Landesfürsten Hieronymus Graf von Colloredo (1772 bis 1803) verknüpft. Der als Papiertiger, als Aktenmensch und als knickrig verschriene Landesfürst war ein Musik- und Theaterfreund. Schon im ersten Jahr seiner Regierungszeit ließ er, noch auf dem Universitätstheater, das er dann den Benediktinern einstellte, eine Oper mit weiblichen Kräften aufführen – was seit den Zeiten der Barockfürsten undenkbar war. Und schon ein Jahr später, 1773, verlangte er von der Stadt den Bau eines Komödienhauses, und zwar an der Stelle des heutigen Café Glocken-

spiel. Der Bürgermeister lehnte mit der Begründung ab, daß die Stadt eine „so notige Bürgerschaft habe und Brot wichtiger sei als Komödien“ – und trat zurück. Der Magistrat bekam schließlich den Befehl, den Rathaussaal zu einem Redoutensaal umzubauen; mit Lampen, Kronleuchtern und neuen Stühlen wurden der Saal sowie die Seitengemächer adaptiert. Erzbischof Hieronymus lud verschiedene Theatergruppen ein und besuchte vor allem regelmäßig die Redouten. Bei dieser Gelegenheit offenbarte sich sein schwieriger Charakter: waren zu wenig Leute da, jammerte der Erzbischof, man liebe ihn nicht, waren es zu viele, verkündete er, seine Bürger hätten zu viel Geld. Bis zu fünfhundert Maskierte tanzten bei solchen Redouten im Rathaus, und in der Aufklärungszeit fand niemand etwas dabei, daß viele als Franziskaner, Kapuziner und andere Ordensleute verkleidet waren, oder daß der Geistliche Lorenz Hübner, einer der bedeutendsten Stadtchronisten, mit seiner Köchin tanzte. 1775 ließ dann der Erzbischof das bisherige Ballhaus zu seinem Hoftheater umbauen. Das Land ging bereits seiner Auflösung entgegen, und gerade damals – welch sympathischer Zug – entstand ein Theatersaal: man schauspielerte, musizierte und tanzte, bis die Franzosen vor den Stadttoren standen.

Gediegenes Salzburger Kunsthandwerk: Zahllos sind die schmiedeeisernen Gitter, hier als Beispiel ein Detail des Brunnengitters vom Alten Markt (1583), oder die Hafnerarbeiten: Detail vom spätgotischen Kachelofen der Goldenen Stube der Hohensalzburg (1501).

Das Ende des geistlichen Fürstentums

HIERONYMUS COLLOREDO

Das Wichtigste ... ist wohl die Bekanntmachung des Hirtenbriefes, den der Erzbischof bereits den 29. Juni 1782 unterzeichnet hat und den er ... an die in der Ausübung der Seelsorge stehenden Priester hat ergehen lassen. Er ist in der That eine wichtige Urkunde für die Geschichte Deutschlands, der Religion, der Aufklärung und der Menschheit. Hieronymus eifert in demselben a) gegen die unnöthigen Verzierungen in den Kirchen, b) gegen die große Zahl der brennenden Wachskerzen und Lampen, und c) gegen zweckwidrige Verwendung des Kirchenvermögens.

J. T. ZAUNER / C. GÄRTNER, CHRONIK VON SALZBURG

Unser Fürst Colloredo
Hat weder Gloria noch Credo.

VOLKSMUND

Hieronymus Graf Colloredo (1772 bis 1803) hatte seine Wahl dem Einfluß des Wiener Hofes zu verdanken, dessen Kommissär Graf Hartig jedem Domherrn ein kaiserliches Handbillett mit dem mündlichen Zusatz überreichte, der die Wahl Colloredos nahelegte. Fünf Wahlgänge waren nötig, doch war am Vorabend des Wahltages die Entscheidung bei einem Empfang anläßlich des Geburtstages Kaiser Josephs II. im diplomati-

Spezielle Salzburger Gewerbe: Der waghalsige Beruf der Felsputzer und die typische Blumenfrau vom Alten Markt.

schen Gespräch gefallen. Prompt klebte nächsten Tag am Kapitelhaus ein von unbekannten Händen angebrachter Zettel: Wein, Weiber und d'Nacht haben unsern Fürsten g'macht. Colloredo war zu dieser Zeit Fürstbischof von Gurk und verbrachte viel Zeit auf seinem Salzburger Landsitz, den er sich 1771 vor dem Mirabelltor – heute Weiserstraße Nr. 16 – erbaut hatte. Der neue Erzbischof war Wiener und sah in dem aufgeklärten Monarchen Kaiser Joseph II. sein Vorbild. In Salzburg nahm man ihm sehr übel, daß er die Barockkirchen ausräumte, den Prunk abschaffte und sogar die Zahl der Kerzen bestimmte, die brennen durften. Opfertafeln, Statuen, Ablaßtafeln und dergleichen mehr mußten verschwinden. Die Birkenbäume vor den Häusern bei den Fronleichnamsprozessionen, Sonnwendfeuer, Wetterläuten, Osterritte, das Licht beim Rupertusgrab, der dritte Orden der Franziskaner, aber auch das Tragen von Gamsbärten und Hahnenfedern, das Spielen von Wiegenliedern bei Hochzeiten, Instrumentalmusik und lateinischer Gesang außerhalb von Klosterkirchen zugunsten des Volksgesanges – wodurch die Deutsche Messe Michael Haydns zu Ehren kam –, Statuen und Bilder bei Prozessionen, Weihnachtskrippen und viele andere Bräuche wurden untersagt. Hieronymus mochte die Orden gar nicht, er erschwerte die Aufnahme des Nachwuchses und setzte vor allem die Kapuziner, wohl mit Absicht, dem Gespött der Mitmenschen aus: Sie mußten ihre bisherigen Kutten ausziehen und erhielten statt dessen Schnürschuhe mit Strümpfen und einer ledernen Kniehose, eine Kutte, die nur bis zu den Knien reichte, einen Halskragen mit einer Kapuze, eine Weste, einen dünnen Strick als Gürtel und dazu einen Überrock mit schwarzen Knöpfen und aufs Haupt noch einen Hut gedrückt. Erzbischof Colloredo, der einen nüchternen Glauben abseits blühender Wunder und phantastischen Beiwerks forcierte, sah sich selbst aber weit mehr als weltlichen Fürsten, was an den äußeren Zeichen seines Wappens und der Geldmünzen Ausdruck fand: er tauschte das Schwert auf die rechte und den Hirtenstab auf die linke Seite. Colloredo reformierte auch das Schulwesen und richtete ein eigenes Lehrerseminar ein. Doch die Finanzen des Landes zu ordnen gelang ihm nicht. Daß in seinem Arbeitszimmer die Büsten von Rousseau und Voltaire standen, rundet nur das Bild ab.

Wolf Dietrich war der letzte der Salzburger Fürsten gewesen, die persönlich mit dem Papst zusammengetroffen waren. Als nun 1782 Pius VI. den Kaiser in Wien besuchte, kam er auch nach Altötting, wo ihn Hieronymus als Metropolit dieses Gebietes begrüßte.

Als die Franzosen näher rückten, gab es im August 1796 einen richtiggehenden Auflauf und einen heftigen Streit der Bürger, weil der Fürst bei einem Binder in der Steingasse fünfundzwanzig Fässer bestellt hatte – Fässer, die mit Geld gefüllt werden sollten. Wütend verlangten die Bürger, wenn schon der Fürst wegginge, so müßte das Geld im Lande bleiben. Hieronymus ließ das Hofsilber verpacken, man speiste nur mehr auf Porzellan, und als die Franzosen nach München kamen, verließ der Landesherr sein Fürstentum: „Ein Theil seiner Hofdienerschaft war bereits vor mehreren Wochen mit dem Reisegeräthe und anderen Kostbarkeiten vorausgegangen. Am 10ten Dezember 1800 zur Mittagszeit trat er nun selbst die Reise an. Mit Thränen in den Augen, und mit sichtbarer Vorempfindung des seinem Lande bevorstehenden Elendes, beurlaubte er sich von den Abgeordneten des bürgerlichen Stadtrathes, als sie ihm des Morgens an diesem bitteren Tage der Scheidung ihre Aufwartung machten. In der That war es ein rührender Anblick, einen alten Fürsten aus seiner Residenz, die er beynahe schon gegen 30 Jahre als Herrscher bewohnt hatte, in der Gestalt eines Flüchtlings ausziehen zu sehen. Ohne alles Geräuch bestieg Erzbischof Hieronymus eine einfache Postkutsche, und fuhr, in Begleitung eines einzigen Kammerdieners, durch das rechte oder südliche Nebentor zur Residenz hinaus.“

Am 13. Dezember 1800 kam es auf dem Walserfeld zur Schlacht zwischen Franzosen und kaiserlichen Truppen. Der Donner der Geschütze grollte über Salzburg, die Verwundeten wurden hereingeschleppt und in die Sebastianskirche gebracht, und am 15. Dezember zog das feindliche Heer in die Stadt ein: eine Armee durch das Mirabelltor, Stunden später eine zweite Armee durch das Klausentor. Der Chronist vermerkte: Vor jedem Zuge wurde in das Gewehr getreten und präsentiert, welche Ehrenbezeigung von den Franzosen auch jedesmal auf die höflichste Art erwidert wurde. General Decaen, der zuerst durch das Mirabelltor kam, wurde höflichst „nebst einem beträchtlichen Geschenke“ in die Residenz geleitet. General Lecourbe, der durch das Klausentor kam, war wütend, weil er nicht der erste war und mit dem Lodronschen Primogeniturpalast als Quartier vorlieb nehmen mußte. Die Franziskanerkirche wurde zum Arrest für österreichische Kriegsgefangene, die Sebastianskirche Spital und dann Heumagazin, die Kollegienkirche ebenfalls „Heu- und Haber-Magazin“, die Universität Pferdestall, und auch die Michaelskirche wurde zum Stall für Pferde der französischen Gendarmerie degradiert. Die Dreifaltigkeitskirche wurde Magazin, und die Alumnen mußten aus dem Priesterhaus ausziehen. Der französische Stadtkommandant hatte verkündet: „Seid ohne Furcht! Diese Augenblicke der Verwirrung sind vorüber. Der Sieg führt die Franzosen in eure Ringmauern. Seid versichert, daß die Soldaten einer Nation, welche – über ihre unversöhnlichen Feinde triumphierend – ihnen unaufhörlich den Ölzweig des Friedens darbietend, euch niemals in euren friedlichen Wohnungen in Furcht und Schrecken zu versetzen gedenken.“ Die Wirklichkeit sah jedoch weit anders aus. Die ausgehungerten Soldaten plünderten, mißhandelten Leute, schändeten Frauen. Wie immer gab es anständige Soldaten und Offiziere und – das Gegenteil. Die Truppen wechselten, neue Sorgen kamen, zahlreiche Bücher und Kunstgegenstände wurden requiriert.

Hieronymus Colloredo aber kehrte nie mehr nach Salzburg zurück. Im Frieden von Lunéville 1801 wurde das geistliche Fürstentum säkularisiert. Colloredo regierte von Wien aus noch als kirchlicher Oberhirte und konnte durch sein diplomatisches Geschick die Aufhebung des Erzbistums und dessen Unterstellung unter Wiener kirchliche Oberhoheit verhindern. Achtzig Jahre alt, starb er 1812 in Wien und wurde im Stephansdom begraben. Im heutigen Salzburg erinnert nicht viel an den letzten Landesherrn, doch der Name seiner Schwester, die ihm den Haushalt führte, einer verwitweten Gräfin Wallis, blieb mit dem Wallistrakt der Residenz verbunden.

In etwas mehr als zehn Jahren wechselte nun das Land fünfmal seinen Landesherrn. Zuerst von Franzosen und Bayern besetzt, sprachen der Friede von Lunéville und der Reichsdeputationshauptausschuß von Regensburg 1803 Salzburg dem landlos gewordenen österreichischen Erzherzog Ferdinand, dem Großherzog von Toscana, zu. Zusammen mit den ebenfalls verweltlichten Hochstiften Berchtesgaden, Passau und Eichstätt wurde Salzburg ein Kurfürstentum. Der neue Kurfürst begann mit Feuereifer seine Verwaltung – er schuf auch die noch fehlende medizinische Fakultät –, doch zwei Jahre später war der Traum vorbei, denn im Oktober 1805 besetzten die Franzosen Salzburg zum zweitenmal. Durch den Preßburger Frieden kamen Salzburg und Berchtesgaden an Österreich. Kaiser Franz nahm den Titel eines Herzogs von Salzburg an. Das klang sehr gut, doch Salzburg selbst wurde zur Provinz degradiert. Als Kaiser Franz im Jahr 1809 dem französischen Kaiserreich den Krieg erklärte, rückten der französische Marschall Lefebvre und der bayrische General Wrede in die Stadt ein. Am 14. Oktober 1809 erfolgte der Friede von Wien, dem am 30. September 1810 die Übergabe Salzburgs an Bayern folgte. Nach dem Fall Napoleons kam Salzburg am 14. April 1816 endgültig an Österreich. Berchtesgaden und

der Rupertiwinkel mit Laufen, Tittmoning, Teisendorf und Waging blieben bei Bayern. Am 1. Mai wurde an der Residenz der österreichische Doppeladler befestigt.
Der Bevölkerungsschwund zeigt auffälliger als alles andere den Rückgang der Bedeutung dieser Stadt: zählte Salzburg 1787 noch 16.400 Einwohner, so waren es 1817 nur mehr 11.200, im Jahr 1869 rund 26.000 und zur Jahrhundertwende knappe 50.000 Einwohner. Als 1818 der große Stadtbrand am rechten Ufer vierundsiebzig Wohnhäuser vernichtete, blieben die von Gras überwucherten Ruinen noch bis in die vierziger Jahre erhalten. Eine Zählung ergab, daß 1869 in Salzburg nur 1.859 Häuser standen. Da jedoch 1860 laut kaiserlichem Handschreiben die Paris Lodronschen Befestigungswälle um das Mirabellviertel fielen – die letzten Reste sind im Garten des Schlosses Mirabell erhalten –, begann die Stadt wieder zu wachsen. Zur Jahrhundertwende zählte sie 3.089 Häuser. Vorerst zur Kreisstadt degradiert und der obderennsischen Landesregierung in Linz unterstellt, erhielt Salzburg am 15. Mai 1861 seine Stellung als selbständiges Kronland der österreichisch-ungarischen Monarchie. Das war die Geburtsstunde des neuen Landes Salzburg.
Vielleicht war diese Ruhepause notwendig, denn sie hat alle schöpferischen Kräfte mobilisiert. In dieser Atempause der Geschichte – in welcher man aber in Salzburg recht behaglich lebte – wurde möglicherweise der Grund zu neuem Glanz und Aufstieg gelegt.
Daß ausgerechnet in dieser Ruhezeit das römische Mosaik mit der Inschrift „Hier wohnt das Glück" zutage getreten ist, erscheint von besonderer Symbolkraft.
Salzburg hat sich in dieser Zeit nicht nur regeneriert – es hat leider auch viel demoliert. Betrachten wir heute die ältesten erhaltenen Fotografien mit den Stadttoren und den Festungswerken, dann müssen wir die Neuerungssucht bedauern, die der Spitzhacke immer neue Ziele gegeben hat. Daß ihr noch

rechtzeitig Einhalt geboten worden ist, verleiht Salzburg seinen unwiderstehlichen Reiz.

„. . . mit schönen Gärten geziert . . .“

MIRABELL

Ein Brunnen singt. Die Wolken stehn
Im klaren Blau, die weißen, zarten.
Bedächtig stille Menschen gehn
Am Abend durch den alten Garten.

Der Ahnen Marmor ist ergraut.
Ein Vogelzug streift in die Weiten.
Ein Faun mit toten Augen schaut
Nach Schatten, die ins Dunkel gleiten.
GEORG TRAKL, MUSIK IN MIRABELL

Einst als Landsitz weit vor den Toren der Stadt erbaut, wurde Schloß Mirabell vom Häusermeer verschlungen. Vor allem aber der Garten blieb ein Hort eleganter Heiterkeit. Welche Raffinesse! Der lange schmale Hauptgarten ist in seiner Längsachse so geführt, daß die Festung als perspektivischer Hintergrund dienstbar wird. Vom Rosenhügel aus, einer kleinen Erhebung zwischen Mirabellgarten und Kurpark, aber auch vom Rosengarten bietet sich ein großartiger Blick. Über das schmiedeeiserne geschwungene Gartentor hinweg, über den feinen Rasen, mit Blumenarabesken verziert, von säuberlich zugeschnittenen Buchshecken eingefaßt, von Steinbalustraden mit großen Vasen verschönert, von wasserspeienden Fontänen aufgelockert und Figurengruppen belebt, werden Altstadtsilhouette und Festung wohl zu der teuersten Kulisse, die ein Arrangeur schaffen kann. Dieser Garten wird mit ungeheurer Liebe und Sorgfalt das ganze Jahr hindurch vom städtischen Gartendirektor Otto Kreiner umhegt, der seine höchste Aufgabe darin sieht, die Idee des Hofgärtners Franz Anton Danreiter von der „Planerfindung regelmäßiger Gärten“ aus der ersten Hälfte des 18. Jahrhunderts kongenial weiterzuführen. Der Ausspruch Hermann Bahrs: Salzburg ist immer schön, und immer glaubt man, daß es gerade jetzt am schönsten sei – gilt für die ganze Stadt, aber in dieser Stadt wiederum gilt er am meisten im Garten von Mirabell! Das Schloß enthält noch einen Superlativ: den schönsten Trauungssaal der Welt. Im gleißenden Marmorsaal, in dem der rotgeäderte weiße Marmor mit dem Gold der Verzierungen wetteifert, reichen einander junge Paare aus aller Welt die Hände zum ewigen Bund. „Hochzeit in Salzburg“ ist eine Aktion der Stadt, die, seit mehreren Jahren durchgeführt, immer bekannter, beliebter und begehrter wird. Von Jahr zu Jahr kommen im steigenden Maß Anfragen aus dem In- und Ausland, und die Antwort besteht in der Zusendung einer Mappe in altrosa Farbe, mit dem silbernen Aufdruck des barocken Salzburger Engels. Darin sind das Standesamt und die Kirchen, die für Trauungen zur Verfügung stehen, angeführt sowie die Vergünstigungen, die Salzburg für Brautleute bereithält. Das beginnt mit der weißen blumengeschmückten, von zwei prächtigen Schimmeln gezogenen Hochzeitskutsche, mit verschiedenen Freikarten und den vielen Rabattsätzen von Friseur- und Kosmetiksalons, Blumengeschäften bis zum Hochzeitsfotografen, und endet bei Spezialpreisen in Hotels, Pensionen und Gasthöfen, wo es zum Teil eigene Hochzeitszimmer, überall aber kleine Überraschungen und Erinnerungsgeschenke gibt. Ja die Stadt führte eigens einen internationalen Wettbewerb zur Erlangung von Entwürfen für Eheringe durch, die gleichfalls mit einer Preisermäßigung zu kaufen sind.

Wenn dann die aufgeregten Paare die Schloßstiege betreten, empfängt sie die erlesene Puttenschar Raphael Donners, die diese Stiege bevölkert. Und es gibt wohl keinen Fotografen, der das Brautpaar nicht vor die vielfach verschlungene marmorne Stiegenbalustrade stellt – ohne der Braut zu raten, ihre Hand auf eine dieser verschmitzt lächelnden Putten zu legen. Der Fama nach soll die Berührung gerade dieser Putte „Buberlsegen" garantieren. Stimmt es nicht, so schadet es nicht. Daß es kaum eine Braut gibt, die diesem Brauch nicht folgt, zeigt der abgegriffene Haarschopf des kleinen geheimnisvollen Engels.

Salome Alt, die Erzbischof Wolf Dietrich fünfzehn Kinder geboren hat, bewohnte das Schloß „Altenau", das durch Marcus Sitticus zu Mirabell wurde. Er wollte dadurch den Namen seines Vorgängers und der zu ihm gehörenden Frau auslöschen. Als Salzburg bayrisch war, wurde hier dem späteren König Ludwig I. von Bayern ein Sohn geboren, der als Otto I. den griechischen Königsthron bestieg.

Vier Bischöfe zogen das Schloß ihrer Stadtresidenz vor, und eine Gedenktafel im Hof erinnert daran, daß in einer Wohnung im Parterre der Tiroler Freiheitskämpfer Pater Joachim Haspinger in Mirabell seine letzten Lebensjahre als Gast des Fürsterzbischofs Kardinal von Tarnoczy verbrachte (1854 bis 1858). Seine Leiche wurde von hier nach Innsbruck gebracht und neben Andreas Hofer in der Schwarzmannderkirche beigesetzt.

Um 1606 gab Wolf Dietrich den Auftrag zur Errichtung des Schlosses, „ain schöns, groß, geviert, herrliches Gepeü, wie ain Schloß oder Vestung, mit ainem wolgezierten, von Plech gedeckten, glanzeten Thurn, und inwendig, auch außenherumb, mit schönen Gärten von allerlai Kreutlwerch, Paumbgewächs und Früchten geziert und versehen". Von dem ursprünglichen Schloß Altenau ist nichts geblieben; es sei denn, wie manche Experten sagen, das mehrgeschossige Gebäude stecke in der südwestlichen Ecke des heutigen Baukomplexes und sei an den gekuppelten Fenstern erkennbar. Die genaue Entwicklung des Baues ist in Einzelheiten bis heute ungeklärt.

Marcus Sitticus mied das Schloß eher, Paris Lodron lebte und starb darin. In seiner Zeit ist es durch die Anlage der Bastionen in das Stadtgebiet eingegliedert worden. Die Reste der Wehrmauern sind noch in der langgezogenen Mauer gegenüber der Gartenfront des Schlosses und im sogenannten Bastionsgarten, dem heutigen Zwerglgarten, erhalten. Hier wandelt der Besucher auf dem letzten Rest der Bastionen der Neustadt.

Johann Ernst Thun gestaltete den Garten um, und Fischer von Erlach hat ihn sicher dabei unterstützt, da die Schmuckvasen im Garten an Hand seines Architekturwerkes einwandfrei als Inspirationen dieses Architekten und Künstlers belegt sind. Jede einzelne dieser Vasen ist übrigens eine Betrachtung wert, denn jede ist anders gestaltet, zum Teil von Schlangen umflochten, mit Draperien behängt, gerillt und mit Voluten am Ablauf, von Eidechsen umklammert, mit Göttermasken versehen. Erzbischof Franz Anton Fürst Harrach ließ das Schloßgebäude unter der Leitung des Wiener Architekten Johann Lukas von Hildebrandt 1721 bis 1727 völlig umbauen, wobei ein kuppelbekrönter Turm dem Schloß seine besondere charakteristische Note gab. Hildebrandt kam nur gelegentlich selbst nach Salzburg, ansonsten ließ er sich laufend berichten und gab von Wien aus seine Direktiven, wobei er jedes Detail genau beschrieb. Solcherart ist die Baugeschichte in jeder Einzelheit erhalten geblieben. Das Hofbauamt schrieb wöchentlich ausführliche „Erinnerungs- und Anfragspuncta“ an Hildebrandt, die dieser Punkt für Punkt eigenhändig beantwortete. Mit dem Wiener Marmorierer Balthasar Haggenmüller wurden 1723 und 1724 Kontrakte über die Marmorverkleidung des großen Saales und der neuen Hauptstiege und ein Jahr später über jene der Mirabellkirche abgeschlossen. 1725 und 1726 folgten gesonderte Kontrakte mit Georg Raphael Donner über den Skulpturenschmuck der Hauptstiege, „das nemblichem auf die grosse Haubtstiegen in der hochfrl. Residenz Mirabell besagter Donner vier Groupin mit Kindlen von weissen Untersperger Marmorstain dem gemachten Model und Rüs auch seiner Khunst und Wüssenschafft nach mit aigner Handt lengstens bis hl. Osstern zuekhünfftigen 1727ten Jahrs verförttigen solle". Die Fassade war damals viel reicher gestaltet, der Haupteingang vom Turm mit mehrfach abgesetztem Glockendach überragt, dann folgten die Zwischenflügel mit Flachdächern und einer vasenbesetzten Balustrade sowie die reich verzierten, mit Giebeln versehenen Eckbauten.

Bei der großen Feuersbrunst vom 30. April 1818 wurde auch das Schloß nicht verschont. Die Dächer und der Turm fielen den Flammen zum Opfer, und die freskengeschmückten Decken des Stiegenhauses, des Marmorsaales – hier von Rottmayr geschaffen – und der Kapelle stürzten ein. 1819 wurde der Wiener Hofbaurat Peter Nobile mit dem Wiederaufbau betraut, der dem Schloß seine heutige klassizistische, etwas nüchtern gehaltene Fassade aufsetzte. Die beiden Hauptfronten zum Mirabellplatz und die Gartenrückfront, parallel zur Salzach, sind mit prachtvollen Balkons gegliedert. Das dreigeschossige Gebäudegeviert umschließt einen Innenhof, der von drei Seiten aus zugänglich ist. Heute Amtsgebäude des Bürgermeisters und seiner Stellvertreter, enthält das Schloß noch drei wirklich repräsentative Räume, nämlich das Treppenhaus, den Marmorsaal und die vom Mirabellplatz her durch ein unscheinbares Nebenportal zu erreichende Schloßkirche. Kannelierte Pilaster gliedern die Wände und sind ganz mit Stuckmarmor überzogen. Der Altar schmiegt sich der Rundung des Chores an und ist aus rötlichem und grauem Marmor errichtet, mit vergoldeten Figuren und einer Baldachinkrone. Da auch das Altarbild von Jakob Zanusi verbrannte, schuf Michael Hess 1830 eine Darstellung des heiligen Johann von Nepomuk. Bezaubernd ist das 1722 angebrachte Abschlußgitter, das der Schlossermeister Jakob Rumpl 1751 erhöhte. Ein großartiges Kunstwerk ist die Stiege mit der freistehenden, durchbrochenen und reich verschlungenen Balustrade aus Marmor, auf der

Putten in den verschiedensten Stellungen sitzen und spielen. Die gegenüberliegende Hauswand ist durch Wandpfeiler gegliedert und zeigt in rundbogigen Nischen überlebensgroße weißmarmorne Figuren der klassischen Mythologie. Die unterste Statue, Paris, ist an der Fußplatte mit „G. R. Donner“ bezeichnet. Der Marmorsaal erhält seine Eleganz durch das Schimmern der stuckmarmornen Wandverkleidung, deren glatte Flächen von vergoldeten Linienornamenten übersponnen sind. Die pfeilerartige Gliederung der Wände mit goldenem Zierat und vergoldeten Kapitellen, der Kamin aus grünem Marmor, die vergoldeten Medaillons, welche Reliefs mit Puttenszenen zeigen, die zarten Girlanden, der blitzende Glaslüster, der spiegelnde, in wunderschönem Muster ausgelegte Marmorboden, die in Felder geteilte Decke mit Adler- und Kindergenien in reichem Blattwerk, steinfarbig mit Rosetten bemalt, die großen rundbogigen Fenster und darüber die Ovalfenster, das Ganze reich gegliedert und verziert, ergibt ein barockes Farben- und Formenspiel, einen idealen Festraum. Er wird nicht nur als Trauungssaal, sondern vor allem für Schloßkonzerte verwendet, die als Kleinodien der Musizierkunst wohl zu den bleibenden Eindrücken eines Salzburgbesuches gehören.

Außerhalb des Gartens, am Fuß des Rosenhügels, steht eine Voliere, ein Vogelhaus, wie sie in Italien für seltene Vögel üblich waren. Dieser Pavillon wurde zum Ausstellungsraum des städtischen Museums. Der Garten – eigentlich ein Mosaik von Gärten – bietet eine Reihe von Sehenswürdigkeiten. Wenn man das Schloß durch das Tor neben der Marmorstiege verläßt, steht man im sogenannten Kleinen Parterre, wo der kupfergetriebene Pegasus aus dem 17. Jahrhundert Aufstellung gefunden hat, der vom Kapitelplatz über den Mirabellplatz, den Hannibalplatz und das Museum hierher wanderte.

Zwei Löwen bewachen den Aufgang zum Bastionsgarten, der eine blinzelnd, der andere geradezu lächelnd, und geben den

Weg frei in den Zwerglgarten. Unweit davon schauen in Richtung Vogelhaus zwei verwitterte marmorne Frauenköpfe aus der alten Bastionsmauer. Ursprünglich waren es achtundzwanzig Figuren, die in dem Garten unterhalb der Bastionsmauer – heute Kinderspielplatz, in dessen ruhigerem Teil eine Kopernikusstatue von Josef Thorak und die Statue eines kleinen Mädchens von Joseph Magnus aufgestellt sind – zu einem eigenen Zwergltheater vereinigt waren. Kronprinz Ludwig von Bayern mißfielen diese mißgestalteten buckligen, kropfigen, feixenden Narrenfiguren, wahre Ausgeburten der Phantasie, und er wollte sie vernichten. Sie wurden jedoch verkauft. Dreizehn Figuren fanden ihren Weg zurück und wurden sozusagen ein Stockwerk höher im neuen Zwerglgarten etabliert. Es ist schwer verständlich, warum Erzbischof Harrach derartigen Gefallen an den Zwergen fand, daß er sich eine dieser Mißgeburten sogar an sein Totenbett stellen ließ. Vom Kleinen Parterre aus führt ein schattenspendender grünbelaubter Gang das Große Parterre entlang. In seinem Inneren steht ein Brunnen aus der Zeit Wolf Dietrichs, eine Susanne im Bade, die sich gerade ihre stämmigen Waden wäscht. Durch diesen Laubengang oder aber auf der Bastionsmauer, vorbei an einem kleinen grünen Irrgarten, ist das älteste erhaltene Heckentheater nördlich der Alpen zu erreichen, von Architekt Matthias Diesel nach französischen Vorbildern um 1715 angelegt. Pantomimen, Opern und Ballette wurden auf der grünen Bühne – für das Orchester ist eine eigene Vertiefung geschaffen – aufgeführt. Neuerdings hat sich, ein Nebenschauplatz der Festspiele, dieses Naturtheater als Diskussionsforum bewährt: die Gespräche im Heckentheater zwischen Regisseuren, Dirigenten, Kritikern und interessiertem Publikum sind eine geistvolle Bereicherung der Festspielzeit. Die alte Orangerie, mit einem Gitter und mit von Vasen überhöhten Pfeilern vom Großen Parterre abgeteilt, birgt einen duftenden Rosengarten. Von dem Großen Parterre aus führt ein Torbogen zu

einem gesonderten Nebengarten mit dem Gewächshaus, einer Fontäne sowie einer Plastik von Alois Lidauer, einem flötenspielenden Knaben, der zuerst sein Liedchen auf dem Stückchen Grünfläche neben der Staatsbrücke am Platzl blies und nach langen Debatten – solche Fragen können Salzburgs Bevölkerung aufpeitschen – einer Plastik Fritz Wotrubas weichen mußte, ein Geschenk des Kunsthändlers Friedrich Welz an die Stadt, mit der Auflage, daß die Plastik statt des Flötenspielers am Platzl aufgestellt würde.
Nun aber zum Großen Parterre. Dieser Garten, eine wahre Kunstlandschaft architektonischer Spielerei, vereinigt eine Fontäne, Figurengruppen und reich gegliederte Balustraden mit kegelförmig geschnittenen Buchsbäumen und Blütenarabesken zu einem wahren Wunderwerk. An den Eingang dieses Gartens sind, dem Makartplatz zu, zwei geschwungene Reihen von Götter- und Göttinnenstandbildern auf die Balustraden gesetzt: Chronos, Bacchus, Jupiter, Mars, Herkules, Vulkan, Hermes, Apollo und Diana, Flora, Athene, Ceres, Pomona, Venus, Vesta und Juno. Der breite Eingang ist flankiert von zwei Postamenten mit den Wappenschildern des Erzbischofs Johann Ernst Thun, die Figuren von Faustkämpfern tragen, Ringer, in Anlehnung an den borghesischen Fechter um 1700 von Meister Götzinger gearbeitet. Das Mittelfeld des Parterres wird an den Ecken von vier marmornen Gruppen aus Felsenpostamenten flankiert, die 1619 Ottavio Mosto aus Padua geschaffen hat. Diese vier mythologischen Skulpturengruppen zeigen den Raub der Helena – und da sie gleichzeitig auf die vier Elemente Bezug nehmen, das Wasser, die Erde – Pluto trägt die Persephone, das Feuer – Aeneas rettet seinen Vater Anchises aus dem brennenden Troja – und die Luft, Herkules erwürgt den Antaeos.
Die Anlage dieses Gartens erinnert an die italienischen Renaissancegärten und läßt den Schluß zu, daß schon Wolf Dietrich die Urform geschaffen hat. Hier bestätigt sich der Mythos der

Antike, das Altertum wird Grundlage für ein neues Lebensprogramm. Bereits im ausgehenden 14. Jahrhundert hatte der große Dichter Petrarca in Arqua unweit von Padua das dem Humanisten vorschwebende Ideal des Landhauses verwirklicht, aber es war der große Medicifürst Cosimo il Vecchio, der in seiner Villa in Careggi das Ideal der Renaissance verwirklichte, das Schloß mit Loggien und Gärten, geschmückt mit Skulpturen und exotischen Pflanzen. Unersättliche Lebensfreude, geistreich und liebenswürdig, musikalisch gebildet und erregt von der Wiederentdeckung antiker Ideale, so brachte die Renaissance ihre hohe Gartenkultur hervor, deren Philosophie Lorenzo il Magnifico in die Verse kleidete:

Wie schön ist die Jugend
Doch flüchtig enteilt sie.
Wer fröhlich sein will, sei es;
Ungewiß ist der morgige Tag.

Der Brief, den Cosimo il Vecchio kurz vor seinem Tode 1464 von seinem toskanischen Landgut Careggi einem Freunde schrieb, könnte sehr wohl auch im Garten des Schlosses Hellbrunn oder im Mirabellgarten entstanden sein: „. . . Bringe das Buch unseres Platon über das höchste Gut mit, das, wie ich glaube, Du nunmehr Deinem Versprechen gemäß aus dem Griechischen in das Lateinische übertragen hast. Ich wünsche nichts sehnlicher als zu erkennen, welcher

Oben: Das älteste unverändert erhaltene Geschäftsportal ist jenes des Bäckerladens in der Gstättengasse, mit dem Verkaufstisch der Straße zu, aus dem Jahre 1429.

Unten: Alte Modeln, wie sie in Salzburg häufig vorkommen. Das Stift Nonnberg besitzt die größte Modelsammlung, deren älteste Stücke bis vor das Jahr 1000 reichen.

Älteste
Bäckerei
Seit
1429
Salzburg

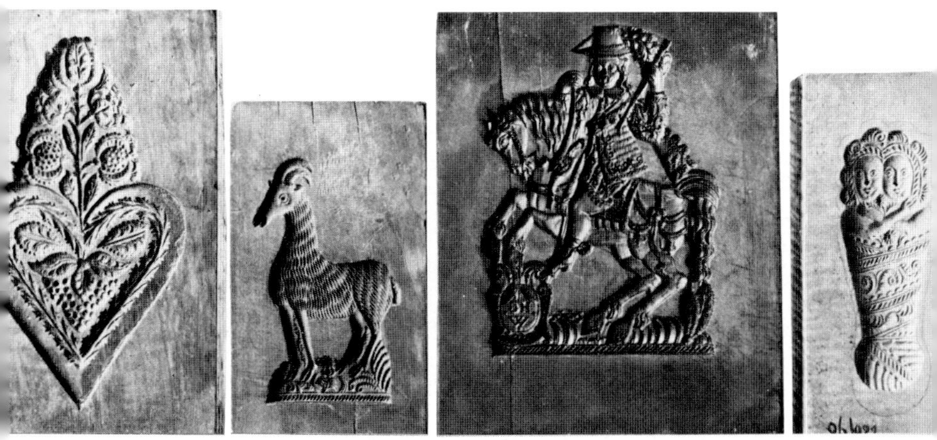

Weg am bequemsten zur Glückseligkeit führt. Sei gegrüßt, und komme nicht ohne die orphische Leier."
Beide Gärten sind ihrer Anlage nach zutiefst italienisch, in ihrem Pflanzenreichtum allerdings zugeschnitten auf unser Klima. Was im Süden Zypressen und Zitronen sind, müssen hier Buchsbaum, Taxus und Eibe ersetzen. Und viele dieser toskanischen Gärten, seien es jene der zahlreichen Schlösser der Medici, oder vielleicht jener der Villa Garzoni in Collodi unweit von Montecatini, wo der Pinocchio, das hölzerne Bengerle, eine der köstlichsten Gestalten der Kinderliteratur, entstanden ist, könnten als Vorbild gedient haben. Und wie in diesen Gärten die Hanglage der Perspektive diente, war es in Salzburg der hochgezogene Blick über Hausdächer, Kuppel und Türme des Domes zur Festung. Wir dürfen bei diesen Überlegungen nicht vergessen, daß Wolf Dietrich, der Mirabell schuf, und Marcus Sitticus, der Hellbrunn erbaute, nicht nur entscheidende Jugendjahre in Italien verbracht haben, sondern mit dem Geschlecht der Medici verwandt waren und zweifellos die hochgezüchtete Schlösser- und Gartenkultur dieser Familie gekannt haben.

Der buchstäbliche Blick hinter die Kulissen der Salzburger Festspiele. Das Bühnenhaus von Prof. Clemens Holzmeister mit seiner technischen Einrichtung von Prof. Walter Unruh ist ein wahres Zauberreich. Das Bild zeigt den Blick gegen den Schnürboden mit herabgelassenen Beleuchterbrücken.

Labyrinthe, Wasserspiele

HELLBRUNN

In diesem Garten verliere ich mich selbst, mehr als in einem Labyrinthe. In diesen Wassern verkörpert sich Venedig, und die Bauten geben mir von Rom einen Begriff. Hellbrunn ist ein Irrsal von Wassern, ein Spiel der Najaden, ein Theater der Blumen, ein Kapitol der Statuen, ein Museum der Grazien.

DOMENICO GISBERTI,
TAGEBUCH ÜBER DIE REISE NACH SALZBURG

Mit Stolz vermerkt Salzburg, daß Hellbrunn die einzige italienische Gartenvilla ist, die sich auf deutschsprachigem Boden unverändert – von belanglosen Eingriffen abgesehen – bis in unsere Tage erhalten hat. Die Verwandtschaft des Erbauers, Marcus Sitticus, mit der traditionsreichen Familie der Gartenfreunde, der Medici, haben wir schon festgestellt. Wesentlich war außerdem der Einfluß seines Onkels, des Kardinals Altemps, der in der Umgebung von Rom ein Landhaus besaß, und zwar die Villa Mongardone bei Frascati. Marcus Sitticus, der seit frühester Jugend in Rom weilte, kannte auch die Villa Aldobrandini, die sich der Neffe und Staatssekretär Papst Clemens' VIII. erbaut hatte. Hinzu kam noch der Einfluß der venezianischen Bauweise auf der Terra Ferma. Eine Mischung all dieser Komponenten ist die *villa suburbana* Hellbrunn. Für die Wahl des Platzes am Fuß des Hellbrunner Berges war ausschlaggebend, daß ein reiches Quellengebiet für die Wasserspiele vorhanden war und daß sich dort schon seit dem 15. Jahrhundert ein landesfürstlicher

Tiergarten befunden hatte. 1613 wurde mit dem Bau begonnen, dessen wichtigster Teil 1615 fertiggestellt und der mit Garten und Wasserspielen 1619 vollendet war. Es sind keine Bauakten vorhanden, doch scheint es sicher, daß der 1612 für den Dombau nach Salzburg berufene Santino Solari sich nicht nur als Architekt, sondern auch an manchen der Statuen des Gartens als Bildhauer betätigte; die Kunstgeschichte spricht vorsichtig vom „Orpheusmeister", nach dem schönsten Werk des Künstlers.

Hellbrunn ist mit dem Auto leicht zu erreichen, doch der schönste Zugang – von der Hellbrunner Allee – ist für Motorfahrzeuge gesperrt. Nur Pferdedroschken dürfen diese alte baumbestandene Straße befahren, falls der Besucher es nicht vorzieht, die wenigen Kilometer zu Fuß zu gehen. Knapp vor dem Beginn der Allee, dort wo die Hellbrunner Straße einmündet, führt ein schmaler Weg – in Richtung Festung – zum Schloß Freisaal. Von diesem Schloß aus ritten die Salzburger Erzbischöfe nach ihrer Wahl in feierlichem Zug in ihre Residenzstadt. Freisaal, ein Wasserschloß, stammt aus dem Jahre 1549 und ist am Beginn unseres Jahrhunderts nicht gerade zu seinem Vorteil restauriert worden. In einem Saal des Obergeschosses zeigt noch ein Freskenband den Einritt des Erzbischofs Michael von Kuenburg in Salzburg (1558). Das Schloß hat eine Vorgeschichte: schon Erzbischof Pilgrim von Puchheim (1365 bis 1396) hatte sich im damals so benannten Freudensaal eine Stätte zur Pflege der Sinnesfreuden des Gesanges und fröhlichen Umtrunkes geschaffen. Er war der kriegerischste der Erzbischöfe, der sich vom Papst durch eine eigene Bulle das Recht zur Kriegsübung hatte bestätigen lassen und der viel lieber im Gewande des Kriegers als des geistlichen Hirten umherging.
An der Hellbrunner Allee liegen eine Reihe alter Schloßbau-

ten. In der Nähe eines landesfürstlichen Schlosses haben sich stets Mitglieder des Hofes angesiedelt. Die Frohnburg – das erste kleine Stöckl entstand schon 1619, das Schloß selbst erst 1670 – war bis 1956 im Besitz der Grafen von Kuenburg und ist seither an die Akademie Mozarteum übergegangen. Die Embsburg, von Marcus Sitticus für die von ihm verehrte Frau von Mabon erbaut, wurde 1701 von Erzbischof Johann Ernst Thun gekauft und als Kreuzhof dem Sankt-Rupertus-Ritterorden übertragen. Vor etwas mehr als zwei Jahrzehnten wurde es von geistlichen Schwestern erworben, nachdem es seit der bayrischen Landesherrschaft mehrmals den Besitzer gewechselt hatte. Knapp vor Hellbrunn schließlich liegt noch Emslieb, der 1618 erbaute Ansitz des Hannibal von Hohenems, des reichlich liederlichen Neffen des Erzbischofs, der seinem Onkel mehr Kummer als frohe Stunden bereitet hat.

Obelisken krönen die Mauer des Eingangsportales zum Schloß Hellbrunn. Niedrige Wirtschaftsgebäude säumen beidseitig die Auffahrt zum Ehrenhof, der als Quadrat, das sich der Einfahrt zu bogenförmig erweitert, angelegt ist und dessen niedere Bauten nur dazu dienen, der Schloßfassade an der Südwestseite des Hofes Reverenz zu erweisen. Die das Bild beherrschende Doppelfreitreppe überdeckt eine Brunnengrotte, in der ein rebenbekränzter bärtiger Recke zwei Steinböcke bändigt, die pausenlos Wasser speien. Auch wenn das wappengekrönte Fries des rundbogigen Schloßportals nicht verkünden würde, daß Marcus Sitticus alles, was hier zu sehen sei, zu seiner und seiner Nachfolger Erholung erbaut habe, kann man sich bei dem Gang durch die Auffahrtsstraße lebhaft vorstellen, mit welcher Grandezza hier Feste gefeiert wurden. Wenn des Abends Fackeln den Hof erhellten und sich an den Wänden der Ton barocker Bläsermusik brach, dann ist das Entzücken verständlich, dem selbst schönheitsgewöhnte Gäste beredten

Ausdruck gaben. Die ganze äußere Anlage dieses Schloßhofes und der Fassaden verrät den Adel humanistischer Gesinnung: Die schlichte Linienführung des zweigeschossigen Baues zeigt das Verhaftetsein einer klassischen Lebenshaltung, die nach außen hin standesgemäße Würde verstrahlt, um den, der der Ehre einer Einladung in das Innere teilhaftig wird, mit liebenswürdiger, geradezu betörender Gastfreundschaft zu überhäufen. Ja mehr noch, dieser Gast wird einbezogen in die überschäumende Lebensfreude, denn er ist für wert befunden worden, gleichfalls ein *homo ludens* zu sein, sich mit zu freuen, mitzuspielen in diesem Wundergarten menschlicher Lust. Typisch dafür die Verspieltheit des rückwärtigen Portals, wo Menschenköpfe den Kapitellen der Halbsäulen entwachsen und Füße die Säulenbasen ersetzen. Der Eingang des Schlosses war ehemals von der Carabinierileibgarde bevölkert; die mit Leder tapezierten Säle des Untergeschosses dienten als Wohn- und Schlafzimmer und finden heute als Repräsentationsräume der Stadt Verwendung. Auch die Zimmer des Obergeschosses, durch ein wunderschönes vergoldetes Gitter an der oberen Treppenmündung abgeschlossen, waren mit goldgepreßten Ledertapeten versehen; in einem Raum sind sie durch japanische Papiertapeten aus dem 18. Jahrhundert ersetzt. Diese handgemalten, duftig hingepinselten Zeichnungen des sogenannten Tapetenzimmers zeigen das Astgewirr seltsam geformter Bäume mit blauen, weißen und roten Blüten, in denen Schmetterlinge und Vögel ein glückselig flatterndes Leben entfalten. In beiden Stockwerken sind die Kamine sehenswert, vor allem aber die Gemälde. Schon im Vestibül, wo die Carabinierileibgarde ihren Dienst versah, fesseln den Besucher die phantasievollen Bilder miteinander ringender Tiere und die Darstellung von Zentauren, die gegen Frauen kämpfen. Im Speisesaal, dem früheren Leibzimmer des Fürsten, steht ein buntglasierter Tonofen, ein Prunkstück der Blütezeit der Salzburger Hafnerkeramik mit der Signatur des Meisters

Friedrich Strobl; von 1608 datiert und 1614 hier aufgestellt. Johannes der Täufer und Jupiter, Venus und Amor versinnbildlichen in diesem Werk Glaube, Sinnesfreude und Mythologie. Die sparsame, nicht mehr originale Möblierung läßt keineswegs erahnen, welche Pracht einst in diesen Räumen herrschte.

Erhalten geblieben ist das lebensgroße Porträt des Fürsten, des eleganten Edelmannes, der seinem Hofmaler Arsenio Mascagni, dem Servitenmönch aus Florenz, 1618 im Kardinalspurpur Modell stand. Hier kommt eine gewisse Koketterie mit der Würde zum Ausdruck, die Fürsten- und Bischofsthron verliehen hat, denn gerade dieses Bildnis zeigt, daß Marcus Sitticus, als er sich dem Porträtisten stellte, sehr wohl an den Ruhm der Nachwelt dachte: hier steht ein Herr, ein Fürst der Kirche – und ein Fürst dieser Welt, der ein Bild des Dombaues hält und hinter dem ein anderes Bild hängt, das die ganze Anlage des Schlosses Hellbrunn zeigt.

Verschiedenste Bilder des Schlosses, seltsame Tiere, Fische, Vögel, Pferd, Bär, Hirsche, aber auch Drachen und Zentauren, sind der malerische Ausdruck der im Garten aufgestellten steinernen Fabelwesen. Beide Kunstgattungen aber sind lebendiger Ausdruck des Schmuckes eines ländlichen Lustschlosses. Das Bild eines achtfüßigen Pferdes, eines weißen Hirsches, eines gescheckten Wildschweines oder schwarzen Wolfes – alles Tiere, die in Hellbrunn im Tiergarten zu sehen waren – weist die damalige Liebe zu Abnormitäten nach. Das wohl beste Bild ist die riesenhafte Darstellung einer Sonnenblume, die in Hellbrunn einstmals geblüht hatte, eine ehemals kostbare Erwerbung, denn die Pflanze kam aus Südamerika nach Europa; das Bild selbst ist von beträchtlichem künstlerischem Wert.

Und doch steht das größte Erlebnis noch bevor: der Festsaal und das Oktogon, beide mit meisterhaften perspektivischen Malereien von Fra Arsenio Mascagni geschmückt. Johann

Stainhauser, der Chronist der Wolf-Dietrich- und Marcus-Sitticus-Zeit, hat in seinem „Jar der Löblichen Regierung des Hochwürdigsten Fürsten und Herren, Herrn Marx Sittichen, Erzbischoven Zu Salzburg" eine köstliche Beschreibung dieser beiden Räume, die als das bedeutendste Denkmal profaner Monumentalmalerei des Manierismus in Österreich gelten, hinterlassen: „. . . kombt man in den schönen, von blau, roth und weissen spallierten, märmelstainen gepflasterten Saal, allerseits künstlich in die Perspectif und sonst von großen Pildern gemalln und verguldet, wie auch zwölf Kaiser, von Golt gemalen, über sich in dem Luft allerley Vögel, und noch in vierögeden Bilder von Kupfer gemalen . . . Darunder ein künstlich einwerts auf die Mauer gemalene Thür, also natürlich, als wan es eine rechte Thür und Eingang in ein anderes Zimer were. Aus jetzt beschribnen Saal kombt man in ein achteggetes überhochtes Zimer, zu oberist sieht man ein achteggets Thiernlein mit Fenstern, gleich herunden im Gewilk erzaigen sich acht von Ölfarben gemalene Frauenpilder und darunder des hochlöbl. Erzstifts und Irer hf. Gnaden Wappen viermal abgetailt, pösser herab 4 Vögl conterfeit als ein Adler, Fasan, Prambhen, und ein Umbvogel, herunder in den vier Theilen lebensgross gemalene Frauen und Mansbilder, thails Musicanten, darbey zu baiden Thailen 6, das macht in allem 24 Säulen mit guldenen Knäblein und Laubwerch geziert. Inmittels der vier Thail sein schöne Gepeu in die Perspectif gemalen, mit etlichen Weiblein."

Der Festsaal gibt mit den strengen Linien der Architekturmalerei das manieristische Empfinden der Renaissance wieder, vor allem die so vielgeliebte Spielerei mit der Perspektive. Es ist lohnend, raschen Schrittes den Saal zu durchqueren und dabei auf die Längsseite zu sehen, denn von jedem Platz des Saales aus hat man dank der perspektivischen Künste den Eindruck, direkt in den Säulengang zu blicken. Das Bild wandert also gleichsam mit, die Fläche erhält durch die perspektivische

Verkürzung eine unerhörte Tiefe. Zwischen den beiden lindgrün gemalten Säulen – man glaubt ihre Rundungen fassen zu können – ist etwa dreiviertel Meter über dem Boden in der Mitte der Fläche eine kleine punktförmige Vertiefung zu sehen: die Markierung des Malers für die Fluchtlinien des optischen Spieles.

Sehen wir uns um in diesem Saal: Säulen, Kapitelle, Balustraden, Nischen, Statuen, Rankenwerk, Plastiken, Stukkaturen – all dies vermeint man zu sehen, und doch ist es nur gemalt, bloß die Nischen der Fenster sind wirkliche Vertiefungen, und die Wöbung der Decke ist echt. Doch was heißt echt! Auch alles andere ist echt, aber mit einer unerhörten Kunstfertigkeit gestaltet. Erst die Restaurierungsarbeiten, die Professor Arthur Sühs 1958 begonnen hat und die viele Jahre gedauert haben, lassen die wahre Schönheit der Zeichnungen des florentinischen Mönches erkennen. Professor Sühs hat festgestellt, daß die Fresken vor etwa 150 Jahren einfühlungsvoll restauriert, daß aber die vor rund vierzig Jahren durchgeführte Erneuerung eine Übermalung gebracht hat, die Farben und Pinselführung allzu grobflächig überdeckten. 500 Quadratmeter waren zu restaurieren, jede kleine Fläche erforderte zwanzig Arbeitsgänge; Millimeter um Millimeter mußte sorgsam freigelegt werden, um die originale Malerei hervorzubringen und werkgetreu zu ergänzen. Dabei traten die strahlenden pastellartigen Farben hervor, duftige Farbtöne, Blau, Rot, Grün – viel strahlender als die Übermalungen; auch das Gold der zwölf römischen Kaiser – mit Julius Cäsar beginnt dieses goldene Dutzend und endet mit Domitian – wurde von den goldbronzenen Übermalungen befreit. Ursprünglich war 24karätiges Blattgold aufgetragen worden; die schadhaften Stellen wurden mit feinen Pinseln durch Muschelgold ausgebessert. Es ist eine eigenartige Technik, die Arsenio Mascagni angewendet hatte, keine Freskomalerei im üblichen Sinn. Bis vor wenigen Jahren glaubte man – und so wurde die Maltechnik auch in den meisten Werken beschrieben – an eine Emulsion aus flüssigem Wachs, der die Farben beigemischt wurden. Professor Sühs hat durch seine Untersuchungen die Unhaltbarkeit dieser Thesen nachgewiesen: der Künstler malte vielmehr seine Bilder mit Temperafarben auf einem geglätteten Marmorstuckgrund. Die Mischung, die auch zum Restaurieren verwendet wurde, besteht aus einem Ei, einer Eierschale voll einer Mixtur aus „Venedigerfirnis", Mastix und diversen Zusätzen, und derselben Menge destilliertem Wasser. Die geriebenen Erdfarben wurden jeweils beigemischt. Auf Kupfergrund sind die Sklavengestalten auf den Balustraden in den Gewölbeecken der Decke und die Sockelteile der Wand gemalt worden. Diese Kupferfolien oxydierten, die Patina gibt, vor allem im Sockelteil, eine grünliche Färbung. Millimeter um Millimeter arbeitete sich Arthur Sühs mit seinen Gehilfen voran, gründlich, mit ungeheurer Liebe zum Werk, denn es mußte versucht werden, jeden Pinselstrich Mascagnis zu erhalten. Dort, wo die Malerei ergänzt werden mußte, war es notwendig, durch eine raffinierte Technik den Teil so nachzubilden, daß er sich dem Gesamtwerk nahtlos und vor allem zeitlos einfügte. Das Ergebnis ist, wie auch die internationale Fachwelt bewundernd feststellt, hervorragend: am Architekturwerk, aber noch mehr an den Figuren tritt die elegante Technik und die Transparenz der Farben hervor. Gesichter, Gesten, Bewegung überhaupt und der Faltenwurf der Gewänder zaubern eine galante Szene der Renaissance hervor. Die große Längswand öffnet einen perspektivischen Blick, der an die florentinischen Uffizien denken läßt. An der gegenüberliegenden Längswand erinnert die Architektur an den schönsten Salon Europas, die Piazza von Venedig. Über den Eingangstüren prangen das Wappen des Marcus Sitticus, der goldene Steinbock auf blauem Grunde, und der Salzburger Wappenlöwe in inniger, aber friedlicher Umarmung mit dem Steinbock. Diesem Symbol, Steinbock und Löwe, begegnen wir auch über allen Fenstern. Von den

Balustraden der Längsseiten grüßen jeweils drei Frauenpaare freundlich herab: es sind die Tugenden, dargestellt mit den ihnen zugeteilten Gaben.

Affe, Pfau und seltene Vögel erinnern an die Kostbarkeiten des Schwarzen Erdteiles. Im Mittelteil der Kuppelwölbung schwebt ein geflügelter Genius mit Palmenzweig und Blumenkranz. Der Himmel des Festsaales strahlt Blau in Blau, gleichsam eine Orgie feiernd in den reichen Nuancen des Gewölkes. Der schachbrettartig verlegte Marmorboden in Rot und Weiß korrespondiert mit der Malerei, besonders dem Rautenwerk der Fensternischen. Eines darf der Besucher nicht vergessen: alle diese Farben sind in ihrer Wirkung in erster Linie auf künstliches Licht bezogen. Gerade das Schimmern der Kerzen gibt besonders dem Gold die irisierende Leuchtkraft.

An den Festsaal schließt das Oktogon, das als Musikzimmer diente; Mascagni füllte mit seinen Malereien den achteckigen Raum bis in die hochgewölbte Kuppelspitze, doch ist hier der Übergang der strengen Architekturmalerei zur barocken Auflösung deutlich erkennbar. Die zarten gedrechselten Säulen, an deren vergoldeten Ranken kleine Putten herumklettern, glaubt man greifen zu können. Der rote und blaue Grundton, der dem kleinen Raum bis in die Kuppelspitze erregende Faszination verleiht, ist der Hintergrund für die höfischen Gesellschaftsszenen, für die Figuren in den Kostümen jener Zeit – Figuren, in denen wir dem Schloßherrn nahestehende Personen erkennen. Ja, er selbst ließ sich als Edelmann abbilden, in blauweißem Wams, den Degen an der Seite, von einem malerischen Faltenmantel umhüllt, das Federbarett grüßend in der Hand, während ihm eine stattliche Dame mit weißwallendem Gewand und rotem Mieder gerade eine Nelke zum Gruß darbietet. Die Dame überreichte traditionsgemäß die Blume dem Herrn, wenn er von einer erfolgreichen Jagd zurückkehrte. Der dargestellte Kavalier hat sichtlich auch ein kostbares Wild erlegt, denn die Legende weiß zu erzählen, jene

Dame, die ihm so hold zulächelt, sei die aus Brabant gebürtige schöne Frau von Mabon, die Marcus Sitticus so tief verehrte. Wenn diese Freundschaft auch historisch gesichert ist, so wissen wir doch nichts von einer Schwester der Frau von Mabon, die der Fürst gleichfalls verehrt haben soll. An diese Behauptung knüpfte sich sogar die Vermutung, sie habe Mirabella geheißen und dem Schloß Altenau seinen neuen Namen gegeben. Jedenfalls ist bekannt, daß Marcus Sitticus in den sieben Jahren seiner Regierung an Salzburger Goldschmiede 70.000 Gulden für Damenschmuck bezahlt hat. Ist in dieser Summe aber auch der Preis für das Diadem enthalten, das die reizende Nelkendame im Oktogon trägt? Und ist eine der Schönen, die in den gemalten Durchblicken, in den Galerien und Wandelgängen umhergehen, die diesen kleinen Raum optisch so sehr erweitern, vielleicht auch jene geheimnisvolle Schwester? Die Dame, die keck eine Feder ins Haar gesteckt hat und der zwei Jünglinge verliebten Blickes mit Laute und Geige aufspielen, wurde vor wenigen Jahren von Ludwig Welti, der die Lebensgeschichte des älteren Bruders des Marcus Sitticus, des Grafen Kaspar von Hohenems, erforschte, als Sängerin erkannt, Tochter des Konstanzer Oberküchenmeisters Hans Konrad Precht, die, da sie nicht näher identifiziert werden konnte – der wackere Mann hatte elf Töchter –, mit der Formlosigkeit unserer Zeit als „Prechtin" bezeichnet wird. Aus einem Briefwechsel ging hervor, daß sich die schöne Konstanzerin in der Titelrolle der Oper „Andromeda", die am 6. September 1617 in der Residenz aufgeführt wurde, das Lob fürstlicher Gäste verdient habe. In dem Lautenspieler wiederum wollen manche Besserwisser den allzu lebenslustigen Neffen des Fürsten, Jakob Hannibal von Hohenems, sehen – doch welche der Damen mag dann die ihm 1616 angetraute Anna Sidonia, Tochter des Herzogs Adam Wenzel von Teschen, sein? Bitte zu wählen, denn es sind genügend hübsche und edle Frauenzimmer da. Doch vergessen wir nicht über all den preziösen Damen den Schmuck des Oktogons und die Kuppel, die sich ähnlich einer vielfach durchbrochenen Laube auf die Säulen aufbaut. Mit reich bewegtem phantastischem Dekor, mit Löwen und Steinböcken, mit großen Vögeln – Fasan, Adler, Pelikan und Falke – und den allegorischen Frauengestalten auf goldenen Postamenten, die gegen das Blau und die hellen Wolken des Kuppelhimmels um so zarter wirken, sowie dem weiß-rot-blauen Mosaik des Bodens ist dieser winzige Kuppelsaal nicht nur als Kunstwerk sehenswert, sondern zeugt von der heiteren Lebensart des Erbauers, der nicht davor zurückschreckte, sich von seinem Hofmaler – einem Mönch – als Galan mit seiner Herzensdame darstellen zu lassen.

Früher konnte man direkt vom Schloß über eine Wendeltreppe, die heute versperrt ist, zu den Wasserspiel-Grotten gelangen. Am Bacchusplatz – welch ein Name! – beginnt nun an der Nordwestseite der Parkanlage die Führung durch die Wasserkünste. An einem Forellenteich und einem liegenden Neptun, der unentwegt aus seinem Humpen Wasser in den Teich gießt, geht es vorbei zum römischen Theatrum, einer halbrund geformten Wand, zu der im Halbkreis Stufen emporführen. In der Mittelnische steht Kaiser Marc Aurel, der erhöhte Wandaufbau trägt das vom Löwen und Steinbock gehaltene Sitticus-Wappen und darüber die Statue der siegreichen Roma. In den Seitennischen dieses Theatrums paradieren zwei besiegte Barbarenfürsten – doch die dazugehörigen Fürstinnen lehnen, ihre Rücken den besiegten Gatten zugewendet, auf bequemen Sitzen, die Augen gebannt dem römischen Imperator zugewandt. Lustig sind die Wände dieses nachempfundenen Stückes eines Amphitheaters, die mit einem Mosaik aus Kieselstein überzogen sind. Davor steht der bekannte Fürstentisch, eine von zehn Hockern umgebene Marmortafel, an den Füßen reich mit Voluten, Steinbockköpfen und Fruchtgirlanden verziert. Eine Vertiefung in der Mitte des

Tisches nahm die Weinflaschen auf, die in diesem „Becken" von Wasser gekühlt wurden. Ein einziger Hebeldruck genügt, um aus jedem der Hocker einen daumendicken Wasserstrahl emporschießen zu lassen – mit Ausnahme des Hockers, auf dem der Erzbischof saß. Dies war der einzige Platz, der vom Wasser verschont blieb, verschont auch von jenen Dutzenden im Kies des Platzes versteckten Röhrchen, die nach allen Seiten Wasser verspritzten. Auf einen Wink des Gastgebers soll diese Maschinerie von dem Brunnenmeister in peinliche Tätigkeit gesetzt worden sein, wenn nämlich die Gesellschaft, trunken vom Wein, in lärmende Fröhlichkeit ausgebrochen war. Doch trotz des kühlenden Wasserstrahls mußten der höfischen Sitte entsprechend die Gäste Platz behalten – bis der Fürst sich erhob und die Tafel beendete. Die teuflischen Künste, die allzuviel Wasser in den fröhlichen Wein schütten können, treten stets dann in Tätigkeit, wenn man es gerade nicht erwartet.

Diese Wasserspiele wurden nach italienischen Vorbildern kopiert, und Hellbrunn ist der einzige Ort, wo alle diese Künste erhalten blieben. Selbst in Italien sind derartige Spielereien, die auf dem Studium physikalischer Gesetze beruhen, nirgendwo in dieser Vollkommenheit der Nachwelt überliefert. In der mit Tuffstein verzierten Grotte, nur wenige Schritte vom Theatrum entfernt, liegt zu Füßen des musizierenden Orpheus hingegossen Eurydike, die um den Hals ein Medaillon mit dem Bildnis des Hausherrn trägt. Ihre Gesichtszüge sollen jenen der Frau von Mabon nachgeschnitten sein. Diese mythologische Gruppe ist von erlesener Schönheit.

Der Weg führt, vorbei an einem Bacchus und dem um 1660 von Erzbischof Guidobald Thun in den Abhang gebauten Weinkeller, zum Eingang in die Grotten des Schlosses. Dieser Weinkeller ist seit wenigen Jahren wieder zum Treffpunkt abendlicher Geselligkeit geworden; man muß wohl ein Glas auf jene beiden Persönlichkeiten leeren, die Hellbrunn außerhalb des Museumsbetriebes zu neuem gesellschaftlichem und kulturellem Leben erweckt haben. Es sind dies die Stadträtin Martha Weiser und der Festspielpräsident Bernhard Paumgartner; regelmäßig finden nicht nur die üblichen Führungen, sondern während des Sommers auch Abendführungen durch die Wasserspiele, Konzerte im Schloß mit dem anschließenden Umtrunk im Weinkeller und Aufführungen im Steintheater statt. Im Rahmen der Festspiele gibt es nun zusätzlich auch ein von der „Gesellschaft Hellbrunn" veranstaltetes Fest. Es ist der Versuch, den Begriff des Festes in seiner ursprünglichen weiten Bedeutung des Wortes zu fassen: Freilichtoper, Komödie, Pantomime, Musik, Ballett, Reitkunst, Feuerwerk und Publikumstanz vereinigen fünf Stunden lang fröhliche Menschen auf den verschiedensten Schauplätzen des Schlosses und der Gärten von Hellbrunn.

Vorsicht! Die beiden Hirschgeweihe an den Außenkanten des vorspringenden Portalbaues sind gar nicht so harmlos: feine Wasserstrahlen treffen plötzlich heimtückisch den Gast, der da harmlos vorbeischlendert. Das Tor führt in ein mit Kiesel- und Muschelmosaik verziertes Tonnengewölbe, dessen Decke ein geflügelter Genius ziert. In einer Nische steht machtvoll Neptun mit dem drohend erhobenen Dreizack. Gehorsam speien zu seinen Füßen zwei Meerrösser Wasser in das marmorne Becken. Sie müssen auch auf das eigenartige Germaul unterhalb der Neptunstatue achten, eine Blechmaske, geziert mit Henkelohren, wie die Flügel einer Fledermaus. Diese Fratze fletscht die Zähne, doch immer, wenn sich im Unterkiefer eine Schale mit Wasser gefüllt hat, reckt das Maul plötzlich die Zunge weit heraus, und in dem Gesicht rollen fürchterlich die Augen. Keine sehr nette Begrüßung – und vielleicht Ausdruck des heimlichen Wunsches des Erbauers, manchen Gästen, die diplomatisch umhegt sein mußten, auf sehr drastische Art die Zunge zu zeigen.

Von der venezianischen Spiegelgrotte geht es in die Vogelsanggrotte, in deren kleinen Brunnen in Tuff-Fassung sich um einen Felsen Tierfiguren, Drachen und Delphine bewegen. Urplötzlich ertönen Vogelstimmen im Raum, zwitschernd und jubilierend, als musizierte eine fröhliche Vogelschar – doch alles ist Spielerei, betrieben durch eine schlichte Mechanik, die durch die Kraft des Wassers in Gang gesetzt wird.

Der Weg zurück ans Tageslicht führt wiederum durch die Neptungrotte, in der nun von den Wänden und aus den Ecken heimtückische Wasserstrahlen spritzen können.

Dem Portal gegenüber liegt der Sternweiher, der Brunnen Altemps. Es ist eine im oberen Teil sternförmig gezackte Brunnenanlage mit einer konkaven Schauwand und einem Tor als Abschluß. Die Figuren der vier Jahreszeiten sind zu erkennen, ein behelmter und gepanzerter römischer Krieger im Dunkel der Grotte nach dem Torbogen, nicht zu vergessen die ringenden Tritonen im Weiher. Unter einem Steinhaufen versteckt liegt das frühere Pumpenhaus.

Entlang dem kleinen Gewässer, das sich wie ein Kanal den Weg der Wasserspiele entlangzieht, folgen kleine Tuffstein-Grotten: ein Schleifer bei seiner Arbeit; Apollo, wie er den Marsias schindet; ein Müller; Perseus im Kampf gegen das Seeungeheuer; ein Hafner in seiner Werkstatt.

In der gegenüberliegenden Grotte sehen wir eine bezaubernde Statue der Venus im antiken Gewand. Sie stützt den Fuß auf den Kopf eines Delphins, dessen Maul ein Wasserstrom entquillt, der sich glockenförmig über einen stets frischen Naturblumenstrauß ergießt. Und da sind auch noch Amor, zwei wasserspeiende Schildkröten, eine Diana, ein Wildschwein mit zwei marmornen Jungen sowie ein wassersprudelnder Steinbock.

Ein großer halbrunder Bau, der jüngste der Wasserspiele, von Erzbischof Andreas Jakob Graf Dietrichstein (1747 bis 1753) errichtet und mit seinem Wappen versehen, enthält das Mechanische Theater, erbaut von dem Dürrnberger Rechnungsbeamten Lorenz Rosenegger. Als dieses Zauberwerk nach zwei Jahren nicht fertig war und Rosenegger stets neues Geld forderte, sperrte ihn der Fürst auf der Festung ein. Ein Korporal erhielt den Auftrag, auf den säumigen Mechaniker aufzupassen, daß er nicht fliehe, nicht zuviel trinke, sondern arbeite. Dies nutzte nichts. Man entließ also den „Künstler", gab ihm eine Wache mit, und zwei Jahre später war das Mechanische Theater endlich vollendet. Gleichfalls mit Wasser betrieben, tummeln sich vor einem turmartigen Palast die Wachgrenadiere, blasen auf Altanen die Trompeter und entwickelt sich das Leben und Treiben einer barocken Kleinstadt: Musikanten spielen, Zigeuner lassen einen Bären tanzen, der Metzger schlachtet, und in Hof und Haus gehen die verschiedenen Gewerbetreibenden ihrer Arbeit nach. Ein einziger Hebelgriff bringt die Vielzahl der Figuren in emsige Bewegung; um den Lärm der Figürchen zu übertönen, spielt die Wasserorgel eine Choralweise des Hofkapellmeisters Johann Ernst Eberlin.

Vorbei an einer Statue der Minerva geht der Weg zur Kronen- oder Mydasgrotte, einem rechteckigen, an den Ecken durch Türmchen besetzten Bauwerk. Eingang und Innenraum sind mit Tuffstein verkleidet. In der Grottenmitte liegt auf einem mit allerlei Wassergetier geschmückten Marmorsockel eine blecherne Krone, die ein Wasserstrahl scheinbar schwerelos auf- und niedertanzen läßt. Die Stuckwände, mit Tuff und verschiedenfarbigen Kachelblättchen besetzt, umrahmen eine Skulpturengruppe, die Schindung des Marsias durch Apollo darstellend. Auch hier heißt es vorsichtig sein, denn kaum tritt der Besucher aus der Grotte, muß er Spießruten durch ein Wasserspalier laufen.

Ein Brunnen zeigt den sagenhaften Perseus mit dem Haupt der Medusa, während in der Bassinmitte der arme verzauberte Waidmann Aktäon, von seinen Hunden umringt, gemeinsam mit ihnen Wasser versprüht. Noch einmal wird die klassische Mythologie strapaziert, denn der nächste Brunnen ist der

Eurydike, flankiert von Delphinen, gewidmet. Es sind fleißige Tiere, diese Delphine. Die Schwänze hoch aufgereckt, sprudeln die marmornen Wesen das klare Gebirgswasser ohne Unterlaß in ein herzförmiges Becken, von wo es in Kaskaden in den Kanal fließt. Ein erst um das Jahr 1700 aufgestellter „Forstteufel", ein mißgestaltetes Monstrum mit Menschenkopf, Löwentatzen und Adlerfüßen, welches der Inschrift nach 1531 am Haunsberg erlegt worden sein soll, zeugt vom Jägerlatein.

Der Neptunbrunnen – der Wassergott sitzt auf einem Delphin, während aus einer Muschel eine Quelle emporsteigt – beendet den Rundgang durch die Wasserspiele.

Seit der Errichtung des Schlosses und des Gartens sind wenige Skulpturen hinzugekommen. Erzbischof Guidobald Thun, dem wir den Weinkeller verdanken, hat nach einem Brand mehrere Nebengebäude neu errichtet und die vielen Kugelobelisken und steinernen Einhörner, die Wappentiere Thuns, wie auch die hockenden Jagdhunde aus Marmor aufstellen lassen.

Wunderschön ist der Weg um die Weiher. Der ursprüngliche Garten, von einer Mauer umgeben und von einem Belvedere am Berg gekrönt, ist verschwunden. Franz Anton Danreiter hat um 1730 den Park der neuesten französischen Mode entsprechend verändert. Um das Jahr 1800, als der weitläufige englische Garten *en vogue* war, entstand der prachtvolle Naturpark. Die Statuen der Diana, der Flora und des Merkur stehen schon seit Beginn des 17. Jahrhunderts hier, in unserem Jahrhundert kam nur jene der Kaiserin Elisabeth hinzu. Der ehemalige Fasangarten ist Gastbetrieb geworden, und um die Restauration zu einer Einheit zu verschmelzen, wurde die schlichte Kirche mit ihrem schönen Gitterwerk auf die gegenüberliegende Seite des Hofflügels verlegt, der das Schloß begrenzt, in einen Raum, der früher Offiziersmesse war.

So lustig und unterhaltsam die neckischen Vogelstimmen und wassermechanischen Spielereien auch sind – ein Spaziergang durch den weiten Park und über den Hellbrunner Berg, den Waldemsberg, bietet noch mehr. Wohl sind das einstige Lusthäuschen auf einer Insel des Weihers, ein Rosengärtlein, ein Erdbeerberg und die Irrgärten verschwunden, doch die Buchs- und Taxussträucher, die riesengroßen Forellen und Goldfische der Weiher und die jahrhundertealten, ungewöhnlich hohen Lebensbäume, die Tujen, und schließlich die uralten, efeuumsponnenen Riesenfichten mit gewaltig ausladenden Ästen lassen diesen Spaziergang zu einem wunderschönen Naturerlebnis werden.

Vom Berg grüßt Schloß Waldems, das Monatsschlößchen, heute Museum für Salzburger Volkskunde. Den kuriosen Namen Monatsschlößchen hat es von der kurzen Bauzeit, denn Marcus Sitticus ließ am 29. August 1615 alle Maurer seines Landes aufbieten, um in größter Eile dieses Schloß zu errichten. Erzherzog Maximilian, der Hoch- und Deutschmeister, war zu Besuch gewesen – und als er nach Monatsfrist wiederkam, fand er zu seinem Erstaunen auf dem bewaldeten Hügel ein neues Schloß als Unterkunft bereitstehen.

Der Weg über den Hellbrunner Berg führt vom Monatsschlößchen zu einem Aussichtspunkt, dem Watzmannblick, vorbei an einer Wohnstelle aus der Frühgeschichte. Viele derartige Funde sind noch nicht gehoben. Eine dieser Wohnstellen wird an der Abzweigung des Weges zum Steintheater vermutet, dort, wo sich auf dem Berg ein natürlicher Kessel öffnet.

Wahrhaftig überwältigend ist schließlich das Steintheater. Marcus Sitticus benützte eine von Wassern ausgewaschene Steinhöhle als Bruchstelle, um all die Steine herausschlagen zu lassen, die er für den Schloßbau benötigte. So entstand eine wildzerklüftete gigantische Naturbühne, ein gewaltiger Theatersaal, der jede Theatralik zur Potenz erhebt. Chronist Steinhauser berichtet von dem „in den Felsen ausgehauene und artlich accomodierte schön und groß Theatrum, welches mitsonderm Fleiß und Kunst also durchbrochen und zum Agieren der Pastoralen zugerichtet, daß die Personen überall aus den Fölsen artlich hefürkommen . . .". Der abgeschnittene Fels, verbunden mit dem naturbelassenen Gestein, überragt von einem überdimensionalen Torbogen, der in die freie Natur führt, gibt eine Theaterstätte, die Mächtigkeit und Anmut verknüpft und überdies zur ehrwürdigen musischen Pilgerstätte wird, denn die Gedenktafel besagt, daß hier am 31. August des Jahres 1617 die erste Oper auf deutschem Boden aufgeführt wurde. Selbst wenn dieses Datum gewagt erscheint – schon 1616 ließ der Landesfürst in seinem in der Residenz erbauten Hoftheater den „Orfeo", einen *Orpheus in musica* aufführen –, bleibt das Steintheater eine denkwürdige Spielstätte, von der wir leider nicht sehr viel wissen.

Der an Schönheit gewohnte italienische Hofpoet Domenico Gisberti, der am bayrischen Hof tätig war und im Gefolge des Kurfürstenpaares im August 1670 nach Salzburg kam, bezeichnete das Steintheater als einmalig. Er hatte sich bisher nicht vorstellen können, daß Szenerien nur aus vorhandenen Naturfelsen bestanden und Schäfer- und Götterszenen sich trotz des Felsengesteins so überraschend und schön präsentierten. Er bewunderte, daß der offene Himmel über den Felsen, die Gestik der Sänger in dem Steingerölle und die technischen Maschinen der Ingenieure, welche die Steine förmlich reden machten, so zusammenwirkten, um etwas Großartiges hervorzubringen. „Für die fürstlichen Herrschaften wurde mit der ganzen Macht der Musik das Leben des Orpheus dargestellt", verrät uns der Poet.

Nicht zu vergessen ist schließlich der an die alte Tradition anknüpfende Hellbrunner Tiergarten, der durch die neuen Wege der Tierhaltung internationalen Ruf erlangt hat. Der natürliche Abschluß durch die steile Felswand in Richtung Untersberg, die sparsame und doch sichere Einzäunung, die einen engen Kontakt zwischen Besuchern und Tieren schafft,

ergibt eine ungewöhnliche Form des Tierparkes. Daß hier Zebras und verschiedenste Tiere wärmerer Zonen akklimatisiert wurden und sich auch im tiefsten Winter freudig im Schnee tummeln, daß die großen Weißkopfgeier – imponierend mit ihrer Flügelspannweite von 3 Metern – völlig frei umherfliegen, beweist augenscheinlich die Richtigkeit der Thesen moderner Verhaltensforschung.
Hellbrunn ist übrigens auch im Winter einen Besuch wert, denn die weiße Verzauberung, die von der menschenleeren Garten- und Berglandschaft ausgeht, ist vollkommen. Der Weg zurück zum ruhigen, versperrten Schloß führt an einer unscheinbaren Tür mit dem Schild „Wintergarten" vorbei. Öffnet der Besucher diese Tür, dann wird ihm das Herz weit: unvermittelt tritt er vom Winter in ein warmes und buntes Blütenreich, in welchem exotische und heimische Pflanzen wuchern, wo die Luftwurzeln riesiger Philodendren schlangengleich herunterhängen. Und wenn aus einer Ecke des menschenleeren Zaubergartens unvermutet ein schrilles „Hallo" ertönt, darf diese Begrüßung nicht verwundern. Ein Papagei gibt seiner Freude Ausdruck, mit einem Menschen Konversation zu pflegen.

Aus dem Salzburger Schloßreichtum sind noch zwei Perlen herauszugreifen: Leopoldskron und Klesheim. Leopoldskron, südlich des Mönchsberges gelegen, ist der wohl schönste Rokokobau der Stadt, umgeben von einem Naturpark, an einem zauberhaften Weiher gelegen, Rest des einstmals gewaltigen Moorsees, der die ganze Fläche bedeckte. Der Mathematik-Professor Bernard Stuart erbaute das Schloß unter Erzbischof Leopold Firmian 1736 für den Neffen des Landesherrn, Laktanz Firmian.
Das Schloß verlor viel von seiner Pracht, als es im 18. Jahrhundert zuerst Kunstgalerie und dann Besitztum eines Gastwirtes

wurde. Es diente dem bayrischen König Ludwig I. nach seiner Abdankung kurze Zeit als Ruhesitz – bis es in neuem Glanz erstrahlte, als der große Schauspieler und Regisseur Max Reinhardt Leopoldskron erwarb. Gusti Adler, zwanzig Jahre lang Privatsekretärin des Künstlers, hat in ihrer Reinhardt-Biographie geschildert, mit welcher Freude der Künstler das Schloß erworben und wieder ausgestattet hat. Am 16. April telegrafierte er nach der Unterzeichnung des Kaufvertrages, erfüllt vom ganzen Glück und Stolz über diesen Besitz, an seine Lebensgefährtin Helene Thimig: „Leopoldsvertrag unterzeichnet Gott schenke uns für diese köstliche Gehäuse die glücklichsten Inhalte Bin froh gut dankbar erkenne wie wundervoll notwendig der Feiertag für den Menschen gespenstische Hindernisse einschrumpfen den Glauben an Erfüllung des Naturnotwendigen wachsen läßt Ich liebe Dich."
Die ganze Freude Reinhardts tritt deutlich hervor, wenn Gusti Adler berichtet, wie sich der Künstler beispielsweise in Ursprung in einen steinernen Barocktisch verliebte und nicht ruhte, bis er ihn erwerben konnte, oder wie er Orangen- und Zitronenbäume in ihren riesigen Kübeln kaufte, als er hörte, die Gartenverwaltung von Schönbrunn müsse die Orangerie auflassen, weil kein Heizmaterial vorhanden sei. Reinhardt erfüllte die Räume von Leopoldskron wieder mit Leben. Die herrlichen Stukkaturen der Decken blickten von neuem auf kostbar eingerichtete Räume, auf den Saal, die Bibliothek, das venezianische Zimmer usw. Reinhardt war es auch, der aus Privatbesitz die Figuren des Zwerglgartens ursprünglich für Leopoldskron zurückkaufte, der den Park ausgestaltete und schließlich das Gartentheater baute. Zugestutzte Hecken und Spalierwände und barocke Sandsteinfiguren waren die Kulissen. Am 26. August 1931 erlebten 250 geladene Gäste eine Aufführung von Shakespeares „War ihr wollt" in Starbesetzung. Schauspielerische Leistung, der Chor der Wiener Staatsoper, das Mozarteumorchester unter Bernhard Paumgartner,

das Gartentheater und das Einbeziehen des Weihers als Spielfläche begeisterten die Zuschauer so, daß am nächsten Morgen die rechte Hand Reinhardts angeschwollen war von dem vielen Händedrücken. Das Gästebuch Leopoldskrons aus dieser Zeit liest sich wie ein Band Kulturgeschichte. Das Schloß war Treffpunkt der internationalen geistig schaffenden Welt geworden. Als Reinhardt im Juni 1938 in Amerika davon hörte, daß die Gestapo sein Schloß beschlagnahmt hatte, nahm er diesen Schlag mit den Worten auf: „Ich habe es gehabt." Reinhardt hatte es schroff abgelehnt, „Ehrenarier" zu werden, als Propagandaminister Joseph Goebbels den Schauspieler Werner Krauss 1933 beauftragte, nach Salzburg zu reisen und Reinhardt diesen komischen Beschluß der Reichsregierung bekanntzugeben. Heute ist Leopoldskron, von den Erben verkauft, Eigentum des „Salzburg Seminar in American Studies".

Auch Schloß Klesheim bezog Reinhardt in seine Spielplätze ein, wie er ja überhaupt alles, was er ansah, taxierte, ob er es nicht bühnenschöpferisch gestalten könnte. 1932 verwirklichte er seine Idee und inszenierte in Klesheim den „Sommernachtstraum", wobei die Schauplätze wechselten. Die Gäste zogen, je nach der Szene, zum Wald, zu den Wiesen, vor das Schloß und zum letzten Akt in den großen Prunksaal selbst. Erzbischof Johann Ernst Graf Thun ließ in den Jahren von 1700 bis 1709 Klesheim von Fischer von Erlach erbauen, doch erst unter Erzbischof Firmian wurde das Lustschloß bezugsfertig. In der NS-Ära wurde das Schloß zur Gänze renoviert, der Ehrenhof mit dem Gartenparterre und die Terrasse an der Rückfront wurden neu gebaut. Klesheim wurde durch eine eigene Abzweigung mit der Autobahn verbunden. Als Gästehaus des „Führers" sollte es hochfliegenden Plänen dienen.

An die alte Form der Anlagen von Klesheim erinnert nur mehr die Chronik. Der französische Barockgarten ist genauso verschwunden wie die einstige Ausstattung der Innenräume.

Geblieben ist ein dennoch prunkvoller Barockbau, die Vorstellung eines Lustschlosses, wie sie aus dem Süden kam und durch die klimatischen Bedingungen mit der Verkleinerung der Tür- und Fensteröffnungen verwirklicht wurde. Die Auffahrtsrampe flankieren zwei liegende Hirschpaare, die Wappentiere Firmians, ein Werk Joseph Anton Pfaffingers. Vorher dort aufgestellte Löwen und Einhörner wanderten in das kleine Parterre des Schlosses Mirabell, wo sie den Pegasusbrunnen umgeben. Das Wappen Firmians erinnert so wie das an der Balustrade über dem Hauptgesims angebrachte Wappen der Erzbischöfe Thun und Harrach – kombiniert mit dem des Landes Salzburg – an die einstigen Besitzer.

Nach dem Verlust der Selbständigkeit des Landes bezog der Bruder Kaiser Franz Josephs I., Erzherzog Ludwig Viktor, Klesheim, der das Schloß in eine blau-weiße Farbsymphonie tauchte. Wo immer es möglich oder unmöglich war, wurde weiß-blau gestrichen. Man speiste sogar von einem weißblauen Service.

Das jährliche Diplomatenseminar vereint nun vor allem junge Angehörige der Kaste unter dem Zeichen CD zu Vorträgen und Kursen. In den Nebenräumen sind eine Fremdenverkehrsakademie und eine Landwirtschaftsschule untergebracht, im weitläufigen Park gibt es Tennis- und Golfplätze.

Klesheim machte internationale Schlagzeilen, als in dem Schloß die amerikanischen Präsidenten Richard Nixon und später Gerald Ford wohnten, um in Europa weltpolitische Fragen mit den Sowjets bzw. mit Ägyptens Präsident Sadat zu besprechen.

Alle diese Schlösser dienen mit ihren heutigen Herren so wie einst zur Zeit ihrer Erbauung noch immer einem edlen, speziellen Salzburger Zweck – und daran ist ihre Bestimmung konsequent geblieben: der Pflege der Musik. In den festlichen

Räumen erklingen noch immer unvergängliche Weisen, und es vergeht wohl keiner dieser Gesellschaftsabende, ohne an den großen, den größten Sohn der Stadt, Wolfgang Amadeus Mozart, zu erinnern.

„Er lebt in aller Herzen"

DAS ERBE MOZARTS

Es gibt nämlich einen anderen Raum als den des Meßbaren, den Raum der Qualität, ohne den die Musik wahrscheinlich nicht möglich wäre.

GABRIEL MARCEL, MUSIK – HEIMAT DER SEELE

Was ist Genie anderes, als jene produktive Kraft, wodurch Taten entstehen, die vor Gott und in der Natur sich zeigen können und die eben deswegen Folgen haben und von Dauer sind? Alle Werke Mozarts sind von dieser Art; es liegt in ihnen eine zeugende Kraft, die von Geschlecht zu Geschlecht fortwirkt und sobald nicht erschöpft und verzehrt sein dürfte.

JOHANN WOLFGANG GOETHE, VERMISCHTE SCHRIFTEN

Salzburg, Mozart und Musik, diese drei Begriffe sind untrennbar miteinander verbunden. Zu Mönchsstadt, Fürstenstadt und Bürgerstadt gesellt sich die Mozartstadt: die Mozart-Gedenkstätten sind Ziel der Musikfreunde aus aller Welt geworden.
Im Mittelpunkt steht wohl das Geburtshaus, Getreidegasse Nr. 9, dessen Eigentümer Lorenz Hagenauer 1747 die Wohnung des 3. Stockwerkes an die Familie Mozart vermietete. Leopold Mozart war 1737 als achtzehnjähriger Student der Philosophie und der Rechte nach Salzburg gekommen, damals schon musikalisch voll ausgebildet. Er war in seiner Heimatstadt Augsburg Sängerknabe gewesen, hatte Theater gespielt und Unterricht in Klavier und Violine erhalten. Kurz nachdem er

den Grad eines Baccalaureus der Philosophie erreicht hatte, gab er sein Studium auf, um sich ganz der Musik zu widmen. Er wurde Violinist bei dem Domherrn Graf Thurn-Valsassina und Taxis und erhielt – Musikant war kein vollwertiger Beruf – den ehrbaren Titel eines Kammerdieners. 1743 trat er als vierter Violinist der Hofkapelle in die Dienste des Landesherrn, heiratete 1747 die Tochter eines Landpflegers aus St. Gilgen, Anna Maria Walpurga Pertl, und brachte es in seiner beruflichen Karriere zum wohlbestallten Fürsterzbischöflichen Vizekapellmeister. Die Wohnung in der Getreidegasse zeigt, daß die Familie Mozart eine gewisse bürgerliche Reputation erlangt hatte, denn sonst hätte sie sich wohl kaum ein Stockwerk in Salzburgs Hauptstraße zur Miete leisten können. Der Herr Kapellmeister war angesehen, hatte sich als Komponist und vor allem als Lehrer mit seiner Violinschule einen Namen gemacht. Nur mit dem Kindersegen gab es viel Elend, denn der erste Bub, 1748 geboren, wurde nicht einmal ein halbes Jahr alt, in den beiden nächsten Jahren folgten zwei Mädchen, das erste lebte überhaupt nur sechs Tage, das zweite wurde zwei Monate alt. Erst Maria Anna Walpurga Ignatia, das Nannerl, das am 30. Juli 1751 geboren wurde, blieb am Leben. Die nächsten beiden Kinder, in den darauffolgenden Jahren geboren, ein Bub und ein Mädchen, verstarben wiederum nach wenigen Wochen. Erst das letzte der Kinder des Ehepaares Mozart, der kleine Johannes Chrysostomus Wolfgang Theophilus – erst später wurde Theophilus in Amadeus geändert –, geboren am 27. Januar 1756, blieb den Eltern erhalten. Er war im kleinen Schlafzimmer zur Welt gekommen, von wo der Blick über einen Lichthof in den schmalen Innenhof des Hauses geht, dessen Rückfront die Kuppel mit der Uhr der Kollegienkirche überragt. Das war der Ausschnitt, den der kleine Junge Tag für Tag sah. Und in der großen Stube der Wohnung hat Wolfgang seine ersten musikalischen Gehversuche unternommen – man kann es nicht anders

nennen, denn so wie ein anderes Kind erst gehen lernte, bestand für diesen Knaben alles, was er in seiner Kinderwelt unternahm, aus Musik.
Der Salzburger Hoftrompeter und Violinist Andreas Schachtner, der viel in Mozarts Wohnung musizierte, erzählte darüber: „Wolfgangerl bath, dass er das 2te Violin spielen dürfte, der Papa aber verwies seine närrische Bitte, weil er nicht die geringste Anweisung in dem Violin hatte, und Papa glaubte, dass er nicht mindeste zu leisten im Stande wäre. Ich bath, dass man ihn mit mir möchte spielen lassen, endlich sagte Papa, geig mit Hrn. Schachtner, aber so still, dass man dich nicht hört, sonst musst du fort, das geschah. Wolfgang geigte mit mir, bald bemerkte ich mit Erstaunen, dass ich da ganz überflüssig seye, ich legte stiel meine Geige weg, und sah Ihren Hrn. Papa an, dem bey dieser Scene die Thränen der Bewunderung und des Trostes über die Wangen liefen."
Der Vater hatte mit den Kindern unbändige Freude, denn beide waren musikalisch hoch begabt, wenn auch das Mädchen nur interpretierend, während schon der vierjährige Bub mit seiner ungelenken Schrift Kompositionen schrieb. Wunderkinder? Ja, Wunderkinder mit all der Problematik und all den Komplikationen für ein späteres Leben. Leopold Mozart gab seinen Kindern die gediegenste Musikausbildung. Die Kinder hingen an ihm. Wolfgang sagte, sein Vater käme für ihn gleich nach dem lieben Gott. Der stolze Herr Papa ging mit seinen Wunderkindern auf Reisen, er produzierte sich, wie man so schön sagt, vor den Fürstenhöfen Europas. Waren diese Strapazen für ein sensibles Kind zuviel, und haben sie zum frühen Tod dieses Genies beigetragen? Haben aber nicht andererseits gerade die vielfältigen und stets wechselnden Eindrücke dieses Genie zu seinen Werken angeregt? Es ist müßig, diese Fragen zu erwägen; sicher jedoch ist, daß die dem Kinde dargebrachte Huldigung und die Kenntnis der Welt dazu beigetragen haben, ihm das kleine Salzburg zu verleiden.

Der Raum war zu stickig, zu klein, zu provinziell geworden. Und das vielumjubelte Wunderkind wurde zu einem despektierlichen jungen Mann, einem jener Frechdachse, die nörgeln, Ansprüche stellen, besondere Vergünstigungen in Anspruch nehmen, ohne selbst jedoch Disziplin zu halten. Vielleicht aber war Disziplin in den äußeren Lebensumständen zuviel verlangt, denn dieser Mann legte seine ganze Disziplin in das Notensetzen. Und wenn Wolfgang Amadeus Mozart in späteren Jahren für Salzburg kein gutes Wort fand und vor allem den letzten Fürsten verdammte, der nicht zu Unrecht verlangte, daß sein Konzertmeister und Hoforganist in erster Linie ihm zur Verfügung stehen müsse, so darf dies das Bild nicht verzerren. Der Fußtritt, den ihm schließlich sein unmittelbarer Vorgesetzter, der Oberstküchenmeister Graf Arco versetzte, war gewiß ein allzu schmählicher Abschied. Man darf aber nicht vergessen, daß Mozart mit 24 Jahren das Gehalt eines Fürsterzbischöflichen Hofrates bezog und daß er in der damaligen Gesellschaftsstruktur eine für einen Virtuosen hervorragende Position erreichte, ja daß er bereits mit 13 Jahren wohlbestallter Konzertmeister war, mit 14 Jahren den Orden vom Goldenen Sporn mit dem Prädikat „Ritter von“ erhielt und Mitglied der Akademien von Bologna und Verona wurde.

Mozart war ein Wunderkind, aber auch Wunderkinder werden älter, und wer will es heute verargen, daß so viele seiner Zeitgenossen das Genie des Heranwachsenden nicht erkannten? Ein Schicksal, das großen Geistern so oft widerfahren ist und auch widerfahren wird, jedoch am Fall Mozart exemplarisch zutage tritt.

Und doch hat Wolfgang Amadeus Mozart in Salzburg fröhliche und schöne Zeiten verlebt, denn wir wissen, daß die Geschwister mit vielen Salzburger Adels- und Bürgerfamilien und deren Kindern in geselliger Art verbunden waren. Es hat eine ganze Reihe von Förderern gegeben, wenn Mozarts

Starrsinn es auch erschwerte, für ihn offiziell einzutreten. Allein in den Jahren 1773 bis 1776, als Leopold Mozart mit der Familie von der zu klein gewordenen Getreidegassen-Wohnung in das Tanzmeisterhaus, so genannt nach der Tanzmeisterfamilie Spöckner, die dieses Haus seit 1711 besaß, am Hannibalplatz – heute Makartplatz – in eine Wohnung mit acht Zimmern umgezogen war, sind rund hundert Werke, Serenaden für festliche Abende, Divertimenti, Messen, Klaviersonaten, entstanden. Viele dieser Stücke sind für Anlässe im großen Freundeskreis komponiert worden, und zahlreiche Stadtwohnungen, Palais und Landhäuser wurden Zeugen fröhlicher Musizierabende, bei denen die Geschwister spielten und Mozart seine Kompositionen den Zuhörern zu Gehör brachte.

Als 1781 der Bruch mit dem Erzbischof erfolgte und Mozart, der seinen Landesherrn Colloredo nach Wien begleitet hatte, in der kaiserlichen Hauptstadt blieb, war eine Entwicklung folgerichtig abgeschlossen worden. Das nun folgende Jahrzehnt – am 5. Dezember 1791 starb Mozart, sein Requiem blieb unvollendet – brachte die größten seiner Werke: „Die Entführung aus dem Serail" und die „Haffner-Symphonie" (1782, in diesem Jahr vermählte sich der Komponist mit Constanze Weber); den „Schauspieldirektor" und die „Hochzeit des Figaro" (1786); „Don Giovanni" (1787, in diesem Jahr starb der Vater Leopold); „Jupiter-Symphonie" und die Symphonien in es-Dur und in g-Moll (1788); „Cosi fan tutte" (1790); die „Zauberflöte" (1791), um nur eine Auswahl aus diesem reichen Schaffensjahrzehnt zu nennen.

Als Wolfgang Amadeus Mozart in einem unbekannten Reihengrab des St. Marxer Friedhofes in Wien beerdigt wurde, versank die sterbliche Hülle – Mozart selbst ist unsterblich geblieben. Und all die Drangsal seines Lebens, das er wohl so und nicht anders leben mußte und das von seinen Werken nicht zu trennen ist, verschwindet als völlig unwichtig hinter den Klängen seiner Melodien. Franz Grillparzer schrieb zum 50. Todestag die Worte:

Wenn man das Grab nicht kennt, in dem er Ruh' erworben,
Wen, Freunde, ängstet das? Ist er doch nicht gestorben!
Er lebt in aller Herzen, aller Sinn
und schreitet jetzt durch uns're Reihen hin.

Wir aber sind glücklich, jene Stätten besuchen zu können, in denen uns der Geist des großen Tonschöpfers bewahrt zu sein scheint. Daß wir nicht allein seinen Kompositionen lauschen oder Stätten seines Wirkens, wie den Dom, die Residenz, St. Peter, Dreifaltigkeitskirche, Robinighof, Maria Plain usw. besuchen, sondern an jenen Orten verweilen können, wo er lebte, arbeitete und unvergängliche Klänge schuf. Das Geburtshaus Mozarts, seit 1408 urkundlich nachgewiesen, kam 1585 in den Besitz des Hofapothekers Chunrad Fröschlmoser – daran erinnern noch die geringelten Äskulapnattern in Löwenmäulern, die als Türgriffe der Haustore dienen – und wurde 1703 von der Kaufmannsfamilie Hagenauer erworben. 1747 bezog Leopold Mozart die Wohnung; der Großteil der Museumsgegenstände stammt aus dem Nachlaß der Söhne Mozarts, aus dem der Witwe und der Schwester Nannerl. Es war eine schlichte, aber schöne Wohnung mit einfach stukkatierten, niedrigen Decken. Die kostbarsten Stücke sind wohl Mozarts Hammerklavier, eine Wiener Mechanik, um 1780 von Anton Walter gebaut, und seine erste Geige, die 1746 von dem Salzburger Andreas Ferdinand Mayer angefertigt wurde. Die Gemälde sind sehenswert, vor allem das des siebenjährigen Wolferl, wie ihn der Trientiner Pietro Antonio Lorenzoni in dem lilafarbenen Galakleid, das Kaiserin Maria Theresia dem Wunderkind schenkte, malte. Jeder Zoll ein kleiner Herr, das drückt die Pose dieses entzückenden Ölgemäldes aus. Außerdem finden wir zahlreiche Darstellungen auf

Originalen, Kopien, Familienbildern, Manuskripte, Diplome und persönliche Familienstücke, die hier zur Erinnerung in den Vitrinen zusammengetragen sind. Gerade dadurch, daß die geballte Ansammlung früherer Jahrzehnte eliminiert wurde, ist eine wesentlich eindrucksvollere Gedächtnisstätte entstanden. 1931 ist das Museum durch die großartige Abteilung „Mozart auf dem Theater“ bereichert worden, in welcher mehr als hundert Dioramen die Entwicklung der Bühnenbilder Mozartscher Opern dokumentieren. Ein Blick noch in die Küche: er zeigt, in welcher Mühsal ein Haushalt jener Zeit mit dem offenen Kamin geführt werden mußte.

Das Wohnhaus auf dem Makartplatz Nr. 8 legte 1944 eine Fliegerbombe in Trümmer. Erhalten blieb original nur der Tanzmeistersaal, in dem nach wie vor bei Hauskonzerten die Werke Mozarts erklingen. Diese Gedächtnisstätte ist Konzertraum und gleichzeitig Ausstellungssaal für historische Musikinstrumente. Nur wenige Jahre erfüllte diese Wohnung turbulentes Familienleben, denn die Mutter verstarb 1778 während einer Konzertreise in Paris. 1781 verließ der Sohn Salzburg für immer – er kehrte nur einmal mit seiner Frau zu einem Besuch zurück, damals, 1783, wurde die c-Moll-Messe in St. Peter uraufgeführt –, 1784 heiratete das Nannerl in St. Gilgen den Pfleger Johann Baptist von Berchtold zu Sonnenburg, und so blieb der Vater allein in der großen Wohnung. Im Jahr 1787 erkrankte Leopold Mozart schwer. Als Wolfgang Amadeus hörte, wie schlecht es dem Vater ging, schrieb er an ihn, er möge ihm mitteilen, wie ernst die Krankheit sei, denn dann würde er an das Krankenlager eilen. In dem Brief sind Passagen enthalten, die ein erschütterndes Zeugnis für die Größe und den Ernst dieses Mannes geben, aber auch für seine Vorahnung eines frühen Todes: „Da der Tod genau zu nehmen, der wahre Endzweck unseres Lebens ist, so habe ich mich seit ein paar Jahren mit diesem wahren, besten Freunde des Menschen so bekannt gemacht, daß sein

Bild nicht allein nichts Schreckendes mehr für mich hat, sondern recht viel Beruhigendes und Tröstendes! Und ich danke meinem Gott, daß er mir das Glück gegönnt hat, mir die Gelegenheit – Sie verstehen mich – zu verschaffen, ihn als den Schlüssel zu unserer wahren Glückseligkeit kennen zu lernen. Ich lege mich nie zu Bette, ohne zu bedenken, daß ich vielleicht, so jung als ich bin, den anderen Tag nicht mehr sein werde – und es wird doch kein Mensch von allen, die mich kennen, sagen können, daß ich im Umgange mürrisch oder traurig wäre – und für diese Glückseligkeit danke ich alle Tage meinem Schöpfer und wünsche sie von Herzen jedem meiner Mitmenschen." Am 28. Mai 1787 starb Leopold Mozart, die Einrichtung des Tanzmeisterhauses wurde versteigert; der Sohn erhielt aus dem Erlös tausend Gulden. Knapp vor seinem 36. Geburtstag ist Wolfgang Amadeus Mozart gestorben. Seine Schwester Nannerl wurde 78 Jahre alt; 1801 nach Salzburg zurückgekehrt, verstarb sie 1829, die letzten Jahre völlig erblindet.

Eine besonders reizvolle Mozart-Gedächtnisstätte ist das Zauberflötenhäuschen. Ursprünglich stand es in einem der Höfe des Fürstlich Starhembergschen Freihauses auf der Wieden in Wien, in unmittelbarer Nähe des Theaters an der Wien, wo Schikaneder Direktor war, der Mozart noch aus Salzburg kannte. Als der Komponist am Hannibalplatz wohnte, spielte die Truppe Schikaneders im fürstlichen Hoftheater gegenüber, und die Mozarts waren als Gäste Schikaneders häufige Besucher seiner Aufführungen. Der Theaterdirektor hatte dann dieses hölzerne Gartenhäuschen Mozart in Wien zur Verfügung gestellt, damit er ungestört die Komposition der „Zauberflöte" vollenden konnte. Als in den siebziger Jahren des

Oben: Salzburg vom Kapuzinerberg. Aquarell von Franz Barbarini, Mitte des 19. Jh.

Unten: Die Vorstadt Am Stein. Foto um 1860, kurz vor der Salzachregulierung.

19. Jahrhunderts das Freihaus verkauft werden sollte, schenkte Fürst Starhemberg der Mozart-Stiftung das Häuschen, das, 1873 zerlegt, nach Salzburg gebracht und im Zwerglgarten aufgestellt wurde. Von dort wanderte es auf den Kapuzinerberg. 1948 wurde es abgetragen und nach einer gründlichen Konservierung in jenem Teil des Bastionsgarten von Mirabell aufgestellt, der heute vom Mozarteum aus zugänglich ist. Das Mozarteum veranstaltet auch ständig Führungen zum Zauberflötenhäuschen und zu den Sammlungen des Mozarteums.

Das Mozarteum selbst ist in der Pflege der Mozart-Tradition eine Gedächtnisstätte und zugleich Vorläufer des Festspielgedankens. 1841 kam es zur Gründung des „Dom-Musik-Vereines und Mozarteums", der 1842 bei der Enthüllung des Mozart-Denkmals das erste Musikfest in Salzburg veranstaltete. 1870 entstand aus diesem Verein die Internationale Mozartstiftung, auf deren Anregung hin 1875 Dr. Ludwig Ritter von Köchel das Werksverzeichnis Mozarts, das berühmte Köchel-Verzeichnis, verfaßte. 1880 wurde schließlich dieser Verein in die „Internationale Stiftung Mozarteum" umgewandelt, die in dem ehemaligen Anatomiestöckl der alten Universität in der Hofstallgasse, direkt neben dem botanischen Garten, die erste Musikschule eröffnete. Wenige Jahre später kam es zur Gründung internationaler Mozart-Gemeinden; 1914 wurde die Musikschule in den Rang eines Konservatoriums erhoben und im selben Jahr das neue Mozarteumshaus eröffnet. 1916 begann darin der erste Gesangskurs der Kammersängerin Lilli Lehmann, 1917 wurde Bernhard Paumgartner als Direktor der Schule bestellt. Als Akademie für Musik und darstellende Kunst besitzt das Mozarteum Hochschulrang; die Musikfeste der Internationalen Stiftung Mozarteum bereiteten die Salzburger Festspiele vor, das Mozarteumorchester besitzt internatio-

Blick vom frühlingshaften Mirabellgarten gegen Dom und Festung.

nalen Ruf und das Zentralinstitut für Mozartforschung weltweite Anerkennung.

Wolfgang Amadeus Mozart ist der strahlendste Stern am Salzburger Musikhimmel, doch wie eben der Himmel von mehreren Sternen erhellt ist, so weist die Salzburger Musikgeschichte eine Vielfalt großer Namen auf, die von der Vergangenheit bis ins Heute reicht. Keineswegs erschöpfend sollen hier nur Beispiele herausgegriffen werden: Die Geschichte beginnt mit den Dichtermusikern, dem sagenhaften Tannhäuser aus dem Salzburgischen Lungau, weiters Neidhart von Reuental, wahrscheinlich im Salzburgischen geboren, und Hermann, dem Mönch von Salzburg (um 1400), dessen Lieder in Freisaal erklangen und der seiner Fülle von weltlichen und geistlichen Liedern wegen zum Ritter erkoren wurde. Wir wissen auch von Ulrich von Liechtenstein und Oswald von Wolkenstein, die in Salzburg Minne- und Meistergesang darbrachten.

Paul Hofhaymer (1459 bis 1537), von dem Paracelsus sagte, er sei an der Orgel ein Künstler gewesen wie Albrecht Dürer in der Malerei, schuf eine Fülle von geistlichen und weltlichen Werken, bereicherte als Tonsetzer das Liedgut, aber auch die Orgelkompositionen und war eine Berühmtheit seiner Zeit. Um 1520 wiederum berief Matthäus Lang den größten deutschen Meister des polyphonen Stils, Heinrich Finck, nach Salzburg. Von Orazio Benevoli, der die gewaltige Festmesse zur Einweihung des Domes 1628 schuf, haben wir schon gehört, gleichfalls von Stefano Bernardi, der die Aufführung dieser Messe leitete und selbst als Komponist hervortrat. Heinrich Ignaz Franz Biber, der größte Meister des musikalischen Barocks in Salzburg, der im Dienste Max Gandolfs stand und als bedeutendster deutscher Violinmeister des 17. Jahrhunderts gilt, schuf in Salzburg seine Mysterien-Sonaten und zahlreiche Streichermusiken. Auch sein Sohn Karl Heinrich Biber wirkte hier als Kapellmeister und Komponist. Antonio

Caldara wiederum lieferte in der ersten Hälfte des 18. Jahrhunderts zahlreiche Opern, Oratorien und Messen für den Fürstenhof. Zur Salzburger Hofmusik gehörte Georg Muffat, der 1678 als Organist an die Hofkapelle berufen wurde und dessen „Musikalische Blütenlese“ noch heute gespielt wird. Nach seinen eigenen Worten sind seine Werke „so nicht nur zur Ergötzlichkeit der Liebhabern, zur Herrlichkeit der Zusammenkünfften, zur Taffel-Music und Serenaden sehr tauglich, vornehmlich unter Belustigung großer Fürsten und Herrn, zur Unterhaltung vornehmer Gäste bey herrlicher Mahlzeit, Serenaden und Zusammenkünfften der Music-Liebhaber und Virtuosen“. Johann Ernst Eberlin, im 18. Jahrhundert Hofkapellmeister, schuf 22 Oratorien, 61 Schuldramen, Kirchen- und Orgelmusik und die Musikstücke für das Mechanische Theater in Hellbrunn. Von Leopold und Wolfgang Amadeus Mozart brauchen wir nicht mehr zu sprechen. Michael Haydn war seit 1762 Konzertmeister und wurde 1781 nach dem Abgang Mozarts Hof- und Domorganist. Sein Verdienst auf dem Gebiet der Kirchenmusik – 32 lateinische und 8 deutsche Messen, 130 Gradualien, zahllose Offertorien, Motetten, Vespern und Litaneien – ist allgemein bekannt, weniger jedoch, daß er fast 50 Symphonien, zahlreiche Menuette und Märsche, von denen besonders die türkischen hervorzuheben sind, Serenaden, Schauspielmusiken und Opern schrieb. Von seinem Schüler Anton Diabelli ist vor allem eine Weihnachtsmusik überliefert. Ein anderer Schüler Haydns war Sigismund Ritter von Neukomm, der weltweit als Virtuose und Dirigent gefeiert wurde und rund 2000 Kompositionen, vor allem Kirchenmusik, hinterlassen hat. Eines schlichten Mannes muß man gleichfalls gedenken, nämlich des Lehrers Franz Xaver Gruber, der 1818 wenige Kilometer von der Stadt, in Arnsdorf bei Oberndorf, das unsterbliche „Stille Nacht, Heilige Nacht“ vertonte und eine Reihe kirchenmusikalischer Werke komponierte.

Im Musikleben der Gegenwart besitzt Salzburg einen internationalen Rang allein schon durch die Salzburger Festspiele und die seit wenigen Jahren von Herbert von Karajan veranstalteten Osterfestspiele. Doch auch die jährlichen Kurse der Internationalen Sommerakademie des Mozarteums mit Kräften aus aller Welt dürfen nicht vergessen werden. Besonders aber muß des Mozarteumorchesters und der daraus hervorgegangenen Camerata academica Bernhard Paumgartners, des eigenen Akademieorchesters der Musikhochschule und des Opernstudios gedacht werden. Darüber hinaus ist in Salzburg die Pflege der Musik in den Volksmusikschulen, in der Fülle von Klangkörpern, dem Volksliedsingkreis, dem Rundfunkchor, dem Mozarteumchor, dem Chor des Landestheaters, dem Salzburger Kammerchor, dem Domchor, dem Salzburger Lehrersingkreis usw., höchst lebendig. Eine erschöpfende Aufzählung ist gar nicht möglich.

Wo gibt es schon eine Stadt von 120.000 Einwohnern, in der die Musikpflege wahrhaft so lebendig ist, daß man fast in jedem Haushalt ein Instrument finden kann? Der Veranstaltungskalender, der nicht nur Fremde anzieht, sondern stets auch die Salzburger begeistert, stellt das beste Zeugnis aus. Da sind die vielen Kammerkonzerte und Serenaden mit dem Salzburger Serenadenensemble, den Salzburger Mozartspielern, dem Mozarteumquartett, dem Mozart-Trio, der Salzburger Bläser-Kammermusik-Vereinigung, dem Consort Franz Tenta mit den alten Instrumenten oder die Spielgemeinschaft für alte Musik unter Hans Schurich, die Salzburger Turmbläser unter Sepp Dorfner, das Orgelensemble Wolfgang von Karajan, aber auch die Ensembles, die die Volksmusik pflegen – da kommt dem Tobi-Reiser-Quintett eine besondere Bedeutung zu. Tobi Reiser gestaltet auch Jahr für Jahr das Adventsingen und „drillt“ das ganze Jahr über mühsam die Hirtenbuben.

Das Verzeichnis der Lehrkräfte des Mozarteums ist und war ein Vademecum berühmter Namen, von denen nur einige

herausgegriffen werden können: Cesar Bresgen, Schöpfer von Opern und Kinderopern, sinfonischen Werken, Konzerten und Kammermusiken; Josef Friedrich Doppelbauer; Hans Werner Henze, zeitgenössischer Komponist von Weltruf; Carl Orff, der Opernkomponist, der Chöre zu mittelalterlichen Vagantenliedern schuf und sein bedeutendes schulpädagogisches Erziehungswerk gestaltete; Rudolf Klepac; der Dirigent Ernst Hinreiner; Rolf Maedel, der Liederkomponist; der Pianist Gilbert Schuchter; der vielseitige Komponist und Dirigent Gerhard Wimberger, dessen Opern, Ballettmusiken und Orchesterwerke berühmt sind; der Mozartforscher Geza Rech; die Kammersängerinnen Maria Reining und Viorica Ursuleac-Krauss; Walter Raninger; Kurt Leimer, der als Pianist durch die von verschiedenen Fernsehstationen übernommenen Konzerte, aber auch durch seine Kompositionen wie das „Klavierkonzert für die linke Hand", beruhend auf einem erschütternden Kriegserlebnis, oder das c-Moll-Klavierkonzert, beide mit dem Londoner Philharmonia Orchester unter der Leitung Herbert von Karajans, berühmt geworden war.
Herbert von Karajan, der internationale Dirigentenstar aller Festivals, hat selbst seine Ausbildung am Mozarteum begonnen und ist nach wie vor Salzburg eng verbunden; Viktor Keldorfer, der als Dirigent und als Chorkomponist hervorgetreten ist, war gleichfalls Schüler des Mozarteums; der verstorbene Domkapellmeister Joseph Meßner schuf prachtvolle Kirchenmusik. Der verstorbene Bernhard Paumgartner aber, Präsident der Festspiele, dessen vielseitige Tätigkeit als Komponist, Dirigent und Wissenschaftler sowie als Organisator Salzburger Musikgeschehens gleichermaßen wertvoll war, hat durch ein halbes Jahrhundert hindurch in führender Position das Kulturleben dieser Stadt ganz entscheidend mitgeprägt.
Diese keineswegs den Anspruch auf Vollständigkeit erhebende Aufzählung beweist, daß das Erbe Mozarts in Salzburg gegenwärtig ist.

Nicht nur die Salzburger Festspiele und die Osterfestspiele sind Fixsterne des jährlichen Programms, ihnen gleich kommen die Mozartwochen, die alljährlich im Januar, im Geburtsmonat des größten Musikers der Stadt, veranstaltet werden. Das ganze Jahr über bringt das Konzertbüro der Internationalen Stiftung Mozarteum ein reiches Programm, und Siegfried Hummer hat mit seinem Musikalischen Frühling und vor allem den Schloßkonzerten im Marmorsaal von Mirabell und an anderen historischen Spielorten mit der größten europäischen Kammermusikreihe, die jährlich um die 200 Konzerte bringt, für eine eindrucksvolle Bereicherung des Musiklebens gesorgt. Ein Kritiker hat zu diesem Musikalischen Frühling so treffend gesagt: „Gewiß hat Salzburg seine sommerlichen Festspiele und seit zwei Jahren dazu noch Karajans Osterfestival, beides Treffpunkte der großen Welt. Aber weder das eine noch das andere Festspiel ist vergleichbar dem jährlich zur Pfingstzeit sich entfaltenden Musikalischen Frühling – weder seiner bergenden Intimität, der beinahe familiären Atmosphäre, noch seinem organisch gewachsenen Zusammenhang mit den musikalischen Quellen und Kräften dieser Stadt. Der Dreiklang von Musik, Architektur und Landschaft ist darin noch unverfälscht erhalten, und eben deshalb gehört er zum Schönsten, was einen empfänglichen Menschen an organischer Darbietung von Kunst, von Musik heute noch erwartet . . . Hinzu kommt noch, daß Salzburg und seine Umgebung gerade im Übergang vom Frühling in den Vorsommer einen verschwenderischen Zauber entfalten. Alles in allem: daß Salzburg überhaupt und sein Musikalischer Frühling im besonderen eine Reise wert waren und es auch in kommenden Jahren wert sein werden, kam hier niemand zu bezweifeln in den Sinn. Dieser Frühling ist und bleibt eine Delikatesse für Feinschmecker."

Man darf auch nicht vergessen, daß eine Salzburger Familie, die 1938 vor den einrückenden deutschen Truppen das Land verließ, Weltberühmtheit erlangte: die Trapp-Familie, die unter der Leitung des Kaplans Wasner – der heute als Rektor der Anima in Rom eine hohe Stellung in der kirchlichen Hierarchie errungen hat – zu einem vielumjubelten Ensemble wurde. Eine Familie, die gleichfalls um die Welt zieht, ist jene des Professors Hermann Aicher, die mit den Salzburger Marionetten sensationelle Erfolge hat. Als 1913 der Bildhauer Anton Aicher, dem Drängen engster Freunde nachgebend, sein privates Steckenpferd, seine Marionetten, mit der Mozartschen Jugendoper „Bastien und Bastienne" der Öffentlichkeit vorstellte, konnte niemand ahnen, daß vier Jahrzehnte später das Marionettentheater unter Leitung seines Sohnes eine internationale Institution sein würde. Seit 1913 wuchs aus der einen Aufführung ein Repertoire von ungefähr 150 Opern, Schauspielen und Märchen, mit einem Puppenstaat von rund 2.000 Marionetten. Waren die ersten Figuren nur 25 bis 30 Zentimeter groß, so besitzen die heutigen Puppen Größen bis zu einem Meter. Hunderte von Mitarbeitern – Maler, Bildhauer, Autoren, Komponisten, Regisseure, Techniker und vor allem Sänger, Schauspieler und Musiker – haben den Salzburger Marionetten Kräfte, Ideen und Stimmen verliehen. Nach wie vor steht im Mittelpunkt dieser Kunst der Dienst an Mozart und seiner unsterblichen Musik. Die Aufführung einer Mozartoper im Marionettentheater läßt sehr rasch vergessen, daß hier Figuren an den Händen der Mitglieder der Familie Aicher und ihrer Helfer – und nur durch diese Hände – ihr seltsames Leben entfalten. Was der Besucher erlebt, ist eine erlesene Festspielaufführung in der kleinen Welt zum Leben erwachter Puppen!

Die Stadt als Szene

DIE FESTSPIELE

Der Muse heiliges Haus steht Kunstbegeisterten offen,
als Entflammte empor trage uns göttliche Macht.
THOMAS MICHELS OSB,
LATEINISCHE INSCHRIFT AM FESTSPIELHAUS

Soweit ich zurückdenken kann, habe ich immer die Musik geliebt – als Amateur. Wenn Sie mich fragen, warum ich in meinem späteren Leben dazu kam, die Oper als eine Kunstform zu betrachten, der ich als Poet einen professionellen Beitrag leisten könnte, würde ich antworten, das ist deswegen geschehen, weil in unserer Zeit Oper die einzige Kunstgattung ist, die in ihrem sprachlichen Ausdruck noch dem hohen oder erhabenen Stile offen ist.
WYSTAN HUGH AUDEN, WORTE UND NOTEN

Wenn am Domplatz ein riesiger Stapel Bretter abgeladen wird, denkt jeder Salzburger, der vorbeigeht: Was, schon wieder das halbe Jahr um? Die Festspiele sind da! Der Betrieb in der Stadt wird noch hektischer, die Parkplatzsuche noch mühsamer, und die autogrammwütige Jugend sieht sich jede Frau im Dirndl und jeden Mann in Lederhose genauer an, denn das ist ja die bevorzugte Tracht der Festspielkünstler.
Mit einer Lederhose haben die Salzburger Festspiele auch begonnen. Am 22. August 1920 hatte Max Reinhardt Hofmannsthals „Jedermann“ als Wohltätigkeitsveranstaltung inszeniert.
Die Schauspieler bekamen statt eines Honorars ein Andenken –

und Werner Krauss, der den Tod spielte, eine Lederhose. Der erste Salzburger Jedermann war Alexander Moissi. Ergriffen stand nach dieser Vorstellung Fürsterzbischof Doktor Ignaz Rieder auf, drückte Reinhardt die Hand und sagte nur, dieser Jedermann sei besser als eine Predigt.

Bernhard Paumgartner, der gemeinsam mit Einar Nilson die Musik für diese Inszenierung schuf, schrieb in seinen Erinnerungen an Max Reinhardt: „Bei der ersten Aufführung saß Reinhardt neben neben mir an dem Fenster hinter der großen Domorgel. Von dort konnte man die Spielfläche gut übersehen. Ein Wetter drohte vom westlichen Himmel. Sollte es die Schönheit dieses Anfangs in eine wilde Regenpanik verwandeln? Plötzlich aber, als Moissi-Jedermann das Vaterunser sprach, brach die Sonne mit zarter Abendmilde durch die schwarzen Wolken. Die Krone der Domfassade, die Türme erstrahlten im verklärten Licht. Zum erstenmal flog der Taubenschwarm auf. Tiefe Ergriffenheit senkte sich über uns alle. Reinhardt selbst war vor Bewegung kaum fähig zu sprechen. Der unvergeßliche Augenblick dieser gleichsam himmlischen Zustimmung wirkte wie das Walten eines guten Geistes unzerstörbar weiter."

Schon 1887 hatte Hofkapellmeister Hans Richter gemeint, Salzburg sollte ständige Mozartfest einführen; nach Bayreuther Vorbild wollte man auf dem Mönchsberg ein Festspielhaus bauen. Doch erst 1915 griff Friedrich Gehmacher vom Mozarteum den Gedanken auf, ihm gesellte sich der Wiener Redakteur Heinrich Damisch zu, und im Herbst 1916 kam es schließlich zur Gründung der Salzburger Festspielhausgemeinde, die am 1. August 1917 als Verein vorerst mit dem Hauptsitz in Wien und einem Zweigverein in Salzburg in das Register eingetragen wurde. Dem Direktorium wurde ein Kunstrat beigegeben, dem Max Reinhardt, Richard Strauss und Franz Schalk von der Wiener Staatsoper, der Dichter Hugo von Hofmannsthal und der Bühnenbildner Alfred

Roller angehörten. Die verschiedensten Plätze wurden in Erwägung gezogen: Maria Plain, die Arenberggründe hinter dem Bürgelstein, der Volksgarten, der Naturpark in Aigen, bis schließlich Hellbrunn das Ei des Kolumbus schien. Am 19. August 1922 kam es in Anwesenheit des Bundespräsidenten zur Grundsteinlegung, bei der der Schriftsteller Rudolf Holzer die Festrede hielt. 1963 schrieb Helene Thimig, die Lebensgefährtin Reinhardts, als sie von dieser Feier heimgingen, habe Reinhardt ganz still, aber entschieden mit einem tiefen Seufzen gesagt: „So. Das kommt niemals zustande . . .“ Er habe ihr und Hofmannsthal erklärt, alles Bleibende wachse aus einem Provisorium, es gebe nur ein Weiterbauen, Anbauen oder Umbauen. Das war ein prophetisches Wort, und Reinhardt selbst hat schließlich den Anstoß zu dem typisch österreichischen Provisorium gegeben, das ewig dauert. In diesem Fall: der Umbau der alten Winterreitschule zu einem provisorischen Festspielhaus. Als 1924 die Winterreitschule adaptiert wurde, war dies die Keimzelle des heutigen Festspielbezirkes. Ein Jahr später begann der große Architekt Clemens Holzmeister mit dem Umbau des Festspielhauses, bei dem er den heutigen Stadtsaal und die Felsenreitschule mit einem Teil der Hofstallungen zum ersten Festspielhaus vereinigte, das vor wenigen Jahren erneuert wurde; die Felsenreitschule erhielt sogar jetzt erst ihre endgültige Dachkonstruktion, bis dahin gab es nur eine Zeltplane; regnete es, dann übertönte das Trommeln der Tropfen die Stimmen der Schauspieler und die Klänge der Musik. Anton Faistauer schmückte das Foyer des Festspielhauses mit Fresken aus. Er stellte die Baugeschichte des Festspielhauses dar, außerdem Verkörperungen des geistlichen und weltlichen Theaters, des Mysterienspiels, des Lustspiels und Dramas, weiters Szenen aus dem Jedermann und dergleichen mehr. Dreihundert Quadratmeter Fläche füllte Faistauer. Anton Kolig half ihm dabei, aber auch die beiden bekannten Professoren Josef Schulz und Wilhelm Kaufmann wirkten mit.

1938 mußten diese Fresken als „entartete Kunst“ vernichtet werden, doch gelang es dem Maler Alberto Susat, die Fresken so geschickt abzunehmen, daß sie nach dem Kriege fast unversehrt wieder angebracht werden konnten. Unter der Förderung von Landeshauptmann Dr. Josef Klaus gelang bald nach dem Krieg die Einbeziehung des alten Hofmarstalls, in dem bis dahin das Haus der Natur untergebracht war, in das Festspielgelände. Am 26. Juli 1960 wurde das neue Festspielhaus in einem feierlichen Staatsakt eröffnet. Clemens Holzmeister hatte eine große Aufgabe gelöst: von jedem der 2.300 Zuschauerplätze ist die Bühne gut zu sehen. Um den gewaltigen Bühnenraum – 35 Meter hoch, 80 Meter breit und 15 Meter tief – unterzubringen, wurden 55.000 Kubikmeter Konglomeratgestein von der Mönchsbergwand abgetragen. 78 Prospektzüge der Bühnenmaschinerie, die Einrichtungen der Beleuchtung, der eiserne Vorhang mit seinen 38 Tonnen Gewicht, fünf Hubpodien von je 24 mal 3 Metern, die dreiteilig eingebaute Simultanbühne, die auf der Horizontalebene Szenenwechsel erlaubt, sind Meisterwerke modernster Bühnentechnik, die eine Führung hinter die Kulissen zu einem großen Erlebnis werden lassen. Beeindruckend auch die Ausgestaltung des Festspielhauses unter Heranziehung moderner österreichischer Maler und Bildhauer – Oskar Kokoschka, Wolfgang Hutter, Karl Plattner, Rudolf Hoflehner, Kurt Fischer, Giselbert Hoke, Wander Bertoni, Slavi Soucek – bis zur kraftvoll-erschütternden Orpheus-Statue Alfred Hrdlickas im Foyer des Parterres. Toni Schneider-Manzell hat die alten Portale des Marstalls durch neue Türen kongenial ergänzt: Sparsame Gliederung der großflächigen Bronzetore durch symbolkräftige Türgriffe. Beim rechten äußersten Tor sind es der Dichter mit dem Lorbeerkranz, die Jahreszahl des Umbaues (1960) im Mittelfeld, und die Schauspielerin mit Maske und Spiegel; am äußersten linken Tor sind es die Zeichen für die ursprüngliche Bedeutung des Hauses, nämlich die Symbole der

Bischöfe, die Mitra, und des Marstalls, und im Mittelfeld die Initialen Holzmeisters, von dem die neuen Tore zu der Eingangshalle, die zwischen den alten Portalen aus der Wand gebrochen wurden, stammen. Daß Schneider-Manzell auch dem Fischer-Erlach'schen Hauptportal in Richtung zur Pferdeschwemme einen Pegasus und einen Stier, der die Europa trägt, aufsetzt, muß man wissen, denn die Einheit und Zeitlosigkeit ist nahtlos gegeben. Ein schöneres Kompliment für ein Kunstwerk gibt es nicht! Die Gesamtkosten allein des Neubaues des großen Festspielhauses betrugen etwa 210 Millionen Schilling, also fast das Doppelte der ursprünglich veranschlagten Summe, doch das Entsetzen hat sich inzwischen gelegt – und die Zweckmäßigkeit der Investition ist selbst dem schärfsten Kritiker aufgegangen.

Es hat unzählige schwere Stunden für die Festspielgemeinde gegeben. Schon im Anfangsstadium, 1920, mußte sie die Erklärung abgeben, daß keine Propaganda außerhalb Salzburgs gemacht werde. Die Landesregierung hatte die damals bestehenden Reisebeschränkungen aufrechterhalten, denn man fürchtete für das ohnchin unstabile Währungssystem. Außerdem herrschte arge Lebensmittelknappheit. Um so höher ist das Verdienst vor allem Reinhardts anzusetzen, der nicht lockerließ. Stadt und Land Salzburg verhielten sich keineswegs freundlich. Als die Inflation immer drückender wurde, als die Preise schwindelnde Höhen erreichten, inszenierte Reinhardt in der Kollegienkirche 1922 das „Salzburger Große Welttheater", dessen Idee Hofmannsthal von Calderon übernommen hatte. Karl Kraus schrieb in der „Fackel" mit seiner gewohnt spitzen Feder: „Ehre sei Gott in der Höhe der Preise . . .", und die „Salzburger Wacht" stellte erbittert fest: „Wir erleben in diesem August ein Preisfestspiel, dem gegenüber die Monumentalität der künstlerischen Festspiele ein Kinderspiel ist.' Prompt beendete die Landesregierung die Fremdensaison mit 3. September und ließ in den Zeitungen eine an die noch

anwesenden Fremden gerichtete offizielle Erklärung mit folgendem Schluß erscheinen: „Es dürfte sich daher empfehlen, daß das fremde Publikum sich auf die Abreise vorbereitet." Man wollte damals nicht einmal das Geld. Heute will man das schon eher, aber möglichst ohne Fremde. Das ist zwar überspitzt formuliert, aber sehen Sie sich um, dann werden Sie die Seufzer so vieler Salzburger ob der heillos verstopften Stadt verstehen. Nehmen Sie das Ganze nicht so ernst: Salzburg – Land und Stadt – besitzen dem Fremden gegenüber nicht nur Verständnis, sondern auch Herz, denn sie verstehen, stolzerfüllt, daß ihre Heimat zum Ziel der Reisesehnsucht wird.
Als nach diesen „Preisfestspielen" der erste Präsident, Alexander Fürst Thurn und Taxis, sein Amt niederlegte, kam es zu Ärger. Reinhardt war gekränkt, daß man ihn nicht nahm; Richard Strauss wiederum stimmte zu, denn Hofmannsthal, der den Zusammenbruch der Festspiele fürchtete, drängte. Josef Kaut, lange Jahre Kultur-Landesrat Salzburgs und selbst Präsident des Direktoriums der Festspiele, publizierte in seinem Geschichtswerk über die „Festspiele in Salzburg" den erschütternden Brief Hofmannsthals an Richard Strauss vom 4. September 1922, in dem es heißt: „. . . Nehmen Sie die rein formale, keinerlei Betätigung erheischende Stelle an . . . Tun Sie mir und Reinhardt die Liebe und erhalten sich und uns dadurch dieses Betätigungsfeld: nur so ist ein weiteres künstlerisches Handeln dort möglich. Reinhardt zum Präsidenten nehmen diese Spießbürger nie: sie hassen ihn, hassen ihn drei- und vierfach als Juden, als Schloßherrn, als Künstler und einsamen Menschen, den sie nicht begreifen . . ."
Wiederholt mußte sich die Festspielgemeinde neuerlich gegen den Vorwurf verteidigen, das Ganze diene nur der Hebung des Fremdenverkehrs, der damals ganz und gar nicht erwünscht war, denn man hatte Sorgen genug. Fast ein halbes Jahrhundert später mußte Karajan um seine Osterfestspiele kämpfen. Es ist eben nicht leicht, etwas Neues durchzusetzen – aber

wenn es sich dann durchgesetzt hat . . . Ja, wenn heute jemand die Institution kritisiert – und sei diese Kritik auch berechtigt –, wird er gesteinigt oder aber geohrfeigt, wie es einem Wiener Kritiker erging, der es wagte, eine Karajaninszenierung abzulehnen.

Bei Reinhardt und Hofmannsthal wirkte sich wie bei Zweig und vielen anderen der immer stärker werdende tragische Antisemitismus erschwerend aus, der, man muß es offen sagen, auch am Salzburg unseres Jahrhunderts nicht vorbeigegangen ist.

Der Festspielverein war mehrmals bankrott. Das künstlerische Wollen hielt mit der Tatsache der Rechnungsbücher nicht Schritt. Daß in diesen ersten Jahren der Festspielgedanke an den Finanzen nicht zerbrochen ist, verdankt Salzburg allein dem Landeshauptmann Dr. Franz Rehrl, der weitsichtig die Bedeutung der Festspiele erkannte und sie sanierte. Der Subventionsbedarf ist geblieben, er ist nur mit den wachsenden Festspielen gestiegen. Ein Beispiel: 1969 wurden bei mehr als hundert Veranstaltungen 140.000 Karten verkauft. Das Einspielergebnis deckte 55 Prozent der Kosten, der Zuschußbetrag machte 33 Millionen Schilling aus, den sich der Bund mit 40 Prozent, Land, Stadt und Fremdenverkehrsförderungsfonds mit je 20 Prozent teilten. Dieser Subventionsschlüssel ist gesetzlich festgelegt. Doch sieht diese Rechnung nur auf den ersten Blick schlecht aus, denn so wie schon 1920 den Salzburgern vorgerechnet wurde, daß der Wirtschaft rund 560 Millionen Kronen durch die Festspiele zugeflossen seien, allein der Stadt Salzburg an Mieten und Lustbarkeitssteuer 70 Millionen und den Privatzimmervermietern 29 Millionen Kronen, so kommt auch heute diese Summe auf dem Weg der sogenannten Umwegrentabilität mehrfach herein.

Auf Richard Strauss folgte der Salzburger Vizebürgermeister Richard Hildmann, aber schon 1926 übernahm Heinrich Puthon die Präsidentschaft und führte sie auch 1945, nach dem NS-Zwischenspiel, fort. Als der greise Mann bei der Eröffnung des neuen Festspielhauses sein Amt in die Hände Bernhard Paumgartners legte, konnte er auf ein stolzes Lebenswerk zurückblicken.

Fernsehen und Rundfunk aus aller Welt übernehmen die Salzburger Festspielübertragungen, nicht zu reden von den Abertausenden Schallplatten, die jährlich gepreßt werden. Das Schauspiel ist, gemessen an den ersten Jahren der Festspiele, als es von Reinhardt besonders betreut wurde, leider zu sehr in den Hintergrund gerückt. Reinhardts letzte eigene Inszenierung in Salzburg war der Erste Teil von Goethes „Faust" in der Felsenreitschule, wobei dieser grandiose Spielraum in die wohl dem großen Dichterfürsten kongenialste Fauststadt verwandelt wurde. Clemens Holzmeister sagte dazu 1966 in seiner Rede zur Eröffnung der Salzburger Festspiele: „. . . da war eben noch die Felsenreitschule nebenan, sie lag brach und ungenützt, wiewohl einen immer wieder die in den Felsen geschlagenen Arkaden verführerisch zu planenden Gedanken anregten. Und es kam zur Tat. Im Jahre 1933 entstand die Fauststadt. Für diese Salzburger Aufführung von Faust, I. Teil, hatte im Verein mit Faistauer und Hofmannsthal ich den Gedanken an Max Reinhardt herangetragen. Er hatte als erster die hohe Eignung dieses Hofes als Spielplatz erkannt, als er Jahre vorher Goldonis ‚Diener zweier Herren' auf einer aufgeschlagenen Bretterbühne inmitten des Hofes aufführte. Die engen Felsarkaden, als solche dramatisch nicht zu verwerten, waren das Augangsmotiv. Ohne sie zu verdecken oder ihnen Gewalt anzutun, mußte aus ihnen durch organisch, in salzburgischem Charakter geführte Vorbauten, die plastische Bühne für das Simultanspiel gewonnen werden. Und dann pflanzten wir die ‚Linde' für den Goetheschen Osterspaziergang, die als braver Ahornbaum noch heute weitergedeiht . . . Paula Wesselys Weg als Gretchen von der Kammer zum Brunnen und zum Standbild der Schmerzensreichen bildete für

die Richtigkeit solchen dramatischen Ausdrucks eben nur auf breiter Reliefbühne den herrlichsten Beweis."
In dieser Rede erklärte Holzmeister übrigens die von ihm gewählte würfelförmige Bauweise für das alte Festspielhaus, die er auch für das technische Bühnenhaus beim Bau des neuen Festspielhauses, wie es den alten Hofstall überragt, gewählt hat. Und seine Erklärung entwaffnet die Kritiker: „Den hohen Bauklotz an dieser für das Stadtbild so empfindlichen Stelle mußte man wie eine ausbrechende Bastion des Mönchsbergfelsens behandeln und dafür sorgen, daß der Blick aus der Hofstallgasse gegen die Festung Hohensalzburg nicht eingeengt werde. Dies und die Forderung, die Mönchsbergstiege innerhalb der neuen Bauflucht an dem neugebildeten ‚Toscanini-Hof' auf die Höhe zu führen, brachte die willkommene Gelegenheit, sich mit dem Felsen in ‚plastischer Architektur' auseinanderzusetzen."
Dieser Toscanini-Hof – um kurz vom Thema abzuschwenken – beherbergt auch eine Salzburger Spezialität, den Felsenkeller von August Lovrek, der wegen seines Eintretens für die Idee der Monarchie und für seinen Freund Otto von Habsburg berühmt geworden ist. Berühmt sind aber auch die Weine, die in diesem Felsenkeller lagern, in dem einfache Tische und Bänke auf den Kenner warten; dazu gibt es eine schlichte Speckjause. Während der Festspiel- und der Probenzeit sind dort auch stets Künstler zu finden, die sich an einem guten Tropfen laben. Der Keller hat überdies noch eine lokalhistorische Bedeutung: er war gegen Ende des Zweiten Weltkrieges Befehlsbunker des Gauleiters Dr. Gustav Adolf Scheel und schließlich des Militärkommandanten Oberst Hans Lepperdinger. Der Gauleiter, ein Hamburger, und der Oberst, ein

„Prospect des Gartens von Hellbrunn". Aus dem Werk von Franz Anton Danreiter „Die Saltzburgische Kirchen-Prospect", um 1730.

Münchner, hatten Salzburg zur offenen Stadt erklären lassen und dadurch vor weiteren Verheerungen gerettet. Salzburg hat den Militärkommandanten für diese wackere Tat zum Ehrenbürger der Stadt ernannt.

Die besondere Pflege der Salzburger Festspiele gehört der Oper, eine Selbstverständlichkeit angesichts der Mozarttradition. Mehr als 70 Opern standen in dem halben Jahrhundert auf dem Programm. Mit weit über 500 Aufführungen betragen die Werke Mozarts ungefähr die Hälfte des Musiktheaters der Festspiele. Aber Richard Strauss nimmt mit seinen Werken schon den zweiten Platz ein – gefolgt von Verdi, und nicht etwa von Beethoven, wie man glauben könnte. Mit Beethovens „Fidelio" wurde jedoch am 13. August 1927 das Festspielhaus eröffnet. Das Werk wurde auch als Eröffnungspremiere der Jubiläumsfestspiele 1970 angesetzt, zur Feier des 50. Jahrestages der Gründung. Als 1960 das neue Festspielhaus eröffnet wurde, ging der „Rosenkavalier" von Richard Strauss als Premiere über diese Wunderbühne. Mozart, vor allem „Don Giovanni", „Zauberflöte", „Cosi fan tutte" und „Entführung aus dem Serail", Strauss mit dem „Rosenkavalier", „Ariadne auf Naxos", „Arabella" und „Elektra", Verdi besonders mit „Falstaff", „Othello" und „Troubadour", Beethovens „Fidelio", Glucks „Orpheus und Eurydike" und „Iphigenie in Aulis", Donizettis „Don Pasquale" und Richard Wagners „Meistersinger von Nürnberg" sind die meistgespielten Opern. Die erste Opernaufführung überhaupt war der „Don Juan" Mozarts im Stadttheater, der in deutscher Sprache aufgeführt wurde. Damals schon war die Wiener Staatsoper die tragende Säule. Die Wiener Philharmoniker waren das wichtigste Orchester – und sie sind es geblieben! Auch die zeitgenössische Musik fand in Salzburg eine Heimstätte. Uraufführ-

Blick auf Salzburg gegen den Hohen Göll.

rungen, wie „Dantons Tod“ von Gottfried von Einem, Carl Orffs „Antigonae“, Gottfried von Einems Oper „Der Prozeß“ nach dem Roman von Franz Kafka, und Werner Egks „Irische Legende“, „Das Bergwerk zu Falun“ von Rudolf Wagner-Regeny oder Hans Werner Henzes „Die Bassariden“ brachten Erfolge und Mißerfolge, die aber die eingeschlagene Linie nicht unterbrechen sollen.

Wesentlich für die Festspiele sind die Konzerte, die großen Orchesterkonzerte wie auch die Kammerkonzerte, Mozart-Matineen, Solistenkonzerte und Serenaden, die Liederabende und die jährlich wiederkehrende c-Moll-Messe von Mozart, die ein mindestens ebenso starkes Publikumsinteresse wie Oper und Schauspiel besitzen.

Und der schon so oft totgesagte und ewig kritisierte „Jedermann“ ist Jahr für Jahr ausverkauft, denn dieses *memento mori* schlägt eben noch immer die Menschen in seinen Bann. Die Namen der Dirigenten, der Sängerinnen und Sänger, der Schauspieler, der Musiker aufzuzählen, hieße ein Verzeichnis der internationalen Musikwelt aufschlagen. Die Internationalität des Kunstbetriebes hat den früheren Ensemblegeist getötet, „man“ ist überall zu Hause, und so sind die Kräfte der großen Opernbühnen der Welt eben auch in Salzburg zu finden, so wie die Großen der deutschsprachigen Bühnen bei den Schauspielaufführungen in Salzburg mitwirken. Die Direktoren der Wiener Staatsoper, Franz Schalk und Richard Strauss, waren die ersten Dirigenten. Es folgten Clemens Krauss, Bruno Walter, Arturo Toscanini, Josef Krips, Ernst Kleiber, Sir Thomas Beecham, Otto Klemperer, Wilhelm Furtwängler, Dimitri Mitropoulos, Ferenc Fricsay, Karl Böhm und Herbert von Karajan, um nur die größten Interpreten zu nennen. Wiederum ist das nur eine bescheidene Aufzählung, um den großen Rahmen zu zeigen, denn ebenso müßte man Charles Munch, Rafael Kubelik, Leopold Stokowski, Paul Hindemith, Claudio Abbado, Wolfgang Sawallisch, Bernhard Paumgartner, Lorin Maazel, Zubin Mehta, James Levine und viele, viele andere nennen, die mit den Festspielen verbunden sind. Und selbstverständlich gehört das Salzburger Hausensemble, das Mozarteumorchester gewürdigt, das eine Schlüsselfunktion besitzt. Besonders erfolgreich war der Versuch, neuerlich ein Mysterienspiel in Anknüpfung an die ursprüngliche Konzeption in das Programm aufzunehmen, die „Rappresentatione di Anima e di Corpo – Das Spiel von Seele und Körper" von Emilio de'Cavalieri.

Die Debatte um die Linie der Festspiele, um die Pflege des überkommenen Gutes und den Weg in die Zukunft reißt naturgemäß nicht ab. Und das ist gut so. Die Schriftstellerin Hilde Spiel hat das beispielgebend formuliert: „Daß Salzburg noch und immer wieder umstritten ist, spricht für seine Dynamik. Zweifel an seiner Lebensfähigkeit sind überflüssig. Die Kontroverse um sein Programm und seine Stilprinzipien ist jederzeit aktuell und angebracht."

Oscar Fritz Schuh, der große Theatermann, hat in seiner „Salzburger Dramaturgie" die ursprüngliche Idee Reinhardts von der Stadt als Szene neu formuliert, gemäß dem Hofmannsthalschem Wort: „Die Schönheit dieser Stadt steht unantastbar da, doch zur Zeit der Festspiele wird sie Erlebnis. Sie ist der naturgegebene Mittelpunkt einer hohen Theaterkultur . . ." Die Jubiläumsfestspiele verwirklichten erstmals die Idee des Straßentheaters, brachten eine Belebung alter Höfe und Plätze. Für die vielen tausend Menschen, die die Festspiele nicht besuchen können, fährt nun jährlich der alte Thespiskarren, gezogen von zwei Gäulen, durch die Stadt, und bringt in stets neuen Inszenierungen deftige Kost, wie Nestroys Gesangsposse „Frühere Verhältnisse" oder ein Werk von Karl Valentin oder ähnliches.

Prominente Freundesrunden

REFUGIUM DER KÜNSTLER

> Könige und Fürsten, amerikanische Millionäre und Filmdivas, die Musikfreunde, die Künstler, die Dichter und Snobs gaben sich in den letzten Jahren in Salzburg Rendezvous; nie war in Europa eine ähnliche Konzentration der schauspielerischen und musikalischen Vollendung gelungen wie in dieser kleinen Stadt des kleinen und mißachteten Österreich. Salzburg blühte auf. In seinen Straßen begegnete man im Sommer jedwedem aus Europa und Amerika, der in der Kunst die höchste Form der Darbietung suchte, in Salzburger Landestracht . . . das winzige Salzburg beherrschte mit einemmal die Weltmode. In den Hotels kämpfte man um Zimmer, die Auffahrt der Automobile zum Festspielhaus war so prunktvoll wie einst jene zum kaiserlichen Hofball, der Bahnhof ständig überflutet . . . Salzburg war und blieb in diesem Jahrzehnt der künstlerische Pilgerort Europas. So lebte ich mit einemmal in der eigenen Stadt inmitten von Europa.
>
> STEFAN ZWEIG, DIE WELT VON GESTERN

Auf unseren Spaziergängen durch die Stadt sind wir schon vielen Namen von schöpferischen Menschen begegnet, die an der Gestaltung dieser Stadt mitgearbeitet haben. Allen diesen Malern, Bildhauern und Architekten gesellten sich Musiker und Dichter zu. In der Barockzeit erstrahlten auf dem Salzburger Theater die geistlichen Dramen und Oratorien des berühmten Benediktiners Simon Rettenbacher, am Ende des geistlichen Fürstentums schrieb Martin Weißenbach den Huldi-

gungsprolog an Österreich, bis dann jener Dichter kam, der Salzburg auch in seinen Versen unsterblich machte.
Georg Trakl wurde am 3. Februar 1887 im Schaffnerhaus am Waagplatz geboren, besuchte das Gymnasium, studierte in Wien Pharmazie und ließ sich im Militärapothekendienst aktivieren. Bei Ludwig von Ficker, dem Herausgeber des „Brenner" – Sammelpunkt des schaffenden Österreich –, fand er in Mühlau bei Innsbruck immer wieder Obdach. Trakl ging nach Salzburg, nach Wien, wieder nach Innsbruck, sein Dämon trieb ihn rastlos umher. Sein Schulkamerad Erhard Buschbeck, später Chefdramaturg des Burgtheaters, war ein Freund jener Jahre. Als Trakl 1914 ins Feld ging, mußte er in Galizien nach der Schlacht bei Grodek in einer Scheune ganz allein 90 Schwerverwundete betreuen, ohne ihnen jedoch helfen zu können. Das war zuviel. In seiner Verzweiflung wollte er sich erschießen. Kameraden nahmen ihm die Waffe ab. Als er Wochen später in das Garnisonsspital nach Krakau abkommandiert wurde, glaubte er, die Versetzung erfolgt zur Dienstleistung als Apotheker. Doch mit Schrecken erkannte er, daß der Verzweiflungsschritt in der Scheune ihn zur Beobachtung seines Geisteszustandes in die psychiatrische Abteilung geführt hatte. Er setzte seinem Leben ein Ende: an einer Überdosis Gift starb er in der Nacht zum 4. November 1914, 27 Jahre alt. Sein Werk, seine Verse, in denen Klang und Sinn in stetige Wechselbeziehung gesetzt sind, zeugen davon, daß der Dichter um Verfall und Sterben wußte. Immer klingt in seinen Worten ein ganz bestimmter Seelenton, eine Melancholie mit, selbst wenn es ein Hymnus an den Frühling war. Die Pracht des Geschilderten ist immer leicht überschattet, so wie in den Versen des „Rondel":

Verflossen ist das Gold der Tage,
Des Abends braun und blaue Farben:
Des Hirten sanfte Flöten starben,

Des Abends braun und blaue Farben;
Verflossen ist das Gold der Tage.

Verflossen ist das Gold der Tage: das mag auch für die so reiche Zeit gelten – reich nämlich im geistig-schöpferischen Sinn –, als sich in den schweren Jahren nach dem Ersten Weltkrieg um die beiden Kristallisationspunkte Max Reinhardt und Stefan Zweig Dichter und Künstler scharten. Schloß Leopoldskron und Max Reinhardt, Stefan Zweig und sein Schlößchen auf dem Kapuzinerberg waren gleich den Fixsternen, die einander nicht näherkommen können, um welche die Kometen kreisen. Man müßte meinen, in dieser kleinen Stadt würden die beiden Menschen einander zwangsläufig begegnen. Doch keiner setzte seinen Fuß in des anderen Haus. Diese Trennung ging so weit, daß die Festspiele nie ein Stück Stefan Zweigs aufführten. Erst 1959 kam mit der Richard Strauss-Oper „Die schweigsame Frau", zu der Stefan Zweig das Textbuch schrieb, dieser so tief mit Salzburg verwurzelte Schriftsteller zu Festspielehren. Der Grund lag in der Abneigung Hofmannsthals, der die Bedingung stellte, nur dann in Salzburg mitzuwirken, wenn Zweig nie dazu aufgefordert würde. Siegfried Trebitsch sagte in seiner Lebenschronik: „Ich kenne die Gründe nicht und habe nicht das Recht, mich in Vermutungen zu ergehen, aber es steht fest . . . daß Hofmannsthal gegen Zweig eine kaum begründbare Abneigung, eine Idiosynkrasie hatte, die ihn zwang, diesen überaus erfolgreichen, für Hofmannsthals Bewertung vielleicht allzu schnell produzierenden Schriftsteller abzulehnen." Auch Trebitsch bestätigt: Stefan Zweig hat sich niemals zu den Ehrengästen der Festspiele gezählt.

Zweig hatte das Haus auf dem Kapuzinerberg während des Ersten Weltkrieges gekauft, denn „Salzburg schien mir von allen österreichischen Kleinstädten nicht nur durch seine landschaftliche, sondern auch durch seine geographische Lage die idealste." Und er bekannte: „Freilich war es damals noch nicht die durch ihre Festspiele berühmte (und im Sommer snobistisch sich gebärdende) Rendezvousstadt der ‚Prominenten' (sonst hätte ich sie mir nicht als Arbeitsort gewählt), sondern ein antiquiertes, schläfriges, romantisches Städtchen am letzten Abhange der Alpen, die dort mit Bergen und Hügeln sanft in das deutsche Flachland übergehen. Der kleine bewaldete Hügel, auf dem ich wohnte, war gleichsam die letzte abklingende Welle dieses gewaltigen Bergzugs; unzugänglich für Autos und nur auf einem drei Jahrhunderte alten Kalvarienberg mit mehr als hundert Stufen zu erklimmen, bot er als Entgelt für diese Mühsal von einer Terrasse einen zauberhaften Blick über Dächer und Giebel der vieltürmigen Stadt. Dahinter weitete sich das Panorama über die glorreiche Kette der Alpen (freilich auch auf den Salzberg bei Berchtesgaden, wo ein damals völlig unbekannter Mann namens Adolf Hitler mir bald gegenüber wohnen sollte)." Stefan Zweig war einer der ersten, der die Zeichen der schlimmen Zeit erkannte. Nach der berüchtigten Kristallnacht im Deutschen Reich wurden seine Bücher verbrannt und verboten, und er merkte, daß sich hier, nahe der Grenze, plötzlich Freunde – was man eben so nannte – in der Öffentlichkeit von ihm zurückzogen, um nur ungesehen zu ihm zu kommen. Als nach dem Bürgerkrieg in Österreich 1934 plötzlich Polizei in seiner Villa mit dem Auftrag auftauchte, das Haus nach Waffen des Republikanischen Schutzbundes zu durchsuchen, war ihm das Land verleidet worden. Den Affront einer Hausdurchsuchung verwand Stefan Zweig nicht, „mein Haus gefiel mir nicht mehr seit jenem amtlichen Besuch, und ein bestimmtes Gefühl sagte mir, daß solche Episoden nur schüchternes Vorspiel viel weiter reichender Eingriffe waren."

Stefan Zweig verließ Salzburg und Österreich für immer, „freilich ahnte ich noch nicht, wieviel ich damit verlor". Doch in der Zeit dazwischen lag jene Ära, in welcher Salzburg eben

Pilgerstätte war. Das Jahrzehnt zwischen 1924 und 1934 brachte dem Dichter, der 1942 in Brasilien freiwillig aus dem Leben schied, den großen Erfolg. Auf dem Kapuzinerberg entstanden die großen Biographien „Drei Meister", „Der Kampf mit dem Dämon", „Joseph Fouché", „Maria Antoinette", „Erasmus von Rotterdam", „Maria Stuart", die Erzählungen „Amok", „Verwirrung der Gefühle", „Die Augen des ewigen Bruders", „Angst" und „Brennendes Geheimnis", der Operntext für „Die schweigsame Frau" und die Dramen „Volpone" und „Das Lamm der Armen". Und in seiner mehr als zehntausend Bände umfassenden Bibliothek sammelte sich ein Freundeskreis. Sein Gästebuch ist wie das Reinhardts eine Lese bedeutender Namen: Romain Rolland, H. G. Wells, James Joyce, Thomas Mann, Georg Brandes, Rabindranath Tagore, Paul Valéry, Schalom Asch, Alban Berg, Bruno Walter, Franz Werfel, Emil Ludwig, Arthur Schnitzler, Jakob Wassermann, Bela Bartok, Richard Strauss – aber selbst Hugo von Hofmannsthal kam. Als eines Tages Arturo Toscanini die Stufen hinaufkletterte, war das der Beginn einer Freundschaft. Zweig war schließlich der treueste Gast bei den Proben des großen Meisters. Bruno Walter erzählt in seinen Lebenserinnerungen „Thema und Variationen": „Natürlich fehlte es auch nicht an Zusammenkünften in kleinem Freundeskreis, österreichischer Gewohnheit gemäß oft zu später Stunde im Kaffeehaus, gelegentlich auch in häuslicher Umgebung. Jakob Wassermann fuhr häufig von Altaussee herüber, Bruno Frank kam von seinem Häuschen in Aigen herein, Theodore Dreiser lernte ich kennen und hatte eine interessante Unterhaltung mit ihm, und lebendige Stunden in Stefan Zweigs Haus, das in die Weite und hinunter auf Salzburg blickte, mit Toscaninis und anderen Freunden klingen in mir nach. Und dann sehe ich im Garten meines Hauses in Aigen einen Tisch, an dem eine wohlgelaunte Gesellschaft versammelt ist: Thomas Mann mit Frau Katja, Erika und Klaus, Toscanini mit Frau Carla . . . Lotte Lehmann . . ."

Wenn Stefan Zweig in seinem Exil rückblickend sagte, sein Haus auf dem Kapuzinerberg sei ein europäisches Haus gewesen, so hatte er in keiner Weise übertrieben. Neben der Arbeit, der Freundesrunde und den Stunden in seiner Bibliothek füllte seine Tage die Beschäftigung mit seiner berühmten Sammlung von Autographen, Briefen und Manuskripten der größten Meister aller Zeiten; eine Sammlung, die wie seine Bibliothek in alle Winde zerstreut ist.
Der große Dichter Joseph Roth – erinnern wir uns doch nur an seinen unsterblichen „Radetzkymarsch", an „Hiob", „Kapuzinergruft" oder die schicksalhafte „Legende vom heiligen Trinker" – lebte, nachdem er 1933 Deutschland verlassen hatte, zuerst in Wien und dann in Salzburg, bevor er endgültig ins Exil ging. Er war auf einer Flucht vor der Zeit, aber auch vor sich selbst. Zweig versuchte Roth zu helfen, der in Salzburg im Hotel Stein wohnte. Der Dichter Georg Rendl erinnerte sich, daß er durch Zweig den unglücklichen Dichter kennenlernte und daß im Zimmer Roths schon am frühen Morgen die Schnapsflasche geöffnet auf dem Tisch stand. Er konnte ohne sie nicht leben und nicht arbeiten . . . Zweig, der Rendls „Bienenroman" im Manuskript gelesen hatte, ermunterte den jungen Dichter und stellte die Verbindungen zum Verlag her. So war es: wer immer zu Stefan Zweig kam, dem wollte dieser Mann auch helfen. Er schloß mit den schöpferischen Kräften Salzburgs Freundschaft, unterstützte die Künstlervereinigung „Der Wassermann", die von Anton Faistauer, Felix Albrecht Harta und ihren Freunden gegründet wurde. Genauso förderte er die „Salzburger Literarische Gesellschaft", in der sich Männer wie Hermann Bahr, Franz Karl Ginzkey, Erwin H. Rainalter, Bernhard Paumgartner und viele andere zusammenschlossen. Als Franz Karl Ginzkey 1921 seinen 50. Geburtstag feierte, begann Zweig seine Grußadresse mit den bezaubernden Sätzen: „Vor dreißig Jahren rückt von der Festung Hohensalzburg täglich an der Spitze seiner Kom-

pagnie ein junger blonder Leutnant aus, führt seine Leute auf den Exerzierplatz und lehrt sie die wenig heitere Kunst des Stechschritts, des Schießprügels und die Geheimnisse von rechts und links. Die brave Mannschaft hat ihn gern: sie spüren in dem stillen schlanken Leutnant einen heimlichen Schwärmer und wirklich, in seinen freien Stunden sitzt er mit einem Buche in den Gärten, schreibt nachts, wenn in der Tiefe die mondlichtflimmernde Stadt italienisch weich und lyrisch wie ein Lied lau hinglänzt, in ein kleines Büchlein sorgsam verborgene Verse . . ."

In jener literarischen Zeit Salzburgs begegnen wir aber auch Gerhart Hauptmann, Somerset Maugham und dem österreichischen Dichter Max Mell, dessen „Apostelspiel" während der Festspiele 1925 aufgeführt wurde. Carl Zuckmayer hatte unweit von Salzburg, in Henndorf, eine alte Mühle erworben, wo er seine Freunde um sich sammelte. Und wieder waren es Namen von hohem Glanze, darunter Richard Billinger, Ödön von Horváth, Franz Theodor Csokor und Alexander Lernet-Holenia. Zuckmayer schilderte die vielen langen Salzburger Sommernächte, die nach einer Aufführung im Schlosse Reinhardts Fortsetzung fanden und am frühen Morgen in einem Gulaschstüberl endeten; er erinnerte sich an ein solches Frühstück mit Thornton Wilder und Erich Maria Remarque im Jahre 1937.

Auch der Komponist Hans Pfitzner war von der Stadt so begeistert, daß er sich hier ansiedelte.

Unsere Zeit ist ärmer geworden, aber Salzburg ist reich geblieben an geistigen Kräften. Neue Zentren haben sich gebildet: die alte Mühle, die Professor Friedrich Welz in Parsch ausbaute, wo Oskar Kokoschka und Giacomo Manzú – dessen Geschenk an die Stadt, die Plastik „Der Kardinal", vor den Dombögen am Residenzplatz steht – Alfred Hrdlicka, Emilio Greco, Marino Marini, Gerhard Marcks, Fritz Wotruba, Friedrich Hundertwasser, Paul Flora, Wolfgang Hutter,

Renato Guttuso, Herbert Breiter, Franz Hradil und viele andere bildende Künstler aus und ein gingen; aber auch Dichter wie Fritz Hochwälder, Franz Tumler, Eugen Roth waren dort zu Hause – und mit Richard Billinger oder Alexander Lernet-Holenia knüpfte dieser Treffpunkt an die ehemaligen geistigen Zentren nahtlos an; die Villa in Anif, die Herbert von Karajan bewohnt, oder der breit ausladende Bauernhof in Niederalm, der dem Ehepaar Ernst Haeussermann und Susi Nicoletti gehört. Der berühmte Kunsthistoriker Hans Sedlmayr, dessen Buch „Verlust der Mitte" Furore machte, der Lyriker Hermann Stuppäck, der so sehr an seinen Freund Weinheber erinnert, der Dichter Rudolf Bayr, dessen Neudichtungen griechischer Tragödien das Burgtheater aufführte, der kunstsinnige Architekt Clemens Holzmeister haben sich in Salzburg niedergelassen. Und die Freundesrunden leben fort. Und so wie, gleichsam als Symbol, Karl Heinrich Waggerl unermüdlich – stets mit einer schwarzen Samtschleife statt der Krawatte – durch die Stadt wanderte, so sind zahlreiche Maler und Literaten von Rang und Namen hier angesiedelt. Diese Kolonie wird ergänzt durch die Künstler, die zur hohen Saison nach Salzburg ziehen und vielfach hier ein eigenes Refugium besitzen.

Es braucht uns nicht bange zu sein, die Anziehungskraft Salzburgs ist erhalten geblieben. Und wer weiß, wann eines Tages wieder neue Zentren entstehen? Es stimmt, daß unsere hektische Zeit kaum mehr Möglichkeit zu Gespräch und Pflege der Freundschaft gibt. Beides aber ist in Salzburg zu Hause, und gerade darum läßt es sich in dieser Stadt so gut leben.

Lebendiger Bestandteil der Stadt

DIE MUSEEN

Es ist die Liebe zu dem heimathlichen Lande gewiß nicht zu mißdeuten, die es waget und versucht, alles dasjenige von dem was zur Kenntniß unsres Landes führt, was der Zahn der Zeit und die vielen politischen Veränderungen der jüngsten Vergangenheit noch übrig gelassen, und was hie und da ungekannt und mit Gefahr bedroht dem Auge des Forschers und des Bewunderers verborgen liegt, und was uns Aufschluß und Belege liefert von Salzburgs ehemaliger Selbständigkeit und Unabhängigkeit, von einstiger Pracht und Größe, von den Schicksalen und Ereignissen, Sitten und Gebräuchen unserer ruhmbewährten Vorzeit, wieder an den Tag zu rufen, zu sammeln, zu retten und zu schützen, um es in der Mitte des Landes dem treuen Andenken der Kunst und der Geschichte für immer zu bewahren.

MARIA VINZENZ SÜSS,
GRÜNDER DES STÄDTISCHEN MUSEUMS

Noch immer haftet dem Wort Museum der Geschmack von Staub an, sind diese beiden Worte miteinander verknüpft. Daß diese Assoziation zu Unrecht besteht, beweisen uns die Salzburger Museen, denn sie sind – eingebettet in die Altstadt – lebendige Teile dieser Stadt. Die eigenen Kinder sind mir der Beweis dieser Worte: für sie ist der Besuch eines dieser Häuser stets eine vielbejubelte und aufregende Belohnung für irgendein Bravsein. Und man kann feststellen, daß sehr viele Einheimische in ihre Museen gehen, und zwar nicht nur einmal, um damit einer Bildungspflicht Genüge zu tun, nein, sie kommen stets wieder. Dazu trägt außer der Vielfalt der Exponate vor allem das Geschick der Museumsleitungen bei, durch Wechselausstellungen das Interesse immer wieder wachzurufen.

Das „Salzburger Museum Carolino Augusteum" führt seinen Namen von der Witwe des österreichischen Kaisers Franz I. – der, bevor er die deutsche Kaiserkrone zurücklegte, als deutscher Kaiser den Namen Franz II. führte –, Carolina Augusta, die im Jahre 1850 das Protektorat über das damals aus fünf Schauräumen bestehende Museum übernahm. Maria Vinzenz Süß, ein Lehrer im Verwaltungsdienst des Magistrates, hatte am 13. August 1835 im städtischen Arsenal, das im Zweiten Weltkrieg zerbombt und durch den 1967 eröffneten Neubau ersetzt wurde, die erste Sammlung gezeigt. Er war von der Idee ausgegangen, daß nach der Auflösung des Reichsfürstentums durch den oftmaligen Besitzwechsel des Landes und der damit verbundenen Plünderungen zu viel an unwiederbringlichem Kulturgut verlorengegangen war, weshalb man versuchen müßte, alle erreichbaren Reste unter Kontrolle zu bringen. Nun, die Bezeichnung Reste ist angesichts der großartigen Museumsbestände wohl stark untertrieben, doch stimmt sie im Hinblick auf den einstigen unermeßlichen Reichtum.

Durchqueren wir raschen Schrittes die Eingangshalle, in der auch die jeweiligen Sonderausstellungen stattfinden, und beginnen wir den Rundgang durch die Salzburger Geschichte im „Keller", in dem folgerichtig die archäologischen Zeugen, zusätzlich aber auch, ihres Gewichtes wegen, die mittelalterlichen Bauplastiken wie in einem Lapidarium aufgestellt sind. Sofort fallen große Mosaiken, auch aus Häusern des Michaelsplatzes, auf. Wieder ist zu bedauern, daß gerade das Spruchmosaik „Hier wohnt das Glück – nichts Böses trete ein" verlorengegangen ist. Grabsteine, Säulen und Kapitelle, großartig die Säulen der frühchristlichen Basilika von der Fundstelle unter dem Central-Kino-Haus, und wertvolle Grabfunde geben einen

Blick auf das römische Juvavum. In einer Vitrine prangt der bronzene Stier, ein römisches Flußopfer, welches bei Fundamentarbeiten an der Staatsbrücke gefunden wurde. Die Sternbilder einer großen bronzenen Scheibe sind der Rest einer astronomischen Uhr. Terrakotten erinnern an die reiche Fundstelle des Bürgelsteins. Im Parterre, sichtbar durch die großen Auslagenscheiben auch für den flüchtig Vorbeigehenden, beherrschen die großen Marmorplastiken des spätgotischen Salzburger Steinmetzen Hans Valkenauer den Saal. Sein Ruf war so bedeutend, daß ihm Kaiser Maximilian auf Empfehlung des Erzbischofs Leonhard von Keutschach am 5. Februar 1514 den Auftrag gab, ein Denkmal für die Kaisergruft im Dom zu Speyer auszuführen. Unregelmäßige Bezahlung bedingte ein langsames Fortschreiten des Werkes, dann starb Maximilian I., und das mangelnde Interesse seines Nachfolgers ließ das gewaltige Werk unvollendet. Erstmals ist durch den neuen Museumsbau Platz geworden, einzelne Stücke in der geplanten Zusammenstellung zu zeigen.

Einige der mit Konglomerat verkleideten Stützpfeiler des Saales tragen die marmornen Wappen bedeutender Salzburger Erzbischöfe. Den Saal ziert der wunderschöne manieristisch-kapriziöse Aktäonsbrunnen, an der Wand hängt ein großer Gobelin aus der Zeit des Erzbischofs Wolf Dietrich, daneben prangt eine barocke Konsolenuhr. Ein Bildnis erinnert an die Kaiserin Carolina Augusta; schließlich soll eine Orgel aus dem salzburgischen Pinzgau bei Veranstaltungen erklingen. Die Wand des breiten Aufganges zu den Obergeschossen beherrscht eines der wenigen Überbleibsel des alten romanischen Domes, das riesige Marientympanon, vermutlich aus der Zeit um 1180.

Prunkstücke der Abteilung Vorgeschichte ist die keltische Dürrnberger Schnabelkanne mit ihrer überreichen Verzierung, die wie ein Blatt Papier zusammengeknüllt in einer ausgeraubten Fundstelle liegengeblieben war. Sorgsamste Restaurierungskunst hat sie in alter Pracht erstehen lassen. Wiederholt wurde inzwischen versucht, Kopien dieser Schnabelkanne anzufertigen, die andere Museen ankaufen wollten. Doch hat bis heute jeder Goldschmied den Auftrag zurückgelegt, weil die Nachbildung so kompliziert wäre, daß der Preis schwindelerregende Höhe erreichen müßte. Eine solche Handwerksarbeit – denn damals zählte diese Kunstfertigkeit zum Handwerk – ist für unsere Zeit unerschwinglich. Interessant sind die durch das Salz konservierten hölzernen Werkzeuge keltischer Knappen, die Haube eines keltischen Bergmannes aus Ziegen- oder Rehleder, die lederne Tasche, eine Schuhsohle, Beile und Äxte. Der berühmte Keltenhelm vom Paß Lueg ist nicht nur wunderschön, sondern auch bemerkenswert, denn durch genaue wissenschaftliche Untersuchung wurde festgestellt, daß das Kupfer dieser Bronzelegierung aus dem Salzburgischen stammt, der Helm also eine bodenständige Arbeit ist. In diesem Raum hängen auch die Gemälde des Gärtnerehepaares Rosenegger, das mit der Ausgrabung am Bürgelstein ein Vermögen gemacht hat. Eine Nachbildung der kleinen Votivfigur eines Ebers aus der Latènezeit vom Rainberg ist an der Kasse zu erwerben, außerdem gibt es Kopien von Öllampen und römischen Kleinfunden sowie Modelabgüsse. Das Mittelalter ist in dem übersichtlich angeordneten Museum reich dokumentiert: Skulpturen und Tafelbilder der Salzburger Gotik, die Salzburger Keramik einer heiligen Elisabeth aus der Mitte des 15. Jahrhunderts, ein prachtvoller Chorstuhl aus St. Leonhard bei Tamsweg im Lungau, datiert 1474. Eigenartig ein silberbemalter lederner Roßharnisch aus der Zeit um 1430, ein Unikat aus dem süddeutschen Raum, der aus den Beständen der Salzburger Festung kommt. Vor dem prachtvollen Knüpfteppich mit dem Wappen des Matthäus Lang ist ein kostbarer Dreikönigsaltar aufgestellt. Bemerkenswert sind der Kardinalshut Matthäus Langs und die Reisesandale Leonhard von Keutschachs. Eigene Kojen sind der Zeit des Paul Hofhaymer und dem großen Forscher Theophrastus Paracelsus gewidmet. Besonders reizvoll die Stadtmodelle, die zahlreiche Vergleichsmöglichkeiten bieten. Die Münzen Salzburgs werden in zwei Vitrinen vom 10. Jahrhundert bis zum Ende des Münzrechtes im Jahre 1810 dokumentiert. Die Salzburger Keramik wird in exemplarischen Beispielen vom 16. bis zum 18. Jahrhundert gezeigt. Prunkwerke sind die Kachelöfen; eigenartig jener Spottofen, dessen Kacheln wie in einem Bücherregal die Werke Luthers, Calvins, Zwinglis usw. zeigen, die hier gleichsam zur Verbrennung aufgestellt sind. Dieser Ofen aus der Rokokozeit weist die Unnachgiebigkeit in Glaubensfragen nach, es bedarf gar nicht des Aufsatzes mit einem Kanzelprediger und einem Trommler. In der sogenannten Emigrantenstube, einer hölzernen Wohnstube – noch prächtiger ist die komplett aufgebaute Zirbelholzstube –, sind Schraubtaler aufbewahrt, Raritäten, die an die Leidenszeit der protestantischen Auswanderer erinnern: in diesen verschraubten Talern sind an einer ganzen Kette kreisrunder papierener Miniaturen die Leidensstationen der Vertriebenen dargestellt.

Unter einer reichgeschnitzten Decke, um 1600 entstanden, öffnet sich die sogenannte Barockgalerie, geschmückt mit prachtvollen Gemälden. Hier sind unter anderem Musikinstrumente ausgestellt, charakteristische Instrumente der Barockzeit und, in einer eigenen Vitrine, der Mozartzeit. Besonders fällt das Trumscheit auf, das in einem Nonnenchor die Baßstimmen ersetzen mußte. Daneben finden wir die Originalpartitur der berühmten Dommesse von Benevoli. Die Darstellung einer Domprozession aus dem Jahre 1682 von Christoph Lederwasch ist ein historisches Dokument des Sozialgefüges der Fürstenstadt. Interessant sind aber auch die Kostümvitrinen mit Beispielen aus der Zeit Mozarts, des Empire und der Makartzeit. Frauen werden besonderes Interesse am Schmuck, an den Salzburger Smaragden und Filigranarbeiten, an den Goldarbeiten und dem zinnernen und silbernen Tafelgeschirr finden. Fayencen, ein steinerner Intarsientisch mit dem Wappen Wolf Dietrichs oder Waffen geben ein Bild Salzburgs, wie auch die kleine Galerie des 19. und 20. Jahrhunderts, mit einer Gedächtnisvitrine Georg Trakls, die sein düsteres Selbstporträt enthält. Werke Makarts und Faistauers, Anton Koligs, aber auch des großen Malers Wilhelm Thöny, Steinharts, der Sonntagsspaziergang von Carl Spitzweg, das Gemälde „Salzburg, Innerer Stein" von Friedrich Loos und die zauberhaften Ansichten Sebastian Stiefs sind nur einige aus der Fülle der gezeigten Schätze.

Es gibt für einen Salzburgbesucher keinen langweiligen Regentag: die Vielzahl der hervorragenden Sammlungen läßt, ganz abgesehen von den anderen Besichtigungsmöglichkeiten, einen Schlechtwettertag vergessen.

Zum Salzburger Stadtmuseum gehören auch das Burgmuseum, das Volkskundemuseum in Hellbrunn und die Schauräume im Bürgerspital; nur der Information halber sei noch auf die große Bibliothek und das Bildarchiv des Museums verwiesen. In Salzburg ist auch ein spezielles Museum des europäischen Barocks entstanden, dessen Grundstock der Kunsthistoriker und Sammler Kurt Rossacher gelegt hat. Erinnert sei an die schon zitierte Gemäldegalerie in der Residenz, an die Galerie Welz, die Galerie im Rupertinum für moderne Kunst, an das Rainermuseum auf der Festung, gewidmet der militärhistorischen Schau des Salzburger Hausregimentes, an das Mozartmuseum, die Schauräume im Mozarteum – und das erst vor wenigen Jahren errichtete Reinhardt-Museum im Schloß Arenberg, zu Füßen des Kapuzinerberges.

Diese „Max Reinhardt-Forschungs- und Gedenkstätte", 1966 gegründet, fand 1968 in Schloß Arenberg ihren Platz. Eine doppelarmige Treppe führt in den großen Saal, sehenswert allein schon durch seine Kassettendecke mit blau-goldenen Holzrosetten und den aus verschiedenen Schlössern stammenden Wappen, darunter der Rübe Keutschachs. 1912 bis 1922 bewohnte Hermann Bahr mit seiner Frau, Kammersängerin Anna Bahr-Mildenburg, das Schloß, und der Saal enthielt seine umfangreiche Bücherei, die er mit seinem literarischen Nachlaß der Studienbibliothek, der nunmehrigen Universitätsbibliothek, vermachte. In diesem Saal werden nun alle zwei Monate die Erinnerungsstücke an Reinhardt gewechselt: Rollen- und Szenenphotos, Entwürfe für Bühnenbilder und Kostüme, originale Regiebücher, Programme, Briefe von Reinhardt, Hofmannsthal und Bahr und anderen Größen der Festspiele. Die Bibliothek der Forschungsstätte umfaßt die gesamte Reinhardt-Literatur, schließt aber auch alle Publikationen über seine Mitarbeiter, über Schauspieler und zeitgenössische Komponisten und Autoren ein. Studenten und Professoren, Theaterwissenschaftler und Theaterleute holen sich hier Informationen.

Immer stärker aber ist in Salzburg der Anteil der bildenden Künste am kulturellen Angebot geworden. Jahrzehntelang war die Galerie Welz allein auf weitem Felde, inzwischen sind jedoch eine ganze Reihe von Ausstellungsplätzen entstanden. Zu den großen Ausstellungen des Salzburger Kunstvereins, bei denen auch als Gäste internationale Künstler ausstellen, sind die Räume in Trakls Geburtshaus, Waagplatz Nr. 2, sozusagen als Sekundärgalerie, dazugekommen. Im selben Haus sind die „Galerie für Moderne Kunst" und – völlig entgegengesetzt – die „Vereinigung für volksnahe Kunst" untergebracht. Gleich vis-à-vis zeigt die stimmungsvolle Galerie im „Romanischen Keller" Werke verschiedensten Genres. Guten Ruf besitzt die „Galerie Academia" in der Residenz mit einer Dependance in der Arenberggasse; weitere private Galerien kommen hinzu, unterstützt von kleinen Wechselausstellungen in verschiedenen Bankhäusern und größeren Unternehmen, die einen Tribut an das wachsende Kunstinteresse entrichten.

Da auch die Museen zu Wechselausstellungen übergegangen sind – vor allem das Dommuseum gibt großen Ausstellungen, wie beispielsweise den Heiligen Nepomuk oder Benedikt, breiten Raum –, findet der Salzburgbesucher stets reiche „Schlechtwetterbeschäftigung“ vor.

Ein köstliches kleines Museum ist im Franziskanerkloster beheimatet: das Pater-Peter-Singer-Museum. Dieser Franziskanermönch (1810 bis 1882) war eines der großen Universalgenies: Schriftsteller, Philosoph, Musiktheoretiker, Komponist und Orgelvirtuose. Er hat das „Pansymphonikon“ erfunden, ein pianoartiges, zweimanualiges Tasteninstrument, am ehesten als Vorläufer des aus der Harmonika entstandenen Harmoniums zu bezeichnen. Dieses Instrument, das alle möglichen Blas- und Streichinstrumente in ihren Klangfarben nachahmen konnte, war jedoch, Experten zufolge, so schwer zu spielen, daß es sich nicht durchsetzte. Das Museum enthält auch die Bücher Pater Singers, seine „Tonverbindungslehre“ oder das Werk „Metaphysische Blicke in die Tonwelt“, sowie seine reichen Kompositionen, darunter 101 Messen, 133 lateinische Motetten und dergleichen mehr. Für einen Liebhaber ist dieses winzige Museum eine wahre Fundgrube.

Zum Schluß das weltberühmte „Haus der Natur“, dessen Eingang dem des Museums Carolino Augusteum gegenüberliegt. Das „Haus der Natur“, eine gewaltige Sammlung, ist das Werk eines einzigen Mannes. Eduard Paul Tratz, Gründer und jahrzehntelanger Leiter dieses naturkundlichen Museums, hatte in unermüdlicher Sammelleidenschaft den Grundstock gelegt. Ein Experte, der Direktor des Münchner Tiergartens Hellabrunn, Heinz Heck, sagte von ihm und seiner Leidenschaft: „Es entstand daraus in seiner Jugend eine von angehäuften Schätzen unbewohnbare Wohnung, nur durch eine Art Bergwerksstollen durchschliefbar, und dann im Lauf der Jahrzehnte mit Bienenfleiß eines der größten und eigenartigsten Museen Europas.“ 1888 geboren, begann Prof. Dr. Eduard Paul Tratz schon als Kind mit „seinem Museum“. Er sammelte alles und stellte es in Schachteln und Kästchen aus. Nach dem

Studium und jahrelanger Assistententätigkeit am Zoologischen Institut der Universität Innsbruck folgten Volontärsjahre an verschiedenen Museen. 1913 gründete er auf Brioni die Adria-Vogelwarte und 1914 das Ornithologische Institut in Salzburg, das er nach seiner Kriegsdienstzeit 1920 im Hellbrunner Monatsschlößchen zu einem Vogelmuseum ausbaute. Schon 1923 verlieh die Universität Innsbruck dem Wissenschaftler das Ehrendoktorat. In diesem Jahr gründete er auch in Salzburg die „Gesellschaft für darstellende und angewandte Naturkunde" und brachte das Kunststück zustande, Baumeister, Handwerker und Kaufleute zu gewinnen, die es möglich machten, die seit Ende der Monarchie leerstehende Hofstallkaserne, das heutige große Festspielhaus, in ein Museum zu verwandeln, das der österreichische Bundespräsident ein Jahr später eröffnete. Tratz hatte in dem Haus der Natur, das mit dem Bau des neuen Festspielhauses in das ehemalige Ursulinenkloster übersiedelte, völlig neue Wege musealer Gestaltung beschritten. Es ist kein übliches naturkundliches Museum, sondern ein großes Schauhaus der Natur, in dem die gesamte Natur – Mensch, Tier, Pflanzen und Minerale – in aller Vielfalt der Formen und Beziehungen dargestellt ist. Die heimatlichen Lebensräume, Hochgebirge, Wald, Moor, aber auch ferne Räume wie der nordische Wald, die Arktis und die Großräume Amerika, Asien, Afrika und Ozeanien sind erlebnishaft gestaltet, wobei besonders die vom Akademischen Maler Grassberger geschaffenen Dioramen die Besucher anziehen: Da sind die berühmten Weißkopfgeier in einer Schlafwand des Rauriser Tales, wo sie den Sommer über nisten, bevor sie zum Überwintern nach Ägypten fliegen, die Steinböcke im Blühnbachtal oder aber die Tibetschau, weiters die reichste Korallenschau Europas und, als Höhepunkt, die für europäische Museen einmaligen Verwandlungsdioramen. Vor dem Besucher verwandelt sich beispielsweise eine Landschaft der Jetztzeit in eine eiszeitliche oder in eine Steinkohlenlandschaft, eine Karstlandschaft wiederum in das ursprüngliche Waldgebiet usw. Welche Arbeit in jedem dieser Dioramen steckt, läßt allein schon eine Angabe erkennen: für eines dieser Dioramen wurden 80.000 Baumblätter präpariert.

Das Land Salzburg besitzt mit den Tauern ein besonders mineralhaltiges Gebirge. Dementsprechend groß sind auch die Abteilungen, die den Mineraliensammlungen – großartig die Riesenblöcke von Bergkristallen –, Gesteinen und Versteinerungen, der Erdgeschichte und der Höhlenkunde, dem Hüttenwesen und den Marmorbrüchen gewidmet sind. Die Tier- und Vogelwelt, der Pflanzenreichtum – jede einzelne Abteilung ist so einprägsam gestaltet, daß dieses naturwissenschaftliche Museum in der Fachwelt Weltberühmtheit erlangt hat. Wer sich in der Salzburger Natur umsehen möchte, dem sei geraten, von diesem Museum auszugehen, denn er wird die Eigenart Salzburgischer Landschaft unvergleichlich besser verstehen.

Für Kenner und Entdecker

SALZBURGER SPAZIERGÄNGE

Oben hinter dem Kloster begann ein fröhlicher grüner Wald, in dem ich höher und höher stieg. Es ist keiner der geringsten Vorteile des Lebens in Salzburg, so schnell mitten aus der Stadt in einen rauschenden Bergwald steigen zu können.

HEINRICH LAUBE, REISE DURCH DAS BIEDERMEIER

Wenn der Salzburg-Besucher dem lauten Trubel der Festspielstadt, dem pausenlos dahinziehenden Verkehrsstrom entrinnen will, dann gibt es immer Rettungsinseln: die weihevollen Räume der Kirchen – wie angenehm ist es doch, von den lauten Plätzen in den Dom zu treten, wo einen am späteren Vormittag im Sommer stets der Klang der Orgel umfängt –, die Kühle der weitläufigen Pracht der Residenz, kleine unscheinbare Höfe. Mitten aus der Stadt heraus jedoch sind es nur wenige Schritte in die unberührte Natur. Ein Spaziergang über die Stadtberge zählt zu den großen Erlebnissen eines an Eindrücken reichen Salzburgbesuches.

Am leichtesten zu erklimmen ist Salzburgs „Pensionistengletscher", der Mönchsberg, der Berg der Mönche, an den sich unmittelbar St. Peter schmiegt. Im Schutz des starken Dolomitgesteins des Festungsberges blieb er von den nivellierenden Kräften des Wassers verschont. Mehrere Wege führen auf diesen Stadtberg: vom Nonntal her das Bürgermeisterloch, das erst 1870 aus der Mauer herausgebrochen wurde, die Paris Lodron im Dreißigjährigen Krieg als Abschluß der Befestigung errichten ließ; vom Festungsberg her zu Fuß oder von der Mittelstation der Festungsbahn aus; vom Toscanini-Hof über die Festspielhausstiege, vorbei an der Felsenreitschule; vom Mönchsbergaufzug, der zum Café Winkler führt, von wo aus ein prächtiger Blick über die Stadt gegeben ist; von Mülln her durch die Monika- und St. Augustinspforte, und von der stadtauswärts gelegenen Riedenburger Seite durch die Riedenburgstiege.

Am schönsten ist der Weg auf den Mönchsberg, wenn man vom Kapitelplatz ausgeht, an der Festungsbahn vorbei über den Festungsberg. Nun aber folgt man nicht mehr dem Weg zur Festung, sondern wandert bei der Mittelstation der Festungsbahn auf den Mönchsberg hinüber zur Richterhöhe, genannt nach einem Geographen und Alpinisten. Von dieser südlichen Ausbuchtung des Mönchsberges, die durch die letzten Reste der Befestigung mit den bewohnten klobigen Türmen – alle ehemaligen Befestigungstürme sind private Wohnungen geworden, deren Besitzer ob ihrer heiligen Ruhe wegen zutiefst beneidet werden – einen geradezu heroischen Anstrich erhält, ist der Blick auf die Festung, über das Leopoldskroner Moor zum Untersberg frei. Die Spazierwege sind sehr gut ausgebaut und wunderschön angelegt. Sie führen durch Mischwald, in dem sich die Rotbuche mit ihrem geraden, hochgezogenen Stamm und der glatten Rinde durchgesetzt hat; neben ihr kommt die Weißbuche am häufigsten vor. Die Blutbuche, weit ausladend mit der rotbraunen Belaubung, hebt sich vom grünen Blättermeer ab. Auf den Steilhängen stehen Hasel- und Vogelbeersträucher, von den verschiedensten Schlingpflanzen überwuchert. Holunderstauden bilden eine undurchdringliche Wildnis, der Efeu überzieht teppichgleich Mauern und Felswände. Dazwischen rankt sich mitunter arabeskengleich wilder Hopfen empor. Moose, Flechten und seltene Blumen wachsen in den Wäldern und auf den Wiesen. Der Weg führt zur Karolinenhöhe, dem höchsten Punkt dieses Stadtberges, von dem sich ein Rundblick über den Mönchsberg selbst öffnet. Dort, wo der Berg wie eine Taille eingeschnürt ist, verläuft die alte Bürgerwehr, deren Name davon herrührt, daß die Bürger diesen Teil der Stadt zu verteidigen hatten, denn hier konnte der Feind über den Berg in die Stadt einbrechen. Überdies war dieser Bergteil als Nahrungsmittelreservoir für Viehherden in Kriegszeiten bestimmt. Die ursprüngliche Anlage wurde schon 1487 erbaut. Nun schlagen wir den Weg zum inneren Neutor hin ein, der an den steil zur Stadt abfallenden Felswänden entlangführt. Auf jedem dieser Wege bieten sich immer neue Stadt- und Fernsichten. Es ist ganz eigenartig, wenn zwischen den Zweigen plötzlich – zum Greifen nahe – riesenhaft wie ein großer Giftpilz die geschwungene Kuppel der Peterskirche aufragt, ein begehrtes Objekt für den Photographen, denn man kann wohl selten eine Kuppel ohne den tragenden Turm aufnehmen, so, als säße sie auf dem Rasen. Ganz leise nur ist der Lärm der Stadt zu hören. Viel lauter ertönt das Hämmern der Spechte – des Schwarzspechts mit seiner roten Kappe, des Buntspechts und des Grünspechts oder des über den Boden hinjagenden Ameisenspechts. Über uns kreisen Turmfalken, lärmen die Dohlen, die im alten Gemäuer und auf der Festung hausen. Von dem Weg oberhalb des Neutores bietet sich wieder ein zauberhafter Blick auf die Stadt, der sich mit jedem Schritt wandelt. Unweit davon führt die Festungsstiege hinab, vorbei an der Edmundsburg, einem hellen, freundlichen Schloß, Sitz des „Internationalen Forschungszentrums für Grundfragen der Wissenschaft".

Die Edmundsburg wurde 1695 von Abt Edmund Sinnhuber erbaut und vor zehn Jahren von Erzbischof Andreas Rohracher dem Forschungszentrum und dem Katholischen Hochschulwerk zur Verfügung gestellt. Aufgabe dieses Institutes ist es, durch die gemeinsame Forschungsarbeit aller Mitglieder eine Integration der Wissenschaftsbereiche herbeizuführen, bei den alljährlichen Forschungsgesprächen Wissenschaftler aus aller

Welt in harter Diskussion zu konfrontieren und schließlich in mehrjähriger Forschungsarbeit promovierte Akademiker für eine wissenschaftliche Laufbahn zu schulen. Sechs Institute dienen diesen Aufgaben: die Institute für Wissenschaftstheorie, für Universalgeschichte, für Politische Wissenschaft, das Christliche Ostinstitut, das Institut für Religionswissenschaft und christliches Altertum und schließlich das Institut für Kirchliche Zeitgeschichte.

Doch wir setzen den Weg fort über den Mönchsberg, vorbei an einer weiten, sanftgeneigten Wiese, im Winter ein Skiparadies für Kinder. Nun bietet sich uns vom „Stauffen-Blick“, der sogenannten bayrischen Aussicht, ein weiter Ausschnitt Salzburger Landschaft dar. Wir wandern weiter zum Mönchsbergaufzug mit dem Café und dann zur Humboldt-Terrasse. Diese Terrasse wölbt sich mit dem Felsen weit vor. Auch dieser Teil des Mönchsberges bezaubert. Eine von Buchen umgebene Wiese lädt zum Verweilen ein. Hier finden wir auch das St. Johann-Schlößl, ursprünglich im Besitz der Familie Alt. Wolf Dietrich kaufte es 1590 gemeinsam mit dem südlicher gelegenen Marketenderschlößl und schenkte beide Besitzungen dem Domkapitel. Von der alten Pracht ist nur mehr wenig erhalten. Das St. Johann-Schlößl ist zu einem Heim des Pallottinerordens geworden; von hier stammt die wunderschöne barocke Holzdecke im Museum.

Nun ist es nicht mehr weit zur St. Augustin- und Monikapforte, den unter Paris Lodron erbauten äußersten Befestigungswerken. Auf dem Abhang steht die Müllner Kirche zu Unserer Lieben Frau Himmelfahrt. Die Pfarrkirche wurde an der Stelle einer schon 1148 erwähnten Marienkapelle um 1450 errichtet, zu Beginn des 17. Jahrhunderts durch Kapellen erweitert und in der ersten Hälfte des 18. Jahrhunderts barokkisiert. 1605 übergab Wolf Dietrich die Kirche den aus München berufenen Augustiner-Eremiten, seit 1835 gehört sie dem Benediktinerstift Michaelbeuern. Der große Schwibbogen ist von einem Wappen Wolf Dietrichs und einem von ihm gestifteten Augustinus-Relief geziert, auch die zur Kirche führende feierliche Treppe stammt aus der Wolf-Dietrich-Zeit. Dieses Treppenhaus schmücken Gemälde von Paul Troger und Kremser-Schmidt. Die Müllner Kirche setzt von der Stadt aus salzachabwärts den Schlußpunkt der Stadtszenerie. Das Innere überwältigt durch die Farbigkeit der Stukkaturen Christoph Fenningers aus dem Jahre 1703. Der ganze Schwung barocker Kraft liegt in der Linie der doppelten Westempore. Die vielen Rokokotöne, die bei der Restaurierung 1948 besonders liebevoll gesetzt wurden – Blau, Rosa, Hellgrau auf ockerfarbigem Grund –, geben gemeinsam mit den weiß gefaßten, gelegentlich auch vergoldeten Stuckarbeiten ein liebliches Bild. 1758 bis 1760 schuf der Wiener Maler Vinzenz Fischer den Hochaltar, der seine Wirkung von der Salzburger spätgotischen Madonna mit dem Kinde (um 1450) erhält. In den Seitenkapellen haben sich der Stuck und die Gitter der Wolf-Dietrich-Zeit erhalten; die Kapellenbilder schuf der Barockmaler Johann Michael Rottmayr. Daß das Altarbild der linken Kapelle, dem Kirchenausgang zu, Wolf Dietrich als Josef und Salome Alt als Maria darstellt, ist unbewiesene und nicht einmal fromme Legende. Die alte Müllner Vorstadt ist der kleinste Stadtteil Salzburgs und hat ihren Namen von den hier betriebenen Mühlen. Mülln war einstmals von einer eigenen Mauer umgeben und von der Stadt her durch das Klausentor zu erreichen. Die Tore sind noch erhalten oder zumindest zu erkennen, so das Bärengäßchentor – die Gasse hat ihren Namen von einem einstmals hier angeschwemmten Tanzbären –, das Salzachtor im Salzachgäßchen, das Lieferinger Tor am Beginn der Gaswerkgasse, welches 1962 den Verkehrserfordernissen weichen mußte, das Mülleggertor mit dem Wappen seines Bauherrn Wolf Dietrich, heute mitten im Bereich des Landeskrankenhauses gelegen, dessen Name vom Schloß Müllegg herrührt, das demoliert wurde, als das Spital an seine

Stelle kam, und schließlich das Wartlsteintor bei der Augustinergasse Nr. 11. Das Spital selbst, das Landeskrankenhaus, auch St. Johanns-Spital genannt, errichtete Erzbischof Johann Ernst Thun 1699 bis 1703 nach den Plänen Fischer von Erlachs, der die Spitalskirche harmonisch in die Flügel der langen Fassaden einbaute, so wie er auch die Dreifaltigkeitskirche durch seitliche Anbauten optisch verbreiterte. Das Innere dieser Kirche Fischer von Erlachs entspricht seiner Idee der Verbindung des Langraumes mit dem Zentralraum. Der Hochaltar erhebt sich auf einem Podest, unter dem sich eine kleine Unterkirche öffnet. Das Stuckgewölke der Altarnische führt in Dreiecksform an der oberen Spitze zusammen, an der Gottvater über dem Altar thront. Die Bilder der Seitenaltäre schuf Rottmayr: die Predigt Johannes des Täufers in der Wüste und die Enthauptung der heiligen Barbara.

Mülln birgt auch noch andere Schätze. Das kleine Straßenstück vom Krankenhaus zum Klausentor zeigt ein zauberhaftes Stück Altstadt mit einem kleinen Brunnen aus dem Jahre 1727 und – die weltliche Pilgerstätte der Salzburger, das Bräustübl. Daß die Münchner Augustinermönche ein gutes Bier zu brauen verstanden, bezeugt auch die Chronik: „Rückwärts ist ein viereckichtes, sehr starkes Gebäude, vor nicht langer Zeit neu erbauet, welches das Klosterbräuhaus ist und vortreffliche Geschäfte macht." Das ist so geblieben, wenn auch das Bier nicht mehr von den Mönchen, sondern von der Stieglbrauerei – die im Jahre der Entdeckung Amerikas durch Kolumbus gegründet worden ist – nach Rezepten der Mönche gebraut wird. Kenner sagen, in diesen Hallen des heiligen Gambrinus schmecke das Bier süffiger als anderswo. Wenn die Pforten täglich am frühen Nachmittag, um 15 Uhr, geöffnet werden, warten die Durstigen schon ungeduldig, und bis zur Sperrstunde um 23 Uhr sind alle Säle und Stuben des Müllner Bräustübls voll besetzt. Man bedient sich selbst. In riesigen Stellagen stehen die steinernen Maßkrüge, die man unter dem

Brunnen mit dem fließenden Wasser ausschwenkt, bevor man zur Schank geht. Eine eigene „Straße" von Brot-, Wurst- und Delikateßständen gibt die nötige Unterlage. Früher war ein Bräustüblbesuch mit einem ganz bestimmten Zeremoniell verbunden. Der Kenner mußte erst in der Stadt bei einem bestimmten Bäcker die Semmeln kaufen, die besten, die es gab, einen Metzger aufsuchen, der die beste Wurst führte, einen Kramer, der den besten Bierkäse auf Lager hatte, die besten Heringe und die besten Gurken. Nach so einem Rundgang war man entsprechend durstig, wenn man sich am Stammtisch einfand. Trank dann so ein alter Salzburger nur zwei Maß, war er beschämt. Seine Freunde mochten ihn besorgt fragen, ob er denn gar krank sei.

Im Sommer besitzt das Bräustübl noch den Anreiz seines großen, mit alten Bäumen bestandenen Gartens, unter deren Schatten das Bier noch besser durch die Kehle rinnen soll.

Ist das Bräustübl zu Füßen des Mönchsberges in der Vorstadt Mülln ein Tummelplatz vieler Menschen und der Mönchsberg im Gegensatz dazu ein verhältnismäßig wenig begangenes Gebiet, so wird der Kontrast auf dem Kapuzinerberg noch deutlicher.

Der Kapuzinerberg ist, obwohl mitten in der Stadt gelegen, stets menschenleer, der steile Anstieg ist den Zeitgenossen zu beschwerlich. Nur wahre Kenner und wirkliche Wanderer begegnen hier einander, mit freundlichem Gruß, wie im Hochgebirge. Der Kapuzinerberg, flächenmäßig der größte der Stadtberge, aus Dolomitfels und Kalkgestein bestehend, fällt zur Linzer Gasse und zur Steingasse in oft schroffen Felswänden ab. Bevor Wolf Dietrich 1594 mit dem Bau des Klosters für die in das Land berufenen Kapuziner begann, wurde der Kapuzinerberg Imberg genannt, und an der Stelle des Klosters stand das Trompeterschlößl, als Befestigungswerk durch Mauern mit dem Steintor und dem Ostertor in der Linzer Gasse verbunden. In der ältesten Stadtdarstellung, der im Jahr 1493 erschienenen Schedelschen Weltchronik, ist das zinnenbewehrte Trompeterschloß als riesige Verteidigungsanlage ein ebenbürtiges Pendant der damals noch kleinen Festung Hohensalzburg. Der Hauptweg auf den Kapuzinerberg führt durch das Haus Linzer Gasse Nr. 14. Das rundbogige Portal der Straßenfront mit dem Relief des betenden Franziskus ließ Marcus Sitticus 1617 errichten und mit dem Steinbockkopf schmücken. Den Fahrweg hinauf über den Kalksteinfelsen hatte schon sein Vorgänger, Wolf Dietrich, ausbrechen und mit Bohlen belegen lassen. Dieser Bohlenweg wird seither stets erneuert, bietet er doch die einzige Auffahrt für die Anrainer. Die daneben laufende steinerne Treppe ist im 18. Jahrhundert entstanden, als ein Bäckermeister „ein schönes Capital hergeschossen, um den Fußweg über die Hälfte mit marmorsteinernen, und weiter hinauf mit kalksteinernen Stufen, einer zierlichen Brustmauer gegen den Berg, eisernen Geländern, und acht Kapellen, in welchen das Leiden Christi durch hölzerne Statuen vorgestellt wird, kostbar, und bequem, zur Freude frommer Wallfahrter, die sich zu gewissen Zeiten hier häufig sammeln, zu erbauen“. Sechs Kapellen mit bunten Figurengruppen sind erhalten – vielleicht waren es seit jeher sechs und der zeitgenössische Chronist hatte sich mit seiner Angabe geirrt. Die Holzfiguren stammen von Lorenz Hörmbler, Johann Bergler, Joseph Anton Pfaffinger und Johann Hitzl, die Steinfiguren der Kreuzigungsgruppe in der Kapelle, zu der eine kleine Stiege führt, Maria und Magdalena mit Johannes, hat Franz Hitzl im Jahr 1780 angefertigt. Auf der Treppe ist im ersten Abschnitt rechter Hand noch ein Stück der alten Stadtmauer zu sehen, die das Ostertor mit der Bergwand verband. Ungefähr auf halber Höhe durchquert der Bohlenweg die Felixpforte, ein Tor der Kapuzinerbergbefestigung, das Paris Lodron 1632 erbauen und mit einer kleinen Schanze versehen ließ. Sein Wappenschild ist noch zu erkennen. Den Namen führt das Tor nach dem heiligen Felix, dem es geweiht wurde. Zu linker Hand, an den Bergabhang gelehnt, mit dem Keller und dem Erdgeschoß in den gewachsenen Keller gebaut, sehen wir das langgestreckte Paschingerschlößchen, eine ältere Anlage, die am Anfang des 19. Jahrhunderts neu fassadiert wurde. Es gehörte früher Stefan Zweig – leider erinnert noch immer keine Gedenktafel daran, daß hier dieser bedeutende Schriftsteller fast zwei Jahrzehnte lang gelebt und gearbeitet hat.

„Das Kloster der Väter Kapuziner nebst Kirche und Garten" ist, den Gesetzen dieses Bettelordens entsprechend, ein sehr schlichter, ja schmuckloser, aber großer quadernförmiger Bau. Vielleicht ist es gerade diese Schlichtheit, die das Kapuzinerkloster so wunderbar als Stadtabschluß wirken läßt. Von allen Aussichtspunkten des jenseits der Salzach gelegenen Stadtteiles und der Stadtberge, aber auch von der Festung her, tritt dieser Klosterbau in das Blickfeld. Die große Bastion, die unmittelbar über der Staatsbrücke hoch aufragt, prägt mit ihrem schlichten hölzernen Missionskreuz das gesamte Stadtbild. Wie das Kloster, so ist auch die Kirche bescheiden. Das Portal trägt das Wappen Wolf Dietrichs. Prunkstück sind die gotischen Türflügel mit Apostelbildern – oder sind es Propheten? –, mit Maria und Johannes dem Täufer, aus dem Jahr 1470, die vermutlich aus dem alten Dom stammen. Die Holzschnitzarbeit konnte nicht eindeutig bestimmt werden. Die Anbetung der Hirten im Mittelteil des Hochaltars stammt noch aus der Gründungszeit, die anderen Bilder, meist von Ordensbrüdern gemalt, entstanden im 18. Jahrhundert. Oberhalb der Kirche, dem Bergwald zu, stand früher das Zauberflötenhäuschen; eine Mozartbüste, 1935 von Edmund Helmer gefertigt, erinnert daran.

Zu dem Kloster führt auch, von einem Schwibbogen in der Steingasse ausgehend – der Aufgang neben dem Geburtshaus des Stille-Nacht-Dichters Mohr ist durch ein großes Kruzifix an der Wand des Hauses gekennzeichnet –, eine mehrfach geknickte, steile und lange Treppe hinauf. Noch Anfang des 19. Jahrhunderts befand sich hier eine überdachte hölzerne Treppe, die mit Votivbildern, Tafeln, aber auch den Namen Tausender verewigungswütiger Pilger bedeckt war. An dieser Treppe liegt auf halbem Wege die kleine St. Johanns-Kirche am Imberg, vermutlich der erste kirchliche Mittelpunkt der rechten Uferstadt, schon 1319 urkundlich erwähnt. 1681 wurde die Kirche völlig barockisiert; für den 1774 erneuerten Hochaltar von Johann Högler wurde das Altarbild der Renovierung von 1681, die Taufe Christi, belassen. Kanzel und Skulpturen der Altäre stammen von Johann Georg Hitzl, die Bilder der Seitenaltäre – Christus am Kreuz und der Tod des heiligen Josef – aus den Jahren 1772 bis 1774, die Deckenfresken von Andrä Langwieder aus derselben Zeit. Ein kleines Orgelpositiv soll von dem jungen Wolfgang Amadeus Mozart häufig gespielt worden sein. Das Kirchlein macht einen recht verträumten Eindruck. Im obersten Drittel, schon nahe dem Kloster, zweigt ein Weg zur Hettwerbastei ab, der sogenannten Schönen Stadtaussicht. Am Kloster vorbei führt ein herrlicher Spazierweg längs der Lodronschen Befestigungsmauer. Wege zweigen zur bayrischen Aussicht und noch einmal zu einer oberen Stadtaussicht ab. Das Francischlößl, 1629 von Paris Lodron erbaut, stellt den äußersten Teil der Höhenbefestigung im Dreißigjährigen Krieg dar. Daß dieses kleine Wehrschloß, in dem heute eine Jausenstation untergebracht ist, nicht mehr Bewunderer findet, weil es so abseits liegt, ist zu bedauern. Der grau verputzte Bau mit Quadereinfassung, bestehend aus einem schmalen Mittelteil, zu dem eine Brücke über einen tiefen Graben führt, und zwei schräg angesetzten Seitenflügeln, erhält durch die vielen Schießscharten seinen besonders wehrhaften Ausdruck. An den Kanten der Seitenflügel springen konsolengestützte steinerne Erker vor. Über dem Eingang sehen wir ein großes rosafarbenes Marmorrelief, der heilige Franziskus, im Gebete kniend, darunter die Wappentafel Paris Lodrons mit dem Datum 1629 und einer lateinischen Dankadresse, daß der Krieg von Salzburgs Mauern abgehalten wurde. Der Garten ist von der Befestigungsmauer umgeben, die von hier ausgehend den ganzen Höhenrücken des Kapuzinerberges bis zum Kloster entlangläuft, unterbrochen immer wieder von den steinernen Schildwachhäusern, den Auslugtürmchen. Die Nordseite, ein skarpierter Steilhang, bedurfte keines Mauernschutzes.

Von der Jausenstation Franciscischlößl geht der Blick weit in das obere Salzachbecken – und nach einer solchen Wanderung, da schmeckt ein Imbiß!

Man kann nun über einen steilen Pfad vorbei an dem kleinen Gasthaus Schweizerhäusl hinunter nach Schallmoos und Gnigl steigen oder zurückwandern, und zwar einen Weg, der zum Unterschied vom Mönchsberg noch gänzlich naturbelassen ist. Bis in die Stadt hinunter ist vom Kapuzinerberg der Ruf des Kuckucks und während der Nacht der des Steinkauzes zu hören. Hochalpine Pflanzen, wie die Alpenrose und die langstielige Feuerlilie, aber auch Königskerzen, mannshoch emporwuchernd, Himbeer- und Brombeersträucher und die verlockenden Perlen der Tollkirschen sind inmitten des riesigen Buchenwaldes erhalten geblieben. Daß sich auf dem Kapuzinerberg 1948 ein Gemsbock ansiedelte, war eine Sensation. Vier Jahre später wurde von Tierfreunden eine Geiß ausgesetzt, und heute besiedelt eine ganze Gemsenfamilie den Kapuzinerberg und betrachtet ihn als ureigenstes Revier. Die Gemsen lassen sich mitunter sogar vom Menschen füttern. Bedarf es noch einer Bestätigung der Einmaligkeit dieses Berges?

Von Parsch bis Gnigl

DIE VORORTE

Die Mädchen in den ersten Tagen
Des Frühlings sind so wunderbar.
Noch wissen sie es nicht zu sagen
Und fühlen doch wie Kronentragen
Die Blüten hoch in ihrem Haar.

STEFAN ZWEIG, BLUMEN

Um den Kern der Altstadt und um die Stadtberge hat sich die Stadt ringförmig ausgeweitet. Beginnen wir in Parsch, um, dem Lauf des Uhrzeigers gemäß, Fixpunkte dieser Vororte festzuhalten. Vom Bürgelstein, den Schlössern Arenberg und Elsenheim haben wir schon gesprochen.

Am Beginn der Gaisbergstraße steht der große Block des Borromäums, das der Erzdiözese gehörende Gymnasium mit dem Internat, wichtig vor allem für die vielen Landkinder, die auf diese Weise ein Mittelschulstudium absolvieren können. Sehenswert ist die Hauskapelle.

Vor Jahrzehnten stand das erzbischöfliche Gymnasium noch allein auf weiter Flur. Einzelne Bauernhäuser, Landsitze, später Villen stachen aus den Wiesen und Feldern hervor. Hinzu kamen die Ausflugsschenken. Inzwischen aber ist dieser Stadtteil zum dicht besiedelten und bevorzugten Wohngebiet geworden. Er zählt zu den „vornehmen Gründen", hat städtebaulich durch allzu dichte Besiedelung aber viel gelitten. In Parsch – der Name ist seit 1122 als Porras urkundlich überliefert, doch unbekannten Ursprungs – liegt der wohl schönste moderne Kirchenbau Österreichs. Der Stall eines schon 988 urkundlich erwähnten Bauernhofes mit alten Gewölben ist von der „Arbeitsgruppe 4“ der Architekten Holzbauer, Kurrent und Spalt mit modernen Bauteilen kombiniert worden. So wurde aus einem mittelalterlichen Bauernhaus ein Gotteshaus mit zwei Eingängen, die beide geradewegs zum Altar führen, der im Mittelpunkt steht und auf den sich das ganze Licht des modernen hochgezogenen und mit Holz verkleideten, durch große Glasfenster durchbrochenen Giebels konzentriert. Beidseitig des Altares stehen Bänke für die Gläubigen. So ist schon 1955 der Wunsch des späteren Vatikanischen Konzils, den Altar den Gläubigen näherzubringen, vorweggenommen worden. Betritt man es von der Seite des alten Stalles, dessen Außenfront eine Christusplastik, aus Beton gegossen von Fritz Wotruba, zeigt, befindet man sich in einem extrem niedrigen säulengetragenen Gewölberaum, dem Josef Mikl zwei große bunte Glasfenster gegeben hat. Während das rechte auf die Menschwerdung des Wortes hinweist, verkündet das linke seine Himmelfahrt. Ohne jede figürliche Darstellung wirken ausschließlich die Formen und Farben des Glases, eingelassen in Betonrahmen. In die Flügel des gegenüberliegenden Tores des modernen Bauteiles sind in die Außenflächen des Betongusses dieser Tore die von Oskar Kokoschka angefertigten Zeichnungen des Sündenfalles und der Taufe eingeritzt. Das Dach der Kirche steigt mit seinem Giebel steil empor und bricht dann gleichsam ab. Es steht wie ein halber Giebel offen, damit das Licht voll auf den Altarraum fallen kann. In der Balkenkonstruktion des Giebels hängen die Kirchenglocken. Den Übergang zwischen altem Gewölbe und modernem Raum kennzeichnen zwei schlichte Betonsäulen, die, völlig unbearbeitet, noch die Abdrücke der Schalung zeigen. Ein kühner Bau, aber eine gelungene Synthese zwischen Hergebrachtem und moderner Architektur.

Von der Eisenbahnhaltestelle Parsch führte 1866 eine Zahnradbahn auf den Gipfel des Gaisberges; vor ihrer Erbauung konnte man sich von Sesselträgern auf den Gaisberg befördern lassen, wollte man nicht zu Fuß gehen. 1928 wurde diese Zahnradbahn eingestellt und 1929 die Aussichtsstraße auf den Berg eröffnet. Ein Sessellift führt vom Fuß des Berges zur Judenbergalpe, die ihren Namen von dem Bauernheiligen Judas Thaddäus trägt und die heute mehr als Salzburger Kobenzl bekannt ist. Der Weg führt am Gelände der Salzburger Filmstadt vorbei, wo immer wieder Filmgesellschaften aus aller Welt einziehen. Hier steigt der Weg steil an zur Sonnleiten. Von der Terrasse eines Gasthauses aus bietet sich ein weiter Rundblick.

Der Spaziergang von Parsch über die Kreuzbergpromenade nach Aigen, vorbei an weitflächigen Wiesen, bringt den Wanderer nach längerem Marsch zum Schloß Aigen. Der Name *aighean* soll so viel wie kleiner Hügel bedeuten. Der Herrensitz wurde 1402 zum erstenmal als Besitz des Salzburger Domkapitels genannt. In der Schloßkirche haben 1747 Leopold Mozart und Anna Maria Pertl ihre Verlobung gefeiert. Bedeutsam ist der große Naturpark, dessen Anlagen schon in der ersten Hälfte des 18. Jahrhunderts geschaffen wurden und den der Domkapitular Fürst Ernst Schwarzenberg, der das Schloß 1804 erwarb, zu einem romantischen Landschaftsgarten gestaltete – an dem auch der vom Bürgelstein her bekannte Gärtner und Amateurarchäologe Rosenegger mitwirkte. Künstliche Wasserfälle, kleine Brücken, Tempelchen, Haine, Felsgrotten und künstliche Ruinen belebten den Garten. Jede Busch- und Baumgruppe wurde planmäßig gesetzt. Wenn auch vieles von der Schönheit des Naturparks verlorengegangen ist, so bleibt eine Wanderung durch diesen ruhigen und freundlichen Flecken eine geruhsame und auch erlebnisreiche Nachmittagsbeschäftigung. Heute lächeln wir über die schwärmerische Begeisterung für künstlich angelegte Natur, und viele Besucher werden finden, daß gerade der Verfall dem Park mit seinem alten Baumbestand besonderen Liebreiz verliehen hat. In einer der Grotten dieses Parkes tagte die Geheimgesellschaft der „Illuminaten", eine jener romantischen Vereinigungen, deren Mitglieder den adeligen und oberen Bürgerkreisen der Stadt angehörten und die ein Zeremoniell ähnlich den Freimaurerlogen eingeführt hatten. Bei Elsbethen ragt Schloß Goldenstein heraus. Ja, das Wort vom Herausragen wird gerade hier sehr deutlich, denn die Stammburg der Haunsperger war eine richtiggehende Trutzburg inmitten des Salzachbeckens. Heute Klosterschule, besitzt dieses Schloß eine Anzahl guter Gemälde.

Ein reizender Vorort, jedoch eigene Gemeinde, ist Anif. Hier ist besonders das Wasserschloß des Grafen Moy, eine romantische Anlage, zu erwähnen. Der weitläufige englische Park, von dem man einen Blick auf das Schloß werfen kann, ist zur Besichtigung freigegeben. Das erstemal 1530 erwähnt, kam das Wasserschloß 1693 als Lehen an die Bischöfe von Chiemsee. In dieser Umgebung stört es gar nicht, daß 1838 der neue Besitzer Graf Arco-Stepperg das Schloß zu einem neogotischen Zuckerbau, wie er dem Zeitgeschmack entsprach, umgestaltete. In die Geschichte ist Schloß Anif dadurch eingegangen, daß in ihm König Ludwig III. von Bayern 1918 die Verzichtsurkunde auf den bayrischen Thron unterzeichnet hat.

Von St. Leonhard-Grödig aus führt die Untersberg-Seilbahn in sieben Minuten Fahrzeit bei einem Höhenunterschied von 1320 Meter zum Geiereck des Untersberges, 1766 Meter Seehöhe, empor. Ein großer Teil dieses Untersberges ist im Besitz der Familie Mayr-Mellnhof, die Schloß Glanegg bewohnt, einen ehemaligen erzbischöflichen Jagdsitz auf einem dem Untersberg vorgelagerten Hügel. Der Ausflug zum Untersberg ist ein Besuch im Hochgebirge. Plötzlich ist man in der Felsenregion, kann den herrlichsten Fernblick nach allen Seiten genießen. Um beim Genießen zu bleiben: als besondere Spezialität wird das Gamsragout der Hochalm neben der

Bergstation, die ein Hort alpiner Gastlichkeit ist, gepriesen. Von der Talstation aus schlängelt sich eine Straße nach Fürstenbrunn, von wo die Fürsten, wie schon der Name sagt, das Trinkwasser in die Stadt bringen ließen und wo sich noch heute eine der wichtigsten Quellhöhlen befindet. Sehenswert sind ausgedehnte Marmorbrüche und „Kaiser Karls Ohr“, eine interessante Höhle in nächster Nähe der Fürstenbrunner Quelle. Hier ist auch noch der Rest der letzten Salzburger Kugelmühlen zu sehen. Die Kugelmüller – ein alteingesessenes Handwerk – hatten Marmorkugeln hergestellt, die als Geschütz- und Gewehrkugeln dienten und erst allmählich von Eisen- und Bleigeschossen verdrängt wurden. Die Kugeln wurden aber nicht nur aus Marmor, also Kalkstein, sondern auch aus Flyschsandstein und Mergel erzeugt. Noch 1792 wurden 49 solcher Betriebe angeführt, die weit mehr als viereinhalb Millionen „Datschen“, das sind kleine Kugeln, und 62.000 „Pecker“, große Kugeln, erzeugten. Die Steine wurden aus Steinbruchabfällen und Bächen ausgeklaubt, jedoch gab es auch einen eigenen Steinbruch, der ausschließlich die Kugelfabrikanten belieferte. Ein guter Kugelhauer schlug mit dem Schneidhammer während seiner Arbeitszeit – von fünf Uhr früh bis neun Uhr abends – bis zu 1.500 Würfel zurecht, die dann in einer Mühlenanlage immer runder geschliffen wurden. Die Steinkugeln dienten auch als Schiffsballast; im vergangenen Jahrhundert waren sie nur mehr als Spielzeug bekannt, und selbst diese Kugeln sind heute durch Glas- und Tonkugeln ersetzt worden.

Zwischen Fürstenbrunn und dem Mönchsberg erstreckt sich das Moos, das Gebiet des ehemaligen Moorsees mit den Gebieten von Gneis, Morzg, Högelwörth bis zur Herrnau an der Alpenstraße und über Leopoldskron zur Riedenburg.

In der Herrnau, heute neuaufgeschlossenes Siedlungsgebiet der Stadt, ist als Kirchenbau unserer Zeit die von Robert Kramreiter erbaute Stadtpfarrkirche zu nennen. Die Glasbetonfenster der Taufkapelle hat der Salzburger Karl Weiser geschaffen, die farbigen Glasfenster der Kirche stammen von Margret Bilger, außerdem finden wir Emailarbeiten von Otto Beckmann und Secco-Malereien an der Kryptawand von Joachim Vaquero Turcios.

Der Ortsteil Morzg – der Name kommt vermutlich von der alten Römersiedlung Marciacum – brachte nicht nur zahlreiche römische Funde, sondern auch solche aus der Bronzezeit. Das Goiserbergl, ein Nagelfluhhügel, war möglicherweise dem Sonnenkult gewidmet, denn die Fundstätte auf diesem Morzger Hügel ist zur Sommersonnenwende genau dem Aufgangspunkt der Sonne zugewendet. Die Pfarrkirche von Morzg, 1683 erweitert, besitzt einen gotischen Flügelaltar aus dem Jahre 1480, von dem behauptet wird, er stamme aus dem Salzburger Dom. 1920 hat Anton Faistauer die Kirche mit Fresken aus dem Marienleben geschmückt, in glücklicher Synthese mit dem gotischen Altar.

Eigenen Reiz strömen die letzten Reste des gewaltigen Moorgebietes aus, die unter Naturschutz stehen. So öffnet sich im Gneisfeld hinter dem Höglwörthweg, im Moos beim Zwieselweg und beidseits der sechs Kilometer langen Moosstraße, die schnurgerade durch das Moorgebiet schneidet, immer wieder eine offene Landschaft, die ihre Prägung durch die Vielzahl der Birken und die Moorvegetation erhält. Hier kann man die Torfstecher bei der Arbeit sehen; gleich modernen Plastiken ragen die aufgespießten Torfziegel empor. Es ist eine liebliche Landschaft, die nur mehr wenig an das Wildmoos vergangener Zeiten erinnert, das unbegehbar und gefährlich war.

Das Viertel Maxglan hat eine sehr alte Tradition: schon das Güterverzeichnis des Erzbischofs Arno nannte die Ortschaft *Villa Glana,* wobei *glan* dem keltischen Ursprung nach klares Wasser bedeutet. Der heutige Name ist eine Verballhornung, denn bis 1800 hieß der Ort nach einem Heiligen „Maximilian an der Glan“ und war bis zu seiner Eingemeindung 1936 das

größte Bauerndorf Österreichs. Heute merkt man hier kaum mehr etwas von der historischen Bedeutung.
Der Name Liefering wird vom römischen *liber,* das heißt frei, abgeleitet, weil hier freie Bauern gesiedelt haben sollen. Vorzeitliche und römische Funde untermauern diese These. Die erste Lieferinger Kirche entstand aus den Resten römischer Bauten, die heutige Kirche wurde 1516 geweiht. In diesem Teil Salzburgs gibt es wohl noch die meisten Bauernhöfe, aber auch die Reste großer Ansitze. Bekannt waren die Lieferinger vor allem als Fischer, denn der größte Teil der Bevölkerung, an die 40 Familien, lebte weitgehend vom Fischfang in der Salzach, Saalach und der Glan, die ein weitverzweigtes Wassernetz bildeten. Da 1658 eine neue Fischordnung festgelegt wurde, muß es schon vorher eine diesbezügliche Regelung gegeben haben. Die Fischer waren in einer eigenen Innung zusammengeschlossen. Heute weiß niemand mehr die Buchstaben des Innungssiegels AEFI zu deuten. Die roten Aufschläge der Sonntagstracht und später ein rotes Leibl mit Silberknöpfen wiesen die Lieferinger Fischer als Hofgesinde aus. Sie besaßen den Rang von Hoffischern. Nach wie vor wird der Fischerjahrtag abgehalten, bei dem Bier ausgeschenkt und der eigens angefertigte Fischerkäse verteilt wird. Liefering grenzt direkt an Bayern.
Das Plainviertel, auch Elisabethvorstadt genannt, nach der Kaiserin, wird vom Plainberg gekrönt, der die Wallfahrtskirche Maria Plain trägt. Der Plainberg gehört zu den beliebten Hausbergen. Von hier aus ist die Stadt schon etwas in die Ferne gerückt und bietet eine andere Silhouette als üblich. 1671 legte Max Gandolf von Kuenburg den Grundstein für die Wallfahrtskirche. Abt Edmund von St. Peter hat die Geschichte des Wallfahrtsbildes aufgezeichnet: Als die Schweden den bayrischen Ort Regen einäscherten, blieb ein kleines Marienbild, abgesehen von einigen schwarzen Flecken, unversehrt. Eine Kopie dieses Bildes, das in der Folge als Gnadenbild

verehrt wurde, fand 1652 auf dem Plainberg in einer Holzkapelle Aufstellung. Guidobald Graf Thun ließ eine größere Kapelle errichten, die eine neue Kopie des Gnadenbildes erhielt. Da immer mehr Wallfahrer kamen, ließ schließlich Max Gandolf Graf Kuenburg vom Salzburger Hofbaumeister Giovanni Antonio Dario die Kirche erbauen und gab sie in die Obhut der Universität. 1732 konnte das Original des Gnadenbildes auf dem Hochaltar aufgestellt und 1751 feierlich gekrönt werden. Ein Vierteljahrhundert später, 1779, entstand zur Erinnerung an dieses Fest Mozarts Krönungsmesse. Nach der Aufhebung der Universität übernahm St. Peter die Obhut der Wallfahrtsstätte, die vom Heiligen Vater 1952 zur päpstlichen Basilika minor erhoben wurde. Wallfahrer steigen die Treppen des Kalvarienberges empor, vorbei an Skulpturen und einer Kreuzigungsgruppe. Nach der Schmerzenskapelle und der Grabeskapelle erreichen sie die Wallfahrtskirche. Auf freier Anhöhe streckt sich die doppeltürmige Fassade der Stadt entgegen. Dieser Gestaltungswille setzt sich im Inneren der Kirche fort. Die sieben Altäre der Basilika – Blau ist ihr Grundton – sind prachtvoll geschmückt. Der Hochaltar mit den Skulpturen der Heiligen Vital, Maximilian, Rupert und Virgil werden dem noch immer unbekannten Meister des Residenzbrunnens zugeschrieben. Gemälde von Christoph Lederwasch, Wolf Weißenkirchner d. J., die Kreuzwegbilder und acht Bilder mit Mariendarstellungen, das Gemälde des Evangelisten Johannes sowie der Heiligen aus dem Benediktinerorden stammen von Kremser-Schmidt (1765); die Kanzel (1682), das reiche Chorgitter (1685) und die prachtvollen Beichtstühle (um 1760) zeigen das Gepränge einer vielbesuchten Wallfahrtskirche.

Beim Plainwirt Mosshammer, dessen breit hingelagerter Gasthof etwas unterhalb der Basilika mit dem reichen Schmuck der Bilder und Möbel und der gediegenen Holzausstattung der Räume und Säle einem kostbaren Museum gleicht, sind vor allem im Sommer im Garten stets prominente Salzburger anzutreffen, die verzückt auf ihre Stadt hinunterblicken. Und wenn der Freund Faistauers, der Maler Schulz Josef – der noch vom k. u. k. Militär die Angewohnheit beibehalten hatte, seinen Vornamen stets dem Familiennamen nachzusetzen – Geburtstag feierte, versammelte sich jährlich beim Plainwirt eine illustre Schar.

Bei dieser Gelegenheit ist es wohl endlich Zeit, auch ein wenig vom Essen zu reden: international am bekanntesten sind die Salzburger Nockerln. Eine Warnung noch vorher: bestellen Sie nie leichtsinnig die überall vorzüglich zubereitete Mehlspeise für jede Person Ihrer Begleitung. Eine Portion reicht für drei Personen. Da die Herstellung Zeit benötigt, sollten Sie, so Sie nicht zu lange warten möchten, sofort bestellen. Salzburger freuen sich immer königlich, wenn Fremde ohne dieses Wissen als Nachspeise jeweils eine Portion bestellen, und dann verschreckt vor den riesigen Portionen sitzen.

Hier das Rezept: In einer feuerfesten Schüssel, die etwa einen Liter faßt, werden 25 Gramm Butter im Backrohr angewärmt, wobei die Butter auf keinen Fall bräunen darf. Inzwischen werden 5 Eiklar zu Schnee geschlagen und in zwei Etappen je 35 Gramm Staubzucker hinzugefügt. Wenn der Schnee steif ist, rührt man – aber vorsichtig bitte! – 30 Gramm Mehl, 3 Eidotter, etwas Vanillezucker und und ein paar Tropfen Rum dazu. Aus dieser Masse werden drei große Nockerln gestochen, die man in die vorgewärmte Schüssel legt. Die Schüssel wird in das heiße Rohr geschoben. Man darf nicht zu oft kontrollieren, denn die Masse verträgt keine Zugluft. Nach acht bis zehn Minuten sind die Nockerln fertig, wunderschön aufgegangen, und werden, mit Staubzucker bestreut, sofort in der Schüssel serviert. Das ist die größte Spezialität der Stadt.

Daß Rindsuppen mit Grießnockerln, Leberknödeln, Milzschnitten, Frittaten, Brennsuppen, Beinfleisch, Tafelspitz und Backhendln beliebt sind, teilen die Salzburger mit der österreichischen Küche. In Salzburg wird wie in Wien der Kaffee gepflegt, und die meisterliche Kunst der Kaffeeköche läßt einen weiten Spielraum, eine herrlich duftende, schmeckende und auch farbige Skala offen: sie reicht vom simplen „Schwarzen“ und „Braunen“ über den „Kurzen“ und „Langen“ zum „Gestreckten“. „Blond“ ist eine feine Schattierung von „Gold“, „Melange“ zeugt von vornehmem Geschmack, das „Hell“ oder „Dunkel“ hingegen zeigt, daß der Bestellende sich über die Nuancen seiner Geschmacksrichtung nicht ganz im klaren ist.

Als besonderes Salzburger Gaumenfest hat sich der Heringsschmaus herauskristallisiert, der hier allerdings nicht am Aschermittwoch, sondern schon Faschingdienstag gehalten wird. Das ist der Einfluß der Bischöfe, die durchgesetzt haben, daß der Fasttag auch heute noch eingehalten wird. In allen großen Hotels, Restaurants, aber auch in den kleineren Gaststätten herrscht in den Küchen tagelang Hochbetrieb, denn da werden die glanzvollsten Platten mit allen Freuden für Feinschmecker vorbereitet. Tausende Einheimische wandern zur „Plattenschau“ von einem Lokal zum anderen, wo am Nachmittag die Pracht bestaunt werden kann, die dann am Abend von einem festlich gekleideten Publikum in kürzester Zeit „weggeputzt“ wird. So wie der Heringsschmaus eine exquisite Spezialität ist, sind es auch die alten Rezepte der Klöster für die vorweihnachtliche Backstube. Bereitwilligst gab auf eine Anregung der Volkskundlerin und Direktorin des Museum Carolino Augusteum, Dr. Friederike Prodinger, das Museum Lebkuchenrezepte und die Geheimnisse anderer weihnachtlicher Bäckereien bekannt.

Salzburg besitzt auch eine Reihe vorzüglicher und origineller Lokale, begonnen von der Prominenz des „Österreichischen Hofes“ und des „Goldenen Hirschen“ in dem alten Bürgerhaus der Getreidegasse, bis zu den Gasthöfen wie dem „Eder“ in Parsch, wo die Bundeskanzler Julius Raab und Leopold Figl abstiegen, dem „Pitter“ mitten in der Stadt oder dem „Sternbräu“, wo schon Mozart das Tanzbein geschwungen haben soll. Am Rande der Stadt gibt es gern besuchte Lokale wie den „Mostwastl“ bei Grödig, der seines Mostes wegen berühmt ist, den „Ragginger“ in Wals, dessen Hendlbraterei anlockt, den „Friesacher“ in Anif oder inmitten der Stadt den stilvollen Peterskeller oder die Trinkstube der Stiftskellerei Mattsee in der nach dem Kammersänger Richard Mayr benannten Gasse unweit der Linzer Gasse. Weit am Stadtrand, außerhalb der Gnigl, bietet in Söllheim das „Pfefferschiff“ eine exquisite Küche. Das sind nur einige Anhaltspunkte für verschiedene Geschmacksrichtungen. Man müßte einen eigenen Baedeker leiblicher Genüsse schreiben, um dem Verdienste – nicht dem Einkommen nach – alle Lokalitäten anzuführen!

Verlassen wir mit dem Stichwort Söllheim die Eßkunst, um uns wieder der Architektur zuzuwenden. In Söllheim können wir noch einen wahrhaft barocken Herrensitz bewundern: das Schloß aus dem Jahre 1699, die Taverne und der Wirtschaftshof in Baueinheit mit der Kapelle zum heiligen Antonius von Padua. Die Kapelle dürfte vom „letzten Italiener“ in Salzburg, Johann Kaspar Zugalli, der die Kajetaner- und Erhardskirche errichtete, gebaut worden sein.

Der Weg führt zurück nach Gnigl, genauer gesagt in die Gnigl. Die Namensforscher sind sich nicht einig, ob der Name vom keltischen *Glanicle*, klares Wasser, herrührt oder von jenem auf dem Gelände des heutigen Gnigler Parkes ausgegrabenen römischen Tempel, der einem Figurenfund nach ein Janushain gewesen sein könnte. In der Verballhornung von *Janiculus* soll Gnigl entstanden sein. Die Pfarrkirche „Zum heiligen Michael“, 1732 bis 1738 vom Hofmaurermeister Tobias Kendler gebaut, enthält schöne Stuckarbeiten und einen riesigen Marmoraltar, sowie Bilder von Jakob Zanusi und Skulpturen von Joseph Anton Pfaffinger. Die Gnigl wird mit dem Schloß Neuhaus am Abhang des Gersberges, der dem

Gaisberg vorgelagert ist, abgegrenzt. Die ursprüngliche Burg wurde im 13. Jahrhundert errichtet, Erzbischof Eberhard III. von Neuhaus ließ sie 1424 erneuern. Im 16. und 17. Jahrhundert war Neuhaus Sitz eines Pflegschafts- und später eines Landgerichtes. 1811 in private Hände gekommen, wurde diese gotische Burg wiederholt zu ihrem Nachteil umgebaut. In den letzten Jahren wurde der Turm, ein wuchtiger und kantiger Bergfrit, wieder vom neogotischen Putz befreit. Die Wehrmauern, die Paris Lodron aufgezogen hatte und durch die Gnigler Schanze mit dem Fürberg am Abhang des Kapuzinerberges verband, ist in Resten beim Schloß vorhanden. Das weite Gebiet zu Füßen des Schlosses und des Kühberges, das erst in den letzten Jahrzehnten verbaut wurde, diente noch im vorigen Jahrhundert für Pferderennen und fand als Richtstätte des Landgerichtes Verwendung.

Damit ist der Ring um die Stadt geschlossen. Daß neben vielen Sehenswürdigkeiten, lieblichen Plätzen und hübschen Bauten auch der typische Charakter farbloser Vororte mit all den vielen Nutzbauten, Magazinen, Verschubbahnhöfen und dergleichen mehr gegeben ist, ist eine Zwangsläufigkeit, denn wir leben in einem pulsierenden Gemeinwesen. Das ist das Großartige an dieser Stadt: sie ist unvermindert sehenswert, reich an kulturellem Erbe, ohne aber musealen Charakter anzunehmen.

Vieles von dem Erbgut ist gerade in Salzburg ins tägliche Leben übernommen worden. Das geht bis zur Kleidung. Die Salzburger Männertracht ist durch ein eigenes Landesgesetz geregelt, und es darf niemanden verwundern, wenn zu einem offiziellen Festakt, zur Festspieleröffnung oder zu einer anderen feierlichen Gelegenheit Herren im Trachtenanzug, geschmückt mit einer zuckerlrosa Krawatte, erscheinen. Kraft dem Gesetz ist die Tracht dem Frack oder Smoking ebenbürtig. Die Frauentrachten sind gesetzlich nicht reglementiert, was wohl darin begründet liegt, daß Frauen ihre Kleidung nicht vereinheitlicht haben möchten. Das Salzburger Heimatwerk versucht aber die bodenständigen Trachtenformen populär zu machen. Zudem wird Mädchen nach der Schneidergesellinnenprüfung eine kostenlose Spezialausbildung geboten: Die „Höhere Bundeslehranstalt für wirtschaftliche Frauenberufe“ führt als einjährigen Lehrgang eine Trachtenklasse, in der von Spezialkräften die Kunst der Anfertigung von Festtags- und Werktagstrachten, Trachtenmänteln, Zierstickereien usw. weitergegeben wird. Weltberühmtheit hat das Trachtenhaus Lanz erlangt, und es gibt wenige ausländische Festgäste, die ohne ein Salzburger Dirndl abreisen. Daß schon 300 v. Chr. norische Mädchen die Urform des heutigen Dirndlkleides getragen haben, mag vielleicht den Stolz erklären, mit dem Salzburger „Dirndln“ Dirndln tragen – denn das einheimische Mädchen wird hier ebenfalls Dirndl genannt. Daß die Männerwelt an den offenherzigen, die Formen so betonenden Dirndlkleidern ihre helle Freude hat, verhehlen die feurigen Blicke nicht, die manchmal allzu tief verweilen.

Eine Salzburger Tracht oder ein Trachtenstoff sind kostbare Mitbringsel, wie auch das Zinngeschirr, kurze Lederhosen, lederne Kniebundhosen oder Lederkostüme. Trachtenschmuck ist ebenfalls viel begehrt. Daneben gibt es zahlreiche wesentlich preiswertere Souvenirs: die gemalten Spanschachteln, die Gewürzsträuße, die kunstvollen Kerzen und Wachsarbeiten, Trachtenpuppen, keramische Kacheln und Arbeiten, Holzarbeiten, Modelabgüsse und schließlich das Salzburger Engerl, eine kleine Barockputte als Anstecknadel oder Anhänger in Silber oder auch in Gold. Dieses Salzburger Engerl ist sozusagen das amtliche Souvenir und wird von den Offiziellen der Stadt bei ihren Auslandsreisen verteilt. Und es hat noch immer helle Freude ausgelöst, mehr als manch kostbares Geschenk, wenn der Bürgermeister irgendwo im Ausland als freundschaftliche Geste die kleine Barockputte von seinem Revers zog und seinem Gesprächspartner ansteckte.

Nur eine Geste? Oder nicht doch vielmehr der Ausdruck einer hierzulande bestehenden Geisteshaltung, die geprägt ist durch die Umwelt, in der die Menschen aufwachsen und in der sie die Bedeutung der Freude als wesentlichen Teil menschlichen Glückes schätzen lernen?

Am Leben erhalten

ALTSTADTSANIERUNG

Ist es denn noch keinem Architekten aufgefallen, wie sehr er mit der Errichtung eines modernen Gebäudes in einer engen Altstadtgasse sich nicht nur am Geist der Tradition, sondern auch an seinen eigenen Prinzipien versündigt?

ALFRED BÄCK, BÜRGERMEISTER VON SALZBURG, ERNEUERUNGSMASSNAHMEN IN DER SICHT DER KOMMUNALPOLITIK

Jenes Gebiet der Stadt Salzburg, das wegen seines eigenartigen, für die Salzburger Bautradition charakteristischen Gepräges, das es dem Stadtbild verleiht, besonders erhaltungswürdig ist, unterliegt dem Schutz dieses Gesetzes.
Wer entgegen den ... Vorschriften eine bauliche Maßnahme trifft, begeht eine Verwaltungsübertretung und ist hiefür nach den für die Herstellung eines nicht bewilligten Baues in der Stadtbauordnung für Salzburg vorgesehenen Strafbestimmungen zu bestrafen.

AUS DEM SALZBURGER ALTSTADTERHALTUNGSGESETZ 1967

Dem Heute fehlt die Verklärung des Gestern, denn Ovids goldenes Zeitalter wird wohl immer nur in der Vergangenheit gesucht. Und doch ist dieses Heute für das Morgen unserer Stadt entscheidend. Mit welcher Verbitterung denken wir doch an die Großvätergeneration, die in ihrer Demolierungswut unwiederbringliche Bauwerke vernichtete. Doch sie wußte es nicht besser, für sie war damals ein zu enges Stadttor nur ein Verkehrshindernis, die Lodronschen Verteidigungsmauern unterbanden die Ausdehnung. Es war wohl stets sehr wesentlich der Reichtum, aber auch das Streben, selbst schöpferisch tätig zu sein, die auf Stiländerungen einwirkten. Auch ein Wolf Dietrich hat den romanischen Dom und einen Teil der Altstadt abtragen lassen – doch ihm verdanken wir die Pracht der Fürstenstadt. Der Großvätergeneration verdanken wir die Villen der Gründerzeit, die Zinshausblöcke und die Ziegelgotik der Andräkirche, zu deren Errichtung man den preußischen Oberbaurat J. Wessiken holte. Die neue Inneneinrichtung dieser Kirche brachte bei der Restaurierung nach dem Zweiten Weltkriege vor allem durch Karl Weiser, der Hochaltar und Chorglasfenster schuf, eine Besserung. Und weil das berechtigte Murren über dieses ausgerechnet dem Schloß Mirabell gegenübergesetzte häßliche Gotteshaus nicht verstummte, wurde 1969/70 noch einmal eine Schönheitsoperation vorgenommen. Die radikale Verkürzung der Türme und der graue Verputz der aufdringlichen roten Ziegelgotik fügen die Kirche nun viel besser in das Stadtbild ein.

Als 1969 das Turmdach der Franziskanerkirche eine neue Kupferhaut bekam, glückte ein überraschender Fund. Im Gebälk des Knaufes lag, altem Brauch zufolge, ein Münzdepot, dem nun eine Sammlung unserer heutigen Münzen beigefügt wurde. Gleichzeitig aber fand sich in dem Turm ein maßstabgetreues Panorama der Stadt mit 170 bezeichneten Standpunkten, wie sie vom Turm aus zu erkennen sind. Diese Zeichnung von großer lokalhistorischer Bedeutung wurde bei der letzten Renovierung 1866 von Luitpold Pezolt, dem Bruder des Malers Georg Pezolt, angefertigt. Hier ist genau zu erkennen, welche Veränderungen vorgenommen wurden und wie weit es gelungen ist, das Stadtbild zu bewahren. Der Vergleich zu anderen Städten ergibt, daß wir uns glücklich preisen können, denn der Kern der Altstadt gleicht weitgehend jenem vor hundert Jahren. Trotz vieler Demolierungen des ausgehenden 19. und beginnenden 20. Jahrhunderts müssen wir dankbar sein – denn an Angriffen auf das Stadtbild hat es nicht gefehlt. Die radikalsten waren wohl der Antrag eines Gemeinderates zu Ende des vorigen Jahrunderts, der die Stadtväter bestimmen sollte, die Festung weiß anstreichen zu lassen, damit sie freundlicher aussehe, und als das abgelehnt wurde, der vieldiskutierte radikale Antrag, die gesamte Festung zu demolieren und das Mauerwerk zur Salzachregulierung zu verwenden. Glücklicherweise wurde dieser Anschlag, der sogar etliche Zustimmung fand, abgelehnt, genauso wie jener eines Gemeinderates der frühen dreißiger Jahre unseres Jahrhunderts, der festlegen wollte, bei den Festspielen dürften nur einheimische Künstler beschäftigt werden. Auch der ehrgeizige Plan vergangener NS-Größen, den Hang des Mönchsberges und des Kapuzinerberges mit nationalsozialistischen Ordensburgen zu verpflastern, gedieh nur zu einem Modell, dessen Photos heute noch den Betrachter erschauern lassen.

Doch auch unsere Zeit verzeichnet entsetzliche Bausünden, die Hans Sedlmayr zu seiner aufrüttelnden Schrift „Die demolierte Schönheit" veranlaßten. Wieder war es besonders der Reichtum großer Firmen, der sich in der Sucht nach neuen, größeren Geschäftsportalen niederschlug, wodurch die Charakteristik mancher Fassadenfronten zerrissen wurde.

Seit Jahren jedoch ist eine Umkehr der Werte festzustellen, denn die Verantwortung dem Erbe und der Zukunft gegenüber tritt immer stärker in den Vordergrund. Nicht nur Einzelpersonen, private Institutionen, sondern auch die öffentliche Hand hat diese Aufgabe – noch rechtzeitig – erkannt. Altstadterhaltung heißt nicht nur Konservierung, sondern auch Sanierung. Eine reine Konservierung bestehender Bauten würde eine Kulturtat im leeren Raum sein, denn die Stadt wird nur lebendig bleiben, wenn die Funktionsfähigkeit der erhaltenen Bauten gegeben ist. Man will ja kein Museum, sondern eine mit Leben erfüllte Altstadt! Dabei darf man keineswegs übersehen, daß der Zustand vieler erhaltungswürdiger Bauten besorgniserregend und eine Sanierung dringend vonnöten ist. Die Verarmung des Bürgertums hat eine rechtzeitige Renovierung vieler Häuser verhindert. Daß die stilgerechte Erneuerung mit der Erhaltung der alten Substanz kostspieliger zu bewerkstelligen ist als ein Neubau, liegt auf der Hand. Im Juni 1965 hat der Salzburger Landeshauptmann DDr. Ing. Hans Lechner eine Enquete eröffnet, die das Thema Altstadtsanierung – Altstadterhaltung zur Diskussion stellte. Das war die Geburtsstunde des Salzburger Altstadterhaltungsgesetzes, das am 1. September 1967 in Kraft trat. In dem Gesetz wurde zuerst das Schutzgebiet umgrenzt: Links der Salzach: Ab Salzachgäßchen in Mülln über den Franz-Josefs-Kai und Rudolfs-Kai bis zum Rudolfsplatz, von diesem Kajetanerplatz – Schanzlgasse – Nonntaler Hauptstraße – Brunnhausgasse – Sinnhubstraße – Am Rainberg – Bucklreuthstraße – Hildmannplatz – Reichenhaller Straße – Augustinergasse – Lindhofgasse – Salzachgäßchen. Rechts der Salzach: Von der Schwarzstraße bis zur Einmündung der Friedrich-Gehmacher-Straße in einer gedachten Verlängerung dieser Straße durch den Kurpark zum Mirabellplatz – Paris-Lodron-Straße – Wolf-Dietrich-Straße; von hier in einer gedachten Linie über den Kapuzinerberg zur Pausingerstraße – Arenbergstraße – Imbergstraße – Schwarzstraße – Makartplatz. In diesem Schutzgebiet muß jeder für das charakteristische Gepräge des Stadtbildes bedeutende Bau in seiner äußeren Gestalt erhalten bleiben. Auch bei allen anderen Bauten muß eine Form eingehalten werden, die sich dem Stadtbild harmonisch einfügt. Jede, auch die kleinste, bauliche Maßnahme, selbst das Anbringen von Fernsehantennen, bedarf der Zustimmung einer Sachverständigenkommission. Die Stadt wurde verpflichtet, eine Evidenzkartei des Baubestandes anzulegen und zu führen. Gleichzeitig begründete dieses Gesetz einen Altstadterhaltungsfonds, der dazu dient, Hauseigentümern, denen im Sinn dieses Gesetzes Auflagen gemacht werden, die dadurch bedingten Kosten zu ersetzen. Daß auf diese Kostenbeihilfe ein Rechtsanspruch besteht, ist von Bedeutung.

Doch ein Gesetz allein hilft noch nicht. Es war allen verantwortlichen Stellen klar, daß dieses Altstadtgesetz nur ein erster Schritt auf das Endziel hin sein konnte, das in der baulichen Sanierung der gesamten Altstadt besteht.

Schon ein erster Überblick zeigt, daß in der Schutzzone von 900 Häusern, die unter die Erhaltungsbestimmungen fallen, mehr als 400 sanierungsbedürftig sind. Wer die mit mehreren Milliarden Schilling bezifferten Gesamtkosten tragen soll, blieb unbeantwortet. Der Bürgermeister umriß bei einer Diskussion dieses Problem, als er feststellte, daß ein Teil der erneuerungsbedürftigen Gebäude im Besitz alleinstehender alter Frauen sei, die nicht in der Lage wären, die Mittel aufzubringen. Da Geschäftsleute, die Altstadthäuser erwarben, diese mehrfach geradezu aushöhlten, um sie Kaufhauszwecken dienlich zu machen, entstand inzwischen unter Landeshauptmann Dr. Wilfried Haslauer und Bürgermeister Heinrich Salfenauer ein neues Sanierungsgesetz, das auch das „Innenleben" der Altstadthäuser zu schützen versucht. Fassadenrestaurierung allein ist ja zu wenig, weil nur eine Gesamterneuerung das Aussterben der Altstadt verhindern kann. Geschäftsgeist läßt sich, wie positive Beispiele zeigen, durchaus mit Kulturgesinnung verbinden. Die Sanierung bedarf vieler Zeit. Sofortiger Hilfe bedurfte aber die von Fischer von Erlach gebaute Ursulinenkirche. Eine genaue Untersuchung ergab beispielsweise eine Höhendifferenz zwischen dem rechten und dem linken Pfeiler der Portalbegrenzung im Fundament von über dreißig Zentimeter. Oder: Der Lüster des Innenraumes hing fünfundzwanzig Zentimeter außerhalb der Gebäudemitte. Schuld war der Untergrund, denn ein Teil der Kirche stand auf dem festen Konglomeratgestein des Mönchsbergfelsens, der größere Teil aber auf lockerem Schottermaterial. Schon bei der Errichtung der Kirche habe es Bewegungen im Mauerwerk gegeben, sagten die Experten.Eine Generalsanierung konnte schließlich die Gefahr abwenden. Beseitigt werden konnte sie inzwischen auch von einem Teil der Hohensalzburg. 1950 stellte ein Amtsbericht fest, daß die Kuenburgbastei, das Zeughaus der Schüttkasten und andere Bauteile einsturzgefährdet seien. Als Ursache dafür wurden Gewölbeschübe, Erdrucke, technisch unrichtige Verschließungen, unsachgemäße Fundierungen und Verwendung von anfälligem Mischmauerwerk erkannt. Die Sanierungsarbeiten wurden in Angriff genommen. Als Beispiel sei angeführt, daß die dreißig Meter hohe Kuenburgbastei Verankerungen aus zehn Tonnen Spezialstahl erhielt, wobei die Zugkraft der Stahlanker mit 1.800 Tonnen bemessen wurde, was dem Gewicht zweier beladener Güterzüge mit je 45 Waggons entspricht. Vorher wurden die Risse und Hohlräume der Mauern mit riesigen Betoninjektionen verschlossen.

Welche Problematik die Altstadtsanierung mit sich bringt, wissen wir auch aus dem Ausland, besonders aus Venedig. Daß schließlich nur ein Gesamtplan helfen kann, ist ebenfalls bekannt. Ein entscheidendes Problem der Salzburger Altstadt ist die Veränderung ihrer Struktur: aus dem Verkehr einer kleinen Residenzstadt entwickelte sich jener einer modernen Großstadt. Zehntausende Fahrzeuge erschüttern noch immer Teile der Altstadt im Sinn des Wortes. In vielen Häusern ist die Vibration durch Schwerfahrzeuge deutlich spürbar. Die totale Verstopfung bei der Durchfahrt, die mit der weiteren Zunahme des Straßenverkehrs Hand in Hand geht, wird dazu zwingen, nicht nur weite Teile, sondern die gesamte Altstadt zur Fußgängerstadt zu erklären, was jedoch nicht nur Umfahrungsstraßen, sondern vor allem auch weiträumige Parkflächen am Stadtrand bedingt. Bewährt haben sich die schon erwähnten Garagen im Mönchsberg, denn dadurch verschwin-

den 1500 Wagen in der „Unterwelt", sowie die Tiefgaragen unter dem Mirabellplatz und an der Schwarzstraße.
Wichtig ist der vorhandene Wille, denn dann – und nur dann – wird es gelingen, die riesigen Geldmittel aufzubringen, die notwendig sind, um Salzburgs Zukunft zu sichern. Die Haltung vieler Salzburger Bürger und Hauseigentümer ist ermutigend, denn sie erkannten, daß die Zukunft der Stadt nicht in noch moderneren und noch größeren Geschäftsauslagen, sondern in der Erhaltung des Stadtbildes liegt. Der Gemeinderat konnte schon mehrmals die für gute Sanierungsarbeiten in der Altstadt vorgesehene Wappenmedaille verleihen. So wie große Firmen das Stadtbild verletzen – kurioserweise verschwanden sogar vor Jahren aus einem Bauakt die genehmigten Baupläne, um durch völlig andere Konstruktionspläne ersetzt zu werden, was zu einem öffentlichen Skandal führte – geben sie auch Beispiele für vorbildliche Konservierung. Da ist das Haus Giselakai Nr. 15, für das sogar schon der Demolierungsbescheid ausgestellt war, und das der Bauherr, der Statiker Dipl.-Ing. Walter Ferstl, durch zusätzliche Investitionen von rund 700.000 Schilling – zusätzlich zu den Baukosten nämlich – erhalten konnte. Als Beispiele herausgegriffen seien auch das sogenannte Zezi-Haus, Getreidegasse Nr. 5, das Haus Sigmund-Haffner-Gasse Nr. 6 oder das Eckhaus Goldgasse – Residenzplatz. In den Dienst der Altstadterhaltung stellten sich auch die Banken, wie der Umbau der Salzburger Sparkasse auf dem Alten Markt beweist oder jener des Bankhauses Daghofer in der Griesgasse Nr. 11, wo sogar während des Baues verschüttete Gewölbe freigelegt, restauriert und zugänglich gemacht wurden; dieses Bankhaus ist überdies um die Reste eines der letzten Stadttürme gebaut. Ein weiteres Beispiel bietet das Bankhaus Berger beim Rathausbogen, durch dessen Umbau der gesamte Rathausblick gewonnen hat. Beim Umbau der Landes-Hypothekenanstalt auf dem Residenzplatz kamen Reste eines römischen Hauses zum

Vorschein, die sichergestellt wurden, wobei die Auswertung der Keramikscherben ergab, daß einzelne der Gefäße aus Werkstätten der Provence stammen dürften. Wichtigster Fund aber war ein völlig unbeachteter Keller, der sich als prachtvolles romanisches Gewölbe mit Säulen aus Konglomeratstein entpuppte. Dieser romanische Keller ist schon deshalb interessant, weil er an das Viertel um den romanischen Dom erinnert. Eine zweite Sensation dieses Umbaues war die Freilegung zweier Holzdecken, vermutlich aus der Zeit des Erzbischofs Matthäus Lang um die Mitte des 16. Jahrhunderts, die in späterer Zeit durch den einfachen Deckenputz eines neuerungssüchtigen Hausherrn verdeckt wurden.

Kostbar war der Fund eines gotischen Hausportals in der Sigmund-Haffner-Gasse Nr. 7 beim behutsamen Ausbau eines stilvoll gestalteten Geschäftslokals. Wie man einen Neubau in den Altstadtbereich einfügt, zeigte beispielgebend Martin Windisch als Planer des Franz-Rehrl-Studentenheimes im Nonntal.

Auch das sind wieder nur einige Beispiele, willkürlich herausgegriffen aus dem wichtigen Thema Altstadterhaltung. Ein Spazierweg durch die Stadt zeigt genau, wo Sünden begangen wurden und wo man mit sorgsamem Einfühlungsvermögen vorging. Gerade der Alte Markt ist ein Musterbeispiel dafür, wie Fronten erneuerter Bauten auszusehen haben, denn nicht nur die Sparkasse, auch das Haus der Zürich-Kosmos-Versicherung, Alter Markt Nr. 1, und der „Oberbank", wie die Bank für Oberösterreich und Salzburg, Alter Markt Nr. 4, im Volksmund genannt wird, haben durch stilvolle Umbauten den Charakter des Platzes erhalten. Sünden fallen eben viel stärker auf, das liegt in der Natur der Sache. Daß es gelingen wird, das pulsierende Leben der Altstadt Salzburgs zu erhalten, ist nicht zu bezweifeln. Die unermüdliche Arbeit an der Strukturwandlung ist unverkennbar.

Zu dem Bestehenden sind in den letzten Jahren drei neue

Elemente gekommen: die neue Universitätsstadt, die Kurstadt und die Kongreßstadt.

Die Universität, 1962 gesetzlich und 1964 faktisch wiedererrichtet, ist rascher gewachsen, als es bei der Gründung vorgesehen war. Binnen eineinhalb Jahrzehnten ist die Zahl der Studenten von mehr als 2000 Inskribenten auf über 8500 angewachsen, die Zahl der Professoren steigerte sich von etwa zwei Dutzend auf mehr als 100.

Nach jahrelangen Studien, wo die Universität errichtet werden soll, siegte zuerst die Meinung, eine Campus-Universität am Rande der Stadt auf den Grünflächen beim Wasserschloß Freisaal zu errichten. Eine machtvolle Bürgerinitiative brandete auf und zwang die Verantwortlichen von Stadt, Land und Bund, diese Beschlüsse zu revidieren, ja es kam zum Eklat, als die ersten Pläne, Modelle und Baumaße bekannt wurden. Mit der Verwirklichung dieser Planung wäre die grüne Achse von der Altstadt nach Hellbrunn völlig zerstört worden.

Inzwischen hatte das Architekturatelier Prossinger – Windisch von sich aus die in der Diskussion vorgeschlagenen Möglichkeiten aufgegriffen und in faszinierender Art den Beweis erbracht, wie hervorragend sich weite Teile der Hohen Schulen in die Altstadt einfügen würden. Die Zentralstellen der Universität sind ohnehin in der Residenz etabliert, die Theologische Fakultät und das Institut für Rechtsphilosophie sind nebenbei. Die Universitätsbibliothek ist, wie schon gesagt, im Studiengebäude, dem Bau der alten Universität, untergebracht. Die Juridische Fakultät wird nun in der Endstufe den Toskanatrakt der Residenz bevölkern – wenn dort die Polizeidirektion ausgezogen sein wird. Die Kapitelhäuser werden von den Finanzbehörden geräumt und gleicherweise der Universität übergeben. Schließlich wird das große Schulgebäude der Höheren Technischen Bundeslehranstalt, für die das Haus zu eng geworden ist, der Universität übertragen. Als die Umplanung bekannt wurde, ergab sich eine überwältigende

Mehrheit für die Variante einer geteilten Universität. Nur am Rande von Freisaal erhalten die Naturwissenschaften Neubauten und verschiedene Institute bleiben an der Akademiestraße, wo jetzt schon Provisorien errichtet worden sind.

Städtebaulich ist dieser Universitätsbau – Altstadtuniversität und Neubauten – verbunden mit den Ersatzbauten für Polizeidirektion, Finanzbehörden und technische Lehranstalt ein gewaltiges Hochbauvorhaben, wie es eine Stadt von der Größenordnung Salzburgs selten innerhalb einer Generation zu verwirklichen hat. Das künftige Stadtbild wird ganz wesentlich vom Ausgang dieser „Operation" abhängen.

Seit Jahren besitzt Salzburg ein gut frequentiertes Kurmittelhaus mit dem Kurpark im Anschluß an den Mirabellpark. Um jedoch gesetzlich den Titel einer Kurstadt zu erhalten – was inzwischen geschehen ist –, wurde eine 1000 Hektar betragende Fläche zwischen der Hellbrunner Fürstenallee und Maxglan, mit Leopoldskron als Mittelpunkt, also das weite und noch mit großen Wiesen und Gärten versehene Gebiet zu Füßen des Mönchsberges zum Kurbezirk erklärt. Zwischen Leopoldskroner Teich und Nordabfall des Mönchsberges einerseits und zwischen Schwimmschulstraße, Nonntaler Hauptstraße und Fürstenallee andererseits wurden 150 Hektar Grund zum engeren Kurbezirk gewählt. Fußgängertunnels durch den Mönchsberg sollen diese Kurstadt künftighin mit der Altstadt verbinden.

Ist dieses „Heilbad Salzburg-Leopoldskron" und damit Salzburg als Kurstadt eine Utopie? Mitunter wird die Frage aufgeworfen, ob denn diese Stadt nicht genug bekommen könnte. Die Antwort ist wieder einmal der Hinweis auf die bevorzugte Lage. Salzburg bietet ideale Voraussetzungen für einen weiten Kurbetrieb mit einem breiten Band von Indikationen und den dazugehörigen Heilmitteln: Moor gibt es in jeder beliebigen Menge, der Großteil des Kurbezirkes liegt sogar inmitten des Moores; Sole – Salz – kommt vom nahen

Halleiner Dürrnberg. Vor wenigen Jahren haben Untersuchungen ergeben, daß die Wasser der Wiestal- und der Goisgrabenquelle Glaubersalz- und Bittersalzquellen sind, die nicht nur die stärksten Österreichs, sondern jenen von Karlsbad, Marienbad, Montecatini und Bad Mergentheim zumindest ebenbürtig sind. Salzburg sieht vor allem die Möglichkeit, die Nachfolge Karlsbads und Marienbads anzutreten. Die Schüttung beider Quellen erlaubt die tägliche Versorgung von mindestens 10.000 Kurgästen. Die Kurstadt will möglichst rasch ein internationales Mekka für jene Leidenden werden, deren Leber, Galle, Magen oder Bauchspeicheldrüse angegriffen sind, oder die an Gicht und Stoffwechselkrankheiten laborieren.

Als besondere Salzburger Spezialität wurde die Paracelsuskur entwickelt. Das Wissen um die Zusammenhänge von Leib und Seele, die Psychosomatik, war lange Zeit nur ein Schlagwort, obwohl schon die alten Ärzte und Philosophen um die untrennbare Einheit von Leib und Seele wußten. Aus Österreich kam schließlich Sigmund Freud, der den staunenden oder – protestierenden Kollegen nachwies, wie aus einer seelischen Belastung eine körperliche Krankheit werden könne, und I. H. Schultz entwickelte sein Autogenes Training, um durch Entspannung der willkürlichen Muskulatur, des Gefäßsystems usw. gleichzeitig eine seelische Entspannung zu erreichen. Die Paracelsuskur basiert nun auf diesen Erkenntnissen und verbindet sie mit dem kulturellen Hintergrund: durch ausgewählten Konzertbesuch und Teilnahme an künstlerischen Veranstaltungen wird die Behandlung um „seelische Hygiene" bereichert. Daß diese Form einer Kur große Zukunft hat, dürfte wohl kaum jemand bezweifeln.

Als Kongreßstadt hat Salzburg, seit Dipl.-Kfm. Gerhard Gross die Leitung der Organisation übernommen hat, einen schwindelerregenden Aufschwung genommen: Seit der Eröffnung des Kongreßhauses im Jahre 1957 stieg die Zahl der Kongresse von 11 auf 131 im Jahre 1979! Ausstellungen und

Kongresse bringen der Salzburger Wirtschaft nach jüngsten Berechnungen im Jahr rund eine halbe Milliarde Schilling. Neben riesigen Fachkongressen – der bisher bedeutendste war 1969 der Internationale Raumfahrkongreß, an dem neben Wernher von Braun Experten aus aller Welt teilnahmen und von dem Fachleute sagten, hier wurden die Weichen für das nächste Jahrzehnt der Weltraumforschung gestellt – finden zahllose kleine Tagungen, aber auch Ausstellungen statt. In dem auf den modernsten technischen Stand gebrachten Kongreßzentrum und in einer Reihe weiterer Veranstaltungsplätze stehen insgesamt Tagungsräume für 10.000 Personen zur Verfügung. Das Ausstellungswesen hat internationales Format erlangt. In der Residenz findet eine bedeutende Antiquitätenmesse statt. Im neuen Ausstellungsgelände hat sich auf rund 20.000 Quadratmetern Fläche ein österreichisches Zentrum für Fachausstellungen entwickelt.
Daß damit die Wirtschaft des Landes und der Stadt Salzburg einen großen Aufschwung nimmt, liegt auf der Hand. Seit Jahren weist die Salzburger Wirtschaft gegenüber dem Bundesdurchschnitt eine wesentlich günstigere Entwicklung auf. Das zeigt sich u. a. an der Tatsache, daß das Bruttoregionalprodukt von 17,5 Milliarden Schilling im Jahre 1968 auf 60 Milliarden Schilling im Jahre 1979 gestiegen ist. Diese überdurchschnittliche Entwicklung dokumentiert sich auch auf Teilgebieten: so konnte Salzburg im Fremdenverkehr mit 20,65 Millionen Übernachtungen im Jahre 1979 eine neue Rekordmarke erzielen. Das ergibt eine Zuwachsrate von 1,6 Prozent gegenüber 1978, wobei der Auslandsanteil stärker zunahm. Die Devisenerlöse aus dem Ausländerfremdenverkehr stiegen um 6,6 Prozent auf 12,53 Milliarden Schilling. Im gleichen Ausmaß kam es zu Steigerungen der Beschäftigungszahlen, jedoch auch des Exportes und des Einkommens weitester Bevölkerungskreise. Der Struktur des Landes gemäß hat sich Salzburg für die nächsten Jahre vor allem der Förderung einer

aktiven Mittelstandspolitik verschrieben. Eine der vornehmsten Aufgaben nicht nur der Wirtschaft, sondern aller Salzburger ist die Förderung des Fremdenverkehrs, der auf die geographische Lage, die einmalige Schönheit der Stadt und die kulturellen Veranstaltungen zurückzuführen ist. Ein interessantes Detail: allein aus der Zahl der Übernachtungen der Festspielgäste im Jahre 1979 wurde ein Umsatzerlös von 194,7 Millionen Schilling erzielt. Für die Direktausgaben der Festspielgäste wird ein Erlös von 115 Millionen Schilling angenommen.

In 200 Hotels, Gasthöfen und Pensionen erwarten 8.868 sogenannte „gewerbliche Betten" den Gast, wozu noch 1.970 Privatzimmer kommen. Mit 20,65 Millionen Nächtigungen im Jahr hat Salzburg eine stolze Erfolgsbilanz vorzuweisen, wobei nach den Gästen aus der Bundesrepublik Deutschland Amerikaner die zweite Stelle einnehmen.

Die Werbung um den Gast wird groß geschrieben. Landesverkehrsdirektor Hofrat Dr. Werner Opitz und Stadtverkehrsdirektor Dipl.-Kfm. Gerhard Gross sind den Großteil des Jahres in der ganzen Welt unterwegs, um Salzburg zu propagieren. Die Sorge um den Gast wird immer diffiziler. So steht nun, ausgenommen sonntags, täglich um 9 Uhr früh den Photoamateuren unter den Gästen – und wer ist das nicht! – ein Cicerone im Stadtverkehrsbüro (Makartplatz Nr. 9) zur Verfügung, der zwei Stunden lang zu den schönsten Motiven der Stadt führt. Zusätzlich erhält der Fremde ein Faltblatt unter dem Titel „. . . ist bezaubernd schön" mit Tips für Aufnahmen, wobei dieser Photoführer nicht nur den Weg zu den Sehenswürdigkeiten weist, sondern auch phototechnische Anweisungen gibt.

Ein prosaisches Kapitel? Mag sein – doch auch das Wissen um die Gegenwart gehört zu einem Gesamtbild der Stadt. Gerade dieses Ineinander-Verwobensein von Gegenwärtigem und Vergangenem gibt Salzburg sein eigenes Fluidum. Den Einheimischen zieht es genau wie den Fremden an, daß er unentwegt mit der Geschichte konfrontiert wird, diese Geschichte aber lebt, daß er in einer Stadt wohnt, aber von einer wunderschönen Landschaft umgeben. Er kann Flachland, Seen, Mittel- und Hochgebirge in allerkürzester Zeit erreichen. Wo gibt es das noch?

Wie der Fremde reckt auch der Einheimische den Hals, wenn er der Stadt zufährt, und hätte er sie erst wenige Stunden vorher verlassen. Von der Autobahn her, von den Kurven der Grazer Bundesstraße an der Stadteinfahrt, von den Straßen aus dem Gebirge oder von Deutschland und von den Eisenbahnlinien aus: immer zeigt sich Salzburg in einer neuen Facette. Zu jeder Jahreszeit, bei jedem Wetter, bei Tag und im abendlichen Lichtermeer, stets ist diese Stadt schön. Und daß der Besucher aus dem Westen, bevor er in die Stadt fährt, durch die Ortschaft Himmelreich kommt, ist von symbolhafter Bedeutung.

Von der Gnigl aus sind es genau 13 Kilometer, zuerst durch das liebliche Guggental, dann über die romantische Gaisbergstraße – die erste ausschließlich für den Fremdenverkehr erbaute Straße des Landes – bis zur Spitze des Gaisberges. Man kann mit dem Personenwagen oder Autobus bis auf das Hochplateau mit dem Fernsehsender fahren. An diesem Punkt wird die landschaftliche Lage der Stadt offenbar. Fast unwirklich ist der Kranz des bizarr geformten Hochgebirges. Ein beglückendes Panorama liegt vor dem Betrachter: Traunstein, Zwölferkogl, Dachstein, Bischofsmütze, Hoher Göll, Wiesbachhorn, Großglockner (mit 3.798 m der höchste Berg Österreichs), Herr und Frau Watzmann mit den Kindln, Untersberg, Loferer Steinberge, Predigtstuhl, Wilder Kaiser, Hoher Stauffen, um nur die bedeutendsten Berge zu nennen. Sogar der Chiemsee wird sichtbar, und der Blick geht über das Hügelland des Flachgaues in das oberösterreichische Nachbarland. Unten aber liegt zu beiden Seiten des silbern schimmernden Salzach-Bandes die Stadt. Man wird still angesichts dieser großartigen Szenerie. Hier wird sich der Mensch bewußt, wie klein er in dieser Welt ist und welchen Glückes er teilhaftig wurde. Schlicht ragt das verrostete Gipfelkreuz auf, das 1888 errichtet wurde. Und wenn der Besucher die verwitterte Schrift des steinernen Sockels entziffert, so gilt sie auch dieser begnadeten Landschaft: Also hat Gott die Welt geliebt.

Das Staunen ist geblieben

PERSÖNLICHES NACHWORT

> Ein altes orientalisches Märchen weiß von einem wunderbaren Kristall zu erzählen, der vom Hauch des Mundes berührt, die Kraft besaß, alles zu spiegeln, was da und dort in der Welt geschieht und geschah. Die gleiche Wunderkraft liegt in dieser Stadt.
>
> ADOLF BÜHLER, SALZBURG UND SEINE FÜRSTEN

Gestatten Sie, verehrte Leserin und geehrter Leser, dem Autor ein persönliches Nachwort. Mit einer gewissen Wehmut habe ich die Arbeit an diesem Buch abgeschlossen. Zu viel blieb übrig, was noch zu erzählen wäre. Allzuviel liegt ungehoben in der Vergangenheit. Doch es hieß ein erträgliches Maß einzuhalten. Man könnte diskutieren, ob dieses oder jenes hätte weggelassen werden können, um dafür anderes zu bringen. Und ich habe mit meinen Freunden diskutiert, nächtelang, in kleiner Runde, bei einem Glas Wein.

Die Wehmut gilt aber auch der Tatsache, daß die Jahre des Sammelns und die Monate des Niederschreibens vorbei sind. Ich werde zwar weitersammeln, doch bedeutet es zweierlei, für sich selbst oder für ein Buch zu sammeln, in dem man seine Freude den Mitmenschen vermitteln will.

Ich habe zu sammeln begonnen, als ich vor mehr als einem Jahrzehnt in diese Stadt kam. Und ich kam gern, nicht nur eines beruflichen Aufstieges wegen, denn ich hatte wiederum ein Jahrzehnt vorher Salzburg zum erstenmal erlebt – und dieses Erleben ist unvergessen.

An einem Sommertag um fünf Uhr früh kletterte ich unausgeschlafen aus dem Zug. Der Bahnhof war, so wie heute, nicht sehr einladend. Zu Fuß ging ich in die Stadt, fröstelnd. Der erste Teil des Weges ließ mich teilnahmslos. Doch plötzlich stand ich da, völlig überrascht. Über den Himmel zogen sich eigenartige Streifen – ich wußte nicht, daß dies der Föhn war, der mir heute so sehr zu schaffen macht – und umrahmten ein hochaufragendes wuchtiges Gemälde. Das war meine erste Begegnung mit der Festung. Zwei, vielleicht auch drei Stunden lief ich kreuz und quer durch die Stadt, durch eine enge Gasse, durch einen Torbogen, über einen Platz, vorbei an einem lustig plätschernden Brunnen. Die Szene wechselte unentwegt, hier ein enger Schlupf, da ein weiter Platz. Enge und Weite – und doch miteinander verknüpft.

Ich kam aus dem Staunen nicht heraus.

Und dieses Staunen ist geblieben.

Als ich ein Jahrzehnt später, nun schon mit Frau und einem kleinen Töchterchen, über den Nonnbergweg spazierte, war es gerade Frühling geworden. Unentwegt blieben wir stehen, denn fast Meter um Meter verschob sich das Bild zu einem immer prächtigeren Ausschnitt. Da entdeckte ich die Liebe fürs Detail. Wie ein einzelner Kamin, über ein eigenartig geformtes Dach hinausragend, dem Bild einen besonderen Akzent setzt. Wie der Schatten eines Zweiges einem steinernen Wappen geradezu erschreckendes Leben gibt. Und wenig später sah ich, wie unerhört fröhlich, ja lieblich ein Friedhofsacker sein kann; ich wußte das als junger Mensch nicht.

Mitten im Winter stapfte ich zum erstenmal auf die Festung. Die großen Höfe waren menschenleer. Der Tag war kalt und sonnenlos. Bedrohlich wuchteten die Mauern empor. Lange stand ich vor dem steinernen Bildnis eines Bischofs. Mir war, als hätte er nur für mich grüßend die Hand erhoben. Doch er schaute streng, gar nicht wie ein Seelenhirte, viel eher wäre ihm die Rüstung eines Kriegers angemessen gewesen. Ich wußte nicht, wer dieser Mann war, wußte noch nicht, daß

dieser Kirchenfürst der beherrschende Bauherr der Hohensalzburg gewesen. Wenig später begegnete ich erstmals bewußt dem riesigen steinernen Löwen mit dem Brezelschweif. Und ich wollte mehr wissen. All die Geschichtskenntnisse, die ich erworben hatte, waren zu wenig.
Ich begann zu sammeln.
Das Zusammentragen von Salisburgensien wurde zur Leidenschaft. Immer wieder konnte ich ein Stück heimtragen – und ich merkte, daß diese Leidenschaft teuer war und stets teurer wird. Wie glücklich war ich doch, als ich eines Tages die älteste Stadtansicht erwerben und zu Hause aufhängen konnte: Es waren die Seiten 152 und 153 aus dem *liber chronicarum* der 1493 von Hartmann Schedel in Nürnberg herausgegebenen Weltchronik. Michael Wolgemut, der die Zeichnung für diesen Holzschnitt geschaffen hat, muß sie aber schon Jahre früher angefertigt haben, denn der Festung fehlen noch die von Erzbischof Burchard von Weißbriach 1465 hinzugefügten charakteristischen Rundtürme. In einem Wiener Antiquariat wiederum fand ich die Historia Salisburgensis, 1692 von den drei Brüdern und Patres Joseph, Franciscus und Paulus Mezger geschrieben, einen in Schweinsleder gebundenen mächtigen Folianten. Bei einem Trödler konnte ich spottbillig einen besonderen Schatz erwerben, ein breitformatiges, nicht allzu großes Buch, geschmückt mit vielen Wappen, noch alle Stiche enthaltend. Der volle Titel lautete: „Saltzburgische Chronica, Das ist: Beschreibung deß Lands Stifftung und denkwürdiger Geschichten / auch aller Bischöff / Ertz-Bischöff und Abbten zu St. Peter / deß Hoch-Löbl. Ertz-Stiffts Saltzburg von Franziscus Dückher von Haßlaw zu Winckel, Saltzburg 1666". Als eine Rarität, die ich bei einem Salzburger Buchhändler erstand, erwies sich die „Beschreibung der hochfürstlich-erzbischöflichen Haupt- und Residenzstadt Salzburg und ihre Gegenden verbunden mit ihrer ältesten Geschichte" von Lorenz Hübner aus dem Jahre 1792. Jahrelang jagte ich hinter

längst vergriffenen Büchern her: der dreibändigen „Geschichte Salzburgs" von Hans Widmann, erschienen in den Jahren 1907 bis 1914; der „Salzburger Stadtgeschichte" von Franz V. Zillner (1885–1890); den „Nachrichten vom Zustande der Gegenden und Stadt Juvavia" von Johann F. T. v. Kleinmayrn (1784); den „Reisen durch Salzburg" von Franz Michael Vierthaler (1799). Den Namen der prominentesten Geschichtsschreiber begegnen wir in Gedenktafeln am Rathaus, in der Sigmund-Haffner-Gasse Nr. 9 und an der Vorderfront der alten Universität.

Jahr um Jahr wuchs die Sammlung: dicke Wälzer, kleine Heftchen, alles in allem Kostbarkeiten für den Bücherfreund. Und ich begann über Salzburg zu publizieren. Zur Wiedererrichtung der Alma Mater Paridiana gaben mein Freund Max Kaindl-Hönig und ich im Verlag der Salzburger Nachrichten das Buch „Die Salzburger Universität" heraus; ich schrieb den historischen Teil. In den von Kaindl-Hönig redigierten Bänden „Das Salzburgbuch" erschienen gleichfalls ein Beitrag zur Universität und 1964 „Der Weg zu einem Salzburger Geschichtsbild".

Mancher alte Stich kam hinzu, aber auch manche Bilder und Lithographien zeitgenössischer Maler folgten. Salzburg ist eine Stadt, die einen Menschen in ihren Bann schlägt. Sie entläßt ihn nicht. Sie ist so vielfältig – und sie begegnet einem so vielfältig. Diese stete Begegnung ist es ja schließlich, die den Salzburger mit Stolz auf seine Heimatstadt erfüllt. Ich habe gefunden, daß hier nicht der so oft übliche Lokalpatriotismus herrscht, der sich ja doch meist in Gedenktagen erschöpft, sondern daß die Salzburger wirkliche Liebe erfüllt. Zahlreich sind die Bücher über Salzburg, doch zumeist speziellen Themen gewidmet: entweder reine Chronik oder Kunstgeschichte oder Musikgeschichte und dergleichen mehr. Ich wollte dem Leser nun ein kulturhistorisches Porträt geben, in den Quellen getreu, in den Details und den kleinen Begebenheiten am

Rande die Farbe vermittelnd, die Schicksale der Fürsten und ihrer Untertanen erzählend.

Vielen Menschen habe ich Dank zu sagen: Frau Hildegard Duffek, die es mir ermöglichte, wohl eine der größten privaten Salisburgensien-Sammlungen, jene ihres verstorbenen Gatten Hofrat Dr. Otto Duffek – die vielbändige Salzburgchronik von Judas Thaddäus Zauner, dessen dreibändige Schilderung des Franzosenkrieges und anderes mehr – zu benützen; dem Landesarchäologen Prof. DDr. h. c. Martin Hell, der mir bereitwilligst die Schatzkammer seines urgeschichtlichen Wissens öffnete; der Direktorin des Museum Carolino Augusteum, Dr. Friederike Prodinger; dem Kunstmaler Professor Schulz Josef, der mir in vielen unvergeßlichen Stunden vom Salzburg der Zwischenkriegszeit erzählte, und vor allem meiner Frau Gina, die mir die eifrigste Gesprächspartnerin, schärfste Kritikerin und engste Mitarbeiterin war. Schließlich verdient der Verlag ein Dankeswort, der sich des Buches so liebevoll angenommen hat; vor allem dessen Direktor Hans W. Polak, Dr. Maria Felsenreich und die Lektorin Ilse Walter, die dem Manuskript so große Sorgfalt angedeihen ließen.

Über diese persönlichen Beziehungen hinaus gewinnt man aber auch Kontakte zu allen jenen Menschen, die an dem unerschöpflichen Thema Salzburg gearbeitet haben. Seien es nun die Herausgeber der Österreichischen Kunsttopographie, die vielen Autoren der Bände der Salzburger Landeskunde, die Landesarchivare Dr. Franz Martin und Dr. Herbert Klein, der vielseitige Kunsthistoriker Univ.-Prof. Dr. Franz Fuhrmann, dem unleugbar größten Experten Salzburger Kunstgeschichte, oder Josef Kaut, der Chronist der Festspiele, und der universelle Präsident Prof. Dr. Bernhard Paumgartner, dessen Leben wahrhaft von Jugend an Salzburg gewidmet ist. Wenn ich immer wieder von der Verknüpfung von Gegenwart und Vergangenheit, vom Leben mit und in der Geschichte, von Natur und Kunst, von der wechselseitigen Durchdringung kirchlicher und weltlicher Macht, von der Beziehung des Einzelnen zum Ganzen gesprochen habe, so geschah das nie zufällig. Diese Zusammenschau ist mir ein Anliegen, denn nur in solcher Betrachtung werden wir dem grandiosen Thema Salzburg gerecht. Anmut und Macht scheinen mir schließlich jene beiden Prädikate zu sein, die die Varianten des Themas am vielfältigsten umfassen.

Als ich mit meiner elfjährigen Tochter Claudia und dem kleinen Sohn Michael auf der Staatsbrücke stand, wo wir den eleganten Flug der Möwen verfolgten, und zusahen, wie sich eine lustige Wolkenmütze auf die Festung setzte, fragte ich, was Claudia denn an Salzburg am besten gefalle. Lange kam keine Antwort, man sah Claudia buchstäblich das Nachdenken an. Dann: „Ja, eben Salzburg.“ Dasselbe hat in dichterischer Eleganz der unvergleichliche Salvador de Madariaga formuliert, als er 1964 in seiner Eröffnungsrede der Festspiele sagte: „Salzburg, die Stadt des Salzes . . . denn seit jeher war Salz das dienlichste Symbol für Mutterwitz . . . ich darf wohl behaupten, daß es ohne guten Geschmack kein ‚Salz‘ im spanischen Sinne des Wortes geben kann, denn guter Geschmack ist die Seele der Grazie. Guter Geschmack ist eine geheimnisvolle Gabe.“

Dem ist nichts hinzuzufügen.

Personen- und Sachregister

PERSONENREGISTER

SACHREGISTER